इमरजेंसी का कहर और सेंसर का जहर

इमरजेंसी का कहर और सेंसर का जहर

बलबीर दत्त

प्रभात पेपरबैक्स
www.prabhatbooks.com

प्रकाशक

प्रभात पेपरबैक्स

4/19 आसफ अली रोड, नई दिल्ली–110002

फोन : 23289777 • हेल्पलाइन नं. : 7827007777

इ–मेल : prabhatbooks@gmail.com ❖ वेब ठिकाना : www.prabhatbooks.com

संस्करण

प्रथम, 2020

अ.मा.पु.स. 978-93-5266-623-2

EMERGENCY KA KAHAR AUR CENSOR KA ZAHAR

by Shri Balbir Dutt

Published by **PRABHAT PAPERBACKS**

4/19 Asaf Ali Road, New Delhi-110002

ISBN 978-93-5266-623-2

यह पुस्तक उन हजारों गुमनाम भारतीयों को, जिन्होंने आपात
स्थिति का मुकाबला करते हुए अपार कष्ट सहे, लेकिन
आजादी के झंडे को झुकने नहीं दिया तथा उन शहीदों
को, जिन्होंने इस संघर्ष में प्राण गँवाए, सलाम
करते हुए सादर समर्पित है।

घटनाक्रम का रोजनामचा (1971-80)

18 मार्च, 1971	पाँचवीं लोकसभा के चुनाव में इंदिरा कांग्रेस 342 सीटों पर विजयी। इंदिरा गांधी के नेतृत्व में नए मंत्रिमंडल द्वारा शपथ ग्रहण।
9 अगस्त, 1971	भारत और सोवियत यूनियन के बीच शांति, मैत्री और सहयोग की 20 वर्षीय संधि।
3 दिसंबर, 1971	राष्ट्रपति वी.वी गिरि द्वारा आपातकाल की घोषणा। भारतीय सेनाएँ मुक्ति वाहिनी के समर्थन में पूर्वी पाकिस्तान में प्रविष्ट।
16 दिसंबर, 1971	भारतीय सेना के कमांडर ले. जनरल जगजीत सिंह अरोड़ा ने ढाका में पाकिस्तानी सेना के बिना शर्त आत्मसमर्पण को स्वीकार किया।
2 जुलाई, 1972	भारत और पाकिस्तान में शिमला में समझौता। भारत 93,000 युद्ध बंदी वापस करने पर सहमत।
26 अप्रैल, 1973	सुप्रीम कोर्ट के तीन वरिष्ठ न्यायाधीशों ने उनकी वरीयता की अनदेखी करने के विरोध में इस्तीफा दिया।
जनवरी 1974	गुजरात में कांग्रेस के मुख्यमंत्री चिमन भाई पटेल को भ्रष्टाचार के कारण उनके पद से हटाने के लिए नवनिर्माण समिति के तत्त्वावधान में छात्रों का उग्र आंदोलन।
15 मार्च, 1974	गुजरात विधानसभा भंग। राष्ट्रपति शासन लागू।
19 मार्च, 1974	बिहार में महँगाई के विरुद्ध राज्यव्यापी प्रदर्शन, पुलिस की गोलियों से 10 मरे, 31 घायल।
8 अप्रैल, 1974	बिहार में महँगाई के विरुद्ध छात्रों के आंदोलन के समर्थन में जयप्रकाश नारायण के नेतृत्व से मौन जुलूस।

12 अप्रैल, 1974	गया में पुलिस ने 'प्रशासन ठप करो' आंदोलनकारियों पर गोली चलाई, आठ मरे, 12 घायल।
8 मई, 1974	वेतन वृद्धि की माँग को लेकर जॉर्ज फर्नांडीस द्वारा अखिल भारतीय स्तर पर आयोजित रेलवे हड़ताल आरंभ।
18 मई, 1974	भारत ने पोखरण में पहला भूमिगत परमाणु विस्फोट किया।
28 मई, 1974	सरकारी दमनचक्र के बाद रेलवे हड़ताल 20 दिन बाद समाप्त।
2 जून, 1974	बिहार विधानसभा भंग करने की माँग को लेकर पटना में दस लाख लोगों द्वारा प्रदर्शन।
5 जून, 1974	जयप्रकाश नारायण के द्वारा गांधी मैदान में संपूर्ण क्रांति का आह्वान।
15 नवंबर, 1974	केंद्रीय गृहमंत्री ब्रह्मानंद रेड्डी ने पटना में पुलिस द्वारा जयप्रकाश नारायण को लाठीचार्ज से चोटिल करने पर सदन में माफी माँगी।
5 जनवरी, 1975	रेलमंत्री ललित नारायण मिश्र समस्तीपुर में बम विस्फोट से घायल होने के बाद चल बसे।
12 जून, 1975	इलाहाबाद हाईकोर्ट ने इंदिरा गांधी का चुनाव रद्द घोषित किया।
24 जून, 1975	सुप्रीम कोर्ट के अवकाशकालीन न्यायाधीश जस्टिस कृष्णा अय्यर ने इंदिरा गांधी के विरुद्ध आदेश पर आंशिक स्थगनादेश दिया।
25 जून, 1975	दिल्ली में जयप्रकाश नारायण की रैली में इंदिरा गांधी के इस्तीफे की माँग।
	राष्ट्रपति फखरुद्दीन अली अहमद ने देर रात आपातकाल लगाने की उद्घोषणा पर हस्ताक्षर किए।
26 जून, 1975	सुबह 6 बजे केंद्रीय मंत्रिमंडल की बैठक में आपातकाल की उद्घोषणा की अभिपुष्टि की गई। विपक्षी नेता जयप्रकाश नारायण, मोरारजी देसाई, अटल बिहारी वाजपेयी, लालकृष्ण आडवाणी आदि के अलावा विक्षुब्ध कांग्रेस नेता चंद्रशेखर और रामधन भी गिरफ्तार।

30 जून, 1975	आंतरिक सुरक्षा कानून (मीसा) में संशोधन, अब गिरफ्तारी का कारण बताना आवश्यक नहीं।
4 जुलाई, 1975	राष्ट्रीय स्वयंसेवक संघ, जमात-ए-इसलामी और आनंदमार्ग समेत 26 संगठनों पर प्रतिबंध।
21 जुलाई, 1975	आपातकाल की उद्घोषणा का अनुमोदन करने के लिए संसद् का आपातकालीन अधिवेशन।
5 अगस्त, 1975	जनप्रतिनिधित्व कानून 1951 में गतकालिक प्रभाव से संशोधन। इससे भ्रष्टाचार के कारण इंदिरा गांधी का चुनाव रद्द करना संभव नहीं रहा।
15 अगस्त, 1975	बांग्लादेश के राष्ट्रपति शेख मुजीब की हत्या।
7 नवंबर, 1975	सुप्रीम कोर्ट ने रायबरेली से इंदिरा गांधी का चुनाव वैध घोषित किया।
12 नवंबर, 1975	जयप्रकश नारायण पेरोल पर रिहा, अस्पताल में भरती कराए गए।
4 दिसंबर, 1975	जयप्रकाश नारायण पर से नजरबंदी आदेश उठा लिया गया।
30 दिसंबर, 1975	संजय गांधी चंडीगढ़ में कांग्रेस के अधिवेशन में युवा कांग्रेस में शामिल।
जनवरी 1976	लोकसभा में एक प्रस्ताव पारित कर लोकसभा चुनाव एक वर्ष के लिए स्थगित।
31 जनवरी, 1976	राष्ट्रपति ने तमिलनाडु की के. करुणानिधि सरकार को बर्खास्त किया।
मार्च 1976	गुजरात में बाबूभाई पटेल की जनता मोर्चा सरकार दल-बदल के कारण अल्पमत में। राष्ट्रपति शासन लागू। भारतीय लोकदल नेता चरण सिंह जेल से रिहा।
19 अप्रैल, 1976	पुलिस ने पुरानी दिल्ली के तुर्कमान गेट क्षेत्र में नसबंदी और मकान ढहाने का विरोध करनेवाली भीड़ पर गोलियाँ चलाईं। कई मरे।
28 अप्रैल, 1976	सुप्रीम कोर्ट ने मौलिक अधिकारों के अंतर्गत अदालत में गुहार लगाने के अधिकार को इमरजेंसी में स्थगित रखने को 4-1 के बहुमत से अपनी स्वीकृति दी।

4 मई, 1976	सूचना एवं प्रसारण मंत्रालय के अधिकारियों ने उन्हें सहयोग प्रदान नहीं करने के आरोप में आकाशवाणी व दूरदर्शन पर किशोर कुमार के गानों के प्रसारण पर प्रतिबंध लगाया।
10 जून, 1976	गुप्त रहकर आंदोलन चला रहे जॉर्ज फर्नांडीस कलकत्ता में गिरफ्तार।
10 अगस्त, 1976	जनसंघ के फरार सांसद सुब्रह्मण्यम स्वामी संसद् में एकाएक प्रकट होने के बाद फिर गायब हो गए।
अक्तूबर 1976	संसद् ने 42वाँ संविधान संशोधन पारित किया, जिसके अंतर्गत संसद् को संविधान में संशोधन के अबाध अधिकार प्राप्त होंगे, जिन्हें अदालत में चुनौती नहीं दी जा सकेगी।
5 नवंबर, 1976	संसद् ने एक प्रस्ताव पारित कर संसद् का कार्यकाल एक साल के लिए बढ़ा दिया।
नवंबर 1976	कांग्रेस के गुवाहाटी अधिवेशन में संजय गांधी को इंदिरा गांधी के उत्तराधिकारी के रूप में पेश किया गया।
18 जनवरी, 1977	इंदिरा गांधी ने मार्च 1977 मे लोकसभा चुनाव कराने की घोषणा की। मोरारजी देसाई और लालकृष्ण आडवाणी रिहा।
20 जनवरी, 1977	चार दलों—भारतीय जनसंघ, कांग्रेस (संगठन), भारतीय लोकदल और समाजवादी पार्टी ने मिलकर जनता पार्टी का गठन किया।
2 फरवरी, 1977	जगजीवन राम का कांग्रेस से इस्तीफा, 'कांग्रेस फॉर डेमोक्रेसी' नाम से नई पार्टी गठित।
20 मार्च, 1977	लोकसभा चुनाव में इंदिरा गांधी (रायबरेली) और संजय गांधी (अमेठी) पराजित। जनता पार्टी ने 295 सीटें जीतकर पूर्ण बहुमत प्राप्त किया।
16–20 मार्च, 1977	छठी लोकसभा के लिए मतदान।
21 मार्च, 1977	इंदिरा सरकार ने जाते–जाते इमरजेंसी हटाई।
24 मार्च, 1977	केंद्र में पहली बार किसी गैर–कांग्रेसी सरकार का गठन, मोरारजी देसाई के नेतृत्व में जनता पार्टी ने सत्ता सँभाली।
1 मई, 1977	जनता पार्टी का विधिवत् श्रीगणेश, चंद्रशेखर जनता पार्टी के नए अध्यक्ष चुने गए।

5 मई, 1977	जगजीवनराम के नेतृत्व की 92 दिन पुरानी कांग्रेस फॉर डेमोक्रेसी पार्टी का जनता पार्टी में विलयन।
जून 1977	विधानसभा चुनावों में जनता पार्टी को हिमाचल प्रदेश, हरियाणा, दिल्ली, राजस्थान, उत्तर प्रदेश, बिहार, मध्य प्रदेश और उड़ीसा विधानसभा में पूर्ण बहुमत प्राप्त। पंजाब में अकाली दल-जनता संयुक्त, पश्चिम बंगाल में सी.पी.एम. को और तमिलनाडु में ए.आई.डी.एम. के को बहुमत।
21 जुलाई, 1977	जनता पार्टी के उम्मीदवार नीलम संजीव रेड्डी निर्विरोध राष्ट्रपति निर्वाचित।
29 सितंबर, 1977	शाह जाँच आयोग ने सुनवाई शुरू की।
3 अक्तूबर, 1977	इंदिरा गांधी भ्रष्टाचार के आरोप में सी.बी.आई. द्वारा गिरफ्तार।
4 अक्तूबर, 1977	दिल्ली हाईकोर्ट ने इंदिरा गांधी को बिना शर्त रिहा किया।
7 नवंबर, 1978	इंदिरा गांधी कर्नाटक के चिकमंगलूर लोकसभा चुनाव क्षेत्र के उपचुनाव में 77,333 मतों से विजयी। उन्होंने विपक्ष के उम्मीदवार वीरेंद्र पाटिल को हराया।
19 दिसंबर, 1978	इंदिरा गांधी लोकसभा की सदस्यता से निलंबित, संसद् के सत्रावसान तक कारावास की सजा (26 दिसंबर तक)
2 जुलाई, 1979	चरण सिंह और राजनारायण ने जनता पार्टी से अलग होने की घोषणा की।
10 जुलाई, 1979	विपक्ष के नेता यशवंत राव चह्वाण ने लोकसभा में जनता पार्टी के विरुद्ध अविश्वास प्रस्ताव रखा।
15 जुलाई, 1979	जनता पार्टी के कई सांसदों व मंत्रियों द्वारा पार्टी छोड़ने के बाद मोरारजी देसाई ने प्रधानमंत्री पद से इस्तीफा दिया।
16 जुलाई, 1979	संसद् अनिश्चितकाल के लिए स्थगित।
26 जुलाई, 1979	राष्ट्रपति नीलम संजीव रेड्डी ने चरण सिंह को सरकार बनाने के लिए आमंत्रित किया।
6 अगस्त, 1979	राष्ट्रपति ने 20 अगस्त से संसद् का अधिवेशन फिर बुलाया।
19 अगस्त, 1979	इंदिरा गांधी ने बिना कोई कारण बताए चरण सिंह सरकार से समर्थन वापसी की घोषणा की।

20 अगस्त, 1979	चरण सिंह सरकार का इस्तीफा। संसद् अनिश्चितकाल के लिए स्थगित।
22 अगस्त, 1979	राष्ट्रपति द्वारा लोकसभा भंग। मध्यावधि चुनाव की घोषणा।
8 अक्तूबर, 1979	जयप्रकाश नारायण का पटना में निधन।
अक्तूबर 1979	चुनाव आयोग ने सातवीं लोकसभा के लिए चुनाव की तिथियों की घोषणा की।
3-6 जनवरी, 1980	सातवीं लोकसभा के लिए मतदान।
8 जनवरी, 1980	लोकसभा चुनाव में 353 सीटें प्राप्त कर इंदिरा कांग्रेस फिर सत्ता में।
14 जनवरी, 1980	केंद्र में इंदिरा गांधी के नए मंत्रिमंडल द्वारा शपथ ग्रहण।

प्रस्तावना

जब लोकतंत्र का 'स्विच ऑफ' कर दिया गया

इमरजेंसी (1975-77) हटते ही मेरा एक लेख प्रकाशित हुआ था, जिसका शीर्षक था—'ईश्वर करे वह काली रात फिर न आए।' 25-26 जून, 1975 की आधी रात को हमारे देश में गणतंत्र के रजत जयंती वर्ष में डेमोक्रेसी की लाइट का 'स्विच ऑफ' कर दिया गया था। इमरजेंसी के बाद अन्य अनेक पत्रकारों व लेखकों ने भी इस रात को काली रात की संज्ञा दी थी। वस्तुत: इसे काली रात नहीं, सर्वाधिक काली रात (Darkest Night) कहा जाना चाहिए। यह देश के लोकतांत्रिक ढाँचे की सबसे दुर्भाग्यपूर्ण रात थी।

चले थे अदालतों पर ताला लगाने!

कांग्रेस नेता पश्चिम बंगाल के तत्कालीन मुख्यमंत्री सिद्धार्थ शंकर राय ने, जिन्होंने इंदिरा गांधी को 'आंतरिक आपातकाल' लगाने की सलाह दी थी, जनता पार्टी सरकार द्वारा गठित जाँच आयोग से अपने बयान में कहा, '25 जून की आधी रात को कुछ अनुत्तरदायी व्यक्तियों ने एक बैठक में फैसला किया कि अदालतें बंद कर दी जाएँ और समाचार-पत्रों के बिजली कनेक्शन काट दिए जाएँ।' आयोग ने इसे बहुत गंभीरता से लिया। गनीमत यह रही कि पहला फैसला लागू नहीं किया गया। दूसरे फैसले पर राष्ट्रीय राजधानी दिल्ली और कतिपय अन्य नगरों में अमल किया गया। यह प्रदर्शित करता है कि उस समय सरकार संचालन करनेवाले सत्ता के मद में कितने दुस्साहसी और विवेकहीन हो गए थे। सिद्धार्थ शंकर राय ने इन 'अनुत्तरदायी व्यक्तियों' के नाम नहीं बताए, लेकिन यह सबको पता है कि इन 'अनुत्तरदायी व्यक्तियों' में प्रधानमंत्री इंदिरा गांधी का दुलारा बेटा संजय अग्रणी था, जो इमरजेंसी के दौरान लगातार एक 'संविधानेत्तर सत्ता केंद्र' बना रहा और जिसे इमरजेंसी की ज्यादतियों की जाँच करनेवाले आयोग के अध्यक्ष जस्टिस जे.सी. शाह ने विनोदपूर्वक 'भारत सरकार का बेटा' की संज्ञा दी थी।

25 जून की काली रात

इस पुस्तक के पृष्ठों में आपात स्थिति के अँधेरे में किए गए काले कारनामों और करतूतों का विवरण दिया गया है। हमारे देश के इतिहास में आपातकाल एक ऐसे कालखंड की तरह मौजूद है, जिसकी कालिख काल की धार से भी धुलकर साफ नहीं हुई है।

'लौह महिला' के विरुद्ध कठोर न्यायादेश

इमरजेंसी—1975 में देश में आपातकाल या संकटकाल की घोषणा होते ही अंग्रेजी का 'इमरजेंसी' शब्द काफी अधिक प्रचलन में आ गया, यहाँ तक कि बोलचाल में भी आम लोग 'इमरजेंसी' शब्द का इस्तेमाल करने लगे। अब तो यह कहा जा सकता है कि हिंदी ने इस शब्द को अपना लिया है, आत्मसात् कर लिया है। इसलिए इस पुस्तक में 'आपातकाल' के साथ 'इमरजेंसी' शब्द का भी प्रचुरता से उपयोग किया गया है। इमरजेंसी पर कई पुस्तकें लिखी जा चुकी हैं, ज्यादातर पुस्तकें अंग्रेजी में हैं। हिंदी में पुस्तकों की संख्या बहुत कम है, जबकि जयप्रकाश नारायण के समग्र क्रांति आंदोलन का सर्वाधिक जोर हिंदीभाषी राज्यों में ही था और आपातकाल में सर्वाधिक ज्यादतियाँ इन्हीं राज्यों में हुईं।

12 जून, 1975 को जब इलाहाबाद हाईकोर्ट के न्यायाधीश न्यायमूर्ति जगमोहन लाल सिन्हा ने 1971 में रायबरेली संसदीय चुनाव क्षेत्र से पराजित उम्मीदवार राजनारायण की चुनाव याचिका स्वीकार करते हुए वहाँ से विजयी उम्मीदवार इंदिरा गांधी का चुनाव अवैध घोषित कर दिया तो पूरे देश में हड़कंप मच गया। किसी ने यह नहीं सोचा था कि हाईकोर्ट का कोई सामान्य न्यायाधीश देश की सर्वशक्तिमान प्रधानमंत्री 'लौह महिला' इंदिरा गांधी का चुनाव रद्द घोषित कर उनकी कुरसी हिला देगा।

लाठीधारी गांधीजी का फोटो छापना भी मना था। (इस पर एक विपक्षी नेता की विनोदपूर्ण टिप्पणी थी कि यह मनाही इसलिए की गई, क्योंकि देश में 'भारत लाठी कानून' चल रहा था)

कोर्ट के इस फैसले से कुछ दिन पहले की बात है। भारतीय जनसंघ के नेता अटल बिहारी वाजपेयी पार्टी कार्यकर्ताओं को संबोधित करने के लिए 12 मई को राँची आए हुए थे। दोपहर को एक प्रमुख कार्यकर्ता के आवास पर उनका भोजन था, जिसमें मैं भी आमंत्रित था। भोजन की टेबल पर बातचीत के दौरान मैंने श्री वाजपेयी से पूछा कि राजनारायण बनाम इंदिरा गांधी मामले में आपको क्या लगता है, कोर्ट का क्या फैसला आने की

संभावना है। जवाब में उन्होंने तत्काल कहा, 'कौन जज प्राइम मिनिस्टर के खिलाफ जजमेंट देगा।' यही अवधारणा अधिकतर लोगों की थी, लेकिन जस्टिस सिन्हा ने प्राइम मिनिस्टर के खिलाफ जजमेंट दे दिया और देश को ही नहीं, पूरे विश्व को अचंभित कर दिया। फैसले का समाचार समुद्र के बीच किसी जबरदस्त तूफानी लहर की तरह दौड़ गया।

निजी संकट को राष्ट्रीय संकट बनाया

इंदिरा गांधी ने अपने निजी संकट को राष्ट्रीय संकट बना दिया और अदालत का फैसला मानने की बजाय संसद, न्यायपालिका, कार्यपालिका और मीडिया को कुचलकर रख दिया। विपक्ष के प्राय: सभी प्रमुख नेताओं और करीब डेढ़ लाख पार्टी कार्यकर्ताओं और अन्य नागरिकों को बिना मुकदमा चलाए जेल में डाल दिया। इनमें करीब 250 पत्रकार भी थे। लोगों को भाँति-भाँति की ज्यादतियों और पुलिस जुल्म का सामना करना पड़ा। अखबारों के समाचारों पर कठोर सेंसर लगा दिया गया। यह इमरजेंसी का ब्रह्मास्त्र साबित हुआ। जो कार्य अंग्रेजों ने नहीं किया था, वह इंदिरा गांधी की सरकार ने कर दिखाया। मजेदार बात यह बताई जाती है कि आपातकाल के प्रावधानों के बारे में इंदिरा गांधी को जानकारी नहीं थी। सिद्धार्थ शंकर राय ने 'आंतरिक आपातकाल' का सुझाव दिया, जिसे इंदिरा गांधी ने स्वीकार कर लिया। पूर्व राष्ट्रपति प्रणब मुखर्जी ने भी अपनी पुस्तक 'द डेमोक्रेटिक डिकेड, द इंदिरा गांधी इयर्स' में इसका उल्लेख किया है।

आपातकाल की घोषणा होते ही लोग सन्न रह गए। खबरों पर कठोर सेंसर के कारण लोगों को पता ही नहीं लगा कि क्या हो रहा है, क्या करें, क्या न करें। राजनीतिक नेतृत्व जेल में बंद हो गया था, इसलिए मार्गदर्शन करने और मनोबल बढ़ाने का दायित्व भी दुष्कर कार्य हो गया।

इमरजेंसी का एक बड़ा अफसोसनाक पहलू यह था कि इसने भारतीय समाज की कायरता को एक बार फिर उजागर कर दिया। इसके साथ ही नैतिक पाखंड को भी उघाड़ दिया। आम लोगों का रवैया 'कोउ नृप होउ, हमें का हानी' की पुरानी ठेठ भारतीय मानसिकता के अनुरूप था, जो शायद सदियों की गुलामी का परिणाम था। इंदिरा गांधी का भी यही कहना था कि आम आदमी को अपनी रोजी-रोटी से मतलब है। उसके लिए बाकी बातें बौद्धिक विलास की वस्तुएँ हैं, लेकिन गनीमत यह रही कि धीरे-धीरे 'अंडरग्राउंड' विरोध के साथ मुखर विरोध भी आरंभ हो गया। विरोध की चिनगारियाँ प्रज्वलित होने लगीं। युवा शक्ति हरकत में आने लगी। समर्पित नेताओं व कार्यकर्ताओं ने अहिंसक और शांतिपूर्ण आंदोलन चला दिया। जनता के भीतर जो लावा सुलग रहा था, वह अंतत: मार्च 1977 में बैलेट के जरिए फूट पड़ा।

'महान् देशभक्त' की महान् गलती

प्रसिद्ध इतिहासकार रामचंद्र गुहा ने लिखा है कि 'इंदिरा गांधी एक महान् देशभक्त थीं, लेकिन बेहद दोषपूर्ण लोकतंत्रवादी। उन्होंने 1971 में पाकिस्तान पर भारतीय सेनाओं की विजय और बांग्लादेश के उदय में महत्त्वपूर्ण भूमिका निभाई, लेकिन 1975 में इमरजेंसी लगाकर उन्होंने लोकतांत्रिक परंपराओं को तहस-नहस करने के साथ कांग्रेस को एक पारिवारिक व्यवसाय में बदल दिया।'

बांग्लादेश के उदय से पूरे भारत में इंदिरा गांधी की जय-जयकार हो गई। इससे उनका तौर-तरीका बदल गया। उनमें एक प्रकार का गुरूर आ गया, लेकिन किसी भी स्थिति में कोई ऐतिहासिक व्यक्ति इतिहास के सूक्ष्मतर परीक्षण से नहीं बच सकता।

जयप्रकाश नारायण ने 26 जून को 'राष्ट्रीय अपमान का दिन' की संज्ञा दी थी। इमरजेंसी हटने पर युवकों के नाम अपने संदेश में उन्होंने इसे 'चेतना दिवस' के रूप में मनाने का आह्वान किया था। उनका कहना था कि लोकतांत्रिक मुद्दों की चेतना के बिना लोकतंत्र निर्जीव ढाँचा बनकर रह जाएगा।

एक अमेरिकी राष्ट्रपति वुडरो विल्सन ने कहा था—A democratically elected Government must function democratically यानी लोकतांत्रिक ढंग से चुनी गई सरकार को लोकतांत्रिक ढंग से चलना होगा, लेकिन इंदिरा गांधी ने दिखला दिया कि किस प्रकार संविधान के प्रावधानों का दुरुपयोग करते हुए, उनकी धज्जियाँ उड़ाते हुए, लोकतंत्र को छिन्न-भिन्न किया जा सकता है। इमरजेंसी के दौरान जो सबसे खराब बात हुई, वह थी मानवाधिकारों का घोर उल्लंघन और उसके साथ नैतिक-राजनीतिक मूल्यों की अवमानना। इमरजेंसी ने नैतिक पाखंड को भी उघाड़ दिया। वस्तुतः राजनीति में नैतिक मूल्यों का जब एक बार पतन हो जाता है तो फिर उसमें सुधार करना निहायत मुश्किल हो जाता है। आपातकाल के दौरान जो मूल्य और स्तर तिरोहित हो गए थे, वे बहाल नहीं हो पाए।

आजादी की दूसरी लड़ाई

विडंबना यह है कि चार दशक बाद आज की पीढ़ी को यह भरोसा नहीं हो पा रहा है कि आजादी के विरुद्ध ऐसा भी तख्ता पलट हुआ, जिसका विरोध-प्रतिरोध करनेवालों को इसे 'आजादी की दूसरी लड़ाई' की संज्ञा देनी पड़ी। हमारे युवा पाठक, जो एक स्पंदनशील और कोलाहलपूर्ण लोकतांत्रिक वातावरण में पले-बढ़े हैं, एक ऐसी स्थिति की कल्पना भी नहीं कर सकते, जब अखबारों की प्रकाश्य सामग्री पर नजर रखने का जिम्मा पुलिस और प्रशासनिक अधिकारियों को सौंप दिया गया हो। सुनने में यह हास्यास्पद लग सकता है, लेकिन यह तथ्य है कि इमरजेंसी लगने के तत्काल बाद

अखबारों पर सेंसर के लिए अधिकारियों को आदेश दिया गया कि वे सब खबरों को पढ़ लेने के बाद ही अखबार के प्रकाशन की अनुमति दें।

हमारे अखबार के लिए प्रतिनियुक्त मजिस्ट्रेट ने अखबार में दो राष्ट्रीय फुटबॉल टीमों के बीच मैच के समाचार को भी गौर से पढ़ लेने के बाद ही उस दिन के अंक को छापने के लिए 'पास' किया। इसमें मजिस्ट्रेट का कोई दोष नहीं था, यह हिदायत ऊपर से दी गई थी कि 'सब समाचार' पढ़े जाएँ। शायद सरकार को यह शक था कि गैर राजनीतिक समाचारों के बीच भी कोई छिपा संदेश हो सकता है। इस तरह के अनुभव से कई अन्य अखबारों को भी गुजरना पड़ा। इससे स्पष्ट है कि दूसरों को डरानेवाली सरकार खुद डरी हुई थी, सहमी हुई थी। यह बात अलग है कि जल्द ही नियम बदल दिए गए और प्रत्येक समाचार सेंसर अधिकारी को दिखाने की बजाय अखबारों के लिए गाइडलाइन की व्यवस्था की गई। इस प्रकरण में सरकार के प्रति ज्यादा वफादारी दिखानेवाले अधिकारियों के संबंध में एक-दो अनुभवों का उल्लेख करना उपयुक्त होगा, क्योंकि कई बार कोई बात प्रामाणिक दृष्टांत देने से ज्यादा ठीक से समझ में आती है।

सेंसर अधिकारियों की हास्यास्पद हरकतें

इमरजेंसी के दौरान 'राँची एक्सप्रेस' समाचार-पत्र मेरे संपादकत्व में प्रकाशित हो रहा था। इस अखबार के एक अंक (10 अगस्त, 1975) में एक फीचर लेख छपा, जिसका शीर्षक था—शेरों द्वारा 'विधवा गाँवों' का सृजन। इसमें बताया गया था कि पश्चिम बंगाल के सुंदरवन क्षेत्र में शेरों के प्रतिरक्षण के लिए लागू 'टाइगर परियोजना' से जहाँ शेरों की संख्या में वृद्धि हुई है, वहीं इस बीहड़ वन्य क्षेत्र में आदमखोर शेरों के कारण विधवाओं की संख्या बढ़ती जा रही है। किसी कार्यवश घर से बाहर निकलकर जंगल क्षेत्र से गुजरनेवाले अधिकतर मर्द लोग ही होते थे, जिनमें से कई नरभक्षी शेरों का शिकार हो जाते थे। 'टाइगर परियोजना' की सीमा पर स्थित तीन गाँवों का नामोल्लेख करते हुए संवाद लेख में बताया गया था कि इन गाँवों को अब 'विधवा गाँव' कहा जाने लगा है। इस संवाद लेख के प्रकाशन पर प्रेस इनफॉरमेशन ब्यूरो के पटना कार्यालय ने आपत्ति व्यक्त की। सेंसर अधिकारी ने बाकायदा कैफियत तलब की। उसका तर्क था कि हमने एक जननिर्वाचित संस्थापित सत्ता, यानी सरकार की क्षमता और सामर्थ्य के प्रति लोगों की आस्था डिगाने का 'देश-विरोधी' काम किया है।

मजेदार बात यह कि दिल्ली से प्रेषित यह संवाद-लेख भारत सरकार के मुख्य सेंसर अधिकारी द्वारा पास किया जा चुका था। इमरजेंसी के कुछ दिन बाद सरकार ने सेंसर संबंधी कठोर नियमों में कुछ परिवर्तन करते हुए यह व्यवस्था कर दी थी कि मुख्य सेंसर अधिकारी द्वारा पास कर दी गई प्रकाश्य सामग्री को फिर से किसी अधिकारी को

देखने की जरूरत नहीं है। जब मैंने पटना के सेंसर अधिकारी को बताया कि यह लेख एक फीचर एजेंसी वर्ल्ड फीचर सर्विस का है और मुख्य सेंसर अधिकारी द्वारा प्रकाशन के लिए पास किया जा चुका है तथा यह 'इंडियन एक्सप्रेस' और अन्य कई अखबारों में भी छपा है, तब वह झेंप गया। यदि ऐसा नहीं होता तो वह अधिकारी क्या करता, इसकी महज कल्पना ही की जा सकती है।

दरअसल सेंसरशिप उच्चाधिकारियों और राजनेताओं की सनक पर आधारित थी जैसा कि शाह आयोग ने अपनी रिपोर्ट में अखबारी सेंसरशिप के विषय में कहा। सेंसरशिप दिशा-निर्देशों की सीमा भी पार कर जाती थी। मनमाने ढंग से सनक भरे आदेश दिए जाते थे। आमतौर पर ये आदेश जुबानी दिए जाते थे।

आज के मुक्त वातावरण में नई पीढ़ी को यह प्रसंग विचित्र लगेगा, लेकिन इमरजेंसी इसी प्रकार की विचित्रताओं से सराबोर थी। उदाहरणार्थ सेंसरशिप का विरोध करने के लिए संपादकीय लेख का स्थान खाली छोड़ देने पर भी सरकार की ओर से आपत्ति व्यक्त की गई, हालाँकि ऐसा उँगलियों पर गिनने लायक अखबारों ने ही किया, जिनमें हमारा अखबार भी शामिल था। यहाँ यह बताना आवश्यक है कि ब्रिटिश शासनकाल में सेंसर के विरुद्ध या सरकार की किसी अन्य कारवाई के विरुद्ध संपादकीय का स्थान खाली छोड़ देने का रिवाज आम था। ब्रिटिश सरकार ने शायद ही इसे कभी मुद्दा बनाया हो, लेकिन इंदिरा सरकार को अवज्ञा का यह मौन स्वरूप भी स्वीकार नहीं हुआ। हमारे अखबार को तो चेतावनी देकर छोड़ दिया गया, लेकिन जैसा कि वरिष्ठ पत्रकार कुलदीप नैयर ने इमरजेंसी से संबंधित अपनी पुस्तक में बताया है, तत्कालीन सूचना एवं प्रसारण मंत्री विद्याचरण शुक्ल ने संपादकीय स्थान खाली छोड़नेवाले संपादकों को गिरफ्तार कर लेने की धमकी दी, इससे आप सहज समझ सकते हैं कि इंदिरा गांधी की किचेन कैबिनेट के सदस्यों ने असहिष्णुता की सारी हदें पार करते हुए कितना आतंक मचा रखा था।

देश में नयी आपात स्थिति की घोषणा

राँची एक्सप्रेस

समाचारों पर सेंसर

इमरजेंसी के विरोध में 'राँची एक्सप्रेस' में संपादकीय टिप्पणी का स्थान खाली छोड़ दिया गया। मजेदार बात यह कि सेंसर अधिकारी ने इस पर अपने हस्ताक्षर कर इसे बाकायदा पास कर दिया। हालाँकि बाद में इसको लेकर विवाद हुआ।

वैसे सामान्यत: यह माना जाता है कि संपादकीय लेख बहुत कम लोग पढ़ते हैं, लेकिन उसका स्थान पूरी तरह कोरा छोड़ देने पर कहा जा सकता है कि हर कोई उसे 'पढ़ता' है यानी गौर से देखता है। सबका ध्यान उस ओर जाता है। इसमें तो कोई शक नहीं कि यह मौन विरोध ज्यादा मुखर साबित होता है और किसी भी, कितने ही बढ़िया संपादकीय लेख से यह कहीं ज्यादा चर्चित होता है।

वर्तमान पीढ़ी को बताना जरूरी

कुछ अरसा पूर्व प्रसार भारती के प्रमुख ए. सूर्यप्रकाश ने इमरजेंसी से संबंधित अपने एक लेख में आपातकाल के रूप में लोकतंत्र पर लगे कलंक को स्कूली पाठ्यक्रम का हिस्सा बनाए जाने के सुझाव का जोरदार समर्थन करते हुए लिखा था कि स्कूली छात्र जिस तरह स्वाधीनता आंदोलन और स्वाधीनता सेनानियों के बारे में पढ़ते हैं, उसी तरह उन्हें स्वतंत्र भारत के काले इतिहास से भी परिचित होना चाहिए। वर्तमान पीढ़ी को यह बताना जरूरी है कि आपातकाल के दौर में संविधान को किस प्रकार तोड़ा-मरोड़ा गया था और किस प्रकार संसद्, न्यायपालिका, कार्यपालिका, मीडिया सहित सभी प्रमुख संस्थाओं पर घातक प्रहार किया गया और किस प्रकार पूरे देश में दमन चक्र चलाया गया।

THE INDIAN EXPRESS

Blo

Letters

Emancipation of women

College teachers

Haryana M

इमरजेंसी के विरोध में अंग्रेजी दैनिक 'इंडियन एक्सप्रेस' का रिक्त संपादकीय स्थान।

कुछ लोग प्रश्न कर सकते हैं कि आपातकाल की अँधेरी परछाई को याद करने की क्या आवश्यकता है? उत्तर यह है कि आवश्यकता है और सख्त आवश्यकता है। आवश्यकता है उससे सबक लेने की और निरंतर जागरूक रहने की। जून मास या 26 जून का दिन आते ही पुरानी पीढ़ी के लोगों में उसकी याद ताजा हो जाती है। अफसोस की बात यह है कि इस देश के लोकसमाज के साथ मीडिया को भी स्मृति भ्रंश होता जा रहा है। समाचार-पत्र 26 जून को मुखपृष्ठ पर

इसका उल्लेख करने की जरूरत नहीं समझते। कुछ तो इस संबंध में कोई जानकारी तक नहीं देते। कुछ इसे ऐसे ही कामचलाऊ ढंग से अंदर के किसी पन्ने में धकेल देते हैं।

नई पीढ़ी जाननती ही नहीं कि आपातकाल क्या होता है और तब आपातकाल क्यों लगा था और उस दौरान क्या हुआ था। आपातकाल का काला अध्याय एक ऐसा विषय है, जिस पर देश विभाजन की तरह अनेक पुस्तकें आनी चाहिए थीं। स्वतंत्र राजनीतिक विश्लेषकों की दृष्टि में यह स्वतंत्र भारत की सबसे महत्त्वपूर्ण घटना है।

आपातकाल की 'कथा अनंता'

इमरजेंसी की गाथा 'हरि अनंत हरि कथा अनंता' की तरह इतनी विशाल है कि इसे 400-500 पृष्ठों की पुस्तक में नहीं समेटा जा सकता। बहुत-सी बातें समय बीतने पर मालूम हुईं। इसलिए नई-नई जानकारियों के साथ भी पुस्तकें आती रहनी चाहिए। कुछ पुस्तकें आईं, लेकिन अभी भी नई पुस्तकों की गुंजाइश बनी हुई है। इतने बड़े विशाल देश के अलग-अलग क्षेत्रों में इमरजेंसी के दौरान जो कुछ हुआ, उसका कोई सुनियोजित या तर्कसंगत ढंग से संकलन और वर्गीकरण नहीं हुआ। इमरजेंसी के विभिन्न पहलुओं पर अभी भी काफी शोध व खोजबीन की जरूरत है। यह नहीं कहा जा सकता कि इस पुस्तक में इमरजेंसी के बारे में सबकुछ आ गया है। फिर भी इस पुस्तक में कुछ ऐसी जानकारियाँ दी गई हैं, जो दूसरी पुस्तकों में कम ही नजर आती हैं या जिनका विस्तार से उल्लेख नहीं मिलता या मात्र सरसरी तौर पर उल्लेख रहता है। इसके अलावा पुस्तक में 1975 की इमरजेंसी से पहले स्वतंत्र भारत में दो बार लगाई गई आपातकालीन स्थितियों का भी कुछ ब्योरा दिया गया है। इनका तुलनात्मक विवेचन भी किया गया है। आमतौर पर इस पहलू की भी उपेक्षा हुई है। भारत में आपातकाल पर विदेशों में क्या प्रतिक्रिया हुई थी या वहाँ क्या हो रहा था, उसका भारत में क्या प्रभाव पड़ रहा था, इसका भी उल्लेख इस पुस्तक में किया गया है। उत्तर आपातकाल, यानी आपातकाल समाप्त होने के बाद के कालखंड से संबंधित कुछ अध्यायों में आपातकाल के परवर्ती परिणाम का चित्रण किया गया है। इमरजेंसी से संबंधित कई अज्ञात व अल्पज्ञात रोचक व जानकारीपूर्ण प्रसंग भी इसमें शामिल किए गए हैं। परिशिष्ट की भी अपनी कुछ अलग विशिष्टताएँ हैं।

इस पुस्तक में कहीं-कहीं किसी बात या तथ्य की पुनरुक्ति या पुनरावृत्ति प्रतीत होगी। ऐसा प्रासंगिक उपयोगिता को ध्यान में रखकर किया गया है। आमतौर पर बहुत से पाठक इस तरह की पुस्तकें किसी उपन्यास की तरह एक-एक पन्ना करके धारावाहिक रूप में नहीं पढ़ते। वे अपनी पसंद के अनुसार कुछ अध्यायों पर नजर डालते हैं और उन्हें पहले पढ़ जाना पसंद करते हैं। इसलिए यदि प्रत्येक अध्याय अपने आप में यथासंभव स्वतंत्र अध्याय की तरह हो तो किसी भी पाठक को कोई बात पूरी तरह समझने में सहूलियत रहती है।

आपातकाल की घोषणा, लोकतंत्र को ग्रहण, उसका विरोध-प्रतिरोध और पटरी से उतार दिए गए लोकतंत्र को लोकशक्ति द्वारा फिर पटरी पर ले आने की कहानी उन सबके लिए खासतौर पर पठनीय है, जिनका जन्म उस घटनाक्रम के बाद हुआ। उन्हें स्वामी विवेकानंद के इस कथन को याद रखना चाहिए कि जो इतिहास से प्रेरणा नहीं लेता, वह अच्छे भविष्य का निर्माण नहीं कर सकता। जनता पार्टी के कतिपय नेताओं की सत्ता-लिप्सा के कारण पार्टी में अंतर्कलह और फिर पार्टी के टूट जाने को एक बहुत बड़ी ट्रेजेडी कहा जाएगा। जनता पार्टी के नेता इंदिरा गांधी और उनके बेटे संजय गांधी की चतुर चालों से मात खा गए। जनता पार्टी की सरकार की कई उपलब्धियों के बावजूद लोग उनके रोज-रोज के झगड़ों से तंग आ गए। मध्यावधि चुनाव की नौबत आ गई और इंदिरा गांधी फिर सत्ता में आ गईं। हालाँकि उन्होंने आपातकाल थोपे जाने पर कोई खेद व्यक्त नहीं किया। खेद व्यक्त कर कांग्रेस अपनी छवि कुछ बेहतर बना सकती थी।

जहाँ तक जनता पार्टी की सरकार की बात है, उसकी कतिपय उपलब्धियों में एक बड़ी उपलब्धि यह रही कि उसने संविधान में संशोधन कर ऐसी नाकाबंदी कर दी कि अब दोबारा इमरजेंसी लगाना आसान नहीं। लोगों में बढ़ती राजनीतिक चेतना, सूचना टेक्नोलॉजी के विस्तार और मीडिया की बढ़ती ताकत के कारण 1975 को दोहराया नहीं जा सकता। इन सबके बावजूद अतीत से सबक लेने की आवश्यकता बनी ही हुई है। जनता पार्टी की सरकार ने एक बड़ा काम यह भी किया कि शाह आयोग के माध्यम से आपातकालीन स्थिति के अँधेरे में किए गए काले कारनामों और करतूतों को प्रकाश में लाने में सफल रही।

लुत्फ की बात यह है कि समाचार-पत्रों का गला घोंटनेवाली इंदिरा सरकार ने विदा होते समय प्रेस से सेंसरशिप हटाने की घोषणा कर दी, मानो ऐसा करके वे बहुत मेहरबानी कर रही हों और जाते-जाते जनता को कोई उपहार दे रही हों। इसके साथ ही उन्होंने इमरजेंसी हटाने की भी घोषणा कर दी। इस पर अनेक लोगों की प्रतिक्रिया यह थी कि इंदिरा गांधी खेमे को यह डर था कि इमरजेंसी लागू रहने की अवस्था में कहीं जनता पार्टी की सरकार उन्हीं पर इमरजेंसी के प्रावधानों का उपयोग न कर दे।

गणतंत्र को सबसे बड़ा खतरा भीतर से

प्लेटो के विश्व प्रसिद्ध 'रिपब्लिक' ग्रंथ में गणतंत्र के ऊपर जो विशद विवेचन है, उससे स्पष्ट है कि गणतंत्र को सबसे बड़ा खतरा भीतर से है, बाहर से नहीं। गणतंत्र सदैव अपने ही आंतरिक संक्रमण से पतित होता है। प्राचीन गणतंत्रों के पतन की कहानियाँ इसका सबूत हैं कि आपसी फूट और विद्वेष में गणतंत्र किस तरह दुर्गतिग्रस्त हो जाता है। इसलिए अमेरिकी क्रांतिकारी पैट्रिक हेनरी के इस कथन को याद रखने की जरूरत

है कि Eternal vigilance is the price of liberty यानी स्वतंत्रता की कीमत चुकाने के लिए निरंतर चौकसी जरूरी है। लोकतंत्र बहुत नाजुक पौधा है। इसकी लगातार रक्षा और देखभाल जरूरी है। अतः यह सुनिश्चित करना प्रत्येक नागरिक की जिम्मेदारी है कि कोई दलगत लाभ और स्वार्थ सिद्धि के लिए लोकतांत्रिक संस्थाओं का दुरुपयोग न करने पाए। मैं आशा करता हूँ कि यह पुस्तक आम पाठकों के लिए सहज पठनीय होगी, विशेषकर युवाओं के लिए, जो देश के भावी कर्णधार हैं और जिन्हें आनेवाले दिनों में महान् उत्तरदायित्व का निर्वाह करना है।

—बलबीर दत्त

अनुक्रम

खंड-2

खंड-3

खंड-4

खंड-5

खंड-6

खंड-1

स्वतंत्र भारत में तीन इमरजेंसियाँ : दो असली, एक नकली

भारत के स्वतंत्र होने के बाद देश में तीन बार इमरजेंसी लगी। इसमें पहली बार इमरजेंसी अक्तूबर 1962 में चीनी हमले के समय और दूसरी बार दिसंबर 1971 में पाकिस्तानी हमले के समय लगाई गई थी। दोनों बार किसी को संदेह नहीं था कि इमरजेंसी नेकनीयत से लगाई गई, जबकि जून 1975 में दूसरी इमरजेंसी जारी रहते हुए 'आंतरिक इमरजेंसी' नाम से नई इमरजेंसी लगाने की घोषणा गलत इरादों से की गई थी। इस इमरजेंसी के साथ पहली बार खबरों पर सेंसर लगाते हुए नागरिकों के मौलिक अधिकार छीन लिये गए थे। यदि दूसरी इमरजेंसी के दौरान सरकार द्वारा प्राप्त कई अधिकारों के दुरुपयोग का विपक्ष ने खुलकर विरोध किया होता, जो उसे करना चाहिए था, तो शायद 1975-77 जैसी नागवार स्थिति उत्पन्न नहीं होती।

स्वतंत्र भारत में पहली बार इमरजेंसी या आपातकाल की घोषणा 26 अक्तूबर, 1962 को की गई थी। यह इमरजेंसी सही अर्थों में असली और लाजिमी थी। देश की उत्तरी सीमा पर 'पंचशील' (1954) समझौते को तोड़ते हुए चीन के अचानक विशाल पैमाने पर विश्वासघाती हमले के कारण अफरातफरी मच गई थी। भारत पर वास्तव में एक बड़ी मुसीबत आन पड़ी थी। तत्कालीन राष्ट्रपति डॉ. राधाकृष्णन ने एक अध्यादेश जारी कर इमरजेंसी की उद्घोषणा करते हुए उसमें द्वितीय विश्व युद्ध के दौरान लागू भारत रक्षा कानून का समावेश कर दिया था। लेकिन पं. जवाहरलाल नेहरू के नेतृत्व की तत्कालीन सरकार ने नागरिक स्वतंत्रताओं पर कोई आघात नहीं किया था और न ही प्रेस पर सेंसरशिप लागू कर अपनी कमजोरियों और नाकामियों पर परदा डालने की कोशिश की थी, जैसी कि 1975 में इंदिरा गांधी की सरकार ने अपने कार्यकाल में की। नेहरू सरकार ने पूरी स्थिति पर विचार करने के लिए 8 नवंबर, 1962 को संसद् के

दोनों सदनों की बैठक बुला ली, जबकि सरकार को यह मालूम था कि चीनी हमले के विरुद्ध सरकार की तैयारी नहीं रहने की तीखी आलोचना होगी।

वह भी एक इमरजेंसी थी

1962 की इमरजेंसी के दौरान अभिव्यक्ति की स्वतंत्रता पर कोई अंकुश नहीं लगाए जाने का कुछ विपरीतदर्शी तत्त्वों ने दुरुपयोग भी किया। कतिपय वामपंथी या साम्यवादी मनोवृत्ति के कथित बुद्धिजीवियों ने भारत-चीन सीमा विवाद पर भारत के बजाय चीन का समर्थन करने में संकोच नहीं किया। उन्होंने अपनी पत्र-पत्रिकाओं में इस आशय के विचार भी प्रकाशित किए। 'अमृत बाजार' पत्रिका ग्रुप के प्रसिद्ध बाँग्ला दैनिक 'युगांतर' के वामपंथी संपादक विवेकानंद मुखर्जी ने इस बहुप्रसारित समाचार-पत्र में चीन की पक्षधरता करनेवाला एक विवादास्पद पत्र छापा, जिसे चीन ने 'भारत-चीन सीमा समस्या' शीर्षक पुस्तक में शामिल कर भारत के लिए परेशानी उत्पन्न कर दी। इस पर बवाल मचने पर संपादक को इस्तीफा देना पड़ा।

FLY EAST & WEST ALITALIA

The Times of India

UNICHEM

DELHI: SATURDAY, OCTOBER 27, 1962

EMERGENCY DECLARED

NATION BEING PUT ON WAR FOOTING

Parliament To Meet: By-Elections Off

DECISION TO CREATE VOLUNTEER FORCE

"The Times Of India" News Service
NEW DELHI October 26:

INDIA is being put on a war footing to face the Chinese menace.

NEW MESSAGE FROM NASSER UNDER WAY

UNDECLARED WAR BY CHINA

Nehru's Call For Unity And Sacrifice

DESAI APPEALS FOR DONATIONS

National Defence Fund Set Up

You Said It

Jeeps & Trucks Not To Be Sold To Civilians

LATE NEWS

अक्तूबर 1962 में चीनी हमला होने पर इमरजेंसी की घोषणा का समाचार।

कम्युनिस्टों द्वारा प्रायोजित और अंतरराष्ट्रीय कम्युनिस्ट आंदोलन की अनुग्रह-प्राप्त संस्था ऑल इंडिया पीस काउंसिल की बाँग्ला भाषा में प्रकाशित प्रवक्ता पत्रिका 'अंतरजातिक' ने अपने चीन-परस्त रवैये का प्रदर्शन करते हुए सीमा विवाद पर भारत के पक्ष को संदिग्ध बताया।

इसका उल्लेख यहाँ इसलिए किया जा रहा है ताकि 1975-77 में इंदिरा गांधी के शासनकाल में लगाई गई इमरजेंसी से इसकी तुलना की जा सके, जब इमरजेंसी लगाने के साथ अखबारों की खबरों और विचार सामग्री पर सेंसर लगा दिया गया था और किसी को भी सरकार की रत्ती भर आलोचना करने की छूट नहीं थी। इसके अतिरिक्त प्रेस व पत्रकारों को प्रताड़ित करना, पत्रकारों और अन्य कार्य क्षेत्रों के लोगों को बिना कारण बताए गिरफ्तार करना, सरकार ने अपना शगल बना लिया था।

1962 में घोषित इमरजेंसी में प्रेस पर कोई प्रतिबंध नहीं लगाया गया था और सरकार की गलतियों की खुली आलोचना-प्रत्यालोचना प्रेस में और अन्यत्र बेधड़क होती रही। मिसाल के तौर पर यहाँ प्रस्तुत है 'टाइम्स ऑफ इंडिया' के 2 नवंबर, 1962

के अंक में समाजवादी नेता एस.एम. जोशी का एक प्रकाशित पत्र, जिसके विषयगत अंश इस प्रकार थे—

It is now clear that our reverses in NEFA and Ladakh are the result of a political blunder on the part of Mr. Nehru and Mr. Krishna Menon in misjudging the Chinese intentions. They are also the result of the utter ineptitude of our intelligence services. It is apparent that they knew nothing about the Chinese preparations across the border. The Chinese were able to build roads, install artillery and bring tanks to the forward areas in complete secrecy. We would not have suffered such heavy losses if we had been more vigilant...The truth is that we did not utilize the last two or three years in which we had been sufficiently warned about the threat to our northern borders to prepare for effective defence.

(यह अब स्पष्ट हो चुका है कि 'नेफा' अथवा अरुणाचल प्रदेश और लद्दाख में हमारी पराजय श्री नेहरू और श्री कृष्णा मेनन द्वारा चीनी इरादों को ठीक से नहीं समझने की राजनीतिक महागलती का नतीजा है। हमारी पराजयों का कारण गुप्तचर सेवाओं का निरा अनाड़ीपन भी है। यह जाहिर है कि उन्हें सीमा क्षेत्र में चीन की तैयारियों की कोई जानकारी नहीं थी। चीनी पूरी गोपनीयता बरतते हुए अग्रवर्ती इलाकों में सड़कें बनाने, तोपें लगाने और टैंक ले आने में कामयाब रहे। यदि हम अधिक चौकस होते तो हमें इतने भारी नुकसान का सामना नहीं करना पड़ता...सच्चाई यह है कि हमने पिछले दो या तीन वर्षों का उपयोग नहीं किया, जिस दौरान हमें अपनी उत्तरी सीमाओं पर मँडराते खतरे की पर्याप्त रूप से चेतावनी मिल गई थी। इस अवधि में हम अपनी उत्तरी सीमाओं की कारगर रक्षा की तैयारी कर सकते थे।)

नेहरू ने अखबारों की आलोचना को सहन किया

मर्यादित भाषा में नेहरू सरकार का यह उम्दा छिद्रान्वेषण था। इंदिरा गांधी की सरकार की इमरजेंसी के दौरान किसी भी गलती या चूक की कड़ी आलोचना करने की कल्पना भी नहीं की जा सकती थी। 1975-77 की इमरजेंसी के दौरान प्रकाशन से पूर्व इस तरह का पत्र पहले तो सेंसर अधिकारी को दिखाना पड़ता, जो इसे छापने से मना कर देता और यदि जाने-अनजाने यह पत्र छप जाता तो पत्र लेखक और संपादक दोनों की शामत आ जाती। इस पुस्तक के विभिन्न अध्यायों को पढ़ने से यह तथ्य भली-भाँति स्पष्ट हो जाएगा।

'टाइम्स ऑफ इंडिया' में प्रकाशित एस.एम. जोशी के इस पत्र को मात्र एक नमूने के तौर पर पेश किया गया है, केवल यह दिखलाने के लिए कि उक्त आपातकाल में

सरकार की आलोचना बिना किसी रोक-टोक के होती रही। आलोचना तो इससे भी कई गुना ज्यादा या तीखे स्वर में होती रही, यहाँ तक कि कुछ अनुचित व बेलगाम आलोचना भी होती रही।

दरअसल आजादी के बाद किसी भी प्रधानमंत्री को इतनी जबरदस्त आलोचना सहन नहीं करनी पड़ी थी, जितनी पंडित नेहरू को सहन करनी पड़ी। सत्ताधारी कांग्रेस पार्टी में विक्षोभ और विपक्षी दलों व प्रेस के विरोधी स्वर के कारण पंडित नेहरू को अपने चहेते वामपंथी रक्षामंत्री कृष्ण मेनन को इस्तीफा देने के लिए कहना पड़ा। इमरजेंसी या कोई संकटकालीन स्थिति हो या नहीं हो, नेहरू प्रेस की आजादी में किसी प्रकार के दखल के विरुद्ध थे।

वर्ष 1962 में लगाई गई इमरजेंसी की मियाद भारत-पाक-चीन सीमा पर तनाव और इन दोनों देशों की उत्तेजक हरकतों के कारण समय-समय पर बढ़ाई जाती रही। भारत के विरुद्ध चीन व पाकिस्तान की साँठ-गाँठ के कारण चौकसी की जरूरत बनी रही। यह इमरजेंसी 10 जनवरी, 1968 तक लागू रही। इस बीच सितंबर 1965 में पाकिस्तानी हमले के कारण भारत को एक नए युद्ध का सामना करना पड़ा। इमरजेंसी पहले से लागू रहने के कारण उस समय नई उद्‌घोषणा करने की कोई जरूरत नहीं समझी गई।

समाचार-पत्रों ने विपक्ष की भूमिका निभाई

THE TIMES OF INDIA

PAK PLANES BOMB MANY AIRFIELDS
INDIAN FORCES ORDERED TO HIT BACK
STATE OF EMERGENCY IS DECLARED

Parliament to meet in special session today

No option but to fight, says Indira

Alert in Delhi and other cities

Plane seen on radar at Madh

Challenge will be met: Ram

Many points on border shelled

You Said It

दिसंबर 1971 में बांग्लादेश मुक्ति संग्राम के समय पाकिस्तानी हमला होने पर इमरजेंसी की घोषणा का समाचार।

इसके बाद दूसरी इमरजेंसी की घोषणा 3 दिसंबर, 1971 को पाकिस्तान के साथ बांग्लादेश युद्ध के कारण की गई। किसी ने पहली इमरजेंसी के समान इस दूसरी इमरजेंसी की नेकनीयती और असलीपन पर संदेह व्यक्त नहीं किया था, लेकिन युद्ध समाप्ति के बाद इसे लंबे समय तक जारी रखने की कोई जरूरत नहीं रह गई थी।

1971 की इमरजेंसी के दौर में बांग्लादेश युद्ध की समाप्ति के बाद अगले साल शिमला समझौता, कई राज्यों में आम चुनाव और जम्मू-कश्मीर में तनाव घट जाने के कारण इमरजेंसी जारी रखने का कोई औचित्य नहीं रह गया था। इमरजेंसी के नाम पर सरकार ने अनेक अधिकार अपने हाथ में समेट लिये थे। यह बात अलग थी

कि सरकार ने इन असामान्य अधिकारों को आमतौर पर इस्तेमाल नहीं किया, लेकिन ये अधिकार या हथियार सरकार के हाथ में थमाए रखने का कोई औचित्य नहीं था, यह स्थिति जोखिमपूर्ण थी।

यह बड़ी आश्चर्यजनक बात थी कि विपक्षी दलों ने यथास्थिति बनाए रखने का कोई विरोध नहीं किया। इसे विपक्ष की लापरवाही और दायित्वहीनता ही कहा जाएगा, लेकिन जो कार्य विपक्ष ने नहीं किया, वह प्रेस ने कर दिया। इंदिरा गांधी की शिकायत थी कि प्रेस विपक्ष की भूमिका अदा कर रहा है, लेकिन इस टिप्पणी को प्रेस की निंदा की बजाय प्रशंसोक्ति कहा जाएगा। प्रेस का एक बड़ा काम सरकार को सावधान करना भी है।

भारतीय समाचार-पत्रों ने 1962, 1965 और 1971 में राष्ट्र की सुरक्षा के प्रति अपनी चिंता का प्रदर्शन किया था और अपने हितों को देशहित पर न्योछावर कर दिया था। हालाँकि इस बात से इनकार नहीं किया जा सकता कि समाचार-पत्रों के एक वर्ग ने इस प्रकार की मिशन भावना का परिचय नहीं दिया, लेकिन कुल मिलाकर भारतीय प्रेस ने अभिव्यक्ति की स्वतंत्रता और मौलिक अधिकारों का समर्थन करते हुए बड़ी जिम्मेदारी का परिचय दिया था।

'सिद्धांतहीन सरकार' आ जाने की आशंका सत्य

भारतीय प्रेस ने 1971 की इमरजेंसी को, जो अंततः 1975 में दोहरी इमरजेंसी के साथ 1977 तक जारी रही, लागू होने के छह-सात महीने बाद ही हटाने की माँग शुरू कर दी थी, क्योंकि उसकी कोई आवश्यकता प्रतीत नहीं हो रही थी। 'हिंदुस्तान टाइम्स' (Hindustan Times) ने Emergency No More (इमरजेंसी अब और नहीं) शीर्षक से 10 जुलाई, 1972 के अंक में अपने संपादकीय में लिखा कि शिमला समझौते के बाद अब स्थिति सामान्य हो गई है। सभी सीमावर्ती राज्यों समेत कई राज्यों में विधानसभाओं के चुनाव हो चुके हैं। अब इमरजेंसी जारी रखने का कोई औचित्य नहीं।

एक ऐसे समय में, जबकि देश में शांति और सहजता विद्यमान है, आपातकाल की उद्घोषणा को बनाए रखना लोकतंत्र का उपहास ही है। यह नागरिकों की बुनियादी स्वतंत्रता का उल्लंघन है। इसके अलावा आपातकाल की उद्घोषणा और उसकी अटूटता को चुपचाप स्वीकार कर लेने से भविष्य में किसी सिद्धांतहीन सरकार द्वारा इसके दुरुपयोग का पथ प्रशस्त हो सकता है।

यह आशंका सत्य सिद्ध हुई। आपातकाल बनाए रखने की अविरोध सहमति से अगले तीन वर्ष में 'एक सिद्धांतहीन सरकार' का पथ प्रशस्त हो गया।

क्यों रखा जा रहा था आपातकाल जारी?

'हिंदुस्थान स्टैंडर्ड' (Hindusthan Standard) ने इस टिप्पणी के कोई सप्ताह भर बाद 16 जुलाई, 1972 को End it before long (इसे शीघ्र समाप्त करो) शीर्षक संपादकीय टिप्पणी में लिखा—

'पिछले छह महीनों में स्थिति बहुत सुधर चुकी है। बाहरी हमले और अंदरूनी विध्वंसक गतिविधि के खतरे उल्लेखनीय ढंग से घट गए हैं। देश के भीतर शांति बनी हुई है और हमें अपने पश्चिमी पड़ोसी के साथ रिश्ते ठीक करने में सार्थक सफलता प्राप्त हुई है। जिस प्रकरण में आपातकाल की उद्घोषणा आवश्यक हो गई थी, वह अब नहीं रहा।'

ये कोई इक्का-दुक्का संपादकीय लेख या फीचर लेख नहीं थे। समाचार-पत्रों में इस प्रकार के मंतव्य कुछ-कुछ अंतराल पर प्रकाशित होते ही रहते थे।

'भारत रक्षा कानून' का घोर दुरुपयोग

इंदिरा शासनकाल के उक्त प्रासंगिक दौर में विपक्ष की निष्क्रियता और साक्षी भाववाली स्थिति के विपरीत प्रेस लगातार इमरजेंसी जारी रखने की जोखिम और खतरों का उल्लेख कर रहा था। राजधानी के अंग्रेजी दैनिक 'द मदरलैंड' (The Motherland) ने Undying Emergency (अनंत आपातकाल) शीर्षक से 24 अगस्त, 1973 को संपादकीय टिप्पणी में लिखा—

कोई 20 महीने पहले भारत पर पाकिस्तानी हमले के परिणामस्वरूप आपातकाल की उद्घोषणा की गई थी। उसके बाद स्थिति पूरी तरह बदल चुकी है और देश के सामने कोई बाहरी खतरा दृष्टिगोचर नहीं हो रहा। जिस ढंग से आपातकाल और उसकी बदनाम संतति भारत रक्षा कानून का उपयोग ऐसे मामलों में, जिनका भारत की रक्षा से दूर का भी वास्ता नहीं, किया जा रहा है, उसे स्पष्टतः एक विडंबना ही कहा जाएगा। अनेक बार भारत रक्षा कानून का उपयोग महँगाई-विरोधी आंदोलन जैसे मामलों और धुलाई व वरदी भत्ते में वृद्धि की माँग करनेवाली नर्सों के विरुद्ध किया गया है। नर्सों की हड़ताल, उनकी माँगें कुछ भी हों, वास्तव में अत्यंत खेदजनक है, लेकिन उसका भारत की रक्षा से क्या वास्ता?

युद्धकाल में उठाए जानेवाले कदम यदि शांतिकाल में जारी रखे जाएँ, तो वे लोकतंत्र के लिए एक खतरा बन जाते हैं, लेकिन आश्चर्य की बात है कि देश के विपक्षी दलों को खतरे का एहसास नहीं हुआ, जबकि प्रेस को लगातार खतरे का एहसास हो रहा था। प्रेस के बार-बार के ध्यानाकर्षण और चेताने-सुझाने का सरकार पर कोई प्रभाव नहीं पड़ा। ऐसी अवस्था में यह प्रसंगानुकूल प्रश्न है कि इस दौरान विपक्ष अपने दायित्व का कितना पालन कर रहा था?

1975 की इमरजेंसी का पूवार्भास

वर्ष 1975 आते-आते यह मामला फिर उठा। यह एक दिलचस्प बात थी कि उस वर्ष नई इमरजेंसी लगने से कोई तीन-चार महीना पूर्व वरिष्ठ पत्रकार इंद्रजीत का एक लेख छपा, जिसमें इमरजेंसी लागू रहने पर सख्त एतराज जाहिर किया गया था। उन्होंने अपने नियमित कॉलम में लिखा ('नवभारत टाइम्स' 9 मार्च, 1975), 'दुर्भाग्य यह है कि जनता को इस बात का पूरा एहसास भी नहीं है कि 1971 में लागू आपातकालीन स्थिति से केंद्र सरकार ने कितने अधिकार अपने हाथ में समेट लिये हैं और यह कि वह बिना कोई नोटिस दिए किस हद तक उनका इस्तेमाल कर सकती है, लेकिन इससे संतुष्ट होना गलत होगा, क्योंकि जनता और वैधानिक तानाशाही के बीच जो दूरी है, उसे राष्ट्रपति की कलम एक ही झटके में धराशायी कर सकती हैं।'

THE TIMES OF INDIA

STATE OF EMERGENCY DECLARED

Several leaders arrested

C M warns against call for bandh

Security in peril, says P.M.

Pre-censorship imposed

Rights suspended

Be vigilant, states told

Peace plea by state govt.

Situation peaceful

People ignore bandh call

Borooah blames opposition

जून 1975 में आंतरिक संकट के नाम पर इमरजेंसी की घोषणा का समाचार।

जी हाँ, आखिर कुछ ही दिन बाद ऐसा कर भी दिया गया। 25 जून, 1975 की रात को राष्ट्रपति फखरुद्दीन अली अहमद ने कलम की एक नोक से जिस तरह संविधान के परखचे उड़ा दिए, क्या उसका अंतर्ज्ञान या अंतर्बोध इस अनुभवी पत्रकार को पहले ही हो गया था? इंदिरा गांधी की नई इमरजेंसी का सबसे ज्यादा खामियाजा प्रेस को ही भुगतना पड़ा। प्रेस ने जो आशंका व्यक्त की थी, वह सही सिद्ध हुई। इंदिरा सरकार ने सबसे बड़ा और खूँखार प्रहार प्रेस पर ही किया। सवाल है, क्या विपक्ष के नेता और संसद् में बैठे जनप्रतिनिधि इन गंभीर मुद्दों के प्रति सतर्क और जागरूक थे, क्या जनता के ये प्रतिनिधि संसदीय लोकतंत्र और स्वतंत्रता की परंपरा के अनुसार अपनी बात मनवाने के लिए प्रयत्नशील रहे? जवाब है—नहीं, बिल्कुल नहीं। वे इसे एक बड़ा मुद्दा बना सकते थे—बड़ा मुद्दा तो यह था ही और सरकार को घेरकर उसे इमरजेंसी हटाने के लिए मजबूर कर सकते थे, लेकिन उन्होंने इस दिशा में कोई कारगर प्रयास करने की कतई जरूरत नहीं समझी। यदि 1971 में लगाई गई इमरजेंसी को अकारण वर्षों जारी रखने के विरोध में कोई अभियान चलाते और उसमें सफल होते तो इंदिरा गांधी ने जितनी आसानी से जून 1975 में नई और झूठी इमरजेंसी लगा दी थी, वह शायद नहीं लगा पातीं और उतना आतंक भी नहीं मचा पातीं। यदि विपक्षी दल अपने अभियान में पूर्णत: सफल नहीं भी होते, तब भी उनके अभियान, उनके आंदोलन का एक बड़ा राजनीतिक इंपैक्ट (दबाव-प्रभाव) तो पड़ता ही।

विपक्ष की कोताही उसे ले डूबी

इंदिरा गांधी ने यह देख लिया था कि बाहरी हमले के नाम पर लगाई गई इमरजेंसी का कई बार दुरुपयोग करने के बावजूद विपक्ष कोई चूँ-चपड़ नहीं कर रहा। इस कारण उन्हें इस सलाह पर पूरा यकीन हो गया कि पुरानी इमरजेंसी में नई इमरजेंसी विलीन करके येन-केन-प्रकारेण अपनी गद्दी बचाने के लिए कठोर कदम उठाने की जोखिम ली जा सकती है। इंदिरा गांधी एक साहसी महिला थीं, लेकिन साहस कब 'दुस्साहस' बन जाता है, यह तो छलाँग लगा देने के बाद ही पता लगता है।

यह बड़ी अजीब बात थी कि विपक्ष ने इमरजेंसी हटाने पर कोई जोर नहीं दिया। वस्तुतः जब प्रधानमंत्री ने विपक्ष को सहयोग देने के लिए आमंत्रित किया था, तब सहयोग के लिए विपक्षी नेताओं की पहली माँग इमरजेंसी वापस लेने की होनी चाहिए थी। संसद् के अधिवेशन के दौरान उन्हें इमरजेंसी वापस लेने के लिए सरकार को मजबूर कर देना चाहिए था। उन्हें सरकार से पूछना चाहिए था कि इस दौरान ऐसे कौन से कदम हैं, जो सरकार सामान्य कायदे-कानूनों के अंतर्गत उठा सकने में असमर्थ है। सरकार विपक्ष के ढीले-ढाले रवैये को अच्छी तरह भाँप चुकी थी। इसीलिए जुलाई 1973 में संसदीय सलाहकार समिति की बैठक के लिए गृह मंत्रालय ने एक नोट तैयार किया था।

इंदिरा गांधी के विरुद्ध गैर-कम्युनिस्ट विरोधी दलों का ढीला-ढाला गठबंधन बेअसर सिद्ध हुआ। भारतीय जनसंघ ने एक व्यापक संदर्भ में जनतांत्रिक प्रक्रियाओं और मानदंडों का तिरस्कार करने के विरुद्ध प्रस्ताव पारित करके शायद अपने कर्तव्य की इतिश्री समझ ली।

कब वक्त आया इमरजेंसी हटाने का?

'इमरजेंसी हटाने का अभी वक्त नहीं आया।' यह वक्त अपने आप कभी नहीं आया। इसके चार वर्ष बाद यह वक्त तब आया, जब इंदिरा गांधी को ही हट जाना पड़ा। इतने विशाल और बड़ी आबादीवाले भू-राजनीतिक और सामरिक महत्त्व के देश में कोई न कोई छोटी-बड़ी समस्या हमेशा बनी ही रहेगी। उसकी आड़ में सरकार के हाथ में नागरिक स्वतंत्रता के दमनकारी व्यापक अधिकार नहीं दिए जा सकते थे।

यदि जयप्रकाश नारायण 1974 में इंदिरा गांधी के विरुद्ध आंदोलन का नेतृत्व नहीं करते तो हमेशा से बिखरे रहनेवाले गैर-कम्युनिस्ट विरोधी दल अपने बलबूते क्या करते या कर पाते, इसकी सहज कल्पना ही की जा सकती है। जे.पी. ने इन राजनीतिक दलों से कहा था कि आप सब इकट्ठे हो जाइए, नहीं तो आप सबको जेल में इकट्ठे होने की नौबत आ जाएगी। विपक्षी दलों ने एकजुट होने की उनकी बात नहीं मानी, अंततः

इंदिरा गांधी ने सबको जेल में डालकर इकट्ठा कर दिया। आशंकाओं से प्रभावित जे.पी. की भविष्यवाणी सत्य सिद्ध हुई।

कल्पना कीजिए, यदि इंदिरा गांधी विपक्ष में होतीं तो इमरजेंसी के इस मुद्दे को लेकर वे क्या करतीं, जनता सरकार के सत्तासीन होने पर जब वे विपक्ष में आईं तो भाँति-भाँति के मुद्दे उठाकर आंदोलन और धरने-प्रदर्शन आयोजित कर झूठे-सच्चे बयान देकर सरकार की नाक में दम करती रहीं। उन्होंने तो कई बार यह भी कहा कि जनता सरकार ने अघोषित इमरजेंसी लगा रखी है और यह इमरजेंसी मेरे कार्यकाल की इमरजेंसी से भी बदतर है, प्रेस को कोई आजादी नहीं है। लोगों के मौलिक अधिकारों का हनन दे रहा है, आदि, जबकि तथ्यतः यह सरासर गलत आरोप था, लेकिन गलत आरोप लगाना और गलतफहमी उत्पन्न करना भी उनकी राजनीतिक स्ट्रेटेजी का एक अंग था। इंदिरा गांधी की राजनीतिक चतुराई और दाँव-घात का जनता पार्टी के नेता मुकाबला नहीं कर सके और व्यक्तिगत सत्ता लिप्सा और व्यक्तिगत राग-द्वेष के कारण उनके राजनीतिक खेल से मात खा गए।

इमरजेंसी-कालक्रम

1. 26 अक्तूबर, 1962 से 10 जनवरी, 1968 (भारत-चीन युद्ध 1962, भारत-पाक युद्ध 1965)
2. 3 दिसंबर, 1971 से (भारत-पाक युद्ध 1971)
3. दूसरी इमरजेंसी का तीसरी इमरजेंसी में विलयन (25 जून, 1976 से 21 मार्च, 1977)

□

'गूँगी गुड़िया' बन गई दहाड़ती हुई शेरनी

समाजवादी नेता डॉ. राममनोहर लोहिया ने इंदिरा गांधी को एक बार 'गूँगी गुड़िया' कहा था, लेकिन यदि डॉ. लोहिया जून 1975 में जिंदा होते तो देखते कि किस प्रकार 'गूँगी गुड़िया' एक दहाड़ती हुई शेरनी बन गई। सत्ता में आने के बाद इंदिरा गांधी का आत्मविश्वास धीरे-धीरे बढ़ने लगा। इसके साथ ही सत्ता के प्रति उनका आकर्षण भी बढ़ा। 1969 में उन्होंने राष्ट्रपति पद के चुनाव में पार्टी के अधिकृत उम्मीदवार संजीव रेड्डी को, जो उन्हें नापसंद थे, हराकर और 'अंतरात्मा की आवाज' पर विद्रोही कांग्रेसी उम्मीदवार वी.वी. गिरि को जिताकर दिखा दिया कि अपने उद्देश्य की सिद्धि के लिए वे कोई भी रास्ता अपना सकती हैं, कोई भी चाल चल सकती हैं। काँटे के इस संघर्ष में जीत के साथ इंदिरा गांधी का नया आक्रामक रोल शुरू हो गया।

इंदिरा गांधी 25-26 जून, 1975 की आधी रात को एकाएक निरंकुश शासक या तानाशाह नहीं बन गई थीं। उस मुकाम तक पहुँचने में उन्हें काफी समय लगा। इसकी आधारभूमि कई वर्षों से तैयार हो रही थी, जिसकी झलक मिलनी आरंभ हो चुकी थी। पूरी स्थिति को ठीक से समझने के लिए उस घटना-विकास के पीछे मुड़कर देखने और पूर्व घटना-शृंखला के सिंहावलोकन से प्राप्त अनुभव पर विचार करने की जरूरत है।

इंदिरा गांधी कैसे बनीं कांग्रेस अध्यक्ष

प्रधानमंत्री बनने के आरंभिक काल में इंदिरा गांधी काफी संकोची व दब्बू प्रतीत होती थीं। समाजवादी नेता डॉ. राममनोहर लोहिया ने उन्हें 'गूँगी गुड़िया' की संज्ञा दी थी, लेकिन बाद में वे आवश्यकता से अधिक निस्संकोच व मुखर हो गईं। यदि डॉ. राममनोहर लोहिया (1910-1967) जून 1975 तक जीवित रहते तो वे देखते कि किस प्रकार 'गूँगी गुड़िया' एक दहाड़ती हुई शेरनी बन गई।

वरिष्ठ पत्रकार और 'हिंदुस्तान टाइम्स' के संपादक दुर्गादास ने 1971 में प्रकाशित अपनी बहुचर्चित पुस्तक 'भारत—कर्जन से नेहरू और उनके पश्चात्' में लिखा—'इसमें कोई संदेह नहीं था कि नेहरू अपनी पुत्री को प्रधानमंत्री पद के लिए तैयार कर रहे थे। यह बात एक खुला रहस्य हो गई, जब नागपुर अधिवेशन (1959) में एस. निजलिंगप्पा के अनौपचारिक रूप से कांग्रेस अध्यक्ष चुन लिये जाने के बाद इंदिरा को अचानक अगला अध्यक्ष बना दिया गया। मैंने बाद में इंदिरा से नागपुर की इन घटनाओं के बारे में प्रश्न पूछा। उन्होंने कहा कि उन्हें इस बात की जानकारी नहीं थी कि निजलिंगप्पा अध्यक्ष पद के लिए लगभग चुन लिये गए थे। उन्होंने अपने पिता से कह दिया था कि वे अध्यक्ष नहीं बनना चाहतीं, लेकिन उन्होंने पद इसलिए स्वीकार कर लिया, क्योंकि यू.एन. ढेबर कांग्रेस अध्यक्ष (1955-56-57-58) ने उनसे कहा था कि पद अस्वीकार करने का अर्थ यह लगाया जाएगा कि वे उस पद पर सफलतापूर्वक कार्य करने के योग्य नहीं हैं। राजनीतिक वर्गों में यह बात अच्छी तरह समझ ली गई थी कि इंदिरा गांधी को कांग्रेस का अध्यक्ष बनाया जाना भविष्य में उन्हें बड़े पद दिए जाने की पृष्ठभूमि था।'

इस मामले में यहाँ एक दिलचस्प बात का प्रासंगिक उल्लेख करना उपयुक्त होगा। नागपुर अधिवेशन में जब एक पत्रकार ने पंडित नेहरू से पूछा कि कांग्रेस पार्टी में अध्यक्ष चुनने की क्रियाविधि क्या है, तो पंडितजी ने कोई सीधा जवाब न देकर कहा, 'यह सबकुछ कैसे हुआ, मुझे पता नहीं। मुझे तो एकाएक मालूम हुआ कि किसी ने इंदिरा का नाम प्रस्तावित किया है।' इस पर उस पत्रकार की प्रतिक्रिया थी—क्या कांग्रेस पार्टी में अध्यक्ष का चुनाव इसी तरह होता है?

बाद में प्राप्त जानकारी से पता लगा कि यह पूरी करामात स्वयं पंडित नेहरू की ही थी। वंशवादी राजनीति सामने आ चुकी थी। इसके बाद से कांग्रेस पार्टी का यह प्रयास रहा कि नेहरू खानदान का कोई व्यक्ति हमेशा कर्णधार की भूमिका में रहे। सत्ता के प्रति पंडित नेहरू का आकर्षण हमेशा रहा। एक कालखंड में वे 'थ्री-इन-वन' थे। देश के प्रधानमंत्री, विदेश मंत्री और कांग्रेस पार्टी के अध्यक्ष। उन दिनों एक अंग्रेजी पत्रिका में एक कार्टून छपा था, जिसमें दिखाया गया था कि इंदिरा गांधी, जो उनकी देखभाल करती थीं, कपड़ों की अलमारी के सामने खड़ी होकर पंडित नेहरू से पूछ रही हैं, 'पापा, कौन सी ड्रेस निकालूँ—प्रधानमंत्रीवाली, विदेश मंत्रीवाली या पार्टी अध्यक्षवाली।'

संविधान से खेल का श्रीगणेश

इंदिरा गांधी द्वारा 1959 में कांग्रेस का अध्यक्ष पद सँभालने के बाद कांग्रेस ने केरल में कतिपय जनसमस्याओं को लेकर वहाँ की कम्युनिस्ट सरकार को बरखास्त करने के लिए उग्र आंदोलन छेड़ दिया था। विश्व की यह पहली निर्वाचित कम्युनिस्ट सरकार

थी, जो 1957 के आम चुनाव के बाद सत्तासीन हुई थी। इसे सदन का पूर्ण बहुमत प्राप्त था। प्रधानमंत्री जवाहरलाल नेहरू ने इंदिरा गांधी के दबाव पर इस सरकार को हटाने का निर्णय किया। राष्ट्रपति डॉ. राजेंद्र प्रसाद ने संवैधानिक औचित्य के आधार पर पहले इस निर्णय का विरोध किया, फिर अनिच्छापूर्वक नंबूदिरीपाद के नेतृत्व की केरल सरकार को बरखास्त करने के दस्तावेज पर हस्ताक्षर कर दिए। केंद्र व राज्यों के संबंधों को लेकर उपस्थित हुई यह पहली उलझन ही संविधान से खेलने का अवसर बन गई।

इंदिरा गांधी अधिक समय तक कांग्रेस अध्यक्ष नहीं रहीं, लेकिन राजनीति में अधिक बड़ी भूमिका निभाने के लिए उनकी महत्त्वाकांक्षाएँ जाग्रत हो चुकी थीं। वे इससे पहले ही अपने प्रधानमंत्री पिता के सरकारी निवास स्थान तीनमूर्ति भवन में आकर रहने लगी थीं। वे न केवल प्रधानमंत्री की देखभाल करती थीं, बल्कि उनसे लोगों की भेंट-मुलाकात कराने, यदा-कदा सरकारी फाइलें प्रधानमंत्री तक पहुँचाने और वापस मँगाने का कार्य भी करती थीं। देश-विदेश में प्रधानमंत्री की कई यात्राओं में साथ रहने के अवसर भी उन्हें मिलते रहे। महत्त्वपूर्ण देशी-विदेशी मेहमानों के स्वागत-सत्कार का दायित्व भी उन्हें निभाना होता था। इससे उनमें राजनीति की अच्छी समझ निर्मित हो गई।

एक झटके में एक दर्जन शक्तिशाली नेता हलाल!

कांग्रेस पार्टी और सरकार के इतिहास में 1963 का वर्ष एक संगीन निर्णायक मोड़ का वर्ष था। कुछ माह पूर्व चीनी हमले में भारत की दर्दनाक-शर्मनाक पराजय के कारण एक अप्रिय नई स्थिति उत्पन्न हो गई थी। पार्टी के अंदर विक्षोभ की एक अंतर्धारा प्रवाहित हो रही थी। प्रधानमंत्री की लोकप्रियता और प्रतिष्ठा का ह्रास हो रहा था। ऐसी अवस्था में पार्टी व सरकार में पत्ते फेंटने की एक चतुर योजना बनाई गई। कांग्रेस पार्टी के इतिहास में 'कामराज योजना' नाम से बहुचर्चित इस योजना के बारे में कांग्रेस राजनीति के कई जानकार लोगों का कहना था कि यह योजना पंडित नेहरू अथवा इंदिरा गांधी या दोनों के दिमाग की मिली-जुली उपज थी। नेहरू कई मामलों में इंदिरा गांधी से सलाह-मशविरा करते थे। के. कामराज 1954-63 में मद्रास (अब तमिलनाडु) के मुख्यमंत्री थे, जिन्हें बाद में कांग्रेस का राष्ट्रीय अध्यक्ष (1964-65-66-67) बना दिया गया। सार्वजनिक तौर पर यह बताया गया था कि कामराज ने पं. जवाहरलाल नेहरू को यह योजना पेश की थी, जिसका उद्देश्य था कांग्रेस संगठन में नवजीवन का संचार करने और उसे मजबूत बनाने के लिए केंद्र व राज्यों में सरकार चला रहे कुछ 'काबिल' व्यक्तियों को पार्टी के काम में लगाना। इसके लिए केंद्रीय मंत्रिमंडल के मंत्रियों और विभिन्न राज्यों के मुख्यमंत्रियों को इस्तीफा देने को कहा गया, जो उन्होंने दे दिया। यह जिम्मा पंडित नेहरू को सौंपा गया कि किस कैबिनेट मंत्री और मुख्यमंत्री को छाँट देना है और किसको

नहीं। केंद्रीय मंत्रिमंडल के दो वरिष्ठ सदस्य मोरारजी देसाई और जगजीवन राम पंडित नेहरू की चीन-नीति से क्षुब्ध थे और निजी बातचीत में इस नीति की आलोचना करते थे। उन्हें राह से हटाना जरूरी था। अंततः इस निष्कासन के दूरगामी परिणाम होनेवाले थे। जो काम पंडित नेहरू बिल्कुल सीधे ढंग से नहीं कर सकते थे, वह काम कामराज योजना ने कर दिखाया और कांग्रेस के कई नेताओं का काम तमाम कर दिया।

पी.एम. पद के लिए इंदिरा का प्रशिक्षण

कांग्रेस की गिरती साख को बचाने व संगठन को मजबूत करने के घोषित उद्देश्य से मोरारजी देसाई और जगजीवन राम ने सत्ता का परित्याग करते हुए जो त्यागपत्र दिए, वे तुरंत स्वीकार कर लिये गए। त्यागपत्र देनेवाले नेता बाद में लगभग खाली बैठ गए। कांग्रेस संगठन ने उनके अनुभव और संपर्कों का लाभ नहीं उठाया। दिलचस्प बात यह कि इन नेताओं के साथ लालबहादुर शास्त्री का इस्तीफा भी मंजूर कर लिया गया, हालाँकि वे नेहरू के परम विश्वासपात्र थे और उनके प्रति पूरी तरह वफादार थे। जानकार सूत्रों के अनुसार ऐसा इसलिए किया गया ताकि किसी को यह न लगे कि नेहरू ने अपने आलोचकों को सत्ता से हटाने के लिए कामराज योजना का सहारा लिया। राजनीतिक विश्लेषकों का कहना था कि कांग्रेस में शक्ति-संतुलन को दुरुस्त करने के लिए यह एक 'मास्टर स्ट्रोक' (अत्यंत चतुर कूट युक्ति) था, जिसमें केंद्रीय कैबिनेट के आधा दर्जन शक्तिशाली मंत्री और आधा दर्जन शक्तिशाली मुख्यमंत्री हट गए। अब कोई भी चुनौती देनेवाला नेता नहीं रहा।

कार्यरत प्रधानमंत्री और प्रतीक्षारत प्रधानमंत्री।

इस प्रकरण में यहाँ से कुछ आगे के घटनाक्रम का उल्लेख किया जाए तो कुछ बातें ठीक से समझ में आएँगी। वर्ष 1969 में राष्ट्रपति पद के चुनाव को लेकर कांग्रेस में महाभारत मच गया। इंदिरा गांधी उस समय प्रधानमंत्री बन चुकी थीं। इस प्रकरण में वरिष्ठ पत्रकार कुलदीप नैयर ने अपनी पुस्तक 'एक ही जिंदगी काफी नहीं' में लिखा है, 'कांग्रेस अध्यक्ष निजलिंगप्पा का कहना था कि उन्हें पक्का पता था कि नेहरू अपनी बेटी को अपने उत्तराधिकारी के रूप में देख रहे थे। 15 जुलाई, 1969 को निजलिंगप्पा ने अपनी डायरी में लिखा था कि नेहरू जाहिर और पक्के तौर पर इंदिरा गांधी को प्रधानमंत्री पद के लिए तैयार कर रहे थे।' कुलदीप नैयर के अनुसार इससे छह वर्ष पहले 1963

में लालबहादुर शास्त्री ने भी उन्हें करीब-करीब यही बात बताई थी। कांग्रेस के चोटी के एक अन्य नेता एस.के. पाटिल ने बिल्कुल साफ शब्दों में कुलदीप नैयर को कहा था, 'नेहरू अपने बाद इंदिरा गांधी को ही प्रधानमंत्री बनाना पसंद करते। वे यह महसूस करते थे कि इंदिरा गांधी को अभी कुछ और अनुभव चाहिए, लेकिन उन्हें यह उम्मीद थी कि इंदिरा गांधी एक-न-एक दिन सत्ता सँभाल लेंगी।'

शास्त्रीजी को कराया जाता था इंतजार

जनवरी 1964 में भुवनेश्वर में कांग्रेस अधिवेशन में पंडित नेहरू को लकवे का हलका दौरा पड़ा। उनके बीमार पड़ने पर लालबहादुर शास्त्री को फिर मंत्रिमंडल में ले लिया गया और बिना विभाग का मंत्री बना दिया गया। मोरारजी देसाई ने इसे उपेक्षा भाव से लिया, जबकि जगजीवन राम ने साफतौर पर कह दिया कि पंडित नेहरू जिन लोगों को नहीं चाहते थे, उन्हें हटाने के लिए लालबहादुर शास्त्री को मोहरा बनाया गया। पंडित नेहरू की बीमारी के दौरान बहुत-सा फाइल वर्क शास्त्रीजी को देखने को कहा गया था, लेकिन इंदिरा गांधी ने इसे पसंद नहीं किया। वे सभी फाइलें प्रधानमंत्री के पास भेजने से पहले एक बार स्वयं देखने लगीं, लेकिन जैसे ही प्रधानमंत्री की तबीयत कुछ ठीक हुई, सब महत्त्वपूर्ण फाइलें पहले की तरह लालबहादुर शास्त्री के बजाय इंदिरा गांधी के माध्यम से प्रधानमंत्री के पास भेजी जाने लगीं। इससे पूर्व लालबहादुर शास्त्री जब मंत्रिमंडल से बाहर थे, उन्हें पंडित नेहरू से मिलने के लिए कभी-कभी लंबा इंतजार करना पड़ता था। प्रधानमंत्री से भेंट कराने का जिम्मा इंदिरा गांधी का था। सरकारी अधिकारियों का शास्त्री से कहना था कि वे इसमें कुछ नहीं कर सकते—'इंदिराजी जानबूझकर ऐसा करती हैं।'

दुर्गादास का अंतरसंपर्क देश की बड़ी हस्तियों से होता रहता था। तो उन्होंने अपनी पुस्तक में एक जगह लिखा, 'जब नेहरू अचानक बीमार पड़े थे उन्होंने यह समझ लिया था कि प्रधानमंत्री पद के लिए इंदिरा को तैयार करने का काम वे अपने जीवनकाल में समाप्त नहीं कर पाएँगे। अत: वे लालबहादुर शास्त्री के रूप में ऐसा उत्तराधिकारी चाहते थे, जिस पर उन्हें पूरा भरोसा हो और इंदिरा के साथ अच्छा व्यवहार करे'।

27 मई, 1964 को पं. जवाहरलाल नेहरू का अचानक देहांत हो गया। इसके साथ ही एक युग का अंत हो गया। पिछले तीस वर्षों से कुछ अधिक समय से भारत का इतिहास पंडित नेहरू के जीवन और राजनीतिक कार्यकलापों से संबद्ध था। उनके निधन से उनके उत्तराधिकारी के चयन की समस्या उत्पन्न हो गई।

जवाहरलाल नेहरू की मृत्यु पर कांग्रेस के दिग्गज नेता—कामराज, अतुल्य घोष, एस.के. पाटिल और संजीव रेड्डी आदि, जिन्हें 'ओल्ड गार्ड' या 'सिंडिकेट' कहा जाता था, मोरारजी देसाई की बजाय लालबहादुर शास्त्री को प्रधानमंत्री के रूप में देखना चाहते

थे। मोरारजी देसाई ने भी उनकी बात मान ली। प्रधानमंत्री बनने के बाद शास्त्रीजी ने इंदिरा गांधी को मंत्रिमंडल में ले लिया और उन्हें उनकी पसंद का मंत्रालय—सूचना एवं प्रसारण विभाग—दे दिया। हालाँकि सूचना एवं प्रसारण मंत्री के रूप में अपनी पहली प्रेस कॉन्फ्रेंस में वे कुछ नर्वस लगीं।

इंदिरा गांधी पार्टी नेताओं के नियंत्रण से बाहर

सितंबर 1965 के भारत-पाक युद्ध के बाद सोवियत रूस की पहल पर जनवरी 1966 में ताशकंद में भारत-पाक समझौता वार्त्ता के दौरान अचानक हृदयगति रुक जाने से लालबहादुर शास्त्री का देहांत हो गया। दो वर्ष में दूसरी बार देश को गहरा शोक झेलना पड़ा। शास्त्रीजी की मृत्यु के बाद पार्टी अध्यक्ष कामराज के नेतृत्व में पार्टी ने प्रधानमंत्री के रूप में इंदिरा गांधी का नाम प्रस्तावित किया। हालाँकि कांग्रेस महारथियों के सामने अनुभव में इंदिरा गांधी कहीं नहीं टिकती थीं। सबसे सीनियर और अनुभवी माने जानेवाले मोरारजी देसाई थे, जिन्हें अनेक लोग नेहरू का स्वाभाविक उत्तराधिकारी मानते थे, लेकिन देसाई के अक्खड़पन और हठीले स्वभाव के कारण पार्टी के वरिष्ठ नेता उन्हें प्रधानमंत्री नहीं बनाना चाहते थे। इंदिरा गांधी को सबसे बड़ा लाभ यह था कि वे 'नेहरू की बिटिया' थीं, जिनके आभामंडल की चमक बरकरार थी। कांग्रेस के नेता इंदिरा गांधी को नेहरू की परंपरा में एक बड़ी विरासत के रूप में देखते थे, जिसमें नेहरू के प्रति निष्ठावान लालबहादुर शास्त्री एक अल्प-अंतराल थे। जगजीवन राम ने भी हवा का रुख देखकर इंदिरा गांधी का समर्थन किया। कांग्रेस संसदीय दल के इतिहास में पहली बार नेतृत्व के लिए संघर्ष हुआ। मतदान में इंदिरा गांधी को 355 वोट मिले, जबकि मोरारजी देसाई को 165, यानी आधे से कुछ कम।

इंदिरा गांधी को प्रधानमंत्री बनाने का श्रेय यदि किसी एक व्यक्ति को दिया जा सकता है तो वे कामराज ही थे, जिन्होंने इसके लिए काफी दौड़-धूप की। उनके द्वारा रची गई व्यूह-नीति के कारण ही इंदिरा गांधी जीत पाईं। इंदिरा गांधी ने कांग्रेस संसदीय दल का नेता चुने जाने पर कामराज के सामने दोनों हाथ जोड़कर कहा था कि मुझे कामराजजी जो कहेंगे, मैं वह करूँगी। अखबारों में इस अवसर का एक चित्र छपा था।

पहले यह समझा गया था कि प्रधानमंत्री पद की दौड़ में मोरारजी देसाई और कामराज मुख्य प्रतिद्वंद्वी होंगे, लेकिन कामराज चुनाव के अखाड़े में नहीं उतरे। जब उनसे यह पूछा गया कि उन्होंने अपनी दावेदारी क्यों नहीं पेश की, तो उन्होंने कहा कि भारत में जो व्यक्ति अंग्रेजी और हिंदी ठीक से नहीं बोल सकता, वह प्रधानमंत्री नहीं बन सकता। उनका यह मूल्यांकन बिल्कुल सही था।

सामूहिक नेतृत्व का प्रयास विफल

कांग्रेस के 'ओल्ड गार्ड', जिसे 'सिंडिकेट' गुट कहा जाने लगा था, का विचार था कि वे इंदिरा गांधी को अपने नियंत्रण में रख सकेंगे, जबकि मोरारजी देसाई को नियंत्रित करना कठिन होगा। शायद कांग्रेस अध्यक्ष कामराज का यह आकलन था कि इंदिरा गांधी उनके प्रति अहसानमंद रहेंगी, लेकिन उनका यह भ्रम जल्द ही टूट गया। प्रधानमंत्री बनने के बाद इंदिरा गांधी ने कामराज की उपेक्षा करनी शुरू कर दी। इंदिरा गांधी में नया आत्मविश्वास जाग्रत हो चुका था। इंदिरा गांधी के सत्ता सँभालने के कोई साल भर बाद 1967 में आम चुनाव के जो नतीजे आए, उनसे पता लगा कि कांग्रेस का आधार धीरे-धीरे खिसकने लगा है। लोकसभा में उसके सदस्यों की संख्या, जो 1962 में कुल 494 सीटों में से 358 थी, वहीं 1967 में कुल 520 सीटों में से घटकर 283 रह गई। कई राज्यों में भी कांग्रेस को काफी धक्का लगा। साल भर की कार्यावधि में किसी भी प्रधानमंत्री से किसी प्रकार के करामाती कार्य-प्रदर्शन की उम्मीद नहीं की जा सकती थी, फिर भी उल्लेखनीय बात यह थी कि सरकार का कामकाज काफी फीका रहा। कांग्रेस के पुराने नेताओं ने केंद्र और राज्यों में कांग्रेस की नीतियों और कार्यक्रम के आधार पर पार्टी की स्थिति मजबूत करने के लिए सामूहिक नेतृत्व विकसित करने का प्रयास किया। 1967 के आम चुनाव के बाद मोरारजी देसाई चाहते थे, पार्टी के पुराने नेता कांग्रेस संसदीय दल के सदस्यों को अपने नेता का चुनाव करने के लिए इस बार स्वतंत्र छोड़ दें, लेकिन पार्टी के इन नेताओं को लगा कि इससे पार्टी में अंतर्कलह बढ़ सकता है। इसलिए उन्होंने मोरारजी देसाई को राजी किया कि गुप्त मतदान से संसदीय दल के नेता के चुनाव का आग्रह न करें। नेता के चुनाव के लिए जो संघर्ष होता, उसे 'सर्वसम्मत' फॉर्मूले द्वारा टाल दिया जाता, लेकिन मंत्रिमंडल में मोरारजी देसाई को शामिल करना आवश्यक माना गया। उन्हें वित्त मंत्रालय के साथ उपप्रधानमंत्री का पद दिया गया। यह उनकी वरिष्ठता, अनुभव और योग्यता के हिसाब से उचित था, लेकिन इंदिरा गांधी ने इसे पसंद नहीं किया। वक्त आने पर उन्होंने यह दिखा भी दिया।

कांग्रेस में आर-पार की लड़ाई

मई 1969 में राष्ट्रपति डॉ. जाकिर हुसैन के निधन के बाद अगले राष्ट्रपति के चुनाव का मसला खड़ा हो गया। पार्टी के पुराने नेताओं अथवा 'ओल्ड गार्ड' ने नीलम संजीव रेड्डी का नाम राष्ट्रपति पद के लिए प्रस्तावित किया, जिसका कांग्रेस कार्यसमिति ने अनुमोदन कर दिया। इंदिरा गांधी ने प्रस्तावक के तौर पर नामांकन पत्र पर हस्ताक्षर भी कर दिए, लेकिन बाद में इंदिरा गांधी को लगा कि उनका प्रभाव कम करने के लिए संजीव रेड्डी को लाया जा रहा है। उन्होंने अपनी पार्टी के अधिकृत उम्मीदवार संजीव

रेड्डी की जगह वी.वी. गिरि को, जो कार्यवाहक राष्ट्रपति के पद से त्यागपत्र देकर राष्ट्रपति पद के चुनाव अखाड़े में उतरे थे, जिताने का निर्णय किया और इस निमित्त अपनी स्ट्रेटजी बैठानी आरंभ कर दी। इंदिरा गांधी ने सिंडिकेट कहे जानेवाले वरिष्ठ कांग्रेस नेताओं से आर-पार की लड़ाई लड़ने का निर्णय किया। उन्होंने अपनी समाजवादी और गरीब-हितैषी छवि बनाने के लिए लोक-लुभावन नारों का सहारा लिया। इसी क्रम में मोरारजी देसाई से वित्त मंत्रालय छीन लिया। वस्तुतः उन्होंने मोरारजी देसाई को अपमानित कर कैबिनेट से बाहर कर दिया। 14 बड़े बैंकों का राष्ट्रीयकरण करते हुए स्वयं को क्रांतिकारी जताने का प्रयास किया। उन्होंने यह सिद्ध करने का प्रयास किया कि मोरारजी देसाई जैसे लोग ही आर्थिक सुधारों में सबसे बड़ी बाधा बने हुए थे। इसके साथ ही उन्होंने सामाजिक न्याय, कमजोर व गरीब वर्गों के लिए नई समाजार्थिक नीतियों की रूपरेखा प्रस्तुत करनी आरंभ कर दी, जबकि 'सिंडिकेट' गुट के नेताओं का कहना था कि वे आर्थिक विषयों को लेकर कोई भी विवाद खड़ा नहीं करना चाहते थे, लेकिन सत्ता हाथ में होने के कारण इंदिरा गांधी को अपने पक्ष में चतुर और कारगर चालें चलने का अवसर मिला। वे अपना अभियान सड़कों पर ले आईं। सैकड़ों पुरुष, महिलाएँ और युवा जुलूस के रूप में इंदिरा गांधी के निवास स्थान पर पहुँचने लगे, जिन्हें वे बड़े चाव से संबोधित करने लगीं। विपक्षी दलों ने इसे नियोजित प्रदर्शन की संज्ञा दी। इंदिरा गांधी ने यह प्रचारित करना शुरू किया कि 'सिंडीकेट' गुट के नेता 'पूँजीपतियों की समर्थक' स्वतंत्र पार्टी और 'संप्रदायवादी' जनसंघ पार्टी से मिले हुए हैं। दिलचस्प बात यह कि इसी सिंडीकेट गुट ने ही इंदिरा गांधी को गद्दी पर बैठाया था। इंदिरा गांधी ने अपने दो मंत्रियों—फखरुद्दीन अली अहमद और जगजीवन राम को अपने मोहरे बनाकर मुसलिम और हरिजन सदस्यों के वोट बटोरने के लिए उन्हें राज्यों की राजधानियों में भेजा। उन्होंने परदे के पीछे योजनाबद्ध अभियान चलाया, जिसमें उन्हें पर्याप्त सफलता मिली। इंदिरा गांधी ने कांग्रेस पार्टी के अधिकृत उम्मीदवार संजीव रेड्डी को वोट देने की बजाय अंतरात्मा की आवाज के आधार पर वोट देने, यानी वी.वी. गिरि को वोट देने का आह्वान किया।

अधिनायकवादी भावना के बीज

इस चुनाव में विपक्षी दलों ने पूर्व केंद्रीय वित्त मंत्री प्रसिद्ध अर्थशास्त्री सी.डी. देशमुख को अपना उम्मीदवार बनाया। भारतीय इतिहास में राष्ट्रपति पद के लिए यह सबसे कड़ा संघर्ष था, जिसमें मतगणना के अंत तक सस्पेंस बना रहा। पहले राउंड में कोई भी उम्मीदवार निर्वाचन-योग्य वोट प्राप्त नहीं कर सका। चुनाव का फैसला द्वितीय वरीयता-प्राप्त वोटों पर निर्भर हो गया। अंततः मामूली अंतर से वी.वी. गिरि की जीत

हुई। वी.वी. गिरि को कुल 4,20,077 वोट मिले, जबकि संजीव रेड्डी को 4,05,527 वोट मिले। तीसरे उम्मीदवार विपक्ष के सी.डी. देशमुख को 1,12,769 वोट मिले। वस्तुतः राष्ट्रपति पद की प्रचंड संघर्षपूर्ण प्रतिस्पर्धा में कांग्रेस ने कांग्रेस को हरा दिया।

चुनाव परिणाम से यह स्पष्ट हो गया कि संजीव रेड्डी को जिताने के किसी तथाकथित षड्यंत्र से स्वतंत्र पार्टी और जनसंघ का कोई सरोकार नहीं था। कांग्रेस के दो गुटों के उम्मीदवारों का सामना करने के बजाय उन्होंने सैद्धांतिक आधार पर अपना उम्मीदवार खड़ा कर उसी को वोट दिए। अगर वे कांग्रेस के अधिकृत उम्मीदवार संजीव रेड्डी को अपनी प्रथम पसंद के वोट दे देते तो श्री रेड्डी अवश्य जीत जाते। चुनाव परिणाम के बाद मोरारजी देसाई ने कहा कि विश्व इतिहास में यह पहला मौका है, जब किसी देश के प्रधानमंत्री ने अपनी पार्टी के उम्मीदवार को धोखा दिया हो और वह भी तब, जब उसके पक्ष में नामांकन पत्र भी भरा हो। इस अंत:संघर्ष के कारण कांग्रेस पार्टी दो-फाड़ हो गई। बाद में एक गुट 'इंदिरा कांग्रेस' कहलाया और दूसरा संगठन 'कांग्रेस'। कई टिप्पणीकारों और राजनीतिक विश्लेषकों का अभिमत यह था कि इंदिरा गांधी में अपने पिता जवाहरलाल नेहरू की अधिनायकवादी भावना के बीज तो थे, किंतु नेहरू का आदर्शवाद नहीं था। इंदिरा गांधी ने जब कांग्रेस की बागडोर सँभाली थी, तब स्थिति यह थी कि पार्टी नेहरू युग के आदर्शों से पतित हो चुकी थी। पार्टी का एकमात्र आदर्श सत्ता से चिपके रहना ही इंदिरा गांधी का आदर्श इसलिए बना, क्योंकि कांग्रेस के भीतर तथाकथित 'दक्षिणपंथी' और 'वामपंथी' नाम के जो दो धड़े थे, उनके लक्ष्य भी सत्ता से चिपके रहने तक थे और यही बात दोनों धड़ों की आपसी लड़ाई का कारण रही। कुछ लोगों का विचार था कि निजलिंगप्पा, कामराज, पाटिल, देसाई आदि के सामने पार्टी को जिंदा रखने का महत्त्व था, लेकिन इंदिरा गांधी के सामने समस्या सिर्फ अपने को गद्दी पर टिकाए रखने की थी, भले ही इस क्रम में पार्टी के दो या अधिक टुकड़े हो जाएँ।

बैलों की जोड़ी (चुनाव चिह्न) का विभाजन 'अमृत बाजार पत्रिका' में अमल का व्यंग्य चित्र।

कुछ लोगों का यह भी कहना था कि इंदिरा गांधी को यह लगा कि 1972 में होनेवाले आम चुनाव में लोकसभा में कांग्रेस सदस्यों की संख्या और घट सकती है। तब मिली-जुली सरकार बनाने की नौबत आ सकती है। केंद्र में राज्यों जैसी अस्थिरता उत्पन्न हो सकती है। यदि लोकसभा भंग करनी पड़ी तो श्रीमती गांधी को सरकार चलाने देने

की सारी जिम्मेदारी राष्ट्रपति पर होगी। इस काम में वी.वी. गिरि उनका साथ दे सकते हैं। इसलिए उन्होंने इतना बड़ा दाँव खेला।

जब नेहरू ने पार्टी के आगे झुकना स्वीकार किया

पं. जवाहरलाल नेहरू

अपनी पसंद के राष्ट्रपति के चयन के मामले में पंडित नेहरू और इंदिरा गांधी के रवैये और सोच में कितना अंतर था, इसका उल्लेख करना आवश्यक है। संविधान लागू होने के साथ 1950 में, जब राष्ट्रपति के चुनाव की बात आई, तब आम धारणा यह थी कि डॉ. राजेंद्र प्रसाद, जो संविधान सभा के अध्यक्ष रहे, प्रथम राष्ट्रपति होंगे, लेकिन पंडित नेहरू चक्रवर्ती राजगोपालाचारी को, जो जून 1948 में लॉर्ड माउंटबेटेन के बाद भारत के गवर्नर जनरल बने थे, राष्ट्रपति के रूप में देखना चाहते थे। इस प्रसंग में एक रोचक बात यह है कि बाद में इन्हीं राजगोपालाचारी ने जवाहरलाल नेहरू की कथित समाजवादी नीति के विरोध में 1959 में स्वतंत्र पार्टी का गठन किया था, जिसने 1962 के लोकसभा चुनाव में 18 और 1967 के चुनाव में 44 सीटें प्राप्त की थीं, लेकिन बाद में यह पार्टी धीरे-धीरे मंद पड़ती गई।

जवाहरलाल नेहरू व्यक्तिगत और वैचारिक कारणों से डॉ. राजेंद्र प्रसाद को पसंद नहीं करते थे, लेकिन जब उन्होंने देखा कि सरदार पटेल और पार्टी के अन्य बड़े नेता डॉ. राजेंद्र प्रसाद को ही राष्ट्रपति बनाना चाहते हैं, तब वे पीछे हट गए। फिर 1957 में जब डॉ. राजेंद्र प्रसाद को अगले कार्यकाल के लिए पुन: राष्ट्रपति बनाने की बात चली तो पंडित नेहरू ने इसका जोरदार विरोध किया और उपराष्ट्रपति डॉ. राधाकृष्णन को राष्ट्रपति बनाने का आग्रह किया। उस समय पंडित नेहरू कांग्रेस में सर्वशक्तिमान नेता थे। सात वर्ष पूर्व सरदार पटेल की मृत्यु हो चुकी थी और कांग्रेस में कोई ऐसा नेता नहीं था, जो पंडित नेहरू को चुनौती दे सके, लेकिन पार्टी का बहुमत उस वक्त उपराष्ट्रपति डॉ. राधाकृष्णन को राष्ट्रपति बनाने के लिए सहमत नहीं था। ऐसे में पंडित नेहरू ने पार्टी के भीतर अपनी पराजय स्वीकार कर लेना ही उपयुक्त समझा। उन्होंने इसे अपनी प्रतिष्ठा का मुद्दा नहीं बनाया और न ही इंदिरा गांधी की तरह यह कहा कि राष्ट्रपति ऐसा व्यक्ति होना चाहिए, जो मेरी इच्छा के अनुकूल काम कर सके। जवाहरलाल नेहरू ने 1950 और 1957 में अपनी इच्छा के विरुद्ध फैसले के बावजूद संसदीय बोर्ड की इच्छा का सम्मान किया था, जबकि इंदिरा गांधी का कहना था कि मैं प्रधानमंत्री हूँ, मेरी इच्छा पार्टी की इच्छा से बड़ी है और पार्टी से मतभेद होने पर मैं पार्टी के विभाजन की कीमत पर कांग्रेस के विरोधियों से भी समर्थन लेने को तैयार हूँ।

यदि फिरोज गांधी जीवित होते

जानकार लोगों के अनुसार इंदिरा गांधी का बचपन जिस तरह से बीता, उससे उनमें असुरक्षा की भावना और जिद्दीपन आ गया था। इस जिद्दीपन में स्वेच्छाचारिता का पुट था। जब उन्होंने फिरोज गांधी से, जिनका जन्म एक सामान्य हैसियत के पारसी परिवार में हुआ था, शादी करने का निर्णय किया, तब उनके पिता पंडित नेहरू ने आरंभ में आपत्ति जाहिर की और कहा कि तुम जल्दबाजी में कोई निर्णय मत करो। उस समय के सामाजिक-राजनीतिक माहौल में पंडित नेहरू को डर था कि एक पारसी से उनकी बेटी के प्रेम विवाह की बात का पता चलने पर उन्हें इसका राजनीतिक नुकसान हो सकता है। बाद में यह मामला गांधीजी के सुपुर्द किया गया। मोतीलाल नेहरू के देहांत के बाद गांधीजी नेहरू परिवार के अभिभावक की भूमिका निभा रहे थे। उन्होंने शादी की इजाजत दे दी, लेकिन सादगीपसंद होते हुए भी उन्होंने कहा कि यह शादी चुपचाप सिविल रजिस्ट्रेशन पद्धति से नहीं हो। इसका गलत संदेश जाएगा। अंततः यह शादी बहुत धूमधाम से इलाहाबाद में आनंदभवन में हिंदू रीति से संपन्न हुई। वैदिक मंत्रोच्चारण के बीच दूल्हा-दुलहन ने अग्नि के सात फेरे लिये, लेकिन यह शादी सुखद सिद्ध नहीं हुई। दोनों के बीच कुछ अनबन होती रही। हालाँकि इस दंपती के बीच अपनी संतति, दो बेटों राजीव व संजय के कारण संपर्क बना रहा। इंदिरा गांधी अपने पिता के सरकारी निवास स्थल में चली आईं, उनकी देखभाल करने के लिए। इंदिरा गांधी का पारिवारिक जीवन बीच में ही झूलने लगा। उनका तलाक नहीं हुआ और अपने पति के साथ भी नहीं रहीं।

फिरोज गांधी

फिरोज गांधी 1952 और 1957 में कांग्रेस पार्टी के टिकट पर रायबरेली से जीते थे। वे नेहरू परिवार के अंग्रेजी दैनिक 'नेशनल हेराल्ड' के प्रबंध संपादक रहे। वे एक प्रखर और स्वतंत्रचेता सांसद थे, जो संसद् में आम आदमी की पीड़ा और जनहित के कई मुद्दों को उठाते रहते थे। फिरोज गांधी अपना 'होमवर्क' करके आते थे। इंदिरा गांधी से शादी के बावजूद उन्होंने पंडित नेहरू से मतभेद का साहस प्रदर्शित किया। उन्होंने पार्टी से ऊपर देश को महत्त्व दिया। जीवन बीमा निगम के साथ एक बड़े व्यवसायी मूँदड़ा के गलत सौदे का तो उन्होंने पर्दाफाश किया ही, इसके अलावा उन्होंने कई अन्य घोटालों का भी पर्दाफाश किया, जो बहुचर्चित हुए। भारतीय प्रेस फिरोज गांधी (1912-1960) का शुक्रगुजार है, जिनकी पहल और सूझबूझ के कारण 1956 में संसदीय कारवाई (प्रकाशन संरक्षण) अधिनियम पारित हुआ, जिसके अंतर्गत संसद् के किसी भी सदन की पर्याप्त, सही और दुर्भावनारहित रिपोर्टिंग पर किसी प्रकार की सिविल और फौजदारी

कारवाई की मनाही कर दी गई, लेकिन 1975-77 में इमरजेंसी के दौरान संसद् की कारवाई के प्रकाशन पर पूरी तरह रोक लगा दी गई थी या सरकार जो चाहती थी, वही प्रकाशित हो पाता था। संघर्ष करते हुए संसद् तक पहुँचनेवाले फिरोज गांधी, जो स्वयं एक पत्रकार थे, प्रेस की स्वाधीनता के प्रबल समर्थक थे। कल्पना कीजिए, यदि फिरोज गांधी इमरजेंसी के समय जीवित होते तो क्या होता? प्रेस पर अंकुश लगाए जाने पर वे खामोश बैठनेवाले नहीं थे। तब क्या होता, कहना कठिन है, लेकिन इसकी कल्पना तो की ही जा सकती है।

इंदिरा गांधी का नया लड़ाकू रूप

राष्ट्रपति पद के चुनाव के दौरान नए आर्थिक सुधारों की घोषणा को राजनीतिक मुद्‌दा बनानेवाली इंदिरा गांधी ने कुछ अरसे बाद कहा कि 'आर्थिक मामलों में अब तत्काल नए कदम उठाने की कोई आवश्यकता नहीं है।' जबकि इस बीच उल्लेख योग्य 'आर्थिक कदम' बैंक राष्ट्रीयकरण ही था, जिसे कई विपक्षी दलों और जनता के कई वर्गों ने राजनीति-प्रेरित बताया था। अनेक अखबारों ने उनके इस कथन की छिद्रान्वेषी समीक्षा की। एक अखबार ने लिखा, 'कुरसी सलामत-इनकलाब अब धीरे-धीरे।' प्रसिद्ध अंग्रेजी दैनिक 'द हिंदू' ने इस पर कटाक्ष करते हुए व्यंग्य चित्रकार पुरी का एक कार्टून भी प्रकाशित किया, जो काफी चर्चित हुआ।

राष्ट्रपति पद के चुनाव में अपनी पसंद के विद्रोही उम्मीदवार वी.वी. गिरि की जीत के बाद : 'आर्थिक सुधारों के मामले में अब उतावले कदम उठाने की जरूरत नहीं?'

—अंग्रेजी दैनिक 'द हिंदू' का व्यंग्य चित्र।

राष्ट्रपति पद के चुनाव में कांग्रेस के अधिकृत उम्मीदवार की पराजय और इंदिरा गांधी की पसंद के विद्रोही उम्मीदवार की विजय से इंदिरा गांधी का नया आक्रामक रोल शुरू हुआ। उन्होंने सत्ता-संघर्ष को एक युद्ध माना और जब यह एक युद्ध था तो इसे जीतने के लिए सब प्रकार के हथकंडे अपनाए जा सकते थे। येन-केन-प्रकारेण सत्ता पर काबिज रहने और किसी भी कीमत पर उससे चिपके रहने का जो बीजारोपण हो चुका था, वह पुष्पित और पल्लवित होने लगा। जून 1975 आते-आते यह एक बड़े वृक्ष के रूप में विकसित हो चुका था।

□

‘वे कहते हैं इंदिरा हटाओ, मैं कहती हूँ गरीबी हटाओ’

राष्ट्रपति पद के चुनाव में इंदिरा गांधी के समर्थन से विद्रोही कांग्रेसी उम्मीदवार वी.वी. गिरि के जीत जाने के बाद कांग्रेस पार्टी दो हिस्सों में बँट गई। इंदिरा गांधी का गुट अधिक शक्तिशाली होकर उभरा, लेकिन लोकसभा में अल्पमत में आ जाने के कारण अन्य दलों पर निर्भर रहने की स्थिति समाप्त करने के लिए इंदिरा गांधी ने निर्धारित समय से एक वर्ष पूर्व चुनाव करा दिए।

बड़े बैंकों के राष्ट्रीयकरण और प्रिवीपर्सों की समाप्ति के जरिए उन्होंने अपनी छवि गरीब-हितैषी बनाने का प्रयास किया। उन्होंने अपने आकर्षक नारे ‘वे कहते हैं इंदिरा हटाओ, मैं कहती हूँ गरीबी हटाओ’ के बल पर अपने नए समाजवादी एजेंडे से मतदाताओं को लुभाने में सफलता प्राप्त की। इससे उनका सत्ताधिकार एकाएक बढ़ गया।

1969 में राष्ट्रपति पद के चुनाव में ‘अंतरात्मा की आवाज’ के नाम पर अपनी ही पार्टी के अधिकृत उम्मीदवार संजीव रेड्डी को हरवाकर और विद्रोही उम्मीदवार वी.वी. गिरि को जितवाकर इंदिरा गांधी ने अपने रणनीतिक कौशल और शक्ति का प्रदर्शन किया, लेकिन इससे कांग्रेस में फूट पड़ गई और उसके विभाजन की नौबत आ गई।

राष्ट्रपति पद पर अपनी पसंद के उम्मीदवार की जीत के बाद इंदिरा गांधी ने कांग्रेस पार्टी संगठन को पूरी तरह अपने अधिकार में ले लेने का निर्णय किया, क्योंकि सत्ता में बने रहने के लिए ऐसा करना आवश्यक था, लेकिन एक ऐसे समय में, जबकि पार्टी के दोनों धड़ों के बीच समझौता वार्त्ता चल ही रही थी, इंदिरा गांधी के गुट ने पार्टी अध्यक्ष निजलिंगप्पा को हटाने के लिए एकाएक एक हस्ताक्षर अभियान चला दिया। पार्टी में इंदिरा गांधी के समर्थकों ने अखिल भारतीय कांग्रेस कमेटी की विशेष बैठक तलब की।

इस बीच निजलिंगप्पा ने इंदिरा गांधी को एक खुला पत्र लिखकर उन पर संगठन में आंतरिक लोकतंत्र और अनुशासन को नष्ट करने का आरोप लगा दिया।

तब सिंडिकेट अच्छा था, अब बुरा हो गया

जनता को संबोधित करती प्रधानमंत्री इंदिरा गांधी।

एक भेंटवार्त्ता में निजलिंगप्पा ने कहा कि पार्टी किसी भी हालत में अनुशासनहीनता बरदाश्त नहीं की जाएगी। जिन लोगों ने अंतरात्मा का मामला उठाया था, उनके बारे में पूछे जाने पर उन्होंने कहा कि राजनीति में अंतरात्मा की बात उठाने का कोई प्रश्न नहीं। इन लोगों ने अंतरात्मा का प्रश्न इसलिए उठाया, क्योंकि वे पार्टी के उम्मीदवार संजीव रेड्डी को पराजित करना चाहते थे। उन्होंने कहा कि स्वतंत्र पार्टी और भारतीय जनसंघ के साथ मिलकर संयुक्त सरकार बनाने की बातचीत का प्रचार सर्वथा निराधार एवं असत्य था, जिसका उपयोग कुछ लोगों ने राष्ट्रपति चुनाव में संजीव रेड्डी को पराजित करने के लिए किया।

भेंटवार्त्ता में 'सिंडिकेट' का नाम लेने पर निजलिंगप्पा उत्तेजित हो गए। उन्होंने पूछा, 'कौन लोग सिंडिकेट के सदस्य हैं? इसका जन्म कब हुआ था और किन्होंने इसका निर्माण किया?' जब उन्हें यह कहा गया कि सिंडिकेट का निर्माण केंद्र में संसदीय कांग्रेस दल के नेता के चुनाव के समय हुआ बताया जाता है तो निजलिंगप्पा ने तत्काल उत्तर दिया, 'तब क्या कथित सिंडिकेट ने लालबहादुर शास्त्री और बाद में इंदिरा गांधी का चयन करके अच्छा कार्य नहीं किया था?'

1 नवंबर, 1969 को कांग्रेस कार्यसमिति की दो अलग-अलग बैठकें एक ही समय हुईं। एक बैठक प्रधानमंत्री के निवासस्थान पर हुई और दूसरी बैठक कांग्रेस पार्टी के जंतर मंतर रोड स्थित मुख्यालय में हुई। कांग्रेस के मठाधीशों को लगा कि पार्टी के अंदर इंदिरा गांधी की ताकत बहुत कम है। निजलिंगप्पा की अध्यक्षता में संपन्न बैठक के बाद इंदिरा गांधी को पार्टी के निर्णय की जानबूझकर अवज्ञा करने के आरोप में पार्टी से निष्कासित कर दिया गया।

कांग्रेस गुटों में 'फ्री स्टाइल' कुश्ती

इंदिरा गांधी जानती थीं कि यदि उनके साथियों ने पार्टी से उनके निष्कासन को स्वीकार कर लिया तो वे कांग्रेस संसदीय दल की नेता नहीं रहेंगी और प्रधानमंत्री नहीं

बनी रह सकेंगी। उन्होंने तत्काल कांग्रेस के सांसदों की बैठक बुलाई। दोनों गुटों ने बहुमत उनके साथ होने का दावा किया। बैठकें होने पर पाया गया कि संसद् के दोनों सदनों में कांग्रेस के कुल 429 सांसदों में से 310 ने इंदिरा गांधी की बैठक में अपनी उपस्थिति दर्ज कराई ओर निजलिंगप्पा के खिलाफ अविश्वास प्रस्ताव पारित कर दिया। अपनी अलग पहचान के लिए इंदिरा गांधी की कांग्रेस को कांग्रेस रूलिंग या 'आर' की संज्ञा दी गई और निजलिंगप्पा की कांग्रेस को कांग्रेस ऑर्गेनाइजेशन या 'ओ' की संज्ञा दी गई।

इस जीत के बाद इंदिरा गांधी का रुख काफी आक्रामक हो गया। दोनों शिविरों के बीच 'फ्री स्टाइल' कुश्ती आरंभ हो गई। इंदिरा गांधी ने कांग्रेस के पुराने नेताओं को अहंकार में डूबे लोग और अप्रजातांत्रिक और फासिस्ट तत्त्व कहा। इसके साथ ही दोनों 'कांग्रेसों' में इस बात की लड़ाई छिड़ गई कि बैलों की जोड़ी चुनाव चिह्न, कांग्रेस ध्वज और कांग्रेस भवनों का असली हकदार कौन है? यह लड़ाई केंद्र से लेकर ग्रामस्तर तक पहुँच गई। दोनों पक्षों के कांग्रेसजनों का कहना था कि वे देश के शुभचिंतक हैं। दोनों समाजवाद, धर्मनिरपेक्षता, लोकतंत्र और बाकी अन्य बातों की, जो कांग्रेस की स्थायी शब्दावली में शामिल हो चुकी थीं, दुहाई देने लगे।

लोकतंत्र और समाजवाद के नाम पर दोनों गुटों की लड़ाई में इंदिरा गांधी बहुत अनुकूल स्थिति में थीं। वे रानी मधुमक्खी की हैसियत में थीं। सत्तारूढ़ होने के कारण वे जनहित के नाम पर अपने सत्ताधिकार का निर्द्वंद्व उपयोग कर सकती थीं। प्रलोभन दे सकती थीं, धमका सकती थीं। वस्तुत: बहुत से कांग्रेसी सांसद लोकसभा भंग कर देने की उनकी धमकी के कारण उनके साथ हो गए थे, क्योंकि वे नहीं चाहते थे कि उन्हें मध्यावधि चुनाव का सामना करना पड़े।

प्रिवीपर्स समाप्त करने का धमाका

कांग्रेस पार्टी के विभाजन के बाद संसद् के दोनों सदनों में इंदिरा गुट अल्पमत में आ गया। प्रधानमंत्री की कुरसी बचाए रखने के लिए इंदिरा गांधी को भारतीय कम्युनिस्ट पार्टी, द्रविड़ मुनेत्र कड़गम, अन्य छोटे दलों और निर्दलियों की मदद लेनी पड़ी। इंदिरा गांधी की अल्पमत सरकार भारी दबाव में आ गई। उनके विरोधी सत्ता से बाहर रहने के कारण सब असफलताओं का दोष सरकार पर मढ़ सकते थे। इंदिरा गांधी अब इस बहाने की आड़ में अपनी रक्षा नहीं कर सकती थी कि पार्टी संगठन की कमजोरियों के कारण वे अपनी आर्थिक नीतियों में सफल नहीं हो पा रही हैं। कांग्रेस के 'युवा तुर्कों' और कम्युनिस्टों को संतुष्ट करने के लिए उन्हें आर्थिक मोर्चे पर कोई धमाकेदार प्रगतिशील कदम उठाना जरूरी लगा।

उन्होंने अचानक राजा-महाराजाओं के प्रिवीपर्स और अन्य विशेषाधिकार समाप्त

करने की घोषणा कर दी। हालाँकि राजा-महाराजाओं के संघ से किसी समझौते पर पहुँचने के कुछ ही दिन पहले उन्होंने संसद् सदस्यों के एक ग्रुप से कहा था कि राजा-महाराजाओं के साथ किए गए करारनामों की भावना का सम्मान करना ही होगा, इसलिए समझौता वार्त्ता करना जरूरी है। तथ्य यह है कि इस मामले का दूसरा पहलू यह है कि यदि ये राजा-महाराजा भारत संघ में शामिल होने से इनकार कर देते तो भारत के लिए बड़ी विचित्र स्थिति उत्पन्न हो जाती। शायद बहुत कम लोगों के ध्यान में यह बात होगी कि भारत के करीब 40 प्रतिशत भूभाग पर इन राजा-महाराजाओं का शासन था, जिसके दायरे में उस समय 15 करोड़ की आबादी आती थी।

सरदार वल्लभभाई पटेल के नजदीकी सहयोग में कार्यरत विभागीय सचिव वी.पी. मेनन ने अपनी पुस्तक 'भारतीय राज्यों का एकीकरण' (Integration of the Indian States) में लिखा है—If one were asked to name the most important factors that have contributed to the stability of the country, there is little doubt that one would mention at once two factors. The first being the integration of the Indian States and the second a Constitution framed with the willing consent of the people.

(यदि किसी को बताने के लिए कहा जाए कि वह देश में स्थिरता लानेवाले सबसे महत्त्वपूर्ण आधार-तत्त्वों का नामोल्लेख करे, तो इसमें तनिक भी संदेह नहीं कि वह तत्काल दो आधार-तत्त्वों का जिक्र करेगा : पहला भारतीय रियासतों का एकीकरण और दूसरा लोगों की स्वैच्छिक सहमति से रचा गया संविधान।)

वचन भंग का मामला

वी.पी. मेनन ने लिखा कि रियासतों के प्रिवीपर्स के रूप में जो राशि देते रहना तय हुआ, वह इन रियासतों से प्राप्त भारी नकद शेष, भूसंपदा, इंफ्रास्ट्रक्चर और निवेश राशि के मुकाबले नगण्य थी।

ज्ञातव्य है कि ब्रिटिश शासकों ने भारत छोड़ते समय 554 छोटी-बड़ी देशी रियासतों के राजाओं को स्वतंत्र छोड़ दिया था और उनको यह छूट दे दी थी कि वे हिंदुस्तान या पाकिस्तान, किसी में भी शामिल हो सकते हैं और स्वतंत्र रहना चाहें तो स्वतंत्र रह सकते हैं। स्वतंत्र भारत के प्रथम गृहमंत्री सरदार वल्लभभाई पटेल ने अपनी सूझबूझ और कूटनीति से इन रियासतों के राजाओं को भारत संघ में मिलने के लिए राजी कर अखंड भारत के निर्माण का ऐतिहासिक पुरुषार्थ प्रदर्शित किया था।

इन राजा-महाराजाओं को देश की स्वतंत्रता के समय अपने राज्यों का विलय भारत संघ में करने और अपने प्रशासनिक अधिकार भारत सरकार को सौंप देने के एवज में प्रिवीपर्स दिया जाता था, जो उस समय के राजस्व के अनुपात में होता था।

विधिवेत्ता मुहम्मद अली करीम छागला, जो केंद्र में मंत्री रहे, का कहना था कि प्रिवीपर्सों का उन्मूलन भारत के साथ रियासतों के एकीकरण के समय किए गए संविदात्मक इकरारनामे का विश्वास-हनन और वचनभंग था। उन्होंने कहा कि इंदिरा गांधी ने यह कदम केवल सस्ती वाहवाही लूटने के लिए उठाया।

प्रिवीपर्स समाप्त करने की प्रक्रिया पर टिप्पणी करते हुए अंग्रेजी दैनिक 'द हिंदू' (The Hindu) ने अपने संपादकीय (20 अगस्त, 1970) में लिखा—The Prime Minister cannot have forgotten all of a sudden the moral and legal obligations that attach to the covenants nor the sacrifices in terms of power, prestige and money in return for which the privy purses and privileges were accorded to the princes by constitutional guarantees. As recently as early this month Mrs. Gandhi had recalled their constructive role in the integration of the country after independence and their generous contribution to the political, social and cultural life of the country. May be the Prime Minister was stampeded into the decision for the immediate consideration of the Bill by a vocal minority in her party, who have the support of communists.

(प्रधानमंत्री पारस्परिक प्रतिज्ञा-पत्रों या स्वीकृति-पत्रों से संबद्ध नैतिक और कानूनी दायित्वों को एकाएक भुला नहीं सकतीं, न ही वे यह भुला सकती हैं कि राजाओं को सत्ता, प्रतिष्ठा और धनराशि का त्याग करने के एवज में संवैधानिक गारंटी के अंतर्गत प्रिवीपर्स और विशेषाधिकार प्रदान किए गए थे। हाल ही में इस महीने श्रीमती गांधी ने 'स्वाधीनता के बाद देश के एकीकरण में इनकी रचनात्मक भूमिका' और देश के राजनीतिक, सामाजिक और सांस्कृतिक जीवन में इनके उदारमना योगदान का स्मरण किया था।...हो सकता है, प्रधानमंत्री को अपनी पार्टी के मुखर अल्पसंख्यक वर्ग, जिसे कम्युनिस्टों का समर्थन प्राप्त है, के द्वारा इस विधेयक पर तत्काल विचार करने के लिए आगे की ओर धकेल दिया गया हो।)

यह तो जगजाहिर था कि राजाओं के भत्ते और विशेषाधिकार अनिश्चितकाल तक नहीं चलेंगे। धीरे-धीरे ये घिसते जाएँगे। राजा लोग स्वयं भी मानसिक तौर पर इसके लिए तैयार हो रहे थे। सरकार से बातचीत भी चल रही थी, लेकिन अचानक राजनीतिक उद्देश्य से एकतरफा आखिरी फैसले के झटके की उम्मीद किसी ने नहीं की थी।

'गरीबी हटाओ' नारा ग्रामीणों की देन!

प्रिवीपर्स समाप्त करने के लिए संविधान में संशोधन की जरूरत थी। इसके लिए इंदिरा गांधी को संसद् के दोनों सदनों में दो तिहाई बहुमत का समर्थन चाहिए था।

लोकसभा में 2 सितंबर, 1970 को दो-तिहाई बहुमत से विधेयक पारित हो गया, लेकिन राज्यसभा में एक वोट के अंतर से गिर गया। इस पर मंत्रिमंडल की आपातकालीन बैठक बुलाई गई और राजाओं के भत्ते और विशेषाधिकार समाप्त करने के लिए राष्ट्रपति से अध्यादेश जारी कराया गया। राजा-महाराजाओं की मान्यता समाप्त कर दिए जाने पर कई लोगों की प्रतिक्रिया थी कि राजनीति के क्षेत्र में जो नए राजा-महाराजा पनप रहे हैं, उन्हें नियंत्रित करने के लिए क्या कुछ किया जा सकता है?

प्रिवीपर्स और विशेषाधिकार समाप्त हो जाने के बाद राजा-महाराजाओं ने अपने राजमहलों को होटलों में बदलकर आमदनी के नए स्रोत ढूँढ़ लिये और अपनी पुरानी जीवनशैली को बचाए रखा। आम लोगों, विशेषत: गरीबों को यह लगा कि राजा-महाराजाओं के राजसी वैभव पर प्रहार से उन पर किया जानेवाला खर्च अब गरीब जनता के काम आएगा। अपने से अधिक समृद्धिशाली और शक्तिशाली व्यक्ति की हैसियत में घटौती से बहुत से लोगों को एक प्रकार का आत्मिक सुख प्राप्त होता है। समाज के कमजोर वर्गों के लोगों को यह लगा कि इंदिरा गांधी प्रगतिशील आर्थिक और सामाजिक प्रयासों को मजबूत करने की ओर बढ़ रही हैं। इंदिरा सरकार ने गरीबों के लिए बहुत कुछ करने का संकल्प व्यक्त किया। उन्हें 'गरीबों की मसीहा' के तौर पर पेश किया जाने लगा। इस बीच एक बहुत मामूली, लेकिन दिलचस्प घटना का ऐसा ऐतिहासिक फलितार्थ हुआ, जो किसी ने सोचा नहीं था।

यह सब लोग जानते हैं कि 'गरीबी हटाओ' नारा 1971 के लोकसभा चुनाव में कांग्रेस को जिताने में बहुत कारगर सिद्ध हुआ था, लेकिन बहुत कम लोग यह जानते हैं कि इस नारे की रचना किसने की थी। इस नारे का शब्द निर्माण किया था मलयालम नाटककार तथा जनसंचार विशेषज्ञ एन.एम ओमचेरी ने, जो साउथ इंडियन इंस्टीट्यूट ऑफ मास कम्युनिकेशन में पढ़ाते थे। ओमचेरी से अखिल भारतीय कांग्रेस कमेटी की एक पदधारी मुकुल बनर्जी ने चुनाव अभियान के लिए किसी विषय का सुझाव माँगा था। ओमचेरी ने इसे एक व्यावसायिक चुनौती मानते हुए इस पर विचार मंथन शुरू कर दिया। उन दिनों चुनाव अभियान के लिए विज्ञापन एजेंसियाँ लाइन नहीं लगाया करती थीं।

कुछ दिन बाद ओमचेरी ने देखा कि राजस्थान के कुछ कठपुतली कलाकार राजनीतिक चर्चा में तल्लीन हैं। कुतूहल के कारण उन्होंने कलाकारों से पूछा कि अगले चुनाव में वे किसे वोट देंगे। उन्होंने एक स्वर में कहा—'इंदिराजी को।' यह पूछे जाने पर कि क्यों वे उन्हें वोट देंगे। उत्तर मिला—'क्या उन्होंने उस दिन नहीं कहा था कि वे गरीबी हटा देंगी।' यहाँ ओमचेरी को आइडिया मिल गया।

एक कलाकार की सहायता से उन्होंने दो पोस्टर तैयार कराए। एक में कहा गया था—'इंदिरा कहती हैं गरीबी हटाओ, विरोधी कहते हैं इंदिरा हटाओ। आप चुनिए।'

दूसरा पोस्टर इसी मूल विषय का रूपांतर था। दोनों पोस्टर श्रीमती गांधी के पास ले जाए गए। उन्होंने दोनों को अनुमोदित कर दिया।

मलयालम की एक पत्रिका में ओमचेरी ने उन दिनों का स्मरण करते हुए कहा कि कांग्रेस की अपूर्व सफलता से अधिक मैं चुनाव अभियान की सफलता पर खुश था।

'गरीबी हटाओ' या 'गरीबी मिटाओ'

लोकसभा चुनाव की घोषणा के बाद गैर-कांग्रेस, गैर-कम्युनिस्ट विपक्षी दलों ने चुनाव में कांग्रेस के मुकाबले महागठबंधन बनाने की स्ट्रेटजी बनाई, लेकिन अंततः गठबंधन केवल कांग्रेस संगठन, जनसंघ, स्वतंत्र पार्टी और समाजवादी पार्टी के एक गुट तक ही सीमित रहा। इस गठबंधन ने चुनाव में 'इंदिरा हटाओ' का नारा दिया, जबकि इंदिरा गांधी की पार्टी 'गरीबी हटाओ' के नारे के साथ जनता के बीच पहुँची। इंदिरा गांधी ने चुनावी सभाओं में नारा दिया—'वे कहते हैं इंदिरा हटाओ, मैं कहती हूँ गरीबी हटाओ।' यह नारा 'क्लिक' कर गया। इसे आशातीत सफलता मिली। इस नारे के माध्यम से इंदिरा गांधी मतदाताओं को लुभाने में कामयाब रहीं और देश में नई लोकलुभावन राजनीति का दौर शुरू हुआ।

इस नारे पर चुटकी लेते हुए जनसंघ के वरिष्ठ नेता अटलबिहारी वाजपेयी ने कहा, 'गरीबी हटाओ' का क्या मतलब हुआ। हटाने का अर्थ है कोई चीज, जैसे टेबल-कुरसी आदि खिसकाकर दूसरी जगह रखना। गरीबी हटाकर कहाँ ले जाएँ? नारा होना चाहिए—'गरीबी मिटाओ।' शब्दों के सूक्ष्म अर्थभेद अपनी जगह पर हैं, जिसमें आम लोगों की कोई रुचि नहीं होती। उनका सरोकार किसी शब्द का आशय समझना भर होता है।

'गरीबी हटाओ' नारे की करामात

दुनिया भर के राजनीतिज्ञ मतदाताओं को लुभाने के लिए आकर्षक घोषणाओं, वायदों और नारों का सहारा लेते हैं। तत्कालीन सोवियत संघ की कम्युनिस्ट पार्टी के सर्वोच्च नेता निकिता ख्रुश्चेव ने एक बार कहा था—'राजनीतिज्ञ सब जगह एक जैसे होते हैं। जहाँ कोई नदी नहीं भी होती, वहाँ भी वे पुल बनवा देने का वायदा कर देते हैं।'

वस्तुतः लुभावने वायदे करने और हसीन सपने दिखाने पर ही राजनीति की गाड़ी चलती है, यह उसका ईंधन है। लेकिन 2004 के आम चुनाव में भारतीय जनता पार्टी ने इस सरल और कारगर फॉर्मूले को नहीं समझा। भाजपा ने दो नारे दिए—'इंडिया शाइनिंग' यानी भारत जगमगा रहा है। हिंदी में इसे 'भारत उदय' नाम दिया गया। इसी प्रकार 'फील गुड' का नारा दिया गया, जिसका कोई हिंदी रूपांतर नहीं किया गया। इसे

सुखद एहसास या खुशनुमा माहौल कहा जा सकता है। इन नारों के बल पर भाजपा ने चुनाव जीतने का प्रयास किया। एक ऐसे समय में जब देश में करोड़ों लोग गरीबी रेखा से नीचे अपनी गुजर-बसर कर रहे हों, करोड़ों लोगों को दो जून की रोटी नसीब नहीं हो और कई करोड़ की संख्या में युवा बेरोजगार हों या अर्धबेरोजगारी की स्थिति में हों, उन्हें 'फील गुड' कैसे हो सकता है। इसकी प्रतिकूल प्रतिक्रिया होनी थी और हुई।

'गरीबी हटाओ' का नारा देकर इंदिरा गांधी ने यह कबूल किया कि देश में गरीबी मौजूद है और यह सबसे बड़ी समस्या है। लोगों को लगा कि इंदिरा गांधी गरीबी हटाकर ही दम लेंगी।

इस प्रसंग में यह उल्लेखनीय है कि 2014 के आम चुनाव में भारतीय जनता पार्टी के प्रधानमंत्री पद के उम्मीदवार नरेंद्र मोदी ने नारा दिया—'अच्छे दिन...आनेवाले हैं।' अच्छे दिन...आनेवाले हैं।' कहने का तात्पर्य यह है कि अभी अच्छे दिन नहीं हैं (कोई 'फील गुड' फैक्टर नहीं), लेकिन भाजपा के जीत जाने पर अच्छे दिन आने शुरू हो जाएँगे। 'गरीबी हटाओ' की तरह 'अच्छे दिन...आनेवाले हैं' नारा भी अपने उद्‌देश्य में सफल रहा।

'गरीबी हटाओ' नारे ने करोड़ों गरीबों में नई आशा का संचार किया। 'वे कहते हैं इंदिरा हटाओ, मैं कहती हूँ गरीबी हटाओ' नारे का जादुई असर हुआ। इंदिरा गांधी ने पूरे देश में घूम-घूमकर पुरजोर ढंग से चुनाव प्रचार किया, जिसका उन्हें आशातीत लाभ हुआ। उनकी पार्टी ने लोकसभा की 341 सीटें, यानी दो-तिहाई सीटें जीत लीं, जबकि 1967 के चुनाव में अविभाजित कांग्रेस ने 283 सीटें जीती थीं। वर्ष 1971 के चुनाव में संगठन कांग्रेस को मात्र 16 सीटें मिलीं। स्वतंत्र पार्टी को आठ, भारतीय जनसंघ को 22 और समाजवादी गुटों को पाँच सीटें मिलीं। इंदिरा गांधी पार्टी संगठन के पुराने नेताओं के विरुद्ध अपनी लड़ाई को वैचारिक और सैद्धांतिक रूप देने में काफी हद तक कामयाब रहीं। उन्होंने अपने धुआँधार प्रचार में विपक्ष को जनविरोधी, प्रतिक्रियावादी और फासिस्ट बताया। चुनाव में मिली तूफानी सफलता से उनका आत्मविश्वास बढ़ गया, साहस बढ़ गया। उनका कद अचानक ऊँचा हो गया। उनकी चाल में एक शाही अंदाज आ गया। अब पार्टी संगठन और सरकार पर उनका एकदम अधिकार हो चुका था।

नेहरू ने दस वर्ष का समय माँगा था

वस्तुतः आजादी के बाद आर्थिक नियोजन या पंचवर्षीय योजनाओं का मूल तत्त्व गरीब-हितैषी बताया गया था, लेकिन इनका लाभ भारत के करोड़ों गरीब, ग्रामीण और पिछड़े लोगों को पूरी तरह नहीं मिल पाया। गाँवों में गरीबों की दशा कैसी है, अंततः इसी पर भारत के भाग्य का निर्णय होगा। गाँवों में सबसे अधिक दीन दशा छोटे और

अत्यंत छोटे किसानों और खेतिहर मजदूरों की है। विकास के पश्चिमी फॉर्मूलों—राष्ट्रीय आय, प्रति व्यक्ति औसत आय, औद्योगिक विकास आदि पर ज्यादा जोर दिए जाने से जिस अंतिम व्यक्ति के लिए यह सबकुछ अपेक्षित है, वह लापता हो गया है। दूसरी पंचवर्षीय योजना के शुरुआती दौर में पंडित नेहरू ने कहा था कि जब तक देश के प्रत्येक स्त्री-पुरुष और बच्चे के साथ न्याय नहीं होता और उसे जीवन निर्वाह का न्यूनतम स्तर प्राप्त नहीं होता, मैं चैन से नहीं बैठूँगा। उन्होंने कहा था, 'बस दस वर्ष तक इंतजार कीजिए, आप देखेंगे कि हमारी योजनाओं ने देश की तसवीर बदल दी है।' नेहरू अपने इस भाषण के बाद करीब एक दशक तक जीवित रहे, लेकिन आम आदमी की हालत में कोई सुधार नहीं हुआ। यदि हो गया होता तो उनकी बेटी को इसके छह-सात वर्ष बाद 'गरीबी हटाओ' का नारा नहीं लगाना पड़ता। इसके बाद इंदिरा गांधी ने एक दशक से अधिक समय तक राज किया, लेकिन आम आदमी की गरीबी बरकरार रही। गरीबी तो आज तक नहीं हटी, जबकि इस नारेबाजी के बाद अनेक वर्षों तक कांग्रेस का राज रहा। आज भी 25 से 30 करोड़ लोग गरीबी रेखा के नीचे अपना गुजर-बसर कर रहे हैं।

जवाहरलाल नेहरू

इंदिरा गांधी द्वारा 'गरीबी हटाओ' नारे के साथ अपनी छवि गरीब-हितैषी और पूँजीपति-विरोधी के रूप में निर्मित करने के प्रयास पर वरिष्ठ पत्रकार रंजीत राय ने चार वर्ष बाद अंग्रेजी दैनिक 'हिंदुस्थान स्टैंडर्ड' (Hindusthan Standard) में अपने साप्ताहिक कॉलम 'पॉलिटिकल डायरी' के अंतर्गत जो टिप्पणी की, वह उल्लेख करने योग्य है। संयोग की बात यह कि यह टिप्पणी 25 जून, 1975 को ठीक उस रोज प्रकाशित हुई, जिस रोज रात को इमरजेंसी लगा दी गई। रंजीत राय ने अन्य बातों के अतिरिक्त लिखा—

'गरीबी हटाओ' वर्षों में समृद्ध होते पूँजीपति

The most startling event since the Allahabad judgement had been the demonstration outside the Prime Minister's house by about 400 businessmen. Mr. K.K. Birla appealing to Mrs. Gandhi not to step down. Mr. Birla had earlier proclaimed that 'businessmen have full faith in Mrs. Gandhi's policies and statesmanship.'

It is admitted that during the past few years the number of people below the poverty line has sharply increased, thanks mainly to the spiralling prices. But the business community has every reason to be grateful to the government. That Mrs. Gandhi, has been speaking again and again of her programme to remove poverty, reduce economic and social unequalities and build a democratic socialist society does not seem to frighten the business community any longer.

This is understandable. Take the case of the Birla business group itself. Between 1964 and 1971 this group increased its total assets from Rs 217.04 crores to Rs 487.11 crores an increase of Rs. 194.39 crores in seven years or an average of Rs. 27.25 crores a year. The same group increased its assets from Rs 487.11 crores in 1971 to Rs 601.76 crores in 1973, an increase of Rs 114.65 crores in just two years or an average of Rs 57.32 crores a year. And these two years happened to be the first two years of Garibi Hatao.

(सबसे अधिक चौंकानेवाला तथ्य यह है कि इलाहाबाद हाईकोर्ट के फैसले के बाद प्रधानमंत्री के निवास स्थान के बाहर करीब 400 व्यापारियों ने के.के. बिड़ला के नेतृत्व में प्रदर्शन किया और श्रीमती गांधी से अनुरोध किया कि वे अपना पद न छोड़ें। इससे पहले श्री बिड़ला ने घोषणा की थी कि व्यापारियों को श्रीमती गांधी की नीतियों और राजनीति-मर्मज्ञता पर पूरा भरोसा है।

यह माना गया है कि पिछले कुछ वर्षों में गरीबी रेखा से नीचे के लोगों की संख्या तेजी से बढ़ी है। इसका मुख्य कारण है उत्तरोत्तर बढ़ती कीमतें, लेकिन व्यापारी समुदाय हर कारण से सरकार का एहसानमंद है। श्रीमती गांधी बार-बार गरीबी हटाने के अपने कार्यक्रम के बारे में, आर्थिक एवं सामाजिक असमानता और लोकतांत्रिक समाजवादी समाज के बारे में बोलती हैं तो उससे ऐसा नहीं लगता कि व्यापारी समुदाय में इससे अब कोई भय उत्पन्न होता है। इसे सहज समझा जा सकता है। बिड़ला व्यापारिक घराने को ही लीजिए। 1964 और 1971 के बीच इस समूह ने अपनी कुल परिसंपत्ति 217.04 करोड़ रुपए से बढ़ाकर 487.11 करोड़ कर ली, यानी सात वर्ष में 194.39 करोड़ रुपए की वृद्धि अथवा प्रतिवर्ष औसतन 27.75 करोड़ रुपए की वृद्धि। इस समूह ने 1971 में 487.11 करोड़ रुपए की अपनी परिसंपत्ति 1973 तक बढ़ाकर 601.76 करोड़ रुपए कर ली। मात्र दो वर्ष में 114.65 करोड़ रुपए, यानी औसतन 57.32 करोड़ रुपए की वार्षिक वृद्धि और ये दो वर्ष 'गरीबी हटाओ' अभियान के प्रारंभिक दो वर्ष थे।)

□

सत्ता का अहंकार, जे.पी. पर खुला प्रहार

1971 में पाकिस्तान के साथ युद्ध में जीत के बाद बांग्लादेश के उदय पर इंदिरा गांधी की भरपूर प्रशंसा हुई। उसके बाद विधानसभा चुनावों में उनकी पार्टी को अप्रत्याशित विजय मिली, जिससे उनमें एक नए प्रकार के गर्व के साथ अहंकार आ गया।

दो वर्ष लगातार सूखे और अन्य कारणों से वस्तुओं की कीमतें बढ़ गईं। आर्थिक मंदी के कारण बेरोजगारी बढ़ी और भ्रष्टाचार भी। इसके विरुद्ध बिहार में जयप्रकाश नारायण के नेतृत्व में आरंभ हुए आंदोलन से दमनात्मक तरीके से निबटने के प्रयास के कारण स्थिति और बिगड़ती गई। आंदोलन का विस्तार देश के अन्य भागों में भी हो गया।

मार्च 1971 के लोकसभा चुनाव में इंदिरा कांग्रेस की अप्रत्याशित धमाकेदार विजय से यह समझा गया था कि अब उनके लिए सरकार चलाना काफी सुगम हो जाएगा, लेकिन उसके बाद एक के बाद एक नई-नई समस्याएँ खड़ी होती गईं। पड़ोसी देश पाकिस्तान में राजनीतिक उथल-पुथल का सीधा असर भारत पर पड़ा। जनरल याह्या खान की हुकूमत के अधीन दिसंबर 1970 में पाकिस्तान में नेशनल असेंबली के प्रथम आम चुनाव में तत्कालीन पूर्वी पाकिस्तान या पूर्वी बंगाल में शेख मुजीबुर्रहमान की पार्टी अवामी लीग ने पूर्ण बहुमत प्राप्त कर लिया, लेकिन पाकिस्तान के फौजी राष्ट्रपति जनरल याह्या खान और पश्चिमी पाकिस्तान की सबसे बड़ी पार्टी पाकिस्तान पीपुल्स पार्टी के नेता जुल्फिकार अली भुट्टो नहीं चाहते थे कि शेख मुजीबुर्रहमान प्रधानमंत्री बनें और सत्ता की बागडोर उनके हाथ में चली जाए। पूर्वी बंगाल की निरंतर उपेक्षा के कारण शेख मुजीब ने प्रांत को स्वायत्तता प्रदान करने की माँग कर दी।

भारत में आपातकाल की घोषणा

पाकिस्तानी फौज ने बंगालियों के शांतिपूर्ण प्रतिरोध को कुचलने के लिए दमनकारी काररवाइयों और रक्तपात का सहारा लिया। इस पर शेख मुजीब ने पूर्वी बंगाल को बांग्लादेश के रूप में स्वाधीन देश घोषित कर दिया। मुजीब को रातो-रात गिरफ्तार कर पश्चिमी पाकिस्तान में किसी अज्ञात ठिकाने पर ले जाया गया। पूर्वी बंगाल में गृहयुद्ध आरंभ हो गया। भारत ने पूर्वी बंगाल के युवकों द्वारा पाकिस्तान सरकार के अत्याचारों के विरुद्ध गठित 'मुक्तिवाहिनी' को अपना सहयोग-समर्थन प्रदान किया। पाकिस्तानी फौज के घनघोर जुल्म से बचने के लिए लाखों की संख्या में पूर्वी बंगाल के निवासी शरणार्थी के रूप में भारत में प्रवेश करने लगे। प्रारंभ में इनमें बड़ी संख्या हिंदू शरणार्थियों की थी। बाद में मुसलिम शरणार्थियों की संख्या बढ़ जाने से यह संख्या एक करोड़ तक पहुँच गई। एक समय तो ऐसा प्रतीत हुआ कि ये कभी वापस नहीं जाएँगे। भारत इतना बड़ा आर्थिक, राजनीतिक तथा सामाजिक बोझ उठाने की स्थिति में नहीं था। मुक्तिवाहिनी से निपटने के प्रयास में पाकिस्तान ने कई बार भारत की सीमा पर गोले बरसाए। भारत के पास इसके सिवा कोई चारा नहीं था कि वह अपनी सुरक्षा के लिए जवाबी काररवाई करे।

जयप्रकाश नारायण

पाकिस्तान ने युद्ध की स्थिति उत्पन्न कर दी और इसका सारा दायित्व भारत पर मढ़ने की कोशिश की। उसने 3 दिसंबर, 1971 को अचानक भारत के 12 हवाई अड्डों और अन्य ठिकानों पर बमबारी कर भारत को युद्ध का न्योता दे दिया। पाकिस्तान का विचार था कि इस तरह की पहल करके वह भारत की वायुसेना को पंगु बना देगा, लेकिन उसकी चाल नाकाम रही। हमला होते ही भारत के राष्ट्रपति ने देश में आपातकाल की घोषणा कर दी। भारत ने संघर्ष के स्रोत का ही खात्मा करने का निर्णय किया। भारतीय सेनाएँ पूर्वी बंगाल में प्रवेश कर पाकिस्तानी फौज को खदेड़ते हुए राजधानी ढाका तक पहुँच गईं। भारतीय सेना की पूर्वी कमान के कमांडर लेफ्टिनेंट जनरल जगजीत सिंह अरोड़ा के सम्मुख पाकिस्तानी फौज के कमांडर लेफ्टिनेंट जनरल नियाजी को आत्मसमर्पण करना पड़ा। इसके साथ ही भारत ने पाकिस्तान के 93,000 सैनिकों को युद्धबंदी बना लिया।

इंदिरा की तुलना दुर्गा से!

भारत-पाक युद्ध में भारत की निर्णायक विजय और बांग्लादेश के उदय का श्रेय भारतीय सेना के अधिकारियों के रणकौशल और देशभक्त रणबाँकुरों के साथ प्रधानमंत्री

इंदिरा गांधी को दिया गया, जिन्होंने कूटनीतिक कौशल और दृढ़ संकल्प का परिचय दिया। अगस्त 1971 में इंदिरा गांधी ने दूरदर्शिता प्रदर्शित करते हुए सोवियत संघ से शांति, मैत्री और सहयोग संधि कर ली थी, जिसका परिणाम यह हुआ कि चीन ने भारत-पाक युद्ध में कूदने की जोखिम मोल नहीं ली। भारतीय संसद् में सभी दलों के सदस्यों ने इंदिरा गांधी की भरपूर प्रशंसा की। कई सदस्यों ने विजयी नेतृत्व के लिए इंदिरा गांधी की तुलना दुर्गा से की। उनका करिश्माई व्यक्तित्व उभरकर आया, लेकिन अफसोस की बात यह रही कि युद्ध के बाद भारत-पाकिस्तान के बीच शिमला में हुए समझौते में कश्मीर मसले का अंतिम फैसला होने से रह गया, जबकि भारत उस समय बहुत मजबूत स्थिति में था और अपनी बात मनवाने के लिए दबाव डाल सकता था। वह कश्मीर में स्थायी शांति के लिए पाकिस्तान को अपनी शर्तों पर मजबूर कर सकता था। ऐसा नहीं करने का खामियाजा भारत आज तक भुगत रहा है।

1971 के युद्ध में शानदार जीत के बाद इंदिरा गांधी कुछ ज्यादा ही दंभ और गर्वोन्मुक्तता की स्थिति में आ गईं। अगले वर्ष विधानसभाओं के चुनाव में भी उनकी पार्टी को अप्रत्याशित विजय प्राप्त हुई। यह उनके लिए नए गर्व और गुमान की बात थी, लेकिन आत्ममुग्धता की यह स्थिति ज्यादा रोज टिक नहीं पाई। बांग्लादेश युद्ध के कारण अर्थव्यवस्था पर भारी बोझ का असर धीरे-धीरे महसूस होने लगा। दो वर्ष लगातार सूखा पड़ने और अंतरराष्ट्रीय बाजार में पेट्रोलियम के मूल्यों में निरंतर वृद्धि के कारण भी रोजमर्रा के इस्तेमाल की वस्तुओं की कीमतें बढ़ गईं। आर्थिक मंदी के कारण उद्योग-धंधों की हालत चौपट होती गई। बेरोजगारी बढ़ी, सरकारी कर्मचारी महँगाई से त्रस्त होने के कारण वेतन वृद्धि की माँग करने लगे। रेलकर्मियों की 22 दिनों की चली हड़ताल से देश की आर्थिक प्रगति का चक्का थम गया। सरकार ने हड़ताल को गैरकानूनी घोषित करते हुए कठोर और दमनात्मक काररवाई की। हजारों कर्मचारियों को बर्खास्त कर दिया गया और उनके क्वार्टर खाली करवा लिये गए। हड़ताल की विफलता से इंदिरा सरकार को अपनी बढ़ती ताकत का एहसास हुआ और लगा कि वे अजेय हैं, लेकिन सरकारी दमन से सरकार के कर्मचारी और कामगार वर्ग इंदिरा गांधी सरकार से नाराज हो गए। ठीक इसी वक्त देश में भ्रष्टाचार भी तेजी से बढ़ने लगा। इंदिरा गांधी के दुलारे बेटे संजय गांधी ने प्रशासन में दखल देना और अपनी मनमानी करनी शुरू कर दी। इंदिरा गांधी ने पुत्र-मोह में संजय गांधी को सभी नियम-कायदों को तोड़ते हुए मारुति कार निर्माण का लाइसेंस और अनेक सुविधाएँ प्रदान कीं। इससे संसद् के अंदर और बाहर सरकार की काफी छीछालेदर हुई।

गुजरात और बिहार में छात्र आंदोलन

उधर गुजरात में सरकारी भ्रष्टाचार और अव्यवस्था के कारण छात्र आंदोलन आरंभ हो गया, जिसमें विपक्षी दल भी कूद पड़े। सर्वोदयी और आंदोलनकारी छात्रों का एक प्रतिनिधिमंडल दिल्ली में जयप्रकाश नारायण से मिला और उनसे गुजरात आने का आग्रह किया। (जयप्रकाश नारायण अंग्रेजी में अपने नाम के आद्य अक्षरों 'जे' और 'पी' के संक्षिप्त नाम से लोकप्रिय थे।) जे.पी. ने 14 फरवरी को गुजरात विश्वविद्यालय में छात्रों की सभा और अन्य कई जगह अपने भाषणों में सरकार की आर्थिक नीतियों, चुनाव पद्धति, भ्रष्टाचार और बेरोजगारी जैसे मुद्दों पर करारी चोट की। युवाओं ने गुजरात आंदोलन को 'नवनिर्माण आंदोलन' का नाम दिया। आंदोलन से परेशान होकर 19 मार्च, 1974 को केंद्र सरकार ने विधानसभा भंग कर राष्ट्रपति शासन लागू करने की घोषणा कर दी। इसके बाद आंदोलन और तेज हो गया और राज्य में नए चुनाव कराने की माँग की जाने लगी।

इससे बिहार में आरंभ हुए आंदोलन को भी नया बल मिला। बिहार में भ्रष्टाचार, बेरोजगारी, चुनाव पद्धति और सरकारी अत्याचार के विरुद्ध चल रहे छात्र आंदोलन का नया दौर आरंभ हो गया। 18 मार्च को बेरोजगार युवकों और छात्रों के विशाल समूहों ने पटना में विधानसभा के समक्ष प्रदर्शन किया और विधानसभा को घेर लिया। छात्रों ने राज्यपाल का रास्ता रोक दिया और उन्हें अपने अभिभाषण के लिए सदन में दाखिल होने से रोकने का प्रयास किया। ऐसे मौकों पर पुलिस अपनी ट्रेनिंग के अनुसार जो करती है, वही उसने किया। पुलिस ने आँसू गैस के गोले छोड़े, लाठीचार्ज किया और फिर गोलियाँ चलाईं, जिसमें कई छात्र हताहत हुए। नगर में व्यापक स्तर पर हिंसा भड़क उठी। कुछ उपद्रवी तत्त्वों ने दैनिक 'प्रदीप' और 'सर्चलाइट' के दफ्तरों में आग लगा दी। अन्य दो समाचार-पत्रों 'आर्यावर्त' और 'इंडियन नेशन' के कार्यालयों पर भी हमला हुआ। ये अखबार छात्र आंदोलन के समाचार विस्तृत रूप से छाप रहे थे। छात्र आंदोलनकारियों ने आरोप लगाया कि इन अखबारों पर हमले में जे.पी. आंदोलन का विरोध करनेवाली कांग्रेस और उसका साथ देनेवाली कम्युनिस्ट पार्टी का हाथ था। रेलवे यूनियन के नेता और पूर्व सांसद शीलभद्र याजी ने बाद में एक प्रेस वक्तव्य में कहा कि उन्होंने केंद्रीय गृहमंत्री उमाशंकर दीक्षित को 12 मार्च को पत्र लिखकर यह आशंका व्यक्त की थी कि कांग्रेस के कुछ विधायक 18 मार्च को उत्पात करा सकते हैं। उन्होंने इन विधायकों की सूची भी केंद्रीय गृहमंत्री को दी थी। इस दिन हिंसक घटनाओं के बाद शहर में कर्फ्यू लगा दिया गया।

'जे.पी. भ्रष्ट तो गांधीजी सर्वाधिक भ्रष्ट'

अगले दिन राज्य के विभिन्न हिस्सों में उत्तेजना फैल गई और हिंसा भड़क उठी। कई नगरों में सूर्यास्त से सूर्योदय तक कई दिन कर्फ्यू लगा रहा, हालाँकि दिन के समय

छात्र प्रदर्शन, धरने आदि के अलावा छिटपुट घटनाएँ होती रहीं। धारा 144 तोड़कर जनसभाएँ भी होती रहीं।

बिहार प्रदेश छात्र संघर्ष समिति ने 'पुलिस जुल्म' के खिलाफ 23 मार्च को डॉ. राममनोहर लोहिया के जन्मदिन पर 'बिहार बंद' का आह्वान किया, जिसे व्यापक समर्थन मिला। छात्रों की अंधाधुंध धर-पकड़, उनके साथ मारपीट और अन्य ज्यादतियों की घटनाओं से क्षुब्ध जयप्रकाश नारायण ने एक वक्तव्य में कहा कि 'मैं कुशासन, भ्रष्टाचार आदि के प्रति तटस्थ द्रष्टा बनकर नहीं रह सकता, चाहे ये दुःस्थितियाँ पटना में हों या दिल्ली में या अन्य कहीं। देश की ऐसी दुर्दशा के लिए कम-से-कम मैंने तो आजादी की लड़ाई नहीं लड़ी थी।' 30 मार्च के अखबारों में उनका यह बयान छपा।

अगले दिन पुणे में अपने भाषण में जे.पी. ने कहा कि इंदिरा गांधी के हाथों में लोकतंत्र सुरक्षित नहीं है। बिहार आंदोलन के संदर्भ में जे.पी. ने यह भी कहा कि 'छात्रों की प्रारंभिक माँगों में बिहार मंत्रिमंडल को हटाने की माँग शामिल नहीं थी, लेकिन 18 मार्च के बाद जो कुछ हुआ, उससे यह स्पष्ट हो गया कि सरकार हिंसोन्मत्त हो गई है। इसलिए इसे सत्ता में बने रहने का कोई नैतिक अधिकार नहीं रह गया है। क्या आप सोच सकते हैं कि इस सरकार ने छात्रों के आंदोलन को बलपूर्वक कुचल देने का निर्णय किया है। सरकार में मौजूद व्यक्ति किसके लिए लड़ रहे हैं, अपने ही बेटों और बेटियों के विरुद्ध?'

जे.पी. और इंदिरा गांधी के बीच किसी प्रकार की सुलह-सफाई की सारी संभावनाएँ उस समय जाती रहीं, जब इंदिरा गांधी ने सीधे जे.पी. का नाम लिये बगैर इशारों ही इशारों में उन पर दोहरे मापदंड अपनाने और भ्रष्टाचारियों से संबंध रखने के खुलेआम लांछन लगा दिए। उन्होंने भुवनेश्वर में बोलते हुए कहा—'कांग्रेस पर भ्रष्टाचार के आरोप लगाए जाते हैं। अगर विपक्षी राजनीतिक दलों के लोग ऐसे आरोप लगाते हैं तो बात समझ में आती है, लेकिन ताज्जुब की बात यह है कि अब सर्वोदयवाले भी ऐसे आरोप लगाने लगे हैं। जो लोग पैसेवालों से मदद लेते हैं, उनसे रिश्ते रखते हैं, उनकी मेहरबानी चाहते हैं, ऐसे लोग भ्रष्टाचार की बात करने की हिम्मत कैसे करते हैं?' बाद में इंदिरा गांधी ने पटना में कांग्रेस के सांसदों को संबोधित करते हुए एक कदम आगे बढ़कर कहा, 'कुछ लोगों की एक ऊँचे नैतिक स्तर पर उपदेश देने की आदत होती है, हालाँकि वे खुद बड़े उद्योगपतियों के गेस्ट हाउसों में ही रहते हैं। उनका यात्रा खर्च और दूसरे खर्च भी ये उद्योगपति ही दिया करते हैं।'

इस पर जयप्रकाश नारायण ने एक तीखा बयान दिया। उन्होंने 'एवरीमेंस' पत्रिका में इसका विस्तृत ब्योरा दिया कि वे अपना निजी खर्च किस तरह चलाते हैं। इसके साथ ही उन्होंने कहा कि यदि इंदिराजी के मापदंड से मापा जाए तो महात्मा गांधी ही सबसे भ्रष्ट

व्यक्ति माने जाएँगे, क्योंकि उनके सभी सहयोगियों का पोषण उनके धनवान प्रशंसकों द्वारा किया जाता था।

'हमला चाहे जैसा हो, हाथ हमारा नहीं उठेगा'

बिहार आंदोलन के दौर में 8 अप्रैल, 1974 का दिन एक महत्त्वपूर्ण दिन था। इस दिन आंदोलन के दूसरे चरण में पटना में जयप्रकाश नारायण के नेतृत्व में एक मौन जुलूस निकाला गया, जो अभूतपूर्व था। जिस रास्ते से जुलूस गुजरा, उसके दोनों ओर बड़ी संख्या में लोग खड़े थे। मकानों पर, उनकी छतों पर, छज्जों पर दर्शनार्थियों की अपार भीड़ उमड़ पड़ी थी। जुलूस के साथ चल रही तख्तियाँ जरूर बोल रही थीं, इन पर लिखा था—हमला चाहे जैसा हो, हाथ हमारा नहीं उठेगा; महँगाई, बेरोजगारी, भ्रष्टाचार, सत्ता ही है जिम्मेदार; क्षुब्ध हृदय है बंद जुबान; लोक व्यवस्था जाग रही है, भ्रष्ट व्यवस्था काँप रही है; जनता खुद ही जाग उठेगी, भ्रष्ट व्यवस्था तभी मिटेगी।

दस किलोमीटर के पूर्व निर्धारित पथ पर चलकर यह जुलूस समाप्त हुआ। एक दिन पूर्व जे.पी. द्वारा निकाली गई मार्मिक अपील का यह प्रतिफल था। यह अपील एक ऐतिहासिक दस्तावेज बन गई। 'हमला चाहे जैसा हो, हाथ हमारा नहीं उठेगा', इस आंदोलन का मूलमंत्र बन गया, क्योंकि जे.पी. गांधीवादी तरीके से यह आंदोलन चलाना चाहते थे।

इसके बाद आंदोलन का तीसरा चरण शुरू हुआ। पटना में गांधी मैदान में एक विशाल जनसभा का आयोजन किया गया, जिसमें छात्रों ने जयप्रकाश नारायण को 'लोकनायक' की उपाधि से विभूषित किया। बिहार के विभिन्न भागों में सत्याग्रह के सिलसिले में पुलिस ने गया में छात्रों के शांतिपूर्ण प्रदर्शन पर गोलियाँ चलाईं, जिससे कम-से-कम पाँच छात्र मारे गए और 25 घायल हुए, जबकि आंदोलनकारियों ने हताहतों की संख्या ज्यादा बताई। इस घटना से जे.पी. तिलमिला उठे और वे एकदम नए तेवर के साथ सामने आ गए। उन्होंने आंदोलन का नेतृत्व करना स्वीकार कर लिया। उन्होंने दो शर्तें रखीं—पहली शर्त यह कि आंदोलन पूरी तरह शांतिपूर्ण होगा और दूसरी शर्त सभी मेरे नेतृत्व को मानेंगे। जयप्रकाश नारायण को लोग 1942 की अगस्त क्रांति का प्रेरणा-पुरुष मानते थे। इसलिए इस आंदोलन में उनके विधिवत् कूद पड़ने से स्थिति बहुत बदल गई। आंदोलन ने जोर पकड़ा। उन्हें कम्युनिस्ट पार्टी छोड़कर अन्य विपक्षी दलों का समर्थन प्राप्त हुआ।

लाठियों और गोलियों की बहार

5 जून, 1974 को बिहार विधानसभा के विघटन की माँग को लेकर पटना में जे.पी. के नेतृत्व में ऐतिहासिक जुलूस निकला। शाम को गांधी मैदान की जनसभा में जे.पी.

ने सामाजिक संरचना को पूरी तरह बदलने की आवश्यकता प्रतिपादित करते हुए संपूर्ण क्रांति का आह्वान किया। उन्होंने कहा, 'यह क्रांति है मित्रो और संपूर्ण क्रांति है। यह कोई विधानसभा के विघटन का ही आंदोलन नहीं है। यह तो एक मंजिल है, जो हमारे रास्ते में है। हमें दूर जाना है, बहुत दूर जाना है।'

आंदोलन के दौरान 9 जुलाई, 1974 को मुख्यमंत्री अब्दुल गफूर ने बिहार विधानसभा में एक ऐसा बयान दिया, जिससे स्थिति में और उत्तेजना उत्पन्न हो गई। उन्होंने कहा कि यदि जयप्रकाश नारायण और उनके सहयोगियों ने किसी भी विधायक पर विधानसभा से इस्तीफा देने के लिए दबाव डाला तो और तो और जयप्रकाश नारायण को भी 'असली मुकाम' पर पहुँचा देंगे। (इस बीच विपक्ष के कई सदस्य विधानसभा से इस्तीफा दे चुके थे।) 15 जुलाई को बिहार में सभी विश्वविद्यालय और कॉलेज खुलनेवाले थे, लेकिन ज्यादातर स्थानों पर छात्रों ने कक्षाओं का बहिष्कार जारी रखा। धरना-सत्याग्रह का दौर चलता रहा। 18 जुलाई को जमशेदपुर और बेगूसराय में पुलिस ने गोलियाँ चलाईं।

जयप्रकाश नारायण 5 जून, 1974 को पटना की विशाल सभा में।

इस स्थिति पर टिप्पणी करते हुए राजधानी दिल्ली के अंग्रेजी दैनिक 'द मदरलैंड' ने 20 जुलाई को संपादकीय टिप्पणी में लिखा—The Government cannot escape responsibility for Thursday's painful incidents in many Bihar towns. Repeated lathi-charges and firing by the police on students were obviously meant that the authorities were bent upon a confrontation with the students. The real crime of the students, in the Government's eye, is that they are ranged behind J.P. in the battle against corruption, unemployment and price rise. The beneficiaries of corruption understandably find this intolerable.

(बिहार के अनेक नगरों में बृहस्पतिवार को जो दुःखद घटनाएँ हुईं, उनसे सरकार अपना पल्ला नहीं झाड़ सकती। छात्रों पर बार-बार लाठीचार्ज और गोलीचालन का यह स्पष्ट अर्थ निकलता है कि सरकार छात्रों से टकराव पर आमादा है। सरकार की निगाह में छात्रों का असली जुर्म यह है कि वे भ्रष्टाचार, बेरोजगारी और महँगाई के विरुद्ध लड़ाई में जे.पी. के पीछे चल रहे हैं। जाहिर है, भ्रष्टाचार के लाभभोगी इसे बरदाश्त नहीं कर सकते।)

इसके दो दिन बाद 22 जुलाई को 'टाइम्स आफ इंडिया' ने बिहार की स्थिति पर टिप्पणी करते हुए लिखा—The movement in Bihar, like the one in Gujarat earlier this year, is essentially an expression of the feeling of despair which has come to grip millions of citizens and that it may not now be possible to assuage it unless the assembly is dissolved. The issue is not wholly rational; it is also emotional. ···The problem posed by Mr. Narayan cannot be met either through use of force or through attempts to discredit him and his supporters. The Congress leadership has to give some hope to those who have today little to hope for and it has to win back some of the credibility it has lost.

(इस वर्ष के आरंभ में गुजरात में शुरू हुए आंदोलन की तरह बिहार आंदोलन मूलभूत रूप से निराशा की भावना की अभिव्यक्ति है, जिसने लाखों लोगों को अपने शिकंजे में ले लिया है। अब इसे शांत करना तभी संभव प्रतीत होता है, जब विधानसभा भंग कर दी जाए। यह मुद्दा पूरी तरह तर्कसंगत नहीं है, बल्कि भावात्मक भी है। श्री जयप्रकाश नारायण द्वारा प्रस्तुत की गई समस्या का सामना न तो बल प्रयोग से और न ही उनके समर्थकों को बदनाम करने से किया जा सकता है। कांग्रेस के नेताओं को उन लोगों को कुछ उम्मीद दिलानी होगी, जिन्हें आज थोड़ी ही उम्मीद बची है। पार्टी को अपनी खो चुकी कुछ विश्वसनीयता पुनः प्राप्त करनी होगी।)

इंदिरा-जे.पी. भेंटवार्त्ता विफल

2 अक्तूबर, 1974 को गांधी जयंती पर संकल्प दिवस मनाया गया, उस दिन राज्य भर के सभी छोटे-बड़े शहरों, कस्बों में सामूहिक संकल्प किया गया। उसी दिन जे.पी. ने एकाएक 3, 4 और 5 अक्तूबर को तीन दिवसीय बिहार बंद का आह्वान कर दिया। इतनी लंबी अवधि का बंद अप्रत्याशित और अपूर्व था—असुविधाजनक तो था ही, लेकिन यह पूरी तरह सफल रहा, जिसकी अधिक उम्मीद नहीं की गई थी। बंद के तीसरे दिन 5 अक्तूबर को पटना में फिर गोली चली, जिसमें पुलिस के अनुसार चार मरे, जबकि आंदोलकारियों ने मरनेवालों की संख्या काफी अधिक बताई।

31 अक्तूबर, 1974 को जयप्रकाश नारायण ने दिल्ली में एक विशाल जनसभा के अतिरिक्त दिल्ली विश्वविद्यालय के छात्रों को भी संबोधित किया। अगले दिन दिल्ली में प्रधानमंत्री इंदिरा गांधी से उनकी 90 मिनट तक बात हुई। यह मुलाकात कांग्रेस (संगठन) के सांसद श्यामनंदन मिश्र की पहल पर आयोजित की गई थी। बातचीत में जगजीवन राम भी शामिल थे, लेकिन वार्त्ता विफल हो गई। श्यामनंदन मिश्र के अनुसार, बातचीत के अंत में इंदिरा गांधी ने जे.पी. से इतना ही कहा, 'जयप्रकाश बाबू, जरा देश के बारे

में सोचिए।' यह जे.पी. के लिए मार्मिक आघात था। उन्होंने वेदना भरी आवाज में उत्तर दिया, 'इंदु, और सारी जिंदगी मैंने किया क्या है?'

भेंटवार्त्ता की विफलता पर टिप्पणी करते हुए पटना के अंग्रेजी दैनिक 'द इंडियन नेशन' ने लिखा—The much desired dialogue between Prime Minister Indira Gandhi and Sarvodaya leader Jayprakash Narayan did not materisalise but contrary to the public expectation nothing substantial came out of it to resolve the Bihar crisis. Yet it can't be said that the dialogue served no useful purpose. It enabled the two leaders to know each other's point of view in greater depth and intensity. Sad it was that they could not come to an agreement. But it has now become crystal clear that the Prime Minister is not going to concede the demand for the dissolution of the Assembly and Mr. Jayprakash Narayan is not going to call off the agitation may be till the next general election.

(प्रधानमंत्री इंदिरा गांधी और सर्वोदय नेता जयप्रकाश नारायण के बीच बहुत वांछित वार्त्तालाप मूर्त रूप धारण नहीं कर सका, लेकिन लोगों की उम्मीद के विपरीत बिहार संकट को हल करने के लिए इसका कोई ठोस परिणाम नहीं निकला। फिर भी यह नहीं कहा जा सकता कि वार्त्तालाप का कोई लाभ नहीं हुआ। इससे दोनों नेताओं को अधिक गहराई और तीव्रता से एक-दूसरे का दृष्टिकोण समझने का मौका मिला। यह अफसोस की बात है कि उनमें कोई सहमति नहीं बन पाई, लेकिन अब यह स्फटिक सदृश स्पष्ट हो गया है कि प्रधानमंत्री विधानसभा भंग करने की माँग स्वीकार करनेवाली नहीं हैं और जयप्रकाश नारायण शायद अगला आम चुनाव होने तक आंदोलन वापस लेनेवाले नहीं हैं।)

जे.पी. का हाल लाला लाजपतराय जैसा होता

पटना में जयप्रकाश नारायण के नेतृत्व में किए गए प्रदर्शन पर पुलिस द्वारा छोड़े गए आँसू गैस के गोलों और जे.पी. पर लाठी चार्ज का बचाव करते हुए नानाजी देशमुख (4 नवंबर, 1974)।

4 नवंबर, 1974 को पटना में जयप्रकाश नारायण के नेतृत्व में विधानसभा के समक्ष जबरदस्त प्रदर्शन करने का निर्णय किया गया। जयप्रकाश नारायण सुबह नौ बजे जीप में बैठकर प्रदर्शन का नेतृत्व करने के लिए कदमकुआँ स्थित अपने निवास महिला चरखा समिति के कार्यालय से निकल पड़े। अपार भीड़ के कारण पुलिस प्रदर्शनकारियों को

रोकने में असमर्थ लग रही थी। जब प्रदर्शनकारी सचिवालय की ओर जानेवाली सड़क पर पहुँचे, तब एकाएक मजिस्ट्रेट के आदेश पर सी.आर.पी. के जवानों ने प्रदर्शनकारियों पर अंधाधुंध लाठियाँ बरसाते हुए अश्रु गैस के गोले छोड़ने आरंभ कर दिए। बिहार की पुलिस उतनी कठोरता और बेरहमी से लाठीचार्ज नहीं कर रही थी, जितनी सी.आर.पी. के जवान कर रहे थे। जे.पी. से यह देखा नहीं गया। वे उन्हें रोकने के लिए जीप से कूद गए। उन्होंने रौब भरे स्वर में सी.आर.पी. के जवानों को लताड़ते हुए कहा, 'क्यों निहत्थे युवकों को इतनी बेरहमी से मार-पीट रहे हैं।' इस पर सी.आर.पी. के एक जवान ने लाठी उठाकर जे.पी. के सिर पर निशाना लगाया। उनके साथ वहाँ मौजूद जनसंघ नेता नानाजी देशमुख और संगठन कांग्रेस के नेता श्यामनंदन मिश्र आदि ने फुर्ती से लपककर लड़खड़ाते जयप्रकाश नारायण को थाम लिया। लाठी के प्रहार नानाजी देशमुख की बाँह में लगे और उनकी हड्डी टूट गई। जे.पी. कुछ क्षण के लिए मूर्च्छित हो गए। सड़क के किनारे बसे कुछ गरीब लोगों ने एक खटिया लाकर पेड़ के नीचे रख दी। जे.पी. को उस पर लिटाया गया और उनके मुँह पर पानी के छींटे दिए गए, जिससे उनकी मूर्च्छा टूटी। उस दिन लगभग तीन हजार लोगों को गिरफ्तार किया गया, जिनमें नानाजी देशमुख के अतिरिक्त संगठन कांग्रेस के सत्येंद्र नारायण सिंह और दिग्विजय नारायण सिंह भी शामिल थे। जयप्रकाश नारायण ने उस दिन क्षुब्ध होकर कहा था कि पचास वर्षों के अपने सामाजिक-राजनीतिक जीवन में उन्होंने ऐसी बर्बरता कभी नहीं देखी थी। उन्होंने कहा कि अगर वे जिंदा रहे तो इन बर्बर लोगों को सबक सिखाकर रहेंगे। उन्होंने कहा कि आज से हमारी लड़ाई बिहार की गफूर सरकार से नहीं, बल्कि अब यह लड़ाई भारत की जनता और प्रधानमंत्री इंदिरा गांधी के बीच हो गई है। 15 नवंबर को लोकसभा में गृहमंत्री ब्रह्मानंद रेड्डी ने 4 नवंबर को पटना में जयप्रकाश नारायण पर हुए लाठीचार्ज के लिए खेद व्यक्त किया।

लाठीचार्ज में बेहोश हो जाने के बाद होश में आने पर जयप्रकाश नारायण सिर पर गमछा लपेटे लाठी के सहारे नानाजी देशमुख व अन्य के साथ जुलूस में आगे बढ़ते हुए (4 नवंबर, 1974)।

कई राजनीतिक विश्लेषकों का विचार था कि बात गफूर सरकार तक सीमित नहीं थी। वे तो एक अधिक बड़ी और महत्त्वपूर्ण राजनीतिक बाजी के मोहरा भर थे। जयप्रकाश नारायण का आंदोलन तात्कालिक तौर पर भले ही गफूर सरकार के विरुद्ध था, लेकिन यह जाहिर था कि

यदि वह गफूर सरकार को हटाने और विधानसभा भंग कराने में कामयाब हो जाते तो यह केंद्रीय कांग्रेस नेतृत्व और केंद्र सरकार को एक बड़ा झटका होता।

जे.पी. पुलिस के प्राणघातक हमले में बच गए। अखबारों में इस घटना के समाचार व फोटो भी छपे, लेकिन यदि यह लाठीचार्ज, जो जे.पी. के सिर पर निशाना लगाकर किया गया था, नानाजी देशमुख स्वयं नहीं झेलते तो शायद जे.पी. की वही गति होती, जो 1928 में लाहौर में साइमन कमीशन के विरुद्ध प्रदर्शन में लाला लाजपतराय की हुई थी, जिन्हें पुलिस लाठीचार्ज में सीने पर भयंकर चोट लगी थी, जिसके परिणामस्वरूप करीब दो सप्ताह बाद उनका देहांत हो गया था। बताने की आवश्यकता नहीं कि इसके बाद पूरे देश में कितना बवाल मचा था।

4 नवंबर के लाठीकांड के बाद जे.पी. फिर साहस और जोश के साथ प्रदर्शन में शामिल हो गए। पुलिस ने उन्हें हिरासत में लेने के बाद रात 10 बजे उन्हें उनके घर पहुँचा दिया।

जे.पी. के साहस की प्रशंसा करते हुए प्रसिद्ध साप्ताहिक 'धर्मयुग' के संपादक धर्मवीर भारती ने एक कविता लिखी, जो बहुत चर्चित हुई। कविता की आरंभिक पंक्तियाँ इस प्रकार थीं—

खलक खुदा का, मुलुक बादशा का
हुकुम शहर कोतवाल का
हर खासो आम को आगाह किया जाता है
कि खबरदार रहें…
एक बहत्तर बरस का बूढ़ा आदमी अपनी
काँपती कमजोर आवाज में
सड़कों पर सच बोलता हुआ निकल पड़ा है…
क्या तुमने नहीं देखी वह लाठी
जिसमें हमारे एक कद्दावर जवान ने इस निहत्थे
काँपते बुड्ढे को ढेर कर दिया?
अब पूछो कहाँ है वह सच जो
इस बुड्ढे ने सड़कों पर बकना शुरू किया था?
हमने अपने रेडियो के स्वर ऊँचे कर दिए हैं
और कहा है कि जोर-जोर से फिल्मी गीत बजाए
ताकि थिरकती धुनों की दिलकश बुलंदी में
इस बुड्ढे की बकवास दब जाए!

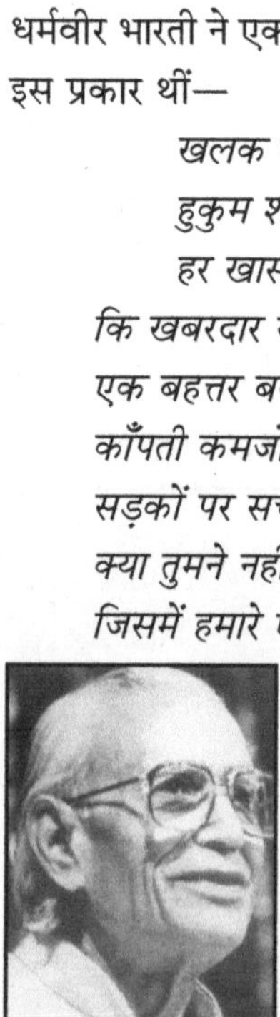
धर्मवीर भारती

चुनाव रणभूमि में उतरने की चुनौती स्वीकार

चुनाव लड़ने की इंदिरा गांधी की चुनौती पर टिप्पणी करते हुए 'टाइम्स आफ इंडिया' के 7 नवंबर, 1974 के अंक में संपादक शामलाल ने लिखा—It is futile to ask the people to wait until the next elections. They want some relief here and now or at least some evidence that the government is exerting itself to the full to contain prices and clean up public life.

(लोगों को अगले चुनाव तक इंतजार करने के लिए कहना व्यर्थ है। वे अभी और इसी वक्त कुछ राहत चाहते हैं अथवा कम-से-कम कुछ सबूत कि सरकार कीमतों पर काबू पाने और सार्वजनिक जीवन को स्वच्छ करने के लिए पूरी तरह तत्पर है।)

इसके बाद 18 नवंबर को गांधी मैदान पटना में विशाल जनसभा को संबोधित करते हुए जे.पी. ने कहा कि हम प्रधानमंत्री की इस चुनौती को स्वीकार करते हैं कि हम चुनाव में उतरें और जीतकर दिखाएँ। उन्होंने कहा कि हम चुनाव में जाना नहीं चाहते, परंतु यदि इंदिराजी को यही पसंद है तो हम चुनाव की चुनौती भी स्वीकार करते हैं। उन्होंने कहा कि चूँकि मुझे इस आंदोलन का नेतृत्व करने को कहा गया है, इसलिए मैं चुनाव युद्ध में एक नेता के रूप में रहूँगा, उम्मीदवार के रूप में नहीं। प्रधानमंत्री इस आंदोलन को घसीटकर चुनाव के मैदान में ले आई हैं, हम भी तैयार हैं। चुनाव में एक तरफ अवाम, छात्र और आंदोलन का साथ देनेवाले राजनीतिक दल होंगे और दूसरी तरफ हमारे विरोधी कांग्रेस और सी.पी.आई. होंगे। इस प्रकार इस पूरे प्रकरण ने एक गंभीर रूप धारण कर लिया।

इस पर टिप्पणी करते हुए अंग्रेजी दैनिक—'अमृत बाजार' पत्रिका ने 20 नवंबर, 1974 के अंक में संपादकीय टिप्पणी में लिखा—Addressing what our Patna office describes as 'an awe-inspiring public meeting.' At the Gandhi Maidan on Monday. Mr. J.P. Narayan said that he accepted the Prime Minister's call to make the elections a battlefield for confrontation. After this clear statement on his part it would be difficult for his political opponents to condemn his movement as undemocratic. After all, the people's verdict must be taken as final word in a democracy. *'He himself will not be a candidate for election, but he will surely be the Nayak, the leader of the people the youths and the students.'*

(पटना में सोमवार को गांधी मैदान में 'एक विस्मयकारी विराट जनसभा', जैसा कि हमारे पटना कार्यालय ने बताया है, में श्री जयप्रकाश नारायण ने कहा कि मुकाबले के लिए चुनाव को रणभूमि बनाने के प्रधानमंत्री के आह्वान को उन्होंने स्वीकार कर लिया है। अपनी ओर से इस स्पष्ट बयान के बाद उनके राजनीतिक विरोधियों को उनके

आंदोलन की निंदा करते हुए उसे अलोकतांत्रिक बताना मुश्किल हो जाएगा। आखिरकार, लोकतंत्र में जनता के निर्णय को अंतिम आदेश मानना ही होगा। चुनाव में वे स्वयं एक उम्मीदवार नहीं होंगे, लेकिन निश्चित रूप से वे नायक होंगे, अवाम, नौजवानों और छात्रों के रहनुमा।)

बिहार में सरकार ने जे.पी. के नेतृत्व में संचालित आंदोलन को दबाने में कोई कोर-कसर बाकी नहीं रखी। स्वयं सरकारी अधिकारियों के अनुसार राज्य में सी.आर.पी. (केंद्रीय रिजर्व पुलिस) के 8000 जवान तैनात किए गए। यह उस समय देश के किसी राज्य में सी.आर.पी. की सबसे बड़ी तैनाती थी। इसके अलावा बी.एस.एफ. (सीमा सुरक्षा बल) के 5000 जवान, बिहार मिलिटरी पुलिस की 13 बटालियनें, आर.पी.एफ. (रेलवे सुरक्षा बल) के 2500 जवान, राज्य पुलिस के 42,000 जवान और 80,000 होमगार्ड राज्य के विभिन्न भागों में स्थिति का सामना करने के लिए लगाए गए। न केवल सरकारी दफ्तरों, मंत्रियों के बँगलों और विधायकों व अधिकारियों के निवास स्थानों को बांस-बल्लियों से घेर दिया गया, बल्कि जे.पी. आंदोलन में भाग लेने के लिए बाहर से पटना आनेवाले लोगों को रोकने के लिए कई-कई किलोमीटर तक बैरीकेडिंग कर दी गई। भारत रक्षा कानून के अंतर्गत राष्ट्रीय स्तर के कई प्रमुख विपक्षी नेताओं को बिहार में प्रवेश करने से रोक दिया गया या बिहार से बाहर निकाल दिया गया। हजारों आंदोलनकारियों को गिरफ्तार किया गया। जेलों में जगह कम होने से राज्य सरकार ने कई जेल कैंप खोलने के आदेश दिए।

'संपूर्ण क्रांति' का आह्वान

केरल और बिहार : दोहरे मापदंड

जे.पी. आंदोलन के विरुद्ध कांग्रेस और भारतीय कम्युनिस्ट पार्टी ने जवाबी आंदोलन आरंभ कर दिया। यह सहज समझा जा सकता है कि कभी किसी ऐसे शत्रु या विरोधी के विरुद्ध कोई जवाबी आंदोलन नहीं किया जाता, जिसका अस्तित्व संदिग्ध हो। देश में उस समय सबसे निकम्मी और भ्रष्ट मानी जानेवाली बिहार सरकार की आर्थिक दशा सरकारी खर्चों में बढ़ोतरी से दयनीय हो गई थी। राजस्व वसूली में कमी आने से स्थिति और बिगड़ गई।

कई समाचार-पत्रों ने अपनी टिप्पणियों में इस ओर ध्यान दिलाया कि बिहार में

राज्य पुलिस के अलावा बहुत बड़ी संख्या में बी.एस.एफ. और सी.आर.पी. की टुकड़ियों को तैनात कर कई नगरों को छावनी बना दिया गया है, पुलिस की गोलियों से छात्र और अन्य लोग मारे जा रहे हैं। कई नगरों में बार-बार कर्फ्यू लग रहा है, कॉलेज और शिक्षण संस्थानों में पढ़ाई बार-बार ठप हो रही है, हजारों व्यक्तियों को गिरफ्तार किया गया है, केंद्र सरकार हालात को दुरुस्त करने के लिए कोई गंभीर राजनीतिक प्रयास नहीं कर रही।

दिलचस्प बात यह कि तुलनात्मक तौर पर बिहार के मुकाबले बहुत कम गंभीर स्थिति पर कांग्रेस ने 1959 में केरल की कम्युनिस्ट सरकार को बरखास्त कर दिया था, जब स्वयं इंदिरा गांधी कांग्रेस की अध्यक्ष थीं। कांग्रेस ने प्रजा समाजवादी पार्टी, मुसलिम लीग और नैयर सर्विस सोसाइटी के साथ मिलकर सिविल नाफरमानी आंदोलन और राजधानी त्रिवेंद्रम पर 'विशाल कूच' करने का आह्वान किया था। 29 जून, 1959 को इंदिरा गांधी की अध्यक्षता में कांग्रेस संसदीय बोर्ड ने जो प्रस्ताव पारित किया, उसमें अन्य बातों के अतिरिक्त कहा गया था—It seems obvious that a big change has taken place among the people and many of those who supported the present majority party in Kerala Assembly during the last elections have changed over and are opposing it. It is a legitimate presumption that the Kerala Government now in no way represents the majority opinion of the state. Normally if there was no serious crisis, even this situation could continue till the time of the next general elections. But the situation that has arisen in Kerala state has become critical because of the widespread and almost passionate opposition to the state Government. In such circumstances the democratic way of meeting the situation is to have general elections in the state for the Assembly.

(यह साफ-साफ नजर आ रहा है कि लोगों में एक बड़ा बदलाव आया है और वर्तमान में केरल विधानसभा में बहुमतवाली पार्टी को पिछले चुनाव में समर्थन प्रदान करनेवाले अनेक लोगों ने अपना विचार बदल दिया है और अब इसका विरोध कर रहे हैं। यह एक वाजिब धारणा है कि केरल सरकार अब राज्य में किसी भी रूप में बहुमत की राय का प्रतिनिधित्व नहीं करती। सामान्यत: यदि कोई गंभीर संकट की स्थिति नहीं होती तो वर्तमान स्थिति भी अगले चुनाव तक जारी रह सकती थी, लेकिन केरल में जो स्थिति उत्पन्न हुई है, वह राज्य सरकार के खिलाफ व्यापक और प्राय: भावावेशपूर्ण विरोध के कारण नाजुक दौर में पहुँच गई है। ऐसे हालात में इस स्थिति का लोकतांत्रिक ढंग से सामना करने के लिए जरूरी है राज्य के लिए विधानसभा के आम चुनाव करा देना।)

केंद्र सरकार ने तत्काल काररवाई करते हुए केरल सरकार को 29 जून, 1959 को बरखास्त कर दिया था। केरल की 1959 की स्थिति और बिहार की 1974-75 की

स्थिति पर केंद्र की कांग्रेस सरकार का रुख-रवैया कितना असंगत और विरोधाभासी था, यह पूरे घटनाक्रम से स्वतः स्पष्ट है।

उत्तर भारत में आंदोलन का विस्तार

यहाँ इस बात का उल्लेख करना उपयुक्त होगा कि बिना रुके चलनेवाले जे.पी. आंदोलन के क्रम में 6 मार्च, 1975 को दिल्ली में 'संसद् भवन चलो' रैली हुई। जे.पी. ने स्वयं इसका नेतृत्व किया। विभिन्न विपक्षी दलों के नेतागण अपने-अपने बैनर के साथ चल रहे थे। दिल्ली में ऐसा नजारा पहले कभी नहीं देखा गया था। आंदोलन का प्रभाव धीरे-धीरे उत्तर भारत के कई प्रांतों में बढ़ता गया। जनवरी और जून 1975 की अवधि में संपन्न हुए अनेक महत्त्वपूर्ण उपचुनावों में कांग्रेस दल की करारी हार हुई। गुजरात विधानसभा चुनावों में विपक्षी दल कांग्रेस को हराने में सफल हो गए। केंद्र सरकार इन परिस्थितियों से जूझ ही रही थी कि 12 जून, 1975 को इलाहाबाद हाईकोर्ट ने इंदिरा गांधी के विरुद्ध चार वर्ष से लंबित चुनाव याचिका स्वीकार करते हुए उनका चुनाव अवैध घोषित कर दिया।

□

जस्टिस सिन्हा को लुभाने-धमकाने की कोशिश नाकाम

श्रीमती गांधी अपनी सत्ता लिप्सा में इतना आगे बढ़ गईं कि उन्होंने अपनी चुनाव याचिका पर विचार करनेवाले इलाहाबाद हाईकोर्ट के न्यायाधीश जस्टिस जगमोहनलाल सिन्हा को साम-दाम-दंड-भेद किसी भी तरीके से वश में करने की कोशिश की। इसका रहस्योद्घाटन इमरजेंसी के बाद वर्ष 1977 में जनता पार्टी के शासनकाल में हुआ, जब यह पता चला कि इलाहाबाद हाईकोर्ट के तत्कालीन चीफ जस्टिस डी.एस. माथुर ने जस्टिस सिन्हा के घर जाकर उन्हें कहा था कि आप इंदिरा गांधी के हक में फैसला दीजिए, आपको पदोन्नत कर सुप्रीम कोर्ट का जज बना दिया जाएगा।

वर्ष 1977 में सत्ता में आने पर जनता पार्टी की सरकार के गृहमंत्री चौधरी चरण सिंह ने काफी सूझबूझपूर्वक एकत्र की गई जानकारी 20 जुलाई, 1977 को लोकसभा में पेश की। इसके अनुसार मारुति जाँच आयोग के अध्यक्ष इलाहाबाद हाईकोर्ट के पूर्व मुख्य न्यायाधीश जस्टिस डी.एस. माथुर श्रीमती गांधी की याचिका पर निर्णय से पहले जस्टिस सिन्हा से मिलने उनके घर गए थे और उन्हें अवगत कराया कि आज आप श्रीमती गांधी के हक में फैसला दीजिए और कल आप सुप्रीम कोर्ट के न्यायाधीश बन जाएँगे।

आप पर हमला भी हो सकता है

यह जानकारी स्वयं जस्टिस सिन्हा ने जस्टिस माथुर की भूमिका के बारे में चरण सिंह के जिज्ञासा पत्र के उत्तर में दी थी। यह पत्र गृहमंत्री ने जोरदार अफवाहें फैलने के कारण जस्टिस सिन्हा से यह जानने के लिए लिखा था कि क्या वरिष्ठ पत्रकार कुलदीप नैयर की सद्यः प्रकाशित पुस्तक 'द जजमेंट' (The Judgement) में इंगित न्यायाधीश जस्टिस माथुर ही थे।

गृहमंत्री ने सदन में दोनों न्यायाधीशों को लिखे गए अपने पत्र पेश कर दिए। चौधरी चरण सिंह ने जस्टिस सिन्हा को 8 जुलाई, 1977 को एक पत्र लिखकर कुलदीप नैयर की पुस्तक में छपी इस बात की पुष्टि करनी चाही थी कि जस्टिस सिन्हा के जिस सहयोगी जज का इसमें उल्लेख किया गया है, क्या वे जस्टिस डी.एस. माथुर हैं? अपने उत्तर में जस्टिस सिन्हा ने लिखा कि 23 मई, 1975 के सप्ताहांत में न्यायाधीश माथुर और उनकी पत्नी काफी रात गए अचानक ही मेरे घर पर आए। पहले श्रीमती माथुर ने जस्टिस सिन्हा से कहा, 'श्रीमती गांधी बदले की भावना रखती हैं और वे आपको परेशानी में डाल सकती हैं, यहाँ तक कि आप पर हमला भी करवा सकती हैं।'

इलाहाबाद हाईकोर्ट।

श्रीमती माथुर ने आगे कहा कि यदि यह फैसला श्रीमती गांधी के पक्ष में जाता है तो श्री सिन्हा को सुप्रीम कोर्ट का न्यायाधीश बना दिया जाएगा। ठीक इसी वक्त जस्टिस माथुर भी कमरे में दाखिल हो गए, जो अपनी पत्नी को वहाँ बातचीत के लिए छोड़कर थोड़ी देर के लिए बाहर चले गए थे। जस्टिस माथुर ने भी स्पष्ट रूप से वही बात कही, जो उनकी पत्नी ने कही थी।

सुप्रीम कोर्ट का जज बना देने का लालच

जस्टिस सिन्हा का पत्र मिल जाने के बाद चौधरी चरण सिंह ने जस्टिस माथुर को पत्र लिखकर बताया कि जस्टिस सिन्हा ने मेरे संदेहों की पुष्टि कर दी है। चरण सिंह ने कहा कि जस्टिस माथुर ने जस्टिस सिन्हा को यह आश्वासन दिया था कि श्रीमती गांधी का एक दूत यह खबर लाया था कि जस्टिस सिन्हा को सुप्रीम कोर्ट का न्यायाधीश बनाए जाने की संभावना है और कहा कि उन्हें इस मामले पर गंभीरतापूर्वक विचार करना चाहिए।

गृहमंत्री ने कहा कि इसीलिए मैंने जस्टिस माथुर को सुझाव दिया कि यह अच्छा होगा कि वह मारुति जाँच से अपने आपको अलग कर लें। अपने उत्तर में जस्टिस माथुर ने जाँच आयोग को त्यागपत्र भेज दिया और कहा कि अगर मेरी निष्पक्षता के बारे में जरा भी संदेह है तो मैं एक क्षण के लिए भी जाँच में शामिल नहीं रह सकता।

जस्टिस माथुर ने इस बात से इनकार किया कि उन्होंने किसी भी तरह जस्टिस सिन्हा को प्रभावित करने की कोशिश की या उनके सामने कोई पेशकश की। उन्होंने इस बात की पुष्टि की कि वे जस्टिस सिन्हा से मिले थे और उन अफवाहों का जिक्र किया था, जो उन्हें चीफ जस्टिस बनाने के बारे में थीं।

गृहमंत्री ने कहा कि इस घटना को लेकर निश्चित रूप से जनता के मन में उत्पन्न संदेहों को देखते हुए जस्टिस माथुर का इस्तीफा देना उचित है।

इस प्रकार देखा जाए तो जस्टिस माथुर ने जो वृत्तांत पेश किया और पक्ष में जो दलील दी, वह अजीबोगरीब थी। उनका कहना था कि वे जस्टिस सिन्हा को केवल यह बताने गए थे कि इस तरह की अफवाह उड़ रही है, पता नहीं सच्चाई क्या है, लेकिन जस्टिस सिन्हा का कथन अधिक विश्वसनीय प्रतीत होता है। जस्टिस सिन्हा के पत्र की सच्चाई पर अविश्वास करने का कोई कारण नहीं। जस्टिस माथुर का यह कदम बड़ा नासमझीपूर्ण माना जाएगा कि वह रात बीते जस्टिस सिन्हा के घर तथाकथित अफवाह की सूचना मात्र देने के विचार से अपनी पत्नी के साथ गए थे, जिन्होंने बातचीत की शुरुआत की। क्या जस्टिस माथुर इस बात से वाकिफ नहीं थे कि इस तरह वे जस्टिस सिन्हा की मन:स्थिति को अनावश्यक रूप से झकझोरते हुए और उन्हें अशांत करते हुए लौटेंगे।

एक सूत्र के अनुसार जस्टिस सिन्हा से जस्टिस माथुर की भेंट से पहले उत्तर प्रदेश के एक सांसद इलाहाबाद गए थे और उन्होंने जस्टिस सिन्हा को इशारे से कहा था कि क्या पाँच लाख रुपए पर्याप्त होंगे? जस्टिस सिन्हा ने उन्हें चलता कर दिया था। इसका भी उल्लेख कुलदीप नैयर ने अपनी पुस्तक में किया है।

स्पष्ट है कि न्यायपालिका को भ्रष्ट करने की दृष्टि से यह सर्वाधिक काला कालखंड था।

सिन्हा को सी.आई.ए. का एजेंट बताया

श्रीमती गांधी ने उत्तर प्रदेश के तत्कालीन लोकप्रिय व शक्तिशाली मुख्यमंत्री हेमवती नंदन बहुगुणा को अपने पद से हटा दिया था। बताया जाता है कि इसका एक बड़ा कारण यह था कि श्रीमती गांधी को इस बात का रंज था कि एक प्रभावशाली, चतुर व व्यवहारकुशल मुख्यमंत्री होते हुए भी वे जस्टिस सिन्हा को उनके हक में फैसला देने के लिए प्रेरित नहीं कर सके।

फैसला आने के बाद दिल्ली में प्रधानमंत्री के निवास स्थान के बाहर कुछ कांग्रेसजनों ने एकत्र होकर जस्टिस सिन्हा के खिलाफ नारेबाजी की। उनके पुतले भी जलाए और उन्हें आर.एस.एस. का आदमी बताया। दिल्ली के अंग्रेजी दैनिक 'हिंदुस्तान टाइम्स' ने कांग्रेसजनों द्वारा जस्टिस सिन्हा को अमेरिकी खुफिया एजेंसी सी.आई.ए. का एजेंट बताकर उनकी भर्त्सना करनेवाले पोस्टर का सचित्र समाचार भी छापा था।

□

'इंदिरा गांधी की रैली दुनिया में सबसे बड़ी'?

इंदिरा गांधी का चुनाव रद्द घोषित करने का इलाहाबाद हाईकोर्ट का फैसला आते ही कांग्रेस पार्टी ने राजधानी दिल्ली में रैलियों का सिलसिला शुरू कर दिया। लोगों की भीड़ को इकट्ठा करने के लिए सरकारी साधन-स्रोतों का खुला दुरुपयोग किया गया। डी.टी.सी. की सभी बसों और दिल्ली मिल्क सप्लाई की गाड़ियों को भी पार्टी की सेवा में लगा दिया गया। 20 जून को श्रीमती गांधी ने बोट क्लब पर एक बड़ी रैली को संबोधित किया और उसे दुनिया की सबसे बड़ी रैली करार दिया। विपक्ष ने इसे सरासर गलत बताया।

12 जून, 1975 को इलाहाबाद हाईकोर्ट का आदेश आते ही कांग्रेस पार्टी ने देश की राजधानी दिल्ली में रैलियों का सिलसिला शुरू कर दिया, जो इमरजेंसी लगने तक जारी रहा। कांग्रेस पार्टी देश-दुनिया को यह दिखाना चाहती थी कि अदालत का फैसला चाहे जो हो, इंदिरा गांधी उनकी प्रधानमंत्री हैं और वे जन-जन की प्रिय हैं, वे प्रधानमंत्री बनी रहेंगी।

'कोर्ट का फैसला नहीं मानेंगे, नहीं मानेंगे'

इंदिरा गांधी के रणनीतिकारों ने जो पहला कदम उठाया, वह था भीड़ को एकत्र करना ताकि इंदिरा गांधी की लोकप्रियता प्रदर्शित की जा सके। प्रधानमंत्री की टोली पहले भी इस तरह की कवायद कर चुकी थी। 1969 में बैंकों के राष्ट्रीयकरण के समय स्वयं को प्रगतिशील दिखाने और पार्टी में अपने प्रतिद्वंद्वी मोरारजी देसाई को दक्षिणपंथी प्रतिगामी दिखाने के लिए इंदिरा गांधी ने रैलियों का आयोजन किया था।

इलाहाबाद हाईकोर्ट के फैसले के बाद इंदिरा गांधी यह जताना चाहती थीं कि वे सत्ता छोड़ने वाली नहीं हैं, क्योंकि लोगों को उन पर पूरा भरोसा है और वे गरीबी

हटाने के लिए प्रतिबद्ध हैं। इन रैलियों में लोगों को प्रधानमंत्री के सरकारी आवास के बाहर ढो-ढोकर लाया जाता था।

दिल्ली के बाहर भी कई जगह प्रदर्शन किए गए, जिनमें नारे लगाए गए— 'हमारी प्रधानमंत्री इंदिरा गांधी, इंदिरा गांधी; कोर्ट का फैसला नहीं मानेंगे, नहीं मानेंगे'। शायद इसका निहित अर्थ यह भी था कि इलाहाबाद हाईकोर्ट ही नहीं, सुप्रीम कोर्ट का फैसला भी प्रतिकूल होने पर नहीं मानेंगे। इंदिरा गांधी के विरुद्ध फैसला सुनानेवाले इलाहाबाद हाईकोर्ट के न्यायाधीश न्यायमूर्ति जगमोहन लाल सिन्हा के विरुद्ध भद्दे नारे लगाए गए और उन्हें आर.एस.एस. और सी.आई.ए. का एजेंट बताया गया। दिल्ली में जगमोहन लाल सिन्हा का पुतला-दहन भी किया गया।

इंदिरा गांधी के निवास स्थान के नजदीक उनके इस्तीफे की माँग करते हुए जनसंघ के कार्यकर्ता (12 जून, 1975)।

भीड़ जमा करने के हथकंडे

डॉ. राजेंद्र प्रसाद के पुत्र मृत्युंजय प्रसाद ने अपनी पुस्तक 'पुण्य स्मरण' में इन रैलियों के बारे में लिखा, 'हाईकोर्ट का निर्णय घोषित होने के बाद चंद घंटों में ही इंदिरा समर्थकों ने उनके पक्ष में उन्हें प्रधानमंत्री बनाए रखने के नारे लगाने के लिए उत्तर प्रदेश और हरियाणा से बड़े-बड़े जत्थे बुलवाने शुरू कर दिए। अधिक से अधिक आदमियों को ले आने के लिए हर प्रकार के यातायात के साधनों का उपयोग किया गया—सार्वजनिक वाहनों, जैसे कि मोटर-बसों का, यहाँ तक कि ट्रैक्टरों का भी, जो सवारी के काम में नहीं लाए जाते हैं। वाहनों को उनके मालिकों से लिया गया। रेलगाड़ियों में लोग बिना भाड़ा दिए, बिना टिकट खरीदे लाए जाने लगे। भीड़ जमा करने के लिए हर प्रकार के हथकंडे अपनाए गए। कल-कारखानों, दफ्तरों और शिक्षा संस्थानों में छुट्टियाँ भी कर दी गईं। पड़ोसी राज्यों की सरकारों के अधिकारियों और साधनों का दुरुपयोग किया गया, जबकि दूसरी ओर दिल्ली में विपक्ष की सभाओं में अधिक भीड़ जमा होने लगी। विरोधियों का जन-बल घटाने के लिए उनकी सभाओं में आनेवालों के रास्ते में सभी प्रकार की बाधाएँ डाली जाने लगीं।'

कांग्रेस की इन रैलियों में लोगों को विभिन्न स्थानों से लादकर इंदिरा गांधी

के सरकारी आवास 1, सफदरजंग रोड के सामने लाया जाने लगा। श्रीमती गांधी के निवास स्थान के बाहर बना हुआ यातायात चबूतरा ऐसे मौकों पर भाषण देने के लिए एक रेडीमेड मंच के तौर पर उपयोगी सिद्ध हुआ, जैसा कि इससे पहले भी हो चुका था। इंदिरा गांधी दिन में तीन बार अपने आवास से बाहर निकलकर उपस्थित लोगों को संबोधित करती थीं। 13 जून को दिल्ली में चलनेवाली दिल्ली ट्रांसपोर्ट कॉरपोरेशन (डी.टी.सी.) की सभी 983 बसों का रूट उपराज्यपाल के सचिव नवीन चावला और प्रधानमंत्री के अतिरिक्त निजी सचिव आर.के. धवन के आदेश पर 1 सफदरजंग रोड की ओर मोड़ दिया गया। इसके अलावा दिल्ली मिल्क सप्लाई के वाहनों को भी पार्टी की सेवा में लगा दिया गया। इस बात की कोई परवाह नहीं की गई कि इससे दिल्ली की सामान्य बस सेवा और अन्य नागरिक सेवाएँ कितनी बुरी तरह प्रभावित होंगी। दिल्ली के कई समाचार-पत्रों में इस आशय के समाचार भी प्रकाशित हुए।

किसी भावी महाविनाश के बादल

वरिष्ठ पत्रकार प्रेम भाटिया ने 'इंडिया न्यूज एंड फीचर अलायंस' से प्रसारित अपने कॉलम (21 जून, 1975) में लिखा, 'पिछले कुछ दिनों में रैलियाँ और प्रदर्शन होते रहे हैं, चारों ओर पोस्टर-ही-पोस्टर चिपके दिखाई देते रहे हैं, हमें देश के अंदर विद्यमान और विदेशी शत्रुओं से सावधान रहने की चेतावनियाँ दी जाती रही हैं, हमारी देशभक्ति-भावना से अपीलें की जाती रही हैं और कुछ ऐसी दुहाइयाँ दी जाती रही हैं, जिनकी उपेक्षा कोई एकदम बहरा या मुझ जैसा एक संवेदनहीन कूढ़मगज व्यक्ति भी नहीं कर सकता है। सड़कों से बसें नदारद होती रही हैं, पानी और बिजली की सप्लाई में व्यवधान पड़ते रहे हैं और किसी भावी महाविनाश के बादल कुछ इस ढंग से मँडराते रहे हैं कि देश में बांग्लादेश युद्ध के समय से लागू आपात स्थिति सचमुच ही अर्थवती हो उठी है। जब गत सप्ताह दूध की चार बोतलों का हमारा राशन काटकर केवल एक बोतल कर दिया था तो हम शिकायत में बुदबुदा भी नहीं पाए थे, क्योंकि हमारे राशन में कटौती उन सैनिकों के भरण-पोषण के लिए की गई थी, जिन्हें दिन में कई-कई बार प्रधानमंत्री की कोठी के सामने नारे लगाने पड़ रहे थे। हमारा बलिदान तो युद्ध जारी रखने के लिए किए जा रहे प्रयत्नों में हमारे अपने योगदान का एक मामूली-सा प्रतीक ही था।

'श्रीमती गांधी के नेतृत्व में कांग्रेस दल ने आज तक देश की जनता का जो सबसे बड़ा अहित किया है, वह यह है कि उसने सस्ती प्रचारवादी (पोपुलिस्ट) राजनीति को लज्जाजनक प्रोत्साहन दिया है। 1969 में इस सस्ती प्रचारवादी राजनीति ने प्रधानमंत्री का अत्यधिक हितसाधन किया था, क्योंकि उस समय उसका उद्देश्य लोकप्रियता की लहर पर और जनता के साथ बेहतर सुलूक किए जाने के वादों के आधार पर श्रीमती

गांधी की व्यक्तिगत स्थिति को सुदृढ़ करना था। उस समय जनता ने अपने 'हीरो' को भावनात्मक पूजा-भावना के तहत इस सबको स्वाभाविक रूप में स्वीकार कर लिया था।'

समर्थन में रैली, एक अनूठी बात

जनरोष अथवा असंतोष व्यक्त करने के लिए जुलूस निकालने की प्रथा बहुत पुरानी है। सरकार-विरोधी राजनीतिक दलों व अन्य संगठनों द्वारा जनप्रदर्शन करना और रैलियाँ निकालना नई बात नहीं है, लेकिन इंदिरा गांधी के हाथों में इन रैलियों ने नया ही रूप और आयाम ग्रहण कर लिया, यानी किसी का विरोध करने की बजाय श्रीमती गांधी के समर्थन में रैलियाँ आयोजित की गईं। रैलियों द्वारा नेता में विश्वास व्यक्त किया गया। नेता से कहा गया कि वह सत्ता न छोड़े।

वस्तुतः करोड़ों की आबादीवाले देश में दो-चार लाख लोगों का समर्थन अथवा विरोध बहुत सार्थक नहीं माना जा सकता। फिर सरकारी साधन-स्रोतों का भरपूर सहयोग प्राप्त होने पर कोई भी दल किसी भी बात पर लाखों लोगों को जुटा सकता है।

कांग्रेस ने शक्ति-प्रदर्शन के लिए 20 जून को योजनाबद्ध ढंग से सरकारी साधनों का उपयोग करते हुए नई दिल्ली के बोट क्लब लॉन में एक बड़ी रैली का आयोजन किया। इसे इंदिरा गांधी ने संबोधित किया। रैली में अन्य वाहनों के अतिरिक्त ट्रेनों से भी लोग लाए गए। इस रैली के बारे में इंदिरा गांधी ने कहा कि उन्होंने आज तक इतनी बड़ी रैली नहीं देखी है। उन्होंने इसमें 10 लाख लोगों के शामिल होने का दावा करते हुए कहा कि यह दुनिया की सबसे बड़ी रैली है। इस पर कतिपय राजनीतिक विश्लेषकों ने टिप्पणी की कि शायद श्रीमती गांधी ने कई बड़ी-बड़ी रैलियाँ देखी ही नहीं हैं। वैसे गुप्तचर सूत्रों के अनुसार इस रैली में डेढ़ लाख लोग शामिल थे, जिनमें 10,000 सिक्युरिटी के आदमी थे।

प्रश्न है—इस तरह के मौकों पर भीड़ इकट्ठी करने का क्या तात्पर्य है? इस मुद्दे पर कानूनी और नैतिक बिंदुओं को कैसे नजरअंदाज किया जा सकता है? कोई भी भीड़ कानून पर न तो अपना रौब जमा सकती है और न ही उसे रद्द कर सकती है।

रैली को संबोधित करते हुए श्रीमती गांधी ने कहा कि कुछ विदेशी शक्तियाँ उन्हें हटाने पर तुली हुई हैं और विपक्ष इन शक्तियों के साथ मिला हुआ है। ये शक्तियाँ न केवल मेरा चरित्र हनन करना चाहती हैं, बल्कि शारीरिक तौर पर मुझे खत्म कर देना चाहती हैं। उन्होंने शिकायत की कि विपक्ष उनके साथ सहयोग नहीं कर रहा। इस पर विपक्षी दलों की प्रतिक्रिया यह थी कि क्या विपक्ष का काम सरकार को, गलतियाँ करने पर भी सहयोग प्रदान करना है, यदि ऐसा है तो क्या उसे सरकार में शामिल नहीं हो जाना चाहिए?

तेरी सुबह की जय, तेरी शाम की जय!

इस रैली की एक खास बात यह रही कि मंच पर इंदिरा गांधी के परिवार के सदस्य, दोनों बेटे—राजीव गांधी और संजय गांधी तथा बड़ी बहू सोनिया गांधी भी उपस्थित थे। भीड़ भावोन्मत्त मनोदशा में थी। स्त्री-पुरुष नारे लगा रहे थे—'इंदिरा गांधी आगे बढ़ो, हम तुम्हारे साथ हैं।' इस अवसर पर कांग्रेस के खुशामदी अध्यक्ष देवकांत बरुआ ने कांग्रेस जनों को उत्साहित करने के लिए तत्काल तैयार किया हुआ शेर सुनाया—'इंदिरा तेरी सुबह की जय, तेरी शाम की जय, तेरे काम की जय, तेरे नाम की जय।'

'अखिल भारतीय कांग्रेस कमेटी' द्वारा काले बॉर्डर के साथ जारी किया गया चौपन्ना। गलती महसूस होने पर इसे तुरंत वापस ले लिया गया। छीना-झपटी भी की गई (20 जून, 1975)।

इस रैली का एक दिलचस्प प्रसंग रहा अंग्रेजी में प्रकाशित एक पैंफलेट (चौपन्ना), जिसमें पहले पन्ने पर चौतरफा काली स्याही से घिरे हाशिए के बीच इंदिरा गांधी का श्याम-श्वेत चित्र था और उसके नीचे था परचे का शीर्षक—Must She Resign? (क्या उन्हें इस्तीफा देना चाहिए?)। काले बॉर्डर के बीच इंदिरा गांधी का फोटो देखकर कई कांग्रेसजन भड़क उठे, क्योंकि इसे अशुभ माना जाता है। यह परचा बाकायदा ऑल इंडिया कांग्रेस कमेटी द्वारा प्रकाशित किया गया था, जैसा कि परचे के अंत में प्रिंट-लाइन में एड्रेस के साथ अंकित था। इस परचे में सवाल-जवाब के माध्यम से यह सिद्ध करने का प्रयास किया गया था कि इंदिरा गांधी को इस्तीफा देने की कोई जरूरत नहीं है, लेकिन किसी के देहांत पर उसके चित्र के चारों ओर शोक अभिव्यक्ति का प्रतीक माने जानेवाले ब्लैक बॉर्डर ने अनर्थ कर दिया और परचे की रूपरेखा के जिम्मेदार पार्टी जनों के बौद्धिक दिवालिएपन को भी उजागर कर दिया।

परचा अभी बँटना शुरू ही हुआ था कि हड़बड़ाकर उसका वितरण रोक दिया गया, परचा वापस ले लिया गया ताकि पार्टी की भद्द न पिटे। कुछ लोगों से तो परचा छीनकर वापस लिया गया, फिर भी कुछ परचे वापस नहीं लिये जा सके। इस अध्याय के साथ प्रस्तुत है इस 'अनिष्टसूचक' लगनेवाले चर्चित परचे के मुख पृष्ठ का फोटो।

इस रैली के बाद 13 कांग्रेसी मुख्यमंत्री एक ग्रुप बनाकर सीधे राष्ट्रपति भवन की ओर रवाना हो गए, जहाँ उन्होंने राष्ट्रपति को एक पृष्ठ का ज्ञापन दिया। ज्ञापन में

श्रीमती गांधी के प्रति अपना विश्वास व्यक्त करते हुए कहा गया कि श्रीमती गांधी के इस्तीफे से न केवल राष्ट्रीय स्तर पर, बल्कि विभिन्न राज्यों में भी अस्थिरता उत्पन्न हो जाएगी।

अदालत से वादाखिलाफी

इंदिरा गांधी की रैलियों पर टिप्पणी करते हुए राजधानी के अंग्रेजी समाचार साप्ताहिक 'ऑर्गनाइजर' ने अन्य बातों के अतिरिक्त लिखा : (21 जून, 1975)—She got a stay order on the ground that she needed time to enable the party to elect a new leader. But she has gone back on her word. And now she says she has no intention of resigning. And all this time she has been spending lakhs of rupees to collect crowds to cheer her. She is not only violating Section 144 of criminal procedure code, she is repeatedly committing contempt of court.

अदालती फैसले के बाद इंतजार में बीत गए 13 दिन : 'आपको क्या लगता है कि यह कब इस्तीफा देगी?'
—'अमृत बाजार पत्रिका' का व्यंग्य चित्र (25 जून, 1975)

(श्रीमती गांधी ने अदालत से स्थगनादेश यह कहकर प्राप्त किया था कि उन्हें नया नेता चुनने के लिए समय चाहिए, लेकिन वे अपनी बात से पलट गईं। अब वे कहने लगी हैं कि इस्तीफा देने का उनका कोई इरादा नहीं है और इस पूरी अवधि में वे अपनी जय-जयकार कराने के लिए भीड़ को एकत्र करने पर लाखों रुपए खर्च करती आ रही हैं। वे न केवल दंड प्रक्रिया संहिता की धारा 144 का उल्लंघन कर रही हैं, बल्कि अदालत की लगातार अवमानना भी कर रही हैं।)

23 जून को सुप्रीम कोर्ट में श्रीमती गांधी की अपील पर सुनवाई के समय कई कांग्रेसी मुख्यमंत्री भी उपस्थित थे। इंदिरा गांधी की याचिका में अबाध और बिना कोई शर्त लगाए स्थगनादेश दिए जाने का अनुरोध किया गया था, लेकिन न्यायमूर्ति कृष्णा अय्यर ने दो दिन तक दोनों पक्षों की बहस सुनने के बाद अपने फैसले में कहा कि श्रीमती गांधी ने कोई बहुत गंभीर चुनावी भ्रष्टता नहीं की है। उन्होंने कहा कि वे प्रधानमंत्री बनी रहेंगी, लेकिन उन्हें लोकसभा में मतदान का अधिकार तब तक नहीं होगा, जब तक सुप्रीम कोर्ट इलाहाबाद हाईकोर्ट के फैसले के विरुद्ध उनकी अपील

का निपटारा न कर दे। दोनों पक्ष अपने-अपने कारणों से इस अंतरिम फैसले से संतुष्ट प्रतीत हुए और अपने दृष्टिकोण से उसकी व्याख्या की।

23 जून को ही दिल्ली में विपक्षी दलों की सभा में लोकनायक जयप्रकाश नारायण उपस्थित होनेवाले थे, लेकिन नहीं हो सके। इसके लिए पटना से दिल्ली जानेवाले विमान की उड़ान कलकत्ता में झूठे बहाने बनाकर रोक दी गई। दो दिन बाद 25 जून को दिल्ली के रामलीला मैदान में विपक्षी दलों की एक सभा हुई, जिसे जयप्रकाश नारायण ने संबोधित किया। यह भी बड़ी सभा थी, लेकिन इंदिरा गांधी की सभा के मुकाबले में उतनी बड़ी नहीं थी। आयोजकों ने उसका भी श्रेय लिया और कहा कि यह सरकार प्रायोजित रैली नहीं थी और लोग अपनी मरजी से इसमें पहुँचे थे। इस रैली का उल्लेख इस पुस्तक में अन्यत्र किया गया है।

□

आपातकाल का मूलाधार : असत्यमेव जयते!

आपातकाल की उत्पति असत्य और मिथ्यावादिता से हुई थी और इस पूरी अवधि में उसकी तूती बोलती रही। आपातकाल के बाद जनता पार्टी की सरकार द्वारा गठित जस्टिस शाह जाँच आयोग ने यह पाया कि आपातकाल की घोषणा से पहले किसी सरकारी रिपोर्ट में यह नहीं बताया गया था कि कानून और व्यवस्था भंग होने की कोई संभावना है, यहाँ तक कि गृहमंत्री ब्रह्मानंद रेड्डी को भी ऐसी जानकारी नहीं थी। राष्ट्रपति को गुमराह करके उद्घोषणा पर हस्ताक्षर कराए गए। आपातकाल में सरकारी स्तर पर बार-बार अनेक झूठ प्रसारित किए गए।

खलील जिब्रान की एक कहानी है, जो इस प्रकार है : सत्य और असत्य दो बहनें हैं। दोनों एक सरोवर में स्नान करने जाती हैं। असत्य ने पहले स्नान कर लिया। वह तट पर आई और सत्य के कपड़े पहनकर चली गई। जब सत्य स्नान करके बाहर आई, तो देखा बहन ने गड़बड़ कर दी है। फिर सत्य ने असत्य के कपड़े पहन लिये। तब से क्या सत्य और क्या असत्य, यह खोजना मुश्किल हो गया है।

आपातकाल में सब संचार साधन सरकार के अधीन थे, किसी को सही स्थिति जानने या प्रतिवाद करने की स्वतंत्रता प्राप्त नहीं थी, प्रेस की जबान पर ताले लगा दिए गए थे। सरकारी असत्य ने सत्य के कपड़े पहने हुए थे और यह वास्तव में छद्म वेश में विचरण कर रहा था। आपातकाल की उत्पति असत्य से ही हुई और इस पूरी अवधि में उसकी तूती बोलती रही।

इमरजेंसी के लिए गजब का झूठ

कहते हैं, झूठ की अनेक किस्में होती हैं—सामान्य झूठ, सफेद झूठ, काला झूठ आदि-आदि। एक अन्य प्रकार का झूठ भी होता है, जो किसी के वश की बात नहीं होती। उसे कह सकते हैं गजब का झूठ। इसे इमरजेंसी के दौरान इंदिरा सरकार ने बड़ी महारत से उगला।

कुछ लोगों का कहना है कि इंदिरा गांधी ने इमरजेंसी लगाए जाने के कारण बताने के लिए बार-बार इतने झूठ बोले कि बाद में वे स्वयं भी उन्हें सही मानने लगीं! वस्तुतः आपातस्थिति की घोषणा एक भयानक असत्य पर आधारित थी। फिर इसकी तैयारी काफी पहले ही कर ली गई थी, जिसका उल्लेख इस पुस्तक में प्रसंगानुकूल किया गया है।

भारत के राष्ट्रीय चिह्न सारनाथ स्थित अशोक के सिंह स्तंभ की अनुकृति के फलक के नीचे 'मुंडकोपनिषद' का सूत्र 'सत्यमेव जयते' अंकित है, जिसका अर्थ है—'सत्य की विजय होती है।' लेकिन ऐसा प्रतीत होता है कि इंदिरा गांधी की सरकार ने संविधान के कई अनुच्छेदों को विलंबित करने के साथ इस सूत्र की भाषा तो रहने दी, लेकिन उसके भाव को विलंबित कर दिया—उसका आचरण तो यही प्रदर्शित करता है।

झूठ के बालू पर बना महल

इंदिरा गांधी ने भारत के राष्ट्रपति से आपातकाल की घोषणा करने संबंधी अपने पत्र में दावा किया था, 'हमें ऐसी सूचनाएँ मिली हैं, जिनसे पता चलता है कि आंतरिक उपद्रवों से भारत की सुरक्षा को अवश्यंभावी खतरा है। यह मामला अत्यंत आवश्यक है।'

क्या वास्तव में ऐसा था? 1977 में जनता पार्टी के सत्ता में आने पर उसने आपातकाल शासन की विस्तृत जानकारी, दुरुपयोग और अत्याचारों के बारे में जस्टिस शाह जाँच आयोग की स्थापना की थी। शाह आयोग के निष्कर्षों से पता चलता है कि इंदिरा गांधी के निर्णय किसी तरह उचित नहीं थे—

1. भारत सरकार के प्रकाशन 'आर्थिक सर्वेक्षण 1975-76' से पता चलता है कि आर्थिक मोर्चे पर मूल्यों में गिरावट 25 जून, 1975 से बहुत पहले शुरू हो गई थी। थोक मूल्य सूचकांक में 3 दिसंबर, 1974 और मार्च 1975 के आखिरी सप्ताह के बीच 7.4 प्रतिशत की गिरावट आ गई थी। 'अखिल भारतीय उपभोक्ता सूचकांक' में भी नवंबर 1974 से गिरावट का रुख बना हुआ था। फरवरी 1975 से आगे की अवधि में हड़तालों और तालाबंदी के कारण कार्यदिवसों की हानि में भी अत्यधिक कमी आ गई थी, जैसा कि श्रम मंत्रालय द्वारा प्रस्तुत आँकड़ों से पता चलता है।

2. कानून और व्यवस्था के मोर्चे पर विभिन्न राज्यों के राज्यपालों द्वारा भारत के राष्ट्रपति को तथा विभिन्न राज्य सरकारों के प्रधान सचिवों द्वारा केंद्रीय गृहमंत्री को भेजी गई रिपोर्टों से पता चलता है कि आपातकाल की घोषणा की पूर्व संध्या पर देश भर में कानून और व्यवस्था की स्थिति नियंत्रण में थी।

3. आयोग द्वारा गृह मंत्रालय भारत सरकार को भेजी गई प्रश्नावली के उत्तर में सूचना दी गई थी कि—

1. किसी राज्य सरकार से ऐसी कोई रिपोर्ट नहीं मिली थी, जिससे पता चले कि

आपातकाल की घोषणा से तुरंत पूर्व की अवधि में कानून और व्यवस्था की स्थिति में कोई विशेष बिगड़ाव आया हो।

2. 21 जून, 1975 से पूर्व आंतरिक आपातकाल लगाने के बारे में गृह मंत्रालय ने कोई आकस्मिक योजना तैयार नहीं की थी।
3. 25 जून, 1975 को आपातकाल की घोषणा से पहले कानून और व्यवस्था भंग होने की किसी संभावना के लिए केंद्रीय रिजर्व पुलिस को इकट्ठा करने के लिए कोई कदम नहीं उठाए गए थे।
4. गृह मंत्रालय के इंटेलिजेंस ब्यूरो से 12 और 15 जून, 1975 के बीच ऐसा कोई दस्तावेज नहीं मिला था, जिसमें सुझाव दिया गया हो कि देश में ऐसी आंतरिक स्थिति है, जिसमें आंतरिक आपातकाल लगाने की आवश्यकता है।

'अगर कोई और अध्यादेश हो तो बस उन्हें कहिए कि जरा इंतजार करें।' राष्ट्रपति फखरुद्दीन अली अहमद द्वारा ताबेदार ढंब से इमरजेंसी की उद्घोषणा पर हस्ताक्षर कर देने पर 'इंडियन एक्सप्रेस' में अबू का व्यंग्य चित्र (10 दिसंबर, 1975)।

5. गृह मंत्रालय ने कभी किसी स्तर पर प्रधानमंत्री से यह सिफारिश नहीं की कि देश में ऐसी आंतरिक स्थिति पैदा हो गई है कि आंतरिक आपातकाल लगना आवश्यक है।
6. आपातकाल के दौरान गृह मंत्रालय को ऐसे किसी पत्र की जानकारी नहीं थी, जिसे प्रधानमंत्री ने भारत के राष्ट्रपति को भेजा हो।
7. पत्र से लगता है कि आंतरिक आपातकाल लगाने का निर्णय तत्कालीन प्रधानमंत्री ने स्वयं ही लिया था।
8. कैबिनेट सचिवालय से प्राप्त रिपोर्ट से यह बात और पुष्ट होती है कि आपातकाल की घोषणा से पूर्व तीन महीनों में कानून और व्यवस्था के मोर्चे पर कोई असाधारण घटनाएँ नहीं घटी थीं। कैबिनेट सचिवालय से अर्धसरकारी पत्र सं. 50/7/1/77–सी.एफ. दिनांक 11 नवंबर, 1977 के साथ प्राप्त रिपोर्ट का उद्धरण इस प्रकार है—

'हमने आपातकाल की घोषणा से पूर्व के तीन महीनों में कैबिनेट की बैठक और राजनीतिक मामलों की कैबिनेट समिति की बैठक के एजेंडा नोटों और कार्यवृत्तों की जाँच

की है और उनमें कहीं कोई ऐसी मद नहीं है, जिसमें आपातकाल की घोषणा या ऐसी किसी आंतरिक स्थिति की बात की गई हो, जिसमें आपातकाल की घोषणा वांछनीय हो।'

छल-कपट और षड्यंत्र

मजेदार बात यह कि गृहमंत्री ब्रह्मानंद रेड्डी से कोई परामर्श नहीं लिया गया था। उन्हें 25 जून की रात 10.15 बजे प्रधानमंत्री के निवास पर बुलाकर बताया गया कि देश में कानून-व्यवस्था की स्थिति बिगड़ गई है, इसलिए तत्काल आपातकाल लगाना जरूरी हो गया है। रेड्डी ने कहा, आपातकाल पहले से ही लागू है, पर इंदिरा गांधी ने कहा, पहले वाला बाहरी संकट का आपातकाल है, यह 'आंतरिक संकट' का आपातकाल होगा। वस्तुस्थिति यह थी कि गृह मंत्रालय पर इंदिरा गांधी के विश्वस्त अनुचर राज्य मंत्री ओम मेहता (जिन्हें लोग होम मेहता भी कहते थे) हावी थे। ब्रह्मानंद रेड्डी आंध्र प्रदेश के मुख्यमंत्री रह चुके थे और अपने आप में एक राजनीतिक हस्ती थे। हाशिए पर ला दिए गए रेड्डी ने स्वयं को बड़ा अपमानित महसूस किया, लेकिन कोई प्रतिरोध नहीं किया। उन्होंने बाद में राष्ट्रपति फखरुद्दीन अली अहमद और प्रधानमंत्री के बीच दिन में हुई वार्त्ता का हवाला देते हुए अपने हस्ताक्षरित पत्र के साथ आपातकाल की उद्घोषणा का मसौदा संलग्न करते हुए राष्ट्रपति को स्वीकृति के लिए दे दिया।

शाह आयोग की जाँच में यह पूरी तरह स्पष्ट हो गया कि आपातकाल की घोषणा गजब के झूठ और छल-कपट पर आधारित थी। झूठे 'आंतरिक आपातकाल' की आधारशिला रखने के बाद खबरों पर सेंसर के बल पर खड़ी की गई पूरी इमारत झूठ पर आधारित थी। उसके बाद लगातार झूठ के झरने बहने लगे। पूरी दुनिया में एकतरफा प्रचार हो गया। एक पुरानी कहावत है कि जब तक सत्य अपने जूते पहनकर तैयार हो पाएगा, तब तक यह झूठ आधी दुनिया का चक्कर लगा चुका होगा और वही इस प्रकरण में हुआ।

यह तो हर किसी को मालूम है कि इंदिरा गांधी ने इलाहाबाद हाईकोर्ट से यह निवेदन करते हुए स्थगन आदेश या रोकादेश लिया था कि उन्हें पार्टी के संसदीय दल का नया नेता चुनने के लिए मोहलत दी जाए, लेकिन वे अपनी बात से मुकर गईं और बाद में उन्होंने कह दिया कि उनका इस्तीफा देने का कोई इरादा नहीं, यानी हाईकोर्ट से भी झूठ बोला गया।

इमरजेंसी का ताना-बाना इसके कुछ बाद ही बुनना आरंभ हो गया था। 25 जून, 1975 को सायंकाल रामलीला मैदान में जयप्रकाश नारायण द्वारा अपनी स्पीच में सरकार के अवैध व असंवैधानिक आदेशों की अवज्ञा करने की पुलिस व सुरक्षा बलों से कथित अपील एक बहाना मात्र थी, जिस पर इस पुस्तक में अन्यत्र प्रकाश डाला गया है।

झूठ, झूठ, हर कदम पर झूठ

वरिष्ठ पत्रकार अरुण शौरी ने 'इंडियन एक्सप्रेस' (12 जनवरी, 1978) में Lies, lies, all the way (झूठ, झूठ, हर कदम पर झूठ) शीर्षक संवाद-लेख में इंदिरा गांधी की सरकार द्वारा आपातकाल में प्रचारित कतिपय झूठों का उल्लेख किया। उन्होंने लिखा कि इंदिरा गांधी द्वारा बहाने बनाकर शाह आयोग का बहिष्कार करने का मकसद सच्चाई को येन-केन-प्रकारेण छिपाए रखना था, क्योंकि सच्चाई प्रकट होने पर झूठ के कई पुलिंदे खुल जाते। यदि इंदिरा गांधी को कुछ छिपाना नहीं था तो वे शपथपूर्वक अपना बयान दे सकती थीं जैसा कि संवैधानिक पदों पर बैठे अन्य अनेक लोगों ने दिया।

झूठी इमरजेंसी लगा देने के बाद गजब की झूठी बयानबाजी जारी रही। यह बात अलग है कि झूठ के बालू पर बना महल अंत में भरभराकर ढह गया। हजारों लोगों पर झूठे आरोप लगाकर उन्हें गिरफ्तार किया गया। आपातकाल लगाने के कुछ ही दिन बाद 12 जुलाई, 1975 को इंदिरा गांधी ने कहा कि गिरफ्तार किए गए व्यक्तियों की संख्या देश की आबादी के हिसाब से बहुत कम है। 'देश की आबादी के हिसाब से' गिरफ्तार व्यक्तियों की संख्या वास्तव में 'बहुत कम' थी। आखिर 60 करोड़ की उस समय की आबादी के मुकाबले कुछ हजार लोगों की गिनती ही क्या थी? उन्होंने उस दिन ब्रिटिश समाचार-पत्र 'संडे टाइम्स' और 'ऑब्जर्वर' को दिए इंटरव्यू में कहा कि 25 जून से अब तक गिरफ्तार किए गए व्यक्तियों में 25 प्रतिशत ही राजनीतिक व्यक्ति हैं, लेकिन 29 अगस्त को इस झूठ को नया रंग तथा आयाम देते हुए उन्होंने कहा कि 'कुछ लोगों को नजरबंद किया गया है। पूरे विपक्ष को नजरबंद नहीं किया गया है। असल में बहुतों को छोड़ दिया गया है और जेलों में बंद अधिकतर व्यक्ति राजनीतिक नहीं हैं। वे दुष्चरित्र व्यक्ति हैं, जो पुलिस की लिस्ट में शुमार हैं या फिर प्रतिबंधित पार्टियों के लोग हैं।' वस्तुतः प्रतिबंधित पार्टियों में मुख्यतः आर.एस.एस. के कार्यकर्ता थे, जो जयप्रकाश नारायण के आंदोलन में अग्रणी थे और बंदी बनाए गए लोगों में सर्वाधिक संख्या उन्हीं की थी। आपातकाल की पूरी अवधि में सरकार आर.एस.एस. पर पुराने घिसे-पिटे और आधारहीन आरोप दोहराती रही। इस बीच कई जाने-माने स्मगलर बाहर छुट्टे घूमते देखे गए। इसकी चर्चा संसद् में विपक्ष ने की, लेकिन सेंसर के कारण इसकी रिपोर्टिंग नहीं हुई।

बेखबर गृहमंत्री ब्रह्मानंद रेड्डी

एक ऐसे समय में जब बड़े पैमाने पर लोगों की धर-पकड़ की जा रही थी, इंदिरा गांधी ने 24 अगस्त, 1975 को प्रकाशित एक इंटरव्यू में कहा कि लोगों को लगभग हर रोज रिहा किया जा रहा है। उन्होंने बार-बार (उदाहरणार्थ 23 और 27 सितंबर, 1975,

26 फरवरी, 12 और 31 मार्च, 14 अप्रैल, 1976) झूठ को दोहराते हुए कहा कि सब तरफ छूट दी जा रही है।

लाल किले से भी झूठ का प्रचार!

27 जून, 1975 को जब देश भर में बड़े पैमाने पर अंधाधुंध गिरफ्तारियों के कारण जेलों में घोर अव्यवस्था और अराजकता मची हुई थी, इंदिरा गांधी ने कहा कि जेलों में नेताओं की भली-भाँति देखभाल की जा रही है और उन्हें सब सुविधाएँ मुहैया कराई जा रही हैं। उनका कथन बिल्कुल गलत था और सत्य से कोसों दूर था। जेल में कई नेताओं और राजनीतिक कार्यकर्ताओं की दुर्दशा का उल्लेख इस पुस्तक में अन्यत्र किया गया है।

15 अगस्त, 1975 को लाल किले से राष्ट्र के नाम अपने संबोधन में इंदिरा गांधी ने उस दिन तड़के ढाका में इस उपमहाद्वीप को हिला देनेवाले बीभत्स राजनीतिक हत्याकांड (बांग्लादेश के राष्ट्रपति शेख मुजीब व अन्य की हत्या) का कोई उल्लेख नहीं किया। सेंसर के कारण यह समाचार घंटों रुका रहा, यह इस मामले की नजाकत थी, लेकिन इंदिरा गांधी ने इस पवित्र दिन, जिसका उद्देश्य शहीदों को श्रद्धांजलि अर्पित करने और देश की महान् विरासत और राष्ट्रीय व्रत का स्मरण करने के साथ देश का स्वरूप बदलने का संकल्प व्यक्त करना होता है, विपक्ष पर तिरंगे झंडे को चिथड़े की तरह अपमानित करने का भयंकर आरोप मढ़ दिया। किस नेता ने, कब, कहाँ तिरंगे झंडे का अपमान किया, इसकी कोई जानकारी नहीं देने से विपक्ष झूठ का खंडन तक नहीं कर सकता था। जनता को दिग्भ्रमित करनेवाली इस 'कीचड़ उछाल' शैली को राजनीति की सभी मर्यादाओं का उल्लंघन कहा जाएगा।

सत्ताहीन होने के बाद भी

सत्ताच्युत होने के बाद भी मिथ्या आरोप लगाने और तथ्यों को तोड़-मरोड़कर पेश करने का श्रीमती गांधी का सिलसिला जारी रहा। उन्होंने जनता पार्टी की सरकार पर एक के बाद एक झूठे इल्जाम लगाए, मसलन उन्होंने यहाँ तक कहा कि इस समय देश में इमरजेंसी से भी बदतर स्थिति है। मैंने तो औपचारिक सेंसरशिप लगाई थी, लेकिन इस सरकार ने अनौपचारिक सेंसरशिप लगा रखी है। देश में इस समय कोई सरकार नहीं चल रही। कानून-व्यवस्था की स्थिति इतनी खराब हो चुकी है, जितनी पहले कभी नहीं थी, आदि-आदि। इन सभी आरोपों में कोई दम नहीं था, लेकिन वे बार-बार आरोप दोहराती रहीं। सेंसरशिप की तो कोई बात ही नहीं थी। किसी तरह का कोई सेंसर लागू नहीं था। अखबार सबकुछ स्वतंत्रतापूर्वक छापते रहे थे, बल्कि श्रीमती गांधी के भाषणों को अनावश्यक महत्त्व देकर छापा जा रहा था। वे पूरे देश में निर्बाध रूप से आ-जा रही

थीं। उनके सरकार विरोधी सभी भाषण अखबारों में छप रहे थे, यहाँ तक कि उनके झूठे आरोपों को भी प्रकाशित किया जा रहा था।

सच-झूठ के इस प्रकरण में इमरजेंसी के इंदिरा सरकार के सबसे बड़े हथियार सेंसरशिप की भी तनिक बात कर ली जाए। सेंसरशिप लागू होने के तीन महीने के भीतर इंदिरा सरकार ने बड़े आडंबर के साथ यह ऐलान किया कि सेंसरशिप को हटा दिया गया है, उसकी जगह अब गाइडलाइंस के तहत खुद ही अपने समाचार सेंसर कर लेने की व्यवस्था लागू कर दी गई है। इसके साथ ही यह भी कहा कि समाचारों का प्रकाशन बेरोक-टोक और स्वच्छंद रूप से किया जा सकता है, लेकिन यह सरासर गलत और तथ्यहीन था। वास्तविकता यह थी कि अनेक लिखित और मौखिक आदेश, जिनका आपातकाल, कानून-व्यवस्था या भारत की सुरक्षा से कोई संबंध नहीं था, दिए जाते रहे। इस पुस्तक के अध्याय 'नहीं छापें, नहीं छापें, नहीं छापें, तो फिर क्या छापें?' पढ़ने से पूरी स्थिति स्वतः स्पष्ट हो जाती है।

□

क्या जे.पी. ने सुरक्षाबलों को बगावत के लिए उकसाया था?

श्रीमती गांधी ने देश में इमरजेंसी लगाने की तैयारी 25-26 जून, 1975 की मध्य रात्रि से कम-से-कम तीन दिन पहले ही कर ली थी। इसका पूरा खुलासा शाह आयोग को दिए गए दस्तावेजों और गवाहियों से हो गया।

25 जून को सायंकाल रामलीला मैदान में जयप्रकाश नारायण ने अपने भाषण में प्रधानमंत्री के इस्तीफे की माँग को लेकर 29 जून से देशव्यापी सत्याग्रह आरंभ करने की घोषणा की थी। इसी घोषणा के आलोक में उन्होंने सशस्त्र बलों से इस आशय की अपील की कि वे निहत्थे व शांतिपूर्ण सत्याग्रहियों के विरुद्ध कोई अवैधानिक व गलत कारवाई करने का आदेश न मानें। इंदिरा गांधी ने इस वक्तव्य को तोड़-मरोड़कर एक विस्फोटक मुद्दा बना दिया और इमरजेंसी लगाने की आवश्यकता का ठीकरा जयप्रकाश नारायण के सिर पर फोड़ दिया।

इंदिरा गांधी ने इमरजेंसी लगाने की तैयारी 25-26 जून, 1975 की मध्य रात्रि से पहले ही कर ली थी। यह तैयारी कई दिन से चल रही थी, जैसा कि इस पुस्तक में अन्यत्र बताया गया है।

वस्तुतः इमरजेंसी लगाने की उलटी गिनती तीन दिन पहले ही शुरू हो गई थी। 25 जून दोपहर को ही दिल्ली के उपराज्यपाल, उच्च प्रशासनिक अधिकारियों और पुलिस अधिकारियों की बैठक में उन राजनेताओं की फेहरिस्त तैयार कर ली गई थी, जिन्हें गिरफ्तार किया जाना था। शाह आयोग को दिए गए दस्तावेजों और गवाहियों से यह स्पष्ट हो गया।

इंदिरा गांधी को इमरजेंसी का ठीकरा जयप्रकाश नारायण के सिर पर फोड़ने का मौका मिल गया। बहाना यह कि 25 जून को सायंकाल रामलीला मैदान, दिल्ली में अपने भाषण में जे.पी. ने सशस्त्र बलों को सैन्य-द्रोह करने और पुलिस को बगावत करने के लिए उकसाया था। इंदिरा गांधी ने जानबूझकर जे.पी. के शब्दों को तोड़-मरोड़कर पेश

किया और फिर उनकी मनमानी व्याख्या करते हुए उन्हें न केवल देश-विरोधी, बल्कि देशद्रोही करार दिया। 26 व 27 जून को इंदिरा गांधी का रेडियो प्रसारण सुननेवाले जो लोग जयप्रकाश नारायण को नहीं जानते होंगे, वे यह सोचने पर विवश हो गए होंगे कि देश के लिए इनसे ज्यादा खतरनाक व्यक्ति और कोई नहीं हो सकता।

जयप्रकाश नारायण ने अपने भाषण में मात्र यह कहा था कि पुलिस व सेना कोई अवैधानिक व गलत आदेश न माने। उनका कर्तव्य क्या है, उसे समझें। इसी को तोड़-मरोड़कर यह इलजाम लगाया गया कि वे मिलिटरी व पुलिस को बगावत करने के लिए उकसा रहे थे।

यह आरोप सरासर गलत था कि जे.पी. सैनिकों और पुलिसकर्मियों को बगावत के लिए लगातार उकसा रहे थे। भारत सरकार ने इमरजेंसी लगने के बाद Why Emergency (आपातकाल क्यों) टाइटिल से एक श्वेतपत्र जारी किया, जिसमें एक पूरा अध्याय इसी आरोप से संबंधित था। अध्याय का शीर्षक 'पुलिसकर्मियों, सैन्यकर्मियों और सरकारी कर्मचारियों को उकसावा' लोगों को गुमराह करनेवाला था। इसमें दिए गए समाचार-पत्रों के उद्धरण खुद ही इस आरोप को झूठा साबित कर रहे थे।

सरकार के कच्चे व अधकच्चे सबूत

श्वेतपत्र में दिए गए कतिपय समाचार इस प्रकार थे—

1 अगस्त, 1974, पटना : इस बात का खंडन करते हुए उन्होंने (जे.पी.) कहा कि उन्होंने पुलिसकर्मियों को कभी भी विद्रोह करने के लिए नहीं उकसाया। उन्होंने कहा कि उन्होंने पुलिसकर्मियों को अपने सुपीरियर अधिकारियों के गलत आदेशों को न मानने के लिए कहा है।

2 अगस्त, 1974, मुजफ्फरपुर : उन्होंने पुलिसकर्मियों से अनुरोध किया कि वे अपने उच्चाधिकारियों के गलत आदेशों को न मानें।

15 अगस्त, 1974, सीतामढ़ी : उन्होंने सी.आर.पी और बी.एस.एफ. समेत पुलिसकर्मियों से अपील की कि वे अपनी ड्यूटी के दायरे में ही रहें, क्योंकि वे तत्त्वतः जनता के सेवक हैं।

15 फरवरी, 1975, दिल्ली : सरकारी कर्मचारियों की एक बैठक को संबोधित करते हुए कहा कि देश की लोकतांत्रिक संस्थाएँ कमजोर हो रही हैं और सरकारी कर्मचारियों को कहा कि लोकतंत्र कमजोर करनेवाली किसी भी काररवाई का प्रतिरोध करें। उन्होंने कर्मचारियों को समझाया कि वे संविधान के प्रति वफादार रहें, न कि किसी पार्टी या व्यक्ति-विशेष के प्रति।

28 फरवरी, 1975, आगरा : उन्होंने पुलिसकर्मियों को कहा कि वे अपने सीनियर

अधिकारियों के गैरकानूनी आदेशों को न मानें और केवल देश के प्रति वफादार रहें।

2 मई, 1975, हैदराबाद : कामगारों की एक रैली को संबोधित करते हुए उन्होंने कहा कि सेना जिस प्रकार देश की सुरक्षा के रक्षोपाय करने और राष्ट्रीय ध्वज का सम्मान करने के लिए प्रतिबद्ध है, उसी प्रकार वे सर्वसत्तावादी प्रवृत्ति के खतरों से संविधान की सुरक्षा और प्रतिरक्षा के लिए भी प्रतिबद्ध है। सेना यदि संविधान की रक्षा के लिए सत्ता में बैठे लोगों के गलत आदेश की अवहेलना करती है तो ऐसा करना उसका दायित्व बनता है। उन्होंने कहा कि ऐसा करना गैरकानूनी या अनैतिक नहीं होगा। संविधान विशेषज्ञों ने उन्हें बताया है कि ऐसा करना देशद्रोह की श्रेणी में नहीं आता।

जयप्रकाश नारायण

12 मई, 1975, कोचीन (केरल) : उन्होंने इस बात से इनकार किया कि उन्होंने सेना और पुलिस को विद्रोह करने के लिए कहा है। उन्होंने केवल लोकतांत्रिक सिद्धांतों और संविधान की रक्षा करने के लिए कहा है।

18 मई, 1975, बैंगलोर : प्रेस कॉन्फ्रेंस में एक सवाल का जवाब देते हुए उन्होंने कहा कि अपने सर्वोच्च कमांडर (राष्ट्रपति) के अधीन सैन्य बलों का मूलभूत दायित्व है लोकतंत्र और समाज कल्याण की रक्षा करना, चाहे कोई भी पार्टी सत्ता में हो। उन्होंने कहा कि आवश्यकता पड़ने पर सेना को जनता के संवैधानिक अधिकारों की रक्षा करनी होगी, उसे स्वयं को सत्ताधारी दल का नौकर नहीं समझना होगा।

25 जून, 1975, दिल्ली : जनता मोर्चा द्वारा रामलीला मैदान में आयोजित एक रैली को संबोधित करते हुए उन्होंने कहा कि सेना, पुलिस व सरकारी कर्मचारी ऐसे किसी आदेश को न मानें, जो उन्हें गैरकानूनी लगता हो।

इस प्रकार खुद सरकार द्वारा जारी समाचार-पत्रों की इन कतरनों और खुफिया रिपोर्टों से सबकुछ स्वयं स्पष्ट हो जाता है।

इंदिरा के दादा मोतीलाल नेहरू का दृष्टिकोण

मोतीलाल नेहरू

वस्तुत: ये और अन्य उद्धरण यह प्रकट करते हैं कि जे.पी. ने सेना, पुलिस व सरकारी कर्मचारियों को हमेशा यही कहा कि वे देश के प्रति वफादार रहें, संविधान को सुरक्षित और परिरक्षित करें, लेकिन देश के या संविधान के विरुद्ध ऐसे किसी आदेश का पालन न करें, जो अधिकारियों द्वारा दिया गया हो। इसमें ऐसा कुछ नहीं था, जिसको लेकर बात का बतंगड़ बनाया गया, बल्कि जे.पी. ने इमरजेंसी लागू होने से पहले ही सरकार को चुनौती दी थी कि यदि

उसे उनकी बात गलत लगती है तो वह उनके खिलाफ देशद्रोह का मुकदमा चलाए, लेकिन सरकार ने ऐसा कुछ नहीं किया, क्योंकि उसे मालूम था कि उसका आरोप कानून की निगाह में टिक नहीं पाएगा। जे.पी. करीब साल भर से अपनी स्पीचों में इस विषय पर अपने विचार व्यक्त करते आ रहे थे, लेकिन सरकार खामोश रही। पुलिस और सेना को भी ऐसा आदेश, जो कानून-अनुसार नहीं हो, नहीं मानने का नियम उनके मैन्युअल में इंगित है। प्रख्यात पत्रकार कुलदीप नैयर ने अपनी पुस्तक 'इमरजेंसी रीटोल्ड' में इस घटना-प्रसंग का उल्लेख करते हुए लिखा है—

हवलदार मेजर वीरचंद्र सिंह गढ़वाली

Ironically, this was precisely the Congress Party's own stand in 1930s. Mrs. Gandhi's grand father Motilal Nehru, was the moving spirit in getting the party to move a resolution, urging the police to disobey illegal orders. The Allahabad High Court then upheld an appeal by those convicted of distributing leaflets reprinting the resolution. The judges of the British Raj ruled that there was nothing wrong in asking the police to disobey illegal orders'. For Mrs. Gandhi, Sanjay and their supporters, however, J.P.'s appeal to the police and the military was the best propaganda communication they could hit upon, Now they could say that he was trying to foment trouble among the armed forces, this was something treasonable.

(यह विडंबना ही है कि 1930 के दशक में कांग्रेस पार्टी का अपना दृष्टिकोण भी बिल्कुल यही था। श्रीमती गांधी के दादा मोतीलाल नेहरू पार्टी को प्रेरित करके उस प्रस्ताव को लानेवाले मनस्वी प्रवर्तक थे, जिसमें पुलिस को गैरकानूनी आदेशों की अवज्ञा करने को कहा गया था। इलाहाबाद हाईकोर्ट ने तब इस प्रस्ताव को परचे के रूप में छापकर बाँटनेवाले सजायाफ्ता लोगों की अपील को मंजूर कर लिया था। ब्रिटिश राज के न्यायाधीशों ने यह नियमन दिया कि पुलिस को गैरकानूनी आदेश न मानने के लिए कहना कहीं से भी गलत नहीं है। फिर भी श्रीमती गांधी, संजय और उनके समर्थकों के लिए जे.पी. द्वारा पुलिस और सेना से अनुरोध करना उन्हें जे.पी. के विरुद्ध प्रोपेगेंडा के लिए सर्वोत्तम गोला-बारूद लगा। अब वे यह कह सकते थे कि जे.पी. सशस्त्र सेनाओं में बदअमनी फैलाने की कोशिश में थे, जो कि देश से गद्दारी के बराबर था।)

नो फायर, गोली नहीं चलेगी

किसी भी सभ्य देश में कर्तव्यनिष्ठ सैनिक से उम्मीद की जाती है कि वह जरखरीद गुलाम की तरह व्यवहार न करे और मानवीय संवेदनाओं का भी कुछ ध्यान रखे। आजादी

के आंदोलन के दौरान 23 अप्रैल, 1930 को सविनय अवज्ञा आंदोलन के सिलसिले में खान बंधु—डॉ. खान साहब और खान अब्दुल गफ्फार खाँ के नेतृत्व में पेशावर के किस्साखानी बाजार में हजारों देशभक्त पठानों ने हाथ में तिरंगा लिये जोरदार प्रदर्शन किया और जुलूस निकाला। जुलूस को आगे बढ़ने से रोकने के लिए ब्रिटिश कमांडर रिकेट ने वहाँ तैनात गढ़वाली सैनिकों को आदेश दिया, 'फायर!' लेकिन गढ़वाल राइफल्स के सैनिकों ने अपने हवलदार मेजर वीरचंद्र सिंह गढ़वाली की दहाड़ सुनी, 'नहीं, गोली नहीं चलेगी।' गढ़वाली सैनिकों ने गोली चलाने से साफ इनकार कर दिया और अपने हथियार जमीन पर रख दिए। उन्होंने कहा कि हम शांतिपूर्ण प्रदर्शन कर रहे अपने निहत्थे देशवासियों पर गोली नहीं चलाएँगे। सैनिकों के इस कदम से इतिहास का दूसरा जलियाँवाला बाग नरसंहार होने से बच गया। गढ़वाली सैनिक जानते थे कि इस हुक्म उदूली का नतीजा क्या होगा। इस ऐतिहासिक घटना के नायक वीरचंद्र सिंह गढ़वाली और उनकी कंपनी के बागी सैनिकों को बाद में गिरफ्तार कर लिया गया और 60 में से 43 का कोर्ट मार्शल कर दिया गया। उन्हें बारह वर्ष कारावास की सजा सुनाई गई। उन्हें गोली चलाने का आदेश नहीं मानने की गहरी कीमत चुकानी पड़ी।

जेल से छूटने के बाद एक भेंटवार्त्ता में वीरचंद्र सिंह गढ़वाली ने बताया कि गांधीजी और खान अब्दुल गफ्फार खाँ ने गोली चलाने का आदेश नहीं मानने के लिए उनकी पीठ थपथपाई थी। उपन्यास सम्राट प्रेमचंद ने भी इन गढ़वाली सैनिकों की प्रशंसा में लिखा था। वस्तुत: 1974-75 में बिहार में जयप्रकाश नारायण के 'संपूर्ण क्रांति' आंदोलन के दौरान पुलिस की बर्बरता, अधिकारियों के आदेश से अंधाधुंध लाठियाँ और गोलियाँ बरसाने से कई छात्रों समेत अन्य आंदोलनकारियों की मृत्यु हो गई थी, जिससे जे.पी. बहुत क्षुब्ध थे। उस समय ऐसा लगता था कि कहीं-कहीं राज्य सरकार ने पुलिस व अर्धसैनिक बलों को आंदोलनकारियों के सामने युद्ध की मुद्रा में लाकर खड़ा कर दिया है।

जे.पी. के नेतृत्व में आंदोलन पूर्णत: शांतिपूर्ण रहा, बल्कि आंदोलन को शांतिपूर्ण बनाए रखने की शर्त पर ही जे.पी. उसका नेतृत्व करने के लिए राजी हुए थे। उनका तो यह नारा था, जो बार-बार दोहराया जाता था—'हमला चाहे जैसा हो, हाथ हमारा नहीं उठेगा।'

दिल्ली के रामलीला मैदान की रैली में प्रधानमंत्री के इस्तीफे की माँग के आलोक में लोकसंघर्ष समिति के तत्त्वावधान में 29 जून से राष्ट्रव्यापी स्तर पर आंदोलन की घोषणा में यह स्पष्ट रूप से बता दिया गया था कि आंदोलन गांधीजी के सत्याग्रह की शैली पर होगा। उन्होंने गांधीजी के एक कथन का हवाला दिया था, जिसमें उन्होंने प्रशासनिक व पुलिस अधिकारियों से कहा था, 'आप अपनी ड्यूटी कीजिए, लेकिन अपने अंत:करण के विरुद्ध कुछ मत कीजिए। गैरकानूनी आदेशों का पालन न करें। शांतिपूर्ण नागरिकों

के विरुद्ध लाठियाँ और बंदूकें न चलाएँ।'

रामलीला मैदान की रैली में जे.पी. ने अपने लंबे भाषण में सेना व पुलिस का प्रासंगिक उल्लेख किया था, लेकिन श्रीमती गांधी ने अपने लिए इसे ईश्वरीय वरदान मानकर उसे एक वाग्जाल बना दिया। वैसे तो यह बात कही जा सकती है कि जयप्रकाश नारायण यदि यह उद्‌गार व्यक्त नहीं करते तो शायद बेहतर होता। उन्होंने राजनीति की चतुर और हिकमती खिलाड़ी इंदिरा गांधी से बेकार का झंझट मोल नहीं लिया होता। प्रश्न है कि यदि जयप्रकाश नारायण ने अपनी स्पीच में ये दो-तीन वाक्य नहीं बोले होते तो क्या श्रीमती गांधी इमरजेंसी लगाती ही नहीं?

लेफ्टिनेंट जनरल एस.के. सिन्हा ने, जो उन दिनों आर्मी इंटेलिजेंस के मुखिया थे, एक लेख में लिखा था कि वे आधिकारिक तौर पर कह सकते हैं कि जे.पी. के कथन को सेना में किसी ने बगावत के लिए आह्वान के रूप में नहीं लिया था।

दमन में ब्रिटिश सरकार भी मात

दिलचस्प बात यह है कि इमरजेंसी के ही दिनों में वयोवृद्ध कांग्रेस नेता द्वारिका प्रसाद मिश्र की अंग्रेजी में प्रकाशित आत्मकथा 'Living an Era' (एक युग और मेरी जीवनयात्रा) पुस्तक प्रकाशित हुई, जिसमें उन्होंने लिखा कि अंग्रेजों ने किस प्रकार गांधीजी को बदनाम करने के लिए झूठ-मूठ के आरोप मढ़ने का षड्‌यंत्र रचा। श्री मिश्र ने लिखा—Wilfull propaganda against one's opponents need not be based on facts and Lord Linlithgow ordered Richard Tottenham, additional secretary Home Department, to prepare a document, to damn Gandhi and Congress in the eyes of the world. The command performance was published in the form of a white paper under the title Congress Responsibility for the Disturbances.

(अपने विरोधियों के विरुद्ध दुराग्रही प्रोपेगेंडा जरूरी नहीं है कि तथ्यों पर आधारित हो। लॉर्ड लिनलिथगो ने होम डिपार्टमेंट के अतिरिक्त सचिव रिचर्ड टोटनहम को आदेश दिया कि वे दुनिया की नजरों में गांधी व कांग्रेस को बदनाम करनेवाला एक दस्तावेज तैयार करें। ऊपर से दिए गए इस आदेश का पालन करते हुए 'उपद्रवों के लिए कांग्रेस की जिम्मेदारी' शीर्षक से एक श्वेतपत्र प्रकाशित किया गया।)

ब्रिटिश प्रधानमंत्री चर्चिल ने घोषणा की थी कि गांधीवादी और उससे संबंधित जो कुछ भी है, उससे निपटना होगा और उसे कुचल देना होगा। गांधीजी ने 10 फरवरी, 1943 को पुणे के निकट आगा खान महल में, जिसे जेल में परिवर्तित कर दिया गया था, 21 दिन का अपना अनशन आरंभ किया था। श्वेतपत्र ठीक उसी समय जारी किया गया था। महात्मा गांधी की निंदा करने का यह प्रयास विफल हो गया, न केवल भारत में, बल्कि

भारत के बाहर भी इस श्वेतपत्र की कटु आलोचना हुई। यहाँ तक कि लंदन के दैनिक पत्र 'न्यू स्टेट्समैन एंड नेशन' ने भी सुस्पष्ट शब्दों में इसे अनुचित बताया। पत्र ने लिखा— The Government of India has done a questionable thing in publishing a white paper of 76 pages which is from first to last a personal indictment of Mr. Gandhi. It is a propaganda document primarily designed, we presume, to damage him in American eyes. This attack is made on a man who is after all, one of the world's greatest personalites, but who is not in a position to reply or defend himself. Again if grave charges are well founded, ought not the Indian Government to have tried Mr. Gandhi before a court of law instead of holding him silent and isolated by an administrative act ?

(भारत सरकार ने 76 पृष्ठों का श्वेतपत्र, जो शुरू से आखिर तक श्री गांधी पर एक व्यक्तिगत आरोप पत्र है, प्रकाशित करके एक आपत्तिजनक हरकत की है। यह एक प्रोपेगेंडा दस्तावेज है। हम समझते हैं कि इसे अमेरिकियों की नजरों में गांधी की छवि बिगाड़ने के मुख्य उद्देश्य से तैयार किया गया है। यह हमला उस व्यक्ति पर किया गया है, जो आखिरकार दुनिया की सबसे महान् शख्सियतों में से एक है, लेकिन इस समय वह जवाब देने या अपना बचाव करने की स्थिति में नहीं है। इसके अलावा यदि ज्यादा गंभीर आरोप का कोई ठोस आधार है, तो क्या यह उचित नहीं होता कि भारत सरकार ने उन्हें एक प्रशासनिक काररवाई के जरिए खामोश कर देने या उन्हें नजरबंद करके तनहाई में डाल देने की बजाय अदालत में उन पर मुकदमा चलाया होता?)

1942-43 में जो कुछ हुआ और 1975 में जो कुछ हुआ, उसके बीच एकमात्र अंतर यह था कि जहाँ गांधीजी के मामले में चर्चिल के हठीलेपन की पश्चिमी देशों के अखबारों और भारत के अखबारों में एक जैसी तीखी आलोचना हुई, वहाँ जे.पी. के मामले में भारतीय प्रेस का दम घोंट दिया गया था और उसे भारत सरकार के अत्याचार के विरुद्ध कुछ भी बोलने लायक नहीं रहने दिया गया था। 'न्यू स्टेट्समैन' समेत पश्चिमी अखबारों को भारत सरकार के फासीवाद के विरुद्ध अपनी ओर से लड़ाई लड़नी पड़ी।

क्या कहता है राष्ट्र संघ चार्टर

आज सभी लोकतांत्रिक देशों में यह माना जाता है कि किसी सरकार द्वारा जारी कोई शासनादेश, यहाँ तक कि कायदा-कानून भी अपने आप में कोई ब्रह्म वाक्य नहीं है। संयुक्त राज्य अमेरिका में अदालतों ने बार-बार यह निर्णय दिया है कि अमेरिकी नागरिक को अधिकार है कि ऐसे किसी भी प्रशासनिक आदेश को, जिसे वह गैरकानूनी समझता हो, नजरअंदाज कर सकता है और प्रसंगाधीन आदेश कानून-सम्मत है अथवा

संविधान से परे है, इसका निर्णय न्यायिक निर्धारण द्वारा होगा। किसी आदेश या कानून को न मानने में एक जोखिम तो है, लेकिन कानून में इस जोखिम को मान्यता दी गई है। बहुत लोगों को यह जानकर ताज्जुब होगा कि जहाँ तक अमेरिकी सैन्यकर्मियों की बात है, इस अधिकार को औपचारिक वैधानिक स्वीकृति प्रदान की गई है।

अमेरिका के मिलिटरी जस्टिस यूनीफॉर्म कोड के अनुच्छेद 90 से 92 में अमेरिकी सैन्यकर्मियों को स्पष्ट रूप से यह परम अधिकार प्राप्त है कि वे अपने सुपीरियर अफसर के गैरकानूनी आदेश को न मानें (The absolute right to disobey any unlawful order of a superior officer)

द्वितीय विश्व युद्ध की समाप्ति के बाद मित्र राष्ट्रों द्वारा युद्ध अपराधियों के विरुद्ध चलाए गए मुकदमों में बहुत से अधिकारियों ने यह सफाई दी कि मानवता के खिलाफ जुर्म के जिन मामलों में उन्हें दोषारोपित किया गया, उनमें वे अपने उच्चधिकारियों के आदेशों का पालन कर रहे थे, लेकिन इस दलील को युक्तियुक्त और विधिमान्य नहीं माना गया।

न्यूरेनबर्ग ट्रिब्यूनल के निर्णयों के चार्टर को बाद में राष्ट्रसंघ की जनरल असेंबली के पास भेजा गया, जिसने चार्टर द्वारा मान्यता प्रदान किए गए सिद्धांतों का अनुमोदन किया और अंतरराष्ट्रीय विधि आयोग को उन्हें फिर से प्रतिपादित करने को कहा। ये सिद्धांत अब अंतरराष्ट्रीय कानून के संग्रह का भाग हैं।

भारत में भी एक संदिग्ध नागा विद्रोही की गिरफ्तारी के बाद पूछताछ के क्रम में उसे इतनी यातनाएँ दी गईं कि उसकी मृत्यु हो गई। उसे यातना देनेवाले सूबेदार और हवलदार का कोर्ट मार्शल हुआ। दोनों ने दलील दी कि उन्होंने अपने कैप्टन के आदेश का पालन किया था। मिलिटरी कोर्ट ने सूबेदार और हवलदार के साथ कैप्टन को भी बरखास्त कर दिया। इमरजेंसी के दौरान पुलिस ने अनगिनत लोगों को गिरफ्तार कर उन पर जो जुल्म-सितम ढहाए, उसमें कुछ लोग अपंग हो गए और चंद लोगों की मृत्यु हो गई, क्या यह भी कानूनसम्मत था? क्या इसका कोई जवाब है?

सबूत हैं तो जे.पी. पर मुकदमा चलाओ

इंदिरा गांधी ने इमरजेंसी की उद्घोषणा पर मुहर लगाने के लिए 21 जुलाई, 1975 को संसद् का अधिवेशन बुलाया। उस समय विपक्ष के ज्यादातर सांसद जेल में थे और इंदिरा गांधी की 'लोकतांत्रिक सरकार' ने संसद् में सदस्यों के भाषणों को अखबारों में प्रकाशित करने पर भी रोक लगा रखी थी। द्रविड़ मुनेत्र कड़गम के एक सदस्य इरा सेझियन ने जयप्रकाश नारायण की गिरफ्तारी के संदर्भ में बोलते हुए कहा कि 'यदि उन्होंने कोई बड़ा गुनाह किया है तो उनके विरुद्ध काररवाई की जाए, लोकतांत्रिक ढंग से अदालत

में उनके विरुद्ध मुकदमा चलाया जाए। यदि आपके पास कानूनी काररवाई करने लायक सबूत नहीं हैं तो उन्हें रिहा किया जाए। बिना मुकदमा चलाए जेल में क्यों डाले हुए हैं?

'यह हो सकता है कि जे.पी. ने सेना को उकसाया हो, उन्होंने पुलिस का भी आह्वान किया हो और जो कुछ उन्होंने कहा हो, वह देश को नुकसान पहुँचा सकता हो। मैं इस बारे में आपके साथ हूँ कि इस प्रकार के उकसावों को निश्‍चित रूप से दंडित किया जाना चाहिए। आप क्यों नहीं उन्हें अदालत के सामने लाते और कहते कि इन्होंने देश में बहुत बड़े स्तर का देशद्रोह किया है। सारी दुनिया में उनका भंडाफोड़ करें। साक्ष्य लाइए, पूरी तरह से यह साबित करें कि उन्होंने एक जघन्य अपराध किया है। वे कितने ही लब्धप्रतिष्ठ क्यों न हों, उनका विगत कितना ही गौरवपूर्ण क्यों न रहा हो, यदि उन्होंने देश के विरुद्ध कुछ किया है, लोगों के विरुद्ध कुछ किया है, उन्हें अदालत के सामने लाएँ, गुनाह साबित करें और उन्हें जो भी संभव हो, सजा दें। हम दिन भर केवल इसी बात की वकालत कर रहे हैं। यदि कुछ संस्थाएँ इस देश के लोगों के हितों के खिलाफ रही हैं, आप उनके विरुद्ध उपयुक्त काररवाई करें, अत्यंत कठोर काररवाई, जो संभव हो, करें, लेकिन इसे कानूनी तरीके से करें, लोकतांत्रिक तरीके से करें। आजादी हासिल करना बहुत मुश्किल काम है। एक बार यदि आप इसे खो देते हैं तो इसे फिर से प्राप्त करना और भी कठिन है। सत्तावादी प्रणाली कुछ बातों के लिए सुविधाजनक हो सकती है, कभी-कभी आपको लगता है कि यह शॉर्टकट रास्ता है। मैं कभी-कभी सोचता हूँ, बल्कि हममें से कई यह महसूस करते हैं कि संसद् की क्या जरूरत है? क्या जरूरत है कि 500 सदस्य यहाँ इकट्ठा हों और कोई निर्णय लें, जो एक अकेला व्यक्ति भी ले सकता है। यही बात हिटलर ने सोची थी। यही प्रयास मुसोलिनी ने किया था, लेकिन ये सिस्टम चले नहीं, क्योंकि किसी लोकतंत्र में यदि कार्यपालिका कोई गलती करती है तो उसे रोकने की कोई व्यवस्था रहती है, लेकिन अगर अधिनायकतंत्र कोई गलती करता है तो उसे रोकने की कोई व्यवस्था नहीं होती, क्योंकि जैसा कहा जाता है, संसदीय प्रणाली में अब भी असंतोषजनक सरकार होने की संभावना है।'

राष्ट्रपति को गोली मार देने का आदेश

'ऊपर के अधिकारी' का आदेश अमानुषिक, गैरकानूनी और असंवैधानिक हो सकता है। इसका एक बहुत ही शोचनीय उदाहरण है बांग्लादेश के राष्ट्रपति शेख मुजीब की सपरिवार हत्या। बांग्लादेश सेना के कुछ सिपाही राष्ट्रपति शेख मुजीब के आवास में नजर बचाकर घुसे और राष्ट्रपति, उनके परिवार और वहाँ मौजूद हर किसी को गोलियों से भून दिया। शेख मुजीब की बड़ी बेटी हसीना बच गई, क्योंकि वह अपने पति के साथ यूरोप यात्रा पर गई हुई थी। कत्लेआम करने वाले ये सैनिक तब अपने उच्चाधिकारी

मेजर दलीम के आदेश का पालन कर रहे थे। मेजर का आदेश स्पष्टत: गैरकानूनी था। अगर किसी एक सिपाही ने भी इस आदेश का पालन करने से इनकार कर दिया होता तो वह न केवल एक देशभक्तिपूर्ण दायित्व का निर्वाह कर रहा होता, बल्कि एक संवैधानिक और कानूनी कर्तव्य को पूरा कर रहा होता। हो सकता है, उसे मेजर के हाथों अपने प्राणों की आहुति देनी पड़ती। वह शेख मुजीब के साथ शहीद हो जाता, लेकिन कोई भी उसे अपने सुपीरियर अधिकारी के आदेश की अवज्ञा करने का दोषी नहीं ठहराता। शायद श्रीमती गांधी भी नहीं।

शेख मुजीबउर रहमान

प्रश्न है, क्या सेना के किसी अधिकारी द्वारा अपने अधीनस्थों को यह आदेश देना कि वे देश के राष्ट्रपति को गोली से उड़ा दें, संविधानसम्मत और कानूनसम्मत था? 15 अगस्त, 1975 को श्रीमती गांधी ने सुबह लाल किले से स्वाधीनता दिवस के अवसर पर राष्ट्र के नाम अपने संदेश में पड़ोसी देश, जिसको स्वाधीन कराने में उनका विशिष्ट योगदान था, के राष्ट्रपति की हत्या का कोई उल्लेख या शोक व्यक्त नहीं किया। सेंसरशिप के कारण भारत के लोगों को घंटों बाद विदेशी रेडियो प्रसारणों से इसकी जानकारी मिली। दिन बीतते-बीतते तो पूरी दुनिया में यह दुष्कांड ज्ञात हो चुका था।

15 अगस्त, 1975 को स्वाधीनता दिवस के अवसर पर श्रीमती गांधी ने लाल किले की प्राचीर से जैसे ही अपना भाषण आरंभ किया, वहाँ उपस्थित श्रोताओं-दर्शकों और रेडियो व टेलीविजन पर कार्यक्रम सुनने व देखनेवालों में से कुछ अनुभवी लोगों ने यह महसूस किया कि मामला कुछ गड़बड़ है। इंदिरा गांधी की आवाज के अनावश्यक तीखेपन और इधर-उधर या बेसिर-पैर की कुछ बातों से यह शक हुआ।

श्रीमती गांधी की मित्र पुपुल जयकर ने इंदिरा गांधी की जीवनकथा में लिखा है कि उस दिन सायंकाल जब मैं प्रधानमंत्री के आवास पर गई तो मुझे वे कुछ सहमी हुई प्रतीत हुईं। उन्होंने कहा कि मुजीब के बाद अब मुझे मार डाला जाएगा। मुझे हर किसी पर संदेह हो रहा है। 'मैं किस पर यकीन करूँ?' उन्होंने जयकर से पूछा। राजीव का बेटा राहुल भी उसी उम्र का है, जिस उम्र का मुजीब का भतीजा रसेल था, जिसे मार डाला गया। कल राहुल का कत्ल कर दिया जा सकता है। वे लोग मुझे और मेरे परिवार को खत्म कर देंगे।

पड़ोसी देश के लोकप्रिय माने जानेवाले राष्ट्रपति की सपरिवार जघन्य हत्या से इंदिरा गांधी की मन:स्थिति सहज समझी जा सकती थी। इस दु:खद घटना का यहाँ उल्लेख इसलिए किया जा रहा है कि इसके बाद श्रीमती गांधी को शायद यह समझ में

आ गया होगा कि 'सुपीरियर अधिकारियों' के गलत और अवैधानिक आदेश का क्या तात्पर्य है। मैन्युअल में क्या लिखा है।

जहाँ तक भीड़ को नियंत्रित करने की बात या विधि-विधान की बात है, यह कहना आवश्यक है कि हमारी पुलिस आजादी के वर्षों बाद भी ब्रिटिश शासनकाल के घिसे-पिटे साम्राज्यवादी और सर्वसत्तावादी पैटर्न पर चल रही है। उसके पूरे ढाँचे को नया रूप देने तथा एक लोकतंत्रवादी व कल्याणकारी राज्य की आवश्यकताओं के अनुरूप बनाने की आवश्यकता है। उसे निःशस्त्र भीड़ को हटाने की कला और कारीगरी सीखनी होगी। वैसे भी सामान्य भीड़ या उग्र भीड़ को नियंत्रित करने के लिए न्यूनतम या अल्पतम शक्ति के प्रयोग का विवेक होना चाहिए। सुरक्षा बलों के अविवेकपूर्ण इस्तेमाल और अनियंत्रित बल प्रयोग की छूट नहीं होनी चाहिए।

नहीं चलाएँगे लोगों पर गोलियाँ

मार्च 1977 में लोकसभा के चुनाव के लिए हुए मतदान में हवा के रुख से यह लग रहा था कि इंदिरा कांग्रेस चुनाव हार सकती है। ऐसी अवस्था में आक्रोशित जनता उनके आवास के बाहर न केवल नारेबाजी कर सकती है, बल्कि आवास को घेरकर कोई अप्रिय स्थिति भी उत्पन्न कर सकती है।

विख्यात पत्रकार कुलदीप नैयर ने इमरजेंसी संबंधी अपनी पुस्तक में इस प्रसंग का उल्लेख करते हुए लिखा है कि किसी भी संभावित स्थिति से निपटने के लिए बी.एस.एफ. (सीमा सुरक्षा बल) की 10 बटालियनों यानी 6000 जवानों को विभिन्न केंद्रों से विमानों के जरिए दिल्ली लाया गया।

प्रधानमंत्री आवास पर दो उच्चस्तरीय बैठकों के बाद प्रधानमंत्री आवास को किसी भी कीमत पर सुरक्षा प्रदान करने का आदेश दिया गया। जब एक डी.आई.जी. ने इंस्पेक्टर जनरल से पूछा कि 'किसी भी कीमत पर' का अर्थ क्या है, तो उसे बताया गया कि इसका सिर्फ और सिर्फ यह अर्थ है किसी भी कीमत पर, यानी लोगों को गोली चलाकर मार गिराया भी जा सकता है। इस पर डी.जी.पी. ने आशंका व्यक्त की कि उन्हें यकीन नहीं है कि उनके आदमी आवश्यकता होने पर भी लोगों पर गोलियाँ चलाएँगे।

श्रीमती गांधी की हार के बावजूद गनीमत है, ऐसी कोई नौबत नहीं आई, लेकिन उन्हें डी.आई.जी के कथन का आशय समझ में आ गया होगा। हालाँकि इसमें जे.पी. की कथित उकसाहट की कोई भूमिका नहीं थी। समझदारी का तकाजा है कि पुलिस को औपनिवेशक शासनकाल की तरह दमन और आतंक का अवतार नहीं बनने दिया जाए।

डरो मत, गलत हुक्म मत मानो

इमरजेंसी के दौरान नौकरशाहों की दब्बू और खेदजनक भूमिका के परिप्रेक्ष्य में जनता पार्टी की सरकार के प्रधानमंत्री मोरारजी देसाई ने सितंबर 1977 में लोक प्रशासन के संबध में राज्यों के मुख्यमंत्रियों तथा वरिष्ठ अधिकारियों के समक्ष लखनऊ, पटना और भोपाल में दिए गए अपने भाषणों में कहा कि आप निडर होकर काम करें।

उन्होंने कहा—'मैं आपको गलत हुक्म दूँ, आपमें इतनी हिम्मत होनी चाहिए, मुझे कहने की कि यह गलत हुक्म है। मैं आपको फिर भी कहूँ कि 'करो' तो आपमें यह कहने की हिम्मत होनी चाहिए कि मैं नहीं करता, मैं नौकरी छोड़ देता हूँ, मगर मैं मानूँगा नहीं। तब मुझे दस बार सोचना पड़ेगा। मैं कभी गलत हुक्म नहीं दे पाऊँगा और आपको नौकरी से जाना भी नहीं पड़ेगा, मगर नौकरी चली जाएगी तो मैं क्या करूँगा? आप इस डर से डरे रहेंगे तो मैं आपको डरा सकता हूँ और डराकर राय ले सकता हूँ। इस बात को भी आप बराबर समझें।'

वस्तुतः किसी भी लोकतांत्रिक व्यवस्था में प्रशासन का आदर्श यही होना चाहिए।

□

बिजली काट दो, मशीन रोक दो, बंडल छीन लो!

25-26 जून की रात को प्रमुख राजनीतिक नेताओं की गिरफ्तारी और अन्य संबंधित समाचारों को दबाने के लिए राजधानी दिल्ली और अन्य कई नगरों में अखबारों के बिजली कनेक्शन काट दिए गए। शाह आयोग को दिल्ली के आपातकालीन उपराज्यपाल किशनचंद ने बताया कि अखबारों की बिजली लाइन काट देने का आदेश देते समय तत्कालीन प्रधानमंत्री इंदिरा गांधी वहाँ मौजूद थीं। बाद में सेंसर लगा देने के कारण अखबारों की जबान पर ताले लग गए।

यदि जून 1975 में देश में कोई ऐसा केंद्रीय कंट्रोल रूम होता, जहाँ से पूरे देश के अखबारों के दफ्तरों की बिजली लाइन तत्काल काट दी जा सकती तो निश्चित है कि सभी अखबारों की लाइन कट गई होती। 25-26 जून की रात को प्रमुख राजनीतिक नेताओं, कार्यकर्ताओं, पत्रकारों की गिरफ्तारी से संबंधित समाचारों का 'ब्लैक आउट' करने के लिए केंद्र सरकार ने राजधानी दिल्ली में अखबारों की बिजली का ही 'ब्लैक आउट' (बत्ती गुल) कर दिया। यही वह समय होता है, जब प्रात:कालीन संस्करणोंवाले अखबार छप रहे होते हैं या छपने जा रहे होते हैं। पूछताछ करने पर बताया गया कि बिजलीघर में कुछ तकनीकी गड़बड़ी हो गई है, लेकिन सरकार की असावधानी या भूलवश राजधानी के चंद समाचार-पत्र 'बत्ती गुल' से बच गए। यह फॉर्मूला अन्य शहरों में ठीक से लागू नहीं किया जा सका। वैसे भी राजधानी के समाचार-पत्रों की अहमियत के कारण केंद्र का ध्यान राजधानी पर ही अधिक था।

टेलीफोन कनेक्शन भी काट दिए गए!

कई जगह अखबारों की प्रिंटिंग मशीनों के स्विच ऑफ करवा दिए गए। जो अखबार छप चुके थे, उनके पैक किए हुए बंडल रुकवा दिए गए, यहाँ तक कि जिन अखबारों की

कॉपियाँ बाजार में सप्लाई हो गई थीं, उन्हें भी जहाँ तक संभव हुआ, वापस ले लिया गया। कई अखबारों के टेलीफोन कनेक्शन भी काट दिए गए। उन दिनों मोबाइल फोन नहीं होने के कारण अंतर संपर्क कठिन हो गया। यह स्पष्टतः एक सहमी हुई, डरी हुई सरकार की निशानी थी, जो लोगों को असलियत की जानकारी होने को जोखिमपूर्ण मानते हुए उन्हें अँधेरे में रखना चाहती थी। ऐसी अंधेरगर्दी तो ब्रिटिश शासनकाल में भी नहीं हुई थी।

अखबारों की प्रतियाँ जब्त

इस प्रकरण में प्रमुख समाचार एजेंसी 'प्रेस ट्रस्ट ऑफ इंडिया' (पी.टी.आई.) ने एक समाचार प्रसारित किया, जो इस प्रकार था—

THE STATESMAN
SPECIAL EDITION

Emergency Due To Internal Thre

ONSPIRACY TO END DEMOCRACY

Special Powers For Preventive Steps

CENSORSHIP OF NEWS

teps To Help The Poor Soon, Says Mrs. Gandhi

PROCLAMATION

India-China Clash At

'द स्टेट्समैन' में प्रकाशित इमरजेंसी का समाचार : पृष्ठ पर खाली स्थान पर वे समाचार थे, जो सेंसर द्वारा काट दिए गए।

'नई दिल्ली, 26, जून : राजधानी के कई प्रातःकालीन समाचार-पत्र, जिनमें कुछ श्रीमती गांधी समर्थक पत्र भी शामिल हैं, आज प्रातः नहीं निकल सके, क्योंकि बहादुरशाह जफर मार्ग प्रेस एरिया में बिजली की आपूर्ति ठप हो गई। बिजली आधी रात के बाद 1.30 बजे गुल हुई। हिंदी और उर्दू के कई अखबार, जो इससे कुछ पहले छप चुके थे, बाजार में आ गए। कनाट प्लेस क्षेत्र से प्रकाशित होनेवाले अंग्रेजी दैनिक 'स्टेट्समैन' और 'हिंदुस्तान टाइम्स' भी निकले, जबकि बहादुरशाह जफर मार्ग से प्रकाशित होनेवाले 'इंडियन एक्सप्रेस', 'नेशनल हेराल्ड' और 'पेट्रियट' नहीं निकल पाए। झंडेवाला क्षेत्र से प्रकाशित होनेवाला जनसंघ समर्थक 'द मदरलैंड' भी प्रकाशित हो गया, जबकि उसके संपादक के.आर. मलकानी भी देर रात गिरफ्तार कर लिये गए लोगों में शामिल थे।

बुक स्टॉलों से बंडल उठाए

जालंधर से प्राप्त समाचारों में बताया गया कि 11 स्थानीय दैनिक अखबारों—तीन उर्दू, तीन हिंदी और पाँच पंजाबी की कॉपियाँ देर रात उनके दफ्तरों से जब्त कर ली गईं। इंदौर से प्राप्त एक समाचार के अनुसार मध्य रात्रि के कुछ देर बाद सभी समाचार-पत्रों के दफ्तरों की बिजली काट दी गई और कोई भी पत्र प्रकाशित नहीं हो सका।

'हिंदुस्तान टाइम्स' और 'स्टेट्समैन' ने 26 जून को प्रातः विशेष बुलेटिन निकालना

तय किया। वस्तुत: इनको बिजली दिल्ली नगर निगम नहीं, नई दिल्ली नगरपालिका द्वारा सप्लाई की जा रही थी। सप्लाई बंद कर देने का आदेश केवल दिल्ली नगर निगम को दिया गया था। इस चूक के कारण ये दोनों अखबार बिजली कनेक्शन काटे जाने से बच गए, जबकि 'हिंदुस्तान टाइम्स' का बुलेटिन पूर्वाह्न 11 बजे बाजार में आया। 'स्टेट्समैन' का बुलेटिन उस समय तैयार हो रहा था। इस बीच सेंसरशिप लागू हो जाने का संवाद समाचार एजेंसी के टेलीप्रिंटर पर आ जाने के कारण पत्र का विशेष बुलेटिन रोक दिया गया, क्योंकि सरकारी अधिकारियों को अंतिम पेज प्रूफ दिखा देने के बाद ही इसे छापा जा सकता था। सेंसर ने गिरफ्तार किए गए नेताओं के नाम हटा दिए और उनके फोटो भी क्रॉस कर दिए। प्रेस इंफॉर्मेशन ब्यूरो को भेजे गए प्रूफ वापस मिल जाने के थोड़ी देर बाद ऑफिस की बिजली काट दी गई और बुलेटिन प्रकाशित नहीं किया जा सका, लेकिन जनसंघ समर्थक 'द मदरलैंड' आनन-फानन में विशेष बुलेटिन निकालकर इसकी प्रतियाँ बाजार में देने में कामयाब हो गया। पुलिस ने बाजार में आ जानेवाले अखबारों और विशेष बुलेटिनों को बुक स्टॉलों से उठाना और हॉकरों से छीनना शुरू कर दिया।

सेंसर को 'एक्सप्रेस' का चकमा

इस प्रकरण में एक दिलचस्प किस्सा है मद्रास में दैनिक 'इंडियन एक्सप्रेस' का। इस अखबार से वर्षों तक संबद्ध रहनेवाले पत्रकार पी.एस. वैद्यनाथन के शब्दों में इसका विवरण इस प्रकार है : इंदिरा गांधी द्वारा इमरजेंसी की घोषणा पर हमने 26 जून, 1975 को विशेष दोपहर बुलेटिन प्रकाशित करने का निर्णय किया। हम लोग लगभग सभी पेज तैयार कर चुके थे कि इस बीच फोन की घंटी बजी। फोन स्थानीय प्रेस इंफॉर्मेशन ब्यूरो से था। उधर से एक रुखी आवाज में कहा गया—क्या आप कोई विशेष संस्करण निकालने जा रहे हैं? यदि ऐसा है तो आपको सेंसर को पेज दिखाने होंगे। सेंसरशिप लागू कर दी गई है। मैं कुछ क्षण के लिए सोच में पड़ गया। हमारे सीनियर संपादकीय प्रभारी सी.पी. शेषाद्रि ने पूछा—क्या बात है? मैंने उन्हें बताया। उन्होंने तुरंत मेरे हाथ से फोन झपट लिया और बिना आँख झपकाए शिष्टतापूर्वक, लेकिन दृढ़तापूर्वक कहा, 'यस, हम स्पेशल एडीशन निकाल रहे हैं, लेकिन यह पहले ही छप चुका है और डिस्पैच कर दिया गया है। हम अब इसके बारे में कुछ नहीं कर सकते।' यह कहकर उन्होंने फोन रख दिया। यह उनके दिमाग की अत्यंत चतुर सूझबूझ थी। फिर उन्होंने मेरी ओर आँख मिचकाते हुए कहा, 'चले आओ। काम में भिड़ जाओ। जल्द से जल्द एडीशन का काम खत्म करो।' हमने यह कर दिखाया। अखबार बिना सेंसर हुए बाजार में पहुँच गया।

सी.पी. शेषाद्रि

इंदिरा की मौजूदगी में बिजली काटने का निर्णय

आपातकाल के दौरान दिल्ली के उपराज्यपाल किशनचंद के सचिव नवीन चावला ने शाह आयोग को बताया कि 25 जून को सायंकाल जयप्रकाश नारायण की बहुचर्चित स्पीच से पहले ही दोपहर में उपराज्यपाल को इमरजेंसी लगाए जाने के फैसले की जानकारी दे दी गई थी। किशनचंद ने स्वयं अपनी गवाही में बताया कि उस दिन जिस बैठक में अखबारों की बिजली लाइन काट देने के आदेश दिए गए थे, उसमें इंदिरा गांधी भी उपस्थित थीं। उनके अलावा बंसीलाल, ओम मेहता और नवीन चावला भी, शायद आर.के. धवन भी उपस्थित थे। इस बैठक में संजय गांधी ने शिरकत नहीं की थी, लेकिन चावला की बारी आने पर उन्होंने अपनी गवाही में इससे इनकार किया और कहा कि वे उस समय बगल के कमरे में थे। उन्होंने बैठक का समय दोपहर तीन बजे बताया।

किशनचंद ने उस रात के घटनाक्रम का वर्णन करते हुए कहा कि वे दिन में प्रधानमंत्री के निवास स्थान पर गए थे, जहाँ उन्हें 'इमरजेंसी जैसी स्थिति' के बारे में बताते हुए कहा गया था कि 'कुछ कठोर काररवाई करनी ही होगी।' राजनीतिक नेताओं को गिरफ्तार करना होगा क्योंकि 'कानून-व्यवस्था की विकट स्थिति उत्पन्न की जा सकती है।' उन्हें आदेश दिया गया कि वे दिल्ली में यह सुनिश्चित करने के लिए कदम उठाएँ कि स्थिति बेकाबू न हो जाए।

किशनचंद ने कहा कि अखबारों की बिजली लाइन काट देने के आदेश के समय इंदिरा गांधी वहाँ मौजूद थीं। मुझे याद नहीं कि बिजली लाइन काट देने का आदेश मुझे किस व्यक्ति विशेष ने दिया था, लेकिन वहाँ मौजूद सभी इस बात से सहमत थे कि ऐसा किया जाना चाहिए।

उपराज्यपाल भी मजबूर

जस्टिस शाह ने किशनचंद से पूछा कि उन्होंने बिजली सप्लाई काट देने की 'नितांत अवैधता' और मनमानी पर विचार किया या नहीं? किशनचंद ने जवाब दिया, 'यह एक राजनीतिक निर्णय था और वैधता या अवैधता का सवाल खड़ा नहीं होता था।' जस्टिस शाह द्वारा रुखाई से यह पूछे जाने पर कि आपको सिविल सर्विस में काम करते हुए कितने साल हो गए हैं, किशनचंद ने जवाब दिया—35 साल। इस पर जस्टिस शाह ने टिप्पणी की कि 'उपराज्यपाल ने अपनी काररवाई की वैधता, उपयुक्तता, नैतिकता, न्यायिक निष्पक्षता का ध्यान नहीं किया।'

श्री चावला ने अपनी गवाही में कहा कि उन्हें बिजली काट देने के निर्णय की जानकारी सायं करीब सात बजे तब हुई, जब दिल्ली बिजली सप्लाई अंडरटेकिंग (डेसू) के तत्कालीन जनरल मैनेजर बी.एन. मेहरोत्रा को बुला भेजा गया और इस काम को करने का आदेश दिया गया।

□

तुरंत गिरफ्तार करो, कोई बचने न पाए

25 जून, 1975 की रात को प्रधानमंत्री इंदिरा गांधी के निवास स्थान पर तैयार की गई सूची के आधार पर विपक्ष के नेताओं को गिरफ्तार कर लिया गया। इन नेताओं को सिर्फ गिरफ्तार ही नहीं किया गया, बल्कि इस बात का भी ध्यान रखा गया कि वे अदालतों में न पहुँच सकें। इस उद्‍देश्य की सिद्धि के लिए सभी नियम-कायदों को ताक पर रखते हुए रिकॉर्ड में बड़े पैमाने पर बेधड़क जालसाजी की गई।

25 जून, 1975 रात को विपक्ष के नेताओं को प्रधानमंत्री इंदिरा गांधी के आदेश पर गिरफ्तार कर लिया गया। गिरफ्तारियाँ तुरत-फुरत करने के लिए प्रधानमंत्री के अतिरिक्त सचिव आर.के. धवन ने अफसरों को धमकाया भी। यह रहस्योद्‍घाटन शाह आयोग के समक्ष दिल्ली के पूर्व उपराज्यपाल किशनचंद तथा तत्कालीन जिला मजिस्ट्रेट सुशील कुमार ने किया। किशनचंद ने बताया कि इंदिरा गांधी के निवास स्थान पर सी.आई.डी. के तत्कालीन पुलिस सुपरिंटेंडेंट के.एस. बाजवा को मोरारजी देसाई और जयप्रकाश नारायण के नाम उन्हें गिरफ्तार करने के लिए दिए थे। श्री बाजवा ने तत्कालीन प्रधानमंत्री की मंजूरी मिलने के बाद कुछ और नाम दिए। उस सूची में इंदिरा गांधी के मंत्रिमंडल के सदस्य केशवदेव मालवीय का भी नाम था, लेकिन बाद में उसे हटा दिया गया। 25-26 जून की रात को श्री मालवीय दिल्ली में नहीं थे। गिरफ्तार किए जानेवाले व्यक्तियों की सूची का निरंतर पुनरीक्षण किया जाता रहा। कुछ नाम हटाकर जोड़े जाते थे और कुछ हटा दिए जाते थे।

कोई पागल अधिकारी ही हिम्मत करता

किशनचंद ने कहा कि सारी सरकारी व्यवस्था एक राजनीतिक फैसले को लागू करने के लिए कठपुतली बन गई थी। जस्टिस शाह ने जब किशनचंद का ध्यान इस ओर दिलाया कि किसी राजनीतिक दल के फैसले को कानून के अनुसार ही लागू करना होता

है तो किशनचंद ने कहा कि कोई पागल आदमी ही श्रीमती गांधी को यह कह सकता था कि वह गिरफ्तारियाँ करने से पहले अपनी तसल्ली करना चाहेगा। उन्होंने बताया कि विपक्ष के नेताओं को सिर्फ गिरफ्तार ही नहीं किया जाना था, बल्कि इस बात का भी ध्यान रखना था कि वे अदालतों में न पहुँच सकें। इसलिए ये गिरफ्तारियाँ 'मीसा' के अंतर्गत की गईं।

किशनचंद ने बताया कि 25 जून की रात को सीनियर अधिकारियों की बैठक में नेताओं को 'मीसा' के अंतर्गत गिरफ्तार करने की सूचना ज्यों ही मुझे दी गई, आर.के. धवन ने पूरी सूचना मिले बिना ही तुरंत वारंट जारी करने के लिए दबाव डालना शुरू कर दिया। धवन चाहते थे कि सारी गिरफ्तारियाँ एक साथ की जाएँ, जिससे कोई बचने न पाए।

किशनचंद ने कहा कि जब मैं धवन को यह बताने श्रीमती गांधी के निवास पर गया कि अगर नियमित कार्यविधि अपनाई जाती है तो कुछ देर होना स्वाभाविक है, तब धवन ने कहा कि सभी नेता तुरंत गिरफ्तार कर लिये जाएँ। उनके कहने का ढंग धमकी भरा था और स्पष्ट मालूम हो रहा था कि अगर आनाकानी या देर की गई तो खुद को खतरा होगा।

कानून की भी धज्जियाँ उड़ाई गईं

यहाँ यह उल्लेखनीय है कि शाह आयोग ने आपातस्थिति के दौरान देश भर में 'मीसा' के अंतर्गत गिरफ्तार व्यक्तियों की संख्या 36,000 से भी अधिक बताई थी। इनमें संशोधित 'मीसा' के अंतर्गत, जिसमें बिना कोई कारण बताए गिरफ्तारी की व्यवस्था थी, 29,000 व्यक्ति गिरफ्तार किए गए। श्रीमती गांधी ने राज्यों को जो निर्देश दिए थे, उनमें इस बात पर जोर दिया गया था कि संशोधित 'मीसा' का इस्तेमाल कब किया जाए। आयोग ने इसके अतिरिक्त भारत रक्षा कानून के अंतर्गत गिरफ्तार व्यक्तियों की संख्या 1,10,805 बताई।

शाह आयोग ने अपनी जाँच रिपोर्ट में बताया कि उसे इस बात का विस्तार से जाँच करने का अवसर मिला कि विभिन्न वर्गों के व्यक्तियों को, जिनमें सुप्रसिद्ध राष्ट्रनेता, गैरकानूनी घोषित संगठनों के सदस्य, छात्र, अध्यापक, मजदूर संघों के नेता, वकील, बच्चे, प्रतिष्ठित लेखक, पत्रकार और सामान्य अपराधी; संक्षेप में जीवन के सभी पक्षों के लोग शामिल थे, आंतरिक सुरक्षा कानून के अधीन बंदी बनाया गया। जिस प्रकार जाली कागज तैयार किए गए, बंदी बनाए जाने के जाली आधार बनाए गए, बंदीकरण आदेशों में पिछली तारीखें डाली गईं, बंदीकरण के आदेशों को रद्द करने की बंदियों की प्रार्थना को जिस निर्ममता के साथ अस्वीकार किया गया, अथवा 'पेरोल' के अनुरोधों

की उपेक्षा की गई; संक्षेप में इनमें से अधिकांश व्यक्तियों को केवल एक दोष अर्थात् सत्ता के केंद्रों के विचारों से असहमति अथवा असहमति के संदेह पर जेल भेज दिया गया। हर विचारशील व्यक्ति के लिए यह चेतावनी होनी चाहिए कि किस तरह एक कानून, जो प्रारंभ में केवल अत्यधिक सीमित प्रयोजनों के लिए कुछ विशेष वर्गों के व्यक्तियों की काररवाइयों को रोकने के लिए बनाया गया था, कैसे इतने व्यापक और विस्तृत तरीके से लागू किया जा सका कि उसके अधीन सभी वर्गों के लोगों को सभी किस्म की असहमति के लिए दंडित किया जाने लगा।

आयोग को यह देखकर बहुत क्षोभ हुआ कि गिरफ्तारी और नजरबंदी के द्वारा नागरिकों की मूल स्वतंत्रता का उल्लंघन करने के लिए किस तरह पुलिस और मजिस्ट्रेटों ने आपस में साँठ-गाँठ की और किस प्रकार उन आधारों पर, जो अब कहा जा रहा है कि थे ही नहीं, अथवा जान-बूझकर बनाए गए थे, गिरफ्तारियाँ की गईं। जब कभी पीड़ित नागरिकों ने अपर्याप्त कानूनी उपायों का सहारा लेकर बचाव का प्रयत्न किया तो उनको जाली और निराधार कारणों पर जेल भेज दिया गया।

बड़े पैमाने पर अभिलेखों की जालसाजी

आयोग ने अपनी रिपोर्ट में कहा कि हर गैरकानूनी कार्य के बाद, जिसमें पुलिस और मजिस्ट्रेटों द्वारा की गई गिरफ्तारियाँ और नजरबंदी शामिल हैं, अभिलेखों में बड़े पैमाने पर जालसाजी की गई। इसके परिणामस्वरूप पुलिस थानों एवं पुलिस कार्यालयों और मजिस्ट्रेटों के कार्यालयों के अनेक अभिलेखों में की गई प्रविष्टियाँ स्थायी अभिलेखों का हिस्सा बन गईं और भविष्य में इनको देखकर गलत नतीजों पर पहुँचा जाएगा।

कुछ अवसरों पर यह पाया गया कि मजिस्ट्रेटों ने भी, जो कानून के मनमाने अथवा गैरकानूनी प्रयोग के विरुद्ध एक कवच के रूप में बनाए गए थे और जिनसे यह आशा की जाती थी कि वे स्वतंत्रता और संयम से काम लेंगे, अपने पद की मर्यादा के अनुरूप आचरण नहीं किया। वे स्वेच्छा से सत्ताधारियों की सनकें पूरी करने में जुट गए। प्रशासकीय क्षेत्र में देश की सर्वोत्तम प्रतिभाओं ने भी तनिक से दबाव पर आत्मसमर्पण कर दिया।

रात दो बजे 'हल्ला बोल' का निर्णय

आयोग को यह बताया गया कि उच्चस्तरीय बातचीत के क्रम में यह बात सामने आई, जो बहुत ही अनर्गल लगेगी कि कतिपय बड़ी हस्तियों, जयप्रकाश नारायण, मोरारजी देसाई, अटल बिहारी वाजपेयी, लालकृष्ण आडवाणी, चंद्रशेखर, केदारनाथ साहनी, विजय कुमार मल्होत्रा और राजनारायण आदि को उत्पाती आचरण या शांति भंग करने

की आशंका के आरोप में गिरफ्तार किया जाए। तत्पश्चात् लंबे विचार-विमर्श के बाद यह निर्णय किया गया कि राष्ट्रीय नेताओं और प्रमुख राजनीतिज्ञों को पकड़ने के लिए जिला मजिस्ट्रेट 'मीसा' के अंतर्गत नजरबंदी आदेश जारी करेंगे और इस बीच एस.पी./सी.आई.डी.(स्पेशल ब्रांच), जिला पुलिस अधीक्षक नजरबंदी की वजह तैयार करने के लिए आवश्यक सामग्री जुटाएँगे, जिसके आधार पर जिला मजिस्ट्रेट को अनुरोध (रेक्विजेशन) भेजा जाएगा। चूँकि सरकार चाहती थी कि सभी गिरफ्तारियाँ तत्काल और एक साथ की जाएँ, इसलिए जिला मजिस्ट्रेट जिला पुलिस अधीक्षकों से 'मीसा' के अंतर्गत गिरफ्तार करने के औपचारिक पत्र प्राप्त होने से पहले ही एस.पी./सी.आई.डी.(स्पेशल ब्रांच) की सूची के आधार पर ही आवश्यक नजरबंदी आदेश जारी कर देंगे। सबको यह बताया गया कि रात दो बजे से गिरफ्तारियाँ आरंभ कर देनी हैं। इस अभियान के लिए यही आक्रमण वेला (Zero hour) निर्धारित की गई।

बिना कारण बताए पकड़ो, पकड़ो

तत्कालीन प्रधानमंत्री श्रीमती गांधी ने विभिन्न राज्यों के मुख्यमंत्रियों के नाम एक परम गोपनीय (Top Secret) पत्र (संख्या 179-पी.एम.ओ.) दिनांक 3 जुलाई, 1975 को लिखा, जो इस प्रकार था—

'जैसा कि आप जानते हैं, हमने हाल में एक अध्यादेश के जरिए 'मीसा' (आंतरिक सुरक्षा कानून) में संशोधन किया है। यह अध्यादेश राज्य सरकारों को गिरफ्तारी का कोई कारण बताए बिना लोगों को कैद करने के व्यापक अधिकार देता है। इनके मामले सलाहकार बोर्डों को भेजने की कोई जरूरत नहीं।

'मुझे यह यकीन है कि आप इस बात से सहमत होंगे कि यह अधिकार बहुत कम और बहुत ही सावधानी से इस्तेमाल किया जाए। अध्यादेश में जो प्रावधान किया गया है, वह यह है कि यदि नजरबंदी का आदेश किसी अधिकारी द्वारा दिया जाता है तो इसे नजरबंदी के एक पखवाड़े के भीतर राज्य सरकार से मंजूर कराना जरूरी है। इसमें नजरबंदी पर पुनर्विचार की भी व्यवस्था है।'

□

इमरजेंसी के काले कारनामे : 250 पत्रकारों की गिरफ्तारी का रहस्योद्‌घाटन

आपातकाल के दौरान इंदिरा गांधी सरकार के प्रचार व सूचना माध्यमों के दुरुपयोग संबंधी जनता पार्टी सरकार के श्वेतपत्र में किए गए रहस्योद्‌घाटन आम जनता को सनसनीखेज व आश्चर्यजनक लगे। लेकिन प्रेस व जनसंचार माध्यमों से संबंधित, जो लोग सरकारी दबाव, धमकियों और उत्पीड़न का शिकार थे, इस वास्तविकता से भलीभाँति अवगत थे। सरकार ने असुविधाजनक पत्रकारों को स्थानांतरित करवा दिया या हटवा दिया। कई पत्रकारों पर उनके रिश्तेदारों के दस-दस साल पुराने आयकर मामले खुलवाए गए। ढाई सौ से अधिक पत्रकारों को गिरफ्तार किया गया।

आपातकाल के दौरान इंदिरा गांधी सरकार के प्रचार व सूचना माध्यमों के दुरुपयोग संबंधी जनता पार्टी सरकार के श्वेतपत्र में किए गए रहस्योद्‌घाटन आम जनता को सनसनीखेज व आश्चर्यजनक लगे, लेकिन प्रेस व अन्य संचार माध्यमों से संबद्ध जो लोग सरकारी दबाव, धमकियों और उत्पीड़न का शिकार थे, सत्ताधारियों द्वारा पद के दुरुपयोग की इस वास्तविकता से भलीभाँति अवगत थे। सत्ताधारियों ने वस्तुनिष्ठा और निष्पक्षता को ताक पर रखकर जिस निर्लज्जता के साथ जनसंचार के साधनों का दुरुपयोग किया, लोकतंत्र के सशक्त और विश्वसनीय पक्षों को तोड़कर तानाशाही और व्यक्ति पूजा के लिए रास्ता साफ किया, उसने हिटलर के सूचना मंत्री गोयबल्स को भी मात कर दिया। श्रीमती गांधी व विद्याचरण शुक्ल की मंडली ने समाचार-पत्रों, फिल्म उद्योग तथा सरकार नियंत्रित रेडियो व दूरदर्शन को पूरी तरह काबू में करने की कोशिश की और इस निमित्त कोई कोर-कसर बाकी नहीं छोड़ी।

पत्रकारों का घोर उत्पीड़न

आकाशवाणी व दूरदर्शन से संबद्ध जिन व्यक्तियों ने व्यावसायिक निष्ठा व ईमानदारी को बनाए रखने की जरा भी कोशिश की, उन पर भयंकर दबाव डाला गया या उन्हें उखाड़ दिया गया, यहाँ तक कि लोकसभा के चुनाव की घोषणा के बाद आकाशवाणी के कतिपय अंशकालिक संवाददाताओं को, जिन्होंने विपक्षी नेताओं के भाषणों की छोटी-छोटी रिपोर्ट भी भेजीं या तो स्थानांतरित कर दिया गया या अपने पद से हटा दिया गया। सत्ताधारी दल की हाँ-में-हाँ नहीं मिलानेवाले पत्रकारों को तंग करने और सताने की अनेक निर्लज्ज चालें चली गईं, यहाँ तक कि कई पत्रकारों अथवा उनके रिश्तेदारों के दस-दस वर्ष पुराने आयकर मामले पुनः खुलवाए गए। पवनार आश्रम से संबंधित समाचार प्रेषण के लिए भी एक पत्रकार को सताया गया। करीब पचास संवाददाताओं, व्यंग्य-चित्रकारों व कैमरामैनों की सरकारी मान्यता रद्द करना और ढाई सौ से अधिक पत्रकारों को गिरफ्तार करना तत्कालीन सत्ताधारियों की तानाशाही मनोवृत्ति तथा लोकतंत्र व भलमनसाहत के प्रति उनके अल्प आदर का ज्वलंत प्रमाण है।

सूचना और प्रसारण मंत्रालय के पूर्व सचिव के.के. दास की अध्यक्षता में जनता पार्टी के शासनकाल में गठित एक-सदस्यीय जाँच समिति ने एकत्र जानकारी के आधार पर जो रिपोर्ट तैयार की, उसने पूर्व बदनाम सत्ताधारियों द्वारा आपातकाल की ज्यादतियों के लिए अति-उत्साही अफसरों को जिम्मेदार ठहराने के तर्क का विस्फोट कर दिया।

सूचना माध्यमों का गला घोंटने के दीर्घावधिक निर्देशक सिद्धांत आपात स्थिति लागू होने के एक माह के भीतर स्वयं प्रधानमंत्री इंदिरा गांधी द्वारा बनाए गए। इस बात के अनेक प्रमाण मौजूद हैं कि श्रीमती गांधी को सूचना माध्यमों की विश्वसनीयता बनाए रखने की कोई परवाह नहीं थी, बल्कि सूचना माध्यमों को दबाने, सताने और डराने के एक योजनाबद्ध अभियान को उनका आशीर्वाद प्राप्त था। इसका इससे बड़ा प्रमाण और क्या हो सकता है कि 4 मई, 1976 को इंदिरा गांधी ने एक सरकारी फाइल में नोट लिखा कि प्रसारण के बारे में जो मार्गदर्शक सिद्धांत तय किए गए हैं, वे सब पुराने पड़ गए हैं, इसलिए नियमावली को खत्म किया जा रहा है, पर मैं नहीं समझती कि इसकी औपचारिक सूचना मंत्रिमंडल को देने की आवश्यकता है।

कांग्रेस सत्ता विपक्ष—8:1 अनुपात

ज्ञातव्य है कि वे मार्ग निर्देशक सिद्धांत 1967 में तैयार किए गए थे और 1970 में इनमें संशोधन किया गया था। दोनों बार वह काररवाई मंत्रिमंडल की सहमति से की गई थी। इंदिरा गांधी ने सितंबर 1975 में आकाशवाणी के केंद्र निर्देशकों के बीच कहा था कि

'मैं नहीं समझ पाती कि विश्वसनीयता का क्या अर्थ है। क्या समाचार-पत्र विश्वसनीय हैं, जो दिन-रात झूठ छापते रहते हैं।' उन्होंने कहा था कि सरकारी कर्मचारी हर हालत में सरकार के आदेशों का पालन करने के लिए बाध्य हैं। तत्कालीन सूचना और प्रसारण मंत्री विद्याचरण शुक्ल ने यह स्पष्ट कर दिया था कि आकाशवाणी और दूरदर्शन सरकार के अधीन हैं, इसलिए इस बात का प्रश्न ही नहीं उठता कि वे तटस्थ रहें।

चुनाव अभियान के दौरान आकाशवाणी और दूरदर्शन पर पहले तो कांग्रेस और विपक्ष को 2 के मुकाबले 1 के अनुपात से स्थान देने को कहा गया, परंतु कुछ ही दिनों बाद अनुपात 8 और 1 कर दिया गया। इस प्रकार तटस्थता का रहा-सहा मुखौटा भी उतार फेंका गया और इसे स्पष्ट करने की कोई जरूरत नहीं है। संजय गांधी को राष्ट्र नेता के रूप में उभारने का प्रयत्न एक अलग अशोभनीय कहानी है।

□

इमरजेंसी में रुकवा दिया 'इमरजेंसी ऑपरेशन'!

इमरजेंसी के दौरान सरकार ने संघ परिवार द्वारा संचालित वनवासी कल्याण केंद्र को बड़ी बेरहमी और बेदर्दी से दो घंटे के भीतर बंद कर देने का आदेश दिया। पुलिस ने गरीब आदिवासी छात्रों को छात्रावास से निकाल बाहर किया, पशुशाला से मवेशियों को निकाल दिया और अस्पताल से रोगियों को निकालते समय एक महिला के सीजेरियन ऑपरेशन को रोक दिया।

स्वयं को आदिवासियों का हितचिंतक बतानेवाली कांग्रेस सरकार के अधिकारियों ने इमरजेंसी के दौरान झारखंड के आदिवासी क्षेत्र की हृदय स्थली लोहरदग्गा में संघ परिवार द्वारा संचालित वनवासी कल्याण केंद्र को जिस बेरहमी और बेदर्दी से बंद कराया, उससे ऐसा प्रतीत हुआ कि सरकार को किसी कायदे-कानून से कोई मतलब नहीं और सरकारी अधिकारियों में मानवीय संवेदना नाम की कोई चीज नहीं रह गई।

आदिवासी क्षेत्रों में उनके कल्याण और उत्थान के लिए कार्यरत सभी स्वयंसेवी, सामाजिक, सांस्कृतिक और धार्मिक संगठनों को, जिनके बारे में संदेह था कि उनका राष्ट्रीय स्वयंसेवक संघ से दूर का भी कोई संबंध है, या तो बंद करा दिया गया या उनके संचालकों को नजरबंद कर दिया गया। इनमें सबसे ज्यादा कष्ट पानेवाले संस्थानों में वनवासी कल्याण केंद्र प्रमुख था, जिसकी स्थापना 1965 में की गई थी। यह परियोजना विश्व हिंदू परिषद द्वारा अनुप्राणित थी।

कल्याण केंद्र पर पुलिस का धावा

छत्तीसगढ़ के जशपुर नगर में पचास के दशक में आदिवासियों के सर्वांगीण विकास के लिए वनवासी कल्याण आश्रम की तर्ज पर इस केंद्र की स्थापना की गई थी। इस

परियोजना में एक भवन समूह, सभी सुविधाओं से युक्त एक अस्पताल, एक छात्रावास, एक व्यायामशाला, एक प्रार्थना हॉल, एक कृषि प्रशिक्षण केंद्र और एक औद्योगिक प्रशिक्षण केंद्र की स्थापना शामिल थे। इस दिशा में कुछ काम हो चुका था और कुछ हो रहा था।

लोहरदग्गा के एक परोपकारी ट्रस्ट ने कल्याण केंद्र के निमित्त 10 एकड़ भूमि दान में दी थी। इस भूमि पर आदिवासी छात्रों के लिए सभी सुविधाओं से युक्त एक छात्रावास का निर्माण किया गया। छात्रों को अध्ययन के साथ राष्ट्रभक्ति का संस्कार देने के लिए छात्रावास से संलग्न मर्यादा पुरुषोत्तम श्री राम का मंदिर भी बनाया गया। चिकित्सा कार्य के लिए एक विशाल भवन के निर्माण की योजना के अंतर्गत अस्पताल का एक खंड बना लिया गया था और औषधालय भी चालू कर दिया गया था, लेकिन इमरजेंसी लगने के नौ दिन बाद राष्ट्रीय स्वयंसेवक संघ पर प्रतिबंध लगते ही राज्य सरकार के अधिकारियों ने कल्याण केंद्र पर धावा बोल दिया। उन्होंने अस्पताल और छात्रावास को दो घंटे के अंदर खाली करने का तुगलकी आदेश दिया, जिसका कोई औचित्य नहीं था। स्कूली छात्रों और रोगियों से सरकार को क्या खतरा हो सकता था? सरकारी अधिकारियों के तुगलकी आदेश से कल्याण केंद्र के प्रबंधक हक्के-बक्के रह गए। इस आदेश का पालन करना असंभव था।

तब कानून के कथित रखवालों ने कानून को अपने हाथ में ले लिया। पुलिस कल्याण केंद्र पर टूट पड़ी। छात्रावास में रहनेवाले गरीब आदिवासी छात्रों को वर्षा में ही बलपूर्वक निकाल बाहर कर दिया गया और सभ्य आचरण की धज्जियाँ उड़ाते हुए बिस्तर पर पड़ी महिला रोगियों को भी नहीं बख्शा गया। कथित सिविल अधिकारी अस्पताल में चल रहे एक सीजेरियन ऑपरेशन को रोक देने की निर्लज्ज धृष्टता करने से भी बाज नहीं आए। मरीजों को सुरक्षित रूप से उनके घर पहुँचाने के लिए कल्याण केंद्र के प्रबंधन को टैक्सियों का इंतजाम करना पड़ा।

अनाज गोदाम पर ताला

ऐसा लगा कि शैतान छुट्टा घूम रहा हो। लोगों को यह समझ में नहीं आया कि अस्पताल और दवाखाने को क्यों जबरन बंद करा दिया गया। सभी सुविधाओं से युक्त एक चलंत चिकित्सा वाहन को, जो आसपास के आदिवासी क्षेत्रों में चिकित्सा कार्य के लिए भेजा जाता था, खड़ा करा दिया गया। सरकार के अलंबरदार अधिकारियों की इससे भी तसल्ली नहीं हुई। उन्होंने कल्याण केंद्र की पशुशाला से मवेशियों को भी निकाल बाहर किया। अनाज के गोदाम को ताला लगाकर उसे सड़ जाने दिया। संस्था के बैंक खाते को अवरुद्ध कर लेन-देन बंद करा दिया गया।

संताल परगना में भी, जहाँ आदिवासी कल्याण केंद्र ने अपना कार्य शुरू ही किया था, उसे भी बंद करा दिया गया। राँची में विश्व हिंदू परिषद के कार्यालय को महीनों लगातार कड़ी निगरानी में रखा गया। यह लगभग बंद ही रहा, क्योंकि यहाँ आनेवाले किसी भी आगंतुक से गहन पूछताछ की जाती थी। विचित्र बात यह कि भारतीय संस्कृति के प्रचार-प्रसार में कार्यरत भारतीय संस्कृति अकादमी के निदेशक प्रकांड विद्वान् हरबंश लाल ओबराय को भी जेल में डाल दिया गया।

यह तो लगभग निश्चित है कि ऊपरी स्तर पर आदेश-निर्देश जारी करते समय यह तो नहीं कहा गया होगा कि वनवासी कल्याण केंद्र को बंद कराते समय निर्लज्जता और संवेदनशीलता की सारी हदें पार कर दी जाएँ। अकसर इस तरह की हरकतें निचले स्तर पर छुटभैए अधिकारी करते हैं, जो सत्ताधारियों को यह दिखाना चाहते हैं कि वे उनके प्रति कितने वफादार हैं। उनके हाथ में नए असाधारण अधिकार आते ही उन्हें इनका इस्तेमाल करने पर परपीड़न आनंद आता है और उनके अहं या अहंकार की तुष्टि होती है।

इमरजेंसी में सत्ताधारियों के इन नादान दोस्तों की हरकतों का खामियाजा अगले आम चुनाव में सत्ताधारी पार्टी को भुगतना पड़ा। बड़े संतोष की बात है कि इमरजेंसी के गुनहगारों का खेल समाप्त हो जाने के बाद यह संस्था अब पहले से कई गुना ज्यादा बड़े स्वरूप में आदिवासी अंचलों में कार्यरत है।

□

मकान-दुकान गिराओ, गंदी बस्तियाँ हटाओ, गोली चलाओ!

आपातकाल में भाँति-भाँति की जो ज्यादतियाँ की गईं, उनमें एक बड़ी ज्यादती थी दिल्ली और उत्तर भारत के कई नगर क्षेत्रों के सौंदर्यीकरण और यातायात को सुगम बनाने के नाम पर सड़कों के चौड़ीकरण के वास्ते गंदी बस्तियों का सफाया। इस प्रकरण में सबसे बड़ा हादसा दिल्ली के तुर्कमान गेट क्षेत्र में हुआ, जहाँ अंधाधुंध मकान गिराए जाने का विरोध करनेवाले लोगों पर पुलिस की गोलियों से कई लोग मारे गए। केवल दिल्ली नगर निगम क्षेत्र में 17,000 से अधिक दुकानें गिरा दी गईं।

आपातकाल में भाँति-भाँति की जो ज्यादतियाँ की गईं, उनमें एक बड़ी ज्यादती थी दिल्ली और उत्तर भारत के कई नगर क्षेत्रों के सौंदर्यीकरण और यातायात को सुगम बनाने के नाम पर सड़कों के चौड़ीकरण के वास्ते गंदी बस्तियों का सफाया। इसका सबसे दु:खद पहलू यह था कि ऐसा करते समय वैध-अवैध का कोई भेद नहीं किया गया और न ही इसके प्रति मानवीय संवेदना का कोई परिचय दिया गया। यह अभियान इंदिरा गांधी के दुलारे बेटे संजय गांधी के दिमाग की उपज था, जिसकी हुक्म अदूली करने या कहीं कोई ढील बरतने की किसी अधिकारी की हिम्मत नहीं थी।

इस प्रकरण में सबसे बड़ा दुष्कांड था दिल्ली के जामा मसजिद क्षेत्र को सुधारने और विकसित करने के लिए तुर्कमान गेट के आसपास की सड़कों और गलियों के मकानों का ध्वंस करना। यहाँ लोगों को उनके घरों से हटाने और मकान गिरानेवाले दस्तों के खिलाफ कष्ट-पीड़ितों का गुस्सा भयंकर रूप से फूट पड़ा।

गोली चलाने का आदेश और संजय की भूमिका

दिल्ली में बहुत बड़ी संख्या में अंधाधुंध मकान गिराए जाने पर टिप्पणी करते हुए शाह आयोग ने अपनी रिपोर्ट में लिखा कि यह कहानी बड़ी मर्मस्पर्शी है। इसके लिए बेजा ढंग से कानूनी धोखे की टट्टी तैयार की गई, जिसकी ओट में यह काम बड़े पैमाने पर किया गया। मकानों को गिराने में लोगों की तकलीफों की ओर कोई ध्यान नहीं दिया गया। गरीब से गरीब आदमी भी इस अभियान की चपेट में आ गया और उनमें से कुछ के लिए मकान का गिराया जाना वाकई पूरी बरबादी थी, क्योंकि उनमें से कुछ लोगों ने तो मकान बनाने में जीवन की सारी कमाई लगा दी थी।

आयोग को यह जानकर क्षोभ हुआ कि कुछ मकान केवल संजय गांधी के इशारे पर गिराए गए, जो किसी के प्रति उत्तरदायी नहीं थे और प्रशासकीय ढाँचे में जिनका कोई स्थान नहीं था। आयोग के सामने प्रस्तुत साक्ष्य में संजय गांधी के अनुरोध पर तथा उनकी सनक को पूरा करने के लिए मकानों के गिराए जाने की दुःखद कहानी सामने आई। उन्होंने दिल्ली के ज़िला मजिस्ट्रेट तथा अन्य मजिस्ट्रेटों पर दबाव डाला। जिस मजिस्ट्रेट ने गोली चलाने का आदेश नहीं दिया था, उसके विरोध के बावजूद संजय ने उससे कहा कि वह गोली चलाने का आदेश देना स्वीकार कर ले, यहाँ तक कि कई प्रतिष्ठित नागरिकों को संजय गांधी के कहने पर गिरफ्तार कर लिया गया।

यह सुनिश्चित करना सरकार का विशेष उत्तरदायित्व है कि शक्ति के संविधान से इतर केंद्र विकसित न होने पाएँ और जब कभी ऐसे केंद्रों का पता लगे, उन्हें कठोरता से समाप्त कर दिया जाए। जैसा आयोग ने पहले भी कहा है, अंतिम विश्लेषण में इस देश का अच्छा या बुरा शासन, यहाँ के सरकारी अफसरों की योग्यता और चरित्र पर निर्भर करेगा। देश में ऐसे लोगों की कमी कभी नहीं होगी, जो सरकारी अधिकारियों को अपने हाथ की कठपुतली बनाना चाहेंगे और उनका गलत उपयोग करने के लिए लालायित रहेंगे। सतर्क, जिज्ञासु और जाग्रत् जनमत का कोई विकल्प नहीं है। वही सरकारी अफसरों पर कड़ी निगाह रख सकता है।

आयोग की गवाही में 'शेम, शेम' के नारे

शाह आयोग के समक्ष गवाही देते हुए दिल्ली विकास प्राधिकरण (डी.डी.ए.) के पूर्व उपाध्यक्ष जगमोहन ने कुछ क्षेत्रों में मकानों एवं दुकानों को गिराने की कारवाई को सफल ठहराने का असफल प्रयास किया। जस्टिस शाह ने जगमोहन से पूछा कि क्या वे इस बात से अवगत थे कि मकान-दुकान गिराने से उत्पन्न आक्रोश तथा उत्तेजना को दबाने के लिए पुलिस का सहयोग लिया गया, जिसमें छह व्यक्ति पुलिस की गोली से मारे गए। जगमोहन ने इस बात का कोई स्पष्ट जवाब न देते हुए कहा कि तुर्कमान गेट

में गिराए गए मकानों के कारण नहीं, बल्कि उस समय चलाए जा रहे परिवार नियोजन अभियान के फलस्वरूप ऐसा हुआ। यह विचित्र बयान सुनकर आयोग की कारवाई में उपस्थित लोगों ने 'शेम, शेम' के नारे लगाए।

जस्टिस शाह ने जामा मसजिद क्षेत्र में गिराई गई दुकानों के मामले में जगमोहन की भूमिका के बारे में जानना चाहा तो जगमोहन ने कहा कि इस क्षेत्र के मकानों और दुकानों को हटाने का काम डी.डी.ए. ने नहीं किया था। उसके अधिकारी वहाँ मौजूद अवश्य थे, परंतु उनका संबंध सिर्फ विस्थापित हुए लोगों के पुनर्वास से था। इस पर जस्टिस शाह ने जगमोहन द्वारा पूर्व प्रधानमंत्री इंदिरा गांधी के निजी सचिव आर.के. धवन को लिखे एक पत्र का हवाला देते हुए कहा कि आपने उस पत्र में लिखा था कि डी.डी.ए. की योजना जामा मसजिद क्षेत्र को सुधारने और विकसित करने की है, इसलिए इससे तो यही पता चलता है कि मसजिद क्षेत्र में मकानों और दुकानों को गिराने की कारवाई में डी.डी.ए. का हाथ था। जगमोहन ने इस बात को स्वीकार किया कि उन्होंने श्री धवन को ऐसा लिखा था, क्योंकि श्री धवन जामा मसजिद और उसके आसपास के क्षेत्रों में हो रहे विकास कार्यों के बारे में जानना चाहते थे।

कोई लिखित नोटिस नहीं

जगमोहन ने इस बात को स्वीकार किया कि तुर्कमान गेट क्षेत्र में गिराए गए मकानों के मालिकों को कोई लिखित नोटिस नहीं दिया गया था। उन्होंने कहा कि डी.डी.ए. के अधिकारियों ने इस क्षेत्र के लोगों के मकान खाली कर दूसरी जगह जाने के लिए मौखिक आदेश दिए थे। जस्टिस शाह ने जगमोहन से जानना चाहा कि क्या ये आदेश मकान मालिकों को व्यक्तिगत रूप से दिए गए थे। जगमोहन ने इसका कोई जवाब नहीं दिया।

जस्टिस शाह ने पूछा कि क्या यह जरूरी नहीं था कि मकानों को गिराने से पहले उनके मालिकों को लिखित नोटिस दिए जाते? जगमोहन ने इस सवाल को टालने की कोशिश की, लेकिन जस्टिस शाह द्वारा सवाल को दोहराए जाने पर उन्हें अपनी गलती स्वीकार करनी पड़ी। जगमोहन ने आगे कहा कि अनधिकृत मकानों को गिराने की कारवाईयों में केवल वे ही मुख्य भूमिका नहीं निभा रहे थे। सभी महत्त्वपूर्ण निर्णय समन्वय समिति द्वारा लिये जाते थे, जिसमें डी.डी.ए. के उपाध्यक्ष के साथ नई दिल्ली नगर निगम, दिल्ली नगरपालिका और दिल्ली प्रशासन के प्रमुख अधिकारी भी शामिल थे, जो समय-समय पर होनेवाली बैठकों में उपस्थित रहते थे। जगमोहन ने नगर निगम के तत्कालीन कमिश्नर बी.आर. टमटा द्वारा दिए गए इस बयान का भी खंडन किया कि डी.डी.ए. नगर निगम के मामलों में काफी दिलचस्पी लेने लगा था।

17,000 दुकानें गिराई गईं

इस मामले में 24 अगस्त, 1975 को एक सरकारी रिपोर्ट में बताया गया कि 'सार्वजनिक भूमि पर अवैध अतिक्रमण के विरुद्ध छह सप्ताह के अभियान' में दिल्ली नगर निगम ने पूरे या आंशिक तौर पर 17,000 से अधिक दुकानों को ढहा दिया। दिल्ली में इससे पहले कभी भी इतने बड़े पैमाने पर विध्वंस अभियान नहीं चलाया गया था। नगर निगम के सामने अब उन लोगों के पुनर्वास की समस्या को निपटाने का कार्य था, जो अपनी जीविका से वंचित हो गए थे। कांग्रेस के कई सीनियर नेताओं ने इंदिरा गांधी से शिकायत की कि अनेक छोटे दुकानदारों के परिवार कष्ट भोग रहे हैं, लेकिन इसकी कोई सुनवाई नहीं हुई।

कांग्रेस की एक नेता दिल्ली की पूर्व सांसद सुभद्रा जोशी ने शाह आयोग के समक्ष अपनी गवाही में कहा कि दिल्ली में जिस ढंग से तोड़-फोड़ का कार्य किया जा रहा था, उसकी शिकायत करने के लिए वे कई बार इंदिरा गांधी के पास गईं। पहली मुलाकात में इंदिरा गांधी ने इस विषय पर अपना कोई विचार व्यक्त नहीं किया, लेकिन बाद में दिल्ली के सांसदों और कार्यकारी पार्षदों की बैठक में इंदिरा गांधी ने कहा कि पुनर्वास का कार्यक्रम बहुत बढ़िया है, इसे जारी रखा जाना चाहिए, बल्कि और अधिक जोर-शोर से किया जाना चाहिए। 19 अप्रैल, 1975 को तुर्कमान गेट पर पुलिस फायरिंग के बाद सुभद्रा जोशी ने इंदिरा गांधी से भेंट का समय माँगा, लेकिन इस पर कोई ध्यान नहीं दिया गया। जब उन्होंने इस बारे में एक पत्र लिखा, तब भी उन्हें कोई जवाब नहीं मिला। बाद में उन्हें मालूम हुआ कि उन्होंने अपने पत्र में जो कुछ लिखा था, उससे इंदिरा गांधी बहुत नाराज थीं और उन्होंने वह पत्र कांग्रेस अध्यक्ष के पास भेज दिया था।

जनसंघ समर्थकों पर धावा

तुर्कमान गेट क्षेत्र में तोड़-फोड़ की कारवाइयों से प्रभावित होनेवालों में अधिसंख्य मुसलिम थे, लेकिन अन्य क्षेत्रों में जहाँ तोड़-फोड़ की गई, वे जनसंघ के गढ़ माने जाते थे और इससे वे दुकानदार अधिक प्रभावित हुए, जो देश के बँटवारे के समय विस्थापित होकर पाकिस्तान से भारत आए थे और बहुत मुश्किल से अपने पाँवों पर खड़े हो पाए थे, ऐसा शाह आयोग के समक्ष दी गई गवाहियों में बताया गया। जस्टिस शाह ने पूर्व म्युनिसिपल कमिश्नर बी.आर.टमटा से गवाही के समय पूछा कि क्या यह बात सही है कि संजय गांधी ने उनकी मौजूदगी में जनसंघ के खिलाफ टिप्पणी की थी, टमटा ने कहा, 'मुझे याद नहीं पड़ रहा।'

जस्टिस शाह ने दिल्ली के पूर्व उपराज्यपाल किशनचंद को, जो डी.डी.ए. के चेयरमैन थे, जब यह सूचित किया कि तोड़फोड़ की कारवाई का कोई रिकॉर्ड नहीं

रखा गया, तो इस पर उन्होंने आश्चर्य व्यक्त किया। जस्टिस शाह ने यह जानना चाहा कि संजय गांधी की क्या खास हैसियत थी कि वे दिल्ली में मकान गिराने के अभियान के निर्देश दे रहे थे। इस पर किशनचंद ने कहा, 'कोई हैसियत नहीं थी।' साथ ही उन्होंने जोड़ दिया कि वह कैसे इसका विरोध करते, जब के. रघुरमैया और एच.के.एल. भगत जैसे संबद्ध विभागीय मंत्री इसका विरोध नहीं कर रहे थे।

□

‘बहनजी, आपकी खड़ाऊँ से 20 साल तक राज चलेगा’

इलाहाबाद हाईकोर्ट का फैसला इंदिरा गांधी के विरुद्ध आने पर हरियाणा के तत्कालीन मुख्यमंत्री बंसीलाल ने उन्हें कहा, ‘बहनजी, आप इस्तीफा देने की बात करती हैं। ऐसा तो सोचिए ही नहीं। हम लोग आपके इकबाल से, आपकी खड़ाऊँ से 20 साल तक इस देश का राज चला सकते हैं। आप घबराइए नहीं, राज आपके हाथ में ही रहेगा।’ संजय गांधी और बंसीलाल की जोड़ी के अलावा अन्य दरबारियों ने भी यही राग अलापा कि इंदिरा गांधी इस्तीफा न दें और इसके साथ ही शुरू हो गया, ‘हाँ जी, हाँ जी’ का नया अध्याय।

चाटुकार और खुशामदी हर जमाने में रहे हैं, क्योंकि खुशामद में ही आमद है, लेकिन जितने खुशामदी और चापलूस व्यक्ति इंदिरा गांधी के इर्द-गिर्द मँडराते रहे, उतने शायद ही किसी राजनेता या राजनेत्री के इर्द-गिर्द मँडराते रहे हों।

चाटुकारिता के नए अध्याय का श्रीगणेश

12 जून, 1975 को इलाहाबाद हाईकोर्ट में जब जस्टिस जगमोहनलाल सिन्हा अपना फैसला सुनाने जा रहे थे, तब हरियाणा के मुख्यमंत्री बंसीलाल बड़ी उत्सुकता से इस घड़ी का इंतजार हरियाणा भवन दिल्ली में कर रहे थे। उन्होंने अपना संपर्क प्रधानमंत्री इंदिरा गांधी के प्राइवेट सचिव आर.के. धवन से बनाया हुआ था। जैसे ही बंसीलाल को यह खबर मिली कि प्रधानमंत्री मुकदमा हार गई हैं, वे तुरंत प्रधानमंत्री की कोठी पर पहुँचे, जहाँ संजय गांधी दु:ख की इस घड़ी में अपनी माता के साथ सोच में पड़े थे कि अब क्या करना चाहिए। बंसीलाल ने अपनी वफादारी का परिचय देने के लिए इंदिरा गांधी से कहा, ‘बहनजी, आप इस्तीफा देने की बात करती हैं। ऐसा तो सोचिए ही नहीं। हम लोग आपके इकबाल से, आपकी खड़ाऊँ से 20 साल तक

इस देश का राज चला सकते हैं। आप घबराएँ नहीं, राज आपके हाथ में ही रहेगा।' इंदिरा गांधी को इससे बड़ा हौसला मिला।

रामायण की कथा के संदर्भ में यदि बंसीलाल के कथन का तात्पर्य समझने का प्रयास किया जाए तो बात बेतुकी, असंगत और हास्यास्पद लगेगी, लेकिन चिकनी-चुपड़ी बातों या चापलूसी का विवेकशीलता या बुद्धिग्राह्यता से कोई संबंध नहीं होता। रामकथा के अनुसार, भरत ने अपने बड़े भाई राम की खड़ाऊँ को सिंहासन पर रखकर चौदह वर्ष तक नंदीग्राम में वनवासी की भाँति रहते हुए अयोध्या का शासन राम की धरोहर मानकर चलाया था और राम के वन से वापस आने पर राज्य उनको सौंप दिया था। शायद बंसीलाल ने प्रधानमंत्री के पाँच वर्ष के वैधानिक कार्यकाल के हिसाब से चार बार सिंहासनारूढ़ होने की गणनानुसार 20 वर्ष कहा था। वस्तुतः बंसीलाल जैसे लोगों की चाटुकारिता से सत्ताधारी के प्रति भक्तिभाव उतना ही प्रकट होता है, जितना चाटुकार की अस्मिता के प्रति तिरस्कार का भाव।

बंसीलाल

बस किसी तरह 'मैडम' खुश रहें!

बंसीलाल की गहरी दोस्ती थी इंदिरा गांधी के दुलारे छोटे बेटे संजय गांधी से। संजय-बंसीलाल की जोड़ी के अलावा अन्य दरबारियों ने भी यही राग अलापा कि इंदिरा गांधी इस्तीफा न दें। इमरजेंसी लगाने के कानूनी छलयोजन की तैयारी होने लगी। यह भी पता चला कि बंसीलाल ने इंदिरा गांधी को यह भी कहा कि इमरजेंसी लगाकर विपक्षी दलों के सब नेताओं को गिरफ्तार कर हरियाणा की जेलों में भेज दें। मैं स्वयं इनसे निपट लूँगा और सबके दिमाग दुरुस्त कर दूँगा। यही कारण है कि पूर्व उपप्रधानमंत्री मोरारजी देसाई समेत प्रायः सभी बड़े नेताओं को हरियाणा की जेलों में रखा गया था।

इंदिरा गांधी के कार्यकाल में सभी मुख्यमंत्री दिल्ली दरबार को प्रसन्न करना ही अपना अहम कार्य मानते थे और इसी में उनकी खैर थी। एक मुख्यमंत्री ने कहा, 'मैं प्रधानमंत्री का भक्त हूँ, जब तक उनकी मेहरबानी है, तब तक सत्ता में बना रहूँगा।' यानी उनका कहना था कि कानून-स्थिति बिगड़े या सुधरे, जनता में इमेज बने या बिगड़े, मुझे कोई फर्क नहीं पड़ता। मुझे तो दिल्ली का वरदहस्त चाहिए। बस मैडम की भौंहों पर शिकन नहीं पड़नी चाहिए।

इंदिरा गांधी भारत के लिए 'अपरिहार्य'

सब मुख्यमंत्री, राज्य मंत्री, विधायक व अन्य नेता दिल्ली जाकर किसी-न-किसी बहाने 'मैडम' के यहाँ हाजिरी भरते रहना आवश्यक मानते थे। ऐसा प्रतीत होता था कि

तीन सौ वर्ष पूर्व मुगल साम्राज्य के पतन के बाद दिल्ली दरबार फिर चालू हो गया है। कांग्रेस के नेता प्राइमरी स्कूल के बच्चों की तरह धकापेल करते किसी तरह प्रधानमंत्री तक पहुँचने और उनकी कृपा दृष्टि और समर्थन प्राप्त करने के लिए व्यग्र रहते थे। इसके लिए दरबारगीरी आवश्यक थी।

शेखर गुरोरा का व्यंग्य चित्र

इंदिरा गांधी इस बात का विशेष ध्यान रखती थीं कि पार्टी के किसी मुख्यमंत्री का कद नहीं बढ़ने दिया जाए। उसको उसकी औकात में ही रखा जाए। इंदिरा गांधी कांग्रेस पार्टी के एकदलीय शासन के बावजूद किसी-न-किसी बहाने मुख्यमंत्री बदलती रहती थीं, मसलन, देश के सबसे बड़े महत्त्वपूर्ण राज्य उत्तर प्रदेश में 1970-76 के छह साल की अवधि में चार मुख्यमंत्री (त्रिभुवन नारायण सिंह, कमलापति त्रिपाठी, हेमवती नंदन बहुगुणा और नारायण दत्त तिवारी) आए और गए। 1971 में बांग्लादेश युद्ध के समय बाबू जगजीवन राम देश के रक्षा मंत्री थे। उस युद्ध में पाकिस्तान पर शानदार विजय के बाद जगजीवन राम की लोकप्रियता बढ़ने लगी। इंदिरा गांधी ने उन्हें रक्षा मंत्रालय से हटाकर कृषि व सिंचाई मंत्री (1974-79) बना दिया।

इलाहाबाद हाईकोर्ट के फैसले के बावजूद इंदिरा गांधी के सत्ता में बने रहने के लिए कांग्रेस पार्टी ने सर्वसम्मति से उन्हें पूरा समर्थन प्रदान किया। एक प्रस्ताव पारित कर इंदिरा गांधी के प्रति 'पूर्णतया आस्था और विश्वास' व्यक्त किया गया और 'प्रधानमंत्री के रूप में उनके नेतृत्व को राष्ट्र के लिए अपरिहार्य' बताया गया। मंत्रिमंडल के वरिष्ठतम सदस्य जगजीवन राम के समक्ष इसे मानने के अतिरिक्त कोई चारा नहीं था। उन्होंने अन्य नेताओं की तरह इस प्रस्ताव को न केवल मान लिया, बल्कि इसकी भूरि-भूरि प्रशंसा भी की।

मैडम जो कहती हैं, ठीक कहती हैं

इमरजेंसी के दौरान कांग्रेस पार्टी पूरी तरह इंदिरा गांधी की वशवर्ती हो गई थी। किसी की हिम्मत नहीं थी कि वह अपनी असहमति व्यक्त करे या इंदिरा गांधी को पसंद नहीं आनेवाली कोई बात कहे। इंदिरा गांधी ने सरकार और पार्टी के संगठन पक्ष के बीच विभाजक रेखा को समाप्त कर दिया था।

31 दिसंबर, 1975–1 जनवरी, 1976 को कामागाटामारू नगर चंडीगढ़ में कांग्रेस पार्टी के 75वें पूर्णाधिवेशन में दो महत्त्वपूर्ण प्रस्ताव पारित किए गए। एक में इमरजेंसी जारी रखने के लिए कहा गया और दूसरे में तत्कालीन संसद् का कार्यकाल एक साल के लिए बढ़ा देने और आम चुनाव भी उतनी अवधि तक स्थगित रखने को कहा गया। इसे एक विचित्र स्थिति कहा जाएगा। इमरजेंसी एक ऐसा विषय था, जिस पर केवल सरकार ही कोई निर्णय ले सकती थी और उसे ही इसका संवैधानिक अधिकार प्राप्त था। आखिरकार यही मानकर चला गया था कि इमरजेंसी आंतरिक सुरक्षा और राष्ट्रीय अखंडता के लिए लगाई गई थी। यकीनन, केवल सरकार के पास ही ऐसी पूरी जानकारी हो सकती थी, जिसके अनुसार उसके विचार से इमरजेंसी को जारी रखना उचित माना जाता। इस संबंध में सभी तथ्य गंभीर शासकीय गोपनीयता के दायरे में थे। इंदिरा गांधी द्वारा इन तथ्यों की जानकारी पार्टी के कार्यकर्ताओं या अपने प्रमुख अधीनस्थों से साझा करने का कोई प्रश्न ही नहीं उठना चाहिए था। किसी राजनीतिक दल द्वारा शासन के कार्यकलापों में हिस्सेदारी, जो कि सरकार के अधिकार क्षेत्र का विषय है, अत्यंत गैर-मामूली बात कही जाएगी।

आम चुनाव स्थगित करने और तत्कालीन संसद् का कार्यकाल बढ़ाने की सिफारिश का प्रस्ताव तो और भी अनैतिक एवं असामान्य था और संवैधानिक मर्यादा एवं औचित्य का उल्लंघन भी था। संसद् में कांग्रेस पार्टी का प्रबल बहुमत था। इसका अर्थ यह हुआ कि जब तक संभव हो, यथास्थिति बनाए रखने में उसका निहित स्वार्थ था। पार्टी के कार्यकर्ताओं-प्रतिनिधियों और नेताओं ने हाथ खड़े कर सर्वसम्मति से दोनों प्रस्ताव पारित कर दिए। किसी ने किसी प्रकार की कोई शंका जाहिर नहीं की। वास्तव में सबका एक-सूत्री कार्यक्रम था इंदिरा गांधी को येन-केन-प्रकारेण सत्ता में बनाए रखना ताकि उनकी भी गाड़ी चलती रहे। मजेदार बात यह कि दिसंबर 1976 में जब आम चुनाव करा देने की चर्चा चली और इंदिरा गांधी ने कहा कि चुनाव अभी नहीं कराए जाएँगे तो सभी कांग्रेसजनों ने एक स्वर में कहा कि हाँ, अभी चुनाव नहीं कराए जाने चाहिए, जबकि मूल वैधानिक प्रावधानों के अनुसार 1971 के पाँच वर्ष बाद 1976 में चुनाव का समय हो चुका था, लेकिन इस चर्चा के कुछ ही दिनों बाद जनवरी के मध्य में (18 जनवरी) इंदिरा गांधी ने आम चुनाव करा देने की घोषणा कर दी तो सभी कांग्रेसजनों ने एक स्वर में कहा कि हाँ जी, हाँ जी, चुनाव करा ही देने चाहिए, 'मैडम ठीक कहती हैं।' सत्ता की भक्ति और भक्त की हीनता का यह एक उम्दा उदाहरण है।

□

‘20 भुजाओं वाली दुर्गे इंदिरे तेरी जय हो’

इमरजेंसी के दौरान इंदिरा गांधी का गुणगान करनेवाली मंडली का खूब विस्तार हुआ। इसमें समाज के प्रायः सभी वर्गों के लोग शामिल थे। इसमें कई बुद्धिजीवी व साहित्यकार अग्रिम मोर्चे पर थे। कई साहित्यकारों ने राजाओं का स्तुतिगान करनेवाले चारणों की याद दिला दी, जिनका उल्लेख अत्यंत प्राचीन समय से मिलता है। हिंदी साहित्य में ‘भक्तिकाल’ और ‘रीतिकाल’ के कवियों की चर्चा होती है, हम इसमें ‘आपातकाल’ को भी जोड़ सकते हैं, जो भले ही अत्यल्प समय तक रहा, लेकिन इस काल की खूबी यह रही कि चारण कवियों ने रीतिकाल के कवियों की तरह स्वांतः सुखाय न लिखकर स्वामिनः सुखाय लिखा। आम कांग्रेसजन ही क्यों, कांग्रेस के सभी नेता और केंद्रीय स्तर के नेता माने जानेवाले महानुभाव भी इंदिरा गांधी की हाँ-में-हाँ और उनका स्तुतिगान करने में ही अपना कल्याण समझते थे।

कांग्रेस के तत्कालीन अध्यक्ष देवकांत बरुआ का एक जुमला, जिसने बाद में एक नारे का रूप ले लिया, बहुत चर्चित हुआ था, जो अंग्रेजी में इस प्रकार था—Indira is India and India is Indira यानी इंदिरा ही इंडिया है और इंडिया ही इंदिरा है। इंदिरा गांधी की प्रशंसा में एक दूसरा जुमला भी उतना ही चापलूसीपूर्ण था। वह था—तेरी सुबह की जय, तेरी शाम की जय, तेरे काम की जय, तेरे नाम की जय।

वस्तुतः यह इंदिरा गांधी के सचिवालय में विशेष कार्याधिकारी रह चुके यशपाल कपूर द्वारा गढ़े गए नारे ‘देश की नेता—इंदिरा गांधी’ का नया रूप था। ‘इंदिरा ही इंडिया और इंडिया ही इंदिरा’ नाजी जर्मनी के युवावर्ग द्वारा लगाए जानेवाले नारे ‘एडोल्फ हिटलर ही जर्मनी है और जर्मनी ही हिटलर है’ से पूरी तरह मेल खाता था।

इमरजेंसी के दौरान इंदिरा गांधी का गुणगान करनेवाली मंडली का भारी विस्तार हुआ। इसमें समाज के प्रायः सभी वर्गों के लोग शामिल थे। इसमें कई बुद्धिजीवी और साहित्यकार अग्रणी मोर्चे पर थे। कई साहित्यकारों ने राजाओं का स्तुतिगान करनेवाले

चारणों की याद दिला दी, जिनका उल्लेख अत्यंत प्राचीन समय से मिलता है। हिंदी साहित्य में 'भक्तिकाल' और 'रीतिकाल' के कवियों की चर्चा होती है, हम इसमें 'आपातकाल' को भी जोड़ सकते हैं, जो भले ही अत्यल्प समय तक रहा, लेकिन इस काल की खूबी यह रही कि चारण कवियों ने रीतिकाल के कवियों की तरह स्वांतः सुखाय न लिखकर स्वामिनः सुखाय लिखा।

यहाँ साहित्य क्षेत्र की चर्चा करना काफी रोचक और ज्ञानप्रद होगा। 'राजनीति में साहित्य और साहित्य में राजनीति' की उक्ति इस दौरान काफी प्रभावी ढंग से चरितार्थ हुई। साहित्य के बारे में कहा गया है, 'साहित्य भावः इति साहित्यम्' अर्थात् जिसमें हित की भावना निहित हो, वह साहित्य कहलाता है। यह हित स्वार्थजन्य निजी हित न होकर लोक समाज का हितचिंतक होता है और उसकी आशा-आकांक्षाओं का जीवन दीपक होता है। जे.पी. आंदोलन के समय और उसके बाद मुँहजबानी प्रचार से इमरजेंसी के दौरान कई क्रांतिकारी और रोचक कविताएँ और व्यंग्यिकाएँ प्रकाश में आईं। कहा जाता है कि साहित्यकार अपने युग की चेतना का सही प्रतिनिधि होता है, लेकिन इमरजेंसी के दौरान बुद्धिजीवियों के कई अन्य वर्गों की तरह कई साहित्यकारों ने भी 'जैसी बहे बयार, पीठ तब तैसी दीजै' की तरह आचरण किया, जबकि ऐसी विकट स्थिति में उनसे जन-जन को कोई प्रेरणा और प्रोत्साहन देने की उम्मीद की गई थी। वे शांत व तटस्थ भी रह सकते थे, लेकिन इस वर्ग के साहित्यकारों व कवियों ने सशंकित और भयाक्रांत जनता में नवीन चेतना का संचार करने की बजाय इंदिरा गांधी का प्रशस्ति गान शुरू कर दिया।

बीस भुजाओंवाली दुर्गे इंदिरे

जहाँ तक कविता की बात है, इस वर्ग के कवियों ने रीतिकाल के कवियों की तरह 'स्वांतः सुखाय' न होकर 'स्वामिनः सुखाय' लिखना शुरू कर दिया। इन्होंने कतिपय पत्र-पत्रिकाओं में स्तुति गायन के अलावा सार्वजनिक वितरण के लिए पुस्तकाकार प्रकाशन भी तैयार किए।

नमूने के तौर पर यहाँ प्रस्तुत है 'इंदिरायन' (बतर्ज रामायण!) शीर्षक से प्रकाशित एक काव्य संकलन। इसके प्रायोजक व संपादक थे चक्रधरपुर के कवि 'शशिकर', जिनके परिवार का स्वाधीनता आंदोलन के दिनों से कांग्रेस से पुराना संबंध था। इस काव्य-संकलन के समर्पण पृष्ठ पर अंकित था—'59 कवियों की ओर से श्रीमती इंदिरा गांधी की 59वीं वर्षगाँठ पर 59 काव्य सुमन का गुलदस्ता सादर समर्पित।' 19 नवंबर, 1976 को इंदिरा गांधी की 59वीं वर्षगाँठ पर इसे जारी किया गया। इस काव्य-संकलन की भूमिका कांग्रेस के तत्कालीन राष्ट्रीय अध्यक्ष देवकांत बरुआ ने लिखी थी। इस पुस्तक के कुछ अंश उद्धृत करने योग्य हैं। बरुआ ने 'भूमिका' में जो कुछ लिखा, पहले उसके तीन अंश प्रस्तुत हैं—

भारत की जनता का आह्वान करते हुए एक कविता में कवि की यह व्यंजना—

मानवता की महाज्योति तुम अपना रूप दिखाओ,
स्वयं इंदिरा-सी बनकर तुम वसुधा को चमकाओ।

वास्तव में जनता के हृदय को छूती हुई कविता युवकों को यह कहने के लिए मजबूर कर देती है—

इतना खून बहा देंगे जितना गंगा में पानी
दे दो माँ आदेश, गरजती ज्वालामयी जवानी।

'इतिहास की माँग' पर कवि की कल्पना कितना साकार रूप प्रस्तुत करती है, जब वह कहता है—

सागर मंथन से, प्रकट पीयूष-सा
या किसी यज्ञ के फलित पुण्य-सा
या देवताओं की समवेत प्रार्थना के आशीष-सा
मिला हमें शक्ति स्वरूप इंदिरा वरदान।

वस्तुतः संकलन अच्छा बन पड़ा है। एक स्थान पर कवि आश्वासन देता हुआ कह उठता है—

बीस भुजाओंवाली दुर्गे!
बीस तुम्हारे सूत्र-पुत्र हम पूर्ण करेंगे।

यह तो रही कांग्रेस अध्यक्ष की भूमिका। अब प्रस्तुत है संपादक शशिकर की 'अपनी बात' का एक अंश—

आपातकाल स्थिति एक हद तक राष्ट्र के लिए वरदान साबित हुई
देश की माटी प्यारी जिनको उनको इसका गर्व।
यह अनुशासन पर्व, यह अनुशासन पर्व!
तुम दुर्गा, तुम सरस्वती, तुम गीता, तुम गायत्री

कुछ और काव्य सुमन इस प्रकार हैं—

1. स्वागत युग की तरुणाई का,
उषा की मंदिर ललाई का,
इंदिरा नहीं यह स्वागत है
दुर्गा का, लक्ष्मीबाई का।
(स्वागतम्)
2. सकल विश्व तेरी ही उज्ज्वल किरणों से भास्वर हो!
3. तू जिस पथ से चलती उस पथ से,
कोटि-कोटि पग चलते।

तेरे पावन स्पर्श मात्र से,
सुमन समय के खिलते।
तेरा हर सत्कार्य विश्व के,
कार्यों से बढ़कर हो,
कोटि-कोटि की भाग्य विधात्री,
तेरी कीर्ति अमर हो!

(इंदिरा के प्रति)

4. मैं जानता हूँ, तुम दुर्गा हो—तुम भारती हो!

(एक नाम—इंदिरा गांधी)

5. 'युग पुरुष' बहुत आए भारत में
'युग नारी' तुम आई हो,
'महिला युग' में मुकुट मणि-सी
'अवतारी' तुम छाई हो!

तुम 'गीता'—'गायत्री' हो,
तुम सतवंती 'सीता' हो
जन-जन की मनभावन, पावन परम पुनीता हो।

(बीस भुजाओंवाली दुर्गे)

6. ठीक समय पर कदम बढ़ाया, तुमने दीदी अपना।
दमन किया दुष्टों का सारे, फला न उनका सपना।
आज देश में है सुख-चैन, कहीं देश में वह दुःख है न
लगे काम में सब नर-नारी, सुख से कटते हैं दिन-रैन
सुलभ कराया सबको दीदी, तुमने भोजन-भत्ता।

(ठीक समय पर कदम उठाया)

सारी कविताएँ स्तुति-वंदना से सराबोर हैं। यहाँ कवियों के नामों का उल्लेख छोड़ दिया गया है, क्योंकि अब इससे उनको या उनके परिजनों को अपनी स्थिति कुछ असहज महसूस हो सकती है। इस स्तुति वंदना में कई ऐसे कवि भी शामिल थे, जिन्हें 'राष्ट्रीय स्तर' का कवि कहा जाता रहा है। इंदिरा गांधी के हटने के बाद मोरारजी देसाई के प्रधानमंत्री बनने पर इंदिरा स्तुति करनेवाले एक कवि महोदय मोरारजी देसाई का कीर्तिगान लिखकर इनके यहाँ गए थे, लेकिन उन्हें वापस लौटा दिया गया था। कांग्रेस पार्टी में एक समय ऐसा आया कि इंदिरा गांधी के गुणगान के साथ उनके लाड़ले छोटे बेटे

और भावी प्रधानमंत्री के रूप में निरूपित संजय गांधी की मिजाजपुरसी करना आवश्यक हो गया। वे कुछ न होते हुए भी सबकुछ बन गए, बल्कि सर्वेसर्वा बन गए थे। उनकी वाहवाही और कीर्तिगायन इस पुस्तक में अन्यत्र पढ़ें।

इंदिरा गांधी का मंदिर

अंधश्रद्धा और अंधभक्ति का एक विचित्र उदाहरण है इंदिरा गांधी का मंदिर। कुछ वर्ष पूर्व एक प्रकाशित समाचार में बताया गया था कि आंध्र प्रदेश के राजामुंदरी जिले के मुख्यालय में समकालीन राजनेताओं को प्राचीन देवी-देवताओं के समक्ष प्रतिस्थापित करने की दिशा में इंदिरा गांधी का भी एक मंदिर निर्मित किया गया, जिसमें उनकी छह फुटी प्रतिमा अवस्थित की गई। इंदिरा गांधी की यह मूर्ति मद्रास (अब चेन्नई) के सुप्रसिद्ध वास्तुकार एम. नागप्पा द्वारा बनाई गई थी। मूर्ति के धरातल पर एक ग्लोब है और उसके ऊपर अशोक चक्र। अशोक चक्र को अपने पंखों पर उठाए हुए है हंसों का एक जोड़ा और ग्लोब को थामा है चार गर्जनाशील सिंहों ने।

‘सिंहवाहिनी’—इमरजेंसी के समर्थन में अयूब सईद द्वारा कांग्रेस की ओर से जारी पुस्तिका, जिसमें इंदिरा गांधी, देवकांत बरुआ, रजनी पटेल और सिद्धार्थ शंकर राय से ली गई भेंटवार्त्ताएँ अंकित थीं।

यह अपने आप में एक उपेक्षित प्रसंग होते हुए भी बहुत कुछ जाहिर करता है। वस्तुतः यह हमारे देश की बड़ी विडंबना है। इस तरह की अंधश्रद्धा और भक्ति का उल्लेख करते हुए और जाहिरी कारणों से बिना किसी नेता का नाम लिये डॉ. अंबेडकर ने 25 नवंबर, 1949 को संविधान सभा में कहा था, ‘हमें किसी नेता का आँख मूँदकर अनुसरण नहीं करना चाहिए। किसी नेता के कृत-कार्यों के लिए हम उसके कृतज्ञ हो सकते हैं, लेकिन इसकी भी एक सीमा है। किसी अन्य देश की तुलना में हम भारतीयों को इसके बारे में अधिक सतर्क रहने की जरूरत है, क्योंकि हमारे यहाँ व्यक्ति पूजा या मूर्ति पूजा का विस्तार, किसी अन्य देश के मुकाबले बहुत अधिक है।’

राजनीतिज्ञों के चरण मत छुओ

मार्च 1977 में आचार्य कृपलानी ने तत्कालीन राजनीतिक स्थिति में बिना किसी नेता या व्यक्ति-विशेष का नाम लिये कहा कि राजनीतिज्ञों की पूजा मत करो—उनके चरण मत छुओ। भारत में पूजा की परंपरा युगों पुरानी है। उसकी जनता सैकड़ों देवी-

देवताओं के रूप में ईश्वर की पूजा करती है, उनकी मूर्तियों के आगे दीप जलाती है, नैवेद्य चढ़ाती है और अपने संपूर्ण अस्तित्व को भक्तिभाव से उनके प्रति अर्पित कर देती है। जब वह साधु-संतों के अलावा राजनीतिज्ञों की भी अपनी पूजा का विषय बना देती है, उन्हें देवी या देवता समझकर उनके चरणों को छूती और अपने को धन्य मानती है, वह उनकी जय-जयकार से आकाश गुंजित करती है और यह समझ लेती है कि वे ही देश के त्राता हैं और उनके बिना राष्ट्र का रथ नहीं चल सकता, क्या इस भाव से कोई लोकतंत्र सही मार्ग पर चल सकता है?

'हमारी नेता इंदिरा गांधी, देश की नेता इंदिरा गांधी', देश की जनता की एक आवाज। इंदिराजी के गुणगान के इस प्रकार के पोस्टर, बोर्ड और विज्ञापन पट्ट (होर्डिंग) जगह-जगह नजर आते रहे।

'नवभारत टाइम्स' ने इस पर अपनी संपादकीय टिप्पणी (28 मार्च, 1977) में लिखा था, 'यह नहीं भूलना चाहिए कि राजनीतिज्ञ हमारी ही तरह मानव हैं, पत्थर के देवी-देवता नहीं। उनमें भी वे ही तृष्णा-आकांक्षाएँ जाग्रत् हैं, जो एक सामान्य मानव में होती हैं। यह नहीं समझा जाना चाहिए कि वे गलती नहीं कर सकते अथवा प्रलोभनों का शिकार नहीं बन सकते। जब यह बात भुला दी जाती है तो उचित आदर पूजा का रूप धारण कर लेता है और यह पूजा शासकों-राजनीतिज्ञों को अंधा बना देती है। उनकी दृष्टि में उस जनता का कोई मूल्य नहीं रहता, जो उन्हें शासक के पदों पर प्रतिष्ठित करती है और वे समझने लगते हैं कि वे ही उसके भाग्यविधाता हैं। जनता ऐसा करके अपने महत्त्व को खो देती है और अपने लिए मरण का मार्ग प्रशस्त कर लेती है। इसलिए आचार्य कृपलानी को यह कहना पड़ा कि राजनीतिज्ञों और शासकों को परमात्मा मत समझो और उन्हें देश से बड़ा दर्जा मत दो।'

□

भारत में आपातकाल : विदेशों में सवाल और बवाल

आपातकाल में अखबारों पर सेंसरशिप के कारण भारत में लोगों को सच्चाई जानने के लिए विदेशी संचार साधनों, विशेषत: बी.बी.सी. लंदन और वायस ऑफ अमेरिका आदि की ओर मुखातिब होना पड़ता था, लेकिन उनके समाचार ऊँट के मुँह में जीरे के समान होते थे। भारत में इमरजेंसी लागू होने के बारे में विदेशी सरकारें कोई प्रतिकूल प्रतिक्रिया व्यक्त करने से कतराती रहीं, लेकिन पश्चिम के लोकतांत्रिक देशों के स्वतंत्र मीडिया के कारण इमरजेंसी के विरुद्ध जनमत बनने लगा, यहाँ तक कि कई जगह प्रदर्शन भी हुए, जिनका नेतृत्व ज्यादातर प्रवासी भारतीयों ने किया।

भारत में आपातकाल लागू होने के बाद विदेशों में इसकी क्या प्रतिक्रिया हुई, इसकी जानकारी बहुत प्रासंगिक और आवश्यक है। भारत में सेंसरशिप लागू हो जाने के कारण जहाँ यह पता लगाना मुश्किल हो गया था कि कहाँ क्या हो रहा है, वहाँ इस प्रकरण में विदेशों में कहाँ क्या हो रहा है, यह पता लगाना और भी मुश्किल हो गया था। भारत में समाचारों के स्रोत सूख गए थे। विदेशी समाचार संगठन और समाचार-पत्रों के भारत में पदस्थापित संवाददाता जैसे-तैसे कुछ समाचार स्मगल कर पाते थे, लेकिन भारत सरकार ने बाद में असुविधाजनक लगनेवाले उन संवाददाताओं को देश से निष्कासित करना शुरू किया, इसकी तीखी प्रतिक्रिया हुई। विदेशों में रहनेवाले भारतीय मूल के लोग और अन्य लोग, जो भारत की राजनीतिक सरगरमी में दिलचस्पी रखते थे, विभिन्न स्रोतों से जैसे-तैसे कुछ आधी-अधूरी खबरें प्राप्त कर पाते थे। उन दिनों संचार-साधन आज की तरह विकसित नहीं थे।

स्वतंत्रता संग्राम की याद

भारत में लोगों को बी.बी.सी. लंदन और वायस ऑफ अमेरिका से कुछ-कुछ समाचार मिल जाते थे, लेकिन वे ऊँट के मुँह में जीरे की तरह होते थे। जहाँ तक विदेशों की बात है, सही जानकारी के अभाव में वहाँ भी लोग उपयुक्त ढंग से अपनी प्रतिक्रिया व्यक्त करने में समर्थ नहीं थे। इस प्रकरण में उल्लेखनीय बात यह है कि विदेशी सरकारें सार्वजनिक तौर पर भारत में इमरजेंसी के बारे में कोई प्रतिकूल प्रतिक्रिया व्यक्त करने से कतराती रहीं, लेकिन पश्चिम के लोकतांत्रिक देशों में वहाँ के मीडिया और आम लोगों की क्या प्रतिक्रिया थी, इसका बहुत गहरा महत्त्व था। परिणाम यह हुआ कि उन देशों की सरकारों पर भी धीरे-धीरे जनमत का असर और दबाव किसी-न-किसी रूप में पड़ने लगा। बताया जाता है कि इसी कारण अमेरिकी राष्ट्रपति जेराल्ड फोर्ड ने भारत की प्रस्तावित यात्रा अनिश्चितकाल के लिए टाल दी थी।

भारत में स्वीधानता आंदोलन के दौरान कई क्रांतिकारी राष्ट्रभक्त विदेशों में भी भारत की आजादी के प्रचार-प्रसार में लगे रहते थे। इनमें वे लोग भी थे, जो देश-निकाले की सजा भुगत रहे थे या आत्मनिर्वासन का जीवन बिता रहे थे। अनेक स्वाधीनता-प्रेमी भारतीयों ने क्रांति की मशाल थामे हुए भारत में ब्रिटिश सरकार के जुल्मों को विदेशों में उजागर किया था और भारत की आजादी के पक्ष में माहौल तैयार करने का पुरजोर प्रयास किया था। भारत के कतिपय पड़ोसी देशों की धरती पर भी भारतीय स्वतंत्रता संग्राम के कई स्वर्णिम पृष्ठ लिखे गए थे। इनमें स्वतंत्रता संग्राम के अप्रतिम नायक सुभाषचंद्र बोस और उनकी आजाद हिंद फौज का महान् योगदान था। इमरजेंसी के विरुद्ध आंदोलन को आजादी की दूसरी लड़ाई की संज्ञा दी गई। इस लड़ाई में ब्रिटिश शासनकालीन लड़ाई की तरह तो नहीं, लेकिन उसके मुकाबले में काफी कम स्तर पर ही विदेशों में भी लड़ाई लड़ी गईं, जो काफी सार्थक सिद्ध हुई।

सरकारी और गैर-सरकारी प्रतिक्रिया

आपातकाल पर प्रकाशित पुस्तकों में भारत में आपातकाल लागू होने पर विदेशों में क्या सवाल उठे, वहाँ लोगों की क्या प्रतिक्रिया हुई, इसका उल्लेख नगण्य या कुछ कम ही रहता है। कई बातों का उल्लेख नहीं भी मिलता। इसलिए यह आवश्यक प्रतीत होता है कि कुछ अल्पज्ञात बातों का उल्लेख पाठकों की जानकारी के लिए कर दिया जाए। उन दिनों भारत में तत्संबंधी जानकारी कुछ विलंब से प्राप्त होती थी और आम लोगों को तो कुछ पता ही नहीं लगता था और लग भी नहीं सकता था। यह जानकारी रिकॉर्ड पर आ जानी चाहिए ताकि वह इतिहास में दर्ज हो जाए।

भारत में आपातकाल की घोषणा होते ही संयुक्त राज्य अमेरिका के विदेश मंत्री

हेनरी किसिंगर ने अपने अधिकारियों को निर्देश दिया कि भारत के घटना-विकास पर किसी प्रकार की टिप्पणी करने से बचें। आधिकारिक तौर पर इसे 'भारत का आंतरिक मामला' बताया गया। एक दलीय शासन प्रणाली अपना चुके पड़ोसी बांग्लादेश के सरकारी अखबारों ने, जैसी संभावना थी, भारत सरकार द्वारा उठाए गए कदमों का समर्थन किया। इन अखबारों ने 'आंतरिक अशांति से देश की एकता को खतरा' बताते हुए इमरजेंसी को आवश्यक और अपरिहार्य बताया। बांग्लादेश के राष्ट्रीय अंग्रेजी दैनिक 'ऑब्जर्वर' ने अपने 27 जून, 1975 के अंक में टिप्पणी की, 'ऐसे किसी भी आंतरिक और बाहरी कारण से, जिससे नागरिक शांति भंग होने और सामाजिक व आर्थिक गतिविधियाँ अवरुद्ध होने की संभावना हो, उचित ढंग से निपटना आवश्यक है।' सरकारी कारवाई को अपरिहार्य बताते हुए पत्र ने लिखा कि कोई भी सरकार, जिसे राष्ट्रीय एकता और स्थिरता बनाए रखने का दायित्व निभाना है, कानून-व्यवस्था बनाए रखने के लिए तेजी से समुचित कदम उठाने में संकोच नहीं करेगी।

इमरजेंसी को कम्युनिस्ट देशों का समर्थन

सोवियत यूनियन के सरकारी अखबार 'इजवेस्तिया' ने 'दक्षिणपंथी षड्यंत्र को धक्का' शीर्षक से भारत में इमरजेंसी लागू करने संबंधी श्रीमती गांधी की स्पीच के हिस्से प्रकाशित किए। कोई टिप्पणी नहीं की। बाद में कम्युनिस्ट पार्टी के पत्र 'प्रावदा' ने इमरजेंसी की तारीफ की और कहा कि लोकतांत्रिक शक्तियाँ दक्षिणपंथी दलों के नेताओं की गिरफ्तारी का अनुमोदन करती हैं। सेंसर लागू होने से सरकार विरोधी अभियान का समर्थन करनेवाला इजारेदार प्रेस अब अपनी हरकतें जारी नहीं रख पाएगा। आपातकाल की घोषणा के अगले ही दिन कम्युनिस्ट देश यूगोस्लाविया (अब लघुकृत होकर सर्बिया) के राष्ट्रपति मार्शल टीटो ने इंदिरा गांधी को भेजे अपने संदेश में देश में प्रगतिशील सामाजिक परिवर्तन की नीति और अंतरराष्ट्रीय स्तर पर गुटनिरपेक्षता की नीति जारी रखने के संकल्प का स्वागत किया। उन्होंने भारत में कथित 'प्रतिक्रियावादी' ताकतों द्वारा उत्पन्न 'आंतरिक और बाहरी दबाव' का मुकाबला करने में देश की लोकतांत्रिक और प्रगतिशील शक्तियों को समर्थ बताया। उन्होंने ठेठ साम्यवादी शैली में आरोप लगाया कि 'साम्राज्यवादी प्रतिक्रियावादी' और 'आक्रमणकारी' शक्तियाँ समता के लक्ष्य में बाधा डालने के लिए प्रयत्नशील हैं। शीतयुद्ध के उस दौर में एक कम्युनिस्ट देश से इस प्रकार की प्रतिक्रिया प्राप्त होना स्वाभाविक था।

इमरजेंसी लागू होने के कुछ ही दिन बाद सोशलिस्ट इंटरनेशनल ने 15 जुलाई को भारत में एक प्रतिनिधिमंडल भेजने का निर्णय लिया, जिसमें पश्चिमी जर्मनी के पूर्व प्रधानमंत्री विल्ली ब्रांट भी शामिल रहते। यह प्रतिनिधिमंडल जयप्रकाश नारायण से

हिरासत में मिलना चाहता था। जयप्रकाश नारायण अंतरराष्ट्रीय समाजवादी आंदोलन की एक प्रमुख हस्ती थे, लेकिन इंदिरा सरकार ने यह कहते हुए भेंट की अनुमति नहीं दी कि ऐसा करना भारत के आंतरिक मामलों में हस्तक्षेप करने का मौका देने के बराबर होगा। इससे संगठन को बड़ी निराशा हुई और भारत की छवि भी धूमिल हुई।

विदेशी अखबारों को इंदिरा के साक्षात्कारों की बाढ़

आपातकाल की घोषणा के बाद इंदिरा गांधी देशी-विदेशी अखबारों के प्रतिनिधियों को इंटरव्यू देने में विशेष दिलचस्पी लेने लगीं, बल्कि कई बार ये इंटरव्यू प्रायोजित किए गए। एक तरफ, जहाँ भारत में समाचार-पत्रों और अन्य संचार साधनों की जबान पर ताले लगा दिए गए थे, वहीं इंदिरा गांधी ने इमरजेंसी के बाद आठ महीनों के भीतर विदेशी संचार सेवाओं पर 48 साक्षात्कार-वक्तव्य दिए। दिलचस्प बात यह कि इनमें से कइयों की पूरी सामग्री या सारांश भारतीय समाचार-पत्रों के लाभार्थ जारी किए गए।

इंदिरा गांधी ने काहिरा (मिस्र) के 'अल हराम' (28 अगस्त, 1975) के प्रतिनिधि को अपने इंटरव्यू में कहा कि 'सेंसरशिप एक अस्थायी व्यवस्था है।' वे सभी विदेशी अखबारों के प्रतिनिधियों को यही बताती थीं, लेकिन उन्होंने अपनी पराजय होने तक सेंसरशिप लागू रखी। मजेदार बात यह कि उन्होंने मिस्र के इस अखबार के प्रतिनिधि को कहा कि अभिव्यक्ति की स्वतंत्रता पर कुछ पाबंदियाँ लगाई गई हैं। ये अस्थायी हैं और हम उम्मीद करते हैं, जब विपक्ष जिम्मेदारी के रास्ते पर लौटेगा तो इन्हें हटा दिया जाएगा, लेकिन सत्ता में अपने रहते उन्होंने ये पाबंदियाँ नहीं हटाईं, जिसका अर्थ यही माना जाएगा कि उनकी नजर में विपक्ष जिम्मेदारी के रास्ते पर लौटा ही नहीं।

अमेरिकी मीडिया को झूठे आश्वासन

भारतीय राजदूत त्रिलोकीनाथ कौल

अमेरिका और ब्रिटेन के मीडिया में और सिविल सोसाइटी में आपातकाल की अधिक और तीखी चर्चा हुई। आपात स्थिति लागू होने के दो सप्ताह में ही वाशिंगटन में भारत के राजदूत त्रिलोकीनाथ कौल को अमेरिकी टेलीविजन नेटवर्क पर एक कार्यक्रम में दो जाने-माने कमेंटेटरों के कठिन सवालों के जवाब देने पड़े। 11 जुलाई को प्रसारित एक महत्त्वपूर्ण कार्यक्रम में उन्हें बार-बार भारत की हजारों वर्षों की लोकतांत्रिक परंपरा और लोकतंत्र के प्रति अपनी वचनबद्धता

का दावा करना पड़ा। उन्होंने सवालों के जवाब में बार-बार यही कहा कि इमरजेंसी एक अल्पकालिक व्यवस्था है और इसे जल्दी ही हटा दिया जाएगा, जबकि जैसा कि बाद के घटनाक्रम ने सिद्ध किया कि यह एक झूठा आश्वासन था। उन्होंने बार-बार यह कहकर अपना पिंड छुड़ाना चाहा, 'प्लीज, धैर्य रखिए और थोड़ा इंतजार कीजिए।'

श्री कौल ने अमेरिकी मीडिया को गुमराह करने में कोई कोर-कसर बाकी नहीं रखी। उन्होंने इंदिरा गांधी का वही घिसा-पिटा आरोप दोहराया कि दिल्ली में मोरारजी देसाई की अध्यक्षता में एक जनसभा में जयप्रकाश नारायण ने सेना और पुलिस को सरकारी आदेशों की अवज्ञा करने और जनता को कोई टैक्स नहीं देने तथा सिविल प्रशासन को अस्त-व्यस्त कर देने को कहा था। कौल ने कहा कि यदि यह काररवाई (इमरजेंसी), जिसका ऐसी परिस्थितियों में भारतीय संविधान में प्रावधान है, नहीं की जाती तो देश में अराजकता और अव्यवस्था फैल जाती और यहाँ तक कि सिविल वार की नौबत आ जाती।

मीडिया को गुमराह करने का प्रयास

इसके साथ ही उन्होंने इंदिरा सरकार के पुराने और चिरस्थायी निंदा-पात्र राष्ट्रीय स्वयंसेवक संघ को आड़े हाथों लेते हुए कहा कि हमें इस बात के पक्के सबूत मिले हैं कि 'जनसंघ' के इस फासिस्ट गुड्डे ने रेल संचार व्यवस्था को ध्वस्त करने, रेडियो-टेलीविजन और अन्य सरकारी दफ्तरों को जला डालने और सेना में घुसपैठ करने की योजना बनाई थी। उन्होंने कहा कि इन सब बातों का भंडाफोड़ 'यथासमय' किया जाएगा। आपातकाल बीत जाने और उसके बाद भी वह समय कभी नहीं आया।

श्री कौल का इंटरव्यू लेनेवाले अमेरिकी पत्रकार ने सवाल किया कि नागरिक स्वतंत्रताओं को छीनकर आप स्वयं को लोकतांत्रिक देश कैसे कह सकते हैं? उक्त पत्रकार ने प्रमुख विपक्षी नेताओं की गिरफ्तारी का उल्लेख करते हुए कहा कि यह तो वैसा ही है कि अमेरिकी राष्ट्रपति जेराल्ड फोर्ड अमेरिका के प्रमुख नेताओं एवरेल हेरीमेन और वेरी गोल्डवाटर को गिरफ्तार कर जेल में डाल दें। टी.एन. कौल ने साक्षात्कारकर्ताओं को कन्फ्यूज करने और निपट झूठ का आसरा लेने में भी कोई संकोच नहीं किया। एक सवाल के जवाब में उन्होंने कहा कि गिरफ्तार व्यक्तियों की संख्या मुश्किल से एक-दो हजार है। इनमें 85 प्रतिशत कालाबाजारिए, स्मगलर और समाजविरोधी तत्त्व हैं। कौल ने यह बयान उस समय दिया, जबकि हजारों राजनीतिक कार्यकर्ता और प्रमुख विपक्षी नेता जेलों के सीखचों के पीछे ढकेले जा चुके थे।

भारत सरकार ने अमेरिकी सिविल सोसाइटी में अपना पक्ष रखने के लिए भारत से कई लोगों को भेजा। इनमें उल्लेखनीय थे इंदिरा गांधी के सेनानायक और उनके मंत्री

यशवंतराव चह्वाण, एच.आर. गोखले, ओम मेहता, धर्मवीर सिन्हा, हितेंद्र देसाई और अन्य लोग, जिनमें कांग्रेस व कम्युनिस्ट पार्टी के कई सांसद भी थे, लेकिन उन्हें निराश होकर वापस लौटना पड़ा। उन्होंने हवा का रुख बदला हुआ पाया। उन्हें मीडियाकर्मियों के तथ्यान्वेषी प्रश्नों और प्रवासी भारतीयों की तीखी प्रतिक्रिया का सामना करना पड़ा। यही हश्र अन्य सरकार समर्थक दूतों का भी हुआ।

इमरजेंसी के विरुद्ध अमेरिका में भारतीयों की पहल पर कई गोष्ठियाँ व सभाएँ हुईं। वाशिंगटन, शिकागो व अन्य कई नगरों में प्रदर्शन भी हुए। अमेरिकी टी.वी. चैनलों व रेडियो पर भी चर्चा हुई। इसमें सुब्रह्मण्यम स्वामी ने प्रमुख भूमिका निभाई। इमरजेंसी लगते ही भारतीयों ने उसके विरोध में वाशिंगटन में लोकतंत्र के पक्ष में भारतीय (Indians for democracy) नाम से एक संगठन बना लिया था, जिसने 30 जून को भारतीय दूतावास के समक्ष प्रदर्शन किया। प्रदर्शनकारियों ने 1200 भारतीयों के हस्ताक्षरवाला एक ज्ञापन सौंपना चाहा, जिसे कार्यवाहक भारतीय राजदूत गॉनसॉल्वेस ने न केवल लेने से इनकार कर दिया, बल्कि प्रदर्शनकारियों के साथ गुस्ताखी से पेश आने के अलावा उन्हें पाकिस्तानी और चीनी एजेंट करार देते हुए अपनी राजभक्ति का परिचय दिया।

दो प्रमुख पश्चिमी देशों—अमेरिका और ब्रिटेन के मीडिया पर भारत सरकार के प्रचार का कोई खास असर नहीं हुआ। मीडिया अपने स्वतंत्र स्रोतों से समाचार व टिप्पणियाँ प्रकाशित-प्रसारित करता रहा। वित्तीय मामलों के प्रसिद्ध ब्रिटिश साप्ताहिक 'दि इकॉनमिस्ट' ने 3 जनवरी, 1976 के अपने अंक में भारत सरकार द्वारा देश की चार समाचार एजेंसियों को एक में मिला देने और देश के दो प्रभावशाली स्वतंत्र दैनिक समाचार-पत्रों 'इंडियन एक्सप्रेस' और 'स्टेट्समैन' के प्रबंधन को बदलने के प्रयास का उल्लेख करते हुए लिखा कि इससे प्रतीत होता है कि सरकार प्रेस पर और कड़े प्रतिबंध लगाएगी। भारत में प्रेस की स्वाधीनता समाप्त करने की कारवाई को अंतरराष्ट्रीय प्रेस इंस्टीटयूट ने पिछले 10 वर्षों में विश्व की सबसे संगीन घटना करार दिया।

लंदन में भारतीयों का सबसे लंबा मार्च

ब्रिटेन के प्रमुख समाचार-पत्र लंदन के 'द टाइम्स' ने गणतंत्र दिवस पर 26 जनवरी, 1976 के अंक में एक समाचार प्रकाशित किया, जिसमें बताया गया कि भारतीय गणतंत्र दिवस की पूर्व संध्या पर भारत में अधिनायक तंत्र का विरोध करने के लिए गठित संस्था 'भारत में फासिस्ट तानाशाही' के विरुद्ध गठित संघ (Aligns against Facist Dictatorship in India) के तत्त्वावधान में करीब 2000 लोगों ने लंदन में स्पीकर कॉर्नर हाइड पार्क से 10, डाउनिंग स्ट्रीट (प्रधानमंत्री निवास) और इंडिया हाउस (भारतीय

हाई कमीशन) तक मार्च किया। प्रदर्शनकारियों ने भारत में नागरिक अधिकारों के निलंबन के खिलाफ में एक विरोध-पत्र दिया और ब्रिटिश सरकार से माँग की कि दिल्ली से अपने हाई कमिश्नर को वापस बुला ले। अक्तूबर 1975 में गठित इस संगठन में कम्युनिस्ट पार्टी को छोड़कर भारत के सभी विपक्षी दलों के नुमाइंदे शामिल किए गए। इसने माँग की कि भारत में तानाशाही के विरुद्ध ब्रिटिश सरकार खुलकर सामने आए और इस मामले को राष्ट्रसंघ में उठाए।

प्रदर्शन से पूर्व एक प्रेस कॉन्फ्रेंस में मिस मेरी टेलर ने, जिन्हें भारत में पाँच वर्ष तक जेल में रहना पड़ा था, कहा कि भारत में श्रीमती गांधी के 2,00,000 विरोधी जेलों में बंद कर दिए गए हैं, जिन्हें यह भी नहीं मालूम कि उन्हें किस कसूर में जेल में डाल दिया गया है।

भारत में सेंसरशिप पर अमेरिकी दैनिक 'शिकागो टाइम्स' में प्रकाशित व्यंग्य चित्र, 1975।

लंदन में मार्च निकालनेवाले इस संघ के सहयोगी संगठन फ्रेंड्स ऑफ इंडिया सोसाइटी (Friends of India Society) की ओर से इस मार्च के बारे में बताया गया कि हाल के वर्षों में लंदन की सड़कों पर भारतीयों का यह सबसे लंबा मार्च था, जिसमें न केवल लंदन और आसपास के क्षेत्रों, बल्कि ब्रिटेन के अन्य स्थानों से आए भारतीयों और भारत प्रेमियों ने हिस्सा लिया। उन्होंने जो नारे लगाए, उनमें उल्लेखनीय थे—'सभी राजनीतिक बंदियों को रिहा करो', 'आर.एस.एस. पर प्रतिबंध हटाओ', 'इमरजेंसी बिल्कुल नहीं' और 'इंदिरा इंडिया नहीं है।' इस मार्च को भारतीय जनसंघ के सांसद सुब्रह्मण्यम स्वामी और कई अन्य वक्ताओं ने संबोधित किया। इस समाचार को बी.बी.सी. रेडियो व टी.वी. चैनलों तथा ब्रिटेन के समाचार-पत्रों ने काफी महत्त्व दिया। यह ब्रिटिश जनमत का प्रभाव था कि प्रिंस चार्ल्स ने भारत की अपनी प्रस्तावित यात्रा रद्द कर दी।

इधर भारत में 2 मार्च, 1976 को कलकत्ता में एक रैली में बोलते हुए इंदिरा गांधी ने अपने विदेशी आलोचकों से कहा कि वे भारत के मामलों में दखल न दें। उन्होंने कहा, 'प्रधानमंत्री के तौर पर मैं यह कह सकती हूँ कि वे हम पर जितना ही दबाव डालेंगे या विरोध करेंगे, हम उतने ही मजबूत और संगठित होते जाएँगे। हमें उनकी आलोचना की कोई परवाह नहीं, चाहे वह सोशलिस्ट इंटरनेशनल की ओर से हो या किसी अन्य संगठन की ओर से', लेकिन वस्तुस्थिति कुछ और थी। इंदिरा गांधी

विदेशों में कार्यरत भारतीय दूतावासों को विदेशी आलोचना को निष्प्रभावी करने के लिए उत्प्रेरित करती रहती थीं।

लंदन के 'टाइम्स' में बड़ा विज्ञापन

15 अगस्त, 1976 को भारत के स्वाधीनता दिवस पर लंदन के 'दैनिक टाइम्स' ने छह कॉलम में एक बड़ा विज्ञापन प्रकाशित किया, जिसमें कहा गया, 'आज भारत का स्वाधीनता दिवस है। भारतीय लोकतंत्र की लौ बुझने न दें।' यूरोप के सभी क्षेत्रों के करीब 500 सांसदों और बुद्धिजीवियों ने, जिनमें कई नोबेल पुरस्कार विजेता भी थे, एक संयुक्त बयान जारी कर भारत में लोकतंत्र की बहाली की अपील की।

संजय गांधी के प्रति लोगों में घृणा

इसके कुछ ही अरसे बाद प्रसिद्ध अमेरिकी दैनिक 'वाशिंगटन पोस्ट' ने 10 नवंबर, 1976 के अपने अंक में लिखा, 'भारत की प्रधानमंत्री इंदिरा गांधी ने जून 1975 में आपात स्थिति की घोषणा की थी। तभी से उनका छोटा बेटा संजय एक राजनीतिज्ञ के रूप में रॉकेट की तेजी से ऊपर चढ़ता गया। अब वह न केवल एक मंत्री जितना वास्तविक अधिकार रखता है, बल्कि इंदिरा गांधी का उत्तराधिकारी भी है। राजनयिक सूत्रों का कहना है कि इसके साथ ही संजय गांधी ने राजनीतिक विशेषाधिकारों से युक्त एक व्यापारी के रूप में अपनी कारगुजारियाँ तेज कर दी हैं।'

शेर की सवारी : इंदिरा गांधी के अधिनायकवाद पर लंदन के 'द इकोनॉमिस्ट' में प्रकाशित व्यंग्य चित्र, 1976।

संजय गांधी विदेशी अखबारों में भी चर्चा का विषय बन गए। उनके विरुद्ध आलोचनात्मक टिप्पणियाँ होने लगीं। 6 मार्च, 1977 के लंदन के 'संडे टाइम्स' में इ–याक जैक ने 'संजय की अनकही कहानी (Sanjay's Untold Story) शीर्षक से एक लेख लिखा, जिसमें अन्य बातों के अतिरिक्त इस बात का उल्लेख था, 'भारत में अब एक बात विवाद से परे है कि संजय सबसे पहले श्रीमती गांधी का बेटा है, बाद में और कुछ। यह भी निर्विवाद ही है कि वह अपनी माँ के बहुत से वोट खो देगा। हो सकता है कि इंदिरा गांधी अपने इस सपूत के कारण चुनाव ही हार जाए।' दिलचस्प बात यह है कि यह आकलन सही सिद्ध हुआ। इस लेख में आगे कहा गया था, 'गाँवों में

संजय गांधी को परिवार नियोजन की ज्यादतियों के लिए हमेशा याद किया जाएगा। इसी तरह शहरों में भी उसका नाम गंदी बस्तियों की सफाई के साथ हमेशा-हमेशा के लिए जुड़ गया है। सारे भारत में मध्य वर्ग उसे सत्ता के गैर-संवैधानिक केंद्र या सीधे शब्दों में नेहरू खानदान का उत्तराधिकारी राजकुमार समझकर घृणा की दृष्टि से देख रहा है। सब मिलाकर उसकी जिंदगी राजनीतिक गलतियों से भरपूर है।' मजेदार बात यह कि ठीक इन्हीं दिनों जब यह टिप्पणी प्रकाशित हुई, कई भारतीय अखबार संजय गांधी की प्रशंसा के पुल बाँध रहे थे और राष्ट्र-जीवन में उनके योगदान का यशोगान कर रहे थे।

महत्त्वपूर्ण ऐतिहासिक घटना

मार्च 1977 के चुनाव में इंदिरा गांधी की कांग्रेस पार्टी की करारी हार और जनता पार्टी के अप्रत्याशित शानदार प्रदर्शन पर विदेशी अखबारों, विशेषत: पश्चिमी देशों के अखबारों ने जनादेश को मतदाताओं की परिपक्वता की संज्ञा दी। 'अंतरराष्ट्रीय मानवाधिकार लीग' (International League of Human Rights) न्यूयार्क ने एक रिपोर्ट प्रकाशित कर भारत में संवैधानिक लोकतंत्र की वापसी का स्वागत किया और कहा कि यह मानवाधिकारों के इतिहास में एक बहुत महत्त्वपूर्ण घटना-विकास है। ज्ञातव्य है कि राष्ट्रसंघ में इस लीग की अंगभूत हैसियत है। इसकी स्थापना नागरिक अधिकारों के समर्थकों ने जून 1975 में की थी।

इस प्रकरण में दिलचस्प बात यह थी कि इंदिरा गांधी ने अपनी हार को शालीनता से स्वीकार नहीं किया। उन्होंने कहा कि आपातकाल की ज्यादतियों के कारण नहीं, बल्कि विदेशी शक्तियों के षड्यंत्र के कारण उनकी हार हुई। उन्होंने यह नहीं बताया कि विदेशी शक्तियों का षड्यंत्र दक्षिण भारत में क्यों सफल नहीं हुआ।

□

किशोर कुमार के गानों पर रोक : सरकार की पिटी भद्द

इमरजेंसी के दौरान जाने-माने गायक किशोर कुमार द्वारा सरकारी प्रचार-प्रसार के लिए अपनी कला का प्रदर्शन करने से इनकार करने के कारण सरकार ने उनको सबक सिखाने के लिए उनके सभी गानों पर आकाशवाणी और दूरदर्शन से प्रसारण पर प्रतिबंध लगा दिया। उनके ग्रामोफोन रिकॉर्डों की बिक्री पर भी रोक लगा दी गई। उनकी अभिनीत फिल्मों को सूची में से निकाल देने के लिए आगे की कारवाई का विचार किया गया। इससे सरकार की काफी भद्द पिट गई।

इमरजेंसी के दौरान सूचना एवं प्रसारण मंत्री विद्याचरण शुक्ल की एक बहुत ही घटिया स्तर की कारस्तानी यह थी कि उन्होंने प्रतिशोध भावना के वशाधीन भारतीय सिनेमा में सदी के एक महान् गायक किशोर कुमार के गीतों का आकाशवाणी और दूरदर्शन से प्रसारण बंद करा दिया। किशोर कुमार को सबक सिखाने की इस कारवाई की पहल सूचना एवं प्रसारण सचिव एस.एम.एच. बर्नी ने की थी, जिस पर विद्याचरण शुक्ल ने तत्काल मुहर लगा दी।

सरकारी कार्यक्रम से इनकार

कड़क कलाकार किशोर कुमार को युवा कांग्रेस के समारोह में अपना गायन प्रस्तुत करने को कहा गया था, लेकिन वे वहाँ नहीं जाना चाहते थे। फिर उन्हें प्रधानमंत्री के 20 सूत्री कार्यक्रम के प्रचार-प्रसार के लिए अपनी कला का प्रदर्शन करने को कहा गया। आकाशवाणी और दूरदर्शन से 20 सूत्री कार्यक्रम के गुणगान के लिए फिल्म जगत् का सहयोग प्राप्त करने के निमित्त सूचना एवं प्रसारण मंत्रालय का एक प्रतिनिधिमंडल अप्रैल 1976 में बंबई पहुँचा। वहाँ एक बैठक बुलाई गई, जिसमें प्रमुख फिल्म निर्देशक उपस्थित थे। उन्होंने सरकारी प्रतिनिधिमंडल को बताया कि किशोर कुमार से बात हुई है, लेकिन

इस कार्यक्रम में किसी प्रकार की सहभागिता के लिए वे राजी नहीं हैं, इसलिए बेहतर यह होगा कि मंत्रालय के अधिकारी उनसे स्वयं बात कर लें। इस पर एक उच्चाधिकारी ने टेलीफोन पर किशोर कुमार से बात की, लेकिन वे राजी नहीं हुए। उन्होंने कहा कि वे स्टेज पर गाते नहीं। (जबकि वे स्टेज पर नाचते-गाते धूम मचा देनेवाले कलाकार थे।) उन्होंने यह कहते हुए कि उनकी तबीयत ठीक नहीं है, किसी से मिलने से भी इनकार कर दिया।

किशोर कुमार

किशोर कुमार के 'ईना मीना डीका' जैसे गीतों को सुनकर जहाँ युवक नाचने-थिरकने लगते थे, वहीं 'हाल कैसा है जनाब का' जैसे गाने सुनकर बुजुर्ग भी झूम उठते थे। फिल्म जगत् के वे अकेले ऐसे गायक थे, जो गायक और नायक दोनों रूपों में सफल हुए। वस्तुतः वे बहुमुखी प्रतिभा के धनी थे, जिन्हें एक गायक के अलावा गीतकार, संगीतकार, अभिनेता, निर्माता और निर्देशक के रूप में भी अच्छी-खासी ख्याति मिली थी। अपने विचित्र करतबों और करामातों से सदा विवाद में रहनेवाले किशोर कुमार के बारे में यह मशहूर था कि वे बहुत कंजूस और सनकी थे। वे रुपए-पैसे के मामले में बहुत बेलिहाज थे। उन्हें संगीत कार्यक्रम के लिए आमंत्रित करनेवाले कई आयोजकों का तो कहना था कि किशोर कुमार पहले पैसा लेकर तब गाना गाते थे। हो सकता है कि किशोर कुमार को यह लगा हो कि भारत सरकार से उन्हें कुछ मिलनेवाला नहीं है और सरकार उनसे मुफ्त में गाने गवाना चाहती है।

सूचना व प्रसारण सचिव आगबबूला

जो हो, सरकारी अधिकारियों को इस मामले का वहीं पटाक्षेप कर देना चाहिए था, लेकिन जब इन अधिकारियों ने दिल्ली लौटकर सूचना एवं प्रसारण मंत्रालय के सचिव बर्नी को सब बात बताई तो बर्नी किशोर कुमार की 'गुस्ताखी' पर आगबबूला हो गए। नॉर्मल हालत में तो अधिकारी शायद गम खाकर रह जाते, लेकिन इमरजेंसी का जमाना था। बड़े सरकारी अधिकारी सरकार की स्वामिभक्ति में बिना किसी रोक-टोक के स्वेच्छाचार की सारी हदें पार कर रहे थे। बर्नी ने किशोर कुमार को सबक सिखाने का फैसला किया और आकाशवाणी व दूरदर्शन से उनके सभी गानों के प्रसारण पर रोक लगा दी। यह प्रतिबंध पूरे देश में चर्चा का विषय बन गया, बल्कि इससे सरकार की भद्द भी पिट गई।

इमरजेंसी की ज्यादतियों की जाँच के लिए जनता पार्टी सरकार द्वारा गठित शाह आयोग के समक्ष पेश होते समय विभागीय मंत्री विद्याचरण शुक्ल और विभाग के

सर्वोच्च अधिकारियों ने अपनी इन कारस्तानियों को कबूल किया। 28 अक्तूबर, 1977 को शाह आयोग के सम्मुख अपने बयान में पूर्व सूचना एवं प्रसारण मंत्री विद्याचरण शुक्ल ने आपातकाल के दौरान उनके मंत्रालय द्वारा की गई ज्यादतियों का दोष खुलकर स्वीकार किया। इनमें किशोर कुमार के गानों और फिल्मों पर पूर्णतया प्रतिबंध लगाने का, उत्पीड़न का सर्वाधिक शर्मनाक मामला भी शामिल था।

विद्याचरण शुक्ल ने इन घटनाओं पर अफसोस जाहिर किया। उनके साथ ही इमरजेंसी के एक और महारथी सूचना एवं प्रसारण मंत्रालय के सचिव बर्नी और संयुक्त सचिव सी.बी. जैन ने भी अपने किए पर पश्चात्ताप व्यक्त किया।

किशोर कुमार को देखना-सुनना मना!

आयोग के अध्यक्ष न्यायमूर्ति जे.सी. शाह ने पूरे घटनाक्रम को दिल को सदमा पहुँचानेवाला बताते हुए इन अधिकारियों को फटकारा और बार-बार रोषपूर्वक कहा कि क्या उन्हें अपनी काररवाई की घोर अवैधता और प्रतिशोधमूलक हरकत का कोई एहसास है? आयोग की काररवाई के दौरान इस बात का खुलासा हुआ कि मंत्रालय ने किशोर कुमार की फिल्मों का प्रसारण रोकने के अलावा कोलंबिया, एच.एम.वी. और अन्य विभिन्न ग्रामोफोन कंपनियों को किशोर कुमार के गानों के रिकॉर्डों की बिक्री रोक देने को कहा था। मंत्रालय को जब यह पता लगा कि ब्रिटिश ब्रॉडकास्टिंग कॉरपोरेशन (बी. बी.सी.) अशोक कुमार के गानों का प्रसारण कर रहा है तो यह पता लगाने का आदेश दिया कि यह प्रसारण किस अनुबंध के तहत हो रहा है और इसे रोकने के लिए क्या किया जा सकता है। इसके अलावा आदेश में यह भी कहा गया कि जिन फिल्मों में किशोर कुमार प्लेबैक सिंगर हैं, उनकी सूची केंद्रीय चलचित्र प्रमाणन बोर्ड के अध्यक्ष से प्राप्त की जाए और इन फिल्मों की अशोधित प्रतियों को रिलीज न किया जाए। इस पर भी विचार किया जाए कि क्या इन फिल्मों को सेंसर सर्टिफिकेट देने से इनकार किया जा सकता है? इस प्रकार सूचना एवं प्रसारण मंत्रालय ने अपने क्षेत्राधिकार की सारी हदें पार कर दीं। ऐसा प्रतीत होता है कि सरकारी काररवाई का उद्देश्य अन्य फिल्म निर्माताओं और कलाकारों को भी सरकार के साथ सहयोग करने के लिए बाध्य करना था। इस प्रकरण में जारी किए गए सरकारी आदेश अत्यंत घटिया मनोवृत्ति के परिचायक थे। बर्नी की हिदायत के अनुपालन में आकाशवाणी के महानिदेशक ने 14 मई, 1976 को एक आदेश जारी किया, जिसमें किशोर कुमार को ब्लैकलिस्ट करते हुए, यानी वर्जित सूची में डालते हुए प्लेबैक सिंगर के तौर पर उनके द्वारा गाए गए एकल या युगल गाने विविध भारती वाणिज्य सेवा समेत किसी सेवा में प्रसारित नहीं करने को कहा गया। 5 मई, 1976 को दूरदर्शन के महानिदेशक ने आदेश जारी किया कि जिन फिल्मों में

किशोर कुमार ने अभिनय किया है, उन्हें दिखाया न जाए और उन फिल्मों के अंश भी न दिखाए जाएँ। यदि किसी फिल्म या उसके अंश में प्लेबैक सिंगर के तौर पर किशोर कुमार की आवाज मौजूद है तो दूरदर्शन पर उनका नाम किसी टाइटल में भी नजर नहीं आना चाहिए। यदि दूरदर्शन केंद्र में किशोर कुमार के ग्रामोफोन रिकॉर्ड मौजूद हैं, तो उन्हें अब के बाद इस्तेमाल नहीं करना है और इन रिकॉर्डों को ऑफिस के मुखिया के हवाले कर दिया जाए, जिन्हें वे अपने पास रख लें।

न्यायमूर्ति शाह की फटकार

न्यायमूर्ति शाह ने विद्याचरण शुक्ल से पूछा कि क्या उन्होंने यह महसूस किया है कि उन्होंने एक कलाकार-विशेष और समाज के ताने-बाने को कितना नुकसान पहुँचाया है? न्यायाधीश शाह ने टिप्पणी की, 'यह कैसी सरकार थी, जो लोगों को मजबूर करती थी और यदि वे सरकारी लीक पर न चलें, तो कायदे-कानूनों को ताक पर रखते हुए उनसे निपट लेने को तत्पर रहती थी।'

विद्याचरण शुक्ल ने स्वीकार किया कि यह एक गलत कार्य था, जिसे कुछ अरसे बाद निरस्त कर दिया गया था। श्री शुक्ल ने पूरी जिम्मेदारी अपने ऊपर लेते हुए कहा कि इसमें किसी अधिकारी का कसूर नहीं था।

न्यायमूर्ति शाह ने विभागीय सचिव बर्नी से कहा कि क्या उन्हें इस बात की समझ नहीं थी कि इमरजेंसी में भी इस देश में कोई दास प्रथा नहीं थी? बर्नी ने स्वीकार किया कि जो कुछ किया गया, वह अनीतिपूर्ण था, लेकिन साथ ही कहा कि किशोर कुमार ने अपने व्यवहार से हमारे अधिकारियों की तौहीन की थी और उनसे भेंट तक करने से इनकार कर दिया था। इसलिए यह सोचा गया कि इस पर कुछ करना चाहिए, क्योंकि सरकार 20 सूत्री कार्यक्रम को तेजी से लागू करना चाहती थी। उन्होंने स्वीकार किया कि किशोर कुमार के गानों को बी.बी. सी. पर प्रसारण से रोकने समेत कई कदम औचित्यपूर्ण नहीं थे, लेकिन हम पर दबाव था। न्यायमूर्ति शाह ने बर्नी से पूछा, 'किसका दबाव था?' बर्नी ने जवाब दिया, 'सरकार की ओर से दबाव था।'

'बॉबी' फिल्म बनाम रामलीला मैदान

आयोग की उस दिन की बैठक में यह मुद्दा भी उठा कि दिल्ली में 6 फरवरी, 1977 को विपक्ष द्वारा रामलीला मैदान में आयोजित बड़ी रैली, जिसे जयप्रकाश नारायण और बाबू जगजीवन राम को संबोधित करना था, किन कारणों से दूरदर्शन पर सायंकाल पूर्व निर्धारित कार्यक्रम के अनुसार प्रसारित होनेवाली फिल्म 'वक्त' के बजाय बॉक्स ऑफिस पर हिट अति लोकप्रिय फिल्म 'बॉबी' के प्रसारण की घोषणा कर दी गई। इसके

प्रसारण का समय बदलकर ठीक रैली के समय के साथ-साथ कर दिया गया। ज्ञातव्य है कि उन दिनों दूरदर्शन के अलावा और कोई चैनल नहीं था और अनेक लोग रविवार को घर में बैठकर टी.वी. पर फिल्म देखने का लुत्फ उठाते थे। हालाँकि दर्शकों को घरों में बंद रखने की व्यूह रचना का कोई असर नहीं हुआ और रैली में रिकॉर्डतोड़ भीड़ जुटी।

श्री शुक्ल ने शाह आयोग को बताया कि कतिपय सामाजिक कार्यकर्ताओं ने उन्हें बताया कि 'वक्त' फिल्म अनुपयुक्त है, जबकि यह फिल्म टी.वी. स्क्रीनिंग कमेटी ने प्रसारण के लिए पास कर दी थी। न्यायमूर्ति शाह ने जब विद्याचरण शुक्ल से पूछा कि वे सामाजिक कार्यकर्ता कौन थे, तब शुक्ल ने कहा कि उन्हें याद नहीं। 'वक्त' की जगह 'बॉबी' फिल्म प्रसारित करने का विचार मुझे अचानक ही आया। शुक्ल के ऊटपटाँग जवाबों और लंबे बहानों से वहाँ उपस्थित जनों में हँसी के फव्वारे फूट पड़े। विपक्षी दल विद्याचरण शुक्ल की तुलना हिटलर के प्रचार मंत्री गोयबल्स से किया करते थे। विद्याचरण शुक्ल और उनके गुरगों ने आपातकाल के दौरान फिल्म उद्योग की अन्य अनेक हस्तियों को भी बहुत परेशान व अपमानित किया था और उन्हें धमकाया भी था, जिसका परिणाम यह हुआ कि चुनाव की घोषणा होते ही ये फिल्मी हस्तियाँ कांग्रेस के विरुद्ध प्रचार अभियान में कूद पड़ीं। कांग्रेस पार्टी को अपनी करनी का खामियाजा भुगतना पड़ा।

□

सुब्रह्मण्यम स्वामी का जंतर-मंतर-तंतर और छूमंतर!

इमरजेंसी के दौरान जिन घटनाओं से केंद्र सरकार की बड़ी फजीहत हुई, उनमें एक थी जनसंघ के फरार राज्यसभा सांसद डॉ. सुब्रह्मण्यम स्वामी का सदन की कारवाई के दौरान एकाएक प्रकट होना और व्यवस्था का एक प्रश्न उठाने के बाद सुरक्षाकर्मियों को चकमा देकर चंपत हो जाना। डॉ. स्वामी फिल्मी थ्रिलर स्टाइल में अमेरिका पहुँच गए, जहाँ वे प्रेस व बुद्धिजीवियों को इमरजेंसी के बारे में सही जानकारी देते रहे।

इमरजेंसी के दौरान जिन घटनाओं से केंद्र सरकार की बड़ी फजीहत हुई, उनमें से एक थी जनसंघ के फरार राज्यसभा सांसद डॉ. सुब्रह्मण्यम स्वामी का सदन की कारवाई के दौरान एकाएक प्रकट होना और व्यवस्था का एक प्रश्न उठाने के बाद सुरक्षाकर्मियों को चकमा देकर चंपत हो जाना। इससे न केवल देश में, बल्कि विदेशों में भी इंदिरा गांधी सरकार की खिल्ली उड़ गई। सुब्रह्मण्यम स्वामी पूरे आपातकाल के दौरान सरकार को छकाते रहे और गिरफ्त में नहीं आए।

26 जून, 1975 को सवेरे पाँच बजे जब डॉ. सुब्रह्मण्यम स्वामी दिल्ली में ग्रेटर कैलाश के अपने घर में थे, पुलिस के एस.एच.ओ. ने फोन पर पूछा, 'डॉक्टर साहब, आप घर पर हैं क्या? बहुत जरूरी काम से आपसे मिलना चाहता हूँ।' सुब्रह्मण्यम स्वामी का माथा ठनका। इतनी सुबह पुलिस का फोन किसलिए? उन्हें पहले से ही कुछ गड़बड़ होने की आशंका थी। उन्होंने कार पकड़ी और सीधे जनसंघ नेता नानाजी देशमुख के पास न्यू राजेंद्र नगर पहुँचे। तब तक इमरजेंसी की घोषणा हो गई थी। सुब्रह्मण्यम स्वामी समझ गए कि एस.एच.ओ. ने तीन घंटे पहले किस इरादे से उनसे पूछताछ की थी। उन्होंने तुरंत दिल्ली छोड़ने का फैसला किया। वे सीधे बंबई पहुँचे, जहाँ उन्होंने

राष्ट्रीय स्वयंसेवक संघ के नेता माधवराव मुले से भेंट की। मुले ने उन्हें सलाह दी कि वे विदेश चले जाएँ, जहाँ वे वस्तुस्थिति से लोगों को अवगत कराएँ। अमेरिका में प्रेस और बुद्धिजीवियों से डॉ. स्वामी के अच्छे संबंध थे। वहाँ उन्होंने भारत सरकार के झूठ का पर्दाफाश करने में पर्याप्त सफलता प्राप्त की।

'लोकतंत्र की मौत' पर संवेदना

सुब्रह्मण्यम स्वामी

करीब साल भर बाद 10 अगस्त, 1976 को वे स्वदेश लौटे और सीधे संसद् भवन चले गए। संसद् में एकाएक उन्हें देखकर लोग हैरत में पड़ गए। अपनी हाजिरी दर्ज कराकर वे वहाँ से तुरंत फरार हो गए। उनकी फरारी पूरे देश में चर्चा का विषय बन गई। वे वापस अमेरिका पहुँच गए। इमरजेंसी समाप्त होने के बाद डॉ. स्वामी की विदेश यात्राओं से संबंधित रोचक विवरण लोगों को प्राप्त हुए।

डॉ. स्वामी स्वयं भी इस सनसनीखेज प्रसंग की कई बार चर्चा कर चुके हैं। कुछ अरसा पूर्व उन्होंने हिंदी पाक्षिक पत्रिका 'यथावत' की ओर से प्रदीप सिंह को भेंटवार्त्ता में इस प्रकरण की जानकारी दी, जो पत्रिका के 16-31 अगस्त, 2016 के अंक में छपी। यहाँ प्रस्तुत हैं, उसके कुछ अंश डॉ. स्वामी की जुबानी, 'विदेश में अपना काम कर मैं भारत लौटा। मेरा पासपोर्ट रद्द कर दिया गया था। न्यूयॉर्क से मैं दिल्ली हापिंग फ्लाइट से आया। टिकट बैंकॉक का लिया था। इसलिए दिल्ली की सूची में मेरा नाम नहीं था। मेरे पास सामान के नाम पर सिर्फ पायजामा और कुरता था। सुबह तीन बजे दिल्ली एयरपोर्ट पहुँचा। राज्यसभा का परिचय पत्र दिखाकर बाहर निकल आया। जंगपुरा के होटल राजदूत में पहुँचकर पत्नी को फोन किया। रुखसाना घर से मेरे लिए पगड़ी, कड़ा आदि लेकर होटल पहुँची। मैं सिख का वेश बनाकर होटल से घर पहुँचा। मेरा घर उन दिनों पुलिस के पहरे में था। वहाँ पहुँचने का मैंने वह समय चुना, जब पुलिस की ड्यूटी बदलती थी। पुलिसवाले रात भर के जगे होने के कारण असावधान थे। मैं वहाँ फ्रिज मैकेनिक के रूप में पहुँचा और फिर पाँच दिनों तक अंदर ही रहा।

माधवराव मुले से मैंने बात की। माधवराव जी ने सलाह दी कि आप संसद् में पहुँचकर इंदिरा गांधी की तानाशाही को चुनौती दें। अगर वहाँ से बचकर आ गए तो मैं आपकी पूरी मदद करूँगा। संसद् में पहुँचने की तिथि 10 अगस्त, 1976 खासतौर पर चुनी, क्योंकि उसी दिन प्रगति मैदान में संजय गांधी ने युवा कांग्रेस की एक रैली रखी थी। देश भर के युवा कांग्रेसी उस दिन दिल्ली में आए थे। पुलिस का सारा ध्यान उस तरफ था। मैं अपने घर से निकला। मेरे साथ मेरी पत्नी थी। फिएट कार से संसद् परिसर

में पहुँचा। संसद् भवन के सुरक्षाकर्मियों ने पहचाना। वे चकित थे। उन्हें आश्वस्त किया कि मैं बाहर आ गया हूँ। इंदिरा गांधी के बीस सूत्री कार्यक्रम का समर्थन करने के कारण छोड़ दिया गया हूँ। इससे वे मेरे प्रति असावधान रहे। राज्यसभा पहुँचा। रजिस्टर में हस्ताक्षर किए। उस समय राज्यसभा में दिवंगत सदस्यों को श्रद्धांजलि दी जा रही थी। मैंने व्यवस्था का प्रश्न उठाया। मैं खड़ा हुआ। मुझे देखते ही ओम मेहता बेंच के नीचे छिप गए। बहुत बाद में मैंने उनसे पूछा कि उस दिन इतने डर क्यों गए थे तो उन्होंने कहा कि मैंने समझा कि तुम्हारे हाथ में बम है। मैंने अपने दोनों हाथ जेब में डाल रखे थे। ओम मेहता तब इंदिरा गांधी के दाहिने हाथ थे। गृह मंत्रालय चला रहे थे।'

एक सिख की वेशभूषा में

'सदन में मैंने व्यवस्था का प्रश्न उठाते हुए कहा—मृतकों की सूची में एक नाम छूट गया है। उपसभापति बी.डी. जत्ती ने पूछा—किसका? मैंने कहा—लोकतंत्र का, उसकी भी मौत हो गई। यही मेरी व्यवस्था का प्रश्न है। जब तक लोग सजग होते और पुलिस को सूचना देते, उससे पहले ही मैं सदन से फुर्ती से निकला। मेरी वह तरकीब काम कर गई। पूरी व्यवस्था और पुलिस को चकमा देने में सफल रहा। संसद् भवन से बाहर आकर अपनी कार ली। चाबी वहीं छिपा रखी थी। अपनी फिएट कार चलाते हुए आराम से बिरला मंदिर पहुँचा, जहाँ मेरी पत्नी इंतजार कर रही थी। वहाँ पर गाड़ी खड़ी करके पुरानी दिल्ली रेलवे स्टेशन आया। स्टेशन पर भारी भीड़ थी। कांग्रेस कार्यकर्ता आ-जा रहे थे। मैं सिख वेश में स्टेशन पर पहुँचा तो पुलिस से पूछा कि क्या बात है भाई! इतनी भीड़ क्यों है? बदइंतजामी के लिए पुलिस को फटकार भी लगाई। पुलिस के संदेह से बचने के लिए मैंने ऐसा किया। इसके बाद स्टेशन के भीतर गया। प्लेटफॉर्म पर ट्रेन लगी हुई थी। उसमें बैठकर मथुरा पहुँचा। वहाँ से पत्नी रुखसाना को तार किया कि 'बुक रिलीज हो गई।' इस सांकेतिक शब्द का अर्थ था कि मैं सकुशल दिल्ली के बाहर पहुँच गया। मथुरा से दूसरी ट्रेन पकड़ी। भोपाल पहुँचा। उस ट्रेन में सांसद कोटे का टिकट लिया। मैं फर्स्ट क्लास के डिब्बे में ऊपर की सीट पर बैठ गया। हमारे नीचे की सीट पर बैठे एक आदमी ने मेरा परिचय पूछा तो मैंने कहा कि हार्वर्ड में प्रोफेसर हूँ। जब मैंने उस व्यक्ति का परिचय पूछा तो उसने कहा कि मैं मध्य प्रदेश पुलिस में आई.जी. हूँ। अब मैंने चुपचाप सीट पर सो जाना ही उचित समझा। मैं भोपाल-नागपुर होते हुए बंबई पहुँच गया। बंबई में वेद प्रकाश गोयल के घर पहुँचा। वहाँ माधवराव मुले, भाउराव देवरस

एक सिख के छद्म भेस में सुब्रह्मण्यम स्वामी

आदि संघ के नेताओं से मुलाकात हुई।

देश में रहना मेरे लिए सुरक्षित नहीं था। बंबई में मेरे विदेश जाने की योजना पर बात होने लगी। भाउराव देवरस ने इसके लिए नेपाल के राजा वीरेंद्र विक्रम शाहदेव और प्रधानमंत्री डॉ. तुलसी गिरि से बात की। उम्मीद थी कि वे अपना विमान भेजकर मुझे बंबई से काठमांडू मँगा लेंगे, लेकिन ऐसा नहीं हुआ। राजा ने भाउराव देवरस को आश्वासन दिया कि नेपाल में अगर डॉ. स्वामी सुरक्षित पहुँच जाते हैं तो आगे की यात्रा में पूरी मदद करेंगे। इसलिए मुझे बंबई से सड़क के रास्ते कार से गोरखपुर के पास भैरवा चेकपोस्ट पर पहुँचना था। वहाँ शाम पाँच बजे से थोड़ा पहले पहुँच सका। इसलिए सीमा पार जाने में कोई अड़चन नहीं आई। उस पार नेपाल के लोग इंतजार कर रहे थे। वहाँ से हेलीकॉप्टर से काठमांडू पहुँचा। यहाँ से रॉयल एयरलाइंस ने मुझे बैंकॉक पहुँचाया।

माधवराव मुले के निर्देशानुसार बैंकॉक में मुझे एक जैन साहब से मिलना था। उन्हें ही मेरी अगली यात्रा के लिए धन की व्यवस्था करनी थी। मैं जब जैन साहब के यहाँ पहुँचा तो उस समय तक पूरे विश्व के मीडिया में यह बात छप गई थी कि सुब्रह्मण्यम स्वामी संसद् में आकर गायब हो गए हैं। भारत सरकार उन्हें बेसब्री से खोज रही है। जैन साहब के हाथ में उस समय 'टाइम्स ऑफ इंडिया' था, जिसे वे पढ़ रहे थे। उसमें मेरी फरारी की खबर और तसवीर प्रमुखता से छपी थी। जब मैं उनके यहाँ पहुँचा और बताया कि मैं सुब्रह्मण्यम स्वामी हूँ तो उनके हाथ से अखबार छूटकर जमीन पर आ गया। वे घबरा गए। पैसा पकड़ाते हुए उन्होंने कहा कि आप यहाँ से तुरंत चले जाइए। मुलेजी से हुई बातचीत के आधार पर उन्हें जितनी रकम की व्यवस्था करनी थी, उससे ज्यादा ही उन्होंने दी और मुझसे अपना पीछा छुड़ा लिया। वहाँ से मैं लंदन पहुँचा। वहाँ पर वैध पासपोर्ट आदि होने की वजह से कोई परेशानी नहीं हुई। इस तरह मैं इंदिरा गांधी की इमरजेंसी को चुनौती दे सका।'

□

क्या संसद् संविधान से भी ऊपर है?

शाह आयोग के समक्ष शपथपूर्वक बयान देने से इनकार करने की इंदिरा गांधी की हरकत पर दिल्ली हाईकोर्ट के जज न्यायमूर्ति चावला ने उनके पक्ष में निर्णय देते हुए यह विचित्र दलील भी दी कि केंद्र सरकार शाह आयोग को संसद् के निर्णय पर फैसला करने की अनुमति नहीं दे सकती, जबकि यह न्यायमूर्ति चावला के समक्ष प्रस्तुत याचिका का विचारणीय विषय ही नहीं था, लेकिन न्यायमूर्ति चावला की दलील निरर्थक थी। संसद् सर्वोपरि नहीं है। किसी संसद् को यह अधिकार नहीं है कि वह संविधान की ऐसी की तैसी कर दे। संसद् को संविधान के दायरे में रहना होगा। न्यायपालिका को अधिकार है संसद् की काररवाई या संसद् द्वारा पारित कानूनों की संवैधानिकता की जाँच करने का।

शाह आयोग की जाँच को लेकर कानूनी लड़ाई ने उस समय एक विचित्र मोड़ ले लिया, जब दिल्ली हाईकोर्ट के न्यायाधीश न्यायमूर्ति टी.पी.एस. चावला ने श्रीमती गांधी और प्रणब मुखर्जी के विरुद्ध अदालत में अभियोग की प्रक्रिया को नामंजूर कर दिया। यह बात दिसंबर 1979 की है। एक ऐसे समय में, जब सत्ताधारी जनता पार्टी टूटने-फूटने लगी थी, लोकसभा के मध्यावधि चुनाव की घोषणा कर दी गई थी और इंदिरा गांधी के दोबारा सत्ता में आने की संभावना बनने लगी थी, न्यायाधीश चावला के निर्णय से इंदिरा गांधी को पुरजोर राहत मिली। चावला का निर्णय राष्ट्रीय बहस का विषय बन गया। अखबारों में भी इसके पक्ष-विपक्ष में काफी कुछ लिखा गया। चावला ने अपने निर्णय में लिखा कि आपातकाल की घोषणा एक राजनीतिक फैसला था और राजनीतिक फैसले न्यायिक समीक्षा की प्रक्रिया से बाहर होते हैं। शाह आयोग को केंद्रीय सरकार संसद् के निर्णय पर फैसला करने की अनुमति नहीं दे सकती। मंत्रिमंडलीय प्रणाली की सरकार और गोपनीयता की शपथ के बीच अभिन्न संबंध है।

इस फैसले के पक्षधरों का कहना था कि इंदिरा गांधी ने राजनीतिक चुनौती का

सामना करने के लिए राजनीतिक कदम उठाया। इस राजनीतिक सवाल का कोई आयोग कैसे उत्तर दे सकता है, लेकिन इसे एक उथली दलील ही कहा जाएगा। प्रश्न है—क्या इलाहाबाद हाईकोर्ट का फैसला मानने से इनकार करना, बिना मंत्रिमंडल की सलाह लिये राष्ट्रपति को धोखे में रखकर आपात स्थिति की घोषणा पर हस्ताक्षर करा लेना, प्रधानमंत्री पर गतकालिक प्रभाव से कोई केस-मुकदमा चलाने पर विलक्षण वैधानिक प्रतिबंध लगा देना, विपक्षी नेताओं और हजारों कार्यकर्ताओं को बिना मुकदमा चलाए जेल में डाल देना, सरासर झूठ पर आधारित बयान जारी करना, संचार साधनों का गला घोंट देना, पुलिस व प्रशासनिक अधिकारियों द्वारा जुल्म ढहाना, यहाँ तक कि संसद् और सुप्रीम कोर्ट तक की काररवाई के प्रकाशन पर रोक लगा देना, जैसे विषय यदि समीक्षा के योग्य नहीं हैं तो इसका अर्थ है कि कोई सरकार एक बार सत्ता में आ जाने के बाद जो चाहे कर सकती है और उसकी सभी कारगुजारियाँ वैधानिक मानी जाएँगी?

न्यायाधीश चावला के निर्णय पर टिप्पणी करते हुए 'इंडियन एक्सप्रेस' ने अपने संपादकीय (24 दिसबंर, 1979) में लिखा—

On any consideration Mr. Chawla's voluminous judgement, which spreads over 347 pages, is an extraordinary piece of work, extraordinary for pronouncing on issues outside its scope and extraordinary for the language it affects in doing so. The central issue before Mr. Justice Chawla was whether Mrs. Gandhi and Mr. Mukherjee refused to take the oath when asked to testify before the Shah Commission. In pronouncing on this, he takes recourse to an amazing piece of hair-splitting. The argument put forward by him is that Mrs. Gandhi and Mr. Mukherjee were never asked to take the oath by the Shah Commission. They were asked whether they were 'willing' to take the oath. It would take an amazing exercise in sophistry to appreciate the distinction he seeks to rely on.

Mr. Justice Chawla also enlarges the area of protection to the ministerial oath of office beyond all conceivable limits. The oath of secrecy protects a minister on discharge of his duties as a minister and from refusing to disclose information he has acquired as a minister discharging his duties. It can not offer blanket protection against refusal to testify on charges of mal-feasance or offences under the penal code .

There are other features of Mr. Justice Chawla's judgement which are bound to be regarded as extremely controversial. He has declared the validity of the declaration of emergency to be beyond legal scurtiny in terms which would all but exclude examination of whether circumstances existed to warrant the declaration of an emergency. It would also appear that he has usurped the jurisdiction of trial courts by pronouncing on matters of fact. He has gone into the question whether the Shah Commission was motivated by bias against Mrs. Gandhi on issue so palpably in the realm of facts that the appallants themselves had withdrawn it from their petition. Nor was it within the scope of the matter before Mr. Justice Chawla to go into the validity of the Shah Commission's interpretation of its terms of reference. Mr. Justice Chawla's judgement has provoked controversy such as will not add to the dignity of law. The Supreme Court may well take this into account.

(किसी भी लिहाज से श्री चावला का भारी-भरकम निर्णय, जो 347 पृष्ठों में फैला हुआ है, एक विलक्षण कृत्य है। विलक्षण इसलिए कि इसमें अपने कार्यक्षेत्र से बाहर के वाद-विषयों पर फैसला दिया गया है और ऐसा करते समय जो भाषा इस्तेमाल की गई है, वह भी विलक्षण है। न्यायमूर्ति चावला के समक्ष प्रधान वाद-विषय यह था कि क्या श्रीमती गांधी और श्री प्रणब मुखर्जी ने, जब शाह आयोग ने उन्हें शपथपूर्वक गवाही देने के लिए कहा था, तो ऐसा करने से इनकार कर दिया था? इस पर निर्णय देते समय न्यायमूर्ति चावला बाल की खाल निकालनेवाली आश्यर्चजनक दलील का सहारा लेते हैं। उनकी दलील यह है कि शाह आयोग ने श्रीमती गांधी और श्री मुखर्जी को कभी यह नहीं कहा कि वे शपथ लें। उन्हें कहा गया कि क्या वे 'शपथ लेने को तैयार हैं?' वे दोनों में जिस अंतर का सहारा लेना चाहते हैं, उसके लिए कुतर्क की आश्चर्यजनक कवायद की जरूरत पड़ेगी।

न्यायमूर्ति चावला मंत्रियों के पद की गोपनीयता के क्षेत्र की सभी कल्पनीय सीमाओं का विस्तार करते हुए उसे रक्षा प्रदान करना चाहते हैं। गोपनीयता की शपथ किसी मंत्री को मंत्री के तौर पर उसकी जिम्मेदारी के निर्वहन में प्राप्त सूचना को उजागर करने से इनकार करने के प्रति उसे रक्षा प्रदान करती है, लेकिन यह उसे गलत काम या दंड विधान के अंतर्गत अपराध के मामले में गवाही देने से इनकार करने की व्यापक रक्षा प्रदान नहीं करती।

न्यायमूर्ति चावला के निर्णय की कई अन्य विशिष्टताएँ भी हैं, जिन्हें अत्यंत विवादास्पद कहा जाएगा। उन्होंने आपातकाल की घोषणा की वैधता को ऐसे शब्दों में गहन कानूनी छानबीन से बाहर बताया, जिसने आपातकाल की घोषणा करने की परिस्थितियों का पता लगाने को जाँच-परख के दायरे से ही बाहर बता दिया। इससे यह भी लगता है कि उन्होंने तथ्य के मामले में अपना निर्णय घोषित करके ट्रायल अदालतों के क्षेत्राधिकार को हड़प लिया है। वे इस सवाल तक पहुँच गए कि क्या शाह आयोग इंदिरा गांधी के विरुद्ध पूर्वाग्रह से प्रेरित था। यह एक ऐसा मुद्दा है, जो सुस्पष्ट तथ्यों

के क्षेत्र में आता है और जिसे अपीलकर्ताओं ने स्वयं अपनी याचिका से हटा लिया। यह भी न्यायमूर्ति चावला के समक्ष उपस्थित मामलों के कार्यक्षेत्र में नहीं था कि वे शाह आयोग द्वारा विचारणीय विषयों की व्याख्या की वैधता में जाएँ। न्यायमूर्ति चावला के निर्णय ने विवादों को ऐसा उभार दिया है, जिससे कानून की मान-मर्यादा में कोई वृद्धि नहीं होगी। बेहतर हो, सुप्रीम कोर्ट इसको ध्यान में रखे।)

'इकोनॉमिक टाइम्स' ने अपने संपादकीय (22 दिसंबर, 1979) में लिखा—What was the need for a 347-page judgement on this issue? Justice Chawla was called upon to decide what was in essence a procedural issue i.e. whether Mrs. Gandhi and Mr. Mukherjee could be prosecuted under section 178 and 179 of the Indian penal code for refusing to testify before the Shah Commission. He was not called upon to pass judgement on the Shah Commission's interpretation of its terms of reference on the law ministry's definition of the condition under which an officer of the government is bound by his oath.

(इस मुद्दे पर 347 पृष्ठों का निर्णय देने की क्या जरूरत थी ?—न्यायमूर्ति चावला को कहा गया था कि वे यह तय करें कि क्या श्रीमती गांधी और श्री मुखर्जी तत्त्वत: एक कार्य-विधिक मुद्दे, यानी क्या शाह आयोग के समक्ष शपथपूर्वक बयान देने से इनकार करने के कारण भारतीय दंड विधान की धारा 178 और 179 के अंतर्गत अभियोजित किए जा सकते हैं। उन्हें शाह आयोग द्वारा कानून मंत्रालय की उस परिभाषा पर अपने विचारणीय विषयों की व्याख्या करने के लिए नहीं कहा गया था, जिसके अतंर्गत सरकार का कोई अधिकारी अपनी शपथ से बँधा हुआ माना जाता है।)

इंदिरा गांधी ने शाह आयोग से निपटने के लिए देश के कई आला वकीलों की एक टोली बना ली थी। ये वकील उनके लिए लिखित बयान तैयार करते थे। जहाँ तक तर्कों की बात है, गलत से गलत बात को भी तर्कान्वित किया जा सकता है, यह बात अलग है कि ये तर्क विवेकशील व्यक्तियों के गले उतरें या नहीं उतरें। इंदिरा गांधी का मुख्य तर्क यह था कि उन्हें 'देशहित' में इमरजेंसी घोषित करने और उसे कठोरतापूर्वक लागू करने का अधिकार प्राप्त था तथा संसद् ने इसकी अभिपुष्टि कर दी थी। इसलिए इसकी कोई समीक्षा नहीं हो सकती।

कानून की धज्जियाँ उड़ाने का अधिकार

लेकिन मूल प्रश्न यह है कि आपातकालीन शक्तियाँ अबाध नहीं हैं और वे किसी प्रधानमंत्री को स्वेच्छाचारिता की छूट नहीं देतीं। यह भली-भाँति सिद्ध हो चुका था कि देश में ऐसी कोई असामान्य स्थिति पैदा नहीं हुई थी, जो इमरजेंसी लगाना मुनासिब

ठहराती। इसके अलावा मंत्रिमंडल को इसकी सूचना उद्घोषणा लागू करने के बाद दी गई। यह सर्वथा अवैधानिक कृत्य था। बाद में मंत्रिमंडल की जो बैठक हुई, वह मात्र एक खानापूर्ति बैठक थी, जो एक सहमे हुए वातावरण में हुई। इस प्रकार संसद् में एक संपन्न कर दिए जा चुके कार्य की जानकारी प्रस्तुत की गई। संसद् के अनेक सदस्य जेलों के सीखचों में बंद थे। भारी दहशत के उस माहौल में आशंका यह थी कि संसद् में विरोध प्रकट करनेवाले सदस्यों को जेलों की जनसंख्या बढ़ाने के लिए वहाँ भेज दिया जाता। संसद् के सामने जो बातें रखी गईं और जो 'तथ्य' प्रस्तुत किए गए, उनमें कितनी सच्चाई थी? सबकुछ धोखाधड़ी था।

संसद् ने इमरजेंसी लगाने का अधिकार दिया था, उसका अनुमोदन करने का निर्णय किया था, तो क्या इसके साथ कानून की धज्जियाँ उड़ाने का अधिकार भी दे दिया था? क्या कैबिनेट और संसद् ने इंदिरा गांधी को अखबारों के दफ्तरों की बिजली लाइनें काट देने जैसे बर्बर कार्य करने और संजय गांधी के रूप में एक संविधानेत्तर सत्ता केंद्र का सृजन करने का भी अधिकार दे दिया था?

संविधान में निहित वैधानिक संप्रभुता

वैसे भी संसद् सर्वोच्च नहीं है, सर्वोच्च है देश का संविधान। संसद् को उसी के अनुसार चलना होगा। भारतीय संविधान के अंतर्गत कोई संसद् एकाएक यह निर्णय नहीं कर सकती कि वह अपना कार्यकाल पाँच वर्ष से बढ़ाकर दस वर्ष या बीस वर्ष कर दे या किसी व्यक्ति विशेष को उम्रभर के लिए प्रधानमंत्री बना दे। इसके लिए संविधान सभा के गठन की आवश्यकता होगी। भारत की वैधानिक संप्रभुता भारत के संविधान में निवास करती है और उसकी रक्षा का भार भारतीय न्यायालयों को सौंपा गया है। हमारी व्यवस्था में राष्ट्रपति, मंत्रिमंडल और संसद् की काररवाई या संसद् द्वारा पारित कानूनों की संवैधानिकता की जाँच की विधिवत् गुंजाइश है। किसी को असीमित शक्ति नहीं है। इसके अतिरिक्त यहाँ तो मामला ही कुछ और था। राष्ट्रपति की उद्घोषणा से पहले ही आपातकालीन शक्तियों का इस्तेमाल जारी हो गया था तथा मंत्रिमंडल को उसकी सूचना उद्घोषणा के बाद दी गई। प्रश्न है, क्या यह संविधान का अतिक्रमण नहीं था? इस प्रश्न का उत्तर प्राप्त करने के लिए ही शाह आयोग की आवश्यकता थी।

संसद् भवन

श्रीमती गांधी लगातार यह कहती रहीं कि वे जनता के अलावा कानून की किसी भी अदालत में जवाब देने के लिए बाध्य नहीं हैं। यह एक विचित्र रवैया था। शाह आयोग

ने श्रीमती गांधी को आपात स्थिति की उद्घोषणा के कारणों और उसकी वैधानिकता की जाँच के सिलसिले में आयोग के सामने स्वयं उपस्थित होकर अपनी स्थिति स्पष्ट करने और प्रासंगिक तथ्य पेश करने का मौका दिया था। प्रश्न है—यदि उन्होंने कोई गड़बड़ी नहीं की थी तो वे आयोग से कतराती क्यों रहीं?

उनका यह मिथ्या भ्रम था कि भारतीय संसद् सर्वांग-संपूर्ण प्रभुसत्ता संपन्न है। एक आतंकित संसद्, जिसके कई सदस्य जेलों में डाल दिए गए थे, जनता का प्रतिनिधित्व खो चुकी थी। जिस तनावपूर्ण स्थिति और दमघोंटू वातावरण में इंदिरा गांधी ने संसद् में आपात स्थिति की घोषणा की अभिपुष्टि कराई थी, उसमें यदि वह चाहतीं तो यह भी पारित हो जाता कि वे आजीवन प्रधानमंत्री बनी रहेंगी, लेकिन क्या संसद् के इस कृत्य को स्वीकार किया जा सकता था? इंडोनेशिया के राष्ट्रपति डॉ. सुकर्ण ने इंडोनेशियाई संसद् से स्वयं को आजीवन राष्ट्रपति घोषित करवा लिया था। बाद में सुकर्ण और उनकी 'ठप्पा छाप' संसद् का क्या हश्र हुआ, यह इतिहास में दर्ज है।

संसद् को जनता ने जो अधिकार दिए हैं, उसे उनके दायरे में रहना होगा। उसे असीम, अबाध व निरंकुश अधिकार प्राप्त नहीं हैं। सबसे बड़ी बात यह कि इंदिरा गांधी समेत इस संसद् को बाद में मतदाताओं ने खारिज कर दिया था। इंदिरा गांधी और उनके दरबारी यह क्यों स्वीकार नहीं करना चाहते थे कि संसद् नहीं, जनता सर्वोच्च होती है।

फ्रांस के जनरल पेतां को सजा

स्मरणीय है कि द्वितीय विश्व युद्ध के समय फ्रांसीसी संसद् द्वारा सर्वसम्मति से नेता चुने गए जनरल पेतां ने बेल्जियम के पतन से घबराकर हिटलर के आगे आत्मसमर्पण कर दिया था और देश के साथ विश्वासघात किया था। उनका कहना था कि उन्होंने अपने संवैधानिक अधिकार के अंतर्गत ऐसा किया, लेकिन युद्ध के बाद इस मामले के लिए गठित जाँच अदालत ने इस दलील को नहीं माना और उनकी वृद्धावस्था के कारण उन्हें आजीवन कैद की सजा दी। हालाँकि जो अपराध उन्होंने किया था, उसके लिए वे प्राणदंड के भागी थे। यदि फ्रांस जैसा एक महान् लोकतंत्र उन परिस्थितियों की जाँच कर सकता है, जिनमें जनरल पेतां ने आत्मसमर्पण किया था तो क्यों नहीं भारत सरकार देश के लोगों को झकझोर देनेवाली आपात स्थिति की उद्घोषणा के कारणों और उसकी वैधानिकता की जाँच करा सकती? जब हमारे संविधान में राष्ट्रपति तक को महाभियोगित करने का प्रावधान है तो प्रधानमंत्री को कैसे उसकी कारगुजारियों के लिए संवैधानिक औचित्य की आड़ में प्रतिरक्षित किया जा सकता है?

□

‘खामोश…इमरजेंसी जारी है, हँसना मना है…’

इमरजेंसी में कोई भी ऐसा कार्टून, जिसे देखकर आदमी मुसकरा दे या हँस दे, तभी प्रकाशित किया जा सकता था, यदि उसका छींटा सत्ताधारी दल या उसके किसी नेता पर न पड़ता हो। इसका नतीजा यह हुआ कि अखबारों में प्रकाशित होनेवाले कार्टून बेस्वाद हो गए या कहीं-कहीं बंद ही हो गए।

इमरजेंसी में भाँति-भाँति के जो नुकसान होने थे, वे तो हुए ही, लेकिन एक ऐसा नुकसान भी हुआ, जिसे बहुत लोगों ने नुकसानों में शुमार ही नहीं किया। वह था, लोगों का शुद्ध मनोरंजन से वंचित हो जाना। उम्र में कोई छोटा हो या बड़ा, कोई कार्टून अथवा व्यंग्य-चित्र देखने से ही सभी के चेहरों पर हलकी-सी मुसकान आ जाती है या कहना चाहिए, यही किसी कार्टून की सफलता है। कहते हैं, मनुष्य भोजन से ज्यादा मुसकान का भूखा है। कार्टूनिस्ट या व्यंग्य चित्रकार अपनी तूलिका के सहारे समाज और मानव के घट में कड़ी आलोचना को हँसी-हँसी में ही उतार देते हैं, लेकिन इमरजेंसी में सरकार ने कार्टूनों को भी सेंसर के दायरे में ला दिया और समाचार-पत्रों में कई कार्टूनों को छापने से रोक दिया।

‘शंकर्स वीकली’ का प्रकाशन बंद

वस्तुस्थिति यह है कि लोकतंत्रीय देश में व्यंग्य चित्रकार जनता की आवाज बुलंद कर मीठे विरोधी दल का काम करते हैं।

खेद की बात है कि इमरजेंसी लगने के बाद देश की प्रसिद्ध व सबसे पुरानी कार्टून पत्रिका ‘शंकर्स वीकली’ ने 1 सितंबर, 1975 को अपना प्रकाशन बंद कर दिया। शंकर देश के इतिहास के एक निर्णायक दौर में हुए। उन्होंने स्वाधीनता संग्राम के दिनों में अनेक यादगार और मर्मस्पर्शी व्यंग्य-चित्र बनाए। यदि हमारे नेता राष्ट्रीय संग्राम का नेतृत्व

कर रहे थे तो शंकर साम्राज्यवाद के खिलाफ राष्ट्रीय अट्टहास का नेतृत्व कर रहे थे। मजेदार बात यह कि शंकर के कार्टूनों की प्रशंसा न केवल हमारे राष्ट्रीय नेताओं ने की थी, बल्कि ब्रिटिश वायसरायों ने भी उनके कार्टूनों को सराहा था।

इमरजेंसी के दौर में 'टाइम्स ऑफ इंडिया' में लक्ष्मण के कार्टून पहले जितने मनोरंजक नहीं रहे और वे कुछ-कुछ फीके पड़ गए। इस दौर में पुरी के कार्टून भी नजर नहीं आते थे।

भारतीयों में घटती विनोदशीलता

इनकलाब की ओर कदम-कदम बढ़ाए जा।

इमरजेंसी के दिनों में ही पंजाब के एक हास्यरस लेखक डॉ. गुरनाम सिंह तीर ने भारत की विभिन्न भाषाओं और जनसमुदायों के एक सर्वेक्षण के बाद अपने निष्कर्ष में कहा कि भारत में विनोदशीलता घटती जा रही है। उन्होंने कहा कि यदि विनोदपूर्ण हाजिरजवाबी, हास्य-व्यंग्य और विनोदशीलता को नहीं बनाए रखा जाएगा तो भारत दबाव, तनाव व खिंचाव का शिकार हो जाएगा।

समाचार एजेंसी 'यू.एन.आई.' को एक इंटरव्यू में उन्होंने कहा कि किसी समय उर्दू भाषा में गहरी विनोदभावना की रचनाएँ आया करती थीं। संस्कृत में भी विनोदशीलता की परंपरा है। उन्होंने कहा कि जहाँ तक उच्चस्तरीय विनोदशीलता की रचनाओं की बात है, सरकारी प्रश्रय के बावजूद हिंदी राष्ट्रभाषा के रूप में अपनी हैसियत नहीं बना पाई। उन्होंने पंजाबी, बाँग्ला, तेलुगू और मराठी को गुणवत्ता क्रम में सूचीबद्ध करते हुए कहा कि कई अन्य क्षेत्रीय भाषाओं ने विनोदी रचनाओं के मामले में काफी ख्याति अर्जित की है। उन्होंने कहा कि केरल के लोगों ने सर्वाधिक संख्या में व्यंग्य-चित्रकार और उपहास-चित्रकार उत्पन्न किए हैं। 178 जातीय समुदायों में जाट विशुद्ध विनोदशीलता के मामले में अव्वल हैं। डॉ. तीर ने कहा कि हँसी-मजाक आर्थिक असुरक्षा और सामाजिक अनिश्चितताओं के दौर में सर्वोत्तम प्रभावकारी औषधि है।

इमरजेंसी के दौरान इसी कारगर दवा की सर्वाधिक जरूरत थी, लेकिन यह हमसे छीन ली गई। कांग्रेस के पूर्व राष्ट्रीय अध्यक्ष और विपक्ष के एक नेता आचार्य कृपलानी ने इमरजेंसी के दौरान नवंबर 1975 में प्रकाशित अपने एक लेख में, जिसका शीर्षक

था—'वह थोड़ी-सी हँसी कहाँ चली गई ?' लिखा था कि मेरी राय में राष्ट्र अपनी हँसने की शक्ति से वंचित हो गया है। इन दिनों ऐसी अनेक स्थितियाँ पैदा हो गई हैं, जिनसे आम परिस्थितियों में हास्य उत्पन्न होता और लोगों का थोड़ा मनोरंजन भी होता। उन्होंने लिखा कि कुछ सत्तारूढ़ लोगों के वाक्य कार्टूनिस्ट के मन में द्वेष हुए बिना हास्य उत्पन्न कर सकने में समर्थ प्रतीत होते हैं। खेद का विषय है कि आपातकालीन स्थिति से लोग कुछ शुद्ध मनोरंजन से वंचित हो गए। अनेक शारीरिक व मानसिक बीमारियों के लिए थोड़ी-सी हँसी उसका एक अच्छा प्रतिकार होती है।

'आ जाओ, इसकी पिटाई करने का यह हमारे लिए आखिरी मौका है।'

उन्होंने आगे लिखा, 'कल्पना कीजिए उस राष्ट्र की, जहाँ 60 करोड़ लोग हँसने के अधिकार से या हँसी को समझने व उससे सुख महसूस करने के अधिकार से वंचित कर दिए गए हों। ऐसा राष्ट्र पक्के नीरस लोगों का राष्ट्र हो जाएगा।'

गनीमत यह रही कि 21 माह बाद इमरजेंसी समाप्त हो गई और वह 'थोड़ी-सी हँसी' फिर वापस लौट आई।

□

गुप्त साहित्य व आंदोलन ने उड़ाई सरकार की नींद

भारत में इमरजेंसी के दौरान चल रहे भूमिगत आंदोलन को उस समय का विश्व का एकमात्र गैर-वामपंथी आंदोलन माना गया। अखबारों की खबरों पर सेंसर के कारण एक बड़ा भूमिगत प्रचार तंत्र तैयार हो गया। इस अवसर पर गुप्त रूप से निकाली जानेवाली पत्र-पत्रिकाओं का बौद्धिक जागरण में महत्त्वपूर्ण योगदान रहा। गुप्त साहित्य, पत्र-पत्रिकाओं और परचों के वितरण ने सरकार की नाक में दम कर दिया।

इमरजेंसी के दौरान लंदन के प्रसिद्ध अखबार 'द इकोनॉमिस्ट' (4 दिसंबर, 1976) ने लिखा कि भारत में इमरजेंसी के विरुद्ध इस समय चल रहा भूमिगत आंदोलन विश्व का एकमात्र गैर-वामपंथी आंदोलन है। इमरजेंसी लगने के कुछ अरसे बाद भूमिगत आंदोलन आरंभ हुआ, क्योंकि शुरुआती दौर में किसी को कुछ सूझा ही नहीं कि क्या किया जाए, कैसे किया जाए। भूमिगत या गुप्त आंदोलन दो अलग-अलग ग्रुपों ने आरंभ किया। एक का नेतृत्व जनसंघ के नेता नानाजी देशमुख कर रहे थे, दूसरे का समाजवादी पार्टी के नेता जॉर्ज फर्नांडीस। दोनों के बीच कामचलाऊ तालमेल था। भूमिगत नेता छद्म नाम से एक-दूसरे से कूटभाषा में टेलीफोन पर बातचीत करते थे।

लोकसंघर्ष समिति ने सभी राजनीतिक दलों से अनुरोध किया था कि वे अपने मतभेद भुलाकर भारत में लोकतंत्र की बहाली के लिए एकजुट हों।

'आप पढ़ें, पढ़कर दूसरों को दें'

अखबारों के समाचारों पर सेंसर के कारण एक बड़ा भूमिगत प्रचार तंत्र तैयार हो गया। इस अवसर पर गुप्त रूप से निकाली जानेवाली पत्र-पत्रिकाओं का बौद्धिक जागरण

में महत्त्वपूर्ण योगदान रहा। जिन प्रिंटिंग प्रेसों में यह गुप्त साहित्य छपता था, उनमें से कइयों का पता लगाने में पुलिस कामयाब रही और उन प्रेसों को जब्त कर लिया गया। गुप्त साहित्य छपवाना आसान काम नहीं था। बाद में छोटी प्रिंटिंग प्रेसों और कस्बाई नगरों से गुप्त साहित्य छपवाना आरंभ किया गया। कोई-कोई प्रिंटिंग प्रेस तो स्वयं किसी आंदोलन-समर्थक व्यक्ति का ही होता था। गुप्त साहित्य पर अकसर लिखा रहता था कि स्वयं पढ़ें और दूसरों को पढ़ने के लिए दें। गुप्त साहित्य तैयार करने में इमरजेंसी-विरोधी कई पत्रकार भी सहयोग देते थे।

नानाजी देशमुख को लोकसंघर्ष समिति का महासचिव बनाया गया था। इमरजेंसी लगते ही वे गायब हो गए और अज्ञातवास में चले गए। उन्होंने भेस बदलकर 'अंडरग्राउंड' रहते हुए विरोध की ज्वाला प्रज्वलित रखी। इमरजेंसी के दौरान लंबे समय तक गुप्त रूप से कार्य करते रहने के बाद नानाजी एक दिन पुलिस की पकड़ में आ गए। उनकी गिरफ्तारी का समाचार आकाशवाणी से प्रमुखता से प्रसारित करते हुए हेडलाइन में कहा गया कि आंदोलन का 'कमांडर' गिरफ्तार कर लिया गया है।

नानाजी देशमुख

जॉर्ज फर्नांडीस एक सिख के भेस में देश भर में घूमते रहे। उन्होंने अपनी दाढ़ी बढ़ा ली थी। उनके लिए एक पगड़ी अलग से सँभालकर रखी जाती थी। कहीं-कहीं पर वे भगवा कुरता और लुंगी पहनकर साधु बन जाते थे। फर्नांडीस अंतत: 10 जून, 1976 को कलकत्ता में पुलिस की पकड़ में आ गए। वे बड़ौदा डायनामाइट केस में मुख्य आरोपी थे। जनता पार्टी की सरकार बनने पर उनके विरुद्ध केस उठा लिया गया।

यह युद्ध है : गिरफ्तार किए जाते जॉर्ज फर्नांडीस।

जनसंघ सांसद सुब्रह्मण्यम स्वामी ने भी भेस बदलकर गुप्त रूप से कुछ काम किया, लेकिन उन्हें जल्द ही विदेश जाकर इंदिरा सरकार की बखिया उधेड़ने को कहा गया। उन्होंने पश्चिमी देशों में यह काम बड़ी खूबी से किया।

'अफसरों को मार गया लकवा'

गुप्त तौर पर जो परचे बाँटे गए, उनमें एक परचा बहुत बड़े स्तर पर बँटा। यह बहुत चर्चित भी हुआ। इससे सरकार की छवि काफी धूमिल हुई, लेकिन सरकार कुछ कर नहीं पाई। इस परचे में उस समय की स्थिति का उपयुक्त वर्णन किया गया था। परचे का मूल पाठ इस प्रकार था—

'देश की हालत आज सबसे घटिया स्तर पर पहुँच गई है। स्वार्थ सारी हदें पार कर चुका है। देश में अब कोई पार्टी नहीं है। अब यहाँ सिर्फ एक व्यक्ति की हुकूमत है। बाकी सब महज कठपुतलियाँ हैं। आम लोग और सरकार के बड़े व छोटे अधिकारी गूँगे बन गए हैं और लकवाग्रस्त हो गए हैं। लोग कराह रहे हैं, लेकिन उनकी बात सुननेवाला और उनका बचाव करनेवाला कौन है? शायद ही किसी ने कभी सोचा होगा कि ऐसी नौबत भी आ सकती है। इमरजेंसी के डर ने लोगों के अवचेतन को दमित कर दिया है, लेकिन अब लगता है कि इंदिरा गांधी इस स्थिति से अवगत हो रही हैं, जो उन्हीं की उत्पन्न की हुई है।

लोक वाणी

(लोक संघर्ष समिति, बिहार का मुख पत्र)

तरुण क्रांति

बिहार प्रदेश छात्र-जन संघर्ष समिति की बुलेटिन

बोलने और लिखने की आजादी ही स्वराज की नींव है। अगर यह नींव की ईंट ही खतरे में पड़ जाए तो आपको उस एक ईंट की हिफाजत के लिए सारी ताकत लगानी पड़ेगी।

—गांधी

पटना, २६ जून, १९७६, अंक : ६५ ५० पैसे

दस्तावेज : बंदी जयप्रकाश की चंडीगढ़ डायरी से

इमरजेंसी के विरोध में प्रकाशित कई पत्रिकाएँ गुप्त रूप में वितरित होती रहीं।

'प्रतिदिन नए अध्यादेश जारी किए जा रहे हैं। अब इंदिरा गांधी और उनका बेटा संजय ही सरकार चला रहे हैं। ऐसा दौर आ गया है, जब सरकार का प्रत्येक मंत्री संजय गांधी से हिदायत मिलने पर ही कुछ करता है। सरकार की बागडोर अब गुंडों के हाथ में है। कोई नहीं जानता कि देश इस विपत्ति से कैसे पार पाएगा। लाखों लोग जेल में हैं। उनके परिवारों की हालत दिन-ब-दिन बिगड़ती जा रही है। बड़ी संख्या में लोग अपने रोजगार खो चुके हैं। अनेक छात्रों की पढ़ाई रुक गई है। बड़ी संख्या में कॉलेजों और विश्वविद्यालयों के शिक्षक जेलों में हैं, यहाँ तक कि वृद्धजनों, युवाओं और बच्चों को भी आतंकित किया जा रहा है। अब देश में पुलिस राज हो गया है। पुलिस की क्रूरता और अपराधिता असहनीय होती जा रही है।'

गुप्त पत्रिकाओं में संभवतः सर्वाधिक प्रचारित-प्रसारित पत्रिका थी 'लोकवाणी।' इसके मुखपृष्ठ पर पत्रिका के नाम के नीचे लिखा रहता था—'लोकसंघर्ष समिति का मुखपत्र।' बिहार व उत्तर प्रदेश गुप्त आंदोलन के बड़े केंद्र थे।

भारत की सुरक्षा खतरे में?

इस पत्रिका में सरकार-विरोधी अनेक समाचार, जो सेंसर के कारण अखबारों में नहीं छपते थे, नियमित रूप से छापे जाते थे। मसलन बुलेटिन संख्या 3 में—'लाल किले में कॉमनवेल्थ संसद् के सामने युवकों का जबरदस्त प्रदर्शन, 25 गिरफ्तार' शीर्षक एक लंबे समाचार में इंग्लैंड के एक संसद् प्रतिनिधि की स्पीच का उल्लेख था, जिसमें उसने कहा था कि हमारे देश ने भारत में जितने जुल्म किए, जन-आंदोलन ने उतना ही जोर पकड़ा। इसलिए वर्तमान सरकार को उससे शिक्षा लेनी चाहिए। उसे जानना चाहिए कि विरोधी दलों पर किए जा रहे अत्याचारों से आंदोलन और जोर पकड़ेगा। कॉमनवेल्थ के देशों के संसद् सदस्यों का यह सम्मेलन 28 अक्तूबर से 4 नवंबर, 1975 तक चला। इसमें प्रदर्शनकारी लड़कों की गिरफ्तारी का विरोध करने पर एक अंग्रेजी दैनिक के वरिष्ठ पत्रकार वीरेन्द्र कपूर की भी लाठियों से धुनाई कर दी गई और भारत रक्षा कानून के अंतर्गत गिरफ्तार कर तिहाड़ जेल में डाल दिया गया, यानी निहत्थे लड़कों पर अंधाधुंध लाठियाँ बरसाने का विरोध करने पर भारत की सुरक्षा को खतरा उत्पन्न हो गया। इस प्रकार भारत रक्षा कानून का घोर दुरुपयोग किया गया। घटना अपने आप में छोटी लग सकती है, लेकिन ऐसी घटनाओं की संख्या को गुणा करने से यह सहज समझा जा सकता है कि इमरजेंसी के अँधियारे काल में कितनी अंधेरगर्दियाँ की गईं।

युवा नरेंद्र मोदी सिख के छद्म भेस में गुप्त साहित्य का वितरण करते रहे।

गुप्त परचों और पत्र-पत्रिकाओं की एक-एक प्रति को अनेक लोग पढ़ते थे। फिर उसके बाद एक व्यक्ति के मुँह से दूसरे व्यक्ति के मुँह तक बात पहुँचते-पहुँचते कभी-कभी उसका रूप अतिरंजित हो जाता था। सेंसर के बारे में इसीलिए कहा गया है कि यह एक दुधारी तलवार है। खबरों पर रोक के कारण जब खबरें तोड़-मरोड़कर या बिगड़ी हुई अवस्था में लोगों के पास पहुँचती हैं और फैलती हैं तो उससे सरकार की पोजीशन और खराब होती है।

'यह कहाँ की जम्हूरियत है?'

सेंसर के बावजूद सरकार-विरोधी समाचारों और विचारों के प्रसारण में गुप्त पत्र-पत्रिकाओं के उल्लेख के प्रसंग में 'लोकवाणी' के ही एक अन्य अंक, बुलेटिन संख्या 13 के संपादकीय का एक अंश इस प्रकार था, 'मालिके मुल्क कहते हैं कि विरोधी पार्टियाँ संविधान में तब्दीली लाने के खिलाफ हैं। संविधान में तब्दीली जरूर लाई जाए, कोई मुजायका नहीं, लेकिन यह सवाल तो उठेगा ही कि तब्दीली क्यों—शौकिया या जरूरतअंदाजी?

पिछले साल (1975) में जो तब्दीलियाँ लाई गईं, उनका सारा जोर इस मुद्दे पर है कि वजीरे आजम को हर मुमकिन चुनौती और खतरे से महफूज रखा जाए। अवाम के चुने नुमाइंदों को अवाम से ही बचाने की जरूरत पड़े, यह कहाँ की जम्हूरियत है?'

'फासिस्ट कौन, हम या वे?'

गुप्त साहित्य में एक उल्लेखनीय प्रकाशन था—CHARTER OF CIVIL LIBERTIES (नागरिक स्वतंत्रताओं का घोषणापत्र) शीर्षक से 1 × 8 साइज में 16 पृष्ठों का दस्तावेज। इसमें अहमदाबाद में नागरिक महासम्मेलन में न्यायशास्त्री व पूर्व विदेश मंत्री मुहम्मद करीम छागला की स्पीच, राज्यसभा में उमाशंकर जोशी की स्पीच, विनोबा भावे को समाजवादी नेता एन.जी. गोरे का पत्र और संसद् के जनता मोर्चा नेताओं के प्रधानमंत्री को संबोधित पत्र प्रकाशित किए गए। इनमें से किसी का प्रकाशन किसी समाचार-पत्र में नहीं हुआ था।

अंग्रेजी में गुप्त साहित्य—फासिस्ट कौन? पुस्तिका का वितरण काफी बड़े पैमाने पर हुआ।

इसी तरह EMERGENCY X-RAYED (आपातकाल का एक्स-रे) शीर्षक 16 पृष्ठ के दस्तावेज में आचार्य विनोबा भावे को लोकसंघर्ष समिति का नोट, समिति के सचिव को आचार्यगण का पत्र और आचार्य सम्मेलन में पारित प्रस्ताव प्रकाशित किए गए।

'आह्वान' शीर्षक से 24 पृष्ठों की एक पुस्तिका में डॉ. सुब्रह्मण्यम स्वामी के जनता के नाम पत्रों का प्रकाशन था। यह खूब बिकी। जाहिरी कारणों से इस पर किसी प्रिंटिंग प्रेस का नाम नहीं था। एक अन्य पुस्तिका थी—ANATOMY OF FASCISM—Who is Fascist—We, or They? (फासीवाद की शरीर संरचना—फासिस्ट कौन—हम या वे?) यह भी बहुत चर्चित रही।

आपातकाल में चोरी-छिपे कई बुलेटिन व पत्रिकाएँ निकलती थीं—जैसे 'तरुण क्रांति', 'नवनिर्माण', 'सत्य समाचार', 'हमारा संघर्ष।' इन्हें बाँटनेवाले बहुत कम लोग पकड़ाई में आते थे, क्योंकि वितरण काफी 'वैज्ञानिक ढंग' से होता था, लेकिन कभी-कभी किसी भूल-चूक या लापरवाही के कारण वितरणकर्ता पकड़ाई में आ जाते थे।

राँची में 1976 में गणतंत्र दिवस की पिछली रात करीब 10 बजे अखिल भारतीय विद्यार्थी परिषद् के कई कार्यकर्ता कमिश्नर ऑफिस के अंदर घुसकर दीवारों पर इमरजेंसी-विरोधी नारे लिख रहे थे। उन्हें मालूम नहीं था कि अंदर पुलिस मौजूद है। पुलिस को शायद कहीं से भनक लग गई थी। दीवार लेखक धर लिये गए। अगले दिन

गणतंत्र दिवस पर इमरजेंसी-विरोधी परचा बाँटते हुए जनसंघ के चंद्रेश्वर प्रसाद सिंह को पुलिस ने पकड़ लिया। यह कार्यकर्ता अपने नाम के अंग्रेजी आद्याक्षर सी.पी. सिंह के नाम से जाने जाते थे और झारखंड विधानसभा का स्पीकर रहने के बाद वर्तमान में राज्य मंत्रिमंडल में नगर विकास मंत्री हैं। लुत्फ की बात यह कि इनके परचे की हेडलाइन थी—'स्वतंत्रता का मूल्य प्राण है, देखो कौन चुकाता है।' इन्हें स्वतंत्रता का मूल्य जेल यात्रा के रूप में तत्काल चुकाना पड़ गया। इन्हें गिरफ्तार कर पहले राँची सेंट्रल जेल और फिर हजारीबाग सेंट्रल जेल भेज दिया गया।

आर.एस.एस. से कुपित सरकार

इमरजेंसी के दिनों में कोई भी बात, जिसमें सरकार की जरा-सी भी आलोचना हो, सरकार के लिए नाकाबिले बरदाश्त थी। इसी का परिणाम था कि बाद में जनता की निगाह में यह सरकार ही नाकाबिले बरदाश्त हो गई।

गिरफ्तार किए गए लोगों में सबसे बड़ी संख्या राष्ट्रीय स्वयंसेवक संघ के कार्यकर्ताओं की थी। इसी प्रकार गुप्त रूप से कार्य करनेवालों में भी आर.एस.एस. के कार्यकर्ता ही अधिक थे। दिलचस्प बात यह कि प्रधानमंत्री श्रीमती गांधी ने अपने कई भाषणों में आर.एस.एस. पर अपना गुबार उतारा।

मद्रास के प्रमुख अंग्रेजी दैनिक 'द हिंदू' के 31 दिसंबर, 1975 के अंक में प्रकाशित समाचार के अनुसार अखिल भारतीय कांग्रेस कार्य समिति के विभिन्न कोषांगों की बैठक को संबोधित करते हुए प्रधानमंत्री श्रीमती इंदिरा गांधी ने कहा—The R.S.S. had been functioning in an organised underground manner and had been establishing firm footholds even in places where it was unknown before.

(आर.एस.एस. एक संगठित तरीके से भूमिगत रहकर कार्य कर रहा है और ऐसे स्थानों में भी, जहाँ पहले इसे कोई नहीं जानता था, इसने मजबूती से पाँव जमाना आरंभ कर दिया है।)

वस्तुतः जन-जन से संपर्क का संघ का अपना वृहत् तंत्र है। इसके कार्यकर्ता भूमिगत साहित्य द्वारा व्यापक पैमाने पर आपातकाल के अत्याचारों और सत्याग्रह की जानकारी जन-जन तक पहुँचाने में सफल रहे। इसलिए इंदिरा गांधी किसी अन्य संगठन की अपेक्षा राष्ट्रीय स्वयंसेवक संघ से सर्वाधिक कुपित थीं।

□

विनोबा को गांधी का उत्तराधिकारी कहलाने का अधिकार नहीं

आपातकाल के दौरान समाजवादी नेता कर्पूरी ठाकुर ने, जब वे फरार थे, आचार्य विनोबा भावे को एक के बाद एक चार पत्र लिखे, जिनमें उनसे अनुरोध किया गया कि वे अन्याय और इंदिरा गांधी की तानाशाही के खिलाफ 'अहिंसक विद्रोह' का नेतृत्त्व करें। आचार्य विनोबा की खामोशी पर कर्पूरी ठाकुर ने लिखा कि आप जैसे व्यक्ति को महात्मा गांधी का उत्तराधिकारी कहलाने का कोई अधिकार नहीं रह गया है।

आपातकाल के दौरान समाजवादी नेता कर्पूरी ठाकुर ने, जब वे फरार थे, आचार्य विनोबा भावे को एक के बाद एक चार पत्र लिखे, जिनमें उनसे अनुरोध किया गया कि वे अन्याय और इंदिरा गांधी की तानाशाही के खिलाफ 'अहिंसक विद्रोह' का नेतृत्त्व करें। आचार्य विनोबा की खामोशी पर कर्पूरी ठाकुर ने लिखा कि आप जैसे व्यक्ति को महात्मा गांधी का उत्तराधिकारी कहलाने का कोई अधिकार नहीं रह गया है।

समाजवादी नेता कर्पूरी ठाकुर के पत्र अगस्त 1977 में प्रकाशित किए गए, जब इंदिरा गांधी की कांग्रेस पार्टी की पराजय व केंद्र में जनता पार्टी की सरकार बनने के साथ आपातकाल समाप्त हो गया और कर्पूरी ठाकुर के नेतृत्व में बिहार में भी जनता पार्टी की सरकार ने सत्ता सँभाल ली।

मौन व्रत तोड़िए

कर्पूरी ठाकुर ने कांग्रेसी प्रशासन द्वारा आपातकाल के दौरान की गई ज्यादतियों की ओर विनोबा भावे का ध्यान आकृष्ट किया था। उन्होंने विनोबाजी से अनुरोध किया था कि वे आध्यात्मिक पुरुष होने के नाते अहिंसक क्रांतिकारी बनकर अन्याय और 'इंदिरा

तानाशाही' के खिलाफ आगे आएँ और जनता की रहनुमाई करें ताकि गांधीवादी विनोबा के आदर्शों को कायम रखा जा सके।

21 दिसंबर, 1975 को श्री ठाकुर ने अपने पहले पत्र में विनोबा भावे से जनता का साथ देने का अनुरोध करते हुए लिखा था कि विश्वयुद्ध-काल में असहयोग आंदोलन के समय और भारत-चीन एवं भारत-पाकिस्तान युद्ध के समय अभिव्यक्ति की स्वतंत्रता पर उतना व्यापक और कठोर आघात नहीं हुआ था, जितना 'इंदिरा राज' में हुआ। अत: 25 दिसंबर, (1975) को जब आप अपना लंबा मौन व्रत भंग करें, तब आप स्थिति पर प्रकाश डालने की कृपा करें।

श्री ठाकुर ने आचार्य भावे को दूसरा पत्र 9 जनवरी, 1976 को लिखा। इस पत्र में श्री ठाकुर ने कहा कि आपसे घोर निराशा हुई, क्योंकि आपसे देशवासियों को आशा थी सत्यवचन की, निर्भीक वाणी की, किंतु आपका भाषण सत्य, सर्वोदय, गांधीवाद और लोकशाही के लिए वज्राघात के रूप में आया, जिसकी कल्पना भी नहीं की गई थी।

विनोबा भावे

इंदिरा की भाषा

श्री ठाकुर ने अपने द्वितीय पत्र में अमेरिकी नीग्रो नेता मार्टिन लूथर किंग के पुरुषार्थ की ओर संकेत किया और कहा कि श्री किंग सच्चे गांधीवादी, तेजस्वी तथा प्राणवंत नेता थे, जिन्होंने अहिंसक तरीके से अपनी जनता को जगाया, तैयार किया और लड़ाई के मैदान में उतारा, लेकिन यह अत्यंत आश्चर्य की बात है कि आप स्वदेशी जुल्म और जुल्मी के विरुद्ध कुछ नहीं बोलते। इसलिए अब आप जैसे व्यक्ति को महात्मा गांधी का उत्तराधिकारी कहलाने का कोई अधिकार नहीं रह गया है।

उन्होंने श्री भावे को लिखा कि आपने अपने भाषणों में देश के ऊपर गंभीर खतरे का जिक्र किया है, जो सचमुच प्रधानमंत्री के स्वर में बोलना और उनका समर्थन करना है। यह आपके लिए निश्चय ही अशोभनीय है।

श्री ठाकुर ने कहा कि आपने इंदिरा सरकार तथा सत्याग्रह के संदर्भ में जो विचार व्यक्त किए हैं, वे गलत ही नहीं, घोर आपत्तिजनक भी हैं। मुझे यह कहते हुए कष्ट हो रहा है कि आपने अपने उक्त भाषण के जरिए अपनी छवि धूमिल कर ली है और इसलिए डॉ. राम मनोहर लोहिया का कहना सच था कि श्री भावे जनतंत्र के बारे में कुछ नहीं जानते।

उन्होंने लिखा कि आपके द्वारा आयोजित 'आचार्य सम्मेलन' शासन-आश्रित था, इसलिए श्रीमती गांधी के डर से आप श्री जयप्रकाश नारायण का नाम तक नहीं लेना

चाहते थे, दूसरी ओर महात्मा गांधी ने सन् 1942 के आंदोलन के सिलसिले में एक बार कहा था कि जब तक जयप्रकाश जेल में बंद है, मैं चैन से नहीं रह सकता।

किस बात का अनुशासन पर्व?

श्री ठाकुर ने कहा कि बाबा (श्री भावे), आपने आजादी का प्रसाद या पारिश्रमिक कुछ भी नहीं माँगा और न ग्रहण किया, लेकिन यह भी सच है कि जे.पी. ने भी कभी कुछ नहीं माँगा और उन्होंने आपसे भी बढ़कर यह त्याग दिखलाया और प्राप्त को भी अस्वीकार कर दिया।

15 सितंबर, 1976 को भेजे गए अपने तीसरे पत्र में श्री ठाकुर ने आचार्य भावे से अनुरोध किया कि आज जब देश गंभीर खतरे में है, तो आप उठें , ललकारें और हुंकार करें तथा अहिंसक विद्रोह को संगठित तथा सफल बनाएँ। श्री ठाकुर ने श्री भावे को याद दिलाया कि देशवासी आपका साथ देंगे, युवा छात्र रक्तदान देंगे और बलिदान के लिए तैयार रहेंगे।

श्री ठाकुर ने आचार्य भावे से जानना चाहा था कि जहाँ देश के बड़े नेतागण तथा राष्ट्रभक्त जेलों में बंद पड़े हैं, आतंक का साम्राज्य है, तो आपने आपातकाल को 'अनुशासन पर्व' कैसे कहा? श्री ठाकुर ने कहा कि यह अनुशासन पर्व आपके लिए और इंदिराजी के लिए हो सकता है, लेकिन देश की जनता के लिए नहीं।

आचार्य भावे ने जब तीन पत्रों का कोई उत्तर नहीं दिया, तो श्री ठाकुर ने 13 नवंबर, 1976 को भेजे अपने चौथे और अंतिम पत्र में लिखा कि सत्य, स्वातंत्र्य, जनतंत्र और न्याय के बारे में आपको कुछ लिखना अब ऊसर में बीज बोने के समान है।

श्री ठाकुर ने अनुरोध किया कि यदि गांधी का थोड़ा भी अंश आप में हो, गांधी की छात्रवृत्ति आपमें शेष हो, तो आप देश के लिए उठ खड़े होकर दिखा दें कि अब भी आप में राष्ट्रीय भावना विद्यमान है।

इस अंतिम पत्र का भी कोई जवाब नहीं आया। मजेदार बात यह कि आपातकाल समाप्त होने के बाद विनोबाजी ने कहा कि उन्होंने आपातकाल को अनुशासन पर्व नहीं कहा था।

□

इंदिरा की रिहाई के लिए विमान अपहरण का खतरनाक खेल

संसद् की मर्यादा का घोर दोषी पाए जाने पर दिसंबर 1978 में इंदिरा गांधी को एक सप्ताह के कारावास की सजा के बाद दो युवकों ने, जिन्हें इंदिरा कांग्रेस से संबद्ध बताया गया, इंडियन एयरलाइंस के एक बोइंग-737 विमान का अपहरण कर लिया और इंदिरा गांधी की रिहाई की माँग की। सरकार ने माँग को मानने से इनकार कर दिया। 20 घंटे तक चले सस्पेंस के बाद पता चला कि युवकों के हथियार—पिस्तौल व हथगोले नकली थे। इंदिरा गांधी ने बाद में दोनों युवकों को पुरस्कृत किया और 1980 में विधानसभा चुनाव का टिकट भी दिया।

21 दिसंबर, 1978 को सुबह उस समय पूरे देश में सनसनी फैल गई, जब यह समाचार प्रसारित हुआ कि कलकत्ता से दिल्ली जानेवाले इंडियन एयरलाइंस के बोइंग-737 विमान का पिछली रात अपहरण हो गया है और अपहरणकर्ताओं की माँग है कि इंदिरा गांधी को रिहा किया जाए। उस दिन इंदिरा गांधी को लोकसभा ने संसद् की मर्यादा के हनन का घोर दोषी पाए जाने पर एक सप्ताह की जेल और लोकसभा की सदस्यता से निष्कासित करने का फैसला किया था।

अपहरणकर्ताओं को चकमा

यह विमान कलकत्ता से वाराणसी, लखनऊ होते हुए दिल्ली जा रहा था। उत्तर प्रदेश के मुख्यमंत्री राम नरेश यादव ने इन अपहरणकर्ताओं से वायरलेस पर बात की और उनसे वाराणसी के बाबतपुर एयरपोर्ट पर आत्मसमर्पण कर देने को कहा। मुख्यमंत्री ने उन्हें बताया कि जब तक तुम लोग आत्मसमर्पण नहीं करोगे, तुम लोगों की कोई माँग नहीं मानी जाएगी। उन्हें आश्वासन दिया गया कि उन्हें कोई नुकसान नहीं पहुँचाया जाएगा और लखनऊ पहुँचने पर उन दोनों को एक ही जेल में रखा जाएगा, लेकिन वे नहीं माने।

दोनों अपहरणकर्ताओं में से एक के हाथ में चमचमाती पिस्तौल और दूसरे के हाथ में एक सफेद रुमाल में लिपटी हुई कोई गोल वस्तु थी, जिसे वे हथगोला बता रहे थे। वे इंदिरा गांधी समर्थक नारे लगा रहे थे। दोनों अपहरणकर्ता बहुत कंफ्यूजन की स्थिति में प्रतीत हो रहे थे।

घंटों बाद जब विमान दिल्ली के पालम एयरपोर्ट पर उतरनेवाला था, उससे करीब 15 मिनट पहले दोनों अपहरणकर्ताओं ने नारेबाजी शुरू कर दी और कॉकपिट की ओर दौड़ पड़े। वे धक्का मारकर और किसी तेज धारदार उपकरण का इस्तेमाल कर कॉकपिट का दरवाजा खोलने में कामयाब रहे। इस बीच विमानकर्मियों ने सभी यात्रियों को शांत रहने को कहा। बताया गया कि कॉकपिट के पास बहस-मुबाहसे के दौरान योजनाबद्ध ढंग से यात्रियों का जमघट लगा दिया गया, जिससे अपहरणकर्ताओं की नजरों में विमान के पीछे का दृश्य ओझल हो गया। इसी का लाभ उठाकर, एयरपोर्ट पर विमान के उतरते ही करीब 100 यात्री विमान के पिछले गेट से चुपचाप बाहर निकल गए। अपहरणकर्ता शायद यह मानकर चल रहे थे कि विमान उनके कब्जे में ही रहेगा। दिल्ली में वे उसे विमानतल या जमीन पर ही रोके रखेंगे या उसे वापस लखनऊ ले जाएँगे, जैसी कि वे धमकी दे रहे थे, क्योंकि मुख्यमंत्री ने उनकी माँगें मानने से इनकार कर दिया था, लेकिन जैसे ही उन्हें मालूम हुआ कि ज्यादातर यात्री विमान के पिछले गेट से उतर गए हैं, उनके होश उड़ गए। वे आत्मसमर्पण के लिए तैयार हो गए। इस विमान में तीन इंटेलिजेंस अफसर भी मौजूद थे। यात्रियों में पूर्व केंद्रीय मंत्री ए.के. सेन और पूर्व सूचना एवं प्रसारण मंत्री धर्मवीर सिन्हा भी थे।

20 घंटे तक सस्पेंस की स्थिति

इन दुस्साहसी अपहरणकर्ताओं ने जो खतरनाक खेल खेला था, उसका अंत बड़ा भयानक भी हो सकता था। अपहरणकर्ताओं से निपटने के लिए कमांडो दस्ते को बुला लिया गया था। अपहरणकर्ताओं पर काबू पाने के लिए भाँति-भाँति के जो उपाय किए जाते हैं। सबसे पहले यह प्रयास होता है कि उन्हें लंबी बातचीत में उलझाए रखा जाए और मनोवैज्ञानिक दबाव डालते हुए थका दिया जाए। अगर उनकी माँग नहीं माननी है और वे किसी तरह काबू में नहीं आ रहे हैं, तब अंतिम उपाय के तौर पर मौका मिलते ही उन पर सीधा हमला किया जा सकता है, उन्हें गोली मार दी जा सकती है, लेकिन इससे यात्रियों के हताहत होने का भी बड़ा जोखिम रहता है।

इन अपहरणकर्ताओं ने करीब 20 घंटे तक पूरे देश को सस्पेंस में रखा। अनिश्चय और कुतूहल की स्थिति बनी रही। विमान के यात्री, जिनमें महिलाएँ व बच्चे भी थे, सो नहीं सके और भूखे-प्यासे रहे। इस लंबे अपहरण नाटक के दौरान इंदिरा कांग्रेस के

किसी नेता ने न तो इस घृणित नाटक का पटाक्षेप करने में कोई दिलचस्पी जाहिर की, न ही इस काररवाई की भर्त्सना करते हुए कोई औपचारिक वक्तव्य दिया।

अपहरणकर्ताओं के आत्मसमर्पण करते ही यह रहस्योद्घाटन हुआ कि उनकी पिस्तौल नकली थी, लेकिन वह बिल्कुल असली की तरह प्रतीत हो रही थी और हथगोले जैसी वस्तु एक पुरानी क्रिकेट गेंद थी।

इन दोनों युवा अपहरणकर्ताओं को उत्तर प्रदेश के मुख्यमंत्री के विमान से लखनऊ ले जाया गया। उन्हें जेल में ले जाने से पहले खुफिया विभाग के अधिकारियों ने गहन पूछताछ की। उन्होंने खुफिया अधिकारियों को बताया कि वे इंदिरा गांधी की गिरफ्तारी का नाटकीय ढंग से विरोध प्रदर्शित करना चाहते थे। उन्होंने कहा कि हमने दुनिया को दिखा दिया है कि जनता सरकार एक तमाशा है और उसे एक छोटी बंदूक और रबड़ के गेंद से भयभीत कर दिया जा सकता है। नागरिक उड्डयन मंत्री पुरुषोत्तम कौशिक ने बताया कि दोनों युवकों ने कबूल किया है कि वे इंदिरा युवा कांग्रेस के सदस्य हैं।

उत्तर प्रदेश विधानसभा में विपक्ष के नेता नारायण दत्त तिवारी ने बाद में लखनऊ जेल में इन युवकों से भेंट की और प्रेस संवाददाताओं से बातचीत में इस बात से इनकार किया कि इन युवकों का कांग्रेस पार्टी से संबंध है, साथ ही कहा कि इन्हें आतंकवादी नहीं कहा जा सकता, क्योंकि इनके पास जो हथियार थे, वे नकली थे।

लोकसभा में प्रधानमंत्री का बयान

बहुत लोगों की यह प्रतिक्रिया थी कि यदि इन दुस्साहसी अपहरणकर्ताओं को कहीं से असली हथियार मिल जाते तो वे उन्हीं का उपयोग करते। तब स्थिति और भयानक हो सकती थी। अपहरण की काररवाई काफी योजनाबद्ध ढंग से की गई थी। अपहरणकर्ता बाकायदा परचे छपवाकर लाए थे, जिनमें उनकी माँगों का उल्लेख था।

पुलिस ने राज्यसभा में कांग्रेस के नेता कमलापति त्रिपाठी के पुत्र जयपति त्रिपाठी को, जो कि लखनऊ नगर कांग्रेस (इंदिरा) के अध्यक्ष थे, इस षड्यंत्र में शामिल होने के आरोप में लखनऊ में गिरफ्तार कर लिया। पुलिस का कहना था कि विमान का अपहरण करना जयपति त्रिपाठी के दिमाग की उपज थी। अपहरणकर्ताओं ने विमान में जो परचे बाँटे, उनमें इंदिरा गांधी की तत्काल रिहाई के अलावा संजय गांधी के विरुद्ध चलाए जा रहे फौजदारी मुकदमों की वापसी का माँग भी थी।

21 दिसंबर को ही प्रधानमंत्री मोरारजी देसाई ने लोकसभा में कहा कि इंदिरा कांग्रेस के लोगों ने पिछले दो दिनों से देश में ऊधम मचा रखा है और विमान अपहरण में भी इन्हीं का हाथ है।

बहुत से लोगों का कहना था कि जब कांग्रेस के लोगों को मालूम था कि श्रीमती

गांधी मात्र एक सप्ताह के लिए जेल में रहेंगी, तब उनकी बिना शर्त रिहाई के लिए हिंसक प्रदर्शन करने का क्या मतलब था? आश्चर्य की बात यह थी कि यदि कुछ दिन के ही कारावास के कारण इस तरह के हिंसक प्रदर्शन हो रहे थे तो अदालत में मुकदमा चलाने के बाद कुछ लंबी अवधि का कारावास होने पर वे क्या करते?

मारे जा सकते थे अपहरणकर्ता

विमान अपहरण कांड पर अनेक समाचार-पत्रों ने तल्ख टिप्पणियाँ कीं। 'नवभारत टाइम्स' (22 दिसंबर, 1978) ने लिखा, 'लखनऊ के दो छात्रों द्वारा विमान अपहरण की घटना केवल एक नाटक बनकर रह गई, इसी से हमें उसकी भयानक संभावनाओं और संकेतों की उपेक्षा नहीं करनी चाहिए। यह तो संयोग की बात है कि यात्रियों या विमान को या स्वयं अपहरणकर्ताओं को कोई हानि नहीं हुई और सारा मामला निपट गया, अन्यथा नकली पिस्तौल और नकली हथगोले के बावजूद विमान और यात्रियों को क्षति पहुँच सकती थी और दोनों अपहरणकर्ता तो मारे भी जा सकते थे। दोनों अपहरणकर्ता इंदिरा कांग्रेस के सदस्य हैं या नहीं, यह विवादास्पद हो सकता है, लेकिन दोनों ने श्रीमती इंदिरा गांधी की रिहाई के लिए जैसी धमकियाँ दी हैं, उससे आम जनता ने यह महसूस किया है कि इंदिरा गांधी के समर्थक अपनी नेता को संसद्, कानून और सामान्य मर्यादाओं के ऊपर मानते हैं और उनके विरुद्ध की जाने वाली किसी न्यायिक काररवाई को भी बरदाश्त नहीं करेंगे। केवल विमान अपहरण ही नहीं, देश के विभिन्न भागों में हो रहे योजनाबद्ध दंगों के पीछे भी यही भावना काम कर रही है।

'और इस मनोवृत्ति का परिचय स्वयं इंदिरा गांधी लगातार देती रही हैं, यहाँ तक कि संसद् के समक्ष उनका बयान भी इस दर्प का ही एक नमूना था। जो लोग उससे पहले नरम दंड के पक्ष में थे, उनमें से अनेक इससे चेत गए। कोई भी नेता, वह कितना ही लोकप्रिय क्यों न हो और इंदिराजी सब वर्गों में ठीक लोकप्रिय ही हैं, यह उनके कई समर्थक भी नहीं कहेंगे—जब कोई अपने को संविधान और कानून के ऊपर मानने लगता है, तब देश के लिए खतरनाक हो जाता है और जब उसका अनुयायी समाज ऐसा आचरण करने लगता है, तब तो उसे व्यापक संकट ही मानना चाहिए। यही वह दुष्ट रोग है, जिसकी ओर हमने संकेत किया है। अगर देश में ऐसे लोग हैं, जो समझते हैं कि हिंसात्मक प्रदर्शनों या तोड़-फोड़ की घटनाओं से इंदिरा गांधी के देशव्यापी समर्थन का प्रमाण मिलेगा, उन्हें समझना चाहिए कि ऐसी हरकतें केवल उस सर्वसत्तावादी मनोवृत्ति का प्रमाण होंगी, जिसे इंदिरा गांधी ने प्रश्रय दिया है और जिसे इनके छोटे चिरंजीव के गैर-जिम्मेदार समर्थकों ने संगठित किया।'

'यह गांधीवादी कांग्रेस नहीं'

विमान अपहरण कांड पर पटना के अंग्रेजी दैनिक 'सर्चलाइट' ने अपनी संपादकीय टिप्पणी (23 दिसंबर, 1978) में लिखा—

'Politics, Indian politics to be precise, seems to be on way to acquiring sophistication in the act of blackmail. That two Pandeys from Uttar Pradesh - Mr. Bholanath Pandey and Mr. Devendra Pandey - both with alleged Congress (I) connections were able to hold 126 passengers, men, women and children and six crew to ransom in a Boeing-737 on its hopping flight from Calcutta to New Delhi with help of two contraptions, not from an arsenal but from a toy shop, only confirms how raw and ill-equipped Indian authorities are in handling incidents of skyjacking.'

(ऐसा प्रतीत होता है कि राजनीति, यथार्थ रूप से भारतीय राजनीति, ब्लैकमेलिंग की कला में सुविज्ञता अर्जित करने के मार्ग पर चल पड़ी है। यह तथ्य कि उत्तर प्रदेश के दो युवक—भोलानाथ पांडेय और देवेन्द्र पांडेय, जो कथित रूप से इंदिरा कांग्रेस से संबद्ध बताए जाते हैं, कलकत्ता से दिल्ली जानेवाले एक बोइंग-737 विमान को, जिसमें 126 यात्री—स्त्री, पुरुष व बच्चे और कर्मीदल के छह सदस्य थे, दो ऐसे उपकरणों की सहायता से सबको बंधक बनाने में कामयाब रहे, जो किसी शस्त्रागार से नहीं, खिलौना दुकान से लिये गए थे, इस बात की पुष्टि करता है कि विमान अपहरण की घटनाओं से निपटने में भारतीय अधिकारीवर्ग कितना अपरिपक्व और साधनहीन है।)

पटना के दैनिक 'प्रदीप' ने अपने संपादकीय (23 दिसंबर, 1978) में लिखा—

'आज की राजनीति एक बहुत बड़ा ढोंग है। वह न महात्मा गांधी की राजनीति है और न उनकी सत्य और अहिंसा पर चलनेवाली कांग्रेस की राजनीति। उनकी वह राजनीति तो कब की मर गई और गांधीजी के अनुयायी कहे जानेवाले कथित गांधीवादी कांग्रेस नेताओं ने धूमधाम से उसकी अंत्येष्टि भी कर दी। उसके बाद अब जो कांग्रेस बनी है, इंदिरा कांग्रेस और मूल कांग्रेस के रूप में, उनमें सत्य और अहिंसा को माननेवाला कोई ऐसा दावा करता है तो यह उसका निरा ढोंग ही है। वह इससे जनता की आँखों में धूल झोंकना चाहता है। हम जनता को चेताते हैं कि वह ऐसे दावों से भ्रमित न हो।'

अराजकता पर उतारू कार्यकर्ता

अंग्रेजी दैनिक 'स्टेट्समैन' ने अपनी संपादकीय टिप्पणी (22 दिसंबर, 1978) में लिखा—'Even if the hijackers had acted on their own, thought must be given to the character of atleast a section of the support that Mrs. Gandhi had mobilized, other and still more disturbing questions are raised by the request made by one of the hijackers that Mr. Sanjay Gandhi and Mrs. Mohsina Kidwai be informed that 'the work had been done.

'Congress (I) leaders will presumably disown any connection with the two hijackers atleast any responsibility for what they did. But the party bears full responsibility for violent demonstrations in many parts of the country. They had clearly demonstrated, if any demonstration was needed that they are not going to be bound by norms of legitimate political protest or of democratic administration. When frustrated, they will be bent upon subversion and anarchy; if in authority they will again misuse power.'

(यदि अपहरणकर्ताओं ने अपनी ओर से ही इस वारदात को अंजाम दिया है, तब भी इस बात पर विचार किया जाना आवश्यक है कि श्रीमती गांधी ने अपने लिए जो समर्थन का जुगाड़ किया है, उसके कम-से-कम एक वर्ग-विशेष का चरित्र कैसा है। एक अपहरणकर्ता के इस अनुरोध से कि संजय गांधी और मोहसिना किदवई को सूचित कर दिया जाए कि 'काम हो गया', अतिरिक्त और अधिक चिंताजनक सवाल खड़े हो गए हैं। संभवतः कांग्रेस (इ) नेता दोनों अपहरणकर्ताओं से किसी प्रकार का संबंध होने, कम-से-कम जो कुछ उन्होंने किया है, उसकी जिम्मेदारी लेने से इनकार करेंगे, लेकिन देश के अनेक भागों में जो हिंसक प्रदर्शन हुए हैं, उनकी पूरी जिम्मेदारी पार्टी को लेनी होगी। उन्होंने साफ तौर पर साबित कर दिया है, यदि किसी प्रकार के सबूत की जरूरत थी कि वे न्यायसंगत राजनीतिक विरोध करने या लोकतांत्रिक प्रशासन तंत्र के मानक अपनाने के लिए बाध्य नहीं हैं। हताश होने पर वे विध्वंस और अराजकता पर उतारू हो जाएँगे, सत्ता में आने पर वे फिर सत्ता का दुरुपयोग करेंगे।)

इंदिरा गांधी की गिरफ्तारी के विरोध में देश के अनेक भागों में हिंसात्मक प्रदर्शन और तोड़-फोड़ की घटनाएँ हुईं। जिन राज्यों में कांग्रेस कुछ मजबूत स्थिति में थी, वहाँ अधिक उत्पात हुआ। सर्वाधिक आक्रामक प्रदर्शन कर्नाटक में हुए। कर्नाटक की राजधानी बैंगलोर में पुलिस ने गोलियाँ चलाईं और राज्य सरकार ने लूटमार और आगजनी में लिप्त होनेवालों को देखते ही गोली मार देने का आदेश जारी कर दिया। प्रदर्शनकारियों ने जनजीवन को अस्त-व्यस्त करने में कोई कोर-कसर बाकी नहीं छोड़ी। भारत और वेस्टइंडीज के बीच खेले जा रहे क्रिकेट टेस्ट मैच के आखिरी दिन का खेल बीच में ही छोड़ देना पड़ा। इससे देश की काफी बदनामी हुई।

अपहरणकर्ताओं को किया पुरस्कृत

ताज्जुब की बात यह कि जेल से छूटने के बाद इंदिरा गांधी ने 26 दिसंबर को पत्र संवाददाताओं से बात करते हुए कहा कि उनकी रिहाई को लेकर किया गया विमान अपहरण एक खिलवाड़ मात्र था और मैं नहीं समझती कि विमान अपहरणकर्ताओं को कठोर दंड दिया जाना चाहिए। इस पर एक संवाददाता ने पूछा, 'लेकिन इससे कितने लोगों को असुविधा हुई, यह तो आप समझती ही हैं।' इसका सीधा जवाब देने की बजाय इंदिरा गांधी ने पलटकर सवाल किया, 'क्या आप यह नहीं समझते हैं कि इमरजेंसी में वर्तमान सरकार के मंत्रियों ने जो रेल दुर्घटनाएँ कराई थीं, उससे कितने लोगों को असुविधा हुई होगी। आज देश में हरिजनों और मुसलमानों पर जुल्म किए जा रहे हैं। क्या उससे उन्हें कष्ट नहीं हो रहा है।' यह एक चालाकी भरा टाल-मटोलवाला जवाब था, जो संवाददाताओं को संतुष्ट नहीं कर सका, क्योंकि इसमें तथ्य कम, शब्दाडंबर अधिक था।

एक संवाददाता ने पूछा कि क्या आपके शासनकाल में हरिजनों और मुसलमानों पर अत्याचार नहीं हुए? इंदिरा गांधी ने तत्काल जवाब दिया—मेरे शासन में कभी बेलछी जैसे कांड नहीं हुए। (बिहार के बेलछी गाँव में जुलाई 1977 में जमींदारों ने कई भूमिहीन हरिजनों की हत्या कर दी थी।) यह पूछे जाने पर कि आप प्रधानमंत्री बनने की स्थिति में विमान अपहरणकर्ताओं को रिहा कर देंगी, उन्होंने कहा, 'मैं इस पर विचार करूँगी।' बाद में यह साबित हो गया कि दोनों अपहरणकर्ता युवक इंदिरा कांग्रेस से संबद्ध थे। श्रीमती गांधी द्वारा दोबारा सत्ता में आने पर इन्हें पुरस्कृत किया गया। इतना ही नहीं, उत्तर प्रदेश में 1980 के विधानसभा चुनाव में इन्हें पार्टी की ओर से टिकट भी दिया गया।

THE TIMES OF INDIA

Unconditional surrender by hijackers

By Our Staff Correspondent

LUCKNOW, December 21.

THE drama that began with the hijacking of a Delhi-bound Boeing minutes before it was due to land at Palam last night ended this morning when the two young hijackers surrendered to the Chief Minister, Mr Ram Naresh Yadav.

Tripathi's son held in Lucknow

Gas struck offshore Bombay

Violence continues in South

Dramatic escape of passengers

Ex-PM asks partymen to maintain peace

Delhi Youth Congress (I) bandh call flops

Murder of Delhi housewife

A wait for unity miracle

You Said It

By LAXMAN

No appeasement, warns Morarji

विमान अपहरणकर्ताओं द्वारा बिना शर्त आत्मसमर्पण करने का समाचार—'टाइम्स ऑफ इंडिया' (22 दिसंबर, 1978)।

विचित्र बात यह कि इंदिरा गांधी कांग्रेस के कतिपय नेताओं ने, जिनमें कमलापति त्रिपाठी प्रमुख थे, आरोप उछाल दिया कि इंडियन एयरलाइंस के बोइंग विमान के

अपहरण में राष्ट्रीय स्वयंसेवक संघ का छिपा हाथ है। विमान अपहरण के घोषित उद्देश्य और अपहरणकर्ताओं के बेलाग वक्तव्य और उनके पूर्व चरित-इंदिरा कांग्रेस और उसकी युवा शाखा से प्रगाढ़ संबंध का खुलासा हो जाने के बावजूद इस तरह के आरोप को बहुत लोगों ने मिथ्याचार की हद बताया। यह आरोप किसी के गले नहीं उतरा। यह आरोप कुछ उसी प्रकार का था, जैसा श्रीमती गांधी और उनके कई सहयोगियों ने 1977 के लोकसभा चुनाव में अपनी भीषण हार का कारण अमेरिकी गुप्तचर एजेंसी सी.आई.ए. और पश्चिमी देशों का षड्यंत्र बताया था।

विपक्ष के रूप में इंदिरा कांग्रेस की भूमिका खेदजनक रही। मार्च 1977 के अंतिम सप्ताह में आम चुनाव में पराजय के तुरंत बाद अप्रैल के पहले सप्ताह से ही पार्टी ने कानून-व्यवस्था को तोड़ने और सामान्य जीवन को अस्त-व्यस्त करने की घटनाओं को अंजाम देना शुरू कर दिया था। मई 1977 में शाह जाँच आयोग के गठन की घोषणा और 3 अक्तूबर को इंदिरा गांधी की एक दिन की नजरबंदी के बाद इन घटनाओं ने काफी जोर पकड़ लिया।

पार्टी द्वारा देश के कई भागों में विरोध प्रदर्शन, कानून का उल्लंघन, हिंसा और भड़कीले वक्तव्य देने के कारण तोड़-फोड़ की कई गंभीर घटनाओं को लेकर शक की सूई इंदिरा कांग्रेस की ओर घूमती नजर आई। गृहमंत्री चौधरी चरण सिंह ने 30 नवंबर को राज्यसभा में बताया कि सरकार को शक है कि देश में तोड़-फोड़ की घटनाओं के पीछे किसी सुसंगठित गिरोह के व्यक्तियों का हाथ है।

इमरजेंसी के रिकॉर्ड स्वाहा

इसी दौर में 25 नवंबर को नई दिल्ली में आकाशवाणी भवन के दो कमरों में भीषण आग लग गई, जिसमें सभी रिकॉर्ड, वार्त्ताओं के टेप, फाइलें और फर्नीचर पूरी तरह जल गए। इस बारे में 'हिन्दुस्तान टाइम्स' (27 नवंबर, 1977) ने लिखा—Preliminary investigations into the fire that broke out at Akashvani Bhavan yesterday suggest political motivations as it was obviously intented to destroy certain records, including tapes of the emergency period.

(आकाशवाणी भवन में कल जो अचानक आग लगी, उसकी प्रारंभिक जाँच-पड़ताल से प्रतीत होता है कि वह राजनीतिक उद्देश्यों से प्रेरित थी, क्योंकि जाहिरी तौर पर इरादा कुछ रिकॉर्ड, जिसमें इमरजेंसी के कालखंड के टेप भी थे, को नष्ट करना था।)

देश के विभिन्न भागों में एक जैसी हिंसक घटनाओं का उल्लेख करते हुए 'तानाशाही के हरकारे' शीर्षक संपादकीय (30 नवंबर, 1977) में 'नवभारत टाइम्स' ने लिखा, 'पिछले कुछ दिनों में तोड़-फोड़ की जो घटनाएँ हुई हैं, वे काफी गंभीर

हैं। रेलवे में लगभग एक पखवाड़े में ऐसी सात घटनाएँ हुई, जिनमें रेलवे लाइनों को काटने की एक घटना में संसद् सदस्य प्रकाशवीर शास्त्री समेत 19 व्यक्ति अपने प्राणों से हाथ धो बैठे। इसके साथ हरदुआगंज बिजलीघर और आकाशवाणी भवन को जला डालने की कोशिशों में स्पष्ट साम्य नजर आता है। इन तमाम बातों से मोटे तौर पर यह निष्कर्ष निकाला जा सकता है या गहरा संदेह तो होता ही है कि घटनाएँ आकस्मिक नहीं, किसी पूर्व नियोजित कार्यक्रम का अंग हैं और इनके पीछे किसी संगठन का हाथ है। जनता को भयाक्रांत करके जो ताकतें लोकतंत्र के स्थान पर व्यक्तितंत्र चलाना चाहती थीं, जनता को उनसे सतर्क रहने की जरूरत है।'

□

चिराग, जो आपातकाल में गुल हो गए

आपातकाल के अँधेरे में जो कुछ हुआ, उसे इतिहास शायद ही कभी भुला पाए। उस अँधेरे में कितने चिराग गुल हुए, कितनी रोशनियाँ बेरोशन हुईं, इसका कोई ठिकाना नहीं। उस दौरान एक लाख से अधिक लोग जेलों में बंद किए गए, जिनमें 30 संसद् सदस्य भी थे। कम-से-कम 30 लोग उन दिनों में ही मृत्युशायी हुए। जेलों में ही मुठभेड़ों में अनेक नक्सली मारे गए। आपातकाल के ग्लैमरस बड़ौदा डायनामाइट कांड की बहुत चर्चा हुई। इस संबंध में पुस्तकें भी लिखी गईं, लेकिन खेद है कि निहत्थी जनता के सच्चे संघर्ष पर किताब तो दूर, विहंगम लेख भूले-भटके से ही कहीं छपे हों। उस दौरान जवाहरलाल नेहरू विश्वविद्यालय के छात्रों ने क्रूर पुलिस व नौकरशाही से जो संघर्ष किया, वह बेमिसाल था। दिल्ली में 19 अप्रैल, 1976 को नसबंदी व गरीबों के मकान गिराए जाने के प्रश्न पर तुर्कमान गेट के मुसलिमों ने, जो पूरे दिन कठिन प्रतिरोध किया, वह भी सारे देश में बेमिसाल था। दिल्ली पुलिस व केंद्रीय रिजर्व पुलिस की 20-22 कंपनियाँ उसे दबाने के काम में लगाई गईं। उस खूनी स्नान में कितनों ने स्नान किया, यह आज तक नहीं पता। शाह आयोग के अनुसार कम-से-कम छह लोग उसमें बलि हुए, जबकि दिल्ली मेट्रोपॉलिटन के एक सदस्य के अनुसार यह संख्या कम-से-कम 30 थी।

उत्तर प्रदेश के मुजफ्फरनगर शहर में न केवल मुसलिम अपितु प्रतिरोध में हिंदू भी बराबर के भागीदार रहे। यहाँ 18 अक्तूबर, 1976 को जो कुछ हुआ, वह एक विदेशी सेना के दूसरे देश में घुसकर वहाँ के नागरिकों के खुले उत्पीड़न से कम नहीं था। उस दिन वहाँ 23 लोगों के नाम प्रस्तुत किए गए, जो मारे गए या लापता माने गए।

होनहार राजन, घोर यातना के बाद—मौत के घाट

होनहार राजन की घोर यातना के बाद मौत और फिर केरल में कालीकट के

इंजीनियरिंग कॉलेज के अंतिम वर्ष के छात्र बी. राजन की कहानी भुलाई नही जा सकती। रिटायर्ड हिंदी प्रोफेसर टी.बी. बरियर का इकलौता पुत्र राजन अभिनय, संगीत, पढ़ाई सभी में होनहार था। कॉलेज का कला सेक्रेटरी था। आपातकाल में कुछ नक्सलियों ने किसी थाने पर हमला किया था। उनकी पूछताछ के लिए पुलिस 1 मार्च, 1976 को उसे व उसके साथी जोसेफ बाली को पकड़कर ले गई। कॉलेज के प्रिंसिपल ने उसके पिता को लिखा। पिता ने पुत्र को पाने के लिए आकाश-पाताल एक कर दिए। वे केरल के तत्कालीन गृह राज्य मंत्री करुणाकरण, गृहसचिव, मुख्यमंत्री व पुलिस अधिकारी सभी से मिले, पर बेकार। उन्होंने राष्ट्रपति व प्रधानमंत्री को पत्र लिखे, लेकिन कोई परिणाम नहीं निकला।

एक साल और निकल गया। आपातकाल खत्म हुआ। पिता ने हाईकोर्ट में हैबियस कार्पस (बंदी प्रत्यक्षीकरण) की अर्जी दी और अपने पुत्र को पेश करने को कहा। अदालत ने श्री करुणाकरण को, जो तब मुख्यमंत्री हो गए थे और अन्य अधिकारियों से पूछा तो उन्होंने हलफनामे भरे कि राजन कभी पुलिस कैद में आया ही नहीं और हम ऐसे किसी व्यक्ति को नहीं जानते। हाईकोर्ट ने तब जाँच की। जाँच के बाद उसने निर्णय दिया कि मुख्यमंत्री का कथन अविश्वसनीय है। गवाहियों से प्रकट है कि राजन को 1 मार्च, 1976 को कॉलेज से गिरफ्तार किया गया। फिर उसे कॉन्वन टूरिस्ट बँगले में ले जाया गया, जहाँ छह पुलिसवालों ने उसे यातनाएँ दीं।

अदालत ने कहा, यातनाओं की ये कहानियाँ हमने फिल्म या उपन्यासों में ही पढ़ी हैं। अदालत की इस टिप्पणी पर मुख्यमंत्री को इस्तीफा देना पड़ा। तभी 2 मई को राजन के साथ गिरफ्तार जोसेफ बाली रिहा हुआ। उसने बताया कि पुलिस ने उन दोनों के हाथ-पैर बाँधकर उन्हें भयंकर रूप से पीटा व पीड़ित किया। पुलिसवाले दो नक्सलियों का पता माँग रहे थे। वे जानते नहीं थे, अतः बता नहीं सके। फिर राजन को जोसेफ से अलग बंद कर दिया गया। 4 मार्च को एक कांस्टेबल ने जोसेफ को बताया कि राजन मर गया। कॉन्वन बाँध में राजन के शव की काफी तलाश की गई, लेकिन कुछ पता न लगा।

आपातकाल के बाद संजय गांधी की गिरफ्तारी पर श्रीमती गांधी की उभरी पीड़ा देखकर राजन के पिता ने श्रीमती गांधी को लिखा कि चूँकि आप माँ हैं, इसलिए आपातकाल में मैंने राजन की माँ की ओर से आपको पत्र लिखा था। मैंने पुत्र को एक बार देखने की राजन की रुग्ण माँ की इच्छा तक लिखी थी, पर वह आपके बहरे कानों तक नहीं पहुँची। राजन के पिता का कहना था कि जो हो, मेरी तमन्ना है कि कोई नारी, चाहे वह श्रीमती गांधी हो और पुत्र का कोई अपराध हो, राजन की माँ जैसे भाग्य का शिकार न हो।

अभिनेत्री स्नेहलता चीखती रही, फिर मौत की नींद…

आपातकाल में स्नेहलता रेड्डी के मामले की शाह आयोग ने जाँच की। प्रख्यात फिल्म 'संस्कार' की अभिनेत्री, नर्तकी, चित्रकार, लेखिका, बाल पत्रिका की प्रकाशिका स्नेहलता रेड्डी कभी किसी राजनीतिक दल की कार्यकर्ता नहीं रही। अवश्य वह लोहिया के भक्तों में से थी। उसे जॉर्ज फर्नांडीस का पता बताने के लिए गिरफ्तार किया गया था। पहले उसकी बेटी नंदना को तीन बार पुलिस पूछताछ के लिए पकड़कर ले गई। फिर फिल्म निर्माता पति पट्टाभि और स्नेहलता को पुलिस पकड़कर ले गई। स्नेहलता को 1 मई, 1976 को बैंगलोर जेल की एक कोठरी, जिसमें एक व्यक्ति के लायक ही स्थान था, बंद कर दिया गया। वहीं कोने के एक सुराख में उसे टट्टी-पेशाब जाना पड़ता था। वह स्थान खुला था। स्नेहलता उसी एकाकी कोठरी में अपनी डायरी लिखती रही। उससे पता लगता है कि वह दमे से भयंकर पीड़ित होकर चीखती रहती, लेकिन उसे अस्पताल नहीं भेजा जाता था। जब सरकार को लगा कि वह मरनेवाली है, तो उसे पेरोल पर छोड़ दिया गया। 25 जनवरी, 1977 को उसकी मृत्यु हो गई।

प्रताप सिंह को भूखे-प्यासे मर जाने को विवश किया!

एक दिन अखबारों में समाचार छपा कि अलवर के पूर्व राजा के ज्येष्ठ पुत्र प्रताप सिंह मारे गए। सरकार ने स्पष्टीकरण दिया कि वे दुष्ट प्रकृति के थे और उनका सचिव भी बुरे कर्मों में लिप्त था, अतः वे परस्पर लड़ते हुए मर गए। आपातकाल हटने के बाद पूरी कहानी सामने आई। संजय गांधी उनसे किसी बात पर खार खाए हुए थे। अतः राजस्थान सरकार ने प्रताप सिंह के हाथों में बेड़ियाँ पहनाने का बीड़ा उठाया। 23 मार्च, 1976 को अलवर पुलिस व जयपुर से आई एक बटालियन ने फूलबाग पर घेरा डाल दिया। बिजली, पानी, फोन काट दिए गए। बाहर से कुछ भी खाना-पानी पहुँचाना रोक दिया गया। जब 27 मार्च को अंदर परिवार के सभी सदस्यों के भूखे-प्यासे मरने की नौबत आ गई, तब रात को प्रताप सिंह व भगीरथ मिश्र आत्महत्या करके मर गए। उसके तत्काल बाद पुलिस ने घेरा हटा लिया। प्रताप सिंह अपने पीछे पत्नी महेंद्रा, 13 वर्षीय पुत्री मीनाक्षी व दो छोटे पुत्रों को छोड़ गए।

आपातकाल समाप्त हुआ, पर उससे हमने क्या सबक लिया है? क्या क्रूर पुलिस के रहते फूलों को कभी मुरझाने और चिरागों को गुल होने से रोका जा सकता है? क्या स्वार्थांध राजनीतिज्ञों से इस संबंध में कभी कोई आशा की जा सकती है?

□

सुन-सुन-सुन : इस इमरजेंसी में बड़े-बड़े गुण!

इमरजेंसी की घोषणा के बाद इंदिरा गांधी सरकार ने अपने आर्थिक कार्यक्रमों की पब्लिसिटी के लिए जबरदस्त प्रचार अभियान चला दिया, लेकिन आर्थिक उपलब्धियों का ढिंढोरा पीटे जानेवाले इस अभियान में अधिक दम नहीं था। पुलिस व प्रशासनिक तंत्र की ज्यादतियों, बिना मुकदमा चलाए बड़ी संख्या में लोगों की अंधाधुंध गिरफ्तारियों, व्यापारियों के ठिकानों पर छापेमारियों, प्रेस की जुबान पर तालाबंदी आदि के कारण लोग संदिग्ध स्वरूप की सरकारी उपलब्धियों को सहज स्वीकार करने के मूड में नहीं थे। बाद के घटनाक्रम से यह पता लगा कि बहुत-सी उपलब्धियाँ महज कागजी थीं और धरातल पर नहीं उतरी थीं।

इमरजेंसी की घोषणा के बाद इंदिरा गांधी की सरकार ने 1 जुलाई, 1975 को 'आर्थिक प्रगति के लिए नए कार्यक्रम' की घोषणा की। इसके साथ ही उसने सरकार की प्रशंसा के पुल बाँधनेवाला जबरदस्त प्रोपेगेंडा अभियान छेड़ दिया, जो लंबे समय तक जारी रहा। सरकार ने इमरजेंसी की उपलब्धियाँ इस प्रकार प्रचारित कीं—

1. रेलगाड़ियाँ और बसें ठीक समय पर चलने लगी हैं।
2. सरकारी कार्यालयों-दफ्तरों में कर्मचारी व अधिकारी वक्त पर हाजिर होने लगे हैं।
3. शिक्षण संस्थाओं में परीक्षाएँ ठीक समय पर ली जाने लगी हैं।
4. अखबारों में कल्पित समाचार छपने बंद हो गए हैं।
5. विरोधी सभाओं, जुलूसों और पोस्टरों का दौर बंद हो गया है।
6. विधि व्यवस्था में चुस्ती आई है।
7. औद्योगिक शांति स्थापित हो गई है, उत्पादन बढ़ा है।
8. अनुशासन बढ़ा है।

9. वस्तुओं की कीमतों में कमी आई है।
10. जनता के हित में नए कायदे-कानून बनाए जा रहे हैं।

ट्रेनें समय पर चलाने के लिए इमरजेंसी!

इसमें आप चाहें तो भाँति-भाँति की और भी कई 'उपलब्धियाँ' जोड़ सकते हैं। इंदिरा सरकार समय-समय पर ऐसा करके स्वयं अपनी पीठ थपथपाती रही। इसमें कोई संदेह नहीं कि इमरजेंसी के आंरभिक दौर में स्थिति में कुछ सुधार हुआ। कुछ जमाखोरों और तस्करों की धर-पकड़ से आवश्यक वस्तुओं की जमाखोरी कुछ कम हुई, लेकिन धीरे-धीरे कथित सुधार में शिथिलता आने लगी और यथापूर्व स्थिति बनने लगी। सेंसरशिप लागू रहने और सरकारी एकालाप के कारण सरकार को यह पता नहीं लग रहा था कि जनता के बड़े वर्गों में इसकी क्या प्रतिक्रिया हो रही है। क्या इन सभी कदमों को जनता ने पसंद किया? देश में बहुत लोगों के बीच और पश्चिमी मीडिया में प्रतिक्रिया यह थी कि क्या भारत में ट्रेनों को समय पर चलाने और सरकारी दफ्तरों में वक्त की पाबंदी का पालन कराने जैसी बातों के लिए इमरजेंसी लगाने की जरूरत पड़ती है, क्या इसका एक अर्थ यह हुआ कि भारत में पिछले 25 साल की लोकतांत्रिक व्यवस्था फेल हो चुकी थी! इसके साथ ही इंदिरा गांधी ने यह बताने की जहमत मोल नहीं ली कि ये कदम इलाहाबाद हाईकोर्ट का फैसला आने के बाद ही क्यों उठाए गए? क्या सामान्य कायदे-कानूनों के तहत कारखानों और शिक्षण संस्थानों में कथित अनुशासनहीनता को दबाया नहीं जा सकता था?

आर्थिक उपलब्धियों का ढिंढोरा

सरकार ने आर्थिक उपलब्धियों का जो ढिंढोरा पीटा, उसमें अधिक दम नहीं था। लोग जानते थे कि कीमतों में गिरावट जून 1975 में इमरजेंसी लगने से पहले ही शुरू हो गई थी, काफी काला धन पकड़ में आ चुका था और औद्योगिक सेक्टर में भी शांति थी, लेकिन इमरजेंसी के दौरान आर्थिक मोर्चे पर सरकार की जो थोड़ी-बहुत उपलब्धियाँ थीं, उसकी धार सरकार नियंत्रित मीडिया के अहर्निश प्रचार के बावजूद कुंद हो गई। प्रचार का कोई विशेष प्रभाव नहीं पड़ा, क्योंकि किसी भी अप्रिय घटना के प्रकाशन-प्रसारण पर पूरा प्रतिबंध चल रहा था। मनमानी गिरफ्तारियों और बिना मुकदमा चलाए हजारों लोगों की नजरबंदी, दुकानों पर मनमाने ढंग से छापे और समाचारों पर सेंसर और सर्वत्र व्याप्त भय के वातावरण के कारण लोगों में असंतोष फैलने लगा था।

सेंसर लगने के बावजूद अंग्रेजी दैनिक 'इंडियन एक्सप्रेस' (Indian Express) ने अपने 9 अगस्त, 1975 के अंक में Democracy & Descipline (लोकतंत्र एवं अनुशासन) शीर्षक संपादकीय में सतर्कता बरतते हुए लिखा— People cannot give of their best if they function in a climate of uncertainty as to what may happen to them and whether they will be protected from arbitrary action by those in authority at various levels.

(लोग अपने अंदर मौजूद सर्वोत्तम योग्यता-क्षमता का प्रदर्शन नहीं कर सकते अगर उन्हें अनिश्चितता के माहौल में काम करना पड़े और उन्हें यह पता न हो कि उनके साथ क्या बीतेगी और क्या विभिन्न स्तरों पर मौजूद सत्ताधिकार-प्राप्त व्यक्ति उन्हें संरक्षण प्रदान करेंगे।)

पाँच लाख कामगार हो गए बेरोजगार

अखबारों में पूरे पृष्ठ के विज्ञापन : सौ दिन में ठीक 'सौ नई सफलताएँ'

केंद्र सरकार ने आपातकाल के सौवें दिन 3 अक्तूबर, 1975 को देश भर के प्राय: सभी भाषाओं के दैनिक समाचार-पत्रों में पूरे पृष्ठ के आकार के विज्ञापन छपवाते हुए आपातकाल की सफलताओं की सेंचुरी (शतक) हिट करने का दावा किया। अंग्रेजी में इन विज्ञापनों का शीर्षक था—A Hundred new gains-in 100 days of emergency और हिंदी में 'सौ नई सफलताएँ—आपात स्थिति के 100 दिनों में।' ये उपलब्धियाँ सौ दिनों में ठीक 100 थीं, न दो-चार अधिक, न दो-चार कम! इंदिरा गांधी इस बात पर आश्चर्यचकित थीं कि पूरी सरकारी मशीनरी को एक विशाल विज्ञापन एजेंसी में परिवर्तित कर देने के बावजूद लोग इन 'उपलब्धियों' को मानसिक तौर पर ग्रहण करते हुए प्रतीत नहीं हो रहे थे। उनमें कोई खास उत्साह दृष्टिगोचर नहीं हो रहा था और न ही वे इमरजेंसी लगाने की आवश्यकता के प्रधानमंत्री के तर्क को उत्साहपूर्वक स्वीकार कर रहे थे।

सरकार ने कीमतों में गिरावट को प्रचारित किया, लेकिन वस्तुस्थिति क्या थी, इसके विश्लेषण की आवश्यकता है। जहाँ तक कीमतों में गिरावट की बात है, इंदिरा गांधी के सत्ता सँभालने के करीब एक दशक में—1966-67 और 1974-75 के बीच थोक मूल्य सूचकांक 148 से बढ़कर 351 (आधार वर्ष 1950-51) हो गया, यानी कीमतें 137 प्रतिशत से अधिक बढ़ गईं। इसी अवधि में औद्योगिक उत्पादन में मात्र चार प्रतिशत की वृद्धि हुई। अलबत्ता इमरजेंसी के शुरुआती दौर में स्थिति में कुछ सुधार अवश्य हुआ। औद्योगिक इकाइयों में वैधानिक न्यूनतम मजदूरी में बढ़ोतरी का रुझान देखा गया। आर्थिक अपराधियों के विरुद्ध कठोर काररवाई के अच्छे परिणाम निकले।

उपभोक्ता मूल्य सूचकांक, जो जून 1975 में 328 था, मार्च 1976 में गिरकर 286 रह गया, लेकिन कुछ महीनों के अंदर ही ये सब फायदे बेकार हो गए। इमरजेंसी के छह माह बीतते-बीतते करीब पाँच लाख कामगार बेरोजगार हो गए।

यह कैसी 'पूर्ण औद्योगिक शांति'?

इमरजेंसी में पढ़िए ताजा खबरें—'उत्तम', 'विशाल', 'बहुत बढ़िया', 'भरपूर', 'बहुत खुश', 'उज्ज्वल', 'चमत्कारिक'।
—'टाइम्स ऑफ इंडिया' में लक्ष्मण का व्यंग्य चित्र (11 दिसंबर, 1975)।

इस अवधि में बड़ी संख्या में तालाबंदी की घोषणाएँ होने लगीं। मजदूर यूनियनों और संसद् के दबाव से औद्योगिक विवाद अधिनियम में संशोधन किया गया और उद्योगों की बंदी व छँटनी के लिए पूर्व अनुमति लेना लाजिमी कर दिया गया, लेकिन इस संशोधन में तालाबंदी का कोई उल्लेख नहीं था। जिसका परिणाम यह हुआ कि अनेक उद्योगकर्ताओं ने कानून के इस छिद्र-पथ का फायदा उठाते हुए अपने उद्योगों में तालाबंदी घोषित कर दी। इमरजेंसी की घोषणा से पहले जनवरी-जून 1975 में तालाबंदी से मानव-दिवसों की हानि की प्रतिशतता 14 थी, लेकिन इसके बाद जुलाई-दिसबंर 1975 में यह बढ़कर 65 प्रतिशत हो गई। जुलाई 1976 में तो तालाबंदी के कारण मानव-दिवसों की हानि बढ़कर 96 प्रतिशत तक पहुँच गई।

सरकार ने एक नया कानून बनाकर गारंटित बोनस (वेतन का 8.33 प्रतिशत) समाप्त कर दिया और इसका भुगतान पिछले तीन वर्षों में आवंटन सरप्लस के आधार पर करने का प्रावधान कर दिया। इस पर कई उद्योगपतियों ने यह घोषणा करते हुए कि उनके पास कोई आवंटन सरप्लस नहीं है, अपने कर्मचारियों को बोनस से वंचित कर दिया। किसी बाहरी एजेंसी को इस बात की अनुमति नहीं थी कि कोई सरप्लस नहीं होने के दावे की फिर से जाँच (क्रॉस चेकिंग) कर सके। इमरजेंसी के प्रावधानों के तहत हड़तालों और आंदोलनों पर व्यापक पाबंदी और निष्ठुर 'मीसा' कानून के अधीन गिरफ्तारी की आशंका के कारण कामगार डरे और सहमे हुए थे।

आपत्तिजनक सामग्री प्रकाशन निवारण कानून के कारण मजदूर यूनियनें विरोध में परचे भी जारी नहीं कर सकती थीं। पुलिस उनके विरुद्ध कुछ भी करने को तैयार नजर आती थी। मजे की बात यह कि सरकार ने इस स्थिति को 'पूर्ण औद्योगिक शांति' की संज्ञा दी।

'गरीबी हटाओ' काल में औद्योगिक घराने

यहाँ इस बात का उल्लेख करना प्रसंगानुकूल होगा कि लोकसभा चुनाव की घोषणा के कुछ दिन बाद अंग्रेजी दैनिक 'इकोनॉमिक टाइम्स' (ECONOMIC TIMES) के रिसर्च ब्यूरो द्वारा तैयार की गई एक रिपोर्ट के अनुसार देश के 20 बड़े औद्योगिक घरानों की कुल परिसंपत्ति, जो 1972-73 (यानी 'गरीबी हटाओ' नारे के वर्ष) में 3,516 करोड़ रुपए थी, 1975-76 (जिसमें इमरजेंसी का प्रथम वर्ष शामिल था) में बढ़कर 4,996 करोड़ रुपए हो गई। इनका कुल विस्तार 41.2 प्रतिशत हुआ। इस रिपोर्ट पर सरकार के घबराए हुए मीडिया मैनेजरों ने अखबार के प्रबंधकों को फोन करके उनसे यह जानना चाहा कि क्या यह रिसर्च रिपोर्ट विपक्षी दलों द्वारा तैयार कराई गई है!

इंदिरा गांधी ने 1 जुलाई, 1975 को आकाशवाणी से देशवासियों को संबोधित करते हुए, जिस 20 सूत्री आर्थिक कार्यक्रम की घोषणा की, उसमें हरिजनों, आदिवासियों, अन्य कमजोर वर्गों और खेतिहर मजदूरों के उत्थान के कदम उठाने का संकल्प शामिल था। इस निमित्त केंद्र तथा विभिन्न राज्य सरकारों के सभी अनुसूचित क्षेत्रों और 50 प्रतिशत से अधिक आबादीवाले अनुसूचित वर्गों के क्षेत्रों में नए आर्थिक कार्यक्रमों के विस्तार का प्रचार किया गया। बताया गया कि देश में जनजातियों की कुल आबादी के दो-तिहाई भाग को इन कार्यक्रमों से लाभ पहुँचेगा। सूचना एवं प्रसारण कार्यालय के पत्र सूचना कार्यालय ने 'अनुसूचित जनजातीय क्षेत्रों में नवप्रभात' जैसे शीर्षकों के साथ अखबारों में प्रकाशन के लिए लेख जारी किए, लेकिन आपातकाल के ही दौरान योजना के कार्यक्रम मूल्यांकन संगठन द्वारा किए गए एक विशेष अध्ययन-अनुशीलन में पाया गया कि राज्य सरकारें समन्वित जनजातीय विकास कार्यक्रमों को अत्यंत मंथर गति से कार्यान्वित कर रही हैं।

किस कीमत पर 'स्थिरता की उपलब्धि'?

1977 के आरंभिक दौर में लोकसभा चुनाव के निमित्त इमरजेंसी और सेंसर में ढील दिए जाने की घोषणा के कारण माहौल धीरे-धीरे बदलने लगा और लोगों के मन का गुबार रह-रहकर फूटने लगा। मार्च 1977 में चुनाव अभियान के आखिरी दिनों में कई अखबारों में इसकी झलक भी मिलने लगी। बंबई के अंग्रेजी साप्ताहिक 'ब्लिट्ज' (Blitz) के 12 मार्च, 1977 के अंक में मधु मेहता का एक पत्र छपा, जिसका शीर्षक था—What price stability? अर्थात् किस कीमत पर स्थायित्व?

पत्र में कहा गया कि लोकसभा के वर्तमान चुनाव में कई मंचों से फिर सरकार के टिकाऊपन का हौआ खड़ा करते हुए लोगों को यह चेतावनी दी गई कि वे यदि सत्ताधारी दल कांग्रेस को वोट नहीं देंगे तो अस्थिरता का एक बड़ा दौर शुरू हो जाएगा, जो सबकुछ बर्बाद कर देगा। कांग्रेस के प्रवक्ता अब हमें इमरजेंसी के पिछले 19 महीनों

की उपलब्धियाँ, खासतौर पर कोई हड़ताल न होना, कोई मोर्चा न निकलना, विपक्ष का कोई प्रदर्शन और अन्य आंदोलनात्मक गतिविधियाँ न होना, गिना रहे हैं, लेकिन सत्ताधारी दल बताए कि यह सब किस कीमत पर हुआ?

When thousands and thousands were jailed without any fair trial, when the basic character of the Constitution was completely changed in the absence of leading members of the opposition in parliament, when the excutive's action threw to the winds the normal procedure employed in the transfer of judges, when the fundamental rights of the people were snatched away and the laws changed with retrospective effect to enable the prime minister to hold on the power after she was declared unseated by the Allahabad High Court.

(जब हजारों-हजार लोग बिना किसी न्यायसंगत ट्रायल के जेलों में डाल दिए गए, संसद् में विपक्ष के प्रमुख नेताओं की अनुपस्थिति में संविधान के बुनियादी स्वरूप को बदल दिया गया, जब कार्यपालिका की काररवाई के जरिए न्यायाधीशों के तबादलों में अपनाई जानेवाली सामान्य क्रिया-विधि की धज्जियाँ उड़ा दी गईं, जब प्रेस की स्वाधीनता को रौंद डाला गया, जब लोगों से उनके मौलिक अधिकार छीन लिये गए और इलाहाबाद हाईकोर्ट द्वारा प्रधानमंत्री का चुनाव रद्द कर देने के बाद प्रधानमंत्री को सत्ता में बनाए रखने के लिए गतकालिक प्रभाव से कानून बदल दिए गए।)

पत्र में पूछा गया कि क्या स्थायित्व की यही कीमत है? यदि ऐसा है तो ईश्वर ही जानता है कि यदि चुनाव परिणाम सत्ताधारी पार्टी के पक्ष में गए तो हमें भविष्य में इसकी और कितनी अधिक कीमत चुकानी पड़ेगी? समय आ गया है कि हम जेल बैरकों की शांति एवं स्थायित्व और राष्ट्रीय उद्देश्य से प्रेरित एक स्वतंत्र, सर्वमान्य एवं जीवंत समाज में से एक को चुनें।

कीर्ति गाथा : हजारों किलो साहित्य रद्दी में!

इमरजेंसी के दौरान ज्यादातर आर्थिक कार्यक्रमों का लाभ जमीनी स्तर पर कम और कागजी स्तर पर अधिक देखा गया। प्रचार सामग्री जितनी छपती, उतनी बँटती नहीं थी। वह 'अंतिम व्यक्ति' तक पहुँचती नहीं और जो पहुँचती, वह पढ़ी नहीं जाती और अगर पढ़ी भी गई तो बहुत कम लोगों को अपनी बात का कायल कर सकी। इसका बड़ा कारण यह था कि इमरजेंसी लगने के कुछ ही दिन बाद कुछ अपवादों को छोड़कर अफसरशाही-नौकरशाही की रफ्तार फिर से कछुए की गति पर आ गई। सरकारी तंत्र आँख और कान बंद किए एक ही मंत्र का जाप करता रहा। अब तो सेंसरशिप के कारण अखबार अफसरों की इस दायित्वहीनता को उजागर भी नहीं कर सकते थे। इमरजेंसी

समाप्त हो जाने के करीब दस दिन बाद दैनिक 'नवभारत टाइम्स' ने एक दिलचस्प समाचार छापा। पत्र के 3 अप्रैल, 1977 के अंक में पणजी से प्राप्त जानकारी में बताया गया : आपात स्थिति के संबंध में दिल्ली से ढेरों साहित्य अब भी प्राप्त हो रहा है। 20 सूत्री आर्थिक कार्यक्रम और इमरजेंसी के फायदों से संबंधित पुस्तिकाओं, परचों और पोस्टरों ने गोवा के अधिकारियों के लिए हैरानी और परेशानी पैदा कर दी है। एक अधिकारी के अनुसार '100 किलोग्राम वजन के बंडल का अब हम क्या करें?' इधर बंडल खुलते हैं, उधर पुस्तिकाओं आदि को देखते ही अधिकारी आँखें बंद कर लेते हैं। विभिन्न भाषाओं में प्रकाशित ऐसे साहित्य का मूल्य लाखों रुपए आँका गया है। अब तो अधिकारीगण इतने आदी हो गए हैं कि जैसे ही बंडल पहुँचते हैं, उन्हें गोदाम में भेज दिया जाता है।

ज्ञातव्य है कि इंदिरा गांधी ने 18 जनवरी, 1977 को लोकसभा के चुनाव कराने की घोषणा की थी। विचित्र बात यह कि इसके दो-ढाई महीने बाद भी आपातकाल की कीर्ति-गाथा का प्रेषण व वितरण होता रहा, जबकि चुनाव की घोषणा होते ही इसका मुद्रण व वितरण रोक दिया जाना चाहिए था, परंतु क्या यह समझ लिया गया था कि चुनाव के बाद भी इंदिरा गांधी की ही सरकार आएगी? आपात स्थिति के समर्थनवाले लिफाफे और पोस्टकार्ड इतनी बड़ी संख्या में मौजूद थे कि आपात स्थिति समाप्त होने के महीनों बाद भी डाक विभाग आपात स्थिति के समर्थनवाले साहित्य पर मुहर लगाता रहा।

प्रश्न है—क्या हजारों किलो साहित्य छापकर रख देने से ही वह प्रचारित हो गया? वस्तुतः जनता को पीड़ित-उत्पीड़ित करने और पिछला हिसाब-किताब चुकता करने में मुस्तैदी प्रदर्शित करने के अलावा अफसरशाही-नौकरशाही 'चाल बेढंगी, जो पहले थी सो अब भी है' कहावत को चरितार्थ करती रही। असल में सरकार को चलानेवाले बड़े-बड़े अफसर ही होते हैं, जिनकी नौकरी सुरक्षित होती है। उन्हें तेज चलने की आदत नहीं होती, क्योंकि इससे उनकी साँस फूल सकती है।

□

इंदिरा का 20 सूत्री कार्यक्रम : 'आधुनिक श्रीमद्‌मगवद्‌गीता'!

1 जुलाई, 1975 को प्रधानमंत्री श्रीमती इंदिरा गांधी ने आर्थिक प्रगति के लिए एक 20 सूत्री कार्यक्रम की घोषणा की। इसके तुरंत बाद संजय गांधी ने एक 5 सूत्री कार्यक्रम पेश कर दिया। सरकार की ओर से आदेश दिया गया कि संजय गांधी के कार्यक्रम को भी प्रधानमंत्री के 20 सूत्री कार्यक्रम के साथ जोड़ दिया जाए। सर्वत्र इस कार्यक्रम का स्तुतिगान होने लगा।

महाराष्ट्र के मुख्यमंत्री एस.बी. चह्वाण ने 20 सूत्री कार्यक्रम की प्रशंसा करते हुए इसे आधुनिक श्रीमद्‌मगवद्‌गीता बताया, लेकिन यह कार्यक्रम कुल मिलाकर मात्र एक लुभावना कार्यक्रम ही सिद्ध हुआ।

इमरजेंसी की घोषणा के पाँच दिन बाद इंदिरा गांधी ने 'आर्थिक प्रगति के लिए नए कार्यक्रम' घोषित किए। ज्यादातर कार्यक्रमों में कोई नयापन नहीं था। यह नई बोतल में पुरानी शराब परोस देने जैसा था। जो नए लक्ष्य घोषित किए गए, उनमें आवश्यक वस्तुओं की कीमतें घटाना, ग्रामीण क्षेत्र के लोगों को ऋण से मुक्ति दिलाने की योजना बनाना, खेतिहर मजदूरों की न्यूनतम मजदूरी संबंधी कानून की समीक्षा करना, बंधुआ मजदूर प्रथा को गैरकानूनी घोषित करना, तस्करों की संपत्ति की जब्ती के लिए विशेष कानून बनाना और विद्युतीकरण के कार्यक्रम में तेजी लाना जैसे कार्यक्रम शामिल थे।

'माँ और बेटे का राज'

इंदिरा गांधी के 20 सूत्री आर्थिक कार्यक्रम की घोषणा के तुरंत बाद संजय गांधी ने एक 5 सूत्री कार्यक्रम पेश कर दिया। 1969 में राष्ट्रपति पद के चुनाव-युद्ध के नाजुक दौर में भी इंदिरा गांधी ने आर्थिक सुधारों के नए कदम उठाने की घोषणा की थी। इस प्रकार उन्होंने अपने राजनीतिक संकट को सैद्धांतिक मोड़ दे दिया था। इंदिरा गांधी के

20 सूत्री आर्थिक कार्यक्रम की घोषणा के तुरंत बाद संजय गांधी ने एक पाँच सूत्री कार्यक्रम पेश कर दिया। सरकार की ओर से आदेश दिया गया कि इन पाँचों कार्यक्रमों को भी उसमें जोड़ दिया जाए। हर जगह इंदिरा गांधी के साथ संजय गांधी की तसवीरें भी लगाई जाने लगीं, जबकि संजय गांधी की किसी प्रकार की कोई संवैधानिक हैसियत नहीं थी। लोगों में इसकी तीखी प्रतिक्रिया होने लगी। लोग कहने लगे कि यह तो माँ और बेटे का राज हो गया। उन दिनों आकाशवाणी और दूरदर्शन से इन कार्यक्रमों की पब्लिसिटी के अलावा अखबार भी इंदिरा गांधी व संजय गांधी के चित्रों से भरे रहते थे। सेंसर लागू रहने के कारण अखबारों के पास छापने लायक समाचारों का टोटा पड़ गया। ताज्जुब की बात यह कि सत्ताधारियों को यह मामूली-सी बात समझ में नहीं आई कि 20+5 जोड़ 25 वाले संयुक्त फॉमूर्ले की पब्लिसिटी की प्रतिकूल प्रतिक्रिया हो सकती है। लोग इसका मजाक उड़ाने लगे, लेकिन सत्ता के मद में बैठे महानुभाव इससे बेखबर थे, क्योंकि बाखबर करनेवाले अखबारों के मुँह पर ताले लगा दिए गए थे।

कांग्रेस एम.पी. का पत्र : 'सारी कवायद एक ढकोसला'

प्रधानमंत्री व संजय गांधी ने मंत्रियों, सांसदों, विधायकों, पार्टी के कार्यकर्ताओं, विशेषत: युवा कार्यकर्ताओं को आदेश दिया कि वे 25 सूत्री कार्यक्रम का प्रचार करें, गाँव-गाँव जाएँ और जनता के बीच काम करें, लेकिन प्रश्न है—गाँवों में कौन जाता है, गाँवों में जाकर कौन काम करना चाहता है? कोई भी कार्यक्रम कितना भी अच्छा क्यों न हो, तभी सफल हो सकता है, जब उसको अमलीजामा पहनाने के लिए कोई व्यावहारिक व ठोस कार्यनीति बनाई जाए और इसके लिए उपयुक्त व्यक्ति उपलब्ध हों। पार्टी के कार्यकर्ताओं और सरकारी नौकरों में इन कार्यक्रमों के प्रति जो लगन एवं समर्पण भाव होना चाहिए था, उसका अभाव था। इसलिए इस कार्यक्रम को मात्र आंशिक सफलता मिली। यहाँ एक मिसाल प्रस्तुत है। अविभाजित बिहार के चतरा (अब झारखंड) संसदीय क्षेत्र के कांग्रेसी सांसद शंकरदयाल सिंह ने 10 अप्रैल, 1976 को चतरा में बड़ी मेहनत और आन-बान-शान के साथ '20 सूत्री कार्यक्रम और ग्रामीण विकास' विषय पर एक गोष्ठी का आयोजन किया। इसमें नाश्ता-खाना और सांस्कृतिक कार्यक्रम भी शामिल थे, लेकिन कांग्रेस नेताओं और मंत्रियों ने आमंत्रण के जोरदार आग्रह के बावजूद इसमें कोई खास दिलचस्पी नहीं दिखलाई। इनमें से ज्यादातर तो आए ही नहीं।

अब पढ़िए शंकरदयाल सिंह का इस पर क्या कहना था—

'यहाँ यह हाल है कि शहर छोड़कर कोई देहात जाना नहीं चाहता। सारा ढोंग और ढकोसला यहीं सिद्ध हो जाता है। कांग्रेस के वास्तविक कार्यकर्ता शुरू से उपेक्षित रहे हैं, जो देहात में, गाँवों में, जगंलों में काम करते हैं। एम.एल.ए. या एम.एल.सी. का टिकट

या कोई पद उसे ही मिलता है, जो पटना या दिल्ली में नेताओं की खुशामद करता है। मंत्रियों और कार्यकर्ताओं में भारी अंतर है, वही जो साहब और चपरासी में है।'

'20 सूत्री, गीता की तरह एक जीवन दर्शन'

महाराष्ट्र के तत्कालीन मुख्यमंत्री एस.बी. चह्वाण ने, जो बाद में केंद्र में गृहमंत्री बने, 5 जनवरी, 1976 को पुणे जिले में किसानों की एक रैली को संबोधित करते हुए प्रधानमंत्री इंदिरा गांधी के 20 सूत्री कार्यक्रम को आधुनिक श्रीमद्भगवद्गीता बताया और कहा कि गीता की तरह यह भी एक जीवन दर्शन है, जिसे उसकी संपूर्णता में ग्रहण करना चाहिए। 20 सूत्री आर्थिक कार्यक्रम को 'जीवन दर्शन' कैसे कहा जा सकता है, यह तो चह्वाण ही जानें, लेकिन चाटुकारिता करनेवालों के लिए यह अवश्य ही एक 'जीवन दर्शन' बन गया था।

इमरजेंसी के दौरान रोज '20 सूत्री, 20 सूत्री' की माला जपनेवाले कांग्रेस के कितने नेता और कार्यकर्ता पूरे 20 सूत्र बता सकते थे, कहना कठिन था। बता पाने का औसत दो-चार-पाँच सूत्र तक ही सीमित था। हमारे देश में गीता के 18 अध्यायों के पूरे 700 श्लोक सुना देनेवाले कई व्यक्ति मिल जाएँगे, लेकिन कांग्रेस के आर्थिक कार्यक्रम के मात्र 20 सूत्र तत्काल सुना देनेवाले नेताओं और कार्यकर्ताओं की खोज करनी पड़ती थी। यदि प्रोत्साहन प्रदान करने के लिए कोई पुरस्कार योजना शुरू की जाती तो शायद उसका कुछ लाभ होता।

20 सूत्री, पत्रकारों की कमाई का जरिया!

इमरजेंसी के दौरान 20 सूत्री कार्यक्रम कहीं-कहीं पत्रकारों की कमाई का जरिया भी बन गया था। इसके लिए यह जरूरी नहीं था कि आप 20 के 20 सूत्र जानें। एकाध सूत्र को ही पकड़कर आप उससे होनेवाले फायदे अपने अखबार में लिख दें और पुरस्कार राशि प्राप्त कर लें।

महाराष्ट्र के प्रसिद्ध पत्रकार हरीश दवे के शब्दों में एक किस्सा इस प्रकार है—

'वर्ष 1975 की बात है। एक सरकारी अधिकारी मेरे पास आए। कहा, भाई, इस 20 सूत्री कार्यक्रम के किसी भी एक सूत्र पर आप एक लेख लिखो, अपने अखबार में प्रकाशित करो। आपने कौन सा मुद्दा लिया है, इस पर 200 रुपए से लेकर 1000 रुपए तक का पुरस्कार हम आपको दे सकते हैं। मैंने उनसे कहा कि भई देखो, मैं आपातकाल के खिलाफ हूँ। जब तक जयप्रकाश नारायण और मोरारजी देसाई की तसवीर को छापने की मुझे इजाजत नहीं मिलेगी, तब तक इंदिरा गांधी की तसवीर भी मेरे अखबार में प्रकाशित नहीं होगी। आप क्यों आए हैं, मेरे पास? इस पर उसने कहा, आप आपातकाल

के खिलाफ हैं, तो आपको किसने कहा कि आप उसका समर्थन करो, मगर एक भूमिहीन किसान को कर्ज माफी के मामले में तो कोई राजनीति नहीं आती। उस पर एक लेख लिख डालो, बीच में एक लाइन लिख दो कि इंदिरा गांधी के 20 सूत्री कार्यक्रम में एक यह कार्यक्रम भी है, जो अच्छा है।'

'मैंने उनसे कहा कि भई, दूसरे झंझट भी हैं। जो लेख मैं लिखता हूँ, उसके लिए प्रेस का मालिक मुझे वेतन देता है। अब मैं दूसरा वेतन किस तरह स्वीकार करूँ? उसने मुझे एक सूची दिखाई, जिसमें बहुत सारे विख्यात पत्रकारों के नाम थे। उसने कहा कि ये सब लिखते हैं। आप क्यों नहीं लिखते? मैंने कहा—शायद मैं उतना विख्यात नहीं हुआ हूँ, इसलिए नहीं लिखता।'

बंबई के प्रसिद्ध साप्ताहिक 'ब्लिट्‍ज' (BLITZ) ने मार्च 1977 के आम चुनाव से कुछ दिन पूर्व हवा का रुख कांग्रेस पार्टी और सरकार के विरुद्ध देखकर अपना स्वर बदलना आरंभ किया, जैसा कि कई अन्य अखबारों ने भी किया। चुनाव में इमरजेंसी का मुद्‍दा गरमाने की चर्चा करते हुए स्तंभ लेखक जी.एन. आचार्य ने 12 मार्च, 1977 के अंक में 20 सूत्री कार्यक्रम व अन्य कार्यक्रमों पर टिप्पणी करते हुए लिखा—

क्यों जाग्रत् हुई उत्कट घृणा?

'लोगों को आंदोलित करनेवाले मुद्‍दे वे हैं, जो इमरजेंसी के दौरान पुलिस और नौकरशाही द्वारा अपनाए गए निरंकुश तरीकों के कारण उत्पन्न हुए हैं और फिर 20 सूत्री कार्यक्रम और उसके सहायक पाँच सूत्री कार्यक्रम में निहायत अपर्याप्त और गलत कार्यान्वयन के कारण ऐसी स्थिति उत्पन्न हुई है। यह कल्पनातीत है कि किस प्रकार एक पूर्णतया विवेकपूर्ण और निर्दोष परिवार नियोजन कार्यक्रम से कांग्रेस सरकार और पार्टी के विरुद्ध उत्कट घृणा जाग्रत् हो गई। इस संकटावस्था में पार्टी स्वयं गहन निद्रा में चली गई और उसने अपनी सीखपूर्ण भूमिका को पूरी तरह त्याग दिया। इसलिए इस चुनाव का एकमात्र मुद्‍दा बन गया है—इमरजेंसी, न कि यह कि इस निमित्त श्रीमती गांधी का इरादा क्या था या उनका दावा क्या था, लेकिन उन लोगों को, जो इस कार्यक्रम के कार्यान्वयन के भुक्तभोगी थे, जो प्रतीत हुआ, वही उनके लिए मुद्‍दा बन गया। लोकतांत्रिक व्यवस्था में अपने तौर-तरीकों को अलग-अलग टुकड़ों में अलग-थलग करके नहीं रखा जा सकता।'

प्रश्न है—क्या सरकार और पार्टी को कुछ भी पता नहीं लग रहा था कि वास्तव में क्या हो रहा है? यदि पता नहीं चल रहा था तो अपनी ही करनी के कारण, क्योंकि प्रेस सेंसरशिप की वजह से पुलिस, नौकरशाही और पार्टी के कतिपय विवेकहीन कार्यकर्ताओं की करतूतों को प्रकाशित करना मना था। फिर ऐसी सरकार किस काम की, जिसके दीये

के तले इतना अँधेरा हो। प्रत्येक दुष्कृति की जानकारी हर किसी को नहीं हो सकती, लेकिन मोटे तौर पर कोई भी बात बहुत दबी-छिपी हुई भी नहीं थी, लेकिन अक्ल पर परदा पड़ जाने के बाद कुछ नजर नहीं आता।

इस बीच इमरजेंसी की कीर्तन मंडली द्वारा 20 सूत्री कार्यक्रम का प्रशंसा गायन जारी था, जिसका सरकार और पार्टी के लोग आनंद ले रहे थे। जैसे, उन दिनों प्रकाशित एक कविजी की कविता—

रोप लिये तो सींच रहे हैं, खून-पसीने से अपने,
अपने हाथों सच कर लेंगे हम समाजवादी सपने।
आगे जाकर लेंगे दम, बीस कदम बस बीस कदम।

मजेदार बात यह कि इंदिरा गांधी जब दोबारा सत्ता में आईं (1980-84), उन्होंने फिर 20 सूत्री कार्यक्रम पर बहुत जोर दिया। इस बार अंतर यह था कि कोई प्रेस सेंसरशिप लागू नहीं थी। इसलिए इसके कार्यान्वयन के बारे में काफी कुछ पता लग जाता था। चार वर्ष बाद जब इसकी समीक्षा की गई, तब पता लगा कि इसके निर्धारित लक्ष्य पूरे नहीं हो रहे हैं। सभी सूत्रों पर ठीक से काम नहीं हो रहा है। योजना आयोग ने अपनी रिपोर्ट में इस बात को नोट किया। इंदिरा गांधी के बाद उनके बड़े बेटे, उनके उत्तराधिकारी राजीव गांधी ने नया 20 सूत्री कार्यक्रम प्रस्तुत किया, लेकिन इसका भी पहलेवाला हश्र हुआ। यदि इन कार्यक्रमों को ईमानदारी से लागू किया जाता तो इसके बड़े सार्थक परिणाम हो सकते थे, लेकिन आधुनिक 'श्रीमद्‌भगवद्‌गीता' यादों की दीवारों पर उम्मीदों का महल साबित हुई।

(20 सूत्री कार्यक्रम का मूल पाठ पढ़ें, परिशिष्ट में)

□

राजसत्ता के गलियारे, ज्योतिषियों-तांत्रिकों के वारे-न्यारे

इंदिरा गांधी के शासनकाल में ज्योतिषियों और तांत्रिकों का सत्ता के गलियारे में आना-जाना काफी बढ़ गया। जनता पार्टी के शासनकाल में भी इनकी पूछ होने लगी। इस प्रकरण का बदतरीन पहलू यह था कि ज्योतिषी और तांत्रिक राजनीतिक गतिविधियों और निर्णयों को प्रभावित करने लगे। चौधरी चरण सिंह ने तो प्रधानमंत्री बन जाने की भविष्यवाणी के फेर में जनता पार्टी की सरकार को तोड़ने में भी कोई संकोच नहीं किया।

इंदिरा गांधी ने 1980 में पहली बार ईश्वर के नाम पर प्रधानमंत्री पद की शपथ ली, जबकि इससे पहले वे संविधान के नाम पर शपथ लेती थीं। ज्योतिषियों की सलाह पर उन्होंने उस वर्ष कई दिन के इंतजार के बाद 14 जनवरी संक्रांति के शुभ दिन पर शपथ ग्रहण की।

भारतीय राजनीतिज्ञों का ज्योतिषियों से पुराना संबंध रहा है। हालाँकि ज्यादातर राजनीतिज्ञ और राजनेता ज्योतिषियों से अपने रिश्तों को छिपाने का प्रयास करते हैं, क्योंकि यह माना जाता है कि भविष्य जानने की उत्सुकता मानसिक दुर्बलता की सूचक है। अनेक लोग भावी को जानने और कौतूहल के उद्देश्य से ज्योतिषियों से संपर्क करते हैं। वैसे भारत में ब्याह-शादी, अन्य पारिवारिक संस्कारों और महत्त्वपूर्ण अवसरों पर पंडितों और ज्योतिषियों से मुहूर्त निकलवाने का पुराना रिवाज है। विवाह तय करने से पहले लड़के-लड़की की जन्मपत्री मिलाने का भी रिवाज है।

कहते हैं, संकट की घड़ी में किसी व्यक्ति का असली चरित्र प्रकट होता है और किसी राजनीतिज्ञ के लिए राजनीतिक उथल-पुथल और चुनावी दंगल से बड़ा संकट और क्या हो सकता है। इस मौके पर ज्योतिषियों और तांत्रिकों की बन आती है।

सुप्रीम कोर्ट में शुभ मुहूर्त में अपील

इंदिरा गांधी के यहाँ कुछ ज्योतिषी और तांत्रिक चक्कर लगाते रहते थे। इसके विपरीत उनके पिता पं. जवाहरलाल नेहरू, जो अनीश्वरवादी या अज्ञेयवादी थे, ज्योतिष में विश्वास नहीं करते थे, लेकिन अपने जीवन के संध्याकाल में एक-दो ज्योतिषियों की बिल्कुल सटीक भविष्यवाणी से उन्हें लगा कि इस शास्त्र में कुछ-न-कुछ दम है।

प्रसिद्ध पत्रकार दुर्गादास ने अपनी पुस्तक 'भारत—कर्जन से नेहरू और उनके पश्चात्' में लिखा है कि 1962 के चीनी हमले के संबंध में एक ज्योतिषी की गोपनीय भविष्यवाणी सत्य सिद्ध हो गई तो पंडितजी की उस पर आस्था हो गई। हालाँकि धर्म और राजनीति का आपस में कोई सीधा संबंध नहीं है, लेकिन सार्वजनिक रूप से धार्मिक कर्मकांडों की खिल्ली उड़ानेवाले पंडित नेहरू भी 1964 में भुवनेश्वर कांग्रेस अधिवेशन में पक्षाघात के बाद 'दुर्योग' के शमन व परिहार के लिए अपने निवास पर कई दिन के यज्ञ व पूजा में शामिल हुए थे। इस आशय के समाचार बाद में कई पत्र-पत्रिकाओं में छपे थे। दुर्गादास ने भी अपनी पुस्तक में इसका कुछ विवरण दिया है।

जून 1975 में इंदिरा गांधी का चुनाव रद्द करने के इलाहाबाद हाईकोर्ट के फैसले के बाद दिल्ली में ज्योतिषियों और तांत्रिकों की माँग बढ़ गई। एक मशहूर ज्योतिषी देश के सभी राजनीतिक नेताओं की जन्म कुंडलियाँ पढ़कर भविष्यवाणी करने में व्यस्त देखे गए। इनके साथ ही तांत्रिक विशेषज्ञों की माँग भी बहुत बढ़ गई। ज्योतिषियों के पास जानेवाले राजनीतिज्ञों को हर तरह के यज्ञ और उपाय भी बताए जाने लगे।

श्रीमती गांधी ने इलाहाबाद हाईकोर्ट के आदेश के विरुद्ध अपील करने के लिए प्रख्यात विधिवेत्ता नानी पालखीवाला को नियुक्त किया था। अतिरिक्त तसल्ली के लिए सॉलिसिटर जनरल और संविधान विशेषज्ञ फली एस. नरीमन को अपील के आधार-बिंदुओं और स्थगन आवेदन का पुनरीक्षण कर लेने को कहा गया था। उन्होंने यह काम कर दिया, लेकिन अपील की याचिका एक-दो दिन इसलिए फाइल नहीं की जा सकी, क्योंकि इसके लिए ज्योतिष के अनुसार सर्वाधिक शुभ दिन का चयन करना था।

जून 2015 में 'इंडियन एक्सप्रेस' में 'इमरजेंसी के 40 साल बाद' शीर्षक लेखमाला में श्री नरीमन ने 23 जून, 2015 के अंक में अपने लेख में लिखा—

'On June 19, the verification paragraphs of the petition were also seen and approved by me. The filing of the petition of appeal was delayed for another day or two to select the most auspicious date!'

(19 जून को इस याचिका को सत्यापित करनेवाले पैराग्राफ भी देख लिये गए और मेरे द्वारा अनुमोदित कर दिए गए। अपील याचिका फाइल करने में एक-दो दिन की देरी हो गई, क्योंकि इसके लिए सर्वाधिक शुभ तिथि का चुनाव करना था।)

ज्योतिषियों की गलत-सही भविष्यवाणियाँ

इंदिरा गांधी के कार्यकाल में ज्योतिषियों और तांत्रिकों को फलने-फूलने का अवसर मिला। 'राजनीति में तंत्र-मंत्र' शीर्षक से प्रकाशित (11 नवंबर, 1979) एक फीचर सेवा के लेख में लेखक कुमार ने इस बात का उल्लेख किया था कि इंदिरा गांधी सभी निर्णय रात में करती थीं, जिसके बारे में बताया गया कि वे ज्योतिषियों से निर्देशित होती थीं, यहाँ तक कि कौन से दिन कौन से रंग की साड़ी पहननी है, यह बात भी ज्योतिषियों की सलाह पर वे तय करती थीं।

1971 में मध्यावधि चुनाव और उसके समय का अंतिम निर्णय भी ज्योतिष से तय किया गया था। इंदिरा गांधी के कार्यकाल में धीरेंद्र ब्रह्मचारी को इसी आधार पर प्रबल आश्रय प्राप्त था। धीरेंद्र ब्रह्मचारी इंदिरा गांधी के नजदीकी केंद्रीय मंत्री ललित नारायण मिश्र का रिश्तेदार था, जिसे राजनीतिक उद्देश्य से प्रधानमंत्री के दरबार में प्रवेश दिलाया गया था। इंदिरा गांधी के सलाहकार ज्योतिषियों में दिल्ली के बिड़ला मंदिर के गोस्वामी गिरधारीलाल और श्रीलंका में जन्मे तमिल मूल के ईसाई सुंदरम भी महत्त्वपूर्ण थे। सुंदरम ने बाद में हिंदू धर्म अपना लिया। उसने तीन वर्ष पहले ही दावा कर दिया था कि इंदिरा गांधी 1966 में प्रधानमंत्री बनेंगी और 1977 तक बनी रहेंगी।

उसने इंदिरा गांधी के संबंध में जो भविष्यवाणी की थी, वह सही साबित होने से उसे मुँह-माँगी मुराद मिलने लगी। बताया जाता है कि वह हस्तरेखा शास्त्र का अच्छा ज्ञाता था। वह विश्वविश्रुत हस्तरेखाविद् कीरो की तरह ही हाथ की रेखाएँ देखकर भविष्य बताता था। सुंदरम् की इंदिरा गांधी के संपर्क में आने से इतनी लोकप्रियता हो गई थी कि वह मालामाल हो गया। उसने मद्रास में एक बहुत बड़ा-सा मकान बनवा लिया और अपने बेटे के लिए एक प्रिंटिंग प्रेस लगवा दिया।

पंडित नेहरू के विशेष सहायक एम.ओ. मथाई ने अपनी पुस्तक 'नेहरू के साथ तेरह वर्ष' में इस प्रसंग का उल्लेख करते हुए लिखा है कि 1972 में मद्रास में उक्त ज्योतिषी की बेटी के विवाह के अवसर पर इंदिरा गांधी का प्रतिनिधित्व यशपाल कपूर ने किया। मद्रास के राज्यपाल और मंत्रिमंडल के सदस्य अपनी ड्यूटी समझकर वहाँ मौजूद थे। उसी शाम इंदिरा मीनामबक्कम (मद्रास) हवाई अड्डे पर उतरीं। ज्योतिषी नवदंपती के साथ वहाँ उपस्थित था। इंदिरा गांधी ने वर-वधू को आशीर्वाद के साथ दस हजार रुपए दिए।

मथाई के अनुसार दो बार वह ज्योतिषी इंदिरा गांधी के साथ कन्याकुमारी के प्राचीन देवी मंदिर में गया। उसके कहने पर इंदिरा गांधी ने देवी के लिए हीरे-जवाहरात जड़ा सोने का एक मुकुट अपने मंत्री ललित नारायण मिश्र के हाथों भेजा। वह ज्योतिषी कन्याकुमारी की देवी का उपासक था। वह तिरुपति के मंदिर का भी उपासक था। इंदिरा गांधी तिरुपति

कई बार गई थीं। ललितनारायण मिश्र की मृत्यु के बाद इस ज्योतिषी का धंधा मंदा पड़ गया। वह अंतिम बार इंदिरा गांधी से अप्रैल 1977 में चुनाव में हार के बाद मिला।

फलित ज्योतिषी बनाम राजनीतिक ज्योतिषी

इंदिरा गांधी ने ज्योतिषियों का एक पैनल बना रखा था। 1977 के लोकसभा चुनाव से पूर्व इन ज्योतिषियों ने चुनाव में इंदिरा गांधी की जीत की भविष्यवाणी की थी और कहा था कि मार्च महीने में चुनाव कराना उनके लिए बहुत लाभदायक होगा। एक शुभ मुहूर्त निकालकर श्रीमती गांधी ने रायबरेली से अपना नामांकन पत्र भरा। संयोगवश उनके प्रतिद्वंद्वी उम्मीदवार जनता पार्टी के राजनारायण उसी समय अपना नामांकन पत्र भरने वहाँ पहुँच गए, लेकिन उन्हें चुनाव अधिकारी ने यह कहते हुए थोड़ा इंतजार करने को कहा कि प्रधानमंत्री एक विशिष्ट मंगल मुहूर्त में नामांकन पत्र भरना चाहती हैं। इस पर राजनारायण ने व्यंग्य कसा कि यह मुहूर्त मेरे लिए भी तो शुभ हो सकता है। कहने की आवश्यकता नहीं कि इस चुनाव में राजनारायण भारी अंतर से जीत गए, जबकि लगभग सभी ज्योतिषियों ने इंदिरा गांधी की पार्टी की जीत की भविष्यवाणी की थी। ज्योतिष के आधार पर राजनीतिक भविष्यवाणियाँ करनेवाले दिल्ली के एक नामी-गिरामी ज्योतिषी ने भविष्यवाणी की थी कि इंदिरा गांधी चुनाव जीत जाएँगी और पुनः प्रधानमंत्री बनेंगी। यह भविष्यवाणी दिल्ली के एक इंदिरा-समर्थक दैनिक पत्र ने बड़ी प्रमुखता के साथ प्रकाशित की थी।

1977 में फलित ज्योतिष के आचार्य तो बुरी तरह फेल हो गए थे, लेकिन एक 'राजनीतिक ज्योतिषी' आश्चर्यजनक रूप से फर्स्ट डिवीजन में पास हो गए। वे थे जनता पार्टी के नेता अशोक मेहता। उन्होंने उस वर्ष 10 मार्च को जो भविष्यवाणी की थी, वह कई अखबारों में इस प्रकार छपी थी—'मैं आशा करता हूँ कि 22 मार्च को आप रेडियो पर सुनेंगे कि जनता पार्टी को चुनावों में जबरदस्त बहुमत मिला है और कांग्रेस पार्टी हार गई है। 23 मार्च को लोग सुनेंगे कि श्रीमती गांधी ने इस्तीफा दे दिया है। 24 मार्च को जनता पार्टी सरकार बना लेगी।'

प्रेस एशिया फीचर सर्विस ने अपने लेख में बताया था कि श्रीमती गांधी की हार में ज्योतिषियों का भी काफी हाथ मालूम होता है। उस समय ज्योतिष विद्या के ये तथाकथित विशेषज्ञ अपनी राय न देते तो शायद अक्तूबर 1977 से पहले चुनाव न होते।

किसके लिए शुभ, किसके लिए अशुभ?

मार्च 1977 के चुनावों के बारे में ज्योतिषियों के एक वर्ग ने इंदिरा गांधी से कहा था कि वे 20 मार्च के बाद चुनाव कराएँ। चुनाव आयोग ने मतदान के लिए 16 मार्च से 20 मार्च के बीच की तिथियाँ घोषित की थीं। एक ज्योतिषी सिद्ध रघुनाथ ने 19 नवंबर,

1976 को इंदिरा गांधी के जन्मदिन पर उनके नाम एक पत्र में शुभ मुहूर्त की ओर इंगित किया था। चुनाव परिणाम के बाद समाचार-पत्रों में प्रकाशित एक लेख में अपने पत्र का हवाला देते हुए इस ज्योतिषी ने लिखा कि कृष्ण पक्ष और उसकी रात्रि अशुभ है। इसमें चुनावों का कृष्ण पक्ष में संपन्न होना तथा कृष्ण पक्ष की रात्रि में ही श्रीमती इंदिरा गांधी का हारना सिद्ध हुआ। इन्होंने आगे लिखा, 'प्रतिवर्ष श्रेष्ठ समय के चयन के लिए हमने लिखा था कि महत्त्वपूर्ण कार्य के लिए 21 मार्च से 22 अप्रैल तक समय चयन करें, जबकि चुनाव 20 मार्च तक ही संपन्न हो गए।'

यहाँ प्रश्न है—शुभ-अशुभ से आशय क्या है? जो तिथियाँ इंदिरा गांधी की कांग्रेस पार्टी के लिए अशुभ थीं, वे जनता पार्टी के लिए शुभ साबित हुईं। इन ज्योतिषी महाराज के कथन को भारतीय मतदाता की जागरूकता का अपमान कहा जाए तो गलत नहीं होगा। क्या मतदान की तिथियाँ 20 मार्च के तुरंत बाद होने से इंदिरा गांधी की पार्टी जीत जाती? वास्तविकता तो यह है कि देश के करोड़ों लोगों ने मार्च के मध्य तक यह निर्णय कर लिया था कि वोट किसे देना है, बल्कि जिस तरह हवा का रुख उतरोत्तर जनता पार्टी के पक्ष में होता जा रहा था, उसमें एक-दो सप्ताह की और देर होने से शायद उसे और अधिक वोट मिलते।

ज्योतिषियों-तांत्रिकों द्वारा भितरघात

ज्योतिषियों के चक्कर में पड़ने के मामले में चौधरी चरण सिंह भी पीछे नहीं थे। जब वे मोरारजी देसाई के मंत्रिमंडल में गृहमंत्री थे, वे लखनऊ के एक तांत्रिक के फेर में पड़ गए थे। उसने उन्हें सलाह दी थी, यदि श्रीमती गांधी को 3 अक्तूबर, (1977) की शाम को 3 से 7 बजे के बीच गिरफ्तार किया जाए, तो उससे श्रीमती गांधी का सारा राजनीतिक जीवन चौपट हो सकता है, लेकिन श्रीमती गांधी ने, जिन पर भ्रष्टाचार के आरोप लगाए गए थे, चरण सिंह और ग्रह-नक्षत्रों को चकमा दे दिया। पुलिस के पहुँचने पर उन्होंने अपने वकील को बुला लिया। कानूनी नुक्तों पर बहस-मुबाहसे में काफी समय बीत गया। वहाँ भीड़ भी इकट्ठी हो गई। अंततः श्रीमती गांधी को पौने आठ बजे गिरफ्तार करके लाया जा सका। 45 मिनट के विलंब के कारण मुहूर्त टल गया। चरणसिंह का पासा उलटा पड़ा। अगले दिन दिल्ली के एक मजिस्ट्रेट

राजनीति के पहियों पर धीरेंद्र ब्रह्मचारी के वैभव और तत्कालीन प्रधानमंत्री इंदिरा गांधी के दरबार में उनकी उपस्थिति (इनसेट)। अब बन गए अतीत का हिस्सा।

की अदालत ने श्रीमती गांधी को बिना शर्त रिहा कर दिया। इससे सरकार की भद्द पिट गई और उसकी अच्छी-खासी बदनामी हुई।

इस दौरान जनता पार्टी के कतिपय नेताओं की सत्ता लिप्सा के कारण ज्योतिषियों और तांत्रिकों के वारे-न्यारे होने लगे। केंद्र में जनता पार्टी की सरकार बने साल भर ही बीता था कि कुछ तांत्रिकों और ज्योतिषियों ने भविष्यवाणी कर दी कि चरण सिंह शीघ्र ही प्रधानमंत्री बनेंगे, लेकिन भाग्य का चक्र ऐसा चला कि उन्हें उस वर्ष अपने गृहमंत्री पद से भी हाथ धोना पड़ा।

चरण सिंह के हनुमान कहलानेवाले राजनारायण चंद्रास्वामी तथा एक अन्य तांत्रिक पुरुषोत्तम कपूर से लगातार संपर्क बनाए हुए थे। दिलचस्प बात यह कि चंद्रस्वामी का श्रीमती इंदिरा गांधी, संजय गांधी तथा युवक कांग्रेस से भी निकट का संपर्क था और उनके द्वारा आयोजित अनेक यज्ञों में यशपाल कपूर तथा अन्य कांग्रेसी नेता अग्रणी रूप से भाग लेते थे। इस पर जनता पार्टी के एक नेता ने टिप्पणी करते हुए कहा, 'लगता है कि इंदिरा गांधी कांग्रेस ने सुनियोजित रूप से इन कथित तांत्रिकों को जनता नेताओं की महत्त्वाकांक्षाओं को जाग्रत कर आपस में लड़ाने के लिए ही रणनीति के रूप में उन्हें लगाया हुआ है।'

बताया जाता है कि कुछ ज्योतिषी दोनों पक्षों को अपने-अपने तौर पर अलग-अलग सलाह देते रहे। बाद में इनके दोनों यजमानों की शिकायत थी कि या तो उन्होंने सलाह ठीक ढंग से नहीं दी या फिर जान-बूझकर उसमें कोई गड़बड़-घोटाला कर दिया है।

तांत्रिकों एवं ज्योतिषियों ने राजनारायण को आठ अंक शुभ बताते हुए घोषणा की थी कि उनके लिए यह हमेशा गुणकारी होगा। मंत्री बनने के बाद जब उन्हें रेस कोर्स रोड स्थित बँगला दिया गया, तब उसका नंबर सात था, परंतु राजनारायण ने आग्रह कर उसका नंबर आठ कराया। उसे शुभ मानकर वे उसमें रहने लगे। उन्होंने अपने टेलीफोन व कार नंबर भी बदलवाए। मोरारजी देसाई की सरकार में वे स्वास्थ्य एवं परिवार कल्याण मंत्री थे। एक तांत्रिक ने तो उनसे यह भी कह दिया था कि वे ही अगले प्रधानमंत्री होंगे। राजनारायण ने जिनेवा यात्रा कार्यक्रम भी इस प्रकार बनाया था कि वे आठ तारीख को ही रवाना हो सकें। वे इन तमाम शकुनों पर दृढ़ विश्वास करते थे। स्वयं भी गले में तांत्रिकों द्वारा दी गई मालाएँ धारण करते थे तथा उन्हें गर्व के साथ पत्र संवाददाताओं को दिखाते थे।

धीरेंद्र ब्रह्मचारी और चंद्रास्वामी का जलवा

हिंदी की प्रसिद्ध साप्ताहिक पत्रिका 'धर्मयुग' के 19 जून, 1988 के अंक में 'चुनावी दंगल में तांत्रिकों के तावीज' शीर्षक से सुप्रिया रॉय के सचित्र लेख में इस बात का उल्लेख किया गया था कि केदार पांडेय ने, जब वे रेलमंत्री थे, कई साधु-तांत्रिकों

को मुफ्त में प्रथम श्रेणी के पास दिलाए थे। खुद इंदिरा गांधी चंद्रास्वामी से लेकर धीरेंद्र ब्रह्मचारी तक के लिए सरकारी विमान दे देती थीं। यह जानकर बहुत लोगों को आश्चर्य होगा कि धीरेंद्र ब्रह्मचारी अपना हवाई जहाज खरीदने से पहले ही बाकायदा प्रशिक्षित पायलट बन चुके थे। भारत में हाईस्कूल पास किए बिना पायलट का सर्टिफिकेट पानेवाले वे शायद अकेले आदमी थे। जब धीरेंद्र ब्रह्मचारी का जलवा था, तब लोग संजय गांधी ही नहीं, इंदिरा गांधी तक से मिलने का समय लेने उनके पास आते थे। धीरेंद्र ब्रह्मचारी जहाँ जाते थे, उस राज्य के सरकारी अतिथि होते थे। दिल्ली के उपराज्यपाल, कम-से-कम जगमोहन को तो, उनसे आदेश लेते देखा गया, लेकिन एक समय ऐसा आया, जब धीरेंद्र ब्रह्मचारी सत्ता और शक्ति के शिखर से गिरकर खंदक में पहुँच गए। अपने पतन का भेद शायद वे खुद भी नहीं जानते थे। राजनीति में धीरेंद्र ब्रह्मचारी की दखलअंदाजी से इंदिरा गांधी नाखुश थीं। बताया जाता है कि उन्होंने संजय गांधी को भी धीरेंद्र ब्रह्मचारी के संपर्क में रहने से मना किया था।

धीरेंद्र ब्रह्मचारी के लगभग बराबर मशहूर और सत्ता के दायरे में पर्याप्त ताकतवर चंद्रा स्वामी के चरणों में विभिन्न राजनीतिक दलों के कई नेता बैठे नजर आते थे। अलवर जिले के एक गाँव में एक शुद्ध व्यापारी जैन परिवार में जन्मे चंद्रास्वामी का मूल नाम नेमिचंद्र जैन था। वे किशोरावस्था में हैदराबाद युवक कांग्रेस के महासचिव थे। उसके बाद की उनकी कहानी काफी पेच से भरी है। 'धर्मयुग' के इसी अंक में चंद्रास्वामी से राहुलदेव की भेंटवार्त्ता का विवरण छपा था। इसमें चंद्रास्वामी ने एक दिलचस्प सवाल का जवाब इस प्रकार दिया—

सवाल : आपके स्वर्गीय जयप्रकाश नारायण से बहुत अच्छे संबंध थे, दूसरी ओर श्रीमती गांधी के भी आप काफी निकट रहे। यह विरोधाभास कैसा?

जवाब : जो आपको विरोधाभास लग रहा है, वह कार्य केवल एक संत ही कर सकता है, जिसके आश्रम में शेर और बकरी एक साथ रह सकते हैं। मैं एक साधक हूँ, संन्यासी हूँ, इसीलिए दोनों से मेरे एक साथ अच्छे संबंध रहे हैं। यदि मेरी राजनीतिक महत्त्वाकांक्षा होती तो एक से ही संबंध होते। कम्युनिस्ट पार्टियों को छोड़कर भारत का कोई भी राजनीतिक दल ऐसा नहीं, जिसमें मेरे परिचित मित्र नहीं हैं। चाहे उत्तर के फारुख अब्दुल्ला को लें या दक्षिण के एन.टी.आर. और स्वर्गीय एम.जी.आर को ले लें, कोई भी क्षेत्रीय या राष्ट्रीय दल हो, मेरे उससे अच्छे संबंध हैं।

चरण सिंह पर चंद्रास्वामी का जादू

चंद्रास्वामी का कहना सही था। सभी राजनीतिक दलों में उनकी दाल गलती थी। एक समय वे चौधरी चरण सिंह के मुख्य ज्योतिषी बन गए। चरण सिंह जब अस्पताल

में भरती हुए तो चंद्रास्वामी के कहने पर उन्होंने अपना कमरा बदला। वह कमरा एक संसद् सदस्य के पास था, जिसे उससे बदल लिया गया। चंद्रास्वामी श्रीमती गांधी के कार्यकाल में भी कई बार अमेरिका गए थे और जनता पार्टी के कार्यकाल में भी गए। जानकार सूत्रों के अनुसार चरण सिंह उन्हीं की सलाह से 1978 में केंद्रीय मंत्रिमंडल से अलग हुए थे और उन्हीं की सलाह पर उन्होंने जुलाई 1977 में जनता पार्टी से विद्रोह किया था और प्रधानमंत्री बनने की, भले ही कुछ दिन के लिए, उनकी आखिरी ख्वाहिश पूरी हो गई थी।

कुछ ज्योतिषी और तांत्रिक दोनों पक्षों को अपनी 'सेवाएँ' प्रदान करते रहे। चंद्रास्वामी भी उनमें से एक थे। वे पाला बदलनेवालों में भी शामिल रहे। वे बड़े फख्र के साथ इस बात का उल्लेख करते थे कि इंदिरा गांधी ने उन्हें दक्षिणी दिल्ली में जमीन का एक बड़ा प्लॉट दिलवाया था।

देश के विभिन्न नगरों से दिल्ली पहुँचनेवाले पंडितों, ज्योतिषियों, तांत्रिकों की नजर में सब बराबर थे। उनका काम केवल सत्ताधारी पार्टी के नेताओं को सलाह देना ही नहीं था, बल्कि उनके ग्राहकों में सभी पार्टियों के नेता शामिल थे। ये लोग अपने सभी ग्राहकों को यही बताते थे कि बुरी नजर को दूर रखने के लिए यज्ञ करें। ये यज्ञ मंत्रियों की कोठियों के पिछवाड़े में होते थे।

मध्य प्रदेश के मुख्यमंत्री प्रकाशचंद्र सेठी ने आपातकाल की ज्यादतियों की जाँच करनेवाली समिति को बताया था कि श्रीमती गांधी ने आपातकाल में उनसे तांत्रिक पूर्णानंद को जेल भेजने को कहा था। बताया गया कि वह श्रीमती गांधी व संजय गांधी के विरुद्ध मारण क्रिया की सिद्धि कर रहा था। दोनों के फोटो रखकर उन्हें क्रॉस करके वह यह क्रिया कर रहा था। आरोप यह लगाया गया था कि वह हेमवतीनंदन बहुगुणा का आदमी था। बहुगुणा को बाद में उत्तर प्रदेश के मुख्यमंत्री पद से हटना पड़ा था।

राजनारायण ने लोकसभा चुनाव में अपनी जीत की मनौती पूरी करने के लिए 10 अगस्त को उत्तर प्रदेश के विंध्याचल में विंध्यवासिनी देवी के मंदिर में अपना सिर और दाढ़ी मुँड़वाने के बाद पवित्र स्नान किया था, जिसके फोटो बहुत से अखबारों में अगले दिन छपे थे। अगस्त 1979 में ही श्रीमती गांधी के पारिवारिक पुरोहित रामजी पांडे ने विंध्याचल में विंध्यवासिनी मंदिर में मध्यावधि चुनाव में श्रीमती गांधी की विजय के लिए यज्ञ आरंभ कर दिया था।

जब इंदिरा ने ज्योतिषियों को नकारा

इससे पूर्व श्रीमती गांधी ने उपचुनाव लड़कर लोकसभा में प्रवेश करने के लिए तमिलनाडु के तंजावुर लोकसभा निर्वाचन क्षेत्र को चुना, जो उनके लिए सुरक्षित निर्वाचन

क्षेत्र बताया गया था। तमिलनाडु की अन्नाद्रमुक सरकार के मुख्यमंत्री जी. रामचंद्रन ने श्रीमती गांधी को समर्थन प्रदान करने का वादा किया था, लेकिन श्रीमती गांधी ने तंजावुर लोकसभा निर्वाचन क्षेत्र से उपचुनाव लड़ने की पूरी तैयारी के बावजूद आखिरी क्षणों में वहाँ से चुनाव लड़ने का विचार त्याग दिया। ज्योतिषियों पर भरोसा करनेवाली श्रीमती गांधी ने नामांकन पत्र दाखिल करने के लिए शुभ मुहूर्त भी निकलवा लिया था और यह तय हुआ था कि 21 मई को दोपहर 12:30 बजे जब 'यमघंटम' समाप्त हो जाएगा, नामांकन पत्र भरा जाएगा, लेकिन तमिलनाडु के सर्वाधिक प्रसिद्ध और महँगे ज्योतिषी प्रो. पी.टी. सुंदरम की सलाह की भी उपेक्षा करने की नौबत आ गई। मद्रास हवाई अड्डे पर श्रीमती गांधी के समर्थक उनका स्वागत करने और उन्हें नामांकन पत्र भरने के लिए तंजावुर ले जाने की प्रतीक्षा ही करते रह गए। विमान बिना श्रीमती गांधी के मद्रास पहुँचा। शुभ मुहूर्त भी बीत गया। बताया गया कि कर्नाटक के कांग्रेसी मुख्यमंत्री देवराज अर्स ने महसूस किया कि यदि श्रीमती गांधी तमिलनाडु के किसी निर्वाचन क्षेत्र से जीत गईं तो पार्टी में उनकी (श्री अर्स की) महत्ता घट जाएगी। उन्होंने श्रीमती गांधी को कर्नाटक के चिकमंगलूर निर्वाचन क्षेत्र से चुनाव लड़ने के लिए राजी कर लिया। यह चुनाव क्षेत्र श्रीमती गांधी के लिए निरापद बताया गया। बाद में वे वहाँ से चुनाव जीत भी गईं। आखिर एक बार ही सही, श्रीमती गांधी ने फलित ज्योतिषियों के बजाय राजनीतिक ज्योतिषियों के विचारों को तरजीह दी और तंजावुर के संभावित राजनीतिक 'यमघंटम' से बच गईं।

संजय गांधी की रक्षा के लिए लक्षचंडी पाठ

सत्ता से हटने के बाद इंदिरा गांधी अपने छोटे पुत्र संजय गांधी की सुरक्षा के प्रति बहुत आशंकित रहती थीं। उन्हें हमेशा यह भय सताता रहता था कि संजय गांधी का कहीं कोई अनिष्ट न हो जाए। उनकी कमजोरी थी संजय गांधी। 1979 में जब उन्हें संजय की सुरक्षा के लिए लक्षचंडी पाठ कराने को कहा गया तो वे राजी हो गईं। इस अनुष्ठान के अंतर्गत माँ की आदि शक्ति व ऊर्जा का आह्वान करने के लिए एक लाख श्लोकों का पाठ किया गया।

1977 में 'इमरजेंसी चुनाव' में हारने के बाद इंदिरा गांधी मंदिरों-धर्मस्थलों और धर्मगुरुओं के पास कुछ ज्यादा ही जाने लगी थीं। प्रसिद्ध स्वतंत्र विचारक-दार्शनिक जे. कृष्णमूर्ति से इमरजेंसी के दौरान और उससे पहले व बाद में भी वे कई बार मिलीं और उनसे वैचारिक और आध्यात्मिक स्तर पर मार्गदर्शन और शांति प्राप्त करने का प्रयास किया था। कृष्णमूर्ति, जो अकसर व्याख्यान देने के लिए विदेशों में जाते रहते थे, भारत में इमरजेंसी लगाए जाने से दुःखी थे। उनका विचार था, भारत पर निरंकुश शासन थोपने

का कोई औचित्य नहीं था। इंदिरा गांधी उनका काफी सम्मान करती थीं। ऐसा समझा जाता है कि अंततः उनके दृष्टिकोण का भी इंदिरा गांधी पर कुछ असर पड़ा।

माँ आनंदमयी की रुद्राक्ष माला

माँ आनंदमयी

इंदिरा गांधी आनंदमयी माँ से भी मिला करती थीं। माँ आनंदमयी को इंदिरा गांधी की माँ कमला नेहरू 'माताजी' कहा करती थीं और वे उनकी काफी घनिष्ठ थीं। माँ आनंदमयी ने इंदिरा गांधी को गले में पहनने के लिए 108 दानों की एक रुद्राक्ष माला दी थी, जो वे बड़े एहतियात से पहने रहती थीं। इसे उनका रक्षा कवच माना जाता था।

कोई समय था, जब इंदिरा गांधी अपने पिता पं. जवाहरलाल नेहरू की तरह सार्वजनिक तौर पर धार्मिक कर्मकांड या बाह्याचार से स्वयं को अलग रखती थीं या ऐसा प्रदर्शित करती थीं। नेहरू की तरह वे ईश्वर के अस्तित्व को नहीं मानती थीं या संशयवादी (अज्ञेयवादी) थीं। हालाँकि दोनों ने अपने जीवन में ऐसे अनगिनत शिलान्यास समारोहों और उद्घाटन समारोहों में भाग लिया, जहाँ धार्मिक या अर्ध-धार्मिक अनुष्ठान किए गए। इंदिरा गांधी ने 1971 में इंग्लैड में एक टेलीविजन भेंटवार्त्ता में कहा था कि वे ईश्वर में विश्वास नहीं करतीं, क्योंकि उन्हें किसी के सहारे या बैसाखी की जरूरत नहीं है। पश्चिम में और भारत में भी अनेक लोग उस व्यक्ति को बड़ा प्रगतिशील, बुद्धिवादी और साहसी मानते हैं, जो ईश्वर को नहीं मानता। ईश्वर को मानना या नहीं मानना निजी आस्था-अनास्था का प्रश्न है, लेकिन इसमें कोई दिखावा या आडंबर नहीं होना चाहिए। ऐसा देखा गया है कि मुसीबत के समय ईश्वर को याद करनेवाले और बाकी समय उसे विस्मृत करने वाले अथवा उसके अस्तित्व को नकारनेवाले लोगों की कोई कमी नहीं है। ढलती उम्र में अनेक नास्तिक भी आस्तिक बनते देखे गए हैं। मजेदार बात यह कि पंडित नेहरू की बहन विजयलक्ष्मी पंडित ने 1952 में लोकसभा के पहले चुनाव में दिल्ली में कई चुनावी सभाओं में कहा कि नेहरू परिवार किसी भी अन्य परिवार की तरह धर्मपरायण है। हमारे यहाँ किसी भी अन्य परिवार की तरह सभी पूजा-उपासनाएँ, संस्कार विधियाँ, व्रत-उपवास आदि होते हैं।

पहली बार ईश्वर के नाम पर शपथ

जो हो, तथ्य यह है कि इंदिरा गांधी प्रधानमंत्री बनने के बाद धर्मगुरुओं और धर्मस्थानों से अपना नाता बढ़ाती गईं। इंदिरा गांधी के आलोचकों का कहना था कि वे भारत की भोली-भाली और धर्मभीरु जनता पर अपना प्रभाव डालना चाहती हैं। 1979

में कर्नाटक के चिकमंगलूर लोकसभा निर्वाचन क्षेत्र के उपचुनाव में इंदिरा गांधी ने अपने चुनाव अभियान के सिलसिले में हिंदुओं, जैनियों, मुसलमानों और ईसाइयों के धर्मस्थलों पर जाने का विशेष ध्यान रखा। श्रृंगेरी के शंकराचार्य के मठ में वे दो बार आशीर्वाद प्राप्त करने के लिए गईं।

यह भी हो सकता है कि श्रीमती गांधी पहले ईश्वर में विश्वास नहीं करती हों और बाद में विश्वास करने लगी हों। 1966 में जब वे पहली बार प्रधानमंत्री बनी थीं, तब उन्होंने भारत के संविधान की शपथ लेकर पदग्रहण किया था, लेकिन 1980 में, जो उनका अंतिम पदग्रहण सिद्ध हुआ, उन्होंने ईश्वर की शपथ लेकर पद ग्रहण किया था। इस प्रकार पहली और अंतिम बार उनकी शपथ में ईश्वर को स्थान मिला।

जहाँ तक ज्योतिषियों की बात है, एक बार फिर इंदिरा गांधी ने उनकी और अपने एक बहुत वरिष्ठ सहयोगी की सलाह मान ली। सातवीं लोकसभा के लिए मतदान 3 से 6 जनवरी, 1980 के बीच हुआ। छह जनवरी को ही सायंकाल चुनाव नतीजे आने लगे। इंदिरा गांधी की कांग्रेस पार्टी को पूर्ण बहुमत मिल गया, लेकिन शपथ ग्रहण के लिए उन्होंने कई दिन इंतजार किया। उन्हें बताया गया कि अभी अशुभ काल चल रहा है, जिसमें कोई मंगल कार्य नहीं किया जाता। कुछ दिन बाद पड़नेवाला पूर्ण सूर्यग्रहण उनके और उनके बेटे के लिए खतरनाक है। इसलिए हिंदू पंचांग के अनुसार 14 जनवरी का दिन शुभ है, जब सूर्य मकर राशि में प्रवेश करता है (संक्रांति)। इन मामलों में इंदिरा गांधी का दिमाग पहले की तरह अवज्ञाकारी नहीं रह गया था, हालाँकि शायद कुछ वर्ष पहले वे शुभ मुहूर्त अनुसार शपथ ग्रहण की सलाह मानने से इनकार कर देतीं, लेकिन अब वे इस मामले में चौकस थीं, उन्होंने सावधानी बरतना ही उचित समझा। भारत में ही नहीं, विदेशों में भी अनेक लोग ज्योतिषियों के चक्कर में पड़ते रहते हैं, इनमें राजनेता भी शामिल हैं। दैनिक व साप्ताहिक राशिफल का प्रकाशन पश्चिमी देशों, विशेषतः संयुक्त राज्य अमेरिका में भी बहुत प्रचलित है। वहाँ कुछ समाचार-पत्रों द्वारा इस स्तंभ का प्रकाशन बंद करने पर उन्हें पाठकों के तीखे क्षोभ का सामना करना पड़ा, जिसके परिणामस्वरूप भविष्यफल स्तंभ पुनः चालू कर दिया गया।

जर्मनी का तानाशाह हिटलर भी ज्योतिषियों के फेर में पड़ा रहता था। अप्रैल 1945 में बर्लिन के पतन के समय आत्महत्या करने से कुछ पहले तक वह किसी करिश्मे की उम्मीद करता रहा। वह प्रतिक्षण यह स्वप्नवत् कल्पना करता रहा कि कोई चमत्कार हो जाएगा और उसकी प्रतिष्ठा बच जाएगी, लेकिन उसके कान बर्लिन नगर में आगे बढ़ते रूसी सैनिकों की पदचाप की उपेक्षा नहीं कर सकते थे। हिटलर की विश्वविजय की भविष्यवाणी करनेवाले ज्योतिषी उस समय कहाँ भाग गए थे, पता नहीं। हो सकता है, उन्होंने हिटलर के डर के मारे, उसे खुश करने के लिए ग्रह-नक्षत्रों की चाल को गलत

ढंग से पढ़ा हो, लेकिन हिटलर के भविष्यफल में नकारात्मकता जोड़नेवाले ज्योतिषियों के बारे में यह पता था कि वे कहाँ पर हैं। हिटलर ने उन सबको जेल में डाल दिया था।

गहन अध्ययन व अनुशीलन की आवश्यकता

बहुत से लोग ज्योतिष, अंक ज्योतिष और हस्तरेखा शास्त्र में विश्वास करते हैं, लेकिन प्रश्न है कि इन शास्त्रों के जानकार लोग कितने हैं। सभी ज्योतिषियों की सभी भविष्यवाणियाँ हमेशा सही साबित हों, इसकी कोई गारंटी नहीं। नौसिखिया, अधकचरे और धंधेबाज ज्योतिषियों की भविष्यवाणियाँ, कहीं तीर-तुक्का चल जाने के अलावा, गलत सिद्ध होंगी ही, लेकिन कभी-कभी प्रतिष्ठित और अनुभवी भविष्यवक्ताओं का कथन भी गलत हो जाता है, जिससे लोगों की आस्था उन ज्योतिषियों में ही नहीं, ज्योतिष शास्त्र में भी समाप्त हो जाती है। खेद है कि आजकल के बहुत से ज्योतिषी सादा और सात्विक जीवन निर्वाह नहीं करते और इस विषय की पूर्ण एवं सार्थक समझ के लिए जिस एकाग्रता, योग-शक्ति और अंतर्ज्ञान की जरूरत होती है, उसका उनमें अभाव होता है। यह भी खेद की बात है कि ज्योतिष शास्त्र के गहन अध्ययन की सुविधाएँ उपलब्ध नहीं हैं, जैसी कि रसायनशास्त्र, वनस्पतिशास्त्र आदि के लिए उपलब्ध हैं। ज्योतिष शास्त्र के महान् ज्ञाता आर्यभट्ट, जैमिनी और वराहमिहिर के सूत्रों और सिद्धांतों के गहन अध्ययन और अनुशीलन की आवश्यकता है।

जहाँ तक भविष्यवाणियों की बात है, राजनीतिक भविष्यवाणियाँ कभी-कभी बड़ी खतरनाक सिद्ध होती हैं। बाजारवादी ज्योतिष के युग में उद्देश्य-प्रेरित भविष्यवाणियों का पता लगाना भी मुश्किल है। इसलिए राजनीतिक क्षेत्र में ज्योतिषियों के फेर में नहीं पड़ना ही उचित माना जाएगा। भारतीय राजनीति में ज्योतिषी व तांत्रिक काफी अनर्थ कर चुके हैं। क्या हमारे राजनेता उनके प्रति आवश्यक सतर्कता बरतेंगे?

□

लोकतंत्र की द्रौपदी का चीरहरण और कांग्रेस के भीष्म व द्रोण

महाभारत काल में द्रौपदी के चीरहरण के समय जिस प्रकार भीष्म पितामह और द्रोणाचार्य जैसे 'ज्ञानी-ध्यानी' साक्षी भाव से सबकुछ देखते रहे, वैसे ही आपातकाल में लोकतंत्र की द्रौपदी के चीरहरण के समय कांग्रेस के भीष्म पितामह और द्रोणाचार्य 'साइलेंट मोड' (मौन रूप) में चले गए। चुनाव में कांग्रेस की शिकस्त के बाद उनकी वाणी का स्विच फिर ऑन हुआ।

महाभारत की कथा के अनुसार जब द्यूत क्रीड़ा में युधिष्ठिर द्रौपदी को हार गए, तब दुर्योधन का भाई और मंत्री दु:शासन (दुश्शासन) द्रौपदी को बालों से पकड़कर खींचते हुए सभाभवन में ले आया और उसे निर्वस्त्र करने का प्रयास करने लगा। उस समय दरबार में भीष्म पितामह, द्रोणाचार्य और कई अन्य गुरुजन उपस्थित थे। वे सबकुछ साक्षीभाव से देखते रहे। उन्होंने द्रौपदी के चीरहरण को रोकने का प्रयास नहीं किया। भीष्म धार्मिक, दार्शनिक और राजनीतिक विषयों के सूक्ष्म ज्ञाता थे। बताया गया कि कौरवों का विरोध न करना उनकी मजबूरी थी।

ठीक ऐसी ही 'मजबूरी' कलियुग में कांग्रेस के भीष्म पितामह, द्रोणाचार्य और कई अन्य वरिष्ठजनों की थी, जो लोकतंत्र की द्रौपदी का चीरहरण न केवल चुपचाप देखते रहे, बल्कि एक कदम आगे बढ़कर उसका समर्थन करने से भी नहीं कतराए।

कायर दिग्गज बनाम महान् हस्तियाँ

आजादी के आंदोलन के उग्र दौर में ब्रिटिश सरकार के कठोर दमनचक्र को भी मात देनेवाले इंदिरा सरकार के दमनकारी उपायों के बीच पूरे देश में हिंदी, अंग्रेजी व अन्य भाषाओं में सरकार-विरोधी गुप्त साहित्य बँटता रहा। गुप्त रूप से कार्यरत संस्था

'लोकसंघर्ष समिति' ने दिसंबर 1975 में जारी अपने एक लंबे बयान में इमरजेंसी के छह माह के जुल्म-सितम का उल्लेख करते हुए कहा—The sins of last six months are not those of Mrs. Gandhi alone. In retrospect it would be deemed a collective guilt of all those congressmen who supported her policy actively as well as of those who acquiesce in it by remaining silent. The Bhishma and Drona were as much responsible for the disrobing of Draupadi as were Duryodhana and Dushasana.

(पिछले छह माह के पापकर्मों के लिए श्रीमती गांधी अकेली जिम्मेदार नहीं हैं। पीछे मुड़कर देखने पर यह उन सब कांग्रेसियों का सामूहिक अपराध प्रतीत होगा, जिन्होंने सक्रिय रूप से श्रीमती गांधी की नीति का समर्थन किया और जिन्होंने इसे चुपचाप स्वीकार किया। द्रौपदी को निर्वस्त्र करने के लिए भीष्म व द्रोण भी उतने ही गुनहगार थे, जितने दुर्योधन और दुःशासन।)

बयान में आगे कहा गया—The country today knows atleast five brave souls, who have refused to do so. They have had to suffer for that. Chandrashekhar and Ramdhan have been clapped behind bars. Lakshmikantamma, Krishnakant and Mohan Dhariya have been ostracised from the party. But they have fearlessly held their ground, and thus presented themselves to their party colleagues, worthy of emulation.

(देश आज कम-से-कम पाँच बहादुर हस्तियों को जानता है, जिन्होंने ऐसा करने से इनकार कर दिया। उन्हें इसका नतीजा भुगतना पड़ा। चंद्रशेखर और रामधन को सीखचों के पीछे ठेल दिया गया है। लक्ष्मीकांतम्मा, कृष्णकांत और मोहन धारिया को पार्टी से निकाल बाहर कर दिया गया है, लेकिन वे अपनी बात पर निर्भीकतापूर्वक डटे रहे और इस प्रकार उन्होंने अपनी पार्टी के सहकर्मियों के समक्ष अनुकरणीय मिसाल पेश की।)

लोकतंत्र की द्रौपदी, रोती नयन निचोर

आपातकाल में लोकतंत्र के चीरहरण और अभिव्यक्ति की स्वतंत्रता के अपहरण पर भारतीय जनसंघ के नेता अटल बिहारी वाजपेयी ने जेल में 'कैदी कविराय' नाम से कई कविताएँ लिखीं, जिनमें एक प्रासंगिक कविता इस प्रकार थी—

दिल्ली के दरबार में, कौरव का है जोर;
लोकतंत्र की द्रौपदी, रोती नयन निचोर;
रोती नयन निचोर, नहीं कोई रखवाला;
नए भीष्म, द्रोणों ने, मुख पर ताला डाला;

कह कैदी कविराय, बजेगी रण की भेरी;
कोटि-कोटि जनता, न रहेगी बनकर चेरी।

आखिर 'कोटि-कोटि जनता' ने 1977 के आम चुनाव में रणभेरी बजा दी और कांग्रेस को सत्ता से बाहर का रास्ता दिखा दिया।

विख्यात विधिशास्त्री डॉ. लक्ष्मीमल्ल सिंघवी ने इमरजेंसी समाप्त होने के बाद प्रसिद्ध हिंदी साप्ताहिक 'धर्मयुग' के 23 जुलाई, 1977 के अंक में लिखा—

'आपातकालीन प्रकरण में कानून का क्षय बहुत कुछ कानून के हाथों ही हुआ, लोकतंत्र की दुहाई देकर ही स्वार्थ और निरंकुशता के दुर्योधन और दु:शासन ने सार्वजनिक और लोकतंत्रीय मर्यादाओं की द्रौपदी का चीरहरण किया।'

पाप-कर्म में भागीदारी

वयोवृद्ध कांग्रेसी नेता कमलापति त्रिपाठी ने 1977 के आम चुनावों में कांग्रेस की दुर्गति के बाद कहा था, 'काश ! मेरे जैसे लोगों में इंदिराजी से यह कहने की हिम्मत होती कि वे जो कुछ कर रही हैं, गलत है।' त्रिपाठीजी ने 'धर्मयुग' के 3 सितंबर, 1977 के अंक में लिखा, 'मैं पिछली आधी शताब्दी से राजनीति में रहा, हर अन्याय के विरुद्ध युद्ध करता रहा, वह चाहे अंग्रेजों के राज के विरुद्ध हो या देश की उन्नति के लिए, मेरा धर्म केवल युद्ध था, क्या हुआ मुझे ? वह कौन-सी शक्ति या वह कौन-सी दुर्बलता थी, जिसने मुझे सही बात इंदिराजी के सामने रखने से रोका…।'

कहते हैं, हस्तिनापुर के राजसिंहासन के प्रति वचनबद्धता ने 'ज्ञानी-ध्यानी' भीष्म पितामह को कुछ न करने के लिए मजबूर किया, लेकिन क्या यह उचित था ? देशहित और प्रजाहित ही सर्वोपरि होता है। अनैतिक और गलत कार्यों के साथ खड़ा होना सबसे बड़ा अधर्म है। भीष्म ने तो कौरवों के पक्ष में युद्ध में भी हिस्सा लिया, वे पाप में बराबर के भागीदार बने। यदि वे सत्य और नीति के पक्ष में अड़ जाते तो शायद महाभारत के विनाशकारी युद्ध की संभावना क्षीण हो जाती। भीष्म पितामह और द्रोणाचार्य जैसी महान् हस्तियाँ हस्तिनापुर की प्रजा की बजाय सत्ताधारियों के हित साधने में लग गईं, वह भी पथभ्रष्ट सत्ताधारियों के हित साधने में। ये वरिष्ठजन सत्ता-सुख के चक्कर में सत्ताधारियों का विरोध नहीं कर पाए।

कांग्रेस के दिग्गज नेता बाबू जगजीवन राम तो 1977 में चुनाव की घोषणा होने के बाद कांग्रेस पार्टी से बाहर निकल आए, जिससे उनके सारे पाप धुल गए, हालाँकि उन्होंने ही संसद् में इमरजेंसी लाने का विधेयक पेश किया था और उसके पक्ष में कई दलीलें दी थीं, लेकिन चुनाव अभियान में इमरजेंसी के विरुद्ध बोलने और कांग्रेस को पराजित करने में उनका बड़ा योगदान रहा। कांग्रेस के एक अन्य दिग्गज नेता यशंवत

राव चह्वाण चुनाव परिणामों का इंतजार करते रहे। चुनाव परिणाम आने के बाद उन्होंने अपनी जुबान खोली और कहा कि 'आपातकाल देश के इतिहास का अँधेराकाल था।' अँधेरे का बोध ज्ञान उन्हें हार जाने के बाद प्राप्त हुआ। मतपेटियाँ खुलने के बाद अनेक कांग्रेसजनों की जुबान पर लगे ताले भी खुल गए।

राष्ट्रकवि दिनकर ने कुछ ऐसी ही मानसिकतावालों का उल्लेख करते हुए कहा था—

समर शेष है नहीं पाप का भागी केवल व्याध।
जो तटस्थ है समय लिखेगा उसका भी अपराध।

मजेदार बात यह कि इमरजेंसी के दौरान लगातार इंदिरा गांधी की डुगडुगी बजाते रहनेवाले और जय-जयकार करनेवाले कांग्रेस अध्यक्ष देवकांत बरुआ कांग्रेस की भारी शिकस्त के बाद कांग्रेस के इंदिरा गुट से अलग हो गए।

'अक्ल को मार गया पाला'

कांग्रेस सांसद शंकरदयाल सिंह (चतरा) ने इमरजेंसी के बाद प्रकाशित अपनी पुस्तक 'इमरजेंसी : क्या सच, क्या झूठ?' में एक जगह लिखा है, 'मेरे जैसे राजनीतिक या संसद् सदस्य, जो इंदिराजी की आँधी में 1971 में चुनकर आए थे, वे कुछ सहमे हुए थे, कुछ नासमझी में पड़े हुए थे...हमारी अक्ल को पाला मार गया था, लेकिन वे सब क्यों चुप थे, जो 20-25-30 साल से लगातार संसद् सदस्य रहते आए थे, वर्षों से जो मंत्रिमंडल के माननीय सदस्य थे, जिनकी बुद्धि प्रखर थी, जिन्होंने गांधीजी की प्रेरणा से राजनीति को वरण किया था, सरदार पटेल, जवाहरलाल नेहरू, डॉ. राजेंद्र प्रसाद, मौलाना आजाद, सुभाषचंद्र बोस और लालबहादुर शास्त्री के साथ-साथ आजादी की लड़ाई या देश-निर्माण में जिन्होंने काम किया था, जिनमें से आज कई मुखर बने हुए हैं, वे क्यों चुप थे, क्या इतिहास कभी भी ऐसे लोगों को क्षमा कर सकेगा, जिन्होंने पद के मोह में अपनी नैतिकता और प्रतिष्ठा को ताक पर रख दिया था?'

शंकरदयाल सिंह ने आगे लिखा है कि इमरजेंसी में जो हुआ, आखिर ऐसा क्यों हुआ? मैंने एक दिन डॉ. कर्ण सिंह से जानना चाहा, 'उत्तर भारत में हर जगह, क्या रायबरेली और क्या अमेठी हम इस बुरी तरह से कैसे हार गए?' डॉ. कर्ण सिंह का उत्तर बिल्कुल राजनीतिक नहीं था। उन्होंने कहा, 'हमने नैतिक मूल्यों को छोड़ दिया था, हमें उसी की सजा मिली।'

'नेहरू संत थे, मैं नहीं हूँ'

शंकरदयाल सिंह ने अपनी पुस्तक में सवाल किया है, आखिर ऐसा क्यों किया इंदिरा गांधी ने? उन्होंने स्वयं ही इसका जवाब इस प्रकार दिया है, 'जवाबों की कमी

नहीं है, लेकिन जवाहरलाल नेहरू और इंदिरा गांधी में यही सबसे बड़ा फर्क दिखाई देता है और वह फर्क है, जो स्वयं श्रीमती गांधी ने दो-तीन वर्षों पहले इंडियन नेशनल ट्रेड यूनियन कांग्रेस अध्यक्ष श्रीविजय भगवती को बातचीत के दौरान कहा था—मेरे पिता संत थे, लेकिन मैं संत नहीं हूँ।

जयप्रकाश नारायण ने अपनी जेल डायरी में लिखा, 'उम्मीद थी कि कांग्रेस के दिग्गज कुछ करेंगे।' लेकिन उन्होंने कुछ नहीं किया। क्यों? ईमानदारी से इसका जवाब इमरजेंसी हटने के तुरंत बाद 22 मार्च, 1977 को कांग्रेस वर्किंग कमेटी की मीटिंग में हरियाणा के तत्कालीन मुख्यमंत्री बनारसी दास गुप्ता ने दिया, उन्होंने विस्तार से बताया कि किस प्रकार हरियाणा के पूर्व मुख्यमंत्री और बाद में केंद्र में रक्षा मंत्री बंसीलाल अपनी रैलियों व सभाओं के लिए भीड़ जुटाने के लिए उन्हें परेशान करते थे। इस पर जब किसी ने कहा—गुप्ताजी, ये सब बातें आपने पहले क्यों नहीं बताईं? गुप्ता ने जवाब दिया, 'मैं डरपोक था।' इस प्रसंग का उल्लेख वरिष्ठ पत्रकार कुलदीप नैयर ने इमरजेंसी संबंधी अपनी पुस्तक में किया है।

□

खंड-2

भारतीय प्रेस : आपातकाले भयभीत बुद्धि

लालकृष्ण आडवाणी ने, जब वे 1977 में जनता पार्टी की सरकार में सूचना एवं प्रसारण मंत्री बने, कहा था कि आपातकाल के दौरान पत्रकारों से मात्र झुकने के लिए कहा गया था; लेकिन वे घुटनों के बल रेंगने लगे। पूरी स्थिति पर टिप्पणी करते हुए वरिष्ठ पत्रकार एवं पूर्व संपादक कुलदीप नैयर ने कहा कि उस समय यह देखकर हृदय विक्षोभ से भर उठा था कि अपना बचाव करने का इरादा ही पत्रकारों के आचरण का एकमात्र मकसद रह गया था। उनकी तुलना में तो मार्शल लॉ में भी पाकिस्तानी पत्रकारों का कार्यकलाप व तेवर ही बेहतर रहा था।

सूचना एवं प्रसारण मंत्री विद्याचरण शुक्ल ने वरिष्ठ पत्रकार प्रेम भाटिया से कहा, 'भाटिया साहब, याद रखिए, भारत में पत्रकारिता पहले की तरह अब फिर कभी नहीं आएगी।' लेकिन 21 माह बाद उनकी स्वयं कही बात गलत सिद्ध हुई। देश में पत्रकारिता ने पुनः स्वतंत्रता प्राप्त कर ली।

गांधीजी, जो स्वयं एक सिद्धहस्त पत्रकार और संपादक थे, किसी प्रकार की सेंसर-व्यवस्था के सख्त विरोधी थे। उन्होंने ब्रिटिश सरकार के प्रेस एक्ट को काले कानून की संज्ञा दी थी। उन्होंने इस प्रकरण में एक बार कहा था—'संपादकों ने मेरे भाषण के सर्वाधिक प्रभावशाली अंश को सेंसर के डर से हटा दिया।' उन्होंने इस बात पर खेद व्यक्त किया कि पत्रकारों ने इस कानून के प्रभाव से बच निकलने के लिए अनेकार्थक और अस्पष्ट भाषा का प्रयोग करना शुरू कर दिया है। छूत जैसी इस विकृति का पूरे देश पर प्रभाव पड़ा है। गांधीजी का कहना था कि संपादक को अपने सर्वोत्तम विचार दबाकर रखने पड़ें, यह इस व्यवसाय को नकारने के बराबर है।

ब्रिटिश वायसराय बनाम भारतीय प्रधानमंत्री

अब फर्क देखिए। 1975 में जबकि संपादकों के एक प्रतिनिधिमंडल ने प्रधानमंत्री

से मिलकर उन्हें प्रेस पर अंकुश लगाने, सेंसर-व्यवस्था करने के लिए धन्यवाद दिया, उनकी वाहवाही की; वहीं दूसरी ओर 1916 में प्रेस प्रतिरक्षा संघ की ओर से पत्रकारों व संपादकों का एक प्रतिनिधिमंडल तत्कालीन वायसराय लॉर्ड चेम्सफोर्ड से मिला और प्रेस एक्ट को रद्द करने की माँग की, जिस पर वायसराय ने कहा, 'जनमत के निर्माण में प्रेस की भूमिका इतनी महान् है और इसके आदर्शों का दायरा इतना विस्तृत है कि उसकी मात्र कल्पना ही की जा सकती है। मैं प्रेस का मुँह बंद करने के सर्वथा विरुद्ध हूँ। यह मेरे स्वभाव के विरुद्ध है।' फिर चेम्सफोर्ड ने अपनी सफाई देते हुए कहा कि सरकार ने निर्देश दिया है कि इस एक्ट को नरमी से और विवेकपूर्ण ढंग से लागू किया जाए। सरकार के निर्णय के विरुद्ध हाईकोर्ट में अपील आदि की सुविधा का भी उन्होंने उल्लेख किया और बताया कि 143 अखबारों को एक चेतावनी दी गई, 30 अखबारों को तीन या अधिक बार चेतावनी दी गई, केवल तीन अखबारों की जमानत जब्त की गई आदि, लेकिन ब्रिटिश साम्राज्यवादी सरकार के मुकाबले इंदिरा गांधी की 'लोकतंत्रवादी' सरकार ने प्रेस पर ऐसा शिकंजा कसा कि वह चूँ तक न कर सकी। इतना भीषण 'सर्वग्राही' सेंसर तो ब्रिटिश काल में भी नहीं लगा था।

यह ध्यातव्य है कि सेंसरशिप के कालपाश में आबद्ध समग्र पत्रकारिता और साहित्य निष्प्राण-से हो जाते हैं। हमारे देश में ऐसे लोगों की कभी कमी नहीं रही, जो अपना स्वर शासनानुकूल बनाने में तनिक भी संकोच नहीं करते—वे पत्रकार हों, साहित्यकार हों, बुद्धिजीवी हों या अन्य लोग हों।

डरपोक कौन है?

इमरजेंसी के समय 'टाइम्स ऑफ इंडिया' में संपादकीय सहकारी रह चुके के.आर. सुंदरराजन ने इमरजेंसी के बाद 'बोरीबंदर की बुढ़िया' शीर्षक एक लेख में इमरजेंसी की घोषणा के तुरंत बाद की उक्त अखबार की स्थिति का प्रत्यक्ष वर्णन किया था। ज्ञातव्य है कि मुंबई में बोरीबंदर क्षेत्र स्थित 'टाइम्स ऑफ इंडिया' को, जिसकी स्थापना 1838 में अंग्रेजों ने की थी, राष्ट्रवादी अंग्रेजी दैनिक 'बॉम्बे क्रॉनिकल' के अंग्रेज संपादक बी.जी. हार्निमन विनोदपूर्वक 'बोरीबंदर की बुढ़िया' कहा करते थे। सुंदरराजन को इमरजेंसी के दिनों में गिरफ्तार कर लिया गया था और जनता पार्टी की सरकार के गठन के बाद 'हिंदुस्तान टाइम्स' का राजनीतिक संपादक बना दिया गया था। सुंदरराजन ने बताया था, 'जब हम मुंबई सेंट्रल जेल के नजदीक पहुँचनेवाले थे, मेरी पहरेदारी कर रहे एक पुलिस अधिकारी ने मुझे कहा, हम तो सिर्फ ऊपर से आए आदेश का पालन कर रहे हैं, लेकिन आपके उन साथियों के बारे में क्या कहा जाए, जो आप पर जासूसी कर रहे थे और पुलिस को गुप्त रूप से सहयोग प्रदान कर रहे थे।'

सुंदरराजन के अनुसार उक्त पुलिस अधिकारी की बात में दम था। 'टाइम्स ऑफ इंडिया' के प्रबंधकीय और संपादकीय कार्याधिकारी तथा उनके अधीनस्थ कर्मचारी, जिन्होंने इमरजेंसी के दौरान उनकी गतिविधियों की खोज-खबर में खुफिया एजेंसियों की मदद की थी, नैतिक साहस तो नहीं, लेकिन कुछ शालीनता तो दिखा ही सकते थे। 'टाइम्स ऑफ इंडिया' में 26 जून को सुबह बैठक के समय संपादक शामलाल काफी चिंतित प्रतीत हुए। संपादकीय विभाग के कुछ लोगों ने कहा कि कल सुबह का अखबार काले बॉर्डर के साथ प्रकाशित किया जाना चाहिए। एक ने सुझाव दिया कि सेंसर की पूर्व स्वीकृति (प्री-सेंसरशिप) का आदेश लागू किए जाने के बावजूद इमरजेंसी और सामूहिक गिरफ्तारियों की भर्त्सना करते हुए एक संपादकीय लिखा जाना चाहिए। बैठक में मौजूद अधिकांश लोगों ने कहा कि कम-से-कम इतना तो किया ही जाए कि संपादकीय कॉलम को विरोधस्वरूप कोरा छोड़ दिया जाए, लेकिन शामलाल ने एकाएक बैठक बरखास्त कर दी।

आधे घंटे बाद सुंदरराजन उनके पास गए और उनसे अनुरोध किया कि वे दोपहर बाद होनेवाली पत्रकारों की एक प्रोटेस्ट बैठक की अध्यक्षता करें, लेकिन उन्होंने कोई जवाब तक देने की परवाह नहीं की। इधर संपादकीय विभाग में वातावरण गरमा रहा था। अगले दिन सुबह के अखबार में जब किसी प्रकार के विरोध-प्रतिरोध की पिनपिनाहट तक की झलक नहीं मिली, तो अखबार में कार्यरत करीब एक सौ पत्रकारों ने बैठक का आयोजन कर अपना विरोध व्यक्त किया। जब शामलाल को बैठक के प्रस्ताव की प्रति दी गई, तो वे आगबबूला होकर सुंदरराजन के केबिन की ओर लपके और गरजकर कहा, 'यह डरपोक लोगों का झुंड है।' उनका मुख्य एतराज इस बात पर था कि विरोध-सभा में भाग लेनेवाले पत्रकारों ने प्रस्ताव पर अपने हस्ताक्षर नहीं किए थे। अतः अगले आधे घंटे में प्रस्ताव की एक नई प्रति पर सभी उपस्थित पत्रकारों के हस्ताक्षर करवा लिये गए और उक्त प्रति संपादक को भेज दी गई। उन्होंने उसे कार्मिक प्रबंधक वी.जी. कार्णिक के पास भेज दिया, जो कर्मचारियों को परेशान करने में अग्रणी रहते थे। यह उनके लिए ईश्वरीय वरदान के समान मौका था, जिससे वे अपनी मरजी से बलि के बकरे चुन सकते थे। विरोध-सभा में भाग लेनेवालों के नाम पुलिस को कैसे ज्ञात हुए, इसका रहस्योद्घाटन पुलिस के एक जासूस ने सुंदरराजन से किया। उसने कहा, 'प्रस्ताव पर हस्ताक्षर करने के साथ ही आप पुलिस की सीधी निगरानी में आ गए थे। इतना ही क्यों, यह ज्ञात होने पर कि आपने स्वयं इस प्रस्ताव को टाइप किया था, आपका पोर्टेबल टाइपराइटर भी हमारे सूक्ष्म परीक्षण के दायरे में आ गया था।'

'नं. 1 सफरदजंग रोड की माताजी'

सुंदरराजन के अनुसार शामलाल हर कुछ दिन बंबई से दिल्ली जाकर इंदिरा गांधी को उनकी अनुशंसित लोकशाही को सफल बनाने में अपने सहयोग का आश्वासन दिया करते थे। इस ग्रुप के अन्य अखबारों के संपादकों की भूमिका भी कोई बेहतर नहीं थी। 'इकोनॉमिक टाइम्स' के संपादक डॉ. डी.के. रंगनेकर प्रतिबद्ध पत्रकारिता के भाष्यकार बन गए। 'नवभारत टाइम्स' के संपादक अक्षय कुमार जैन ने इंदिरा गांधी को सूचित किया कि वे सेंसरशिप की कड़ाई से संतुष्ट नहीं हैं। उनके सहायक संपादक महावीर अधिकारी ने 'नं. 1, सफरदजंग रोड की माताजी' का गुणानुवाद करते हुए विचित्र पद्य में एक पुस्तक ही लिख डाली। सुंदरराजन के अनुसार शामलाल 'टाइम्स ऑफ इंडिया' को इमरजेंसी का एक क्रियार्थक हथियार बनाने से बाज आते, यदि उन्हें अखबार के दिल्ली स्थित स्थानीय संपादक गिरिलाल जैन, तत्कालीन उप महाप्रबंधक राम तनेजा और वी.जी. कार्णिक की त्रिमूर्ति ने इस बात का कायल नहीं कर दिया होता कि इमरजेंसी स्थायी तौर पर रहेगी और प्रेस की स्वतंत्रता के दिन बीत चुके हैं तथा यह भी कि इंदिरा गांधी अगले 15 वर्षों तक सत्ता में बनी रहेंगी। उसके अलावा उनकी दलील यह थी कि इमरजेंसी का ठोस समर्थन करने से 'टाइम्स ऑफ इंडिया', जिसे कंपनी अधिनियम के अंतर्गत शांति प्रसाद जैन से छीन लिया गया था, उन्हें वापस दे दिया जाएगा, लेकिन इमरजेंसी का समर्थन करने के उनके अलग-अलग व्यक्तिगत कारण थे।

'टाइम्स ऑफ इंडिया' की प्रकाशक संस्था बेनेट कोलमैन एंड कंपनी के अध्यक्ष न्यायमूर्ति के.टी. देसाई ने बाद में कहा कि शामलाल द्वारा निष्ठुर प्रेस कानूनों को बिना कोई मामूली सा प्रतिरोध किए अपनी सहमति प्रदान करना एक निराशाजनक स्थिति थी। उन्होंने कहा, 'मैं जानता था कि वे 1969 से ही इंदिरा गांधी को अनुगृहीत करने के लिए किस हद तक जा चुके थे, लेकिन मुझे उम्मीद थी कि वे कुछ-न-कुछ विरोध-प्रतिरोध जरूर करेंगे। एक अच्छा व्यक्ति होने के बावजूद शामलाल में नेतृत्व-क्षमता नहीं थी।'

□

नहीं छापें, नहीं छापें, नहीं छापें, तो फिर क्या छापें?

इंदिरा सरकार ने यह नहीं सोचा कि सेंसर एक दुधारी तलवार है। खबरों पर रोक लगाने से जो अफवाहें फैलती हैं, वे बड़ी खतरनाक सिद्ध हो सकती हैं, मसलन इमरजेंसी के दौरान दिल्ली के मुसलिम-बहुल तुर्कमान गेट क्षेत्र में 'अतिक्रमण हटाओ' अभियान के अंतर्गत इमारतें व ढाँचे गिराने के सिलसिले में पुलिस गोलीकांड की घटना को सेंसर कर दिया गया और केवल सरकारी कथन छापने का निर्देश दिया गया। पूरे देश में इस गोलीकांड की अत्यंत अतिरंजित उड़ती खबर फैल गई। सेंसर की कठोरता से तंग आकर अखबारों ने गैर-राजनीतिक और विवादहीन नीरस विषयों पर लेखों को प्रमुखता देनी शुरू कर दी।

26 जून, 1975 के बाद प्रेस के समक्ष एक चुनौती थी कि वह अब क्या करे, राष्ट्रीय प्रेस सेंसरशिप के आगे झुके या न झुके? इसका जवाब जल्दी ही मिल गया, जब अधिकतर अखबारों ने सरकारी अफसरों के इशारे पर नाचना शुरू कर दिया। इमरजेंसी में अखबारों को सरकारी परचा बनाने की जी-तोड़ कोशिश की गई। अखबारों से एक 'गाइड लाइन' के अंतर्गत कहा गया कि वे खुद अपने ऊपर सेंसरशिप लागू करें। मतलब वह लिखें, जो दरबारी पत्रकारिता के अनुकूल हो। राष्ट्रीय प्रेस के कई अलमबरदार अखबारों ने यही किया।

'गाइड लाइन' के बावजूद सूचना एवं प्रसारण मंत्रालय के प्रेस इन्फॉर्मेशन ब्यूरो से अखबारों को निरंतर कुछ-न-कुछ लिखित या मौखिक आदेश-निर्देश दिए जाते रहे। यहाँ विभिन्न अखबारों तथा सूचना एवं प्रसारण मंत्रालय के सूत्रों से एकत्र ऐसे आदेशों-निर्देशों के नमूने प्रस्तुत किए जा रहे हैं। ये पत्रकारिता, राजनीतिशास्त्र और इतिहास आदि विषयों के अध्ययनकर्ताओं, शोधकर्ताओं व भावी पीढ़ियों के लिए उपयोगी व रुचिकर सिद्ध हो सकते हैं, अन्यथा इन आदेश-निर्देशों की इतिहास के गर्त में विलीन हो जाने की संभावना है।

जे.पी. का फोटोग्राफ नहीं छापें!

26 जून, 1975 : समाचार एजेंसियों के टेलीप्रिंटरों से सभी नेताओं की गिरफ्तारी के समाचार हटा दिए गए।

5 जुलाई, 1975 : आनंद मार्ग के बारे में अदालती केस की रिपोर्ट नहीं छापें।

19 अगस्त, 1975 : गुजरात में राष्ट्रपति शासन हटाने और कांग्रेस सरकार के गठन संबंधी समाचार/टिप्पणी नहीं छापें।

27 अगस्त, 1975 : संसद् के बारे में प्रधानमंत्री का वक्तव्य प्रकाशित नहीं किया जाए।

15 सितंबर, 1975: कुलदीप नैयर की याचिका पर दिल्ली हाईकोर्ट का निर्णय नहीं छापें।

17 सितंबर, 1975: गंदी बस्तियों और झुग्गियों को तोड़ने संबंधी समाचार, फीचर, फोटोग्राफ आदि छापने से पहले सेंसर को दिखाएँ। यह एक रिमाइंडर है।

25 सितंबर, 1975: डेनमार्क के एक अखबार को दिए गए इंटरव्यू पर श्रीमती गांधी के नाम विपक्ष के नौ सदस्यों के पत्र को प्रकाशित नहीं करें।

— जवाहरलाल नेहरू विश्वविद्यालय में छात्र आंदोलन से संबंधित कोई समाचार नहीं छापें।

26 सितंबर, 1975: सार्वजनिक उद्योगों में बोनस से संबंधित अध्यादेश पर मजदूर यूनियनों द्वारा की जानेवाली प्रतिकूल आलोचना छापने की छूट नहीं दी जाएगी। संकेतात्मक हड़ताल का समाचार भी नहीं छापें।

4 नवंबर, 1975 : बांग्लादेश की घटनाओं पर फिलहाल कोई संपादकीय नहीं लिखें।

7 नवंबर, 1975 : बांग्लादेश से संबंधित संपादकीय सेंसर अधिकारी से पूर्व स्वीकृति लेकर छाप सकते हैं।

22 नवंबर, 1975 : स्वास्थ्य संबंधी कारणों से जेल से रिहा जयप्रकाश नारायण की बंबई यात्रा संबंधी रिपोर्ट सेंसर अधिकारी की स्वीकृति प्राप्त करने के बाद ही छापें, कोई फोटोग्राफ इस्तेमाल नहीं करें।

24 नवंबर, 1975 : आपको भारत सरकार के इस निर्णय की याद दिलाई जाती है कि सभी भारतीय और विदेशी संवाददाताओं को

बांग्लादेश के संबंध में कोई रिपोर्ट भेजने से पहले सेंसर अधिकारी की स्वीकृति प्राप्त कर लेना आवश्यक है।

3 दिसंबर, 1975 : जामा मसजिद के इर्द-गिर्द दिल्ली विकास प्राधिकरण द्वारा इमारतें व ढाँचे गिराने की कारवाई की कोई रिपोर्ट या तसवीर नहीं छापी जाए। केवल दिल्ली विकास प्राधिकरण (डी.डी.ए.) द्वारा जारी रिपोर्ट या तसवीर ही छापी जाए। संपादकीय छापने से पहले सेंसर अधिकारी से स्वीकृति प्राप्त कर लें।

3 फरवरी, 1976 : फरक्का बाँध चालू करने के कारण मुर्शिदाबाद जिले के जंगीपुर अनुमंडल के निम्नभूमि क्षेत्र के डूब जाने के संबंध में कोई समाचार या टिप्पणी सेंसर अधिकारी की स्वीकृति के बिना नहीं छापें।

19 फरवरी, 1976 : राष्ट्रीय पत्रकार यूनियन द्वारा पत्रकारों के लिए अंतरिम राहत, वेतन बोर्ड आदि पर प्रस्ताव की रिपोर्ट को छापने से पहले सेंसर अधिकारी की स्वीकृति प्राप्त कर लें।

15 मार्च, 1976 : वित्त मंत्री सी. सुब्रह्मण्यम को लोकसभा में अपने बजट भाषण के दौरान थक जाने के कारण कुछ देर बैठ जाना पड़ा, इसका उल्लेख हटा दें।

23 मार्च, 1976 : एक पत्रिका (भूमिपुत्र) की याचिका पर गुजरात हाईकोर्ट के निर्णय का उपयोग नहीं करें।

26 मार्च, 1976 : पटना में अखिल भारतीय समाचार-पत्र संपादक सम्मेलन में सेंसरशिप के बारे में यदि कोई उल्लेख हो, तो नहीं छापें, सेंसरशिप के बारे में कोई संपादकीय टिप्पणी भी नहीं लिखें।

पाठकों के पत्र भी नहीं छापें!

1 अप्रैल, 1976 : परिवार नियोजन कार्यक्रम की कोई आलोचना नहीं छापें। पाठकों के पत्र भी नहीं छापें।

2 अप्रैल, 1976 : ढाका से भारतीय प्रेस सलाहकार के निष्कासन का समाचार नहीं छापें।

5 अप्रैल, 1976 : भारत-चीन संबंधों पर टिप्पणी नहीं करने का प्रतिबंध हटाया गया।

8 अप्रैल, 1976 : फिल्म वित्त निगम के अध्यक्ष पद से बी.के. करंजिया के इस्तीफे और नए अध्यक्ष की नियुक्ति के बारे में कोई समाचार नहीं छापें।

19 अप्रैल, 1976 : तुर्कमान गेट, दिल्ली के इर्द-गिर्द इमारतें व ढाँचे गिराने की कारवाई से संबंधित समाचार सेंसर अधिकारी की स्वीकृति के बाद ही छापें।

22 अप्रैल, 1976 : पाकिस्तान और मिस्र के बीच समझौता वार्त्ता को कम महत्त्व देकर छापें, कोई आलोचना नहीं करें।

27 अप्रैल, 1976 : तुर्कमान गेट वारदात पर केवल प्रेस इन्फॉर्मेशन ब्यूरो का वक्तव्य ही छापें। इसे अधिक महत्त्व नहीं दें। हाँ, प्रथम पृष्ठ पर छाप सकते हैं। हेडलाइन भेजी जा सकती है। अन्य कोई हेडलाइन देनी हो, तो उसे पहले सेंसर अधिकारी को दिखलाकर मंजूरी ले लें।

29 अप्रैल, 1976 : संजय गांधी के सम्मान में आयोजित समारोह से संजय गांधी के वाकआउट से संबंधित कोई समाचार या फोटोग्राफ नहीं छापें।

1 मई, 1976 : श्रीनगर के निकट विमान दुर्घटना संबंधी समाचार बिना दिखलाए नहीं छापें।

5 मई, 1976 : भागलपुर जेल में हुई घटना का कोई समाचार नहीं छापें।

—बिहार में अव्यवस्था पर लोकसभा में श्रीमती गांधी द्वारा एक प्रश्न के उत्तर के तौर पर दिए गए वक्तव्य पर केवल समाचार एजेंसी का संवाद ही छापें। अन्य किसी प्रकार का समाचार पहले दिखला देना होगा।

14 मई, 1976 : सरकारिया आयोग में सुनवाई संबंधी समाचार के लिए सेंसर अधिकारी की स्वीकृति ले लें।

नरगिस की गिरफ्तारी का संवाद नहीं छापें!

28 मई, 1976 : लंदन के एक डिपार्टमेंटल स्टोर से सामान चुराने के आरोप में फिल्म अभिनेत्री नरगिस की गिरफ्तारी का समाचार नहीं छापें।

2 जून, 1976 : गो-हत्या पर प्रतिबंध की माँग को लेकर आचार्य विनोबा भावे द्वारा 11 सितंबर से प्रस्तावित आमरण अनशन से

संबंधित कोई समाचार नहीं छापा जाए। विनोबा भावे या उनके सचिव का कोई वक्तव्य भी नहीं छापा जाए।

3 जून, 1976 : पार्लियामेंट स्ट्रीट अग्निकांड का समाचार अधिक महत्त्व देकर नहीं छापा जाए, कोई फोटोग्राफ नहीं छापा जाए।

8 जून, 1976 : आंध्र प्रदेश के न्यायाधीशों के स्थानांतरण से संबंधित कोई समाचार नहीं छापा जाए।

9 जून, 1976 : रोहतक में रक्षा मंत्री बंसीलाल द्वारा दिए गए भाषण में से पाकिस्तान के साथ भावी संबंधों या संघर्ष के बारे में किए गए उल्लेख को हटा दें।

10 जून, 1976 : जयप्रकाश नारायण द्वारा प्रधानमंत्री को लिखे उस पत्र को नहीं छापें, जिसमें उन्होंने प्रधानमंत्री राष्ट्रीय सहायता कोष से डायलिसिस के लिए अंशदान का उनसे अनुरोध किया है। (बाद में समाचार एजेंसी का समाचार छापने की छूट दी गई।)

22 जून, 1976 : बोईंग विमान खरीद दलाली प्रकरण संबंधी समाचार सेंसर अधिकारी की पूर्व स्वीकृति के बाद ही छापा जाए।

9 जुलाई, 1976 : एंटेब्बे पर इजराइली धावे का कोई समाचार या फोटोग्राफ नहीं छापें, खासकर इसकी प्रशंसा नहीं की जाए।

16 जुलाई, 1976 : जयप्रकाश नारायण के कहीं आने-जाने से संबंधित कोई समाचार नहीं छापा जाए।

17 जुलाई, 1976 : नवजीवन प्रेस, अहमदाबाद को जब्त करने संबंधी गुजरात सरकार के पूर्व आदेश को रद्द करने की कारवाई की कोई रिपोर्ट नहीं छापी जाए।

19 जुलाई, 1976 : जम्मू-कश्मीर में कतिपय विधायकों द्वारा दलबदल करने और अपना अलग गुट बनाने का समाचार सेंसर अधिकारी की स्वीकृति के बाद ही प्रकाशित किया जाए।

28 जुलाई, 1976 : उत्तर प्रदेश में परिवार नियोजन कार्यक्रम और शिक्षा उपकर संबंधी कोई समाचार व टिप्पणी छापने पर प्रतिबंध लगा दिया गया है। जॉर्ज फर्नांडीस का अदालती बयान नहीं छापें।

29 जुलाई, 1976 : दैनिक 'स्टेट्समैन' के मामले में दिल्ली हाईकोर्ट के आदेश पर कोई समाचार छापने पर प्रतिबंध लागू।

27 अगस्त, 1976 : खाद्यान्न या कीमतों के बारे में घबराहट पैदा करने की संभावनाओंवाली अटकलों पर आधारित कोई समाचार या टिप्पणी नहीं छापें।

8 सितंबर, 1976 : आज उल्टाडाँगा और सियालदह रेलवे स्टेशनों के बीच बिना टिकट यात्रा करनेवाले रेल यात्रियों पर सी.आर.पी. की फायरिंग संबंधी कोई समाचार नहीं छापें।

15 सितंबर, 1976: पटना गोलीकांड पर कुछ नहीं छापा जाए।

20 सितंबर, 1976: मद्रास में सरकारिया आयोग की काररवाई से द्रमुक के वाकआउट का समाचार किसी भी हालत में नहीं छापा जाए।

4 अक्तूबर, 1976 : डाइनामाइट केस के बारे में अदालत में जॉर्ज फर्नांडीस के बयान को नहीं छापा जाए।

23 दिसंबर, 1976: मोहम्मद अली जिन्ना शताब्दी समारोह और पदक वितरण संबंधी समाचार को बहुत कम महत्त्व देकर छापा जाए।

सेंसरशिप की इस तरह की कठोरता से तंग आकर अनेक अखबारों ने गैर-राजनीतिक और विवादहीन नीरस विषयों पर लेख व अन्य सामग्री देना आरंभ कर दिया। एक अखबार ने रामायण और महाभारत काल के कतिपय प्रसंगों पर विस्तृत शोध कार्य प्रकाशित किया। एक अन्य अखबार ने गीता में 'क' अक्षर कितनी बार आया है, इस प्रसंग को महत्त्व देकर छापा।

इमरजेंसी पीड़ित एक वरिष्ठ पत्रकार के.आर. सुंदरराजन ने कहा कि सत्य यह है कि सेंसरशिप तभी ज्यादा प्रतिशोधी और निरंकुश हुई, जब सरकार ने यह देखा कि प्रेस उसके आदेश मानने के लिए जरूरत से ज्यादा तैयार है। एक समय ऐसा आया, जब एक पुलिस इंस्पेक्टर तक वरिष्ठ सम्माननीय संपादकों को यह आदेश दे सकते थे कि क्या छापा जाए और क्या न छापा जाए। संपादकगण इतने नमनशील हो गए थे कि उन्होंने हाईकोर्ट द्वारा सेंसर कानून के अनेक अनुच्छेदों को गलत करार दिए जाने की ओर भी ध्यान नहीं दिया।

□

प्रेस सेंसरशिप के कट्टर विरोधी थे जवाहरलाल नेहरू

द्वितीय विश्वयुद्ध के दौरान लाहौर के प्रखर राष्ट्रवादी उर्दू दैनिक 'प्रताप' के संपादक महाशय कृष्ण ने 'जंग के रंग' शीर्षक अपनी लेखमाला के एक लेख में लिखा कि प्रथम विश्व युद्ध के दिनों में जब कलकत्ता हाईकोर्ट के एक ब्रिटिश जज ने रासबिहारी बोस से पूछा कि यदि जर्मन भारत में पहुँच गए तो आप क्या करेंगे? इस पर उन्होंने कहा, 'हम फूल-मालाएँ लेकर उनका स्वागत करेंगे, क्योंकि आप लोगों ने हमें यही तो सिखाया है कि हमलावरों के साथ क्या किया जाए।' नई परिस्थिति में 'प्रताप' ने अपने लेख में जोड़ दिया कि यदि जर्मन या जापानी भारत पहुँच जाएँ, तो उनके साथ ऐसा ही किया जा सकता है। इस लेख को पढ़कर ब्रिटिश सरकार भड़क उठी। उसने अखबार को हर तरह से तंग करना शुरू कर दिया। जवाहरलाल नेहरू ने आगे बढ़कर अखबार की वकालत की। प्रधानमंत्री बन जाने के बाद प्रेस द्वारा कठोरतम आलोचना के बावजूद नेहरू प्रेस की स्वतंत्रता में दखल देने के विरुद्ध थे।

इंदिरा गांधी को उद्योगपतियों के स्वामित्ववाले प्रायः सभी अखबारों का समर्थन प्राप्त था, लेकिन इन अखबारों द्वारा यदा-कदा की जानेवाली आलोचना पर भी वे क्षुब्ध हो उठतीं, क्योंकि वे किसी प्रकार के विरोध या विमत को सहन नहीं कर पाती थीं। उन्होंने उन औद्योगिक घरानों के लाइसेंस रोक लिये थे, जिनके अखबारों या पत्रिकाओं ने उनका विरोध किया था। उन पर इनकम टैक्स और कस्टम विभाग से छापे भी डलवाए गए। इसके विपरीत उनके पिता जवाहरलाल नेहरू प्रेस की कतिपय हरकतों को नापसंद करने के बावजूद उसकी स्वतंत्रता में दखल देने के विरुद्ध थे।

'नेशनल हेराल्ड' का संघर्ष

वस्तुत: स्वतंत्रता के बाद किसी भी प्रधानमंत्री को इतनी तीखी आलोचना नहीं सहन करनी पड़ी, जितनी कि चीन संबंधी नीति के कारण पं. नेहरू को झेलनी पड़ी थी। एक बड़े अखबार ने तो उनके खिलाफ नियमित अभियान भी चलाया था। इस अखबार का मालिक एक उद्योगपति था, किंतु जवाहरलाल नेहरू ने न तो उक्त औद्योगिक घराने का लाइसेंस ही रुकवाया और न ही किसी और तरीके से उसपर दबाव डालने की कोशिश की। नेहरू अकसर यह कहते थे कि यदि प्रेस द्वारा इस्तेमाल की गई आजादी सरकार को पसंद न भी हो और वह उसे खतरनाक भी मानती हो, तब भी प्रेस की आजादी में हस्तक्षेप करना अनुचित ही होगा। उन्होंने सार्वजनिक तौर पर कहा था, 'मैं दमित अथवा नियंत्रित प्रेस की बजाय पूरी तरह स्वतंत्र प्रेस को ही पसंद करूँगा, भले ही उस स्वतंत्रता के दुरुपयोग में कितने ही खतरे क्यों न निहित हों।'

अपने प्रधानमंत्रित्व काल में जवाहरलाल नेहरू ने कई बार भारतीय प्रेस की कठोर आलोचना भी की, लेकिन उसे दबाने का कभी प्रयास नहीं किया। नेहरूजी पत्रकारिता की प्रवृत्ति को जानते थे। पत्रकारिता में उनकी न केवल गहरी दिलचस्पी थी, बल्कि अच्छी-खासी पैठ भी थी। उन्होंने 1938 में अंग्रेजी दैनिक 'नेशनल हेराल्ड' की स्थापना की थी, जो स्वाधीनता आंदोलन के अग्रणी अखबारों में एक था। कभी-कभी उन्होंने बिना हस्ताक्षर किए हुए ऐसे संपादकीय भी लिखे, जिनमें उनकी सूझ-बूझ और पत्रकारिता के शब्द-विन्यास पर अधिकार प्रकट होता था।

1939 में द्वितीय विश्व युद्ध छिड़ जाने पर सरकार से 'नेशनल हेराल्ड' की निरंतर टक्कर होने लगी। प्रांतीय सरकार अखबार को बरबाद करने पर तुल गई। अगस्त 1940 में उत्तर प्रदेश (तब संयुक्त प्रांत) सरकार ने अखबार को युद्ध से संबंधित सभी न्यूज, पोस्टर व सुर्खियाँ प्रकाशन से पूर्व सूचना विभाग के सचिव को पेश करने की हिदायत दी। उन दिनों ताजातरीन महत्त्वपूर्ण समाचारों के शीर्षकों के साथ न्यूज पोस्टर जारी किए जाते थे, जो समाचार-पत्र विक्रेताओं की दुकानों पर प्रदर्शित किए जाते थे। 'नेशनल हेराल्ड' ने यह कहते हुए सरकारी आदेश का विरोध किया कि समाचारों के शीर्षक देर रात को बनाए जाते हैं, जब किसी सेंसर या सरकारी अधिकारी से संपर्क नहीं किया जा सकता, लेकिन इसकी कोई सुनवाई नहीं हुई। अखबार को बिना शीर्षक के समाचार प्रकाशित करने को मजबूर होना पड़ा।

बिना संपादकीय का अखबार

अक्तूबर माह में प्रांतीय सरकार ने युद्ध से संबंधित संपादकीय लेखों पर सेंसर लगा दिया और 'हेराल्ड' ने संपादकीय लेखों के बगैर प्रकाशन का निर्णय किया।

संपादकीय लेखों का प्रकाशन दिल्ली में समाचार-पत्रों के संपादकों और सरकार के बीच समझौते के बाद दोबारा शुरू किया गया, लेकिन दो सप्ताह के बाद यू.पी. सरकार ने तीन संपादकीय लेखों को लेकर पत्र से 6,000 रुपए की जमानत माँगी। कुछ समय बाद यह जमानत जब्त कर ली गई और 12,000 रुपए की नई जमानत माँगी गई। अपने हस्ताक्षरों के साथ प्रकाशित एक विशेष संपादकीय में जवाहरलाल नेहरू ने लिखा कि अखबार का प्रकाशन जारी रखने के लिए जमानत देने का निर्णय किया गया है। जनता से इस निमित्त दान देने की अपील की गई, जिसकी पुरजोर प्रतिक्रिया हुई। पत्र के एक स्टाफकर्मी के अनुसार, इतना पैसा आने लगा कि हमें उसे बोरों में भरना पड़ा, गिनती करना मुश्किल हो गया। 1941 में व्यक्तिगत सविनय अवज्ञा आंदोलन आरंभ होने पर अखबार को फिर एक नई मुसीबत का सामना करना पड़ा। इसके संपादक को लखनऊ जेल में लाठीचार्ज की घटना पर संपादकीय लिखने के कारण छह मास के कारावास की सजा भुगतनी पड़ी।

1942 के 'भारत छोड़ो आंदोलन' के दौरान 'हेराल्ड' पर नए प्रतिबंध लगाए गए। पुलिस द्वारा इसके परिसर पर छापा मारने और छापेखाने व दफ्तर को सीलबंद कर देने के बाद अखबार का प्रकाशन बंद हो गया। 1945 में जब अखबार को उसका परिसर व छापाखाना लौटा दिया गया, तो प्रकाशन फिर आरंभ किया गया। नेहरूजी को जब भी मौका मिलता था, वे 'हेराल्ड' में लिखते थे—अपने नाम के साथ और बिना नाम के भी। उन्होंने एकाधिक बार यह कहा कि 'हेराल्ड' में व्यक्त किए गए विचारों से वे कभी-कभी सहमत नहीं हो पाते, लेकिन वे संतुष्ट थे कि संपादक और उनके सहयोगी कुल मिलाकर बड़ी नेकनीयती से कांग्रेस का दृष्टिकोण प्रस्तुत कर रहे हैं। उन्होंने यह स्पष्ट किया कि संपादकों को कांग्रेस की सामान्य नीति के अंतर्गत अपने विवेकानुसार लिखने की पूरी स्वतंत्रता है। उन्होंने इस बात का भी ध्यान रखा कि संपादकीय मामलों में कोई अन्य भी दखलअंदाजी न करे। नेहरूजी बहुत विचारशील व्यक्ति थे और 'हेराल्ड' के संपादकीय कॉलमों में प्रकाशित किसी बात की विरले ही आलोचना करते थे। स्वाधीनता संग्राम के दिनों में और उसके बाद भी राष्ट्रीय जीवन में पत्रकारिता का वे बहुत अधिक आदर करते थे, उनके लिए पत्रों की स्वतंत्रता लोकतांत्रिक प्रक्रिया का एक भाग थी और आलोचना को, चाहे वह कठोर और असहिष्णु भी हो, इसलिए स्वीकार करते थे कि वह लोकतंत्र का एक अंश थी।

नेहरू द्वारा 'प्रताप' की वकालत

स्वाधीनता आंदोलन के दिनों में राष्ट्रीय विचारधारा के पत्रों का साथ देने और उनकी वैचारिक स्वतंत्रता को बनाए रखने के लिए नेहरूजी ने कई मौकों पर सक्रिय

योगदान दिया। इस संदर्भ में लाहौर के प्रखर राष्ट्रवादी उर्दू दैनिक 'प्रताप' का प्रसंग उल्लेखनीय है। जापान औपचारिक तौर से द्वितीय विश्वयुद्ध में दिसंबर 1941 में शामिल हुआ। उसकी फौजें आगे बढ़ते-बढ़ते भारत के पड़ोसी बर्मा (अब म्याँमार), जो 1937 तक ब्रिटिश भारत का एक भाग था, की सीमाओं तक पहुँच गईं। भारत में ब्रिटिश सरकार इस बात के लिए बड़ी बेचैन थी कि भारतीय अखबारों में ब्रिटिश सेनाओं के पीछे हटने की खबर न छपे। सरकार और प्रेस के बीच एक समझौता हुआ, जिसके अंतर्गत प्रत्येक प्रांत में एक प्रेस सलाहकार समिति का गठन किया गया। एक अनुशासन संहिता बनाई गई, जिसके उल्लंघन के मामले इसी समिति को सौंपे जाते थे।

'प्रताप' के संपादक महाशय कृष्ण 'जंग का रंग' शीर्षक से एक धारावाहिक लिखा करते थे। ब्रिटिश सरकार इन लेखों को बिल्कुल पसंद नहीं करती थी और इनके बारे में अकसर शिकायत करती रहती थी। प्रेस समिति इन शिकायतों को खारिज कर देती थी। सरकार के सामने समिति के निर्णय को सहन करने के अलावा कोई चारा नहीं था।

इस लेखमाला के अंतर्गत संपादक महाशय कृष्ण ने एक लेख में लिखा कि प्रथम विश्व युद्ध के दौरान जब कलकत्ता हाईकोर्ट के एक ब्रिटिश जज ने रासबिहारी बोस से पूछा कि यदि जर्मन भारत में पहुँच गए तो आप क्या करेंगे? इस पर उन्होंने कहा, 'हम फूल-मालाएँ लेकर उनका स्वागत करेंगे, क्योंकि आप लोगों ने हमें यही तो सिखाया है कि हमलावरों के साथ क्या किया जाए।' नई परिस्थिति में 'प्रताप' ने लेख के साथ यह जोड़ दिया कि यदि जर्मन या जापानी भारत पहुँच जाएँ, तो उनके साथ ऐसा ही किया जा सकता है। इस लेख को पढ़कर ब्रिटिश सरकार भड़क उठी। उसने अखबार को हर तरह से तंग करना शुरू कर दिया। जवाहरलाल नेहरू ने आगे बढ़कर अखबार की वकालत की।

प्रेस सलाहकार समिति ने इस लेख के विरुद्ध सरकार की शिकायत को खारिज कर दिया। सरकार के होम सेक्रेटरी मेक्डोनाल्ड इसे बरदाश्त नहीं कर सके और 'प्रताप' पर अगले ही दिन सेंसर थोप दिया गया। 'प्रताप' ने सेंसर अधिकारी की पूर्व स्वीकृति के लिए लेख की हस्तलिपि विचारार्थ प्रस्तुत करने से इनकार कर दिया। इसकी बजाय उसने अपना प्रकाशन स्थगित कर दिया।

सरकार को झुकना पड़ा

बाद में महाशय कृष्ण ने इस घटना पर लिखते हुए कहा, 'पंजाब के मुख्यमंत्री सर सिकंदर हयात खान एक उदार व प्रगतिशील प्रशासक के तौर पर अपनी नेकनामी खोना नहीं चाहते थे। जब 25 दिनों तक हममें से किसी ने सेंसरशिप आदेश के बारे

में उनसे संपर्क नहीं किया, तो उन्होंने ब्रिटिश स्वामित्व के अंग्रेजी दैनिक 'सिविल एंड मिलिटरी गजट' के बस्टिन से कहा कि वे मुझसे मिलना चाहते हैं। मैं बस्टिन और अपने बेटे नरेंद्र के साथ उनसे मिलने गया। सर सिकंदर ने मुझे कहा कि हमको लिखित रूप में खेद व्यक्त करने की कोई जरूरत नहीं है। बस उनके कान में बहुत ही धीमी आवाज में मेरा यह बोल देना काफी होगा कि हम भविष्य में इसके प्रति सतर्क रहेंगे। जहाँ तक उनकी संतुष्टि का सवाल है, बस यह पर्याप्त होगा। मैंने उन्हें कह दिया कि यह बिल्कुल नामुमकिन है। मैं युद्ध की समाप्ति तक इंतजार करने को तैयार हूँ। सेंसर आदेश को बिना शर्त वापस लेना होगा। इस प्रकार हम बिना किसी समझौते के सर सिकंदर से विदा हुए, लेकिन मुख्यमंत्री ने होम सेक्रेटरी से कहा कि सेंसर आदेश बिना शर्त वापस ले लिया जाए। पेशतर इसके कि वे इस आदेश पर हस्ताक्षर करते 'प्रताप' के विरुद्ध सेंसर आदेश पर पं. नेहरू ने कठोर शब्दों में एक प्रेस वक्तव्य दे दिया।'

पं. नेहरू के इस वक्तव्य पर सर सिकंदर आगबबूला हो गए और उन्होंने सेंसर आदेश वापस लेने पर दस्तखत नहीं किए। इसकी बजाय उन्होंने पं. नेहरू के वक्तव्य पर प्रेस को एक प्रत्युत्तर जारी किया। इससे सर सिकंदर और पं नेहरू के बीच एक कटु विवाद छिड़कर 15 दिनों तक गतिरोध जारी रहा। 'प्रताप' की ओर से किसी ने सरकार से संपर्क नहीं किया। तब मुख्यमंत्री ने स्वयं पत्रकारों के एक प्रतिनिधिमंडल की व्यवस्था की, जो उनसे मिलकर उनसे 'प्रताप' के विरुद्ध सेंसर आदेश हटाने का अनुरोध करे। अंततः ऐसा किया गया और 45 दिनों के बाद 'प्रताप' विजयी मुद्रा में बाजार में फिर प्रकट हुआ।

नेहरू ने 11 मार्च, 1942 को प्रेस के नाम जारी अपने वक्तव्य में तीन प्रमुख अखबारों—कलकत्ता के 'युगांतर', बंबई (अब मुंबई) के 'सेंटिनल' और लाहौर के 'प्रताप' के विरुद्ध जारी सेंसर आदेश की कड़ी आलोचना की। प्रथम दोनों अखबारों के विरुद्ध तो सेंसर आदेश हटा लिया गया, लेकिन 'प्रताप' के विरुद्ध जारी रहा। नेहरू ने इस आदेश के बारे में कहा कि यह पंजाब सरकार के बंद और घबराए हुए दिमाग की उपज है। संपादक और प्रकाशक ने इस आदेश को मानने से इनकार करके सही कदम उठाया। सरकार की शर्तों को स्वीकार करना पत्रकारिता के पेशे को बदनाम करना, जनता को मूर्ख बनाना और उसके प्रति विश्वासघात करना होगा।

नेहरू के लंबे वक्तव्य पर सर सिकंदर हयात खान ने जवाबी वक्तव्य दिया। जिस पर नेहरू ने फिर एक वक्तव्य जारी किया। सिकंदर हयात ने इसका भी जवाब दिया। नेहरू कब चूकनेवाले थे। उन्होंने उसका भी जवाब दिया। इसके साथ ही बयानबाजी का दौर समाप्त हो गया। 'प्रताप' ने अपना प्रताप दिखा दिया।

जैसा कि पहले कहा गया है, प्रधानमंत्री बनने के बाद भी नेहरू ने प्रेस द्वारा की गई उनकी कठोरतम आलोचना को भी झेला। हालाँकि उनके पास इंदिरा गांधी के मुकाबले बहुत अधिकार थे, करिश्माई प्रभाव था और प्रचंड लोकप्रियता थी। उन्होंने प्रेस पर यदा-कदा अपनी नाराजगी जाहिर करते रहने के बावजूद उस पर अंकुश लगाने का प्रयास नहीं किया। इंदिरा गांधी की तरह प्रेस का दमन करने और जुबान पर ताला लगाने का विचार नहीं किया।

□

खंड-3

लोकसभा चुनाव की घोषणा से विपक्ष चकित

इंदिरा गांधी ने जनवरी 1977 में अचानक आम चुनाव कराने की घोषणा कर दी। जेलों में बंद कई विपक्षी नेताओं और कार्यकर्ताओं को छोड़ दिया, लेकिन इमरजेंसी नहीं हटाई। साधनहीन और बिखरे हुए विपक्ष की जीत की कोई संभावना नहीं थी, लेकिन विपक्ष एकजुट हो गया और जनता ने जनता पार्टी के पक्ष में नारा लगाया—'वोट भी देंगे, नोट भी देंगे।' देश के इतिहास में 30 वर्ष में पहली बार केंद्र में सत्तारूढ़ कांग्रेस पार्टी हार गई।

18 जनवरी, 1977 को जब इंदिरा गांधी ने मार्च में लोकसभा के चुनाव करा देने की घोषणा की, तब लोगों के आश्चर्य का ठिकाना नहीं रहा। श्रीमती गांधी ने कुछ ही अरसा पहले नवंबर 1976 में लोकसभा का कार्यकाल एक साल बढ़ा दिया था, यानी उनके पास यह विकल्प था कि वे आपातकाल के अधीन चुनावों को एक और वर्ष तक टाल सकती थीं, लेकिन उन्होंने ऐसा नहीं किया। मजेदार बात यह कि कुछ दिन पूर्व तक जो कांग्रेसजन यह कहते फिर रहे थे कि आनेवाले काफी समय तक चुनाव कराने की कोई जरूरत नहीं, वे कहने लगे कि 'मैडम' ने ठीक फैसला किया है—ठीक समय पर ठीक फैसला किया है। वैसे, इनसे यह पूछा जा सकता था कि ठीक समय पर गलत फैसला क्या होता है और गलत समय पर ठीक फैसला क्या होता है?

पाकिस्तान में आम चुनाव

इंदिरा गांधी ने चुनाव की घोषणा के साथ ही विपक्ष के कई नेताओं को रिहा भी कर दिया। उन्होंने सेंसरशिप को भी कुछ ढीला कर दिया, लेकिन इमरजेंसी हटाई नहीं। विपक्षी नेता हक्के-बक्के थे। उन्हें इसमें इंदिरा गांधी की कोई गहरी चाल नजर आ रही थी। उन्हें लगा कि यह एक राजनीतिक फंदा है।

वस्तुतः इंदिरा गांधी ने चुनाव कराने का निर्णय किसी भावावेश में नहीं किया था,

बहुत सोच-समझकर किया था। इसके कई कारण थे। पश्चिम के लोकतांत्रिक देश चुनाव कराने के लिए उन पर लगातार दबाव डाल रहे थे और पूछ रहे थे कि जब पूरे देश में शांति है, तब इमरजेंसी की जरूरत क्या है? अगर जनता आपके साथ है, जैसा कि इंदिराजी का दावा था, तब चुनाव क्यों टाले जा रहे हैं? श्रीमती गांधी को लगा कि समय पर चुनाव कराने की बजाय उन्हें टालते रहने से सर्वत्र गलत संदेश जा रहा है।

चुनाव की घोषणा पर समाचार-पत्रों की सुर्खियाँ।

इसी दौर में पाकिस्तान में प्रधानमंत्री जुल्फिकार अली भुट्टो ने वहाँ आम चुनाव करा देने की घोषणा कर दी। पाकिस्तान के 1973 के संविधान के तहत नेशनल असेंबली का कार्यकाल 14 अगस्त, 1977 को समाप्त होनेवाला था, लेकिन भुट्टो सरकार ने 7 मार्च, 1977 को नेशनल असेंबली और 10 मार्च, 1977 को प्रांतीय असेंबलियों के चुनाव कराने की तिथियाँ निर्धारित कर दीं। इंदिरा गांधी के लिए यह एक बहुत असहज स्थिति हो जाती कि एक ऐसा पड़ोसी देश, जिसकी कोई लोकतांत्रिक पहचान या परंपरा नहीं रही, वह भारत को मात दे दे। बाद में भुट्टो ने मीडिया में बड़ी शान के साथ दावा किया कि उन्हीं के कारण भारत में आम चुनाव होने जा रहे हैं। भारत में मतदान कराने की तिथि 16 मार्च-20 मार्च घोषित की गई।

चुनाव बहिष्कार का मूड

इससे पहले खुफिया एजेंसियों ने इंदिरा गांधी को सलाह दी थी कि इस समय चुनाव करा देने से उनकी पार्टी को कम-से-कम 300 सीटें मिल जाएँगी। श्रीमती गांधी के दरबारियों ने भी जोरदार जीत का चित्र प्रस्तुत किया। वे दरअसल 'मैडम' को वही बताना चाहते थे, जो वह सुनना चाहती थीं। श्रीमती गांधी को भी लगा कि इमरजेंसी के विरुद्ध प्रतिरोध धीमा पड़ चुका है। देश की आर्थिक स्थिति ठीक है। महँगाई काबू में है। विपक्षी दल बिखरे हुए प्रतीत हो रहे हैं। उनके हौसले पस्त हैं। उनमें कोई आपसी मेल नहीं। वे संगठित भी नहीं हैं। उनके पास न कोई साझा चुनाव चिह्न है, न कोई झंडा है, न कोई काडर है, न कोई सर्वमान्य नेता है। विपक्ष के लिए स्थिति काफी विकट थी। ज्यादातर कार्यकर्ता, विशेषकर राष्ट्रीय स्वयंसेवक संघ और जनसंघ के कार्यकर्ता,

जो सर्वाधिक सक्रिय थे, जेलों में थे। चुनाव की तैयारी के लिए समय बहुत कम था। साधन-स्रोतों की भारी कमी थी।

आरंभ में विरोधी दलों के कई नेता चुनाव लड़ने के पक्ष में ही नहीं थे। उनका विचार था कि ये चुनाव गैर-बराबरी के होंगे, इनमें धाँधली होगी। चुनाव में भाग लेने से इन 'अवैध' चुनावों को वैधता मिल जाएगी। इससे बेहतर है कि चुनाव लड़े ही न जाएँ, उनका बहिष्कार किया जाए और दुनिया को बताया जाए कि ये चुनाव एक स्वाँग हैं।

आरंभ में जयप्रकाश नारायण भी चुनावों का बहिष्कार करने के पक्ष में थे। उनका तर्क था कि चुनाव कैसे हो सकते हैं, जबकि इमरजेंसी हटाई नहीं गई है और उसमें मात्र जनसभा आदि करने के लिए कुछ ढील दी गई है। क्या लोग निडर होकर मतदान कर पाएँगे ? बिहार की मुजफ्फरपुर जेल में बंद समाजवादी नेता जॉर्ज फर्नांडीस ने भी चुनाव बहिष्कार की बात कही। जे.पी. पटना से दिल्ली पहुँचे। दिल्ली में एक बैठक में उन्होंने सब विरोधी दलों को एकजुट होने को कहा। जब उन्हें लगा कि बात नहीं बन रही, तब उन्होंने इन दलों को चेतावनी दी कि यदि वे एकजुट नहीं होंगे तो मैं चुनाव अभियान में हिस्सा नहीं लूँगा। इसका असर हुआ। बात बन गई।

बदल गया चुनाव का परिदृश्य

चारों मुख्य विपक्षी दल भारतीय जनसंघ, कांग्रेस (संगठन), भारतीय लोकदल और समाजवादी पार्टी विलयन के लिए राजी हो गए। वस्तुत: जेलों में बंद कार्यकर्ताओं और आम जनता का उन पर इतना जबरदस्त दबाव था कि विलयन के लिए राजी नहीं होनेवाले किसी भी नेता को जनता का कोपभाजन बनना पड़ता। चौधरी चरण सिंह की पार्टी भारतीय लोकदल के चुनाव चिह्न चक्र—हलधर और झंडे को अपनाते हुए नई पार्टी का नाम 'जनता पार्टी' रखा गया।

जिस रफ्तार से, दो दिन के भीतर, चारों पार्टियों का विलयन और नई पार्टी का गठन हो गया, उसने इंदिरा गांधी को अचरज में डाल दिया। जनता पार्टी के नेता सी.पी.एम, डी.एम.के. और अकाली दल से चुनावी तालमेल बैठाने में भी कामयाब रहे।

जनता पार्टी ने 30 जनवरी, 1977 को महात्मा गांधी की बरसी पर दिल्ली, पटना, कानपुर, जयपुर आदि नगरों में जनसभाओं का आयोजन किया। दिल्ली के रामलीला मैदान में आयोजित जनसभा को जे.पी. ने संबोधित किया। शीतलहर और आसमान में घने बादल छाए रहने के बावजूद वहाँ भारी भीड़ उमड़ पड़ी। इससे पार्टी का मनोबल बढ़ा। जे.पी. ने बड़ी भावप्रवण स्पीच दी। जनता पार्टी को चंदा देने के लिए वहाँ लोगों की कतारें लग गईं। बाद में जनता पार्टी के पक्ष में एक नारा चला—'वोट भी देंगे, नोट भी देंगे।'

इसके दो ही दिन बाद 2 फरवरी को बाबू जगजीवन राम ने अपने कतिपय साथियों—उत्तर प्रदेश के पूर्व मुख्यमंत्री हेमवतीनंदन बहुगुणा और उड़ीसा की पूर्व मुख्यमंत्री नंदिनी सत्पथी व कई अन्य नेताओं के साथ कांग्रेस पार्टी छोड़ देने और 'कांग्रेस फॉर डेमोक्रेसी' नाम से नई पार्टी बनाने की घोषणा की। इससे चुनाव का पूरा परिदृश्य ही बदल गया। जगजीवन राम ने जनता पार्टी के साथ मिलकर चुनाव लड़ने की घोषणा की। यह श्रीमती गांधी के लिए बहुत बड़ा झटका था। इसका विवरण इसी पुस्तक में अन्यत्र पढ़ें।

कांग्रेस के बड़े-बड़े विज्ञापन

चुनाव प्रचार अभियान शुरू होते समय लोगों को उम्मीद थी कि विपक्ष पहले से कुछ अधिक मजबूत हो जाएगा। यदि यह हो जाता है तो यह भी अपने आप में एक काफी बड़ी उपलब्धि होगी। कांग्रेस को सबसे बड़ी सुविधा यह थी कि उसे फंड की कोई कमी नहीं थी। इंदिरा गांधी ने सरकारी विमानों और हेलीकॉप्टरों का खूब उपयोग किया। उनकी पार्टी ने अखबारों में बड़े-बड़े विज्ञापन छपवाए, जिनमें 25 सेंटीमीटर गुणा 4 कॉलम आकार का साधु-महात्माओं की ओर से जारी किया गया एक विज्ञापन काफी चर्चित रहा। इसका शीर्षक था 'प्रधानमंत्री इंदिरा गांधी को भारत के शीर्षस्थ महात्माओं का आशीर्वाद।' इस पर करीब दो दर्जन महात्माओं के हस्ताक्षर थे। यह विज्ञापन मतदान के ठीक एक दिन पूर्व जारी किया गया। यह स्पष्टत: लोगों की धार्मिक भावनाओं का विदोहन था और विषय भी अत्यंत संवेदनशील था। इस विज्ञापन में कहा गया कि 'यह अत्यंत प्रसन्नता की बात है कि भारत की लोकप्रिय प्रधानमंत्री श्रीमती इंदिरा गांधी ने गत वर्ष देश के सभी राज्यों में गो-हत्याबंदी संबंधी कानून लागू करा दिया है। ऐसा करके उन्होंने भारतीय संस्कृति और धर्म की महत्त्वपूर्ण सेवा की है, जिससे प्रधानमंत्री के रूप में उनका नाम इतिहास में अमर रहेगा। राष्ट्रीय एवं धार्मिक महत्त्व के कार्य को पूरा करने के लिए हम श्रीमती इंदिरा गांधी को उनके मंगलमय दीर्घ जीवन तथा कुशल नेतृत्व के लिए अपना आशीर्वाद और शुभकामना देते हैं, जिससे भविष्य में वे राष्ट्र के धार्मिक, आर्थिक एवं सांस्कृतिक उन्नति के कार्यों को गतिशील बनाती रहें और भारत का नाम विश्व में उजागर करती रहें।'

गौमाता की जय

इस विज्ञापन पर जिन शीर्षस्थ महात्माओं के हस्ताक्षर थे, उनमें उल्लेखनीय थे—जगद्गुरु शंकराचार्य स्वामी शांतानंद जी सरस्वती (ज्योतिर्मठ बद्रिकाश्रम), महामंडलेश्वर स्वामी गुरुचरण दास (अध्यक्ष भारत साधु समाज), जगद्गुरु रामानंदाचार्य स्वामी

भागवदाचार्य (अहमदाबाद), महामंडलेश्वर श्री स्वामी गंगेश्वरानंद (वृंदावन), श्रीस्वामी अखंडानंद सरस्वतीजी महाराज (वृंदावन), जगद्गुरु निंबार्काचार्य श्रीश्रीजी महाराज (राजस्थान), महामंडलेश्वर स्वामी भजनानंद सरस्वती (ऋषिकेश), महामंडलेश्वर स्वामी श्यामसुंदर दास (हरिद्वार), महामंडलेश्वर स्वामी प्रेमदास (अयोध्या), आचार्य स्वामी मुक्तजीवनदास, स्वामी नारायण संप्रदाय (गुजरात), स्वामी कृष्णानंदजी (वृंदावन), स्वामी हरिनारायणानंद (महामंत्री भारत साधु समाज), स्वामी गिरिधारीलाल (मंत्री सनातन धर्म प्रतिनिधि सभा, दिल्ली)।

अंत में इस बात का विशेष रूप से उल्लेख था कि श्रीश्री संतशिरोमणि योगीराज देवराहा बाबा ने भी यह पत्र पढ़कर प्रसन्नता प्रकट करते हुए अपना आशीर्वाद प्रदान किया।

सबसे अंत में निवेदक की जगह पर मुद्रित था—स्वामी चैतन्यानंद सरस्वती, मंत्री भारत साधु समाज, सरदार पटेल मार्ग, नई दिल्ली द्वारा प्रकाशित एवं प्रसारित।

इस विज्ञापन की खास बात यह थी कि यह विज्ञापन लोगों को भ्रम में डालनेवाला और गलत धारणा उत्पन्न करनेवाला था। गत वर्ष सभी राज्यों में गो-हत्याबंदी संबंधी कानून लागू करा देने का दावा तथ्य के विपरीत था।

सभी राज्यों में गो-हत्या बंदी संबंधी कानून तो आज भी लागू नहीं है। केरल और पूर्वोतर के कुछ राज्यों में गायों के काटने पर प्रतिबंध नहीं है। पश्चिम बंगाल सरकार का रवैया भी विवादास्पद रहा है। हालाँकि गोवध पर प्रतिबंध के समर्थन की बात संविधान में शामिल की गई है। सुप्रीम कोर्ट ने 1958 में ही यह स्पष्ट निर्णय दे दिया था कि गोवध पर संपूर्ण प्रतिबंध लगाने से भारतीय संविधान का उल्लंघन नहीं होता। गोवध पर प्रतिबंध से मुसलमानों के अधिकारों का हनन नहीं होता, वे ईद पर बकरे या ऊँट वगैरह की कुरबानी दे सकते हैं।

धर्मगुरुओं नहीं, जनता का आशीर्वाद चाहिए

आपातकाल के दौरान गोवध पर पूर्ण प्रतिबंध के लिए आचार्य विनोबा भावे ने अनिश्चितकालीन अनशन करने की घोषणा की थी, लेकिन इंदिरा गांधी की सरकार ने न केवल उनके अनशन के आयोजन को विफल कर दिया था, बल्कि प्रस्तावित अनशन की खबरों पर सेंसर लगा दिया था और विनोबाजी की पत्रिका 'मैत्री' की सभी प्रतियों को इसलिए जब्त कर लिया था, क्योंकि उसमें गोरक्षा के लिए किए जानेवाले अनशन की खबर छपी थी।

यदि श्रीमती गांधी चाहतीं तो आपातकाल में संविधान और अन्य कानूनों में संशोधन के साथ-साथ गोरक्षा के लिए भी बड़ी आसानी से संशोधन का कानूनी कदम उठा लेती।

बाद में जब जनता पार्टी की सरकार ने इस मामले को केंद्रीय समवर्ती सूची में लाने की बात चलाई तो विपक्ष की नेता के तौर पर इंदिरा गांधी ने संसद् में इसका समर्थन करने से साफ इनकार कर दिया और कहा कि कानूनी काररवाई का आश्रय लेने से देश की एकता को खतरा उत्पन्न हो जाएगा। जो हो, यह घटना-प्रसंग यह प्रकट करता है कि कोई राजनीतिक दल चुनाव जीतने के लिए किस हद तक जा सकता है और किस हद तक अपनी बात से पलट भी सकता हैं। वस्तुस्थिति यह है कि गोवध पर प्रतिबंध को निरर्थक बनाने की कोशिशें आज भी जारी हैं।

जहाँ तक धर्माचार्यों की बात है, तो जो धर्माचार्य आपातकाल में जनता पर बेइंतहा जुल्म पर खामोश रहे, उन्हें जनता से उसी सरकार को वोट देने के लिए कहने का कितना नैतिक अधिकार था, यह सोचने का विषय है। इन धर्माचार्यों या साधु-संतों और राजनीतिक दलों के नेताओं को यह समझ लेना चाहिए कि धर्मगुरुओं के आशीर्वाद से चुनाव नहीं जीते जा सकते। चुनाव जीतने के लिए चाहिए जनता का आशीर्वाद। 1977 में अंततः जनता का आशीर्वाद ही रंग लाया। चुनाव के समय गो-प्रेम जाग्रत होने को विचित्र कहा जाएगा। वैसे 1977 के चुनाव में इंदिरा गांधी के नेतृत्व की कांग्रेस पार्टी का चुनाव चिह्न गाय और बछड़ा था, जो गोभक्ति का प्रतीक था और जिसका पर्याप्त भावनात्मक महत्त्व होने का लाभ पार्टी को मिल ही रहा था।

कांग्रेस पार्टी का चुनाव चिह्न पहले बैलों की जोड़ी था। वर्ष 1969 में कांग्रेस में विभाजन हो जाने के कारण इसे फ्रीज (वर्जित) कर दिया गया। इंदिरा गांधी के गुट ने गाय और बछड़ा चुनाव चिह्न पसंद किया। 1977 के चुनावों में वे अपने प्रत्येक भाषण में जनता को सचेत करना नहीं भूलती थीं कि इस बार उनका चुनाव चिह्न गाय और बछड़ा है।

□

'गजब हो गया, बहुत बुरी खबर है, फौरन राष्ट्रपति भवन आ जाइए'

इमरजेंसी के दौरान लोकसभा चुनाव की घोषणा के करीब दो सप्ताह बाद जगजीवन राम जब अपना इस्तीफा लेकर राष्ट्रपति फखरुद्दीन अली अहमद के पास पहुँचे तो राष्ट्रपति भौंचक रह गए, उन्होंने जगजीवन राम को ऐसा नहीं करने को कहा, लेकिन उन्हें जवाब मिला, 'मैंने अपना बिस्तर बाँध लिया है।'

जगजीवन बाबू के जाते ही राष्ट्रपति ने हॉटलाइन से इंदिराजी को फोन किया और उन्हें कहा, 'गजब हो गया। बहुत बुरी खबर है। आप फौरन यहाँ आ जाइए।'

इमरजेंसी के दौरान लोकसभा चुनाव की घोषणा के करीब दो सप्ताह बाद 2 फरवरी, 1977 को श्रीमती गांधी को तब एक जबरदस्त झटका लगा, जब उनके मंत्रिमंडल के सबसे सीनियर सदस्य बाबू जगजीवन राम ने केंद्रीय मंत्रिमंडल और कांग्रेस पार्टी से इस्तीफा देने की घोषणा कर दी। उन्होंने एक प्रेस कॉन्फ्रेंस में कहा कि 45 साल तक कांग्रेस में रहने के बाद कांग्रेस छोड़ना उनके लिए बड़ा अप्रीतिकर निर्णय है, लेकिन राष्ट्रहित में यह समय की पुकार है।

दिलचस्प बात यह कि इंदिरा गांधी ने संसद् में इमरजेंसी संबंधी बिल को पेश करने का जिम्मा जगजीवन राम को ही सौंपा था। जगजीवन राम ने इस्तीफा देने के 'परम गोपनीय' निर्णय के लिए जो समय चुना, वह कांग्रेस पार्टी के लिए विस्फोटक स्थिति उत्पन्न करनेवाला था। जगजीवन राम के बारे में वरिष्ठ पत्रकार जनार्दन ठाकुर ने एक टिप्पणी में कहा था, 'जगजीवनराम—एक बम का गोला, जो समय आने पर ही फटता है। जगजीवनराम बहुत चालाक और घाघ राजनीतिज्ञ हैं। सबसे बड़ी बात यह है कि वे ज़ानते हैं कि विस्फोट करने का सही समय कौन-सा है।'

'मैंने अपना बिस्तर बाँध लिया है'

जगजीवन राम के इस्तीफे से कांग्रेस पार्टी हिल गई। बिहार से कांग्रेस सांसद और कांग्रेस वर्किंग कमेटी के सदस्य शंकरदयाल सिंह ने अपनी पुस्तक 'इमरजेंसी : क्या सच, क्या झूठ?' में इस घटना-प्रसंग का रोचक विवरण प्रस्तुत किया है, जो इस प्रकार है—2 फरवरी को जगजीवन राम जब राष्ट्रपति फखरुद्दीन अली अहमद के पास इस्तीफा देने गए, तब बताया जाता है कि राष्ट्रपति की आँखों में आँसू आ गए और उन्होंने बाबू जगजीवन राम को अपनी बाँहों में भर लिया और कहा, 'यह आप क्या कर रहे हैं?' 'वही, जो मुझे करना चाहिए। दूसरी ओर से भी रुँधे गले से आवाज आई, 'मैं तो आपको दावत देने आया हूँ। आप कब तक इस कैदखाने में पड़े रहेंगे? कांग्रेस विभाजन की लड़ाई हम दोनों ने साथ-साथ लड़ी थी।' जगजीवन राम ने राष्ट्रपति से कहा और फिर राष्ट्रपति ने काँपते हाथों से जगजीवन बाबू के इस्तीफे को पकड़ते हुए उनसे अर्ज किया था, 'मैं तो दरख्वास्त करूँगा, एक बार फिर ठीक से सोच लीजिए और मुझे कुछ देर का मौका दीजिए।'

फखरुद्दीन अली अहमद

जगजीवन बाबू ने सधी जबान में कहा—मैंने अपना बिस्तर बाँध लिया है, तिहाड़ जेल जाने के लिए। तब मैं आपके पास आया हूँ और जगजीवन बाबू के जाते ही फखरुद्दीन साहब ने हॉटलाइन से इंदिरा गांधी से बातें की, 'गजब हो गया, बहुत बुरी खबर है, फौरन यहाँ आ जाएँ। इंदिरा जी ने कहा—मेरी तबीयत बिल्कुल ठीक नहीं है और वर्किंग कमेटी की बैठक चल रही है, सारे लोग यहाँ बैठे हुए हैं। इस पर राष्ट्रपति ने अपनी बात दोहराई और कहा, 'जी हाँ, आप फौरन यहाँ आ जाएँ।'

शंकरदयाल सिंह के अनुसार इंदिराजी एक कमरे से निकलकर उन लोगों के पास आईं और कहा, 'प्रेसिडेंट फौरन मुझे बुला रहे हैं। मैं जाती हूँ। आप लोग तब तक बैठे रहें, जब तक मैं वापस न आ जाऊँ।'

कांग्रेस के लिए भयानक घड़ी

राष्ट्रपति से आधे घंटे की भेंट के बाद इंदिराजी वापस आईं। वर्किंग कमेटी के सब चिंतित सदस्य उनकी राह देख रहे थे। कांग्रेस विभाजन के बाद ऐसी भयानक घड़ी कांग्रेस के लिए दूसरी नहीं आई थी।

इंदिरा गांधी ने एक दिन पहले की घटना सुनाई और कहा, 'कल जगजीवन बाबू का फोन मुझे मिला था कि वे मुझसे मिलना चाहते हैं। वह 4 बजकर 45 मिनट पर आए। अपनी कार से निकलकर आने में और फिर वापस कार तक जाने में उनको ठीक 5 मिनट लगे। बैठते ही उन्होंने कहा कि यदि आप इमरजेंसी हटा दें, तो इससे आपकी प्रतिष्ठा बढ़ जाएगी। इंदिरा गांधी ने जवाब दिया—इस बारे में गृह मंत्रालय ने विचार किया है और इमरजेंसी के कई नियमों में ढील दी जा चुकी है। पूरी तरह इमरजेंसी हटाने का अभी समय नहीं आया है। इस पर जगजीवन राम ने कहा, 'आप अपने सामान्य अधिकारों से ही हर तरह स्थिति का सामना करने में सक्षम हैं।'

जगजीवन राम के इस्तीफे पर समाचार-पत्रों की सुर्खियाँ।

इस पर इंदिरा गांधी का जवाब था, 'मैं इस बारे में गृहमंत्री से बात करूँगी।' लेकिन जगजीवन बाबू ने मुझसे ऐसा कुछ नहीं कहा कि वे त्यागपत्र देने जा रहे हैं।

बात यहीं खत्म हो गई और जगजीवन राम अगले क्षण वापस जा चुके थे।

जगजीवन राम के त्यागपत्र के उत्तर में श्रीमती गांधी ने जो पत्र उन्हें लिखा, वह इस प्रकार था—

'माननीय बाबूजी,

आपका त्यागपत्र पाकर मैं चकित हूँ। आपके जैसे नेता का इस प्रकार त्यागपत्र देना कहीं से भी शोभनीय नहीं है। सरकार से लेकर पार्टी तक में लिये गए पिछले दिनों सभी फैसलों में आप मौजूद थे और आपकी सहमति भी थी, यहाँ तक कि एक दिन पहले तक आपने आर्थिक समन्वय

इंदिरा गांधी रामलीला मैदान दिल्ली में कांग्रेस की रैली को संबोधित करती हुईं (5 फरवरी, 1977)।

समिति की अध्यक्षता भी की। आप जब मिले भी थे, तब भी आपने ऐसा कोई संकेत नहीं दिया था कि आप त्यागपत्र देने जा रहे हैं। बीते तमाम महीनों में आप खामोश रहे। गुवाहाटी में पिछले कांग्रेस अधिवेशन में भी आपने हमारी सभी नीतियों का समर्थन किया और कोई आपत्ति प्रकट नहीं की, लेकिन ऐन चुनाव की घड़ी में आपका त्यागपत्र देना इतिहास कभी माफ नहीं करेगा।'

वस्तुतः जगजीवन राम के इस्तीफे ने पूरे विपक्ष को रोमांचित कर दिया, माहौल को बदल दिया और कांग्रेस का खेल बिगाड़ दिया।

□

जानती हूँ ज्यादतियाँ भी हुई हैं…

1 मार्च, 1977 को दिल्ली में हुई श्रीमती इंदिरा गांधी की एक सभा

प्रधानमंत्री ने बोट क्लब पर इकट्ठी भीड़ को देखा, तो उन्हें संतोष हुआ। इस सभा से पहले उन्हें थोड़ा तनाव था। शशिभूषण और कुछ अन्य स्थानीय नेताओं ने उन्हें विश्वास दिलाया था कि वे सभा के लिए पर्याप्त भीड़ जुटा लेंगे। भीड़ जुटाना उनके लिए कोई मुश्किल काम नहीं था। इलाहाबाद हाईकोर्ट के फैसले के बाद आपातकाल से पहले भी तो प्रधानमंत्री को समर्थन देने के लिए उनके निवास के सामने भीड़ इकट्ठी कराई गई थी, लेकिन फिर भी आज वे कुछ चिंतित थीं।

प्रधानमंत्री की सभा के लिए कड़े सुरक्षा प्रबंध किए गए थे। डी.आई.जी (रेंज) प्रीतम सिंह की देखरेख में सारा काम हुआ था। किसी गड़बड़ी की कोई आशंका नहीं थी।

भीड़ में अधिसंख्य सरकारी कर्मचारी थे। भोजन-अवकाश के दौरान उन्हें यहाँ लाया गया था, लेकिन यह भोजन-अवकाश सिर्फ एक ही घंटे का नहीं था। कर्मचारी इसके बाद किसी भी समय दफ्तर लौटने को स्वतंत्र थे। आपातकाल के दौरान कर्मचारियों को ऐसे कई भोजन-अवकाश मिलते। जब प्रधानमंत्री या उनका बेटा किसी सभा में भाषण देनेवाले होते, इसी तरह भीड़ जुटाई जाती।

लेकिन आज की भीड़ कुछ अलग थी। न तो वह तालियाँ बजा रही थी, न ही नारे लगा रही थी। पुनर्वास कॉलोनियों से भी पाँच रुपए और एक वक्त के भोजन की कीमत पर कुछ लोग लाए गए थे, लेकिन वे भी आज चुप थे। उनके लिए इस सभा का मतलब था—रुपए और खाना…और कुछ नहीं।

प्रधानमंत्री मंच पर मौजूद थीं। शशिभूषण ने लोगों से आग्रह किया कि वे प्रधानमंत्री के स्वागत में नारे लगाएँ, तालियाँ बजाएँ, लेकिन लोग तो कुछ और ही कर रहे थे। वे अपने हाथ उठा-उठाकर कुछ कहना चाह रहे थे। मंच पर हाजिर प्रधानमंत्री के समर्थकों को लगा कि शायद लाउड स्पीकर काम नहीं कर रहे। उन्हें जाँचा गया, लेकिन वे तो

ठीक थे। जब जनता की ओर से कोई प्रोत्साहन नहीं मिला, तो आखिर शशिभूषण ने प्रधानमंत्री की ओर मुड़कर कहा, 'शायद वे आप ही को सुनना चाहते हैं।'

प्रधानमंत्री जनता को संबोधित करने के लिए उठीं, लेकिन वे जान गई थीं कि आज लोगों का उन्हें शांति से सुनना मुश्किल है। पिछले 11 वर्षों में दिल्ली के लोगों ने उनके साथ ऐसा बर्ताव तो कभी नहीं किया था।

'भाइयो और बहनो', श्रीमती गांधी ने अपनी बात कहनी शुरू की, 'मैं आपके सामने प्रधानमंत्री की हैसियत से नहीं, बल्कि आपकी बहन की तरह आई हूँ। आपकी उस बहन की तरह, जिस पर प्रतिक्रियावादी ताकतों ने हमला किया है।'

कुछ क्षण शांति रही। फिर भीड़ में से धीरे-धीरे आवाज उभरी। लोग कुछ कह रहे थे, लेकिन श्रीमती गांधी ठीक से सुन नहीं पाईं। मंच पर बैठे अपने समर्थकों से जब उन्होंने पूछा कि लोग क्या कह रहे हैं, तो सारे चुप। कोई इतना साहस नहीं जुटा पाया कि उनसे सही बात कह दे, लेकिन फिर श्रीमती गांधी स्वयं ही सुन पा रही थीं। लोग महँगाई भत्ते की माँग कर रहे थे। यह भी कह रहे थे कि 'महँगाई भत्ता नहीं मिला, तो वोट भी नहीं।' लोगों के नारों में श्रीमती गांधी की आवाज जैसे कहीं खो गई। पुलिस भीड़ को शांत करने का प्रयत्न करने लगी, लेकिन लोग कुछ भी सुनने के लिए तैयार नहीं थे।

इंदिरा गांधी

पुलिस अधिकारियों और कांग्रेस के नेताओं में खलबली मच गई, लेकिन श्रीमती गांधी इतनी जल्दी निराश होनेवाली नहीं थीं। अपना भाषण जारी रखते हुए कहने लगीं, 'मैं जानती हूँ कि पिछले 19 महीनों में जो-जो हुआ, उससे आप में से बहुत सारे लोग खुश नहीं हैं, जानती हूँ कि कुछ ज्यादतियाँ भी की गई हैं…' जैसे ही उन्होंने यह कहा, भीड़ ने पहली बार तालियाँ बजाईं।

'ये ज्यादतियाँ केवल अधिकारियों ने ही नहीं, कुछ राजनीतिक नेताओं ने भी की हैं…' श्रीमती गांधी के पीछे मंच पर बैठे नेताओं ने अपने सिर झुका लिये।

'लेकिन फिर भी आपातकाल की ओर आपको संतुलित दृष्टिकोण से देखना चाहिए। पिछले 19 महीनों में बहुत से अच्छे काम भी हुए हैं और…' श्रीमती गांधी अचानक रुक गईं।

लोग अचानक उठकर खड़े हो गए और सभा छोड़कर जाने लगे। प्रधानमंत्री ने आखिरी कोशिश की 'मैं जानती हूँ कि आपका भोजन-अवकाश खत्म हो गया है और आप लोग अपने-अपने कार्यालयों में लौटना चाहते हैं, लेकिन जाने से पहले इतना याद

रख लीजिए कि आपको अपना वोट कांग्रेस को ही देना है···' इससे आगे कुछ कहा नहीं जा सकता था। लोग जाने लग गए थे···प्रधानमंत्री को सुनना नहीं चाहते थे।

1977 के आम चुनाव में पूर्व प्रधानमंत्री इंदिरा गांधी की 1 मार्च को दिल्ली में हुई सभा इस तरह खत्म हो गई थी···जनता के मूड के संकेत मिलने शुरू हो गए थे।

(जॉन दयाल और अजय घोष की पुस्तक
'फॉर रीजंस ऑफ स्टेट, दिल्ली अंडर इमरजेंसी से उद्धृत)

□

'सिंहासन खाली करो कि जनता आती है'

जनता पार्टी ने अपने आंदोलन को आजादी की दूसरी लड़ाई की संज्ञा दी। इस चुनाव में लाखों-करोड़ों भारतीय मतदाताओं ने यह दिखला दिया कि वे अपने देश में अपने ही स्तर पर मानव के मूल अधिकारों के लिए संघर्ष को त्याग नहीं सकते। यह दृष्टिकोण कि पेट भरने और विचारों की आजादी में से कोई एक बात चुनी जाए, उन लोगों का बनाया हुआ था, जिनका सत्ता में बने रहने में निहित स्वार्थ था।

जनता पार्टी को बड़े-बड़े विज्ञापन छपवाने की सुविधा नहीं थी। कांग्रेस को तो धन की कोई कमी थी ही नहीं। इसके अलावा रेडियो और टी.वी. (आकाशवाणी और दूरदर्शन) ने खुलकर सत्ताधारी पार्टी के पक्ष में वातावरण बनाने का काम किया। हालाँकि दूरदर्शन उस समय शैशवावस्था में था और उसका दायरा और प्रसारण काल अत्यंत सीमित था। इलेक्ट्रॉनिक मीडिया के तौर पर सरकारी रेडियो ही एकमात्र सबसे बड़ा संचार माध्यम था। जनता पार्टी ने सार्वजनिक रैलियों, नुक्कड़ सभाओं और घर-घर प्रचार पर अधिक जोर दिया।

धीरे-धीरे हवा जनता पार्टी के पक्ष में बहने लगी। जनता की सहानुभूति का आलम यह था कि चुनाव प्रचार अभियान का बहुत-सा काम जनता खुद ही कर रही थी। लोगों को इमरजेंसी की ज्यादतियों की जानकारी छन-छनकर मिलने लगी। भुक्तभोगियों की संख्या भी कम नहीं थी। कांग्रेस के नेताओं को पासा पलटने का डर सताने लगा। वे इमरजेंसी की ज्यादतियों के प्रति अनभिज्ञता व्यक्त करने लगे या अफसोस जाहिर करने लगे, लेकिन तब तक बहुत देर हो चुकी थी।

इस प्रकरण में वरिष्ठ पत्रकार इंदर मल्होत्रा ने 'इंडियन एक्सप्रेस' में अपने एक संस्मरण में लिखा कि 1977 के लोकसभा चुनाव प्रचार के संवाद संकलन के लिए जब वे उत्तर प्रदेश के कई ग्रामीण और शहरी क्षेत्रों से होते हुए लखनऊ पहुँचे तो उन्होंने पाया कि इंदिरा गांधी और उनके लाड़ले बेटे की राह आसान नहीं। लखनऊ में एक डिनर में,

जिसमें समाज के ऊँचे तबके के लोग, जिनमें सेवारत और सेवानिवृत्त उच्चाधिकारी भी मौजूद थे, पुलिस के मुखिया ने तीन पेट्रोल पंपों के मालिक से पूछा, 'क्या यह सच है कि आप जनता पार्टीवालों को मुफ्त में पेट्रोल दे रहे हैं?' इस पर पंप मालिक ने कहा, 'हाँ, मैं ऐसा कर रहा हूँ और बिल्कुल अपनी मरजी से कर रहा हूँ। क्या आपको मालूम नहीं कि इमरजेंसी भर संजय के गुंडे मुझसे जबरन पेट्रोल लेते रहे?' इस पर वहाँ उपस्थित कई मेहमानों ने तालियाँ बजा दीं। इस दौर में राजनीति के मौसम विज्ञानियों को हवा के रुख की निरंतर जानकारी मिल रही थी।

इंदिरा गांधी की सभा में हूटिंग

ऐतिहासिक मतदान का एक दृश्य।

लेकिन इसके बावजूद कांग्रेस के अनेक छोटे-बड़े नेता अभी भी मुगालते में थे। जनता पार्टी की सभाएँ देर रात तक चलती थीं, उनमें अच्छी-खासी भीड़ तो जुटती ही थी, इंदिरा गांधी की सभाओं में भी काफी भीड़ रहती थी। लगभग सभी चुनावों में कभी-कभी यह जानना बड़ा कठिन होता है कि यह भीड़ किसी पार्टी-विशेष के मतदाताओं की है या क्या इस भीड़ ने अपना मन बना लिया है कि वोट किसको देना है। चुनाव प्रचार के सिलसिले में 27 फरवरी को इंदिरा गांधी राँची पहुँचीं। एयरपोर्ट से लेकर सभास्थल मोरहाबादी मैदान के करीब 10 किलोमीटर लंबे रास्ते में, जो ज्यादातर आबादीवाले इलाकों से होकर गुजरता था, सड़क के दोनों ओर दर्शकों की भीड़ थी। पुलिस प्रशासन द्वारा बैरिकेडिंग और सुरक्षा कारणों से यातायात रोक दिए जाने के कारण भीड़ काफी बढ़ गई थी। यह भीड़ मिली-जुली भीड़ थी। इसमें जय-जयकार करनेवालों की संख्या कम थी। ज्यादा भीड़ जिज्ञासु लोगों की लगी। सभा स्थल पर भी काफी भीड़ उपस्थित थी। इंदिरा गांधी ने अपने भाषण के दौरान जब आपातकाल की उपलब्धियों को गिनाना और विरोधी दलों के नेताओं को कोसना शुरू किया तब मैदान के विभिन्न कोनों से छात्रों व युवकों के समूहों ने नारे लगाना और शोर मचाना शुरू कर दिया। इसे 'हुल्लड़बाजी' या 'हूटिंग' भी कह सकते हैं, क्योंकि इंदिरा गांधी की आवाज इस शोर-शराबे में डूबी जा रही थी। सभास्थल के एक कोने से शोरगुल कम होता था तो दूसरे कोने से शुरू हो जाता था। इस बीच इंदिरा गांधी ने दो

बार मंच के पास मौजूद प्रेस गैलरी की ओर मुखातिब होकर कहा—'आप प्रेस के लोग देख लीजिए, ये फासिस्ट लोग मुझे बोलने नहीं दे रहे हैं।' हूटिंग करनेवाले नवनिर्माण समिति, छात्र युवा संघर्ष वाहिनी और सभास्थल के नजदीक स्थित राँची कॉलेज हॉस्टल के छात्र थे। पुलिस इनसे पंगा लेने की स्थिति और मूड में नहीं थी।

इंदिरा गांधी द्वारा प्रेस से गुहार लगाने पर प्रेस गैलरी में मौजूद एक अंग्रेजी अखबार के सीनियर पत्रकार ने टिप्पणी की—'20 माह तक प्रेस की जुबान पर ताला लगाए रखने के बाद आज जब अपने पर आन पड़ी है, तब प्रेस की याद आई है।'

सभा स्थल के घटनाक्रम से ऐसा प्रतीत हुआ कि छात्रों और युवाओं ने यह काररवाई योजनाबद्ध ढंग से की थी। इमरजेंसी के विरुद्ध अपना गुबार निकालने के लिए उन्होंने यह मार्ग चुना। इस घटना का समाचार देश के अनेक अखबारों में काफी प्रमुखता से छपा।

'टाइम्स आफ इंडिया' के पूर्व संपादक डी.आर. मानकेकर ने इमरजेंसी के संदर्भ में अपनी पुस्तक में लिखा है कि देश में सबसे पहले राँची में इंदिरा गांधी की सभा में हूटिंग हुई। इसके बाद कई जगह होने लगी।

इमरजेंसी के कारनामे विपक्ष का हथियार

लोगों में भय की जो भावना थी, वह धीरे-धीरे क्षीण होने लगी। लोग इमरजेंसी के खिलाफ, इमरजेंसी की ज्यादतियों के खिलाफ बोलने लगे। जनता पार्टी की सभाओं में भीड़ का मूड स्पष्ट रूप से कांग्रेस के खिलाफ नजर आने लगा। कांग्रेस के लोगों के लिए यह चिंता का विषय था। जनता का मन जीतने के लिए केंद्र सरकार ने राज्यों के मुख्यमंत्रियों को नई-नई रियायतें और सुविधाएँ घोषित करने को कहा, जैसे—बिजली की दरों में कटौती, मालगुजारी और सिंचाई शुल्क में कटौती, कर्मचारियों को अतिरिक्त महँगाई भत्ता व मकान भाड़ा और मेडिकल सुविधाएँ आदि, लेकिन इनका कोई असर नहीं हुआ। खुफिया एंजेंसियों ने सरकार को जानकारी दी कि आम लोगों ने इन रियायतों की कोई परवाह नहीं की। विपक्ष के पास सत्ताधारी पक्ष की बखिया उधेड़ने का महाअस्त्र था—वह अस्त्र था इमरजेंसी के काले कारनामों का भंडाफोड़। उत्तर भारत में पूरा माहौल संजय गांधी, बंसीलाल और स्वयं इंदिरा गांधी के प्रति तिरस्कारपूर्ण होता जा रहा था।

10 मार्च को जनता पार्टी के नेता लालकृष्ण आडवाणी ने राँची में एक विशाल जनसभा को संबोधित करते हुए कहा कि मैं अपने चुनाव दौरे के अनुभव के आधार पर कह सकता हूँ कि कांग्रेस सर्वत्र हार रही है, यहाँ तक कि खुद इंदिरा गांधी रायबरेली में हार रही हैं। उपस्थित भीड़ ने जोरदार करतल ध्वनि से इस दावे का स्वागत किया, लेकिन कुछ लोगों को लगा कि यह वक्तव्य शायद अपने कार्यकर्ताओं का मनोबल बढ़ाने और जनसामान्य में एक अनुकूल माहौल बनाने के लिए दिया गया है। मतदान की समाप्ति के

बाद 20 मार्च को सायंकाल जब चुनाव नतीजे आने लगे, तब पता लगा कि आडवाणी का दावा निराधार नहीं था। अखबारों के दफ्तरों के बाहर ताजातरीन समाचारों की जानकारी देने के लिए लगाए गए विशेष स्पॉट न्यूज बोर्डों/स्कोर बोर्डों को देखने और माइक पर सूचनाएँ और रेडियो के समाचार सुनने के लिए लोगों की भीड़ उमड़ पड़ी। सब निर्वाचन क्षेत्रों से कांग्रेस के पिछड़ने और जनता पार्टी को बढ़त मिलने के समाचार आने लगे। जनता पार्टी की आँधी के आगे कांग्रेस के खेमे उखड़ने लगे। हर चुनाव क्षेत्र के परिणाम पर लोग तालियाँ बजाने लगे।

'सवेरे वाली गाड़ी से चले जाएँगे!'

जैसा कि पहले बताया गया है—उन दिनों जनसंचार साधन बहुत विकसित नहीं थे। इलेक्ट्रॉनिक मीडिया में मात्र रेडियो था, यानी सरकार-नियंत्रित आकाशवाणी का नेटवर्क। मोबाइल फोन का जमाना तो तब बरसों दूर था। चुनाव परिणाम बताने के लिए आकाशवाणी ने चुनाव परिणामों के अंतिम दौर तक लगातार ट्रांसमिशन चालू रखने की व्यवस्था की थी।

THE TIMES OF INDIA

NEW DELHI, MONDAY, MARCH 21, 1977

MRS. INDIRA GANDHI DEFEATED

Recount plea rejected: Sanjay too loses

By Our Special Correspondent

NEW DELHI, March 21

THE Prime Minister, Mrs. Indira Gandhi, was defeated by over 55,000 votes in Rae Bareli at the hands of Mr. Raj Narain as the Janata Party mauled the Congress in northern states to register a tally of 101 out of 207 Lok Sabha seats the results of which have been declared so far.

Janata-CFD clean sweep in Capital

All quiet at PM's house

Bansi Lal defeated by 165000 votes

Janata wave sweeps through Punjab

Shrimali, Raj Bahadur & Pahadia defeated

UP trend favours Janata

You Said It

'टाइम्स ऑफ इंडिया' में श्रीमती गांधी की पराजय का समाचार।

20 मार्च को देर रात में ज्यों ही यह समाचार आया कि रायबरेली में इंदिरा गांधी अपने प्रतिद्वंद्वी जनता पार्टी के उम्मीदवार राजनारायण से पिछड़ रही हैं, ऐसा लगा, मानो कोई भूकंप आ गया हो। यह समाचार बिजली की तरह फैल गया। अखबारों के दफ्तरों में टेलीफोन की घंटियाँ बजने लगीं। बहुत लोगों को यह उम्मीद नहीं थी कि इंदिरा गांधी हार सकती हैं। वे इंदिरा गांधी की हार को असंभव मानते थे। इसी बीच यह समाचार आया कि राजनारायण की बढ़त 10,000 से बढ़कर करीब 20,000 हो गई है और यह बढ़त लगातार जारी है। कुछ देर और बीतने पर समाचार आया कि इंदिरा गांधी के चुनाव एजेंट माखनलाल फोतेदार ने मतपत्रों की दोबारा गिनती की माँग की है। लोग समझ गए कि इस तरह की माँग हारता हुआ उम्मीदवार करता है। रायबरेली के साहसी चुनाव अधिकारी विनोद मल्होत्रा ने इस माँग को ठुकरा दिया। अंततः रात

तीन बजे से कुछ पहले ज्यों ही यह परिणाम घोषित हुआ कि इंदिरा गांधी 55,000 से अधिक मतों के अंतराल से हार गई हैं, ऐसा लगा जैसे कोई बड़ा धमाका हो गया हो। लोगों के अंदर जो ज्वालामुखी सुलग रहा था, वह मतपेटियों के जरिए फूट चुका था। लोगों ने मिठाइयाँ बाँटना और पटाखे फोड़ना शुरू कर दिया। सब जगहों से लोगों के सड़कों पर उतर आने, भीड़ के उल्लास और हर्षोन्माद की खबरें आने लगीं।

आकाशवाणी के दो चुनाव बुलेटिनों के बीच समय गुजारने के लिए फिल्मी संगीत या वाद्य संगीत प्रसारित किया जाता था। उन दिनों कोई परिचर्चा या बहस या भेंटवार्त्ता आदि नहीं होती थी। इमरजेंसी में अभिव्यक्ति संबंधी कई प्रतिबंधों और दमघोंटू वातावरण में यह संभव ही कहाँ था? इंदिरा गांधी की पराजय के समाचार के तुरंत बाद जो हिंदी फिल्मी गीत प्रसारित किया गया, उसका मुखड़ा था—'सवेरे वाली गाड़ी से चले जाएँगे।' क्या यह कोई संयोग था? वैसे सवेरा होने में चंद-एक घंटे ही बाकी थे।

इमरजेंसी के दो अन्य मुख्य गुनहगार 'युवक हृदय सम्राट' संजय गांधी और उनके अक्खड़ सिपहसालार बंसीलाल को भी जनता ने ठुकरा दिया। संजय गांधी (अमेठी) 75,000 से अधिक और बंसीलाल (भिवानी) 1,61,000 वोटों के अंतर से हार गए। जनता पार्टी के जॉर्ज फर्नांडीस (मुजफ्फरपुर) 3,00,000 वोटों के विस्मयकारी अंतर से जीत गए।

'न भूतो न भविष्यति'

'सिंहासन खाली करो कि जनता आती है'

देश में इससे पहले भी कई चुनाव हो चुके थे और बाद में भी हुए, लेकिन 1977 के मतदान और चुनाव परिणाम के दृश्य अभूतपूर्व और अद्‍भुत थे। इसे 'न भूतो न भविष्यति' कहा जा सकता है। इस आम चुनाव के नतीजे अत्यंत आश्चर्यकारी सिद्ध हुए। इन नतीजों की कल्पना जनता पार्टी के नेताओं ने भी नहीं की थी। आजादी के 30 वर्ष बाद पहली बार केंद्र में कोई गैर-कांग्रेस सरकार सत्तारूढ़ होने जा रही थी।

पूरे देश में लोकसभा की कुल 542 सीटों में से जनता पार्टी को 270 सीटें मिलीं, कांग्रेस फॉर डेमोक्रेसी को 28 व सी.पी.एम. को 32 सीटें मिलीं। कांग्रेस की सीटें घटकर 153 रह गईं। उत्तर भारत में तो कांग्रेस का लगभग सफाया हो गया। दक्षिणी राज्यों ने उसकी लाज रख ली।

उत्तर भारत और दक्षिण भारत में चुनाव में मतदाताओं की प्रतिक्रिया इतनी भिन्न संभवतः इसलिए थी कि आपातकाल में अधिकतम ज्यादतियाँ उत्तर भारत में हुई थीं। संजय व बंसीलाल जैसे व्यक्तियों को दक्षिण भारत में अपनी कला का प्रदर्शन करने का मौका नहीं मिला था।

वरिष्ठ पत्रकार कुलदीप नैयर ने अपने एक लेख में लिखा था कि श्रीमती गांधी की पराजय के बाद संजय गांधी से यह पूछा गया था कि उन्होंने यह कैसे सोच लिया था कि विद्यमान प्रणाली को नष्ट-भ्रष्ट करके भी वे साफ बचे रहेंगे। उनका उत्तर था कि उनकी योजना के अनुसार तो एक दशक तक चुनाव कराए ही नहीं जाने थे और यह कि हम अपनी पसंद के कुछ नौकरशाहों की मदद से शासन कर सकते थे।

'रोटी और आजादी दोनों चाहिए'

इंदिरा गांधी और कांग्रेस के कई अन्य नेता चुनाव अभियान में प्रकारांतर से यह जताते रहे कि जनता को केवल रोजी-रोटी चाहिए। मौलिक अधिकार आदि की बातें आम लोगों के लिए बौद्धिक विलास समान हैं। जनता पार्टी ने इसे चुनौती दी और इस सिद्धांत को पूरी तरह निराकृत कर दिया और कहा कि मानव अधिकारों को कैसे उपेक्षित किया जा सकता है। पार्टी ने इन अधिकारों की बहाली का संकल्प व्यक्त करते हुए अपने चुनाव घोषणापत्र का शीर्षक बनाया—'रोटी और आजादी दोनों चाहिए—एक गांधीवादी विकल्प।'

जनता पार्टी ने अपने आंदोलन को आजादी की दूसरी लड़ाई की संज्ञा दी। इस चुनाव में लाखों-करोड़ों भारतीय मतदाताओं ने यह दिखला दिया कि वे अपने देश में अपने ही स्तर पर मानव के मूल अधिकारों के लिए संघर्ष को त्याग नहीं सकते। यह दृष्टिकोण कि पेट भरने और विचारों की आजादी में से कोई एक बात चुनी जाए, उन लोगों का बनाया हुआ था, जिनका सत्ता पर बने रहने में निहित स्वार्थ था।

रामधारी सिंह दिनकर की कविता 'सिंहासन खाली करो कि जनता आती है', जे.पी. आंदोलन और 1977 के आम चुनाव में संघर्ष की प्रेरक शक्ति बन गई थी। कवि के इस आह्वान ने इतिहास में अपना स्थान बना लिया। 1977 के आम चुनाव में जनादेश का यही निहितार्थ था—सिंहासन खाली करो कि जनता आती है।

□

मार्शल लॉ लगाने की अफवाह से देश में खलबली

इमरजेंसी के दौरान जो अफवाहें उड़ीं, उनमें सबसे विलक्षण और संगीन अफवाह थी मार्च 1977 में लोकसभा के चुनाव अभियान के दौरान हवा का रुख अपने विरुद्ध भाँपकर श्रीमती गांधी द्वारा देश की बागडोर सेना को सौंप देने का विचार। लगातार उड़ रही इस अफवाह के दौर में थल सेनाध्यक्ष जनरल टी.एन. रैना ने बयान दिया कि देश की राजनीति से सेना का कोई सरोकार नहीं, लेकिन इस बयान से लोगों को लगा कि 'हो न हो, जरूर कोई बात है।'

इमरजेंसी के दौरान जो अफवाहें उड़ीं, उनमें सबसे विलक्षण और संगीन अफवाह थी, मार्च 1977 में लोकसभा के चुनाव अभियान के दौरान मतदान से कुछ दिन पूर्व हवा का रुख अपने विरुद्ध भाँपकर इंदिरा गांधी द्वारा सत्ता की बागडोर सेना को सौंप देने का विचार। चुनाव की घोषणा के बावजूद सेंसरशिप हटाई नहीं गई थी, हालाँकि उसमें कुछ ढील दे दी गई थी। समाचारों के प्रकाशन-प्रसारण पर सरकारी नियंत्रण हो जाने से सरकार की विश्वसनीयता किस प्रकार गिर जाती है, लोगों को समाचारों के मामलों में किस प्रकार अँधेरे में रहना पड़ता है और वे सहज ही किसी भी अफवाह पर यकीन कर लेते हैं, यह घटना इसका उम्दा उदाहरण है।

इंदिरा परिवार को सुरक्षा जोखिम

इस घटना से कुछ दिन पूर्व 11 फरवरी को राष्ट्रपति फखरुद्दीन अली अहमद का अचानक हृदयाघात से देहांत हो गया। उस समय यह अफवाह उड़ गई कि इंदिरा गांधी उस रात राष्ट्रपति से मुलाकात के लिए राष्ट्रपति भवन गई थीं। वह 'मीसा' के अंतर्गत गिरफ्तार सभी राजनीतिक नेताओं को चुनाव में खड़ा होने से रोकने के लिए एक अध्यादेश पर हस्ताक्षर करने के लिए राष्ट्रपति को राजी करना चाहती थीं। इस

दबाव-तनाव के कारण राष्ट्रपति को दिल का दौरा पड़ा और वे चल बसे, लेकिन यह निरी अफवाह ही प्रतीत हुई।

मार्च में मतदान से कुछ दिन पूर्व इंदिरा गांधी को यह महसूस होने लगा था कि इमरजेंसी की ज्यादतियों के उजागर होने के कारण लोग काफी आक्रोश में हैं, विशेषकर उत्तर भारत में। इससे उनकी पार्टी चुनाव में हार भी सकती है। मतदानवाले दिनों में पोलिंग बूथों से आ रही प्रतिकूल सूचनाओं के कारण उन्हें अपनी और अपने परिवार की सुरक्षा की चिंता भी सताने लगी थी। दिल्ली में 18-19 मार्च को प्रधानमंत्री के निवास स्थान पर चुनिंदा मंत्रियों, प्रशासनिक और पुलिस उच्चाधिकारियों की एक बैठक में यह तय किया गया कि हर हालत में प्रधानमंत्री और उनके परिवार को सुरक्षा प्रदान करनी है, भले ही लोगों पर गोली चलानी पड़ जाए।

सेना कमांडरों की बैठक

इस दौरान यह अफवाह भी उड़ गई कि चुनाव में पराजित हो जाने की अवस्था में इंदिरा गांधी सीमा सुरक्षा बल और सेना की सेवाएँ ले सकती हैं। वे सत्ता की बागडोर सेना के सुपुर्द कर सकती हैं। दिलचस्प बात यह है कि 20 मार्च को चुनाव परिणाम आ जाने और 24 मार्च को जनता पार्टी की सरकार द्वारा शपथ ग्रहण करने के बीच का अंतराल भी लोगों को खलने लगा और कोई न कोई बाधा उपस्थित किए जाने की खबरें उड़ने लगीं।

जनरल टी.एन. रैना।

मार्च के आरंभ में दिल्ली में सेना के कमांडरों की एक उच्चस्तरीय बैठक हुई थी। उसी के बाद से अफवाह उड़ने लगी कि देश में मार्शल लॉ (फौजी कानून) लग सकता है। समस्या यह थी कि स्वतंत्र प्रेस के अभाव में कान के कच्चे आम लोगों की नजरों में इंदिरा गांधी की विश्वसनीयता बहुत अधिक गिर चुकी थी और इस अफवाह का सरकार द्वारा खंडन करने पर भी लोगों में गलत संदेश जाता। हालाँकि लगातार उड़ रही इस अफवाह के कारण इस बीच थल सेनाध्यक्ष जनरल टी.एन. रैना को रोटरी क्लब के एक कार्यक्रम में इस आशंका का निवारण करने के लिए इशारतन यह कहना आवश्यक लगा कि सेना का देश की राजनीति से कोई सरोकार नहीं है, लेकिन सेनाध्यक्ष के इस बयान से इस अफवाह को और बल मिला और लोगों को लगा कि 'हो न हो, जरूर कोई बात है।'

इसके साथ ही यह अफवाह फैल गई कि इंदिरा गांधी ने सेना की मदद माँगी थी, लेकिन जनरल रैना ने इनकार कर दिया। यह अफवाह रॉकेट की गति से विदेशों में भी फैल गई।

मोहरा बनने से राष्ट्रपति का इनकार

मार्शल लॉ की आशंका टल गई और जनता पार्टी की सरकार ने सत्ता भी ग्रहण कर ली, लेकिन इसके बावजूद बहुत से लोगों के जहन में यह बात समाई रही कि मार्शल लॉ लगाने का प्रयास किया गया था, जो निष्फल हो गया। जनता पार्टी की सरकार के सत्ताहीन होने के बाद एक प्रसिद्ध अमेरिकी पत्रिका 'द नेशन' ने अपने मई 1977 के अंक में (कई अमेरिकी मासिक पत्रिकाएँ अपनी अंकित तिथि से बहुत पहले ही छप जाती हैं) मार्शल लॉ लगाने के प्रयास का उल्लेख करते हुए इस आशय का एक समाचार भी प्रकाशित किया, जो कई भारतीय समाचार-पत्रों ने उद्धृत किया। मैसाचुसेट्स इंस्टीटयूट ऑफ टेक्नोलॉजी के एक अध्यापक रॉबर्ट मैनोफ ने इस पत्रिका में प्रकाशित अपने संवाद लेख में बताया कि इंदिरा गांधी की सरकार के अंतिम दिनों में संविधान स्थगित करने, चुनाव रद्द करने और मार्शल लॉ की घोषणा करने के प्रयास होते रहे। इंदिरा गांधी के अलावा 1977 के चुनाव रद्द होने में बाधक बने सत्ता पक्ष के थोड़े से ऐसे लोग थे, जो देश की जनता की ताजा मन:स्थिति जान चुके थे। वे जो कुछ खो चुके थे, उसमें और अधिक खोने को तैयार नहीं थे।

संसद् के सेंट्रल हॉल में बैठक में जयप्रकाश नारायण, आचार्य कृपलानी, मोरारजी देसाई, अटल बिहारी वाजपेयी, राजनारायण और अन्य नेता (24 मार्च, 1977)।

इस प्रकार के व्यक्तियों में प्रथम व्यक्ति थे स्व. राष्ट्रपति फखरुद्दीन अली अहमद। लेखक के अनुसार श्रीमती गांधी ने फखरुद्दीन अली अहमद से कहा कि आपातकाल में राष्ट्रपति के अधिकारों के अनुसार आप संविधान के कुछ हिस्सों को निष्क्रिय कर दीजिए, लेकिन श्री अहमद ने उनकी बात मानने से इनकार कर दिया। ऐसी सूचना है कि उनके इनकार कर देने के बाद इंदिरा गांधी ने श्री अहमद से आक्रोश भरे शब्दों में बहस की। दूसरे ही दिन फखरुद्दीन अली अहमद को दिल का दौरा पड़ा।

जनरल रैना की टालमटोल

लेख में बताया गया कि 5 से 7 मार्च तक कानून मंत्री एच.आर. गोखले अपने मंत्रालय में संविधान के पन्नों में मगजमारी करते रहे, जिससे ऐसी कोई कानूनी युक्ति मिल जाए, जिससे चुनाव स्थगित कराए जा सकें। उधर गोखले चुनाव स्थगित कराने के

लिए संविधान में कोई बहाना ढूँढ़ने में लगे रहे और श्रीमती गांधी जनरल टी.एन. रैना को कुछ विशिष्ट निर्वाचन क्षेत्रों में इस आधार पर सेना तैनात कर देने के लिए कहती रहीं कि उन निर्वाचन क्षेत्रों में अमन-चैन की स्थिति बनाए रखने के लिए सेना की उपस्थिति आवश्यक है। सूचना है कि जनरल रैना ने ऐसा करने से इनकार कर दिया। इसके बाद तो मंत्रिमंडल ने जनरल रैना को ऐसा करने के लिए आदेश ही दे दिया। रॉबर्ट मैनोफ ने अपनी जानकारी के सूत्रों का उल्लेख नहीं किया।

मंत्रिमंडलीय आदेश के आधार पर जनरल रैना को इधर-उधर स्थानांतरित करने का आदेश तो दे दिया, लेकिन इससे मंत्रिमंडल के आदेश का कामचलाऊ पालन मात्र ही हुआ। श्रीमती गांधी के आदेश की पूर्ति नहीं हुई। श्री मैनोफ ने बिना सूत्रों के उल्लेख के बताया कि इंदिरा गांधी के प्रति सेना की आस्था लंबे अरसे से संदेहास्पद बनी हुई थी। सेना के कमांडरों से इस तरह की अफवाहों की पुष्टि कराना अकसर मुश्किल होता है। इस अफवाह की भी पुष्टि नहीं हो सकी। वैसे इस तथ्य को नजरअंदाज नहीं किया जा सकता है कि सेना की बैरकों के भोजन कक्षों और कैंटीनों आदि में देश में लागू इमरजेंसी, प्रमुख राजनीतिक नेताओं की गिरफ्तारी और अखबारों पर सेंसर की चर्चा के साथ संजय गांधी के बढ़ते सत्ताधिकार और नसबंदी में ज्यादतियों की चर्चा आम हो गई थी। जूनियर अफसरों का आम लोगों से सीधा अंतरसंपर्क होने से उनको सारे हालात की जानकारी मिलती रहती थी।

राष्ट्रपति यानी सुप्रीम कमांडर!

कार्यवाहक राष्ट्रपति बी.डी. जत्ती मोरारजी देसाई को प्रधानमंत्री पद की शपथ दिलाते हुए (24 मार्च, 1977)।

यह एक सुविदित तथ्य है कि भारतीय संविधान के अनुसार देश की रक्षा सेनाओं की सर्वोच्च कमान राष्ट्रपति के पास होती है, हालाँकि संविधान यह स्पष्ट रूप से उपबंध करता है कि उसका प्रयोग विधि द्वारा विनियमित होगा। इसका अर्थ हुआ कि राष्ट्रपति को युद्ध या शांति की घोषणा करने या रक्षा सेनाओं को अभिनियोजित करने का अधिकार है, लेकिन संसद् विधि द्वारा इन अधिकारों के प्रयोग को विनियमित या नियंत्रित कर सकती है। निर्बाध अधिकार नहीं

होने का यह प्रावधान विश्वास उत्पन्न करनेवाला नहीं लगा, क्योंकि जिस तरह छलपूर्ण आपातकाल की घोषणा करते समय संविधान की ऐसी की तैसी कर दी गई थी और संसद् को बंधुआ मजदूर बना दिया गया था, उससे संविधान की इन बारीक व्यवस्थाओं के प्रति आम लोगों का विश्वास पूरी तरह डिग चुका था। इमरजेंसी के आखिरी दौर में कांग्रेस के एक प्रमुख नेता और पश्चिम बंगाल के मुख्यमंत्री सिद्धार्थ शंकर राय ने सेना संबंधी एक ऐसा शगूफा छोड़ा, जो गरमागरम बहस का विषय बन गया। उन्होंने कुल्टी (वर्दमान) में आयोजित चुनाव सभा में कहा कि यदि जनता पार्टी केंद्र में सत्ता में आ गई तो देश में सैनिक शासन लागू हो जाएगा। इस बयान की तीखी प्रतिक्रिया होने पर उन्होंने जो स्पष्टीकरण दिया, वह तत्त्वत: उनकी मूल भावना से भिन्न नहीं था। उन्होंने कहा कि मेरे कहने का आशय यह था कि यदि केंद्र में विरोधी दलों को सत्ता प्राप्त होती है और उनमें आपस में तालमेल नहीं हो पाता है, ऐसी स्थिति में केंद्र में सैनिक शासन लागू हो सकता है, क्योंकि केंद्र में राष्ट्रपति शासन लागू करने का कोई प्रावधान नहीं है। दिलचस्प बात यह कि इससे कुछ ही दिन पहले चुनाव में कांग्रेस के दोबारा सत्ता में आने की गारंटी देनेवाले सिद्धार्थ शंकर राय कांग्रेस की पराजय की संभावना की अटकलें लगाने लगे थे।

सिद्धार्थ शंकर राय का खतरनाक शगूफा

ज्वलंत रूप धारण कर चुके इस मुद्दे पर मैंने 'राँची एक्सप्रेस' में 'सैनिक शासन की संभावना' शीर्षक से एक विशेष संपादकीय लेख लिखा था। यहाँ उसके कुछ अंशों को उद्धृत करना प्रसंगानुकूल होगा। इससे यह भी पता लगेगा कि उस समय, यानी 40 वर्ष पूर्व की चिंतनधारा आज की परिस्थिति से भी मेल खाती थी। संपादकीय में विचार व्यक्त किया गया था—'क्या सिद्धार्थ शंकर राय यह हौवा खड़ा करना चाहते हैं कि कांग्रेस के सत्तारूढ़ नहीं रहने से देश में अव्यवस्था और अराजकता मच जाएगी, क्या यह 'मेरे बाद प्रलय' जैसी गर्वोक्ति की उद्घोषणा है? राजनीतिक दल-व्यवस्था लोकतंत्र का अभिन्न अंग है। यदि बहुसंख्य मतदाता कांग्रेस दल को पसंद करते हैं अर्थात् उसे चुनते हैं तो कांग्रेस पार्टी सत्ताहीन रहेगी, लेकिन यदि मतदाता जनता पार्टी को चुनते हैं तो सत्ता की बागडोर उसे सँभालनी होगी। श्री राय के वक्तव्य का आशय यह है कि यदि मतदाता कांग्रेस के पक्ष में अपना निर्णय दें, तब तो उनका निर्णय ठीक, यदि नहीं तब गलत। यदि प्रतिपक्षी दलों, यानी जनता पार्टी की सरकार या मिली-जुली सरकार में पारस्परिक मतभेद हो और सरकार चलना कठिन हो जाए, तो भी केंद्र में सैनिक शासन तभी लग सकता है, जब संविधान को रद्द कर दिया जाए।

'क्या सिद्धार्थ शंकर राय इस स्थिति की परिकल्पना कर रहे हैं? भारत की जनता

सैनिक शासन नहीं चाहती। कांग्रेस का विकल्प सैनिक शासन नहीं हो सकता। इस उपमहाद्वीप के लोग सैनिक शासन का कड़वा अनुभव प्राप्त कर चुके हैं। पाकिस्तान अभी भी उसकी मार से आहत है। यह बड़े संतोष की बात है कि भारतीय सेना स्वयं राजनीति से अलग रहना चाहती है और अपने निर्धारित कार्य या कर्तव्य पर ही अपनी शक्ति संकेंद्रित करना चाहती है। उसे गुमराह करने या बहकाने की कोई कोशिश नहीं की जानी चाहिए। यह लोकतंत्र के लिए खतरनाक होगा। लोकतंत्र में चाहे, जो कुछ दोष एवं त्रुटियाँ हो, इतना अवश्य है कि वह अन्य सब शासन प्रणालियों की अपेक्षा श्रेष्ठ है।'

□

खंड-4

कार्यवाहक राष्ट्रपति को मोरारजी की धमकी रंग लाई

1977 में कार्यवाहक राष्ट्रपति बी.डी. जत्ती ने मोरारजी देसाई सरकार द्वारा नौ गैर-कांग्रेस शासित राज्यों की सरकारों को भंग करने की सिफारिश की उद्घोषणा पर अंतरात्मा की आवाज की आड़ में हस्ताक्षर करने में आनाकानी की। गृहमंत्री चरण सिंह और विधि मंत्री शांति भूषण ने उन्हें समझाया कि संविधान के अंतर्गत उनके सामने कोई विकल्प नहीं। उन पर महाभियोग चलाने की धमकी भी दी गई। उनकी कोठी के चारों ओर प्रदर्शन होने लगे। उनसे कह दिया गया कि यदि उन्होंने हठधर्मी की, तो उनके सुरक्षा सैनिक हटा लिये जाएँगे। इसका तत्काल असर हुआ और उन्होंने हस्ताक्षर कर दिए। संविधान निर्माताओं ने कभी सोचा भी नहीं होगा कि कभी इस प्रकार की विलक्षण स्थिति पैदा हो सकती है।

'सिंहासन खाली करो कि जनता आती है', रामधारी सिंह दिनकर की कविता की इस पंक्ति के उद्घोष के साथ मार्च 1977 में जनता पार्टी का विजय रथ दिल्ली की गद्दी की ओर बढ़ा। पिछले 21 महीनों की इमरजेंसी की निरंकुशता को भारतीय जनता की प्रजातांत्रिक सजगता और शक्ति हिलोल ने धराशायी कर दिया। पूरे विश्व ने चकित नेत्रों से देखा कि भारतीय जनता ने मानवीय स्वतंत्रता के मूल्यों को पुनर्स्थापित करने में कैसी चमत्कारिक क्षमता दिखाई है। चुनाव परिणामों की घोषणा के घंटों बाद तक जब प्रधानमंत्री इंदिरा गांधी ने अपनी सरकार का इस्तीफा राष्ट्रपति को नहीं सौंपा तो पूरे देश में कई प्रकार की अफवाहें उड़ने लगीं, जो बहुत अनिष्टकारी थीं। इन अफवाहों का अंत तब हुआ, जब कार्यवाहक राष्ट्रपति बी.डी. (बासप्पा दानप्पा) जत्ती ने 24 मार्च को मोरारजी देसाई को प्रधानमंत्री पद की शपथ दिला दी।

महाभियोग की धमकी

करीब पाँच सप्ताह बाद मोरारजी देसाई की सरकार ने कांग्रेस शासित नौ राज्य सरकारों को भंग करके वहाँ मध्यावधि चुनाव कराने का निर्णय किया। कार्यवाहक राष्ट्रपति बी.डी. जत्ती ने इस कार्य में कुछ समय के लिए रोड़े अटका दिए और उद्‌घोषणा पर हस्ताक्षर को 24 घंटों तक लटकाए रखा। उन्होंने कहा कि उनकी अंतरात्मा इस उद्‌घोषणा पर हस्ताक्षर करने के पक्ष में नहीं है, क्योंकि इन राज्य सरकारों को सदन में बहुमत प्राप्त है। केंद्र की जनता सरकार की दलील यह थी कि लोकसभा के चुनावों में कांग्रेस की भारी शिकस्त इस बात की द्योतक है कि इन राज्यों की कांग्रेस सरकारें जनता का विश्वास खो चुकी हैं। राष्ट्रपति का कार्यभार सँभाल रहे पुराने कांग्रेसी बी.डी. जत्ती को मंत्रिमंडल की सलाह अनुचित लगी। गृहमंत्री चौधरी चरण सिंह और विधि मंत्री शांति भूषण ने जाकर उन्हें समझाया कि संविधान के अंतर्गत उनके पास कोई विकल्प नहीं है, लेकिन इसका कोई वांछित प्रभाव नहीं पड़ा। तब मोरारजी देसाई ने उन्हें कहा कि यदि वे उद्‌घोषणा पर हस्ताक्षर नहीं करते हैं, तो उन्हें इस्तीफा दे देना चाहिए। यदि वे इस्तीफा नहीं देते हैं, तो वे लोकसभा भंग करके नए चुनाव कराने की सिफारिश करेंगे, जो उन्हें माननी ही होगी और फिर जो राजनीतिक व संवैधानिक संकट उत्पन्न होगा, उसकी सारी जिम्मेदारी उनकी होगी। उन पर महाभियोग चलाने की भी धमकी दी गई। हालाँकि महाभियोग सिद्ध करके उन्हें हटाना आसान नहीं था, क्योंकि राज्यसभा में जनता पार्टी को दो-तिहाई बहुमत प्राप्त नहीं था। यह बात जत्ती के जेहन में थी। इसलिए उन्होंने इस धमकी की भी अधिक परवाह नहीं की। इसका परिणाम यह हुआ कि जनाक्रोश बढ़ने लगा। इसके साथ ही उनकी कोठी के चारों तरफ प्रदर्शन शुरू हो गए। कहा जाता है कि उनसे यह भी कह दिया गया था कि यदि उन्होंने हठधर्मी की, तो जो सुरक्षाकर्मी उनकी सुरक्षा में तैनात हैं, वे हटा दिए जाएँगे या कम कर दिए जाएँगे और जनता उनसे सीधे निबटेगी। इसका तत्काल असर हुआ। उन्होंने वह आदेश जारी कर दिया, जो जनता सरकार चाहती थी।

बी.डी. जत्ती

संविधान निर्माताओं ने कभी यह सोचा नहीं होगा कि कभी इस प्रकार की विलक्षण स्थिति भी पैदा हो सकती है कि राष्ट्रपति अथवा कार्यवाहक राष्ट्रपति को धमकाया जाए, लेकिन राष्ट्रपति को भी ऐसी स्थिति पैदा नहीं करनी चाहिए थी कि उन्हें धमकाए जाने की नौबत आ जाए। मजे की बात यह कि कांग्रेसजनों ने सार्वजनिक तौर पर जत्ती का पक्ष लिया और कहा कि जत्ती सिद्धांतवादी व्यक्ति हैं, वे ऐसा कोई काम नहीं करेंगे, जो उनकी अंतरात्मा के विरुद्ध हो, लेकिन उद्‌घोषणा पर हस्ताक्षर में विलंब करके जत्ती

इस मुद्दे पर सुप्रीम कोर्ट के स्पष्ट अधिमत की अवहेलना कर रहे थे। उन्होंने स्वयं को संविधान का सर्वश्रेष्ठ और प्रभुसत्ता संपन्न व्याख्याकार बना दिया। इसके बावजूद जत्ती को अंत:करण की आवाज पर चलनेवाले व्यक्ति के तौर पर कुछ सम्मान प्राप्त हो जाता, यदि उन्होंने यह स्पष्ट कर दिया होता कि वे अपने सद्विवेक के अनुसार कार्य करेंगे और किसी गलत आदेश पर दस्तखत करने की बजाय वे अपने पद से इस्तीफा दे देना अधिक पसंद करेंगे, भले ही संविधान की व्यवस्था के अनुसार उनका पद ऐसा करने के लिए उन्हें बाध्य करता हो, लेकिन उन्होंने ऐसा नहीं किया। अंत में जब 24 घंटे बाद उन्होंने पलटा खाया तो ऐसा लगा कि उनकी अंतरात्मा उतनी ही कमजोर थी, जितनी इमरजेंसी के दौरान उनके रिकॉर्ड से जाहिर हो चुकी थी।

संविधान नहीं, अंतरात्मा!

जत्ती एक ऐसे व्यक्ति थे, जिन्होंने इमरजेंसी की सभी अवैधानिकताओं और ज्यादतियों को बिना तनिक भी विरोध या आपत्ति के स्वीकार किया था। इमरजेंसी की 21 माह की अवधि में उनकी अंतरात्मा को जरा भी टीस नहीं हुई, जब जयप्रकाश नारायण समेत सभी विपक्षी नेताओं को बिना मुकदमा चलाए जेल के सीखचों में बंद कर दिया गया; सेंसरशिप द्वारा प्रेस की जुबान पर ताले लगा दिए गए; पुलिस और प्रशासन की निरंकुश, बर्बर और संवेदनहीन काररवाइयों के चलते हजारों लोगों को कैद में डाल दिया गया तथा संविधान के साथ खिलवाड़ करते हुए लोकतांत्रिक परंपराओं की धज्जियाँ उड़ाई जाती रहीं। राज्यसभा की काररवाई की रिपोर्टिंग पर पाबंदी लगा दिए जाने पर वे खामोश रहे और उन्होंने सदन की काररवाई के संचालन में विपक्ष के साथ न्याय नहीं किया। ऐसे व्यक्ति द्वारा अंतरात्मा की पुकार का दावा करना और जनता के एक वर्ग की वाहवाही के लिए उसका प्रदर्शन करने की हिमाकत करना एक प्रकार का अतिचार ही था।

उस समय देश का माहौल इतना गरमाया हुआ था कि यदि वे उद्घोषणा पर हस्ताक्षर नहीं करते, तो स्थिति भयंकर रूप धारण कर सकती थी। लोगों ने यह कहना शुरू कर दिया था कि संविधान की प्रक्रिया को रोक देने का यह एक नया षड्यंत्र है। इसका उद्देश्य यह है कि इसे तब तक रोका रखा जाए, जब तक राज्यों की विधानसभाओं और राज्यसभा में अपने बहुमत के बल पर कांग्रेस अपने मनचाहे उम्मीदवार को राष्ट्रपति के पद पर आसीन करने में कामयाब न हो जाए।

मंत्रिपरिषद की किसी सलाह को, जो संविधान के दायरे में हो, मानने से इनकार करने का अधिकार राष्ट्रपति को नहीं है। कांग्रेस राष्ट्रपति के पद पर तत्कालीन उपराष्ट्रपति जत्ती को देखना चाहती थी। जहाँ तक अंतरात्मा की बात है, 1969 में संजीव रेड्डी इंदिरा गांधी द्वारा सार्वजनिक रूप से उनके समर्थित उम्मीदवार घोषित किए गए थे, लेकिन

उनकी लचीली अंतरात्मा ने अपने अनुयायियों को अपने प्रतिद्वंद्वी उम्मीदवार वी.वी. गिरि को वोट देने से रोका नहीं।

संविधान में संशोधन

भारत में राष्ट्रपति की प्रस्थिति के बारे में इंदिरा गांधी सरकार ने यह प्रयत्न किया कि संविधान का संशोधन करके इस प्रश्न को संदेह से मुक्त कर दिया जाए। अतएव संविधान (42वाँ संशोधन) अधिनियम 1976 द्वारा अनुच्छेद 74(1) का संशोधन इस प्रकार किया गया— *राष्ट्रपति को अपनी सहायता और सलाह देने के लिए एक मंत्रिपरिषद् होगी, जिसका प्रमुख प्रधानमंत्री होगा और राष्ट्रपति अपने कृत्यों का प्रयोग करने में ऐसी सलाह के अनुसार कार्य करेगा।*

यद्यपि जनता सरकार चाहती थी कि जो बुनियादी परिवर्तन इंदिरा गांधी की सरकार ने किए हैं, उन्हें इमरजेंसी के अनुभव के कारण मिटा दिया जाए, फिर भी उसने अनुच्छेद 74(1) के उपर्युक्त संशोधन को नहीं छेड़ा। 44वें संशोधन ने 1976 के उपबंध में इतना-सा परिवर्तन किया कि उसमें एक परंतुक जोड़कर राष्ट्रपति को यह अवसर दिया गया कि वे सलाह को पुनर्विचार के लिए मंत्रिपरिषद् को लौटा दें, परंतु यह अधिकार असीम नहीं है। मंत्रिपरिषद् यदि पहलेवाली सलाह की ही पुष्टि करती है, तो राष्ट्रपति उस सलाह के अनुसार कार्य करने के लिए आबद्ध है। 44वें संशोधन के बाद अनुच्छेद 74(1) इस प्रकार है—

1. राष्ट्रपति को सहायता और सलाह देने के लिए एक मंत्रिपरिषद होगी, जिसका प्रमुख प्रधानमंत्री होगा और राष्ट्रपति अपने कृत्यों का प्रयोग करने में ऐसी सलाह के अनुसार कार्य करेगा, परंतु राष्ट्रपति मंत्रिपरिषद में ऐसी सलाह पर साधारणतया या अन्यथा पुनर्विचार करने की अपेक्षा कर सकेगा और राष्ट्रपति ऐसे पुनर्विचार के पश्चात् दी गई सलाह के अनुसार कार्य करेगा।

इसलिए मौजूदा स्थिति में इस बात पर विवाद करना कि क्या भारत के राष्ट्रपति को मंत्रिपरिषद की सलाह के विरुद्ध कार्य करने का अधिकार है या नहीं, निरर्थक है। 1976 और 1978 में संविधान का संशोधन करके उस विवाद को समाप्त कर दिया गया है, जो प्रथम राष्ट्रपति डॉ. राजेंद्र प्रसाद ने इंडियन लॉ इंस्टीट्यूट में विचार के लिए प्रस्तुत किया था। डॉ. राजेंद्र प्रसाद ने कहा था कि भारत के संविधान में ऐसा कोई प्रावधान नहीं है, जो राष्ट्रपति को यह बाध्य करे कि वह प्रत्येक अवसर पर और सभी परिस्थितियों में मंत्रिपरिषद द्वारा दी गई सलाह के अनुसार कार्य करे।

□

'चाचा' जयप्रकाश को 'भतीजी' इंदु का नमस्कार

मार्च 1977 के आम चुनाव में इंदिरा कांग्रेस की करारी हार के बाद इंदिरा गांधी 13 अगस्त को पटना में जयप्रकाश नारायण से मिलने उनके निवास स्थान पर गईं और विदा होते समय उनकी ओर मुखातिब होकर कहा, 'चाचाजी, नमस्कार!'

देश की जनता के दिल-दिमाग में यह बात ताजा थी कि इमरजेंसी लगाने के बाद 'भतीजी' इंदिरा ने सर्वप्रथम 'चाचा' नारायण को ही गिरफ्तार किया था। इतना ही नहीं, उन्हें कैद-तनहाई में डाल दिया गया था और उन्हें किसी से मिलने-जुलने नहीं दिया जाता था। करीब पाँच महीने बाद उन्हें तब छोड़ा गया, जब सरकार को लगा कि उनका स्वास्थ्य बहुत बिगड़ चुका है और किसी भी समय उन्हें कुछ भी हो सकता है।

मार्च 1977 के आम चुनाव में इंदिरा कांग्रेस की करारी हार के बाद का एक दिलचस्प किस्सा है। इंदिरा गांधी 13 अगस्त को पटना में जयप्रकाश नारायण से मिलने उनके निवास स्थान पर (महिला चर्खा समिति कदम कुआँ) गईं और विदा होते समय उनकी ओर मुखातिब होकर कहा, 'चाचाजी नमस्कार!' श्रीमती गांधी के अनेक रूपों में से यह भी एक रूप था।

देश की जनता के दिल-दिमाग में यह बात ताजा ही थी कि देश में फर्जी आंतरिक आपात स्थिति लगाते समय 'भतीजी' इंदिरा ने सर्वप्रथम 'चाचा' नारायण को ही गिरफ्तार किया था।

इस तरह की संवेदनहीनता और अशिष्टता का प्रदर्शन तो स्वाधीनता संग्राम के दिनों में गांधीजी और कांग्रेस के अन्य बड़े नेताओं को गिरफ्तार करते समय अंग्रेजों ने भी नहीं किया था। अंग्रेजों ने तो इन नेताओं की गिरफ्तारी को जनता से छिपाने का भी प्रयास नहीं किया था, जबकि इंदिरा गांधी की सरकार की पुलिस 25-26

जून, 1975 की आधी रात के बाद 1:30 बजे तीन ट्रकों में लदकर दिल्ली में गांधी शांति प्रतिष्ठान में पहुँची और उन दिनों 'आधुनिक भारत का गांधी' लोकनायक कहे जानेवाले वयोवृद्ध व रुग्ण नेता जयप्रकाश नारायण को नींद से उठाकर पार्लियामेंट स्ट्रीट थाने में ले गई।

नमक सत्याग्रह हो या भारत छोड़ो आंदोलन, गांधीजी और अन्य नेताओं की गिरफ्तारी का समाचार लोगों को अखबारों से मिल जाता था, लेकिन इंदिरा गांधी की सरकार ने जे.पी. और अन्य राजनीतिक नेताओं की गिरफ्तारी का समाचार सेंसर रूपी बंदूक की नोक पर रोक दिया था।

जेपी नाम का 'एक जना'

जयप्रकाश नारायण को केवल गिरफ्तार ही नहीं किया गया, उनके विरुद्ध लांछन लगाए गए, अपमानित किया गया और नजरबंदी में सामान्य सुविधाओं से भी वंचित कर दिया गया। जयप्रकाश नारायण ने 25 जून, 1975 को दिल्ली में रामलीला मैदान में अपने भाषण में सुरक्षाबलों से इस आशय की जो अपील की थी कि वे केवल अपने संवैधानिक व नैतिक दायित्व का पालन करें, उसे तोड़-मरोड़कर इंदिरा गांधी ने इलजाम लगाया कि वे मिलिटरी और पुलिस को बगावत करने के लिए उकसा रहे थे।

27 जून, 1975 को आकाशवाणी से राष्ट्र के नाम अपने दूसरे प्रसारण में इसका उल्लेख करते हुए इंदिरा गांधी ने चाचा जयप्रकाश नारायण का नाम नहीं लेकर उन्हें 'एक जना' कहा। यह अशिष्टता थी और जयप्रकाश नारायण का अनादर था। इंदिरा गांधी ने कहा, 'एक जना इस हद तक गया कि अगर फौजी किसी हुक्म को गलत समझें तो उसे न मानें। इसको हम गलत या गद्दारी समझते हैं, तो हम उनको गिरफ्तार भी कर सकते हैं।' इंदिरा गांधी ने यह बताने की हिम्मत नहीं की कि हम उन्हें, यानी जे.पी. को सचमुच गिरफ्तार कर चुके हैं और प्रेस की जुबान पर ताला लगाकर इस समाचार को दबा चुके हैं। उन दिनों कोई मोबाइल फोन नहीं था, न ही सोशल मीडिया था, न ही कोई इलेक्ट्रानिक मीडिया था। इलेक्ट्रानिक मीडिया में नाममात्र की उपस्थिति दर्ज करानेवाले आकाशवाणी और दूरदर्शन थे, जो सरकार के अधीन थे। यह निश्चित है कि उस कठिन दौर में राष्ट्र के नाम इस महत्त्वपूर्ण प्रसारण का ड्राफ्ट किसी सीनियर सरकारी अधिकारी या राजकर्ता अथवा उनकी मिली-जुली टीम ने तैयार किया होगा। इसका कॉपी राइटर कौन था, मालूम नहीं, लेकिन यह कई लोगों की नजरों से अवश्य गुजरा होगा। इंदिरा गांधी ने भी बड़े गौर से इसे पढ़ा होगा, लेकिन सत्ता के मद में (प्रभुता पाई काहि मद नाही—तुलसीदास) क्या उन्हें इस बात का ध्यान नहीं रहा कि वे एक महान् क्रांतिकारी, देश के उस समय के सबसे बड़े और

लोकप्रिय नेता 'चाचा' जयप्रकाश नारायण को अपने संबोधन में 'एक जना' बता रही हैं? वस्तुतः दोष इमरजेंसी के शब्दकोश का था, जिसमें विपक्ष के लिए 'देशद्रोही' और 'गद्दार' समानार्थक शब्द थे, जिनका बार-बार उपयोग होता रहा।

यदि इंदिरा गांधी के बारे में कहा जाता कि एक जनी ने सारे सत्ताधिकार अपने हाथ में ले लिये आदि, तो उन्हें कैसा लगता? जयप्रकाश नारायण जैसे व्यक्ति को देश के लिए खतरा बताना हद दर्जे की दायित्वहीनता थी। यदि वे देश के लिए खतरा थे, तो अदालत में सबूत पेश करके उन्हें दंडित क्यों नहीं कराया गया, करीब पाँच महीने बाद उन्हें बिना शर्त रिहा क्यों कर दिया गया? वस्तुतः जे.पी. का स्वास्थ्य काफी ज्यादा बिगड़ जाने और अंतरराष्ट्रीय दबाव पड़ने से सरकार को डर लगा कि यदि जेल में ही उन्हें कुछ हो गया तो सरकार को अपना बचाव करना मुश्किल हो जाएगा। जेल में ही जे.पी. के दोनों गुर्दे खराब हो गए। यह कैसे हुआ, यह पता नहीं चल सका। जे.पी. स्वयं इससे आश्चर्यचकित थे। बाद में उन्हें डायलिसिस के सहारे जीना पड़ा।

'विनाशकाले विपरीत बुद्धि'

कांग्रेस के वरिष्ठ नेता कमलापति त्रिपाठी ने, जिन्हें इमरजेंसी के बाद, यानी कांग्रेस की करारी हार के बाद ज्ञानोदय हुआ, अपनी पुस्तक 'स्वतंत्रता आंदोलन और उसके बाद' में 'इमरजेंसी और उससे शिक्षा' शीर्षक अध्याय में इंदिरा गांधी का बचाव करते हुए लिखा कि कांग्रेस के ही कुछ लोगों ने उन्हें इमरजेंसी लगाने के लिए प्रेरित किया, सरकार के द्वारा दमन चक्र चलवाया। उन्होंने आगे लिखा कि इन लोगों ने श्री जयप्रकाश नारायण जैसे अत्यंत शिष्ट, देशभक्त और स्वाधीनता संग्राम में जिसकी भारी भूमिका रही, की गिरफ्तारी तक करवाई, साथ-साथ देश के अन्य संभ्रांत नेता भी गिरफ्तार हुए और गिरफ्तारी के समय श्री जयप्रकाश नारायणजी ने तो यहाँ तक कहा—विनाशकाले विपरीत बुद्धि।

गांधी-नेहरू परिवार के प्रति अनुगृहीत कमलापति त्रिपाठी से यह तो उम्मीद नहीं की जा सकती थी कि वे इंदिरा गांधी के विरुद्ध कुछ बोलें या उनके आचार-व्यवहार पर आँच आनेवाली कोई बात स्पष्ट शब्दों में कहें, लेकिन जयप्रकाश नारायण जैसे जनप्रिय और राष्ट्रनिष्ठ नेता को बंदीगृह में डाल देने की काररवाई शायद त्रिपाठीजी की आत्मा को कचोटती रही।

इमरजेंसी के दौरान इंदिरा गांधी ने सार्वजनिक तौर पर जयप्रकाश नारायण के विरुद्ध बेलगाम होकर भाँति-भाँति के आरोप लगाए, जिनका जे.पी. जेल में बंद होने के कारण जवाब देने की स्थिति में नहीं थे।

इंदिरा गांधी ने जान-बूझकर यह प्रचारित किया कि जे.पी. की रुचि हमेशा राजनीति में रही। सत्ता की राजनीति से दूर रहने की बात मात्र एक बहाना थी। वे राष्ट्रपति या

प्रधानमंत्री बनना चाहते थे। इसीलिए इंदिरा गांधी के खिलाफ विपक्ष की अगुआई कर रहे थे। यह आरोप वास्तव में एक खोटे सिक्के की तरह था, जिसे इंदिरा गांधी नहीं चला पाई। याद रहे, 1942 की क्रांति के हीरो जयप्रकाश नारायण ऐसे व्यक्ति थे, जिन्होंने अपने संघर्षपूर्ण जीवन में सत्ता से कभी समझौता नहीं किया। क्या इंदिराजी को यह मालूम नहीं था कि उनके पिता जवाहरलाल नेहरू ने 1953 में जे.पी. को उपप्रधानमंत्री का पद ऑफर किया था, जिसे जे.पी. ने स्वीकार नहीं किया था। यहाँ यह भी जोड़ा जा सकता है कि जनता सरकार का जनक होने के बावजूद जे.पी. ने महात्मा गांधी की तरह खुद को सत्ता की राजनीति से दूर रखा। 1977 में जनता पार्टी की सरकार बनने पर उन्हें राष्ट्रपति के पद की पेशकश की गई थी, जिसे भी उन्होंने ठुकरा दिया।

इंदिरा ने समझा जे.पी. टूट गए!

कहते हैं, मनुष्य एक सामाजिक प्राणी है। किसी भी मनुष्य के लिए इससे बड़ा दंड और कोई नहीं हो सकता कि उसे कैद-तनहाई में डाल दिया जाए और किसी से मिलने-जुलने भी न दिया जाए। सामान्यत: इस प्रकार का अत्यधिक कठोर दंड शातिर अपराधियों या फाँसी के सजायाफ्ता अपराधियों को दिया जाता है। जे.पी. को गिरफ्तार करके चंडीगढ़ ले जाया गया, जहाँ पोस्ट ग्रेजुएट मेडिकल कॉलेज की एक मंजिल को सील करके उन्हें एक कमरे में बिल्कुल अकेले नजरबंद कर दिया गया। बाहर की दुनिया से उनका पूरी तरह संबंध विच्छेद कर दिया गया, क्योंकि सरकार की नजर में वे देश के दुश्मन नंबर एक थे। अपनी नजरबंदी के दौरान 130 दिन तक वे कैद में बिल्कुल अकेले रहे। जे.पी. ने अपनी जेल डायरी में लिखा कि जेल में एकाकीपन का एक महीना एक साल के बराबर लगता है। जे.पी. ने इंदिरा सरकार के निष्ठुर रवैये की तुलना ब्रिटिश सरकार से की, जिसने 1942 के भारत छोड़ो आंदोलन के अंतर्गत जेल में कैद-तनहाई में रहने के दौरान उनके अनुरोध को स्वीकार करते हुए उनके साथी डॉ. राममनोहर लोहिया को प्रतिदिन एक घंटे के लिए उनसे मिलने की अनुमति दे दी थी।

अगस्त 1975 में बिहार की भयंकर बाढ़ के समय जे.पी. ने 27 अगस्त को चंडीगढ़ से प्रधानमंत्री इंदिरा गांधी को एक पत्र लिखा, जिसमें उन्होंने लिखा, 'पटना और बिहार की बाढ़ रिपोर्टों से बहुत दु:खी हुआ। इतिहास साक्षी है कि इस प्रकार का कष्ट पटना में पहले नहीं देखा गया। यहाँ बेकार बैठे मैं बुरी तरह से दयनीय स्थिति में असहाय हूँ। आपसे प्रार्थना करता हूँ कि पेरोल पर एक महीने की रिहाई कर दें, ताकि मैं बिहार राज्य की और बाहरी राज्यों की जनता को सहायता के लिए प्रेरित कर सकूँ और राज्य तथा केंद्रीय सरकार के सहयोग से सार्वजनिक सहायता की व्यवस्था कर सकूँ। यदि बाढ़ का प्रभाव कम भी हो जाए, तब भी अभी बड़े काम करने बाकी हैं। 1934 के भीषण भूकंप

के समय ब्रिटिश सरकार ने इसी प्रकार राजेंद्र बाबू को रिहा किया था। शीघ्र ध्यान देने और काररवाई के लिए प्रार्थना करता हूँ।'

—जयप्रकाश

इंदिरा गांधी ने जयप्रकाश नारायण के इस पत्र को स्वस्थ मनोभावना से नहीं लिया। उन्होंने जे.पी. की नरम भाषा को उनकी कमजोरी समझा और उन्हें ऐसा लगा कि यह किसी टूटे हुए व्यक्ति का पत्र है, जो 'सरेंडर' करना चाहता है, लेकिन यह इंदिरा गांधी की गलतफहमी थी।

इस प्रसंग में इस बात को भुलाया नहीं जा सकता कि भतीजी इंदिरा ने चाचा नारायण की प्रार्थना के बावजूद उन्हें बिहार की भयंकर बाढ़ के दौरान, जिसमें स्वयं श्री नारायण का गाँव बुरी तरह घिर गया था, कुछ दिन के लिए पेरोल पर भी रिहा करने से इनकार कर दिया था। ज्ञातव्य है कि बिहार की इस अप्रत्याशित बाढ़ में सैकड़ों लोग मारे गए थे और हजारों-हजार बेघर हो गए थे, लेकिन सरकार ने बाढ़ पीड़ितों के दुःख-दर्द को हलका करने और राहत कार्यों में मदद पहुँचाने के जे.पी. के प्रयास को धता बता दिया था। इंदिरा गांधी के तानाशाही चेहरे का इससे और बड़ा सबूत क्या हो सकता था?

बाद में यह भी पता चला कि इक्का-दुक्का पत्रों को छोड़कर जे.पी. द्वारा अपनी नजरबंदी के दौरान लिखे गए व्यक्तिगत पत्र भी रोक लिये गए थे और पानेवालों को नहीं भेजे गए।

गांधी और जे.पी. की गिरफ्तारी में अंतर

यहाँ स्वाधीनता आंदोलन के दिनों में गांधीजी व अन्य कांग्रेस नेताओं की गिरफ्तारियों का उल्लेख करना प्रसंगानुकूल होगा। अगस्त 1942 में 'भारत छोड़ो' आंदोलन को लेकर गांधीजी को गिरफ्तार करने की तैयारी ब्रिटिश सरकार ने 8 अगस्त की रात को ही कर ली थी, लेकिन उन्हें तड़का होने पर गिरफ्तार किया गया था। गांधीजी सुबह चार बजे प्रार्थना के लिए उठते थे। पुलिस कमिश्नर ठीक उसी समय बिड़ला हाउस पहुँचे, जहाँ गांधीजी ठहरे हुए थे। कमिश्नर के हाथ में बाकायदा वारंट था। उसने गांधीजी को तैयारी के लिए पर्याप्त समय दिया। गांधीजी ने फलों के रस और बकरी के दूध का नाश्ता किया। घनश्याम दास बिड़ला से कुछ बातें की। विदा होने से पहले एक बार फिर बात हुई। रामधुन, कुरान पाठ और एक गुजराती भजन हुआ। उसके बाद गांधीजी ने अपना कुछ सामान इकट्ठा किया—गीता, आश्रम भजनावली, उर्दू प्राइमर, धनुष-तकली, पूनी का बंडल आदि। चलते समय पुलिसवालों ने बिड़लाजी से गांधीजी के लिए बकरी का आधा सेर दूध माँगा। इस पर गांधीजी ने कहा, 'चार आने रखवा लो और दे दो।'

गांधीजी को कुमकुम का तिलक लगाया गया। गांधीजी अपनी लाठी लेकर चले और कार में बैठ गए। उन्होंने राष्ट्र के नाम एक संदेश भी नोट कराया। तब तक छह बज चुके थे। बाहर भीड़ जमा हो चुकी थी। कार चली तो सारी बंबई जान गई कि गांधीजी गिरफ्तार हो गए।

यह पूरा विवरण डॉ. सुशीला नैयर ने, जो गांधीजी की निजी डॉक्टर बन गई थीं, अपनी डायरी में लिखा, जो बाद में 'बापू की कारावास कहानी' नाम से पुस्तकाकार छपी।

गांधीजी को बंबई से पूना (पुणे) के नजदीक आगा खान महल ले जाया गया, जहाँ उनके साथ कस्तूरबा गांधी, मीरा बहन (निजी सचिव), महादेव भाई देसाई, बाद में प्यारे लाल, डॉ. सुशीला नैयर आदि मौजूद रहे। गांधीजी के लिए आगा खान महल को जेल घोषित कर दिया गया था।

यह विवरण इसलिए दिया जा रहा है ताकि पाठक विदेशी सत्ता के अंतर्गत गांधीजी और अपने ही देश की सरकार के अंतर्गत देश के उस समय के सबसे बड़े नेता जे.पी. की गिरफ्तारी के तौर-तरीके और नजरबंदी के दौरान सलूक के बीच अंतर की तुलना कर सकें।

'बड़े दिल' वाले चाचाजी

इंदिरा गांधी उम्र में जयप्रकाश नारायण से 15 वर्ष छोटी थीं, जयप्रकाश नारायण पं. जवाहरलाल नेहरू को भाई कहकर संबोधित करते थे। नेहरू की लाड़ली बिटिया इंदिरा को घर-परिवार के अन्य लोगों की तरह जयप्रकाश नारायण भी 'इंदु' ही कहते थे। इंदिरा गांधी बचपन में कभी जयप्रकाश नारायण की गोद में खेल भी चुकी थीं। नेहरूजी की पत्नी कमला और जे.पी. की पत्नी प्रभावती के बीच गहरे ताल्लुकात थे। प्रभावती को कमला अपनी बहन मानती थीं। प्रभावती को गांधीजी

महिला चरखा समिति कदम कुआँ पटना में जे.पी. के साथ इंदिरा गांधी (13 अगस्त, 1977)।

और कस्तूरबा का भी अगाध स्नेह प्राप्त था। वे दोनों उन्हें अपनी बेटी के समान मानते थे। प्रभावती से कमला नेहरू बहुत प्रभावित थीं और उन्हें अपने मन की सब बातें बता

देती थीं। कमला अकसर प्रभावती को पत्र लिखा करती थीं। उन पत्रों में कई बार अपनी निजी व्यथा अभिव्यक्त किया करती थीं। पति जवाहरलाल नेहरू द्वारा राजनीति में व्यस्तता के कारण पत्नी की उपेक्षा की कसक भी कमलाजी को थी।

नेहरू परिवार के साथ जे.पी. के घनिष्ठ पारिवारिक संबंधों के बावजूद इंदिरा गांधी के द्वारा जे.पी. की गिरफ्तारी का आदेश और उससे भी ज्यादा नजरबंदी में उनके साथ निष्ठुर बरताव के कारण जानकार लोग चकित से ज्यादा दु:खित थे। जे.पी. ने अपनी नजरबंदी के दौरान चंडीगढ़ के तत्कालीन डिस्ट्रिक्ट मजिस्ट्रेट एम.जी. देवसहायम को, जो उनसे गहरी सहानुभूति रखते थे और स्वैच्छिक अधिकारों के तहत उन्हें कई सुविधाएँ प्रदान कर देते थे, बताया था कि उन्हें विश्वास नहीं होता कि ये वही इंदिरा गांधी हैं, जो कभी मेरी गोद में बच्चों की तरह खेलती थीं। जे.पी. की इस पीड़ा का उल्लेख इस आई.ए.एस. अधिकारी (अवकाश प्राप्त) ने बाद में चंडीगढ़ के अंग्रेजी दैनिक 'ट्रिब्यून' में अपने एक लेख में किया था।

प्रभावती के निधन के बाद जे.पी. ने बिहार आंदोलन शुरू होने पर कमला नेहरू और प्रभावती के बीच हुए पत्र-व्यवहार का पुलिंदा, जो एक रेशमी कपड़े में बाँधकर सुरक्षित रखा गया था, इंदिराजी के हवाले कर दिया था। उनके चले जाने के बाद इन पत्रों का दुरुपयोग तो नहीं होगा, यह आशंका उनके दिल में थी। उनका यह बड़प्पन और हृदय की विशालता कितने लोग जानते होंगे, अपने विरोधियों के प्रति इतनी उदारता कहाँ दिखाई देती है?

इमरजेंसी के बाद पटना में जयप्रकाश नारायण से उनके निवास स्थान पर बातचीत करने के बाद इंदिरा गांधी उनके कमरे से बाहर आईं। जयप्रकाशजी भी उनके पीछे-पीछे आए और मुसकराते हुए बोले, 'सीढ़ियों तक मैं चल सकता हूँ, लेकिन नीचे नहीं उतर सकता।' श्रीमती गांधी ने 'चाचाजी, नमस्कार!' कहकर उनसे विदा ली। उनके चले जाने के बाद जयप्रकाशजी ने संवाददाताओं की ओर मुड़कर कहा, 'राजनीतिक मतभेदों के बावजूद उनसे (इंदिरा गांधी) मेरे व्यक्तिगत संबंधों में कोई कमी नहीं आई है।' शायद इसीलिए जे.पी. के बहुत करीबी रहे समाजवादी नेता एस.एम. जोशी जे.पी. को 'बड़े दिलवाला बड़ा भाई' कहा करते थे। कांग्रेस सांसद शंकरदयाल सिंह ने जे.पी. के बारे में लिखा, 'जे.पी. भावुक हैं, पिघलना उनका काम है, राजनीतिक कटुता या कूटनीतिज्ञता उनमें नहीं हो सकती। इसीलिए भावनाओं के सहारे उन्हें जीता जा सकता है, लेकिन सत्ता और राजनीतिक बुद्धिमत्ता के द्वारा ऐसे व्यक्ति को हिलाना या झुकाना बड़ा मुश्किल होता है।'

□

शाह आयोग को मिला 50,000 शिकायतों का पुलिंदा

भारत के इतिहास में शाह आयोग की गणना सर्वाधिक महत्त्वपूर्ण जाँच निकाय के रूप में की गई है। आयोग को इमरजेंसी की ज्यादतियों से संबंधित करीब 50,000 शिकायतें मिलीं। आयोग ने 100 बैठकें कीं। 85 मामलों में करीब 500 व्यक्ति गवाह के तौर पर पेश हुए। अमेरिका व ब्रिटेन आदि देशों में भी ऐसे जाँच आयोगों या न्यायधिकरणों द्वारा की गई जाँच भी शाह आयोग की जाँच के बराबर नहीं थी।

जनता की प्रबल माँग पर आपात स्थिति के दौरान अथवा इसकी शुरुआत के फौरन पहले की गई ज्यादतियों, कदाचारों और गलत कार्यों की जाँच के लिए केंद्र सरकार ने 28 मई, 1977 की अधिसूचना द्वारा भारत के सुप्रीम कोर्ट के सेवानिवृत्त मुख्य न्यायाधीश न्यायमूर्ति जे.सी. शाह (जयंतीलाल छोटेलाल शाह) की अध्यक्षता में एक जाँच आयोग का गठन किया।

आयोग ने एक सार्वजनिक अधिसूचना जारी करके जनता और ऐसे संगठनों से, जिन्हें आपातस्थिति के दौरान की गई ज्यादतियों अथवा सत्ता के दुरुपयोग आदि के बारे में जानकारी हो, असलियत से संबंधित बयान देने के लिए आमंत्रित किया। इमरजेंसी समाप्त होने के तुरंत बाद के माहौल में अधिकतम समाचार-पत्रों ने शाह आयोग के गठन का स्वागत किया और इसे उचित बताया। 'नवभारत टाइम्स' ने आयोग के गठन पर जो संपादकीय लिखा, ज्यादातर संपादकीय उसी लीक पर थे। पत्र ने लिखा (9 अप्रैल, 1977)—'आपातकाल के दौरान हुए जुल्मों, अत्याचारों तथा सत्ता के दुरुपयोग की शिकायतों और उनसे संबद्ध सभी मामलों की निष्पक्ष जाँच के लिए आयोग की स्थापना की घोषणा करके जनता पार्टी ने जनता को दिए वचन को पूरा किया है। जनता पार्टी द्वारा स्थापित जाँच आयोग की तुलना उन जाँच आयोगों से नहीं की जा सकती,

जो प्रतिशोध की भावना से प्रेरित होकर पूर्ववर्ती सरकारों के विरुद्ध स्थापित किए जाते हैं। वास्तव में यह आयोग स्थापित करके नई सरकार ने न केवल पुरानी गलतियों को उजागर करने का मार्ग प्रशस्त किया है अपितु भावी तानाशाहों के सिर पर 'डेमोक्रेसी की तलवार' भी लटका दी है।'

आयोग को मिलीं 50,000 शिकायतें

भारत के इतिहास में शाह आयोग की गणना सर्वाधिक महत्त्वपूर्ण जाँच निकाय के रूप में की गई है। इस आयोग की काररवाई और इसके समक्ष पूर्व प्रधानमंत्री इंदिरा गांधी समेत अनेक महत्त्वपूर्ण व्यक्तियों द्वारा दिए गए बयान और जस्टिस शाह द्वारा गहराई से पूछे गए सवाल सभी राष्ट्रीय व प्रांतीय समाचार-पत्रों के मुख पृष्ठों पर छाए रहे। आयोग को छह माह में अपनी रिपोर्ट देने को कहा गया था, लेकिन अंतिम रिपोर्ट तैयार करने में इससे तिगुना समय लग गया, लेकिन पूरे मामले की असाधारण विशालता और जटिलता को देखते हुए ऐसा होना अपरिहार्य था।

आयोग को जनता से ज्यादतियों की शिकायतें एकत्र करने में करीब चार महीने लग गए। अधिसूचना जारी होने के बाद शिकायतें थोड़ी-थोड़ी संख्या में आनी आरंभ हुईं, लेकिन बाद में शिकायतों की बाढ़ आ गई। अगस्त (1978) तक शिकायतों की संख्या करीब 50,000 हो गई। शिकायतों को तीन वर्गों में विभाजित किया गया। पहले वर्ग में ऐसी शिकायतें थीं, जिन्हें राज्य सरकारों को ही कुछ जाँच के बाद निर्णय लेने के लिए भेज दिया गया। दूसरे वर्ग में ऐसी शिकायतें थी, जिन पर प्रारंभिक जाँच के बाद हलफनामा पेश करने के लिए कहा गया और उन पर सुनवाई की गई। तीसरे वर्ग में ऐसे मामले थे, जिन पर सीधी सुनवाई शुरू कर दी गई।

यह एक वृहद् कार्य था। वास्तव में संयुक्त राज्य अमेरिका, ब्रिटेन आदि देशों में भी ऐसे जाँच आयोगों या न्यायाधिकरणों द्वारा की गई जाँच भी शाह आयोग की जाँच के बराबर नहीं थी। यह एक न्यायिक आयोग था, जिसका जाँच का कार्यक्षेत्र वास्तव में बहुत बड़ा था। आयोग को सुनवाई में मदद देने के लिए कुछ जाँच अधिकारियों और कुछ न्यायिक अधिकारियों की नियुक्ति की गई।

85 मामले, 500 गवाह

आयोग ने 29 सितंबर, 1977 को सुनवाई आरंभ की और नई दिल्ली के पटियाला हाउस में कुल 100 बैठकें की। आयोग ने समन देकर बुलाए गए करीब 45 व्यक्तियों के बयान लिये। करीब 500 व्यक्ति 85 मामलों में गवाह के तौर पर पेश हुए। आयोग ने भारतीय दंड विधान की धारा 178 और 179 के अंतर्गत पाँच व्यक्तियों के विरुद्ध

कानूनी शिकायत दर्ज की, क्योंकि उन्होंने शपथ लेने या शपथपूर्वक बयान देने से इनकार कर दिया था। ये पाँच व्यक्ति थे—इंदिरा गांधी, संजय गांधी, प्रणब मुखर्जी, बंसीलाल और धीरेंद्र ब्रह्मचारी।

आयोग की पहली और दूसरी अंतरिम रिपोर्ट 15 मई, 1978 को संसद् में पेश की गई। तीसरी और अंतिम रिपोर्ट 31 अगस्त, 1978 को पेश की गई। आयोग की रिपोर्ट जब आई, तब लोगों को बहुत अचंभा नहीं हुआ, क्योंकि आपातकाल के बाद के मुक्त वातावरण में लोगों को बहुत-सी जानकारियाँ संसद् में आयोग की रिपोर्ट पेश किए जाने से पहले ही मिल चुकी थीं। अखबारों ने भी कई तथ्योद्‍घाटन किए थे। फिर आयोग की रोजमर्रा की काररवाई और कतिपय हृदयविदारक गवाहियों की जो रिपोर्ट अखबारों में छपती थी, उससे भी लोगों को आपातकाल की ज्यादतियों और परदे के पीछे के घटनाक्रम की पर्याप्त जानकारी मिल चुकी थी।

आमूल-चूल परिवर्तन का सुझाव

शाह आयोग की रिपोर्ट में बताया गया कि आपातकाल में जो कुछ हुआ, वह प्रशासन प्रणाली के तहस-नहस होने को दरशाता था। ऐसी स्थिति को फिर से न आने देने के लिए प्रशासन प्रणाली में आमूल-चूल परिवर्तन किया जाना चाहिए ताकि यह प्रणाली सुदृढ़ हो और यह एक मुक्त वातावरण में तथा राष्ट्र की अखंडता और उसके कल्याण व कानून के शासन को बढ़ावा देने की दिशा में सुचारु रूप से काम कर सके।

काक का व्यंग्य चित्र।

अगर सरकारें आयोगों की ऐसी सिफारिशों को, जिन्हें वे स्वयं स्वीकार करती हैं, लागू नहीं करती हैं, तो केवल आयोगों का गठन करना पर्याप्त नहीं होगा।

आयोग ने अपनी रिपोर्ट में पूर्व प्रधानमंत्री इंदिरा गांधी को इमरजेंसी के ठीक पहले और इमरजेंसी घोषित करने के सिलसिले में कानूनी प्रक्रियाओं, सुस्थापित प्रशासनिक कार्यविधियों एवं प्रणालियों को तहस-नहस कर देने तथा सत्ता का दुरुपयोग करने के लिए दोषी ठहराया। आयोग का यह निष्कर्ष 22 एवं 25 जून, 1975 के बीच की परिस्थितियों एवं घटनाओं के संबंध में आयोग के समक्ष पेश की गई गवाहियों पर आधारित था। आयोग ने 'गुपचुप' ढंग से इमरजेंसी लगाने के लिए श्रीमती गांधी पर तीखा आरोप लगाया।

सत्तालोलुपता के कारण इमरजेंसी

आयोग ने अपनी रिपोर्ट में कहा कि जून 1975 में देश की तत्कालीन परिस्थितियों के संदर्भ में इमरजेंसी वांछित नहीं थी। पेश की गई गवाहियों से आयोग इस निष्कर्ष पर पहुँचा कि इस तरह के गंभीर और अभूतपूर्व कदम उठाते समय वरिष्ठ कैबिनेट मंत्रियों, कैबिनेट सचिव और गृहसचिव आदि का भी विश्वास प्राप्त नहीं किया गया। केवल श्रीमती गांधी के निजी स्टाफ, दिल्ली के उपराज्यपाल, कुछ पुलिस उच्चाधिकारियों और कुछ मुख्यमंत्रियों को ही श्रीमती गांधी के इस निर्णय की जानकारी थी।

आयोग ने अपनी रिपोर्ट में कहा कि वह इमरजेंसी की घोषणा से संबद्ध अपनी जाँच से इस निष्कर्ष पर पहुँचा है कि तत्कालीन प्रधानमंत्री इंदिरा गांधी ने सिर्फ अपने को सत्ता में बनाए रखने के लिए इमरजेंसी की घोषणा की। इलाहाबाद हाईकोर्ट के फैसले से हताश होकर वह कठोर काररवाई की गई, जिससे हजारों लोगों को अवर्णनीय कष्ट झेलने पड़े। उन्होंने निजी हित में सत्ता का घोर दुरुपयोग किया और अनेक लोगों को मनमाने ढंग से नजरबंद कराया।

आयोग ने तत्कालीन प्रधानमंत्री के पुत्र संजय गांधी की असाधारण हरकतों व ज्यादतियों, प्रशासन में अवांछनीय व अवैध दखलअंदाजी तथा संविधानेतर सत्ता केंद्र के रूप में भूमिका को भी उजागर किया। उसने तत्कालीन सूचना और प्रसारण मंत्री विद्याचरण शुक्ल, सी.बी.आई. के तत्कालीन डायरेक्टर डी. सेन, दिल्ली के तत्कालीन उप-राज्यपाल किशन चंद, दिल्ली के तत्कालीन पुलिस इंसपेक्टर जनरल पी.एस. भिंडर, उपराज्यपाल के तत्कालीन सचिव नवीन चावला तथा धीरेंद्र ब्रह्मचारी आदि के विरुद्ध भी प्रतिकूल टिप्पणी की।

रिपोर्ट में गैरकानूनी तरीके से लोगों को जेल में बंद रखने, पुलिस द्वारा दुर्व्यवहार करने, परिवार नियोजन कार्यक्रम में जोर-जबरदस्ती करने और मकान गिराने में अमानवीयता से पेश आने के साथ उत्पीड़न व अत्याचार की कई घटनाओं का भी उल्लेख किया गया।

□

नारायणदत्त तिवारी की गवाही से आयोग में ठहाके

इमरजेंसी की ज्यादतियों की जाँच करनेवाले शाह आयोग के समक्ष अपना बयान दर्ज कराते समय उत्तर प्रदेश के पूर्व मुख्यमंत्री नारायण दत्त तिवारी ने जिस ढंग से सवालों के जवाब दिए, उससे वहाँ उपस्थित लोग अपनी हँसी नहीं रोक पाए। इससे अपने आत्मसम्मान की कीमत पर संजय गांधी के प्रति तिवारी के चाटुकार रुख और दब्बूपन का पर्दाफाश हो गया।

इमरजेंसी की ज्यादतियों की जाँच करनेवाले शाह आयोग के समक्ष अपना बयान दर्ज कराते समय उत्तर प्रदेश के पूर्व मुख्यमंत्री नारायण दत्त तिवारी ने वहाँ उपस्थित लोगों का अच्छा-खासा मनोरंजन किया, लेकिन इसके साथ ही उन्होंने संजय गांधी की हुक्मबरदारी और ताबेदारी का ऐसा नमूना पेश किया कि लोग चकित रह गए।

5 नवंबर, 1977 को रिकॉर्ड कराए गए अपने साक्ष्य में उन्होंने इमरजेंसी के दौरान मई 1976 में संजय गांधी की आगरा यात्रा के संबंध में पूछे गए सवालों के जो जवाब दिए, उससे साफ लगा कि वे गलतबयानी कर रहे थे और उन्हें अपने आत्मसम्मान की कोई परवाह नहीं थी। आयोग के इस आशय के पहले ही सवाल पर कि क्या वे संजय गांधी के साथ आगरा गए थे, उन्होंने जो जवाब दिया, उससे खचाखच भरा चैंबर जोरदार ठहाकों से गूँज उठा। इस मामले के संक्षिप्त विवरण के अनुसार 2 मई, 1976 को संजय गांधी तत्कालीन मुख्यमंत्री नारायण दत्त तिवारी के साथ आगरा की यात्रा पर गए थे, वे कार द्वारा दिल्ली से आगरा पहुँचे थे। केंद्र व राज्य सरकार के कई सीनियर अधिकारी भी इस टोली में शामिल थे।

आयोग की बैठक में सवाल-जवाब इस प्रकार हुए—

आयोग—क्या आप संजय गांधी के साथ गए थे?

तिवारी—नहीं सर, संजय गांधी मेरे साथ गए थे। (हँसी)

आयोग—घटनाक्रम के सिलसिले से यह पता चल जाएगा कि कौन किसके साथ गया था, लेकिन आप सुदूर लखनऊ से दिल्ली पहुँचे थे संजय गांधी की आगरा यात्रा में उनका साथ देने के लिए।

तिवारी—दिल्ली में मुझे कुछ बैठकों में भाग लेना था। मुझे और संजय गांधी दोनों को एक समारोह में भाग लेने के लिए आगरा आमंत्रित किया गया था।

आसन सी.एम.का, आसीन हुए संजय गांधी!

आयोग को इस मामले का ब्योरा देते हुए बताया गया कि यह टोली रास्ते में कोसी में आई.टी.डी.सी. (भारतीय पर्यटन विकास निगम) के रेस्तराँ में रुकी। घाटे पर चल रहे इस निगम की आर्थिक स्थिति सुधारने के लिए कई प्रस्ताव और योजनाएँ विचाराधीन थीं। आई.टी.डी.सी. ने राज्य सरकार को सुझाव दिया था कि रेस्तराँ और दिल्ली-आगरा रोड के बीच की जमीन को खुद इसके द्वारा विकसित किया जाए या आई.टी.डी.सी. को विकास करने के लिए तुरंत उसके ही हवाले कर दिया जाए।

यह मामला राज्य सरकार के पास लटक रहा था और कई महीने बीत जाने के बावजूद कोई निर्णय नहीं लिया गया था। संजय गांधी की इस यात्रा के समय, जैसा कि पर्यटन विभाग के अधिकारियों द्वारा बैठक की रिकॉर्ड की गई काररवाई से पता लगता है, संजय गांधी कोसी रेस्तराँ के बगल की जमीन तत्काल आई.टी.डी.सी. के हवाले करने के लिए रजामंद हो गए और मुख्यमंत्री ने ऐसा करने का आदेश भी दे दिया।

नारायणदत्त तिवारी

वस्तुत: मुख्यमंत्री ने आई.टी.डी.सी. के अधिकारियों को कहा कि वे यह मानकर चलें कि यह जमीन तत्काल प्रभाव से आई.टी.डी.सी. को दे दी गई है और इस पर विकास कार्य भी आरंभ कर दें।

तिवारी की गवाही के अगले भाग का विवरण—

आयोग—संजय गांधी को क्या अधिकार था आदेश देने का?

तिवारी—आदेश मेरा था, न कि संजय गांधी का।

आयोग—संजय गांधी की आधिकारिक हैसियत क्या थी?

तिवारी—उसकी कोई आधिकारिक हैसियत नहीं थी, लेकिन वह भारत के युवावर्ग का प्रमुख गैर-आधिकारिक प्रतिनिधि था।

आयोग ने तब तिवारी का ध्यान आगरा में पर्यटन विभाग के अधिकारियों द्वारा बैठक की दर्ज की गई काररवाई की ओर दिलाया, जिसमें बताया गया था कि संजय गांधी कोसी रेस्तराँ के बगल की जमीन विकसित करने के लिए तत्काल आई.टी.डी.सी.

को देने के लिए राजी हो गए और मुख्यमंत्री ने ऐसा आदेश भी दे दिया।

तिवारी—मैं समझता हूँ कि बैठक की कारखाई का यह बहुत घटिया स्तर का विवरण-लेखन है।

आयोग—हो सकता है यह घटिया स्तर के विवरण-लेखन का मामला हो, लेकिन इसमें लिखा है कि संजय गांधी ने बैठक की अध्यक्षता की।

तिवारी—नहीं, नहीं, सर, अध्यक्षता मैंने की।

आयोग—यदि कोई यह कहता है कि संजय गांधी ने बैठक की अध्यक्षता की और आप उनके आसपास मँडरा रहे थे तो इसका क्या अर्थ हुआ?

आयोग ने तब आगरा डिवीजन के तत्कालीन कमिश्नर के. किशोर का बयान पढ़कर सुनाया, जिसमें बताया गया था कि संजय गांधी कमरे में दाखिल हुए और मुख्य कुरसी पर आसीन हो गए, जबकि मुख्यमंत्री उनके आसपास मँडराते रहे और बीच-बीच में बैठ जाते रहे।

तिवारी—मुझे ताज्जुब है कि के. किशोर के स्तर के सीनियर अधिकारी ने ऐसा लिखा...अध्यक्षता मैंने की, मैंने अध्यक्षता की।

संजय गांधी किस हैसियत से मौजूद थे?

आयोग—संजय गांधी वहाँ किस हैसियत से मौजूद थे?

तिवारी—कुछ गैर-अधिकारी लोग, जिनमें विधायक भी थे, बैठक में उपस्थित थे। ऐसे मामलों में हम लोगों का सहयोग चाहते हैं और उन्हें बुलाते हैं।

आयोग—आप कहना चाहते हैं कि संजय गांधी लोगों की नुमाइंदगी कर रहे थे?

तिवारी—वे युवा कांग्रेस की नुमाइंदगी कर रहे थे—भारत के युवाओं के एक वर्ग की।

आयोग—जनता की ओर से वहाँ और कौन-कौन उपस्थित था?

तिवारी—स्थानीय विधायक, जिला परिषद के अध्यक्ष और कुछ अन्य लोग।

इस पर आयोग ने आगरा विकास प्राधिकार के कार्यपालक इंजीनियर एस.एन.पी. अग्रवाल का, जो उक्त बैठक में उपस्थित थे, बयान पढ़कर सुनाया। इसमें बताया गया था कि बैठक का संचालन मुख्यत: संजय गांधी ने किया और मुख्यमंत्री उनकी मदद कर रहे थे। किसी बिंदु पर विचार-विमर्श और उस पर निर्णय लेने के बाद मुख्यमंत्री अफसरों को पुकारकर उन्हें हिदायत दे रहे थे।

तिवारी—मुझे खेद है...इस तरह की बात का उल्लेख उक्त अधिकारी के पूर्वाग्रह को प्रदर्शित करता है...यह पक्षपात से प्रभावित कथन है।

आयोग—क्या आपको मालूम है कि आगरा बैठक का विवरण रिकॉर्ड किया गया था?

तिवारी—हाँ, मैंने इसे बाद में देखा।

आयोग ने तब तिवारी का ध्यान उत्तर प्रदेश सरकार द्वारा आगरा बैठक में हुए विचार-विमर्श के संक्षिप्त विवरण की ओर दिलाया, जिसमें बताया गया था कि संजय गांधी ने भी विचार-विमर्श में भाग लिया और निर्णयों को तत्काल अमल में लाने के लिए अपनी सलाह से लाभान्वित किया।

तिवारी—मैं नहीं समझता कि इससे कोई बहुत फर्क पड़ता है। (हँसी)

आयोग—संजय गांधी को साथ में लेना कोई बुरा आइडिया नहीं है।

तब ठहाकों की गूँज के बीच यू.पी. के पूर्व मुख्यमंत्री ने कहा—सर, मैं आपसे गुजारिश करूँगा कि आप आगरा देखने अवश्य जाइए। आज के दिन इसकी खूबसूरती देखने लायक है।

आयोग ने तिवारी का ध्यान फिर अग्रवाल के इस आशय के कथन की ओर दिलाया कि जिन मुद्दों पर विचार किया गया, उनमें एक था आगरा में ट्रांसपोर्ट एजेंसियों को वहाँ से हटाकर यमुना किनारे ले जाने का।

‘इस अफसर को हटाइए’

संजय गांधी चाहते थे कि यह काम 30 जून, 1976 तक हो जाए। अग्रवाल ने समझाया कि प्रस्तावित स्थल पर बहुत गहरे और बड़े गड्ढे हैं, इसलिए पूरा जोर लगाने से भी तय किए गए समय पर काम मुकम्मल करना संभव नहीं होगा। संजय गांधी को यह कैफियत पसंद नहीं आई। तिवारी की ओर देखते हुए उन्होंने कहा, ‘अगर यह अफसर यह काम नहीं कर सकता तो उसे यहाँ से बदल दिया जाए।’ इसके साथ ही संजय ने घोषणा कर दी कि यह काम 30 जून, 1976 तक कर देना है और 1 जुलाई, 1976 को श्री तिवारी द्वारा इसका उद्घाटन करना पक्का रहा।

□

संजय गांधी, यानी 'भारत सरकार का बेटा'

इमरजेंसी की ज्यादतियों की जाँच करने वाले आयोग के अध्यक्ष जस्टिस जे.सी. शाह ने विनोदपूर्वक टिप्पणी करते हुए संजय गांधी को 'भारत सरकार का बेटा' की संज्ञा दी थी। सचमुच इंदिरा गांधी का यह दुलारा बेटा 'संविधानेतर सत्ता केंद्र' बन गया था। लंदन के 'संडे टाइम्स' ने लिखा था कि संजय गांधी पहले श्रीमती गांधी का बेटा है, बाद में और कुछ।

इमरजेंसी की ज्यादतियों की जाँच करनेवाले आयोग के अध्यक्ष जस्टिस जे.सी. शाह ने सुनवाई के दौरान गवाहों से इंदिरा गांधी के डार्लिंग बेटे संजय गांधी के किस्से सुनने के बाद विनोदपूर्वक टिप्पणी करते हुए संजय को 'भारत सरकार का बेटा' की संज्ञा दी थी।

आपातकाल में इंदिरा गांधी के इस छोटे बेटे को 'संविधानेतर सत्ता केंद्र' कहा जाता था, जिसकी चर्चा शाह आयोग के समक्ष सुनवाई के समय भी हुई। लंदन के 'संडे टाइम्स' ने 6 मार्च, 1977 के अंक में एक लेख में लिखा था—भारत में अब एक बात विवाद से परे है कि संजय गांधी पहले श्रीमती गांधी का बेटा है, बाद में और कुछ।

प्रशासनिक मामलों में संजय गांधी के नाजायज दखल और दहशतगर्दी के अनगिनत किस्से हैं। यहाँ चंद ऐसे किस्सों का जिक्र किया जा रहा है, जिससे सारी बात सहज समझ में आ जाएगी।

दिल्ली के पूर्व नगर आयुक्त बहादुर राम टमटा ने शाह आयोग के सामने रोते हुए बयान दिया था और कहा कि आपातकाल में सारा प्रशासन संजय गांधी के सामने नतमस्तक था। उन्होंने कहा कि दिल्ली केंद्र-शासित क्षेत्र में संजय के शब्द किसी कानून से कम नहीं थे। प्रत्येक अधिकारी व कर्मचारी संजय से आतंकित था। श्री टमटा ने स्वीकार किया कि मकानों को गिराते समय कानून और नियमों को ताक पर रख दिया जाता था। उन्हें यह धमकी दी जाती थी कि यदि संजय गांधी के आदेशों का पालन नहीं

किया तो गंभीर परिणाम भुगतने होंगे। उन्हें प्रतिदिन 12 से 14 घंटे काम करना पड़ता था। मानसिक तनाव व शारीरिक थकान से वे चूर रहते थे। एक बार तो उन्हें दिल का दौरा भी पड़ा। इसके बावजूद उन्हें छुट्टी की कोई इजाजत नहीं दी जाती थी। उन्हें मकान गिराने की काररवाई के लिए मजबूर किया जाता था और नहीं करने पर 'मीसा' के तहत बंद कर देने की धमकी दी जाती थी।

श्री टमटा ने यह भी बताया कि संजय गांधी जब भोजन के लिए ससुराल जाते थे, तब दिल्ली नगर निगम को अतिरिक्त व्यवस्था करनी पड़ती थी कि सड़क पर आवारा पशु नजर न आएँ, नहीं तो उनकी नौकरी जा सकती थी। एक सहायक क्षेत्रीय आयुक्त की बरखास्तगी का संजय ने आदेश दे भी दिया था। बाद में संजय को बताया गया कि उक्त अधिकारी के अधिकार क्षेत्र में बहुत थोड़ा-सा इलाका था और उससे यह अपेक्षा नहीं की जा सकती कि पूरे इलाके में गश्त लगाए। तब उक्त अधिकारी की नौकरी बच पाई।

कुछ गवाहों ने बताया कि किस प्रकार दिल्ली के पास एक गाँव में संजय गांधी की सुविधा के लिए कुछ इमारतों को तोड़ दिया गया। इस गाँव में सितंबर से दिसंबर, 1975 के दौरान कई मकान, कारखाने और वर्कशॉप इसलिए गिरा दिए गए, क्योंकि संजय गांधी की कार मारुति कारखाने में जाते समय जब वहाँ से गुजरती थी, तब उसके कारण उसकी रफ्तार कम करनी पड़ती थी।

'मैं अंधा और बहरा हूँ'

संजय गांधी की सुरक्षा के लिए सशस्त्र सुरक्षा गार्ड रखे गए थे, क्योंकि उनके कारनामों की वजह से लोग उनसे नाराज होते जा रहे थे। शाह आयोग के समक्ष दिल्ली के पास के एक अन्य गाँव के लोगों ने रो-रोकर बताया कि कितनी निर्दयता से उनके मकानों और सामानों को मिट्टी का ढेर बना दिया गया। खड़ी फसलों को भी मिट्टी में मिला दिया गया। इसके लिए इस्तेमाल किए जानेवाले बुलडोजरों पर लिखा था, 'मैं अंधा और बहरा हूँ।'

संजय : आधुनिक शंकराचार्य व विवेकानंद!

राज्यों के मुख्यमंत्रियों, विशेषकर दिल्ली के पड़ोस के राज्यों के मुख्यमंत्रियों, की निगाहें संजय पर टिकी रहती थीं, उनसे आदेश लेने के लिए। जब कभी संजय गांधी उनके राज्य में पधारते थे, राजकीय सम्मान की तरह उनका स्वागत करना लाजिमी था। वे अकसर सरकारी विमान से यात्रा करते थे किसी केंद्रीय मंत्री के साथ, जिसे सरकारी विमान यात्रा की सुविधा रहती थी।

हवाई अड्डे पर मंत्रिपरिषद् के सदस्य और सीनियर अधिकारी उपस्थित रहते थे, हालाँकि संजय गांधी किसी संवैधानिक पद पर नहीं थे। उनके सम्मान में बाजे-गाजे के साथ कई समारोहों का आयोजन किया जाता था। रैलियों के लिए भीड़ इकट्ठी की जाती थी। तोरण द्वार लगाए जाते थे।

कांग्रेस के प्राय: सभी नेता 'युवक हृदय सम्राट' संजय गांधी की खुशामद और प्रशस्ति गान में लगे रहते थे। कांग्रेस अध्यक्ष देवकांत बरुआ ने तो उन्हें आधुनिक भारत का शंकराचार्य और विवेकानंद तक कहा था। सीताराम केसरी ने संजय को भारत का उगता हुआ सितारा बताते हुए कहा था कि उनके हाथों में भारत 50 साल तक सुरक्षित है।

संजय के शब्द ही कानून थे

जून 1975 में देश में इमरजेंसी लगाने की सलाहकार टोली में संजय गांधी की मुख्य भूमिका थी। वे इमरजेंसी से संबंधित कार्यों की देखभाल भी करते रहे, पूरे निरंकुश ढंग से। कांग्रेस संगठन पर कब्जा करने के लिए संजय ने सितंबर 1975 में युवक कांग्रेस में दिलचस्पी लेनी शुरू की। उन्होंने प्रियरंजन दास मुंशी को अध्यक्ष पद से इस्तीफा देने को कहा, क्योंकि मुंशी को पश्चिम बंगाल के मुख्यमंत्री सिद्धार्थ शंकर राय का आदमी माना जाता था, जिन्हें संजय गांधी पसंद नहीं करते थे। सिद्धार्थ शंकर राय का जुर्म यह था कि वे एक ऐसे आदमी की अगवानी के लिए हवाई अड्डे पर हाजिर नहीं रह सके थे, जो सरकार में न तो किसी पद पर था और न ही कांग्रेस संस्था में किसी पद पर था। वह आदमी था संजय गांधी।

संजय गाधी ने अंबिका सोनी को युवक कांग्रेस का अध्यक्ष बना दिया, लेकिन वह नाममात्र की अध्यक्ष थी, संगठन की पूरी बागडोर संजय गांधी के हाथ में रहती थी।

संजय का बचपन का नटखटपन किशोरावस्था में मनमौजीपन व स्वेच्छाचारिता में पहुँच गया और तरुणावस्था आते-आते उच्छृंखलता की हदें पार करने लगा। संजय ने किसी रईसजादे के बिगड़ैल बेटे की तरह सभी प्रकार की अवांछनीय हरकतें कीं। किस्सों का बाजार गरम हो गया, जिनमें कुछ अफवाहें भी थीं। मई 1964 में कतिपय समाचार-पत्रों ने इशारे में यह समाचार छापा कि दिल्ली में बड़े लोगों से संबंध रखनेवाले युवाओं की एक टोली ने एक कार चुरा ली और पेट्रोल पंप पर बिना पेट्रोल का भुगतान किए कार को तेज रफ्तार से भगा ले गए, लेकिन यह कार आगे जाकर एक गोलंबर में टकरा गई। पुलिस ने मामले को दबा देने की भरपूर कोशिश की, लेकिन बात फैल गई। बंबई के एक अंग्रेजी साप्ताहिक 'करंट' ने दिल्ली में उन दिनों कार चोरी के मामले में अन्य युवाओं के साथ संजय गांधी का नाम भी जोड़ दिया और इंदिरा गांधी को चुनौती दी कि वे उसका प्रतिवाद करें। इंदिरा गांधी ने

तत्काल संजय को विमान से कश्मीर भेज दिया, यह जताने के लिए कि संजय उन दिनों दिल्ली में नहीं था।

संजय को दून स्कूल से अनुशासनहीनता के कारण निकाल दिया गया था। उन्हें रॉल्स रॉयस कारखाने में इंग्लैंड में दो वर्ष के कोर्स के लिए भेजा गया था, लेकिन वे उसे पूर्ण किए बगैर वापस आ गए थे। लंदन में भारत के डिप्टी हाई कमिश्नर पी.एन. हकसर ने संजय को रंगीन मिजाजी से बाहर निकालने के लिए अपने प्रभाव का इस्तेमाल किया था।

मारुति कार घोटाला

संजय गांधी इमरजेंसी से पहले ही अपने व्यावसायिक उद्यम मारुति कार परियोजना को लेकर बहुचर्चित हो गए थे और विवाद का विषय बन गए थे। वस्तुतः मारुति प्रकरण विकट रूप से इमरजेंसी से जुड़ा हुआ था। जून 1975 में इमरजेंसी लगाने से लेकर मार्च 1977 के लोकसभा चुनाव में कांग्रेस की पराजय होने तक घटनाक्रम को रूपाकार देने में संजय गांधी की विशिष्ट भूमिका रही।

छोटी कार के लिए संजय का मोह छह वर्ष की अवस्था में उस समय शुरू हुआ, जब उसे उसके नाना जवाहरलाल नेहरू ने एक छोटी पेडल कार गिफ्ट में दी। किशोरावस्था तक पहुँचते-पहुँचते उसने बड़ा होने पर अपनी कार बनाने की महत्त्वाकांक्षा जाहिर की। संजय की माँ और नाना ने संजय के लक्ष्य को एक हवाई सपना न मानकर उसे प्रोत्साहित किया।

मारुति कार प्रोजेक्ट के लिए दिल्ली के निकट हरियाणा में सब नियम-कायदों को तोड़ते हुए संजय गांधी को 290 एकड़ भूमि अत्यंत सस्ते दामों पर दे दी गई। राष्ट्रीयकृत बैंकों से बिना उचित आधार करोड़ों रुपए का ऋण दिलाया गया। फिर भी यह प्रोजेक्ट फेल हो गया। जनता पार्टी की सरकार आने पर मारुति के मामलों की जाँच करनेवाले आयोग ने अपनी रिपोर्ट में इस प्रोजेक्ट में घोर धाँधलियों और धोखाधड़ी का विस्तारपूर्वक उल्लेख किया।

इंदिरा गांधी के दोबारा सत्ता में आने पर इस प्रोजेक्ट का राष्ट्रीयकरण कर दिया गया। इस निमित्त जापान से भी सहायता ली गई। यह मारुति-सुजूकी बन गया। तत्कालीन उद्योग मंत्री नारायण दत्त तिवारी ने कहा कि संजय गांधी अपने स्वप्न को पूरा होते देखकर स्वर्ग में मुसकरा रहे होंगे।

खेल संस्थाओं से खिलवाड़

आपातकाल में जो धाँधलियाँ हुईं, उनमें देश की सर्वोच्च खेल संस्था इंडियन ओलंपिक एसोसिएशन को प्रदूषित और अपमानित करने में कोई कोर-कसर नहीं छोड़ी गई। 1974 में ओलंपिक एसोसिएशन के चुनाव के बाद एसोसिएशन के संविधान

के अनुसार 1977 में पुनः चुनाव होने थे, लेकिन इमरजेंसी की मजबूत जकड़ में एसोसिएशन का संविधान बदल दिया गया। प्रधानमंत्री के कार्यालय से संजय गांधी का आदेश आया कि वायुसेना के पूर्व अध्यक्ष एयर चीफ मार्शल ओमप्रकाश मेहरा को ओलंपिक एसोसिएशन का अध्यक्ष बनाना है। एसोसिएशन की बैठक में सभी खेल संघों के पदाधिकारी मौजूद थे, लेकिन खेद की बात है कि किसी ने इस बेतुके और अनर्गल आदेश को स्वीकार न करने का साहस नहीं दिखाया। राजा भालिंदर सिंह आउट हो गए और उनके स्थान पर वायुसेना के पूर्व अध्यक्ष ओमप्रकाश मेहरा आ गए। अखबारों में छपा कि ओमप्रकाश मेहरा नए अध्यक्ष चुन लिये गए हैं। श्री मेहरा उस समय किसी खेल संघ के अध्यक्ष नहीं थे। उन्हें संविधान का उल्लंघन करते हुए अध्यक्ष पद पर बैठा दिया गया। इतना ही नहीं, श्री मेहरा को अधिकार दिया गया कि बाकी सब पदाधिकारियों को मनोनीत कर दें। यह सब मोंट्रियल ओलंपिक 1976 से पहले हुआ, जिससे भारत की मिट्टी पलीद हुई। मोंट्रियल में श्री मेहरा का कार्य-संपादन अत्यंत असंतोषजनक रहा।

टेलीफोन पर देश की सर्वोच्च संस्था के अध्यक्ष व पदाधिकारियों को नामजद करने की हिमाकत करनेवाले अपने को किसी मध्ययुगीन सुलतान से कम नहीं समझते थे। याद रहे, 1936 में बर्लिन ओलंपिक के समय हिटलर जैसे शक्तिशाली डिक्टेटर ने जब खेलों के मामले में अनुचित दखल देने का प्रयास किया, तब अंतरराष्ट्रीय ओलंपिक एसोसिएशन के अध्यक्ष ने हिटलर की सरजमीन पर ही उसकी हेकड़ी हवा कर दी थी, लेकिन हमारे यहाँ लोकतंत्र का दंभ भरनेवाले गिरोह ने हिटलर को भी मात कर दिया और कोई उसका विरोध न कर सका।

'जवाहरलाल से भी अधिक लोकप्रिय'

इंदिरा गांधी की निगाह में जवाहरलाल से भी अधिक लोकप्रिय संजय गांधी, लोगों का अभिवादन स्वीकार करते हुए।

संजय गांधी के निर्देश पर चलाए गए नसबंदी अभियान में अनियमितताओं, धोखाधड़ी और जोर-जबरदस्ती के आरोपों की बाढ़ आ गई, लेकिन उसे नजरअंदाज कर दिया गया। सरकारी स्टाफ को नसबंदी के लक्ष्य दिए गए, जिनकी पूर्ति नहीं होने पर वेतन रोक देने और नौकरी से बरखास्त करने की धमकियाँ दी गईं। बिहार में नसंबदी में दोषपूर्ण प्रक्रिया अपनाने के कारण 80 लोगों की मौत हो गई।

उत्तर भारत के अनेक गाँवों में संजय गांधी को परिवार नियोजन की ज्यादतियों के लिए याद किया जाता है। नसबंदी ऐसी हुई कि हिंदी क्षेत्रों में कांग्रेस की ही नसबंदी हो गई, वह बाँझ हो गई। चुनाव में कांग्रेस का सफाया हो गया।

कांग्रेस नेता शंकरदयाल सिंह ने अपनी पुस्तक 'इमरजेंसी : क्या सच, क्या झूठ' में लिखा है कि 1977 में लोकसभा चुनाव से पहले कम्युनिस्ट पार्टी के महासचिव राजेश्वर राव श्रीमती गांधी से मिले थे और उन्होंने इंदिराजी को साफ शब्दों में कहा था कि आपका बेटा आपको बरबाद कर देगा और केवल उसके कारण कांग्रेस हार जाएगी, लेकिन श्रीमती गांधी इस बात पर उबल पड़ी थीं और उत्तर में उन्होंने कहा था कि संजय की लोकप्रियता से बहुत सी राजनीतिक पार्टियाँ और बहुत से लोग घबराए हुए हैं और ईर्ष्या करते हैं। इंदिरा गांधी का कहना था कि वास्तव में संजय जवाहरलालजी से भी अधिक लोकप्रिय है और जनता को आकृष्ट करता है और यहीं तक नहीं, कई जगहों में विशाल जनसभाओं में इंदिरा गांधी ने जिस प्रकार संजय की तारीफों के पुल बाँधे थे, वह भी अपने आप में अनुपम था।

एक बार इंदिरा गांधी ने इस आशय का भाषण दिया कि इलाहाबाद हाईकोर्ट का जब फैसला आया, तो मेरी रक्षा के लिए कोई आगे नहीं आया। संजय ने ही मेरी रक्षा की। शंकरदयाल सिंह के अनुसार, उन्होंने जब इंदिरा गांधी के इस बयान की ओर उस समय विरोधी दल के नेता कांग्रेस के यशवंत राव चह्वाण का ध्यान आकृष्ट किया तो उन्होंने कहा, 'वे बिल्कुल गलत बोलती हैं, हम लोग सभी उनको बचाने में ही बदनाम हुए।'

जानकार लोगों का कहना है कि यदि जगजीवन राम ने फरवरी 1977 में केंद्रीय मंत्रिमंडल व कांग्रेस से इस्तीफा देकर पार्टी में भूचाल नहीं ला दिया होता, तो लोकसभा चुनाव के लिए कांग्रेस के उम्मीदवारों की सूची संजय गांधी की सूची होती। ऐसी अवस्था में यदि कांग्रेस जीत जाती तो संजय को प्रधानमंत्री बनाने की योजना को अमलीजामा पहनाने का पूरा प्रयास किया जाता।

सरकारें गिराने में भूमिका

संजय गांधी की राजनीतिक कुशाग्रता को मान्यता तब मिली, जब उन्होंने मोरारजी देसाई और चरण सिंह दोनों की सरकारों को गिराने और सत्ता में श्रीमती गांधी को दोबारा लाने का पथ प्रशस्त करने की व्यूहरचना में मुख्य भूमिका अदा की।

23 जून, 1980 को 33 वर्षीय संजय गांधी दिल्ली फ्लाइंग क्लब का विमान उड़ाते समय संतुलन खो बैठे। उनका विमान एक पेड़ से टकराकर क्षत-विक्षत हो गया और सह पायलट कैप्टन सुभाष सक्सेना के साथ उनकी मृत्यु हो गई। श्रीमती गांधी के लिए यह बहुत बड़ा आघात था।

संजय गांधी पर विशेष डाक टिकट

इस क्रम में उल्लेखनीय है कि संजय गांधी की मृत्यु के बाद 1981 में उनकी पहली बरसी पर इंदिरा गांधी सरकार ने एक विशेष डाक टिकट जारी किया, जबकि संजय गांधी इस निमित्त निर्धारित किसी भी मापदंड की पूर्ति नहीं करते थे। दूसरी ओर इसी इंदिरा गांधी सरकार ने झारंखड के महान् स्वाधीनता सेनानी और लाखों व्यक्तियों के प्रेरणा स्त्रोत बिरसा मुंडा की शताब्दी पर विशेष डाक टिकट जारी करने से यह कहते हुए इनकार कर दिया था कि वे इसके पात्र नहीं हैं। यह बात अलग है कि इंदिरा गांधी के गुजरने के वर्षों बाद देश की बदली हुई परिस्थितियों में भारी जन-दबाव पर बिरसा मुंडा पर डाक टिकट जारी हुआ। इसमें कोई संदेह नहीं कि संजय गांधी एक साहसी व जीवटवाले युवक थे, लेकिन यदि वे अपने उद्धत व उतावलेपन को अंकुश में लाते और मानवीय संवेदनशीलता का ध्यान रखते तो एक सक्षम राजनेता के रूप में उभर सकते थे।

□

शाह आयोग और इंदिरा गांधी की 'मैं न मानूँ'!

इंदिरा गांधी ने शाह आयोग में न केवल गवाही देने से इनकार किया, बल्कि उसके गठन को ही चुनौती दे दी और उसका मजाक तक उड़ाया। आयोग की एक बैठक में वे हाजिर तो हुईं, लेकिन उन्होंने गवाह के कठघरे पर चढ़ने से इनकार कर दिया और उसके बदले अपने वकील की टेबल पर लगे माइक्रोफोन के पास पहुँचकर स्पीच देने लगीं, जो काफी लंबी थी। उनका रंग-ढंग और अंदाज ऐसा था, मानो वे किसी चुनावी सभा को संबोधित कर रही हों।

इंदिरा गांधी ने शाह आयोग को जाँच कार्य में सहयोग देने से न केवल इनकार कर दिया, बल्कि उसके गठन को ही चुनौती दे दी और उसका मजाक तक उड़ाया। उन्होंने अखबारों में आयोग की काररवाई के प्रकाशन को अपनी प्रतिष्ठा से जोड़ दिया और कहा कि संविधान के अनुच्छेद-21 के अंतर्गत मेरी प्रतिष्ठा मेरी व्यक्तिगत स्वतंत्रता का अंग है। आयोग को दिए गए जाँच के विषय राजनीति से प्रेरित हैं। मैं गोपनीयता की शपथ तोड़ नहीं सकती, क्योंकि संविधान मुझे इसकी अनुमति नहीं देता। इमरजेंसी के कटु अनुभव के बाद लोगों को इंदिरा गांधी के मुख से संविधान के अनुच्छेदों, विधि द्वारा स्थापित प्रक्रियाओं, निजी प्रतिष्ठा और दैहिक स्वतंत्रता के संरक्षण जैसे लोकतंत्र के महान् आदर्शों और परंपराओं की दुहाई देना उपहासास्पद लगा।

वकील की मार्फत 17 पृष्ठों का बयान

इंदिरा गांधी ने शाह आयोग में हाजिर होकर गवाही देने से इनकार किया और प्रकारांतर से आयोग का बायकाट किया। उनकी कार्यसमिति ने कांग्रेस नेताओं को निर्देश दिया था कि श्रीमती गांधी के मार्ग का अनुसरण करते हुए शाह आयोग के समक्ष कोई गवाही न दें। यदि आयोग उन्हें उपस्थित होने के लिए समन जारी करे, तब वे इस पर विचार कर सकते हैं। इसका वास्तविक उद्देश्य उन नेताओं को निरुत्साहित

करना था, जो पूर्व प्रधानमंत्री के विरुद्ध गवाही दे सकते थे। कांग्रेस कार्यसमिति की बैठक में इंदिरा गांधी समर्थकों ने पूर्व वित्तमंत्री सी. सुब्रह्मण्यम के खिलाफ जबरदस्त नारेबाजी की थी और उन्हें पार्टी से निकालने की माँग की थी, क्योंकि उन्होंने शाह आयोग के समक्ष अपनी गवाही में कुछ आपत्तिजनक निर्णयों के लिए इंदिरा गांधी को जिम्मेदार बताया था। दो पूर्व केंद्रीय मंत्री विद्याचरण शुक्ल और प्रणब मुखर्जी (जो बाद में राष्ट्रपति बने) इंदिरा गांधी के पदचिह्नों पर चलते हुए पहले ही शाह आयोग में उपस्थित होना बंद कर चुके थे।

इंदिरा गांधी ने 21 नवंबर, 1977 को आयोग के समक्ष स्वयं उपस्थित होने की बजाय अपने वकील की मार्फत 17 पृष्ठों का एक लंबा बयान भेज दिया, जिसे उनके वकील ने शाह आयोग के हवाले कर दिया। उस दिन काररवाई शुरू होते ही न्यायाधीश शाह के सामने पढ़े गए इस बयान में कहा गया कि 'शाह आयोग की प्रक्रिया जाँच आयोग अधिनियम के परे है। पता नहीं किस कानून के अंतर्गत आयोग ने विभिन्न आरोपों से संबंधित दस्तावेजों को एकत्र किया है और उन्हें अपने रिकॉर्ड में शामिल किया है।'

इंदिरा गांधी

यह एक विचित्र स्थिति थी। अपने समय में संविधान और कायदे-कानूनों की धज्जियाँ उड़ानेवाली श्रीमती गांधी राष्ट्रपति द्वारा सुप्रीम कोर्ट के एक पूर्व मुख्य न्यायाधीश की अध्यक्षता में गठित आयोग को सहयोग नहीं देने के लिए कानूनी प्रक्रियाओं और मान्यताओं का हवाला देते हुए आयोग को ही लेक्चर पिला रही थीं।

शाह आयोग को दिए गए श्रीमती गांधी के वक्तव्य पर बोलते हुए सरकारी वकील प्राणनाथ लेखी ने कहा कि श्रीमती गांधी ने आयोग के सामने स्वयं उपस्थित होने की बजाय अपना बयान भेजकर आयोग का अनादर किया है। उन्होंने कहा कि यह बहुत खेद की बात है कि जिस व्यक्ति ने 11 वर्ष तक प्रधानमंत्री का पद सुशोभित किया हो, वह आपात स्थिति में हुई ज्यादतियों के आरोपों की जाँच के लिए नियुक्त आयोग को सहयोग देने से आनाकानी करे।

इंदिरा गांधी ने शाह आयोग में गवाही देने की बजाय आयोग को जो लंबा बयान भेज दिया, उससे ऐसा प्रतीत हुआ कि उन्होंने स्वयं शाह आयोग को ही कठघरे में खड़ा कर दिया है। इंदिरा गांधी ने जो दलीलें दीं, वे किसी के गले नहीं उतरीं। वे इस मिथ्याभ्रम में जी रही थीं कि भारतीय संसद् सर्व प्रभुसत्ता संपन्न है और उसे असीम अधिकार प्राप्त हैं। संसद् द्वारा आपात स्थिति की पुष्टि के बाद कोई उस पर उँगली नहीं उठा सकता, आदि।

कांग्रेस सदस्यों की ब्लैकमेलिंग

इस स्थिति पर टिप्पणी करते हुए 'टाइम्स ऑफ इंडिया' ने अपने संपादकीय (7 दिसंबर, 1977) में लिखा—

'It is as clear as daylight that the Congress Working Committee has decided to boycott the Shah Commission. On the face of it, the resolution it has adopted allows party members to appear before the Commission in case it issues a regular summon to them. But that is only a little more polite way of saying the same thing...If the Assessment that most Congress leaders will respect the working Committee's directive is accurate, it must be conceded that Mrs. Gandhi has won a major victory over her detractors in the party. It can be argued that she has blackmailed her other colleagues into siding with her in her bid to frustrate the Shah Commission's attempt to establish beyond reasonable doubt that she proclaimed the emergency largely for the purpose of keeping herself in office and that she was guilty of illegal acts even in terms of the emergency law.'

(यह दिन के उजाले की तरह स्पष्ट है कि कांग्रेस कार्यसमिति ने शाह आयोग का बहिष्कार करने का निर्णय कर लिया है। सरसरी तौर पर ऐसा लगता है कि कार्यसमिति ने जो प्रस्ताव पारित किया है, वह पार्टी के सदस्यों को आयोग के समक्ष पेश होने की अनुमति देता है, बशर्ते वह उन्हें नियमित समन जारी करे, लेकिन यह उसी बात को थोड़े शिष्ट ढंग से कहने का एक तरीका है।

यदि इस अभिमत को सही मान लिया जाए कि ज्यादातर कांग्रेस नेता कार्यसमिति के निर्देश का पालन करेंगे, तब यह मान लेना होगा कि इंदिरा गांधी ने अपनी पार्टी में अपने निंदकों पर बड़ी सफलता प्राप्त कर ली है। यह दावा किया जा सकता है कि वे अपने अन्य सहयोगियों को उनका साथ देने के लिए शाह आयोग के उस प्रयास को विफल करने के लिए ब्लैकमेल कर चुकी हैं, जिसमें आयोग ने असंदिग्ध रूप से यह साबित करने की कोशिश की थी कि स्वयं को सत्ता में बनाए रखने के मुख्य उद्देश्य से इंदिरा गांधी ने इमरजेंसी की उद्घोषणा की थी और यह कि इमरजेंसी के कानून के अनुसार भी वह गैरकानूनी हरकतें करने की दोषी हैं।)

शाह आयोग में इंदिरा गांधी का लेक्चर

9 दिसंबर को शाह आयोग ने तीसरी बार श्रीमती गांधी की प्रक्रिया संबंधी आपत्ति को अस्वीकार कर दिया। न्यायाधीश शाह ने कहा कि जाँच आयोग कानून के अंतर्गत अपने विवेक के अनुसार मुझे प्रक्रिया निर्धारित करने का अधिकार है। मैंने अच्छी तरह

से सोच-विचारकर कानून की परिधि के अंतर्गत जाँच करने का फैसला किया है, ताकि किसी के साथ अन्याय न हो। सरकारी वकील प्राणनाथ लेखी ने कहा कि श्रीमती गांधी गैरहाजिर रहकर अपनी हाजिरी जताने की तीसरी बार कोशिश कर रही हैं। उन्होंने कहा कि वे इस आयोग के मंच का दुरुपयोग कर रही हैं। वास्तव में वे आयोग के समक्ष हो रहे रहस्योद्घाटनों से परेशान हैं। वे पहले अपने चरित्र हनन का आरोप लगा चुकी हैं और लगाती रहेंगी। उन्हें कानून-सम्मत शासन की दुहाई देने का कोई अधिकार नहीं।

श्रीमती गांधी ने उनके विरुद्ध 11 मामलों में लगाए गए आरोपों पर कोई गवाही देने, यहाँ तक कि जवाब में कोई बयान देने तक से इनकार कर दिया। 11 जनवरी, 1978 को श्रीमती गांधी हमेशा की तरह अपने परिवार के कतिपय सदस्यों और कुछ वकीलों तथा अन्य संगी-साथियों के साथ आयोग में पहुँचीं। जब न्यायाधीश शाह ने उनसे पूछा कि क्या वे कोई बयान देने के लिए तैयार हैं, उन्होंने गवाह के कठघरे पर चढ़ने से इनकार कर दिया और उसके बदले अपने वकील फ्रैंक एंथोनी की टेबल पर लगे माइक्रोफोन के पास पहुँचकर स्पीच देने लगीं, जो काफी लंबी थी। उनके बोलने का रंग-ढंग और अदा ऐसी थी, मानो वे किसी चुनावी सभा को संबोधित कर रही हों।

यदि इनका वश चले तो यह शाह आयोग को भी दो फाड़ कर देंगी। 'इंडियन एक्सप्रेस' में अबू का व्यंग्य चित्र (12 जनवरी, 1978)

अपने 'भाषण' के अंत में जब इंदिरा गांधी बैठ गईं, तब न्यायाधीश शाह ने कहा, 'मैं यह देखूँगा कि इस मामले में गोपनीयता का सवाल कहाँ तक वाजिब है। इस पर सरकारी वकील प्राणनाथ लेखी ने बीच में ही बोलते हुए कहा कि 'नैतिकता और सत्यता में कोई गोपनीयता नहीं होती।'

शाह आयोग की सुनवाई के दौरान कांग्रेस ने हमेशा उसके प्रति अवज्ञा और अनादर का भाव प्रदर्शित किया, यहाँ तक कि मई 1978 में संजय गांधी की एक पेशी के दौरान उसके साथ आए संगी-साथियों ने 'शाह आयोग हाय-हाय' और 'संजय गांधी जिंदाबाद' के नारे लगाए और आयोग की काररवाई में बाधा डालने के बाद वहाँ से निकल गए।

□

'एक शेरनी सौ लंगूर, चिकमंगलूर, चिकमंगलूर'

इंदिरा गांधी ने नवंबर 1978 में कर्नाटक के चिकमंगलूर लोकसभा निर्वाचन क्षेत्र से अपनी पार्टी के सांसद से इस्तीफा दिलवाकर वहाँ से उपचुनाव लड़ा। पश्चिमी घाट की छोटी-छोटी पहाड़ियों पर बसा चिकमंगलूर उनके लिए अत्यंत सुरक्षित चुनाव क्षेत्र था। जनता पार्टी ने कर्नाटक के एक पूर्व मुख्यमंत्री और पुराने कांग्रेसी वीरेंद्र पाटिल को इंदिरा गांधी के मुकाबले चुनाव में खड़ा किया। इस ऐतिहासिक चुनाव की ओर देश-विदेश के लोगों की नजर लगी हुई थी। इंदिरा गांधी ने यह चुनाव जीत लिया और लोकसभा में प्रवेश किया। दो वर्ष बाद वे पुनः सत्ता में आ गईं।

मार्च 1977 में लोकसभा के रायबरेली निर्वाचन क्षेत्र से चुनाव हार जाने के बाद इंदिरा गांधी के लिए लोकसभा में प्रवेश करने का एकमात्र मार्ग था, निरापद समझे जानेवाले कांग्रेस के किसी मजबूत गढ़ से उपचुनाव में जीत हासिल कर सीट प्राप्त करना। 1977 के लोकसभा चुनाव में, जहाँ उत्तर भारत में कांग्रेस का सफाया हो गया था, वहाँ दक्षिण में उसकी स्थिति लगभग पहले की तरह ही काफी अच्छी रही। इस निमित कांग्रेस-शासित कर्नाटक राज्य का चिकमंगलूर लोकसभा निर्वाचन क्षेत्र, जो एक पिछड़ा क्षेत्र था, सर्वाधिक सुरक्षित माना गया। चिकमंगलूर पश्चिमी घाट की छोटी-छोटी पहाड़ियों पर बसा एक छोटा जिला है। इसी नाम का मुख्यालय एक कस्बाई नगर है। चिकमंगलूर का अर्थ है—छोटी बिटिया का घर। इंदिरा गांधी ने इसका भावात्मक उपयोग किया। उनकी पार्टी ने एक प्रकार का पोस्टर युद्ध आरंभ कर दिया, जिन पर लिखा था—आप अपनी छोटी बिटिया को अपना वोट दें।

राज्यसभा में प्रवेश का प्रयास

इससे पहले राँची में एक संवाददाता सम्मेलन में जब इंदिरा गांधी से पूछा गया कि वे बिहार में समस्तीपुर लोकसभा निर्वाचन क्षेत्र से क्यों नहीं उपचुनाव में खड़ी होतीं, तो उन्होंने कहा कि जनता पार्टी की सरकारवाले राज्यों में उनकी पार्टी के लोगों को हर प्रकार से सताया जा रहा है। उन्हें विश्वास नहीं कि जनता शासन में स्वतंत्र, स्वच्छ और भयरहित चुनाव होगा। उन्होंने कहा कि जनता पार्टी उन्हें किसी भी कीमत पर चुनाव जीतने नहीं देगी। इस पर जनता पार्टी ने प्रतिक्रिया व्यक्त करते हुए कहा कि यह तो चुनाव आयोग पर ही आक्षेप है। इंदिरा गांधी जब रायबरेली में 55 हजार वोटों से हारीं, तब तो वहाँ जनता पार्टी का शासन नहीं था, उन्हीं की कांग्रेस पार्टी का राज था।

इंदिरा गांधी

इंदिरा गांधी की पार्टी ने, जो कांग्रेस में विभाजन के कारण उन दिनों इंदिरा कांग्रेस के नाम से जानी जाती थी, इससे पहले प्रयास किया था कि उन्हें कर्नाटक से राज्यसभा में भेजा जाए। उन्होंने वहाँ के एक आश्रम में अपना नाम दर्ज कराया था, क्योंकि उन दिनों लागू संवैधानिक व्यवस्था के अनुसार संसद् के ऊपरी सदन के लिए चुनाव लड़ने के निमित्त स्थानीय निवासी होने का सबूत पेश करना आवश्यक था, लेकिन पीठासीन मजिस्ट्रेट ने उनका अनुरोध ठुकरा दिया और जनता पार्टी ने उनके विरुद्ध अपने निवास स्थान के संबंध में गलत विवरण देने का मुकदमा ठोंक दिया।

इस्तीफा दिलवाकर चुनाव

इंदिरा गांधी की पार्टी के मुख्यमंत्री देवराज अर्स ने पार्टी के सांसद डी.वी. चंद्रेगावड़ा से इस्तीफा दिलवाकर चिकमंगलूर सीट खाली करा ली, जिससे वहाँ उपचुनाव आवश्यक हो गया। डी.वी. चंद्रेगावड़ा को बाद में कर्नाटक विधानपरिषद् का सदस्य बनाकर मंत्रि पद से पुरस्कृत किया गया। मतदान से पूर्व उन्होंने कहा कि यदि इंदिरा गांधी एक लाख से कम वोटों से विजयी हुईं, तो वे राजनीति से संन्यास ले लेंगे। चंद्रेगावड़ा 1977 के चुनाव में करीब 65 हजार मतों से जीते थे, जबकि इंदिरा गांधी जनता पार्टी के उम्मीदवार वीरेंद्र पाटिल से 77,333 मतों से जीतीं। बीस महीनों के दौर में मतदाताओं की संख्या में लगभग एक लाख की वृद्धि हो गई थी। इसके बावजूद पिछले चुनाव के मुकाबले इंदिरा गांधी को सिर्फ 12 हजार मत अधिक मिले। यह उनके विरोधियों के लिए संतोष का विषय हो सकता था, लेकिन कांग्रेस को इसकी परवाह करने की कोई जरूरत नहीं थी। वैसे शुरू में लगा था कि हार-जीत का फैसला 15-20 हजार मतों से होगा, पर यह अनुमान गलत निकला।

बहुत से लोगों का कहना था कि 1977 के लोकसभा चुनाव में इंदिरा गांधी की

हार उत्तर में हुई थी, दक्षिण में नहीं। दक्षिण में, विशेषकर कर्नाटक और आंध्र में, उनके प्रभाव को अस्वीकार नहीं किया गया था। उन्होंने कर्नाटक के एक पिछड़े व अशिक्षित अंचल को, जो परंपरागत रूप से उनकी पार्टी के अनुकूल था, लोकसभा में प्रवेश करने के लिए चुना। वहाँ उपचुनाव की नौबत ला दी गई। इसके बजाय बेहतर होता कि वे उत्तर के किसी निर्वाचन क्षेत्र से चुनाव लड़तीं, जहाँ कई उपचुनाव हो चुके थे तथा तीन और होनेवाले थे। चिकमंगलूर में शहरी क्षेत्र व शिक्षित वर्ग के कुछ लोगों को छोड़कर चुनाव का मुद्दा लोकतंत्रवादी बनाम अधिनायकवादी शक्तियाँ नहीं था, जैसा कि जनता पार्टी ने बनाने का प्रयत्न किया और स्वयं इंदिरा गांधी ने इस मुद्दे का विरोध किया। इंदिरा गांधी बार-बार यह दोहराती रहीं कि लोकसभा में जनता पार्टी का बहुमत है, इसलिए विरोधी पक्ष की एक सीट बढ़ जाने से कोई असर नहीं पड़ेगा और विरोधी पक्ष को प्रबल बनाना जरूरी है, इसलिए आप मुझे वोट दीजिए।

इसका असर हुआ। वैसे, वहाँ उनकी जीत लगभग तय थी। उन्हें गांधी-नेहरू परिवार की वंशज होने का भी भावनात्मक लाभ हुआ। ग्रामीण क्षेत्रों में आम लोगों, विशेषत: महिलाओं ने 'इंदिरामा' के रूप में उनका स्वागत किया।

समानांतर कांग्रेस में विरोध

जनता पार्टी ने कर्नाटक के एक पूर्व मुख्यमंत्री और पुराने निष्कलंक कांग्रेसी वीरेंद्र पाटिल को इंदिरा गांधी के विरुद्ध मैदान में इसलिए उतारा, क्योंकि उन्हें एक तगड़ा उम्मीदवार समझा गया, लेकिन प्रधानमंत्री मोरारजी देसाई ने इस चुनाव को पर्याप्त गंभीरता से नहीं लिया। उन्होंने चुनाव प्रचार के लिए जाने से यह कहते हुए इनकार कर दिया कि उपचुनाव में प्रधानमंत्री को नहीं जाना चाहिए। वहाँ कोई तगड़ा उम्मीदवार खड़ा करने के लिए जब उन्होंने ज्यादा दिलचस्पी नहीं दिखाई तो जॉर्ज फर्नांडीस ने कहा कि वे केंद्रीय मंत्रिमंडल से इस्तीफा देकर स्वयं चुनाव में खड़े हो जाएँगे, कर्नाटक तो उनका अपना घर है। तब वीरेंद्र पाटिल को खड़ा करने का निर्णय किया गया। कांग्रेस के इंदिरा-विरोधी धड़े या समानांतर कांग्रेस का नेतृत्व सरदार स्वर्ण सिंह कर रहे थे। उन्होंने इंदिरा गांधी का समर्थन करने की घोषणा की और कहा कि इंदिरा गांधी का समर्थन करने का निर्णय एक रणनीति के अंतर्गत किया गया है, क्योंकि जनता पार्टी के उम्मीदवार को केवल इंदिरा गांधी ही काट सकती हैं, लेकिन इसकी तीखी प्रतिक्रिया हुई।

पार्टी की कर्नाटक शाखा इस फैसले को मानने के लिए तैयार नहीं हुई। राष्ट्रीय स्तर के कई महत्त्वपूर्ण कांग्रेस नेताओं ने भी इसका विरोध किया। इनमें प्रमुख थे—डॉ. कर्ण सिंह, द्वारिका प्रसाद मिश्र, गोविंद नारायण सिंह, त्रिलोकी सिंह, अब्दुल गफ्फार, व्यालार रवि, उन्नी कृष्णनन, प्रियरंजन दास मुंशी, राजबहादुर, मनुभाई शाह, सुभद्रा जोशी,

रघुनाथ रेड्डी, आर.के. मिश्र और तुलसीदास आदि। केरल के मुख्यमंत्री ए.के. एंटनी ने तो विरोध में अपने पद से त्यागपत्र ही दे दिया और कहा कि केंद्रीय नेतृत्व का फैसला अनैतिक और निदंनीय अवसरवाद का नमूना है। उन्होंने देश के सभी कांग्रेसजनों से अनुरोध किया कि इस फैसले के विरुद्ध खड़े होकर कांग्रेस की मूल नीति को बचाएँ, जो कि इंदिरा और जनता पार्टी दोनों से दूर रहने की है। महाराष्ट्र के मुख्यमंत्री शरद पवार ने भी इस फैसले का तीखा विरोध किया और सारे देश के कांग्रेसियों से अनुरोध किया कि वे इसके विरुद्ध बगावत करें। बाद में इस समानांतर कांग्रेस पार्टी के अध्यक्ष स्वर्ण सिंह ढीले पड़ गए। उनका फैसला एक कागजी फैसला सिद्ध हुआ। मजेदार बात यह कि इस फैसले का विरोध करनेवाले ज्यादातर कांग्रेसी बाद में इंदिरा गांधी के खेमे में चले गए!

जनता पार्टी की ओर से कई दिग्गज नेताओं ने चुनाव अभियान में हिस्सा लिया। ये थे—चंद्रशेखर, जगजीवनराम और राजनारायण आदि।

जॉर्ज फर्नांडीस की गलती

चुनाव अभियान के दौरान एक ऐसा दौर आया, जब स्वयं इंदिरा कांग्रेस के नेता अपनी जीत के प्रति आश्वस्त नहीं दिखे। जनता पार्टी के नेता व केंद्रीय मंत्री जॉर्ज फर्नांडीस ने आपातकाल की दर्दीली यादों को पूरे तीखेपन के साथ याद किया। उन्होंने अपनी पदयात्राओं में कन्नड़ भाषा में धुआँधार स्पीचों से जनता पार्टी के उम्मीदवार के पक्ष में वातावरण बनाया, लेकिन जॉर्ज की एक गलती जनता पार्टी के लिए बड़ी नुकसानदेह साबित हुई। उन्होंने एक बड़ी जनसभा में एक विशाल पोस्टर लगाया, जिसमें इंदिरा गांधी को किंग कोबरा (नागराज, बड़ा साँप) के तौर पर चित्रित किया गया था। उस पर लिखा था—सावधान, इस चुनाव के जरिए एक शक्तिशाली कोबरा अपना फन उठानेवाला है। पता नहीं कर्नाटक का मूलवासी होने के बावजूद जॉर्ज इस बात से अनभिज्ञ थे या उन्होंने इसे नजरअंदाज कर दिया कि कर्नाटक में नागराज को धरती के संरक्षक के रूप में पूजा जाता है। इसके निकट एक दूसरे पोस्टर में चित्रित किया गया था कि जनता के लिए नागराज का खात्मा कर दे रहे हैं। चिकमंगलूर में नागराज को मार डालना अत्यंत अप्रिय माना जाता है। इससे भी जनता पार्टी को काफी नुकसान हुआ और विक्षोभ की एक अंतर्धारा महसूस की गई। इंदिरा गांधी को बड़ी संख्या में आदिवासी, दलित और मुसलिम समुदाय के वोट प्राप्त हुए।

एक शेरनी सौ लंगूर

दिलचस्प बात यह कि चिकमंगलूर में कन्नड़ के बजाय हिंदी और उर्दू में नारे लगते रहे। 'इंदिरा गांधी आगे बढ़ो, हम तुम्हारे साथ हैं' जैसे नारे तो आम हो चुके थे।

इंदिरा गांधी को महिमामंडित करने और जनता पार्टी का मार्ग-मर्दन करने वाला सबसे आकर्षक तुकबंदीवाला नारा था—'एक शेरनी, सौ लंगूर, चिकमंगलूर, चिकमंगलूर।' यह नारा क्लिक कर गया, बहुत चर्चित हुआ।

इस ऐतिहासिक चुनाव की ओर दुनिया भर की नजर लगी हुई थी। यह कोई सामान्य संसदीय उपचुनाव नहीं था। इंदिरा गांधी के जीतने पर देश-दुनिया में यह संदेश जाता कि उनमें अभी भी दमखम है, लोकप्रियता बरकार है, लेकिन हार जाने पर उनकी विश्वसनीयता समाप्त हो जाती। इसका अर्थ होता, देश की जनता द्वारा उन्हें अंतिम रूप से अस्वीकार कर देना। इंदिरा गांधी ने इस चुनाव को उतनी ही गंभीरता से लिया, जितनी गंभीरता से इसे लेने की जरूरत थी। इससे पहले किसी भी चुनाव में वे उतने लंबे समय तक चुनाव प्रचार में कभी नहीं रही थीं।

निर्णायक ऐतिहासिक मोड़

चिकमंगलूर के चुनाव परिणाम पर टिप्पणी करते हुए रघुवीर सहाय द्वारा संपादित साप्ताहिक 'दिनमान' ने 12 नवंबर, 1978 के अपने अंक में लिखा—'चिकमंगलूर का चेहरा भारत का चेहरा नहीं है, लेकिन चुनाव के पहले तक जनता पार्टी ने उसे भारत के चेहरे के रूप में देखने और दिखाने की कोशिश की। चुनाव खत्म हुए और श्रीमती गांधी जीत गईं, तो इंदिरा कांग्रेस ने उस चेहरे को भारत के चेहरे के रूप में पुनः दिखाना शुरू किया और जनता पार्टी से माँग की कि उसे भारत की गद्दी से त्यागपत्र दे देना चाहिए, क्योंकि उस चेहरे में श्रीमती गांधी की तसवीर बहुत स्पष्ट ढंग से उभरकर सामने आ गई है। चिकमंगलूर के चेहरे में भारत की तसवीर उभरे, न उभरे, श्रीमती गांधी की यह तसवीर जरूर उभरती है, जो संसद् में प्रतिपक्ष के एक नेता की है। बीस महीने के बाद वे पुनः उस संसद् में प्रवेश करेंगी, जहाँ रहकर उन्होंने ग्यारह साल तक न केवल देश की बागडोर सँभाली थी, बल्कि वहीं से आपातकाल का एक कुरूप और डरावना चेहरा भी भारत की जनता को दिखाया था।'

इंदिरा कांग्रेस द्वारा इस उपचुनाव के परिणाम पर जनता पार्टी की सरकार से गद्दी छोड़ने की माँग करने का कोई औचित्य नहीं था। अति उत्साह में की गई यह बयानबाजी बेमतलब थी, लेकिन चिकमंगलूर की जीत इंदिरा गांधी के लिए निर्णायक ऐतिहासिक मोड़ साबित हुई और वे दो वर्ष में जनता पार्टी की पूरी ताकत का मुकाबला करते हुए वापस सत्ता में आ गईं।

□

इंदिरा का साक्षात्कार : भारत पर राज, मेरा अधिकार!

श्रीमती गांधी ने जनता पार्टी की अंत:कलह और मध्यावधि चुनाव की संभावना के दौर में एक जर्मन पत्रिका को इंटरव्यू में अपने बारे में जो कुछ कहा, उसका आशय यह था कि नियति ने उन्हें भारत पर राज करने के लिए चुना है। श्रीमती गांधी में हद दर्जे का अहं उत्पन्न हो गया था। उन्होंने कहा कि इमरजेंसी लगाकर मैंने भारत को बचा लिया। उन्होंने इमरजेंसी की ज्यादतियों के लिए कोई खेद व्यक्त नहीं किया, बल्कि कहा कि उन्हें इन ज्यादतियों की कोई जानकारी नहीं है।

एक जर्मन पत्रिका 'अरबिडरब्लेड' ('Arbeiderblade') के 16 जून, 1979 के अंक में पत्रिका की संवाददाता बार्बारा बाउर्न को एक इंटरव्यू में श्रीमती गांधी ने जो कुछ कहा, उसका आशय यह था कि उनका जन्म भारत पर राज करने के लिए हुआ है। इस तरह प्रकारांतर से वे इसे अपना जन्मसिद्ध अधिकार मानती थीं। प्रेस ट्रस्ट ऑफ इंडिया ने 15 जुलाई को इस इंटरव्यू को प्रसारित किया। इसका इंट्रो था—The former Prime Minister Mrs. Indira Gandhi thinks she is chosen to rule India, that the present government in India is only a temporary delusion and that her election defeat is only a nightmare that will soon be over.

(पूर्व प्रधानमंत्री श्रीमती गांधी मानती हैं कि उन्हें भारत पर हुकूमत करने के लिए चुना गया है और यह कि भारत में वर्तमान सरकार एक अल्पकालिक विभ्रांति है और यह कि चुनाव में उनकी हार मात्र एक दु:स्वप्न है, जो जल्दी ही समाप्त हो जाएगा।)

मैंने भारत को बचाया

संवाददाता ने श्रीमती गांधी से पूछा कि 1977 के चुनाव में करारी हार के बाद वे सक्रिय राजनीति से हट क्यों नहीं गईं। इस पर श्रीमती गांधी ने कहा कि चुपचाप बैठकर

दु:ख-दर्द नहीं देख सकती थी। संवाददाता ने पूछा—किसका दु:ख-दर्द? श्रीमती गांधी ने जवाब दिया—मेरे लोगों का दु:ख-दर्द। संवाददाता ने आगे लिखा कि श्रीमती गांधी अपना पुराना राग अलापने लगीं और बोली कि जनता पार्टी की सरकार के राज में सर्वत्र अशांति और अराजकता व्याप्त है, महँगाई बढ़ रही है और महिलाओं के प्रति सम्मान घटता जा रहा है।

संवाददाता ने श्रीमती गांधी से पूछा कि जून 1975 में हाईकोर्ट द्वारा उनका चुनाव रद्द घोषित किए जाने पर उनके द्वारा इस्तीफा नहीं देना और सुप्रीम कोर्ट के फैसले का इंतजार नहीं करना; क्या उनकी पहली बड़ी गलती नहीं थी? इससे आपके विरोधियों को कुछ करने को रह नहीं जाता। श्रीमती गांधी ने संवाददाता को बीच में ही टोकते हुए कहा कि 'सबसे ज्यादा महत्त्वपूर्ण क्या है—इंडिया या इंदिरा? मैं प्रधानमंत्री हूँ या नहीं, इसका कोई महत्त्व नहीं। मैंने जो कुछ किया, वह भारत को बचाने के लिए किया। मैंने (मार्च 1977) अपने पद को जोखिम में डाला और चुनाव कराया। क्या यह पर्याप्त सबूत नहीं है?'

श्रीमती गांधी से जब आपातकाल की ज्यादतियों के बारे में पूछा गया तो उन्होंने बेधड़क कहा कि उन्हें ज्यादतियों की कोई जानकारी नहीं है। जब उनसे पूछा गया कि कितने लोग जेलों में डाले गए, तो उन्होंने कहा—मैं नहीं जानती।

कांग्रेस पार्टी, यानी इंदिरा की पार्टी

जब श्रीमती गांधी ने बार-बार कहा कि वर्तमान सरकार (जनता पार्टी की सरकार) एक अनर्थकारी सरकार है, तब संवाददाता ने पूछा कि क्या इसे लाने के लिए आप जिम्मेदार नहीं हैं? इस पर श्रीमती गांधी ने बड़ा विचित्र जवाब दिया और कहा कि इस सरकार को लाने के लिए प्रेस जिम्मेदार है।

श्रीमती गांधी ने न तो आपातकाल की ज्यादतियों के लिए कोई अफसोस जाहिर किया, न ही प्रेस की जुबान पर ताला लगाने के लिए कोई खेद जताया। अपनी गलतियों को स्वीकार नहीं करना और अपनी हार का ठीकरा प्रेस के सिर पर फोड़ देना मतदाताओं के अपमान और जनादेश को निराकृत करने के बराबर था। श्रीमती गांधी ने कभी भी अपनी हार को खिलाड़ीपन की भावना से स्वीकार नहीं किया। अलग-अलग मौकों पर वह अपनी हार के अलग-अलग कारण बताती रहीं। जिन लोगों ने यह सोच रखा था कि आपात स्थिति के दौरान श्रीमती गांधी, उनके परिवार या उनके विश्वासपात्र व्यक्तियों ने जो गलतियाँ की थीं, उनके लिए वे लोकसभा के मध्यावधि चुनाव (दिसंबर 1979) के अवसर पर खेद व्यक्त करेंगी, उन्हें इस बात का अहसास हुआ कि उनकी अपेक्षाएँ कितनी गलत थीं। इसका कारण यह था कि वे लोग श्रीमती गांधी के अति गूढ़ मन-मस्तिष्क को ठीक से समझ ही नहीं पाए।

श्रीमती गांधी इस पुरानी कहावत में विश्वास करती थीं कि आम लोगों की याददाशत कमजोर होती है और वे जल्दी ही विगत को भूल जाते हैं, इसलिए वे अब मध्यावधि चुनाव के समय जनता पार्टी शासन की गलतियों को ही याद रखेंगे और उससे पहले आपातकाल में उनके शासन द्वारा ढाए गए जुल्मों को बिसार चुके होंगे, सो उनकी बन आएगी और अंततः हुआ भी यही।

इंदिरा गांधी

श्रीमती गांधी में हद दर्जे का अहं उत्पन्न हो गया था (जिसे एक आलोचक ने 'एको अहम् द्वितीयो नास्ति' मुद्रा कहा)। उनमें उद्दंड आत्मविश्वास था और पुरजोर राजनीतिक महत्त्वाकांक्षाएँ थीं। सत्ताविहीन होकर एक सामान्य संसद् सदस्य न रहते हुए भी 1978 में उन्होंने कहा था कि 'मैं ही विपक्ष हूँ—विपक्ष, यानी मैं।' पार्टी के विभाजन के बाद बनी उनकी पार्टी का नाम 'कांग्रेस (इंदिरा)'—बोलचाल में 'इंदिरा कांग्रेस' उनके व्यक्तिगत नाम पर आधारित था। इंदिरा गांधी सत्ता में रहें या न रहें, वे स्वयं को अपने स्थान पर सर्वोच्च मानती थीं। उनकी पार्टी ने लोकसभा के मध्यावधि चुनाव के समय अपने चुनाव घोषणापत्र में लिखा कि केवल इंदिरा कांग्रेस ही एकमात्र ऐसी पार्टी है और श्रीमती गांधी ही ऐसी नेता हैं, जो देश को बचा सकती हैं। यह बिल्कुल उसी तर्ज पर था, जिसमें उनकी पार्टी के तत्कालीन मुखिया देवकांत बरुआ कहा करते थे, 'इंदिरा इज इंडिया एंड इंडिया इज इंदिरा।'

यहाँ यह तथ्य उल्लेखनीय है कि श्रीमती गांधी ने प्रधानमंत्री का पद सँभालने के साथ-साथ पार्टी की बागडोर भी अपने हाथ में रखी। इसी लीक पर चलते हुए 1969 में पार्टी के दो फाड़ हो जाने के बाद तो उन्होंने पार्टी का नाम भी अपने नाम पर रख लिया। 1972 में शंकरदयाल शर्मा कांग्रेस के अंतिम निर्वाचित अध्यक्ष थे, जिनका चुनाव निर्विरोध हुआ था। उसके बाद श्रीमती गांधी ने विधिवत् चुनाव कराने की परंपरा ही समाप्त कर दी।

व्यक्तिवादी राजनीति, एक विडंबना

यह दुर्भाग्य की बात थी कि जनता पार्टी, जिस पर लोगों ने बड़ी-बड़ी आशाएँ लगा रखी थीं, कुछ स्वार्थी और महत्त्वाकांक्षी नेताओं के कारण टूट गई। लोगों का ध्यान जनता पार्टी की सरकार की उपलब्धियों की बजाय उसके शासनकाल के उत्तरवर्ती दिनों की टूटन और एक प्रकार की शासनहीनता की स्थिति की ओर केंद्रित हो गया और इसी क्रम में लोग श्रीमती गांधी के कुशासन को तरजीह देने के लिए तैयार हो गए। श्रीमती गांधी को जोड़-तोड़ और तोड़-फोड़ की अपनी राजनीति में पर्याप्त सफलता मिलने से

उनके हौसले काफी बुलंद हो गए। सत्ता-लिप्सा में अपनी पार्टी को तीन बार तोड़ने तथा जनता पार्टी में कंफ्यूजन और फूट उत्पन्न कर केंद्र में चरण सिंह गुट को समर्थन प्रदान कर सत्तासीन कराने में उन्होंने योग दिया, लेकिन उसके बाद चरण सिंह सरकार के नीचे से दरी खींचकर उन्हें लुढ़का देने में वह सफल हो गईं। उसके बाद राजनीति में श्रीमती गांधी का रुख अधिक आक्रामक और छलयोजनपूर्ण हो गया।

आपातकाल के अधिकांश कांग्रेसी, जो उस समय श्रीमती गांधी का गुणानुवाद करते थे, हवा का रुख बदला हुआ देखकर पुनः अपने पुराने छत्ते में लौटने लगे। वे जानते थे कि रानी मधुमक्खी के वापस आने पर उन्हें फिर सत्ताभोग का अवसर मिलेगा।

यह विडंबना ही थी कि श्रीमती गांधी की व्यक्तिनिष्ठ राजनीति के विरुद्ध संघर्ष करनेवाले जनता पार्टी के कुछ नेता भी उसी का शिकार होते गए। वे यह भूल गए कि व्यक्ति कितना भी बड़ा क्यों न हो, वह पार्टी या देश से बड़ा नहीं हो सकता। व्यक्तिवादी राजनीति कभी भी लोकतंत्र को मजबूत नहीं कर सकती, क्योंकि वह सामूहिक नेतृत्व को प्रतिष्ठित करने में असमर्थ रहती है। सामूहिक नेतृत्व का विकास ही लोकतंत्र के भविष्य की गारंटी बन सकता है।

□

संजीव रेड्डी ने बोए संवैधानिक विवाद के बीज

संजीव रेड्डी के बारे में इंदिरा गांधी ने अपने प्रधानमंत्रित्व काल में जो आशंकाएँ व्यक्त की थीं, वे संभवत: निराधार नहीं थीं। जनता पार्टी के समर्थन से राष्ट्रपति चुने जाने के बाद संजीव रेड्डी के कार्यकाल में राष्ट्रपति भवन प्रधानमंत्री मोरारजी देसाई की छवि धूमिल करनेवाली अफवाहों का उद्‍गम स्थल बन गया। मोरारजी सरकार के विरुद्ध अविश्वास प्रस्ताव, चरण सिंह को सरकार बनाने का मौका और जगजीवन राम के दावे को ठुकराने के क्रम में राष्ट्रपति की काररवाइयों पर टिप्पणी करते हुए जगजीवन बाबू ने कहा, 'मुझे ऐसा लग रहा है कि राष्ट्रपति ने अपने अधिकारों में अमेरिकी राष्ट्रपति के अधिकार भी शामिल कर लिये हैं।'

1977 में जनता पार्टी के अपने उम्मीदवार नीलम संजीव रेड्डी के राष्ट्रपति बनने पर कई लोगों ने बड़े भोलेपन से यह आशा की थी कि अब स्वस्थ परंपराएँ बन पाएँगी, लेकिन ये आशाएँ पूरी नहीं हुईं। संजीव रेड्डी जब राष्ट्रपति बने, तब राजनीति में वे कोई नौसिखिया नहीं थे, वे आंध्र प्रदेश के मुख्यमंत्री, केंद्रीय मंत्री, कांग्रेस अध्यक्ष और लोकसभा के स्पीकर रह चुके थे। वे कांग्रेस में सिंडिकेट गुट के एक प्रभावशाली सदस्य थे। इसी गुट ने उन्हें 1969 में कांग्रेस पार्टी की ओर से राष्ट्रपति पद का उम्मीदवार बनाया था।

राष्ट्रपति के ऊँचे चबूतरे से

मोरारजी देसाई संजीव रेड्डी की आदतों और तौर-तरीकों से परिचित थे। इसीलिए उन्होंने आरंभ में राष्ट्रपति पद के उम्मीदवार के रूप में उनके चयन का समर्थन नहीं किया था, लेकिन अन्य राजनीतिक दलों तथा स्वयं जनता पार्टी के भीतर से काफी दबाव के कारण वे संजीव रेड्डी को पार्टी का उम्मीदवार बनाए जाने पर सहमत हो गए। 1969 में इंदिरा गांधी ने कांग्रेस के अधिकृत उम्मीदवार इन्हीं संजीव

रेड्डी को अपना समर्थन देने का विचार इसलिए बदल दिया था, क्योंकि उन्हें आशंका थी कि इनके राष्ट्रपति चुने जाने पर वे अधिक दिनों तक प्रधानमंत्री बनी नहीं रह सकेंगी। संभवतः उनकी आशंका निराधार नहीं थीं।

राष्ट्रपति चुने जाने के बाद संजीव रेड्डी के कार्यकाल में राष्ट्रपति भवन प्रधानमंत्री मोरारजी देसाई की छवि धूमिल करनेवाली अफवाहों का उद्गम स्थल बन गया। संजीव रेड्डी ने राज्यों को अधिक स्वायत्तता प्रदान करने की भारतीय कम्युनिस्ट पार्टी और मार्क्सवादी कम्युनिस्ट पार्टी की माँग का सार्वजनिक समर्थन किया, हालाँकि प्रधानमंत्री मोरारजी देसाई इस माँग को सार्वजनिक तौर पर नामंजूर कर चुके थे। राष्ट्रपति भवन के ऊँचे चबूतरे से बोलते हुए वे बार-बार राष्ट्रीय मेल-मिलाप, राष्ट्रीय आम सहमति और राष्ट्रीय सरकार की चर्चा करते रहे, हालाँकि इंदिरा गांधी को साथ लिये बिना इनमें से किसी भी लक्ष्य को प्राप्त नहीं किया जा सकता था। एक किसान परिवार से संबद्ध होने के कारण वे स्वयं को तत्कालीन गृहमंत्री चौधरी चरण सिंह और आर्थिक पुनर्निर्माण के उनके सिद्धांतों के अधिक नजदीक पाते थे।

संजीव रेड्डी

चौधरी चरण सिंह जनता पार्टी के उन तीन बूढ़ों—मोरारजी देसाई, जगजीवन राम और वे स्वयं में थे, जो जनता जनार्दन की सेवा के लिए प्रधानमंत्री का गुरुतर दायित्व सँभालने के लिए लालायित थे। वरिष्ठ पत्रकार जनार्दन ठाकुर के अनुसार—कम-से-कम तीन भविष्यवक्ताओं ने चरण सिंह से वायदा किया था कि ताज आपके सिर पर रखा जाएगा। 76 वर्षीय गृहमंत्री अपने को जनता पार्टी का सरदार पटेल समझते थे, पर उनको अफसोस था तो एक ही बात का कि उनकी उम्र दस साल कम क्यों न हुई? लेकिन उनके ज्योतिषियों, तांत्रिकों व गुरुओं का कहना था, चिंता न कीजिए, आप जरूर प्रधानमंत्री बनेंगे। उनके दरबार के इर्द-गिर्द भी वही परिचित चेहरे नजर आते थे, जिनकी इंदिरा गांधी की मजलिस में कतार लगी रहती थी, मसलन नेमिचंद्र जैन उर्फ चंद्रास्वामी, जो रातो-रात एक चालबाज ठेकेदार से ऐसे तांत्रिक बन गए कि ऊँचे लोगों के समाज में चल निकले।

बिजली की चमक और बादल की गरज

अपने आका के लिए भाँति-भाँति के गुरुओं व स्वामियों को जमा करना दरबारी विदूषक राजनारायण का काम था, हालाँकि राजनारायण ने ही चरण सिंह को सबसे पहले चेयर सिंह (कुरसी सिंह) नाम दिया था। यह तब की बात है, जब लोहिया भक्त राजनारायण उन दिनों लखनऊ के बेताज बादशाह चंद्रभानु गुप्ता के ढोलकिया बने हुए थे

और चरण सिंह की आँख का काँटा। उनका काम था उत्तर प्रदेश विधानमंडल के भीतर व बाहर चरण सिंह पर कीचड़ उछालना। चरण सिंह पर निशानेबाजी करना आसान था—इधर-से-उधर पलट जाने में उन्हें कोई मात नहीं दे सकता था। 'दलबदलुओं का सरताज' ऐसा खिताब है, जो मानो उनके लिए ही बना हो।

राजनारायण की खूबी यह थी कि वे कभी-कभी बड़ा खुल्लमखुला बोलते थे, पार्टी व सरकार में संकट उत्पन्न करने तथा अनुशासनहीनता प्रदर्शित करने के कारण प्रधानमंत्री मोरारजी देसाई ने दोनों को मंत्रिमंडल से हटा दिया था, लेकिन बाद में पार्टी के नेताओं के दबाव में चरण सिंह को दोबारा मंत्रिमंडल में ले लिया गया। राजनारायण को नहीं लिया गया। उसी समय राजनारायण ने कहा, 'मैं बिजली की चमक और चरण सिंह बादल की गरज के समान हैं। दोनों की उत्पत्ति एक साथ होती है और एक के बाद दूसरे का आना अवश्यंभावी है।' राजनारायण ने साथ ही यह भी कहा, 'चरण सिंह मंत्रिमंडल में रहकर मोरारजी देसाई के विरुद्ध अपना संघर्ष चलाते रहेंगे, वे भीतर से लड़ेंगे और मैं बाहर से लड़ूँगा,' और सचमुच ऐसा ही हुआ।

संवैधानिक विवाद के बीज

11 जुलाई, 1979 को विपक्ष के नेता यशवंत राव चह्वाण ने मोरारजी देसाई मंत्रिमंडल के विरुद्ध लोकसभा में एक अविश्वास प्रस्ताव रखा। किसी ने इसे गंभीरता से नहीं लिया, क्योंकि जनता पार्टी को लोकसभा में पूर्ण बहुमत प्राप्त था। सदन में उसके सदस्यों की संख्या 300 थी, जबकि कांग्रेस की सदस्य संख्या इससे आधी थी। अविश्वास प्रस्ताव पेश किए जाने के बाद जनता पार्टी का चरण सिंह गुट सक्रिय हो गया। राजनारायण के नेतृत्व में पहले बिजली चमकी, फिर चरण सिंह का मेघनाद सुनाई दिया। इस गुट को कांग्रेस और कुछ अन्य पक्षों से शह मिल रही थी, जनता पार्टी से काफी बड़े पैमाने पर दलबदल आरंभ हो गया। प्रधानमंत्री मोरारजी देसाई ने स्वयं को अल्पमत में महसूस करते हुए अपनी सरकार का इस्तीफा

*मैं जानता हूँ, इससे आपको जबरदस्त राजनीतिक लाभ होगा, लेकिन रूल तो रूल है।—**'टाइम्स ऑफ इंडिया' में आर.के. लक्ष्मण का व्यंग्यचित्र।(21 दिसंबर, 1978)।***

दे दिया, हालाँकि उनकी पार्टी तब भी लोकसभा में सबसे बड़ी पार्टी थी। राष्ट्रपति संजीव रेड्डी ने विपक्ष के नेता यशवंत राव चह्वाण को, जिन्होंने अविश्वास प्रस्ताव पेश किया था, सरकार बनाने के लिए आमंत्रित किया, लेकिन उन्होंने इसमें अपनी असमर्थता व्यक्त की। इस पर मोरारजी देसाई ने यह कहते हुए कि विपक्ष सरकार बनाने में समर्थ नहीं है, पुनः सरकार बनाने का दावा पेश कर दिया, क्योंकि वह तब भी सदन में सबसे बड़ी पार्टी के नेता थे। इस बीच चरण सिंह ने भी दावा कर दिया कि वे कांग्रेस और कुछ अन्य गुटों के सहयोग से सरकार बनाने में समर्थ हैं। राष्ट्रपति संजीव रेड्डी ने दोनों पक्षों, मोरारजी देसाई और चरण सिंह से अपने समर्थकों की सूची माँगी। दोनों की सूची में कुछ नाम साझे पाए गए। राष्ट्रपति ने चरण सिंह के पक्ष में बहुमत होने का निष्कर्ष निकालते हुए उन्हें प्रधानमंत्री पद की शपथ दिला दी। उन्होंने प्रधानमंत्री चुनने के अपने निर्बाध अधिकार को इस्तेमाल किया। उन्होंने चरण सिंह को अगस्त के तीसरे सप्ताह तक लोकसभा में विश्वास मत हासिल करने को कहा। इस निमित्त 20 अगस्त को लोकसभा का अधिवेशन पुनः बुलाया गया। ऐसा करके राष्ट्रपति ने न सिर्फ 26 जुलाई और 20 अगस्त के बीच की लंबी अवधि में सौदेबाजी को प्रोत्साहन दिया, बल्कि निरंतर चलते रहनेवाले संवैधानिक विवाद के बीज भी बो दिए।

राष्ट्रपति का निष्कर्ष गलत

राष्ट्रपति संजीव रेड्डी का निर्णय अथवा निष्कर्ष गलत था। यह इससे साबित हो गया कि चरण सिंह कई दिनों की दौड़-धूप के बावजूद बहुमत नहीं जुटा पाए। उन्होंने लोकसभा का सामना करने से इनकार कर दिया और सदन को भंग करने की सिफारिश कर दी, हालाँकि उनकी सरकार अल्पमत में थी। राष्ट्रपति किसी ऐसे मंत्रिमंडल की सिफारिश मानने को बाध्य नहीं थे, जिसे लोकसभा का विश्वास प्राप्त नहीं था। चरण सिंह ने एक बार कहा था कि उनकी जिंदगी की आखिरी ख्वाहिश है लाल किले पर तिरंगा फहराना। इस बीच उनकी यह ख्वाहिश पूरी हो चुकी थी।

चरण सिंह के इस्तीफे की सूचना मिलते ही जनता पार्टी संसदीय दल के नए नेता बाबू जगजीवन राम ने सदन में सबसे बड़ी पार्टी के नेता के नाते अपना दावा पेश किया और कहा कि उन्हें सरकार बनाने में कोई दिक्कत नहीं है, उन्हें पर्याप्त समर्थन प्राप्त है, इसलिए उन्हें सरकार बनाने के लिए आमंत्रित किया जाए। 22 अगस्त को प्रातः जनता पार्टी अध्यक्ष चंद्रशेखर और संसदीय दल के नेता जगजीवन राम द्वारा अपने समर्थकों की सूची शाम तक पेश कर देने की पेशकश पर राष्ट्रपति ने कहा कि ठीक है, वे विशेष जल्दी में नहीं हैं, लेकिन इसी बीच राष्ट्रपति ने चरण सिंह को

बुलाया और करीब आधे घंटे की बातचीत के बाद चरण सिंह मुसकराते हुए बाहर निकले। तत्काल बाद लोकसभा भंग कर मध्यावधि चुनाव कराने की घोषणा कर दी गई। वस्तुतः संजीव रेड्डी जगजीवन बाबू को अंदर-ही-अंदर सख्त नापसंद करते थे। राष्ट्रपति की काररवाई पर टिप्पणी करते हुए जगजीवन राम ने कहा, 'मुझे ऐसा लग रहा है कि राष्ट्रपति ने अपने अधिकारों में अमेरिका के राष्ट्रपति के अधिकार भी शामिल कर लिये हैं।'

□

चरण सिंह-यस, जगजीवन राम-नो : राष्ट्रपति संजीव रेड्डी का खेल

राष्ट्रपति नीलम संजीव रेड्डी ने मोरारजी देसाई को आकाशवाणी से प्रसारण करने से यह कहते हुए रोक दिया कि आपकी सरकार केवल कार्यवाहक सरकार है, जबकि चरण सिंह के रूप में उन्होंने चार महीने की लंबी अवधि के लिए एक ऐसे व्यक्ति को प्रधानमंत्री के रूप में थोप दिया, जो बहुमत का विश्वास प्राप्त नहीं कर सका था।

22 अगस्त, 1979 को राष्ट्रपति नीलम संजीव रेड्डी ने लोकसभा को भंग करने और मध्यावधि चुनाव कराने की चौधरी चरण सिंह की आरोपित अल्पमतीय सरकार की सिफारिश स्वीकार कर पूरे देश को आश्चर्यचकित कर दिया। लोकसभा की उस समय की दलीय स्थिति में किसी भी विवेकशील व्यक्ति ने यह कल्पना नहीं की थी कि राष्ट्रपति अपने समक्ष प्रस्तुत उपयुक्त विकल्प को नजरअंदाज करते हुए इस कठोर व आखिरी हथियार को चटपट इस्तेमाल कर देंगे। राष्ट्रपति का यह कदम किसी भी दृष्टिकोण से उचित नहीं था।

आकाशवाणी से प्रसारण पर रोक

सभी संवैधानिक, संसदीय और राजनीतिक मान्यताओं का यह तकाजा था कि लोकसभा में विपक्ष के नेता जगजीवन राम को नई सरकार बनाने के लिए आमंत्रित किया जाता। वे उस समय लोकसभा में सबसे बड़े राजनीतिक दल के नेता थे। संजीव रेड्डी ने चौधरी चरण सिंह को प्रधानमंत्री की कुरसी पर आसीन करके और विश्वासमत प्राप्त करने के लिए करीब चार सप्ताह का लंबा समय देकर जो गलत कार्य किया था, उसे और गहरा दिया। किसान पृष्ठभूमि के संजीव रेड्डी का उसी पृष्ठभूमि के चरण सिंह से एक प्रकार का अनुराग था। राष्ट्रपति ने मोरारजी देसाई

को अपने समर्थकों की सूची पेश करने के लिए एक दिन की और मोहलत देने की रजामंदी जाहिर करने के बाद एकाएक उससे मुकरते हुए राष्ट्रपति पद की गरिमा को गंभीर चोट पहुँचाई थी। उन्होंने मोरारजी देसाई को आकाशवाणी से प्रसारण करने से यह कहते हुए रोक दिया था कि आपकी सरकार इस समय केवल एक कार्यवाहक सरकार है, लेकिन उन्होंने एक ऐसे व्यक्ति को, जिसे कानूनी रूप से प्रधानमंत्री की मान्यता प्राप्त नहीं हो सकी थी, जिसे कभी लोकसभा के बहुमत का विश्वास प्राप्त नहीं हुआ, आगामी मध्यावधि चुनाव के पूर्व के तीन-चार महीनों की लंबी अवधि के लिए देश की जनता पर सर्वोच्च कार्याधिकारी के रूप में थोप दिया।

'अंतरिम' व 'राष्ट्रीय' सरकार की रट

चौधरी चरण सिंह

राष्ट्रपति के रूप में संजीव रेड्डी का यह कदम संविधान की भाषा और भावना के अनुरूप नहीं था, लेकिन ऐसा प्रतीत होता है कि इंदिरा गांधी की तरह उन्हें संविधान की मूल भावना और स्वस्थ लोकतांत्रिक परंपराओं से कोई वास्ता नहीं था। संविधान की सूक्ष्मताएँ उनके लिए कोई महत्त्व नहीं रखती थीं। वे बार-बार 'अंतरिम सरकार' और 'राष्ट्रीय सरकार' का राग अलापते रहे, जबकि संविधान में ऐसी कोई व्यवस्था नहीं है। यह बात समझ से परे थी कि वे तत्कालीन स्थिति में इस तरह की कतई अव्यावहारिक योजना पर क्यों जोर दे रहे थे। आखिर उनकी मंशा क्या थी? संविधान की बुनियादी बातों की उपेक्षा करना, संविधान को नहीं मानने और नापसंद करने के बराबर है। राष्ट्रपति या संवैधानिक पद पर बैठे किसी राष्ट्रपति को संविधान की मनमानी व्याख्या करने का अधिकार नहीं है।

राष्ट्रपति के रूप में संजीव रेड्डी की गलत और दोहरे मापदंडवाली शैली से जनता में काफी नाराजगी देखी गई। लोगों ने यह कहना शुरू कर दिया कि प्रधानमंत्री पद की प्रतिष्ठा चौधरी चरण सिंह ने गिरा दी और राष्ट्रपति पद की प्रतिष्ठा संजीव रेड्डी ने गिरा दी। यदि उन दिनों देश में वर्तमान दल-बदल निरोधी कानून लागू होता तो जनता पार्टी और अन्य दलों के सत्ता-लोभी नेता सत्ताधिकार का फर्रुखाबादी खेल नहीं खेल पाते।

अभूतपूर्व संवैधानिक संकट टला

संजीव रेड्डी मोरारजी देसाई और जगजीवन राम दोनों को नापसंद करते थे। बताते हैं कि प्रधानमंत्री के रूप में जगजीवन राम का नाम प्रस्तुत किए जाने पर संजीव रेड्डी ने जिस प्रकार नाक-भौंह सिकोड़ी और देहभाषा का प्रदर्शन किया,

वह उनकी गई-बीती सोच का प्रतीक था। इस प्रसंग का उल्लेख करते हुए अटल बिहारी वाजपेयी ने एक निजी बातचीत में कहा कि इससे तो अच्छा होता कि दक्षिण में जनता पार्टी की जो एक सीट (नंदयाल निर्वाचन क्षेत्र, आंध्र प्रदेश, नीलम संजीव रेड्डी) मिली, वह नहीं मिलती।

राष्ट्रपति से 'जीवनदान प्राप्त चरण सिंह की कामचलाऊ सरकार' में उत्तर प्रदेश के पूर्व मुख्यमंत्री हेमवती नंदन बहुगुणा वित्तमंत्री थे। चरण सिंह ने उन्हें इस्तीफा देने को कहा। बहुगुणा ने सामान्य परंपरा अनुसार इस्तीफा दे दिया, जिसे राष्ट्रपति संजीव रेड्डी ने प्रधानमंत्री की सिफारिश पर स्वीकार कर लिया, लेकिन यदि बहुगुणा ने या राष्ट्रपति संजीव रेड्डी ने चरण सिंह की काररवाई को मानने से इनकार कर दिया होता तो एक असाधारण व अभूतपूर्व संवैधानिक संकट पैदा हो जाता। संविधान के विशेषज्ञ अधिवक्ताओं ने यह राय प्रकट की कि बहुगुणा से त्यागपत्र माँगना कार्यकारी प्रधानमंत्री के अधिकार क्षेत्र से बाहर था। प्रधानमंत्री को किसी मंत्री से त्यागपत्र माँगने का अधिकार तभी है, जब उसको लोकसभा के बहुमत का समर्थन प्राप्त हो या कभी रहा हो। चरण सिंह के सत्ता गठबंधन में शामिल हेमवती नंदन बहुगुणा ने अपनी पार्टी का लोकदल में विलयन करने से इनकार कर दिया था। केवल इसलिए उनसे इस्तीफा माँगने का अधिकार प्रधानमंत्री चरण सिंह को नहीं था। कामचलाऊ प्रधानमंत्री के तौर पर चरण सिंह सभी घटक दलों को साथ रखते हुए यथास्थिति बनाए रखने के लिए बाध्य थे। संजीव रेड्डी ने अपने विचित्र कदम से अनेक संवैधानिक प्रश्न खड़े कर दिए।

इंदिरा गांधी—'मैंने गिराई जनता सरकार।' जनता नेता—'यह झूठ है! हर कोई जानता है कि हमने दो साल इस पर काम किया और इसे गिरा दिया।'
—'टाइम्स ऑफ इंडिया' में आर.के. लक्ष्मण का व्यंग्य चित्र (14 नवंबर, 1979)

वास्तविक अर्थ में नहीं थे प्रधानमंत्री

चौधरी चरण सिंह सत्ता की राजनीति में प्रवेश से पहले एक सीधे-सादे और खरे व्यक्ति माने जाते थे, जो आर्य समाज की विचारधारा से प्रभावित थे। वे एक साहसी व्यक्ति थे। उनमे कुछ गांधीवादी गुण थे, लेकिन सत्ता के प्रति उनका बहुत अधिक मोह था, जिसके वशीभूत वे गांधीवादी मूल्यों को भूल जाते थे। प्रधानमंत्री पद पर चरण सिंह की नियुक्ति कितनी संवैधानिक थी, इस पर प्रश्न उठाते हुए वरिष्ठ

पत्रकार इंद्रजीत ने बाद में अपने साप्ताहिक कॉलम 'राजनीतिक डायरी' में लिखा, 'राष्ट्रपति प्रधानमंत्री को कैसे चुनेंगे, इस विषय पर संविधान मौन है।' संजीव रेड्डी ने चरण सिंह को संविधान के अनुच्छेद 75(1) के तहत नियुक्त किया था, लेकिन ऐसा करते समय अनुच्छेद 75(3) की मूल आवश्यकता को पूरा नहीं किया गया था, जिसमें कहा गया है, *'मंत्रिपरिषद सामूहिक तौर से लोकसभा के प्रति जिम्मेदार होगी।'* चरण सिंह लोकसभा का विश्वास जीतने में बुरी तरह विफल रहे। बहुत से लोग स्पष्ट रूप से यह मानते हैं कि चरण सिंह प्रधानमंत्री के पद पर आसीन नहीं हुए, यह कहना पूरी तरह न्यायसंगत है। ज्यादा-से-ज्यादा यह माना जा सकता है कि गुलजारीलाल नंदा की तरह वे कार्यवाहक प्रधानमंत्री थे। गुलजारीलाल नंदा को एक बार पं. नेहरू और दूसरी बार लालबहादुर शास्त्री के निधन पर कार्यवाहक प्रधानमंत्री नियुक्त होने का अवसर मिला था।

□

'चरण सिंह ने इंदिरा को राजनीतिक पुनर्जन्म दिया'

वर्ष 1979 में जनता पार्टी की सरकार को तोड़कर कांग्रेस के सहयोग से प्रधानमंत्री बने चौधरी चरण सिंह लोकसभा का सामना करने में असमर्थ रहे। जिस कारण मध्यावधि चुनाव की नौबत आ गई। दिसंबर 1979 में जब चुनाव अभियान चल रहा था, मोरारजी देसाई की सरकार में विदेश मंत्री रह चुके अटल बिहारी वाजपेयी से इस विषय में एक भेंटवार्त्ता हुई। यहाँ प्रस्तुत हैं, उसके संदर्भानुकूल अंश—

प्रश्न : इन दिनों जनता पार्टी का एक नारा है कि हरिजन प्रधानमंत्री बनाने के लिए जनता पार्टी को वोट दिया जाए। यदि जनता पार्टी वाकई गंभीर है तो उसने जनता शासन में बाबूजी को प्रधानमंत्री क्यों नहीं बनाया?

अटलजी : यह बात किसी से छिपी नहीं है और स्वयं चरण सिंह ने भी सार्वजनिक रूप से कहा है कि 1977 में जनता सरकार बनते समय मैं और एन.जी. गोरे चरण सिंह के पास यह प्रस्ताव लेकर गए थे, पर वे किसी कीमत पर भी बाबूजी को प्रधानमंत्री बनाने के लिए तैयार नहीं हुए। चौधरीजी पहले तो स्वयं प्रधानमंत्री बनना चाहते थे। बाद में जब उन्हें लगा कि उन्हें प्रधानमंत्री बनाने के लिए सब लोग राजी नहीं होंगे, तो उन्होंने मोरारजी भाई के नाम का प्रस्ताव किया।

यदि उस समय हम बाबूजी के नाम पर डटे रहते तो शायद देसाई और चरण सिंह दोनों ही सरकार में शामिल नहीं होते। उस हालत में ढाई साल बाद जो स्थिति आई और जनता पार्टी टूटी, वह हालत 1977 में ही हो जाती। जिस संकट को देश आज भोग रहा है, वह शायद उसी समय भोगना पड़ता।

बाबूजी को प्रधानमंत्री बनाने का दूसरा अवसर आया, तब, जब चरण सिंह और उनके साथी जनता पार्टी से बाहर जा रहे थे। आपको याद होगा कि उस समय कुशाभाऊ ठाकरे, यज्ञदत शर्मा और विजय कुमार मल्होत्रा ने श्री देसाई से सार्वजनिक रूप से अपील

की थी कि वे प्रधानमंत्री पद छोड़ दें और बाबूजी को प्रधानमंत्री बनने का अवसर दें। इस अपील से कुछ गलतफहमी भी पैदा हो गई थी। श्री देसाई ने जब पद से त्यागपत्र दिया तो काफी देर हो गई। इसलिए हम पर यह आरोप गलत है कि हम बाबूजी को प्रधानमंत्री बनाना चाहते थे या नहीं बनाना चाहते।

प्रश्न : आज 1977 जैसी इंदिरा-विरोधी लहर नहीं है। क्या आप समझते हैं कि लोग आपात स्थिति को भूल गए हैं?

अटलजी : आज 1971 जैसी इंदिरा लहर नहीं है, लेकिन लोग इमरजेंसी को कैसे भूल सकते हैं? इमरजेंसी की चौकड़ी फिर से गाजे-बाजे के साथ वापस आ रही है। देवराज अर्स की यह सलाह इंदिराजी ने नहीं मानी कि संजय से पीछा छुड़ाया जाए। हारकर श्री अर्स को ही इंदिरा कांग्रेस छोड़नी पड़ी। वहीं संजय अब अमेठी से चुनाव लड़ रहे हैं। बंसीलाल चुनाव मैदान में हैं। इंमरजेंसी के कुख्यात भिंडर की पत्नी को भी इंदिरा कांग्रेस ने होशियारपुर से टिकट दिया है। मुझे इंदिरा कांग्रेस के बारे में व्यक्तिगत रूप से कुछ नहीं कहना, लेकिन यदि आम आदमी यह सोचे कि इमरजेंसी के बदनाम लोगों को इंदिराजी ने इनाम दिया है, तो गलत नहीं होगा।

प्रश्न : इमरजेंसी में इतना बदनाम होने पर भी आज श्रीमती इंदिरा गांधी फिर से लोकप्रिय हो रही हैं।

अटलजी : मैं यह नहीं मानता कि वे लोकप्रिय हो रही हैं। रही बात बदनाम होने के बाद भी आज इंदिराजी की स्थिति की, तो सच बात यह है कि चरण सिंह ने अपना भविष्य दाँव पर लगाकर इंदिराजी को राजनीतिक पुनर्जन्म दे दिया। चौधरीजी ने प्रधानमंत्री बनने की महत्त्वाकांक्षा के कारण जनता पार्टी तोड़ी, जिसका कोई लोकतांत्रिक विकल्प नहीं था। हम शुरू से ही यह मानते आए हैं कि अपनी शिकायतों को पार्टी के चौखटे में ही हल करना चाहिए, लेकिन पार्टी तोड़कर चौधरीजी ने उन लोगों से हाथ मिला लिया, जिन्हें वे अपराधी कहते नहीं अघाते थे। इसी कारण इंदिराजी को जनता को गुमराह करने का मौका मिल गया।

अटल बिहारी वाजपेयी

□

इंदिरा गांधी की जीत : जनता पार्टी का तोहफा!

जनता पार्टी की सरकार, जिस पर लोगों ने बड़ी-बड़ी उम्मीदें लगा रखी थीं, अपनी कुछ उपलब्धियों के बावजूद अंत:कलह के कारण बिखर गई। चौधरी चरण सिंह अपनी राजनीतिक महत्त्वाकांक्षाओं की पूर्ति के लिए जनता पार्टी को तोड़कर कांग्रेस से गठजोड़ कर प्रधानमंत्री बन गए, लेकिन संसद् में विश्वासमत का सामना नहीं कर पाए। मध्यावधि चुनाव की नौबत आ गई, जिसमें इंदिरा गांधी भारी बहुमत से जीत गईं।

1980 के लोकसभा चुनाव के नतीजे 1977 के बिल्कुल उलट थे। इंदिरा कांग्रेस ने 353 सीटें जीत लीं, जबकि पिछली बार वह जनता पार्टी की 295 सीटों के मुकाबले मात्र 154 सीटें जीत पाई थी।

इसका एक कारण यह भी था कि जनता पार्टी के बिखर जाने के कारण उसके घटक दलों के वोट बँट गए। जनता पार्टी ने पिछली बार 41.3 प्रतिशत वोट प्राप्त करके 295 सीटें जीती थीं, जबकि कांग्रेस ने इस बार मात्र एक प्रतिशत (42.7) वोट अधिक प्राप्त करके 353 सीटों पर कब्जा कर लिया।

इंदिरा गांधी का राजनीतिक कौशल

यह एक अप्रत्याशित जीत थी, जिसकी उम्मीद श्रीमती गांधी ने स्वयं भी नहीं की थी। वे रायबरेली से पुन: चुनाव में खड़ी हुईं, लेकिन जोखिम से बचने के लिए उन्होंने अपनी पार्टी के अधीन एकमात्र राज्य आंध्र प्रदेश के निरापद समझे जाने वाले निर्वाचन क्षेत्र मेडक से भी चुनाव लड़ा। वे दोनों निर्वाचन क्षेत्रों में जीत गईं। बाद में उन्होंने मेडक सीट से इस्तीफा दे दिया। कहते हैं, भारत में चुनाव नहीं होते, यहाँ लहर चलती है। 1971 में जब श्रीमती गांधी ने कांग्रेस के विभाजन के बाद अल्पमत में हो जाने पर समय-पूर्व चुनाव करवाकर जनता का मतादेश चाहा था, तब उन्हें जो अप्रत्याशित समर्थन मिला था,

उसे लोगों ने 'इंदिरा गांधी की आँधी' की संज्ञा दी थी। वर्ष 1980 में भी लोकसभा के समय-पूर्व चुनाव के लिए प्रकारांतर से श्रीमती गांधी जिम्मेदार थीं, जिन्होंने चौधरी चरण सिंह की सत्तालिप्सा को शांत करने के लिए पहले उन्हें सरकार बनाने के लिए समर्थन प्रदान किया और बाद में उनके पाँव के नीचे से दरी खींच ली। इस प्रकार श्रीमती गांधी ने यह सिद्ध कर दिया कि राजनीतिक दाँव-कौशल में कोई अन्य भारतीय राजनीतिज्ञ उनका मुकाबला नहीं कर सकता। श्रीमती गांधी की जगह कोई और व्यक्ति होता तो मार्च 1977 की जनता लहरवाले चुनाव परिणाम के बाद उसका मनोबल इतना गिर चुका होता कि राजनीति में जल्दी अपने पुनरागमन का शायद वह विचार ही नहीं करता। श्रीमती गांधी की इस बारे में तारीफ की जाएगी कि उन्होंने अपने प्रतिद्वंद्वियों की सरकार को येन-केन-प्रकारेण छिन्न-भिन्न करने में अदम्य साहस और असीम क्षमता का परिचय दिया।

जनता पार्टी में भितरघात

जनता पार्टी के शासनकाल में जिस फूहड़पन से श्रीमती गांधी को दो बार गिरफ्तार किया गया, जेल में डाला गया, उससे जहाँ सरकार की प्रतिष्ठा गिरी, वहीं बहुत लोगों को श्रीमती गांधी के प्रति सहानुभूति हो गई। गृहमंत्री के तौर पर चौधरी चरण सिंह ने 3 अक्तूबर, 1977 को जिस एकदम कमजोर आधार पर श्रीमती गांधी की गिरफ्तारी का आदेश दिया, मजिस्ट्रेट ने उसे 3 मिनट में खारिज कर दिया। इसके बाद संसद् की अवमानना के आरोप में दिसंबर 1978 में संसद् ने उन्हें एक सप्ताह के लिए जेल भेज दिया। उन पर आरोप था कि उन्होंने सत्ता में रहते हुए संजय गांधी की मारुति कार योजना के संबंध में संसदीय सवाल के लिए जानकारी प्राप्त करने का प्रयास करने वाले अधिकारियों को रोक दिया था। पार्टी के अनेक सांसद इंदिरा गांधी के खिलाफ ज्यादा कठोर काररवाई करने के पक्ष में नहीं थे, लेकिन उग्र और प्रतिशोधात्मक मनोवृत्ति के सांसद हावी हो गए। इंदिरा गांधी की स्थिति घायल शेरनी की तरह हो गई।

इंदिरा गांधी

जेल से छूटने के बाद उन्होंने प्रसिद्ध आध्यात्मिक चिंतक जे. कृष्णमूर्ति को कहा, 'मेरे सामने दो विकल्प हैं, मैं या तो जूझ जाऊँ या उन्हें मुझे बरबाद कर देने का मौका दूँ।' वस्तुतः उन्हें ज्यादा जूझने या संघर्ष करने की जरूरत नहीं पड़ी। जनता पार्टी के भीतर लगातार चलनेवाले झगड़ों और कतिपय नेताओं के अहं भाव के कारण पार्टी की

बरबादी का बीजारोपण हो चुका था। सालभर के भीतर जून 1978 में ही गृहमंत्री चरण सिंह ने प्रधानमंत्री देसाई पर आक्षेप करते हुए एक वक्तव्य जारी किया, जिसमें कहा गया कि हम श्रीमती गांधी के खिलाफ कोई कदम न उठा पाए, इसलिए आम धारणा यह बन चली है कि सरकार में शामिल हम लोग नपुंसक हैं और देश को चलाने में असमर्थ हैं। देसाई ने तुरंत चरण सिंह से इस्तीफा माँग लिया, जो उन्होंने दे दिया। देसाई ने चरण सिंह के हनुमान राजनारायण को भी मंत्रिमंडल से हटा दिया। देसाई और उनके आत्मसंतुष्ट सहयोगियों ने इस बात पर ध्यान नहीं दिया कि उसी समय से राजनारायण ने संजय गांधी से मिलकर सरकार को गिराने की साजिश रचना आरंभ कर दिया था। चरण सिंह जिस इंदिरा गांधी के राजनीतिक जीवन का अंत करने पर तुले हुए थे, उसी इंदिरा गांधी से संपर्क साधने लगे। मोरारजी देसाई बाद में चरण सिंह को मंत्रिमंडल में उपप्रधानमंत्री के रूप में शामिल करने को राजी हो गए, लेकिन उन्होंने राजनारायण को मंत्रिमंडल में वापस लेने से इनकार कर दिया।

चरण सिंह की 'आखिरी ख्वाहिश'

चौधरी चरण सिंह की कुरसी की कमजोरी से परिचित लोग जानते थे कि वे प्रधानमंत्री बनने के लिए लालायित हैं और स्वयं को इस पद का सर्वाधिक योग्य व्यक्ति समझते हैं। इस बीच कुछ दरबारी ज्योतिषियों ने उन्हें बताया कि उनके प्रधानमंत्री बनने का यही सर्वांग-संपूर्ण 'योग' है। चौधरी साहब में असीम राजनीतिक महत्त्वाकांक्षाएँ थीं। उन्होंने निजी बातचीत में बताया था कि उनकी जिंदगी की 'आखिरी ख्वाहिश' है लालकिले पर तिरंगा फहराना।

किसानों के मसीहा कहलानेवाले चरण सिंह किसानों और कई अन्य वर्गों में काफी लोकप्रिय थे, लेकिन उन्हें स्वयं पर इतना अधिक गुरूर हो गया था कि उन्हें यह कहने में कोई संकोच नहीं हुआ कि जनता पार्टी को 1977 में पटना से अमृतसर तक जितनी सीटें मिलीं, वे उनके व्यक्तिगत प्रभाव के कारण। ज्ञातव्य है कि 1977 के चुनाव के लिए चार विपक्षी दलों के गठजोड़ से जल्दबाजी में गठित जनता पार्टी का चुनाव चिह्न चक्र हलधर चुन लिया गया था, जो चरण सिंह की पार्टी भारतीय लोकदल का चुनाव चिह्न था।

मोरारजी देसाई के मंत्रिमंडल में वापस न लिये जाने से आहत राजनारायण ने कांग्रेस के उन लोगों से सीधा संपर्क कायम करना शुरू किया, जिन्होंने उन्हें जनता पार्टी को तोड़ने के लिए उकसाया था। भारतीय लोकदल और समाजवादी पार्टी के गुटों ने राष्ट्रीय स्वयंसेवक संघ के साथ भारतीय जनसंघ के संबंधों को अतिरंजित रूप देकर उसे मुद्दा बनाया और आखिर जनता पार्टी को तोड़ ही दिया। (बाद में चरण सिंह और राजनारायण दोनों के रास्ते अलग हो गए। वे एक-दूसरे पर आरोप-प्रत्यारोप लगाते रहे।)

चरण सिंह की चिट्ठी 'प्रिय इंदिराजी' को

यह एक विडंबना ही थी कि जिस इंदिरा गांधी को इमरजेंसी की ज्यादतियों के कारण चरण सिंह बेलिहाज होकर दंडित करना चाहते थे, उन्हीं इंदिरा गांधी से गठजोड़ कर वे प्रधानमंत्री बने और उन्हीं 'प्रिय इंदिराजी' को पत्र लिखकर उनके समर्थन के लिए धन्यवाद दिया। यह अनैतिक अवसरवादिता का उम्दा उदाहरण था। उस समय यदि दल-बदल कानून लागू हो गया होता तो जनता पार्टी का इस तरह विघटन नहीं होता।

वस्तुतः इंदिरा गांधी की 1980 की जीत चरण सिंह और राजनारायण द्वारा उन्हें तश्तरी में परोसकर दिया गया उपहार था। उन्होंने जनता पार्टी में अंतर्कलह उत्पन्न कर उसकी छवि इतनी धूमिल कर दी कि लोगों को लगा कि कुछ काम न कर पानेवाली सरकार से कुछ स्वेच्छाचारिता करनेवाली सरकार बेहतर है। हालाँकि इसका यह अर्थ निकालना बिल्कुल गलत होगा कि मतदाता ने इमरजेंसी का समर्थन किया या वह दोबारा इमरजेंसी जैसी कड़ाई चाहता था। मतदाता मार्च 1977 में ही इमरजेंसी को ठुकरा चुका था। जनता पार्टी ने चरण सिंह को वापस मंत्रिमंडल में लेकर जो बड़ी गलती की थी और आंतरिक कलह में एक साल नष्ट कर दिया था, उसे उसका खामियाजा भुगतना पड़ा। मतदाता का यह वोट एक तरह से नेगेटिव वोट था। हालाँकि महँगाई पिछले छह महीने में (चरण सिंह की कामचलाऊ सरकार के दौरान) बढ़ी, लेकिन लोगों ने इसके लिए जनता पार्टी को जिम्मेदार ठहराया। उन्होंने जनता पार्टी और लोकदल के बीच विभेद नहीं किया। जब तक जनता पार्टी को इसका एहसास हुआ, तब तक काफी देर हो चुकी थी।

इंदिरा गांधी ने भी इमरजेंसी से सबक सीखा। वे इमरजेंसी के दौरान की गई कारगुजारियों का दुष्परिणाम भुगत चुकी थीं और लोकमत की प्रबल शक्ति से पूर्णतया परिचित हो चुकी थीं, इसलिए उन्होंने अपने रुख-रवैये में पर्याप्त परिवर्तन किया।

जनता पार्टी के बिखराव से भारत में और विदेश में उसकी भद्द पिट गई। फिर भी भारतीय संविधान के एक प्रतिष्ठित विद्वान् ग्रेनविल ऑस्टिन ने लिखा, 'Janata Party had remarkable success in repairing the constitution from the emergency's depredations, re-opening normal parliamentary practice and restoring the judiciary's independence.'

(जनता पार्टी ने संविधान को इमरजेंसी के विध्वंस से निकालकर सुधारने, सामान्य संसदीय पद्धति को फिर से आरंभ करने और न्यायपालिका की स्वतंत्रता को बहाल करने में उल्लेखनीय सफलता प्राप्त की।)

□

शाह आयोग की रिपोर्ट पंचतत्त्व में विलीन

इंदिरा गांधी की सरकार ने दोबारा सत्ता में आते ही शाह आयोग की रिपोर्ट की बिक्री पर रोक लगा दी और दुकानों व पुस्तकालयों से इसकी प्रतियाँ हटवा दीं या नष्ट करवा दीं। विधि शास्त्रियों का कहना था कि यह रिपोर्ट एक ऐसा सार्वजनिक व संवैधानिक दस्तावेज है, जिसे संसद् के पटल पर रखा जा चुका है। इस रिपोर्ट की बिक्री पर प्रतिबंध लगाना संविधान-विरोधी है।

शाह आयोग की रोजमर्रा की कारवाई और सुनवाई के दौरान ही जनता पार्टी की सरकार में अंतर्कलह प्रारंभ हो गई। वर्ष 1979 आते-आते न केवल जनता पार्टी और अन्य राजनीतिक दलों, बल्कि पूरे देश का ध्यान पार्टी के संभावित विग्रह की ओर आकृष्ट हो गया। इसी दौर में केंद्र सरकार ने प्रशासनिक सेवा के एक उच्चाधिकारी एल.पी. सिंह की अध्यक्षता में एक कमेटी का गठन किया, जिसे शाह आयोग के निष्कर्षों के आधार पर कारवाई करने के लिए अपने सुझाव प्रस्तुत करने को कहा गया। संसद् ने एक अधिनियम पारित करके 8 मई, 1979 को दो विशेष अदालतों का गठन किया ताकि इमरजेंसी के मामलों का तेजी से ट्रायल किया जा सके। ये मामले अवैध ढंग से इमरजेंसी लगाने से लेकर हजारों व्यक्तियों को गैरकानूनी ढंग से जेलों में बंद करने, जबरन नसबंदी करने और गंदी बस्तियों का सफाया करने से संबंधित थे।

विशेष अदालतों के गठन का कानून बनाने के करीब सप्ताह भर बाद 15 मई को राज्यसभा में कांग्रेस (इ) के सदस्यों ने जनता सरकार पर बदला लेने की भावना से कार्य करने का आरोप लगाया। कांग्रेस (इ) सांसद और विपक्ष के नेता कमलापति त्रिपाठी ने एक लिखित बयान पढ़ा, जिसमें कहा गया कि शाह आयोग की रिपोर्ट राजनीति से प्रेरित एक सड़ी-गली रिपोर्ट है और लोगों ने इसे नामंजूर कर दिया है। रिपोर्ट को रद्दी की टोकरी में फेंक दिया जाना चाहिए।

विशेष अदालतों के गठन की घोषणा के बाद कोई खास अग्रेतर काररवाई नहीं हो पाई। 15 जुलाई, 1979 को मोरारजी देसाई की सरकार गिर गई और चौधरी चरण सिंह ने लोकसभा में बहुमत सिद्ध करने से पहले इस्तीफा दे दिया। श्रीमती गांधी ने शाह आयोग की रिपोर्ट के आलोक में तेजी से केस चलाने के लिए विशेष अदालतों के गठन का विरोध किया था और चरण सिंह से समर्थन वापस लेने का एक कारण यह भी बताया था।

लोकसभा के मध्यावधि चुनाव के बाद जनवरी 1980 में इंदिरा गांधी के पुनः सत्ता पर आसीन हो जाने के कारण शाह आयोग की सारी मेहनत बेकार हो गई। उस पर पानी फिर गया। वस्तुतः यह मामला पहले ही खटाई में पड़ चुका था।

अखबारों ने फिर धारण की खामोशी

शाह आयोग की प्रतियाँ आज दुर्लभ

इंदिरा सरकार ने सत्तारूढ़ होने के दो माह बाद ही मार्च 1980 में जनता पार्टी सरकार द्वारा 11 क्षेत्रीय भाषाओं में शाह आयोग की तीन खंडों में प्रकाशित रिपोर्टों की बिक्री पर रोक लगा दी। ताज्जुब की बात यह कि देश के समाचार-पत्रों ने, कुछ अपवादों को छोड़कर, इतिहास को इस ढंग से दबाने के समाचार को प्रकाशित करने या उसे आवश्यक महत्त्व देने की कोई जरूरत ही नहीं समझी। भारत के संपादक संघ की कार्यसमिति ने शाह आयोग की रिपोर्टों को सरकारी तौर पर वापस लिये जाने का कड़ा विरोध करते हुए इसे सेंसरशिप की ऐसी काररवाई बताया, जो स्वतंत्र अभिव्यक्ति के लिए खतरा हो सकती है। सरकार की इस निरंकुशता को नागरिकों के सूचना के अधिकार को प्रभावित करनेवाला बताने के बावजूद किसी बड़े समाचार-पत्र ने इस पर संपादकीय टिप्पणी नहीं की।

इमरजेंसी में खामोश रहनेवाले अधिकतर बुद्धिजीवी, जो जनता पार्टी की सरकार बनने के बाद मुक्त वातावरण में बात-बेबात मुखर होकर जनता सरकार की आलोचना करने लगे थे, इस मुद्दे पर खामोश रहे। स्वयं को विचारक, इतिहासकार और राजनीतिक टीकाकार बतानेवाले महानुभाव मौन साधना में लीन रहे। इसका एक बड़ा कारण यह भी हो सकता है कि इंदिरा गांधी के दोबारा सत्ता में आने के बाद उनके तथा उनके

सहयोगियों के विरुद्ध अदालतों में चल रहे मामले-मुकदमे वापस ले लिये जाने की अधिकतर लोगों ने इसलिए परवाह नहीं की कि वे समझते थे कि किसी भी सरकार को कोई भी मामला-मुकदमा वापस ले लेने का अधिकार है।

आलोचना से डरनेवाली सरकार

संविधान के विशेषज्ञों और विधिशास्त्रियों ने शाह आयोग की रिपोर्ट की बिक्री पर प्रतिबंध लगाने की केंद्र सरकार की काररवाई को संविधान-विरोधी बताया और कहा कि सरकार को ऐसा करने का कोई अधिकार प्राप्त नहीं है। भारत के प्रख्यात विधिशास्त्री सोली सोराबजी का कहना था कि शाह आयोग की रिपोर्ट जाँच आयोग कानून के तहत नियुक्त किए गए आयोग की रिपोर्ट है। यह रिपोर्ट एक सार्वजनिक दस्तावेज है और यह ऐसा संवैधानिक दस्तावेज है, जिसे संसद् के पटल पर रखा जा चुका है। इसे वापस लेने के लिए इसे असंगत प्रकाशन बताना आपत्तिजनक है। ऐसा कोई तब तक नहीं कर सकता, जब तक आप उसे उस समय के प्रशासन की निर्दयता और मनचाहे ढंग से काम करने को उघाड़नेवाला होने के कारण ऐसा समझते हों।

सोराबजी ने कहा कि वे शाह आयोग की काररवाई को रिकॉर्ड करनेवाले 300 टेपों को मिटाने या खराब करने की संभावना से भी इनकार नहीं करते। उनका कहना था कि सबूतों को खराब करना या मिटाना देश के कानून में अपराध है। उन्होंने कहा कि आलोचना से डरनेवाली सरकार किसी भी जनतांत्रिक अर्थ में शासन करने के योग्य नहीं है।

विकराल ढंग से गलत

संसद् सदस्य और प्रसिद्ध अधिवक्ता राम जेठमलानी ने कहा कि शाह आयोग की रिपोर्टों को वापस लेना विकराल ढंग से गलत है। किसी भी सरकार को इस प्रकार के ऐतिहासिक दस्तावेज को दबाने का कोई अधिकार नहीं है और चुनाव में जनता का फैसला अदालत के फैसलों के सही या गलत होने का फैसला नहीं करता है। मेरे विचार से शाह आयोग ने बहुमूल्य काम किया है। सबूतों का जवाब देने और फैसलों के गलत होने पर सफाई देने की बजाय इंदिरा गांधी की सरकार ने एक अत्यावश्यक दस्तावेज को जनता की पहुँच से दूर कर दिया है। यह एक डरपोक बच्चे का बचकाना व्यवहार है, जो किसी कीड़े को देखने का साहस न कर पाने के कारण उसे कुचल देता है। यदि किसी की आलोचना होती है तो उसका जवाब दिया जाना चाहिए, उसे दबाने से स्थिति अन्य रुख अख्तियार कर सकती है, जो आलोचना से भी ज्यादा असुविधाजनक और खतरनाक हो सकती है।

शाह आयोग ने अपनी रिपोर्ट के अंत में लिखा था—The nation owes it to the present and the succeeding generations to ensure that the administrative set-up is not subverted in future in the manner it was done, to serve the personal ends of any one individual or a group of individuals in or near the government. (वर्तमान और भावी पीढ़ियों के प्रति राष्ट्र की यह नैतिक जिम्मेदारी है कि वह यह सुनिश्चित करे कि सरकार में या सरकार के नजदीकी केवल एक व्यक्ति या व्यक्तियों के किसी ग्रुप के निजी उद्देश्यों की पूर्ति के लिए भविष्य में प्रशासनिक ताना-बाना इस तरह से नष्ट-भ्रष्ट न किया जाए, जिस तरह से किया गया।)

200 जाँच आयोग : बेकार की कसरत?

शाह आयोग की मेहनत-मशक्कत पर जिस तरह से पानी फेर दिया गया, उससे लगता है कि जहाँ तक प्रमुख राजनीतिज्ञों के विरुद्ध जाँच की बात है, उसे देखते हुए उच्च न्यायिक पदों पर आसीन या इन पदों पर रह चुके व्यक्तियों को इस तरह की जाँच-पड़तालों का नेतृत्व करने से इनकार कर देना चाहिए। जाँच आयोग अधिनियम बड़े प्रशंसनीय और हितकारी प्रयोजन से बनाया गया था। इसका उद्देश्य सार्वजनिक महत्त्व के विभिन्न मुद्दों की जाँच-पड़ताल की व्यवस्था करना था। सार्वजनिक क्षेत्र में कार्यरत व्यक्तियों के आचरण की जाँच के लिए वर्ष 1977 तक केंद्र या राज्य सरकारों द्वारा कम-से-कम 200 जाँच आयोग गठित किए जा चुके थे। ये आयोग सांप्रदायिक उपद्रवों, राष्ट्रीय नेताओं की हत्या, भ्रष्टाचार के मामलों, बड़े औद्योगिक घरानों, पुलिस गोली कांडों, रेल व विमान दुघर्टनाओं, धार्मिक संस्थाओं के प्रबंधन, खाद्य दूषण आदि मामलों की जाँच के लिए बनाए गए थे। तत्कालीन प्रधानमंत्री इंदिरा गांधी द्वारा लगाई गई इमरजेंसी जनता पार्टी की सरकार आने के साथ समाप्त हो जाने के बाद सार्वजनिक पदों पर आसीन रह चुके महत्त्वपूर्ण व्यक्तियों—प्रधानमंत्री, मुख्यमंत्रियों, अन्य मंत्रियों और अधिकारियों के विरुद्ध जाँच के लिए आयोग नियुक्त किए गए थे।

लेकिन जाँच आयोग से संबंधित वैधानिक प्रावधानों और कानूनी क्रिया-विधियों में विद्यमान गंभीर दोषों के कारण राजनीतिज्ञों को, जब जाँच परिणाम उनके विरुद्ध जाते हैं, तो न्यायपालिका के सदस्यों की बुराई करने, यहाँ तक कि उनकी खिल्ली उड़ाने और आयोग की सिफारिशों को व्यर्थ और विफल करने का प्रयास करने का मौका मिल जाता है।

शाह आयोग ने आपातकाल की ज्यादतियों के लिए जिन अधिकारियों को दोषारोपित किया, उनमें से अधिकांश के विरुद्ध काररवाई की शुरुआत तक नहीं की गई। ये अधिकारी विभिन्न राज्यों में या केंद्र में जनता पार्टी के सत्ता में रहने के दौरान

भी बड़े इत्मीनान से अपनी कुरसियों पर विराजमान रहे। बस अधिक-से-अधिक इतना भर किया गया कि केंद्र में जो व्यक्ति आरोपों के दायरे में आए, उन्हें अपने मूल राज्यों में भेज दिया गया और राज्यों में पदस्थापित अधिकारियों को केंद्र में डेपुटेशन पर भेज दिया गया। राज्य सरकारों से इस ढिलाई का कारण पूछे जाने पर यही घिसा-पिटा जवाब मिला कि शाह आयोग तथा अन्य जाँच आयोगों के निष्कर्षों का अध्ययन किया जा रहा है। कई राज्यों में कहीं-कहीं कुछ पुलिस अधिकारियों को निलंबित किया गया या अन्य प्रकार से दंडित किया गया, लेकिन आई.ए.एस. (भारतीय प्रशासनिक सेवा) के किसी अधिकारी के खिलाफ कोई काररवाई किए जाने की तब तक कोई सूचना नहीं थी।

रिपोर्ट हटाओ, रिपोर्ट हटाओ

शाह आयोग की रिपोर्ट को धता बताने के बारे में प्रसिद्ध पत्रकार कूमी कपूर ने 'इमरजेंसी' संबंधी अपनी पुस्तक में इस प्रसंग का उल्लेख करते हुए लिखा है—The nation owes it to the present and the succeeding generations to ensure that the administrative set-up is not subverted in future in the manner it was done, to serve the personal ends of any one individual or a group of individuals in or near the government.

(श्रीमती गांधी ने इस बात की भी तसल्ली कर ली थी कि पुस्तकालयों और सरकारी संस्थानों में मौजूद शाह आयोग की रिपोर्ट की सभी प्रतियाँ वापस ले ली जाएँ और नष्ट कर दी जाएँ। यही कारण है कि आज शाह आयोग की रिपोर्ट की बहुत थोड़ी मूल प्रतियाँ अस्तित्व में हैं।)

असुविधाजनक लगनेवाली रिपोर्टों और दस्तावेजों को नष्ट करने का फॉर्मूला शायद अंग्रेजों से सीखा गया। अंग्रेजों ने द्वितीय विश्व युद्ध की समाप्ति के बाद 1946-47 में यह आभास होने पर कि उन्हें अब कुछ अरसा बाद भारत से अपना बोरिया-बिस्तर समेट लेना होगा, कई गोपनीय और असुविधाजनक कागज-पत्रों-दस्तावेजों को हटाना और नष्ट करना शुरू कर दिया था। वैसे गनीमत यह है कि शाह आयोग की कुछ गिनी-चुनी प्रतियाँ नष्ट होने से बच गई हैं।

□

किस्सा कुरसी का : किस्सा फिल्म के दाह-संस्कार का

आपातकाल के काले कारनामों में इंदिरा गांधी सरकार का एक कारनामा था, कांग्रेसी सांसद व फिल्म निर्माता अमृत नाहटा की फिल्म 'किस्सा कुरसी का' के सभी प्रिंट्स और मास्टर प्रूफ जला देना। यह फिल्म एक राजनीतिक प्रहसन थी, जिसमें इंदिरा गांधी सरकार पर तंज कसा गया था। इमरजेंसी के बाद इसके दो दोषारोपियों संजय गांधी और विद्याचरण शुक्ल पर मुकदमा चला और सजा भी सुनाई गई, लेकिन अमृत नाहटा इन दोनों के खिलाफ गवाही देने के कुछ माह बाद बदली हुई राजनीतिक स्थिति में पलट गए। सुप्रीम कोर्ट ने अंततः इन दोनों को साजिश रचने के ठोस सबूत के अभाव में बरी कर दिया। यह मामला महीनों अखबारों की सुर्खियों में रहा।

हिंदी शब्द कुरसी, जिसका अंग्रेजी समानार्थक शब्द 'चेयर' है, का एक अर्थ आसन या सिंहासन भी है, जैसे कुरसी सँभालने का अर्थ सत्तासीन होना या गद्दी पर बैठना भी है। राजनीति में आज सारी कवायद सत्ता परिवर्तन या सत्तारूढ़ होने के लिए ही की जाती है। हमारे देश में सत्ताधारी दल का उद्देश्य जैसे-तैसे सत्ता पर कब्जा जमाए रखने का रहा है और विपक्ष का उद्देश्य उसे छीन लेना रहा है। हालाँकि सब लोग जानते हैं कि सत्ता की कुरसी लक्ष्मी की भाँति चंचला है, वह कभी किसी की होकर नहीं रही।

इंदिरा गांधी के शासनकाल में कुरसी के इस खेल को कांग्रेस के एक तत्कालीन सांसद और फिल्म निर्माता अमृत नाहटा ने 'किस्सा कुरसी का' फिल्म के माध्यम से प्रदर्शित करने का प्रयास किया था। वस्तुतः यह एक राजनीतिक प्रहसन था, जिसमें इंदिरा गांधी सरकार पर तंज कसा गया था। फिल्म में शबाना आजमी, राज बब्बर और मनोहर सिंह सितारे थे। इसके पात्र यथार्थ जीवन पर आधारित प्रतीत होते थे, जैसे इंदिरा गांधी के दरबारी धीरेंद्र ब्रह्मचारी और आर.के. धवन।

इसमें इंदिरा गांधी के दुलारे छोटे बेटे संजय गांधी और उनकी विवादास्पद छोटी कार परियोजना मारुति पर विशेष निशाना साधा गया था।

फिल्म पर 51 आपत्तियाँ

मामले की नजाकत को देखते हुए सेंसर बोर्ड ने इसे रिव्यू कमेटी के पास भेज दिया था। सूचना एवं प्रसारण मंत्रालय ने इस फिल्म पर 51 आपत्तियाँ दर्ज कर दीं। फिल्म के प्रदर्शन की अनुमति देने में टालमटोल की गई। इतना ही नहीं, फिल्म के सभी प्रिंट्स, जिनमें 'मास्टर प्रूफ' भी शामिल था, मारुति फैक्टरी में भेज दिए गए, जहाँ इनका दाह संस्कार कर दिया गया, यानी सरकार ने इस फिल्म को जब्त करके इसका काम तमाम कर दिया। आपातकाल के काले कारनामों में यह कारनामा भी शामिल था, जो बाद में एक लंबे अरसे तक चर्चा का विषय रहा।

फिल्म निर्माता
अमृत नाहटा

फिल्म को जला देने के जघन्य कृत्य के लिए संजय गांधी और आपातकाल के सूचना एवं प्रसारण मंत्री विद्याचरण शुक्ल दोषारोपित किए गए। आपातकाल के बाद यह मुकदमा दिल्ली के जिला एवं सत्र न्यायाधीश ओ.एन. वोहरा की अदालत में चला। मुकदमे में अभियोजन पक्ष के प्रथम गवाह के तौर पर बयान देते हुए अमृत नाहटा ने कहा कि तत्कालीन सूचना एवं प्रसारण मंत्री विद्याचरण शुक्ल ने उन्हें समझाने और दबाव डालने के साथ धमकी दी थी और कहा कि फिल्म के प्रदर्शन के लिए सर्टिफिकेट जारी नहीं करने और फिल्म जब्त कर लेने के विरुद्ध वे सुप्रीम कोर्ट में दाखिल की गई अपनी रिट याचिका और अन्य आवेदन वापस ले लें। मैंने जुलाई 1976 में केस इसलिए वापस ले लिया, क्योंकि मुझे सलाह दी गई कि इमरजेंसी के दौरान सुप्रीम कोर्ट में भी कोई इनसाफ नहीं मिलेगा।

नाहटा ने कहा कि एक राजनीतिज्ञ के तौर पर संजय गांधी के 'नैतिक तौर पर सिद्धांतहीन' आचरण ने उन्हें यह फिल्म बनाने के लिए प्रेरित किया था। यह फिल्म एक प्रतीक कथात्मक वृत्तचित्र (डॉक्युमेंटरी) थी, जिसमें दरशाया गया था कि किस प्रकार लोगों की बड़ी-बड़ी आशाएँ पूरी तरह चूर-चूर हो गईं।

जब इंदिरा गांधी रोने लगीं

इंदिरा गांधी की घनिष्ठ मित्र पुपुल जयकर ने इंदिरा गांधी की जीवनी पर अपनी पुस्तक में लिखा है कि 'किस्सा कुरसी का' का अदालती फैसला आने से पहले फरवरी 1979 में इंदिरा गांधी बहुत नर्वस थीं। उन्हें इंदिरा गांधी की अंतरंग मित्र निर्मला देशपांडे

का बंबई में संदेश मिला कि इंदिराजी बहुत सहमी हुई हैं, वे किसी की बात नहीं सुन रहीं, मामूली-सी बात पर भी अपना संतुलन खो रही हैं। आप तुरंत दिल्ली आ जाइए। पुपुल जयकर 24 फरवरी को विमान से दिल्ली पहुँची। दिल्ली पहुँचने पर इंदिरा गांधी जयकर को अपने कमरे में ले गईं, जहाँ उन्हें इंदिरा गांधी की भयाक्रांत मनोदशा का पता चला। 'किस्सा कुरसी का' मामले का फैसला अगले दिन आने वाला था। जयकर के अनुसार इंदिरा गांधी रो पड़ीं और सुबकने लगीं। उन्होंने कहा कि उन्हें विश्वसनीय सूत्रों से मालूम हुआ है कि 'किस्सा कुरसी का' मामले में कल जो अदालती फैसला आनेवाला है, उसमें संजय को साढ़े सात साल के कठोर करावास की सजा सुनाई जाएगी। उन्हें पक्का मालूम है कि संजय गांधी के साथ बदसलूकी की जाएगी और उसे शारीरिक यातनाएँ दी जाएँगी। उनकी बेबसी हिला देने वाली थी। उस दिन मध्याह्न 12 बजे सूचना मिली कि अदालत ने संजय और विद्याचरण शुक्ल को दोषी करार दिया है। फैसला अभी रोककर रखा गया है और सजा कल सुनाई जाएगी। अगले दिन चिंता उत्पन्न करने वाले क्षणों के बीच इंदिरा गांधी के विशेष सहायक राजीव धवन ने आकर बताया कि संजय और शुक्ला दोनों को दो-दो वर्ष की सजा सुनाई गई है, लेकिन उन्हें जमानत की छूट दे दी गई है। इससे अपने बेटे के लिए आशंकित इंदिरा गांधी ने बड़ी राहत महसूस की। संजय गांधी और विद्याचरण शुक्ल ने अपील फाइल की। बाद में मामला सुप्रीम कोर्ट में पहुँचा।

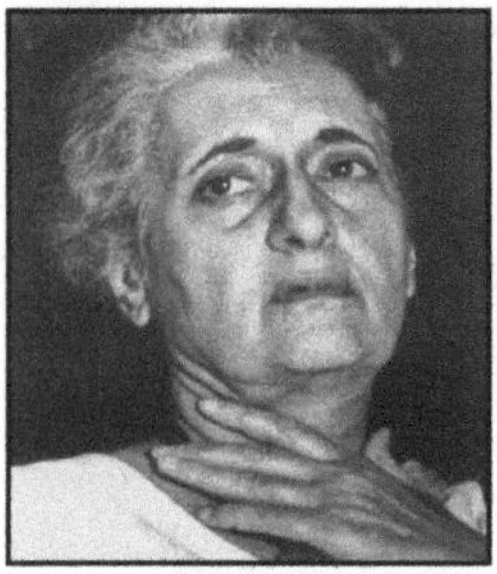

इंदिरा गांधी

चीफ जस्टिस को टेलीफोन पर धमकी

इस प्रसंग में एक वाद-विषय का उल्लेख करना प्रसंगानुकूल होगा, क्योंकि यह देशभर के अखबारों में चर्चा का विषय बन गया था। इस केस की सुनवाई करनेवाले सुप्रीम कोर्ट की तीन सदस्यीय बेंच के न्यायाधीश जस्टिस वाई.वी. चंद्रचूड़ और जस्टिस ए.सी. गुप्ता की पत्नियों को टेलीफोन पर धमकियाँ मिलीं। बताया गया कि 17 नवबंर, 1979 को रात करीब 10:30 बजे एक व्यक्ति ने, जो नशे में प्रतीत हो रहा था, स्वयं को संजय गांधी बताते हुए चीफ जस्टिस चंद्रचूड़ के घर फोन किया, जिसे उनकी पत्नी ने उठाया। श्रीमती चंद्रचूड़ ने कहा कि जज साहब सोने चले गए हैं, आप कल सुबह कोर्ट में उनसे संपर्क करें। इस पर उसने फोन रख दिया, लेकिन 10 मिनट बाद फिर फोन किया, इस बार चीफ जस्टिस के 20 वर्षीय बेटे ने, जो कानून का छात्र था, फोन उठाया। जब कॉल करनेवाले ने धमकी देना शुरू किया, तब चंद्रचूड़ के बेटे ने फोन धम्म से रख दिया (उनके बेटे डी.वाई. चंद्रचूड़ अब सुप्रीम कोर्ट में जज हैं)।

बेंच के एक दूसरे जज जस्टिस गुप्ता के यहाँ भी लगभग उसी समय धमकी भरा फोन किया गया, जिस समय जस्टिस चंद्रचूड़ के यहाँ किया गया था। फोन जस्टिस गुप्ता की पत्नी ने उठाया। उन्हें भी वैसी ही धमकी दी गई। इसकी चर्चा जब अगले दिन जस्टिस गुप्ता ने चीफ जस्टिस चंद्रचूड़ से की, तब पता चला कि उन्हें भी पिछली रात ऐसी धमकी मिली थी। जस्टिस गुप्ता ने कुछ दिन पहले ही सुप्रीम कोर्ट में पदभार ग्रहण किया था। उन्होंने संजय गांधी की मारुति कार कंपनी के घोटाले की जाँच की थी और भारी गड़बड़ियों की रिपोर्ट दी थी।

मत आइए अदालत

इस घटना से चार दिन पूर्व खुले रूप में सुप्रीम कोर्ट में एक निहायत अप्रिय वाकया हुआ। 13 नवंबर को चीफ जस्टिस वाई.वी. चंद्रचूड़ ने खचाखच भरे अपने इजलास में बताया कि एक एडवोकेट वाई.पी. शर्मा ने कल शाम उन्हें चेतावनी दी कि आज अदालत में न जाएँ। चीफ जस्टिस ने बताया कि एडवोकेट शर्मा कल शाम उनके सेक्रेटरी डी.आर. लूथर से मिले और उन्हें कहा कि चीफ जस्टिस कल कोर्ट में न जाएँ या फिर कोर्ट जाएँ तो अपनी सुरक्षा का पूरा ध्यान रखें।

जस्टिस चंद्रचूड़ के अनुसार जब एडवोकेट शर्मा उनके घर पहुँचे, तब वे एक विवाह समारोह में गए हुए थे। शर्मा ने वहाँ कुछ देर इंतजार किया और लूथर को चेतावनी की सूचना देते हुए वापस चले गए। सबको झकझोर देने वाली इस घटना का खुलासा तब हुआ, जब एडवोकेट शर्मा अभियोजन पक्ष और सरकार द्वारा दी गई याचिकाओं पर सुनवाई के समय कुछ बोलने के लिए खड़े हुए। अभियोजन पक्ष ने अपनी याचिका में 'किस्सा कुरसी का' के केस रिकॉर्ड में हेर-फेर किए जाने का आरोप लगाया था और सरकार ने संजय गांधी की जमानत रद्द करने की माँग की थी।

एडवोकेट शर्मा ने, जो इंदिरा कांग्रेस के समर्थक माने जाते थे, कहा कि मैं कसम खाकर कहने के लिए तैयार हूँ कि मैंने ऐसी कोई धमकी नहीं दी। जब जस्टिस चंद्रचूड़ घटना का विवरण दे रहे थे, तब एडवोकेट शर्मा ने उन्हें टोकने और बोलने से रोकने की कोशिश की। इस पर जस्टिस चंद्रचूड़ ने दृढ़ और कुछ बुलंद आवाज में कहा, 'यदि आप फिर खड़े होंगे तो यह अदालत की अवमानना होगी, बैठ जाइए।' जस्टिस चंद्रचूड़ ने कहा कि यदि एडवोकेट शर्मा बीच में ही खड़े होकर बोलने नहीं लग जाते तो वे इस घटना का जिक्र नहीं करते। जस्टिस चंद्रचूड़ ने कहा कि मैं इस तरह की हरकतों से डरनेवाला नहीं हूँ।

ज़ब एडवोकेट शर्मा चीफ जस्टिस से बहस करने लगे, तब चीफ जस्टिस ने उन्हें कहा कि वे ऐसा न करें, खामोश रहें और अपनी सीट पर बैठ जाएँ अन्यथा यह अवमानना का मामला बन जाएगा।

जस्टिस चंद्रचूड़ ने बताया कि लोग उनके मित्रों का नाम लेकर आते रहे हैं और उन्हें सावधान रहने के लिए कहते रहे हैं। 'मैं डरता नहीं हूँ। मैं इन चेतावनियों की कोई परवाह नहीं करता। इनसे मेरी शांति या संतुलन भंग नहीं होते। मैं मरने से पहले डर के मारे कई बार मर जानेवाला नहीं हूँ।'

इस पर विद्याचरण शुक्ल के वकील वी.आर. मृदुल ने, जो 'किस्सा कुरसी का' केस में ही अपने मुवक्किल की ओर से पेश हो रहे थे, कहा कि ऐसी घटना नहीं होनी चाहिए थी। यह ऐसा मामला है, जो अदालत की मान-मर्यादा और गरिमा से संबंध रखता है।

फिल्म पंचतत्त्व में विलीन

सुप्रीम कोर्ट की 3-सदस्यीय बेंच ने 1 अप्रैल, 1980 को, जब इंदिरा गांधी दोबारा सत्ता में आ चुकी थीं, 'किस्सा कुरसी का' मामले का फैसला सुनाया। कोर्ट ने संजय गांधी और विद्याचरण शुक्ल दोनों को दोषमुक्त करते हुए कहा कि अभियोजन यह साबित नहीं कर सका कि इन दोनों ने इमरजेंसी के दिनों में आपस में मिलकर इस फिल्म को जला देने की कोई साजिश रची थी, लेकिन अदालत ने इसके साथ यह भी टिप्पणी की कि इसमें कोई संदेह नहीं कि यह फिल्म कहीं पंचतत्त्व में विलीन हो गई, लेकिन संदेहरहित सबूत के अभाव में इसके लिए संजय गांधी और विद्याचरण शुक्ल को दोषी नहीं ठहराया जा सकता। इस प्रसंग में विशेष उल्लेखनीय बात यह है कि अमृत नाहटा ने सत्र न्यायालय में जो बयान दिया था, उससे वे पलट गए और सुप्रीम कोर्ट में हलफनामा दाखिल करके कहा कि उन्होंने पहलेवाला बयान डरावने माहौल में और प्रतिशोध की भावना में आकर दिया था। इस पर कई अखबारों ने टिप्पणी की कि इस बात का निर्णय कैसे होगा कि नाहटा ने अपनी गवाही के दौरान गलतबयानी की या वे किन्हीं कारणों से अथवा बदली हुई राजनीतिक परिस्थिति में अब गलतबयानी पर उतारू हैं।

□

इंदिरा गांधी की वापसी में प्रेस का महत्त्वपूर्ण योगदान

इंदिरा गांधी की सरकार के पतन के बाद जनता पार्टी की सरकार में खुली हवा में साँस लेने का अवसर मिलते ही पत्रकारों के एक बड़े वर्ग ने इसका दुरुपयोग आरंभ कर दिया। कुछ अरसा बाद जनता पार्टी में अंत:कलह के कारण, जब सरकार के अपना कार्यकाल पूरा करने की संभावना क्षीण हो गई और इंदिरा गांधी की वापसी की संभावना प्रतीत होने लगी, तब पत्रकारों के इसी वर्ग ने फिर गिरगिट की तरह रंग बदला और इंदिरा गांधी का स्तुतिगान आरंभ कर दिया।

आपातकाल के दौरान अनेक पत्रकार, विशेषकर बड़े अखबारों के संपादक, सेंसर व्यवस्था लागू हो जाने, कई पत्रकारों के गिरफ्तार हो जाने और सरकारी अमले द्वारा बरती जा रही ज्यादतियों के कारण डरे और सहमे हुए थे, लेकिन वही पत्रकार जनता पार्टी की सरकार के सत्तासीन होते ही अति उत्साह या दिखावे के लिए अपनी निडरता और कड़कपन का प्रदर्शन करने लगे। इसका कारण यह था कि वे निश्‍िचत हो गए थे कि अब कोई उनका कुछ बिगाड़ नहीं सकता है। उन्हें किसी का कोई डर नहीं रहा। जनता पार्टी के शासन में प्रेस पूरी तरह स्वतंत्र हो चुका था। इन पत्रकारों द्वारा अपनाए गए पैंतरे में कोई हर्ज नहीं था, लेकिन पत्रकारों के एक बड़े वर्ग ने खुली हवा में साँस लेने और 'पूर्ण स्वतंत्रता' का मौका मिलते ही उसका दुरुपयोग करना आरंभ कर दिया।

गिरगिट की तरह रंग बदलू पत्रकार

कुछ अरसा बीतने पर इस बात का अहसास होते ही कि जनता पार्टी की सरकार अंत:कलह के कारण अपना कार्यकाल पूरा नहीं कर पाएगी और इंदिरा गांधी फिर वापस आ सकती हैं, पत्रकारों के इस वर्ग ने गिरगिट की तरह रंग बदलना शुरू कर दिया। वे इंदिरा गांधी को अनावश्यक महत्त्व देने लगे। उनके मुख से निकले सभी

गलत-सही आरोपों को प्रमुखता से प्रकाशित किया जाने लगा। इसके साथ ही जनता पार्टी के मतभेदों को चटखारे लेकर प्रकाशित किया जाने लगा। कइयों ने तो इंदिरा गांधी का गुणगान आरंभ कर दिया। इस प्रकार इंदिरा गांधी को एक प्रकार से मुँहमाँगी मुराद मिल गई।

इंडिया न्यूज एंड फीचर एलायंस के संपादक इंद्रजीत ने विभिन्न समाचार-पत्रों में प्रकाशित होनेवाले अपने साप्ताहिक 'राजनीतिक डायरी' कॉलम (27 नवंबर, 1979) में लिखा कि श्रीमती गांधी ने पिछले तीस महीनों में और खासतौर पर मध्यावधि चुनाव की घोषणा के बाद जिस प्रकार अपनी छवि को पुनर्जीवित किया है, वह समाचार-पत्रों तथा अन्य जनसंपर्क माध्यमों की देन है। प्रेस जगत् उन्हें गोयबल्स को भी मात करने में सहायता कर रहा है। इंद्रजीत का आशय सत्ता से हटने के बाद की अवधि में इंदिरा गांधी की उत्तेजक गतिविधियों, उलटे-सीधे भाषणों और दोषारोपणों को अनावश्यक महत्त्व देकर प्रकाशित-प्रसारित करने से था।

स्वतंत्रता के विनाश की स्वतंत्रता

इस प्रसंग में हिटलर के प्रोपेगेंडा मंत्री और झूठों के सरताज डॉ. गोयबल्स के नामोल्लेख को गहराई से समझने की जरूरत है। इंद्रजीत ने लिखा कि 'उस बदनाम नाजी प्रचारक के पास अपने बड़े झूठ को लोगों तक पहुँचाने और इसके एक हजार बार दोहराव से इसे सच लगनेवाला बनाने के लिए नियंत्रित प्रेस जगत था, लेकिन श्रीमती गांधी ने अनियंत्रित और स्वतंत्र प्रेस के माध्यम से वही परिणाम प्राप्त कर लिया है। शायद ही कोई ऐसा दिन बीतता होगा, जिस दिन वह हर तरह के अर्धसत्य, झूठ या इससे भी ज्यादा सामग्री लोगों तक नहीं पहुँचाती हों। इन्हें समाचार-पत्र न सिर्फ प्रमुखता से प्रकाशित करते हैं, बल्कि अविचारित ढंग से इन्हें दिन-ब-दिन दोहराया जाता है। इन सब बातों ने एक सीनियर तटस्थ विधि-विशेषज्ञ को मुझे पकड़कर यह कहने के लिए उत्तेजित किया कि 'आपका प्रेस मुझे चकरा देता है। इमरजेंसी के दौरान सबसे ज्यादा परेशानी का सामना इसे ही करना पड़ा। इसके बावजूद आज यही श्रीमती गांधी का बहुत बड़ा साथी है। क्या आप अपनी स्वतंत्रता की कीमत नहीं समझते?'

इस विधि-विशेषज्ञ के बेबाक कथन में बहुत कुछ सच्चाई थी। इससे मिलती-जुलती बात उन दिनों कई लोगों ने कही। इंदिरा गांधी लोगों को यह विश्वास दिलाना चाहती थीं कि शाह आयोग राजनीति से प्रेरित था और उसे उनके या उनके बेटे के खिलाफ कुछ नहीं मिला। फिर 25 जून, 1975 को संविधान का घोर उल्लंघन करते हुए तानाशाही लागू किया जाना भी झूठ और सिर्फ झूठ था।

इंदिरा गांधी का चालाकी-भरा बयान

इंद्रजीत ने लिखा, 'प्रेस जगत को इस बात को सुनिश्चित बनाने का भी ध्यान रखना होगा कि हम कुछ चालाक नेताओं के वक्तव्यों से तर्कसंगत से अधिक राजनीतिक लाभ उठाने में अनजाने ही सहायता न करें। पिछले दिनों नई दिल्ली से प्रकाशित होनेवाले ज्यादातर समाचार-पत्रों ने यह खबर प्रकाशित की कि श्रीमती गांधी ने '1975 की जामा मसजिदवाली घटना सहित कुछ घटनाओं' के लिए शाही इमाम से 'बिना शर्त क्षमा-याचना कर ली।' कांग्रेस (इ) के नेताओं को इस बात से बहुत प्रसन्नता हुई कि एक प्रमुख दैनिक ने अपने संपादकीय कॉलमों में इस क्षमा-याचना का अनुमोदन करने का अपने ढंग से उल्लेख भी किया। ऐसे एक नेता ने बड़े उत्साह से कहा, 'देखिए, श्रीमती गांधी ने तुर्कमान गेट की घटना के लिए पर्याप्त संशोधन कर लिया है। अब हमें दिल्ली तथा अन्य स्थानों पर मुसलमानों के ज्यादातर वोट मिलने चाहिए।' लेकिन सत्य यह है कि ऐसी कोई क्षमा-याचना की ही नहीं गई और लोगों को आमतौर पर दिग्भ्रमित किया गया है।

'श्रीमती गांधी बड़ी चालाकी से शब्द-चयन करती हैं। उन्होंने शाही इमाम को लिखे अपने पत्र में सिर्फ यही कहा था, '1975 की जामा मसजिद की घटना सहित अतीत में तथा इमरजेंसी के दौरान हुई कुछ घटनाओं के परिणामस्वरूप तनाव बना और मुझे खेद है कि वे गलतफहमी और कटुता का वातावरण पीछे छोड़ गईं। हम इस अतीत को भूल जाएँ ताकि हम सामंजस्य और सहयोग से शुरू कर सकें।' उपरोक्त पाठ से यह स्पष्ट हो जाना चाहिए कि उन्होंने इमरजेंसी वृहत्तर मामले और इसके दौरान की गई ज्यादतियों के मामले की तरह ही घटनाओं पर खेद व्यक्त नहीं किया। उन्हें 'खेद' इन घटनाओं से उत्पन्न 'गलतफहमी और कटुता के वातावरण' पर था।'

इंदिरा गांधी की प्रशंसा में कसीदे

'विडंबना की बात यह है कि भारतीय प्रेस और इसकी वस्तुपरकता के प्रति अविचारित प्रतिबद्धता का शोषण करनेवाली श्रीमती गांधी तथा अन्य नेताओं ने इससे मिलनेवाली अनुचित सहायता के लिए शायद ही कभी आभार प्रकट किया है। श्रीमती गांधी ने प्रेस पर फिर कभी सेंसरशिप लागू न करने और प्रेस की स्वतंत्रता के पक्ष में होने का बिना शर्त आश्वासन देने से हमेशा इनकार किया है।

बदतरीन बात यह है कि प्रेस जगत् ऐसे लोगों की अनुचित सहायता करता रहा है, जो बुनियादी तौर पर इसके दोस्त नहीं हैं।'

जनमत को प्रभावित करनेवाले प्रेस जगत के एक बड़े वर्ग ने इंदिरा गांधी की प्रशंसा में कसीदे पढ़ने आरंभ कर दिए। अंग्रेजी मासिक पत्रिका 'प्रॉब इंडिया' के जनवरी 1980 के अंक में एक अनुभवी पत्रकार ने लिखा कि अगस्त 1979 के उत्तरार्ध में जैसे

ही राष्ट्रपति संजीव रेड्डी ने लोकसभा भंग कर मध्यावधि चुनाव कराने की घोषणा की, इंदिरा गांधी के पारिवारिक पत्र अंग्रेजी दैनिक 'नेशनल हेराल्ड' के हड़ताली कर्मचारी एक प्रतिनिधिमंडल बनाकर इंदिरा गांधी से भेंट करने गए और एक बार फिर उनसे निवेदन किया कि वे इस समाचार-पत्र का प्रकाशन फिर से आरंभ करें। इस पर उन्होंने एक दाँव खेला और कहा, 'मैडम, यह बहुत उपयुक्त समय है इस अखबार को फिर से चालू करने का। चुनावों की घोषणा कर दी गई है और कांग्रेस पार्टी को लोगों तक अपनी पहुँच बनाने के लिए एक कारगर माध्यम की जरूरत होगी।'

पत्रकार जगत् में मौसमी दीवाने

श्रीमती गांधी ने एक क्षण सोचने के बाद कहा, 'ऐसा प्रतीत होता है कि आप लोग 'नेशनल हेराल्ड' के बारे में अतिरंजित धारणा पाले हुए हैं। बहरहाल आप यह भूल जाते हैं कि हमारी पार्टी के पास, जिसे सही तौर पर अब यह कहा जा सकता है, एक अपना अखबार है। प्रतिनिधिमंडल के सदस्यों के चेहरों पर कुतूहल के भाव देखकर उन्होंने कहा—मैं 'टाइम्स ऑफ इंडिया' की बात कर रही हूँ। मुझे 'हेराल्ड' की जरूरत किसलिए है?'

यहाँ दिया गया विवरण बिल्कुल प्रामाणिक है। 'टाइम्स ऑफ इंडिया' अधिकतर मौकों पर सत्ता-प्रतिष्ठान का पक्षधर अखबार बना रहा—कम-से-कम अस्सी के दशक तक। ब्रिटिश शासनकाल में ब्रिटिश स्वामित्व का यह अखबार न केवल पूरी तरह सत्ताधारियों का पुरजोर हिमायती बना रहा, बल्कि आजादी के आंदोलन की खबरों को उपेक्षित करता रहा और यदा-कदा तोड़-मरोड़कर के भी पेश करता रहा। मोटे तौर पर इसकी पॉलिसी मौजूदा और संभावित सत्ताधारियों को समर्थन प्रदान करने की रही। वर्ष 1975 और 1980 के बीच कई पत्रकारों और समाचार-पत्रों ने मौसम के अपने रंग बदले।

एक उर्दू कवि के लफ्ज हैं—

जैसा मौसम हो, मुताबिक उसके मैं दीवाना हूँ
मार्च में बुलबुल और जुलाई में परवाना हूँ।

वर्षों इंदिरा गांधी सरकार की हिमायत करने और भिन्न तरीकों से इमरजेंसी को जोरदार समर्थन प्रदान करने के बाद 'टाइम्स ऑफ इंडिया' ने मार्च 1977 में जनता पार्टी की सरकार के सत्ता सँभालते ही अपना राग बदल दिया था। पत्र ने गर्जन-तर्जनवाले दो कॉलम के अपने विशेष संपादकीय में इंदिरा गांधी और संजय गांधी की अत्यंत उत्कट भाषा में भर्त्सना की थी।

इसके बाद इसी शैली में इसके तत्कालीन संपादक शामलाल और दिल्ली संस्करण के स्थानीय संपादक गिरिलाल जैन ने लेखों की एक शृंखला ही लिख डाली, लेकिन

फिर ज्यों ही जनता पार्टी में अंत:संघर्ष आरंभ हुआ 'टाइम्स आफ इंडिया' ने अपना सुर बदल दिया। यह तत्कालीन सत्ताधारी दल की कटु आलोचना करने लगा। जब यह लगने लगा कि श्रीमती गांधी फिर सत्ता में वापस आ सकती हैं, तब फिर इसने पलटी मारी।

सत्ता का गुण गाओ

इस दौरान दिसंबर 1979 में 'रीडर्स डाइजेस्ट' के भारतीय संस्करण के संपादक खुशवंत सिंह के पुत्र राहुल सिंह ने 'बिजनेस इंडिया' में एक लेख में लिखा, 'इन दिनों हम एक अजीबोगरीब माजरा देख रहे हैं—हमारा प्रेस (अखबार, पत्र-पत्रिकाएँ और पत्रकार) खुद ही अपने को फाँसी पर चढ़ाने की तैयारी कर रहा है। प्रेस की स्वाधीनता के वे महारथी हिमायती, जिन्होंने इमरजेंसी में बड़ी बहादुरी से लड़ाई लड़ी, आजकल क्यों खामोश हैं? या उनकी आवाज हमें सुनने नहीं दी जा रही।'

उन्होंने लिखा, 'कौन सी ऐसी पत्र-पत्रिकाएँ और पत्रकार हैं, जिन्हें भारतीय इतिहास की इस नाजुक घड़ी में खानदानी और तानाशाही राज की वकालत करने से कोई भी मर्यादा नहीं रोकती। ऐसे में 'ब्लिट्ज' और 'करंट' के पल-पल में सुर, ताल और लय बदलने में सक्षम पेशेवर नर्तक-गायक संपादक तो हैं ही, इनकी पल-पल में बदल सकने की क्षिप्रता और चपलता देखकर सचमुच दाँतों तले उँगली दबानी पड़ती है। सौभाग्यवश उनकी नुकसान करने की क्षमता सीमित है, क्योंकि अधिकांश लोग इनकी राजनीति को कुछ मसखरी जैसी चीज मानते हैं।'

'लेकिन 'हिंदुस्तान टाइम्स' के मौजूदा संपादक की राजनीति को निश्चय ही मसखरी में उड़ाया नहीं जा सकता। वे एकदम दूसरे प्रकार की श्रेणी में आते हैं, महज इसलिए कि उनको महत्त्व दिया जाता है, क्योंकि उत्तर भारत में यह पत्र सबसे ज्यादा पढ़ा जाता है और शायद इस इलाके में उसका ही प्रभाव सबसे ज्यादा है। यहाँ हम 'हिंदुस्तान टाइम्स' के वर्तमान संपादक की नियुक्ति की कहानी याद कर लें तो अच्छा हो। इंदिरा गांधी जॉर्ज वर्गीज को 'हिंदुस्तान टाइम्स' के संपादक के पद से हटाने के लिए तुल गई थीं, सो उन्हें निकाले जाने के बाद हिरण्मय कार्लेकर को संपादक की गद्दी पर बिठाया गया। 'हिंदुस्तान टाइम्स' का संपादक बनने के पहले कार्लेकर का नाम कोई नहीं जानता था, लेकिन इमरजेंसी में उनका काफी नाम हुआ (यानी काफी बदनामी हुई)। इमरजेंसी में अपने अखबार के पृष्ठों को इंदिरा गांधी और परिवार की स्तुति में, मुलाकातों के विवरणों और चापलूसी भरे संपादकीय से रंग भर उन्होंने सरकार को अपनी कृतज्ञता का यथेष्ट परिचय दिया।'

इंदिरा की वापसी की वकालत

राहुल सिंह ने आगे लिखा कि ऐसे लोगों ने पत्रकारिता के पेशे के प्रति न्याय नहीं किया। कृतज्ञता-बोध सिद्धांत की बात को आड़े नहीं आने देता, 'मैं यहाँ ऐसे लोगों की तरफ मुखातिब हो रहा हूँ, जिन्हें सम्मान दिया जाता है और जिनका यथेष्ट प्रभाव भी है।

राहुल सिंह

दुर्भाग्य की बात है कि ऐसे लोग इन दिनों तानाशाही का मार्ग प्रशस्त कर रहे हैं, यानी 'इलेस्ट्रेटेड वीकली' के पूर्व और अब 'न्यू देलही' के संपादक खुशवंत सिंह और 20 लाख बिकनेवाले 'टाइम्स ऑफ इंडिया' के संपादक गिरिलाल जैन। इन दोनों महानुभावों ने अपनी बुद्धि के सागर में गोता लगाकर यह निष्कर्ष निकाला है कि इंदिरा गांधी की वापसी में ही देश का कल्याण है। प्रेस की स्वाधीनता का तब क्या होगा? ये लोग कहेंगे—यह कोई महत्त्व की बात नहीं, जब देश का टिकाऊपन ही दाँव पर लगा हो, फिर क्या इंदिराजी ने यह नहीं कहा है कि अगर वे वापस आईं तो प्रेस पर किसी प्रकार का प्रतिबंध नहीं लगाएँगी। इंदिरा की दया और करुणा के प्रति यह आस्था सचमुच मार्मिक है।'

THE TIMES OF INDIA

President invites Indira to form government

Spotlight on Sanjay

Tight Soviet grip on Afghanistan

Qasim may get foreign affairs

Request to induct Sanjay in cabinet

New house constituted

83 Karnataka MLAs eager to join Cong. (I)

You Said It

राष्ट्रपति द्वारा इंदिरा गांधी को सरकार बनाने के लिए आमंत्रित करने का समाचार।

'दोनों (खुशवंत सिंह और गिरिलाल जैन) का इंदिरा-प्रेम एक जैसा नहीं है, इसमें बड़ा अंतर है। खुशवंत सिंह का प्रेम बिना संकोच और लज्जावाला आवेग-प्रधान है और उनके पक्ष में यह भी कहा जा सकता है कि वे शुरू से ही इंदिरा गांधी का समर्थन कर रहे हैं—इमरजेंसी के पहले से। दूसरी तरफ गिरिलाल जैन का प्रेम ज्यादा दिमागी है, वे बुद्धि से अपने प्रेम को सही बताते हैं। उन्होंने तर्क से प्रभावित करनेवाली अपनी कलम और उससे भी ज्यादा प्रभावशाली अपने अखबार को इंदिरा गांधी के समर्थन में झोंक दिया है—देश को उसी तरह की सत्ता की जरूरत है, जो सिर्फ इंदिरा गांधी ही प्रदान कर सकती हैं।'

गिरिलाल जैन ने इंदिरा गांधी को 'दुनिया की एक अत्यधिक निपुण और दक्ष राजनीतिक हस्ती, ऐसी हस्तियाँ दुनिया में बहुत कम हैं, बताया और 'फाइट इट स्ट्रेट' शीर्षक से निष्कर्ष पेश किया कि करोड़ों लोग आज भी इंदिरा गांधी पर विश्वास करते हैं और यह मानते हैं कि वे अपने प्रतिद्वंद्वियों की तुलना में एक ज्यादा न्यायपूर्ण और कुशल प्रशासन प्रदान कर सकती हैं।'

गिरिलाल जैन

इस तरह के राग दरबारी को देखते हुए इंदिरा गांधी ने बंद पड़े अपने पारिवारिक अखबार 'नेशनल हेराल्ड' को चुनाव प्रचार के लिए फिर से खोलने की माँग को ठुकराते हुए यह ठीक ही कहा कि मैं इस अखबार को क्यों खोलूँ, जब 'टाइम्स ऑफ इंडिया' वही काम रहा है, जो हमारी पार्टी चाहती है।

□

जस्टिस भगवती की इंदिरा-स्तुति से बवंडर

इमरजेंसी के दौरान नागरिकों के मौलिक अधिकारों और जीवन के अधिकार का गला घोंट देनेवाले पाँच सदस्यीय संविधान बेंच के एक न्यायाधीश जस्टिस भगवती ने इंदिरा गांधी के दोबारा सत्तारूढ़ होते ही उन्हें एक पत्र लिखकर चारण शैली में उनका स्तुति गान किया। यह पत्र 'लीक' हो गया और सुप्रीम कोर्ट के वकीलों के बीच तीखी चर्चा का विषय बन गया। सुप्रीम कोर्ट के ही एक जज जस्टिस तुलजापुरकर ने एक सार्वजनिक समारोह में इस पत्र की भर्त्सना की। जस्टिस भगवती बाद में सुप्रीम कोर्ट के चीफ जस्टिस बने।

न्यायमूर्ति पी.एस. (प्रफुल्लचंद्र नटवरलाल) भगवती उस पाँच सदस्यीय संविधान बेंच के एक न्यायाधीश थे, जिसने आपातकाल के दौरान बंदी प्रत्यक्षीकरण याचिकाओं पर सुनवाई के बाद 4-1 के बहुमत से यह फैसला दिया था कि सरकार को नागरिकों के मौलिक अधिकार विलंबित करने का अधिकार है। संविधान में जीवन के अधिकार का गला घोंट देनेवाले इस फैसले ने प्रमुख विपक्षी नेताओं समेत हजारों बंदियों को बिना उनका कोई कसूर बताए अनिश्चितकाल तक जेल में सड़ने के लिए मजबूर कर दिया था।

श्रीमती गांधी का कीर्ति गायन

28 अप्रैल, 1976 को बड़ी उत्सुकता से इस फैसले की प्रतीक्षा की जा रही थी। ऐसा खयाल था कि फैसला 3-2 से सरकार के खिलाफ जाएगा। लोगों का विचार था कि मुख्य न्यायाधीश अजित नाथ राय सरकार के पक्ष में फैसला देंगे और जस्टिस बेग भी सरकार के पक्ष में जा सकते हैं, जबकि उदारवेत्ता जस्टिस हंसराज खन्ना सरकार के विरुद्ध फैसला देंगे। नागरिक स्वतंत्रताओं के पक्षधर जस्टिस चंद्रचूड़ और जस्टिस भगवती भी जस्टिस खन्ना का साथ देंगे, लेकिन वे दोनों इतना साहस नहीं जुटा पाए।

इससे भी विचित्र बात यह कि इसी बेंच के एक न्यायाधीश जस्टिस भगवती ने इंदिरा गांधी को जनवरी 1980 में उनके दोबारा सत्ता में आते ही एक पत्र लिखा, जिसकी विषय-वस्तु लीक हो जाने पर कानूनी हलकों में तीव्र रोष प्रकट किया गया। उक्त पत्र का एक अंश न्यायिक प्रणाली में कठोर व आमूल परिवर्तन के प्रभाव से संबंधित था, जबकि अन्य अंश बड़े ही लच्छेदार और आलंकारिक शब्दों में श्रीमती गांधी की स्तुति में लिखे गए। ऐसा प्रतीत हुआ कि इस पत्र का मुख्य उद्देश्य श्रीमती गांधी का यशोगान था।

पत्र में अन्य बातों के अतिरिक्त लिखा गया था, 'आज उदीयमान सूर्य की रक्तिम आभा आशा की चमकीली किरणें बिखेर रही है। आशा की ये नई किरणें हमारे हृदय को खुशियों से भर दें, हमारे देश के लाखों गरीबों, अधनंगों, भूखों के लिए सुख-चैन और उल्लास लाएँ, इस अवसर पर ईश्वर से हमारी यही प्रार्थना है।'

जस्टिस पी.एन. भगवती

पत्र में एक जगह कहा गया था, 'आप भारत के उन लाखों गरीबों और भूखों की आशा और आकांक्षा का प्रतीक बन गई हैं, जिन्हें अब तक न कोई आशा थी और न जीने का सपना और अब वे आपकी ओर टकटकी लगाए हुए हैं कि आप उन्हें धूल और गंदगी से ऊपर उठाएँ और उन्हें गरीबी तथा अज्ञानता से मुक्ति दिलाएँ।'

शुभचिंतक को आप पर नाज

पत्र में श्रीमती गांधी को उनकी विजय पर बधाई देते हुए कहा गया था कि 'यह एक अत्यंत उल्लेखनीय व महान् उपलब्धि है, जिस पर आपको और आपके शुभचिंतकों को वास्तविक नाज हो सकता है।'

'भारत जैसे देश का प्रधानमंत्री होना एक बड़े गौरव की बात है, लेकिन इसके साथ ही इतनी बड़ी जिम्मेदारी भी जुड़ी हुई है, क्योंकि आपको पुराने मलबे अथवा भग्नावशेष से नई व्यवस्था खड़ी करनी है। किसी भी राजनीतिज्ञ की, जो गुण पूँजी हो सकती है, सौभाग्य से वह आपको प्राप्त है, वह है—जनता का प्रेम व स्नेह। आपकी पार्टी को आश्चर्यजनक सफलता मिली है, इसे छप्परफाड़ सफलता कहा जा सकता है। आपके प्रति स्नेह एवं उत्साह के कारण लोग एक ऐसे युग के सूत्रपात की आशा सँजोए हुए हैं, जिसमें किसी को कोई अभाव नहीं होगा और कोई अकिंचन नहीं होगा।'

जस्टिस भगवती ने अपने पत्र में यह भी लिखा, 'आपके सामने बहुत कठिन काम आ गया है, लेकिन मुझे विश्वास है कि आप अपने संकल्प, दृढ़ इच्छाशक्ति, अलौकिक दूरदर्शिता और गतिशील दृष्टि, महती प्रशासनिक क्षमता और विपुल अनुभव,

जनसाधारण के असीम स्नेह और प्यार तथा इन सबसे ऊपर आप में निर्धनों और कमजोरों से तादात्म्य स्थापित करनेवाला जो कोमल हृदय है, उसके बल पर राष्ट्र की नौका की कर्णधार बनकर उसे उसके अभीप्सित लक्ष्य तक सकुशल पहुँचाने में सफल-समर्थ होंगी और संविधान के आधारभूत संस्थापकों के महिमामंडित स्वप्न वास्तविकता का सरकार रूप धारण कर सकेंगे।'

पत्र के औचित्य पर सवाल

जस्टिस भगवती के इस पत्र की विषयवस्तु पत्र लिखे जाने के कुछ दिन बाद 'लीक' हो गई, जिसकी शायद उन्होंने कल्पना नहीं की होगी। यह चिट्ठी सुप्रीम कोर्ट में तीखी चर्चा का विषय बन गई। 21 मार्च को सुप्रीम कोर्ट के ही जज जस्टिस बी.डी. तुलजापुरकर ने भारतीय विधि संस्थान के एक समारोह में इसकी तीव्र आलोचना करके इसे नया मोड़ दे दिया। उस समारोह में उन्होंने कहा कि यदि किसी राजनीतिक नेता की राजनीतिक विजय पर न्यायाधीशों ने फूलमालाएँ और बधाई संदेश भेजना और उसके द्वारा उच्च पद ग्रहण करने पर प्रशस्ति गान शुरू कर दिया तो न्यायपालिका पर से लोगों का विश्वास उठ जाएगा और यदि अभी इस तरह की बातें हो सकती हैं तो वह दिन दूर नहीं, जब न्यायाधीश प्रभावी राजनीतिक नेता के घर का चक्कर लगाएँगे और उनसे मुलाकात करने के लिए बेताब नजर आएँगे। सचमुच वह दिन देश और न्यायपालिका के लिए सबसे बुरा दिन होगा।

सुप्रीम कोर्ट के अनेक वकीलों ने जस्टिस भगवती के पत्र को चापलूसीपूर्ण पत्र की संज्ञा दी और एक सेवारत न्यायाधीश द्वारा इस तरह का पत्र लिखे जाने के औचित्य पर सवाल उठाए, लेकिन इसका कोई वांछित परिणाम नहीं निकला। चीफ जस्टिस वाई. सी. चंद्रचूड़ के (फरवरी 1978-जुलाई 1985) रिटायर होने पर जस्टिस भगवती को श्रीमती गांधी के उत्तराधिकारी राजीव गांधी के शासनकाल में चीफ जस्टिस के पद पर शोभायमान (जुलाई 1985-दिसंबर 1986) होने का अवसर मिला।

चीफ जस्टिस ने स्वीकारा 'कायरपन'

दिलचस्प बात यह कि आपातकाल के दौरान जीवन के अधिकार को निरस्त करने के अपने फैसले के 35 वर्ष बाद सन् 2011 में जस्टिस भगवती ने अपनी गलती मानते हुए पछतावा जाहिर किया। अंग्रेजी दैनिक 'इंडियन एक्सप्रेस' को दिए गए एक इंटरव्यू में उन्होंने कहा कि मैं गलत था। इस मामले में अपनी सहमति के लिए मुझे खेद है। यह मेरी कमजोरी थी। बाकी तीन न्यायाधीशों ने तो शायद कभी खेद भी व्यक्त नहीं किया। न्यायमूर्ति चंद्रचूड़ ने, जो बाद में मुख्य न्यायाधीश बने, यह पूछे जाने पर कि

मानवीय स्वतंत्रता का हनन करनेवाला निर्णय उन्होंने क्यों दिया, कहा कि आपातकाल में वे डरे हुए थे। न्यायाधीश हंसराज खन्ना एकमात्र ऐसे थे, जिन्होंने दलील दी थी कि संविधान हमें किसी भी व्यवस्था को लागू करने के लिए जीवन और स्वतंत्रता के अधिकार के हनन का अधिकार नहीं देता। जैसा कि सर्वविदित है, इस निर्णय का उन्हें खामियाजा भी भुगतना पड़ता। वरीयता क्रम में योग्य एवं सुपात्र हाने के बावजूद उन्हें उनकी बारी के अनुसार मुख्य न्यायाधीश नहीं बनाया गया, जबकि जस्टिस भगवती मुख्य न्यायाधीश बना दिए गए।

□

खंड-5

देश के नाम इंदिरा गांधी का संदेश

26 जून, 1975 को आकाशवाणी से सुबह 8 बजे प्रसारित

राष्ट्रपतिजी ने आपातकाल की घोषणा की है। इसमें आतंकित होने का कोई कारण नहीं है। मुझे विश्वास है, आप सभी गहरे और व्यापक षड्यंत्र से अवगत होंगे, जो उस समय से रचा जा रहा है, जब से मैंने भारत के जनसाधारण के लाभ के लिए कुछ प्रगतिशील उपाय करने शुरू किए। प्रजातंत्र के नाम पर प्रजातंत्र के काम को ही नकारने की कोशिश की जा रही है। विधिवत् रूप से निर्वाचित विधानसभाओं को विघटित करने के उद्देश्य से सदस्यों को इस्तीफा देने के लिए बाध्य किया गया है। आंदोलनों से वातावरण भर गया है, जिनसे हिंसक वारदातें हुई हैं। मेरे मंत्रिमंडल के साथी श्री एल.एन. मिश्र की अमानुषिक हत्या से सारे देश को धक्का लगा है। भारत के मुख्य न्यायाधीश पर कातिलाना हमले की भी हम घोर निंदा करते हैं।

कुछ लोग तो हमारे सशस्त्र सैनिकों तथा पुलिस को विद्रोह करने के लिए उकसाने लगे हैं। हमारे सैनिक और पुलिस अनुशासित और महान् देशभक्त हैं और वे उनकी झाँसेबाजी में नहीं आएँगे। फिर भी इसकी गंभीरता को नजरअंदाज नहीं किया जा सकता।

विघटनकारी तत्त्व पूर्ण रूप से सक्रिय हैं और सांप्रदायिक भावना उभारी जा रही है, जिससे हमारी एकता को खतरा है।

मुझ पर सभी प्रकार के आरोप लगाए जा रहे हैं। भारतीय जनता मुझे बचपन से जानती है। मेरा सारा जीवन जनता की सेवा में बीता है। यह एक निजी मामला नहीं है। यह महत्त्वपूर्ण नहीं है कि मैं प्रधानमंत्री रहती हूँ या नहीं, लेकिन प्रधानमंत्री का पद महत्त्वपूर्ण है और इसे जान-बूझकर बदनाम करने का राजनीतिक प्रयास न तो प्रजातंत्र के हित में है, न राष्ट्र के। बहुत दिनों से इन घटनाक्रमों को हम अत्यधिक धैर्य से देखते रहे। अब हमें इनके नए कार्यक्रमों से पता चला है, जिनसे सारे देश में सामान्य कार्य में बाधा डालने के उद्देश्य से कानून और व्यवस्था को चुनौती दी गई है। क्या कोई भी सरकार, जो सरकार है, देश के स्थायित्व को ऐसे खतरे में पड़ने दे सकती है? कुछ के कार्यों से अधिकांश लोगों के अधिकार खतरे में पड़ रहे हैं। कोई भी ऐसी स्थिति, जिससे

देश के भीतर स्वाभाविक रूप से कार्य करने की राष्ट्रीय सरकार की क्षमता कमजोर होती है, वह बाहरी खतरे को निश्चय ही प्रोत्साहन देगी। यह हमारा परम कर्तव्य है कि हम एकता और स्थायित्व की रक्षा के लिए राष्ट्र की अखंडता के लिए कठोर कारवाई करें।

आंतरिक स्थायित्व और खतरे से उत्पादन और आर्थिक उन्नति की संभावनाओं पर भी असर पड़ता है। पिछले कुछ महीनों में निश्चित कारवाई से हमें कीमतों के बढ़ने से रोकने में व्यापक रूप से सफलता मिली है। हम अर्थव्यवस्था को मजबूत करने तथा विभिन्न वर्गों तथा उन लोगों की, जिनकी आय निर्धारित है, कठिनाइयों को दूर करने के और उपायों पर सक्रिय रूप से विचार कर रहे हैं। मैं शीघ्र इन उपायों की घोषणा करूँगी।

इंदिरा गांधी 26 जून, 1975 को प्रातः आकाशवाणी के स्टूडियो से राष्ट्र के नाम संदेश प्रसारित करती हुई।

मैं आपको यह विश्वास दिलाना चाहती हूँ कि इस नए आपातकाल की घोषणा से कानूनप्रिय नागरिकों के अधिकारों पर किसी प्रकार से असर नहीं पड़ेगा। मुझे विश्वास है कि आंतरिक स्थिति में तेजी से सुधार होगा, जिससे हम जल्द-से-जल्द इस घोषणा को समाप्त कर सकेंगे। भारत के सभी हिस्सों तथा जनता के सभी वर्गों के सद्भावना संदेशों के लिए मैं अत्यंत आभारी हूँ। मैं आपसे आनेवाले दिनों में आपके सतत सहयोग और विश्वास की अपील करती हूँ।

□

राष्ट्र के नाम इंदिरा गांधी का दूसरा प्रसारण

(27 जून, 1975)

भाइयो और बहनो, कल सुबह मैंने आपसे कहा था कि आपके सामने कुछ आर्थिक कार्यक्रम रखूँगी। उसमें दो-तीन दिन लगेंगे। आज आपसे कुछ और बातें करनी हैं। यह आपातकालीन घोषणा क्यों करनी पड़ी ? जो हिंसा का वातावरण देश में फैला था, उससे एक हमारे मिनिस्टर की हत्या हुई और चीफ जस्टिस की जान पर हमला। विरोधी दलों ने एक कार्यक्रम बनाया, सारे देश में बंद, घेराव, आंदोलन और मजदूरों को, पुलिस, फौजियों को भड़काना, इस कोशिश में कि केंद्र सरकार का काम बिल्कुल रुक जाए। एक जना इस हद तक गया कि अगर फौजी किसी हुक्म को गलत समझें तो उसे न मानें। इसको हम गलत या गद्दारी समझते हैं तो हम, उसके लिए उनको गिरफ्तार भी कर सकते हैं। कार्यक्रम इस महीने की 29 तारीख से शुरू होनेवाला था। हमें जरा भी संदेह नहीं कि ऐसा कार्यक्रम शांति और आर्थिक स्थिति को घोर खतरा पैदा कर सकता है और उसको रोकना है। इस तरह का कार्यक्रम, जो कुछ विरोधी दलों ने सोचा था, वह लोकतंत्र के अनुकूल नहीं है और किसी भी मापदंड से राष्ट्रहित के विरुद्ध है। इसको रोकना जरूरी है। जब से यह घोषणा हुई, देश में सामान्य स्थिति है, सिवाय गुजरात में कुछ शहरों में पथराव और कहीं-कहीं हड़ताल। इस शांति को हमें बनाए रखना है और हमको यह समझना है कि लोकतंत्र में भी हद होती है, जिसको पार नहीं कर सकते। हिंसा और मनमानी के सत्याग्रह उस इमारत को, जो इतनी मेहनत और आशाओं से इतने वर्षों में बनी है, उसको तोड़ सकते हैं। मेरी आशा है कि इस इमरजेंसी को हम जल्दी हटा सकेंगे।

आपको तो मालूम है कि मेरा पूरा विश्वास है अखबार की आजादी में, लेकिन जैसे सब आजादियाँ, इसमें भी जिम्मेदारी और संयम होना चाहिए। जब पहले कहीं दंगे हुए हैं, चाहे भाषा के नाम से, चाहे धर्म के नाम से, तो गैर-जिम्मेदारी से लोगों ने लिखा है, इसके बारे में स्थिति और गंभीर हो गई है। इस खतरे से बचना जरूरी है। कुछ अरसे

से कई अखबार गलत खबरें, जिससे लोग भड़कें या जिससे गलतफहमी फैले, ऐसी खबरें दे रहे थे। हमारा पूरा मकसद इस समय यह है कि स्थिति शांति और स्थिरता की रहे। सेंसरशिप का मतलब यही है, कुछ देर जरूर हुई खबरें देने में, चाहे रेडियो से, चाहे अखबारों से, क्योंकि पूरा इंतजाम करने में समय लगा और इस बीच में अफवाहें फैलानेवालों की मौज रही। मैं सुनती हूँ कि जो नेतागण गिरफ्तार हुए हैं, उनको सुविधाएँ दी जा रही हैं और आराम से रखने की पूरी कोशिश है। मैंने यह भी सुना कि हमारे उद्योग के बारे में कहा जा रहा है कि राष्ट्रीयकरण होगा या नए कंट्रोल लगेंगे। हमारा कोई ऐसा इरादा नहीं है। हमारा इरादा है कि उत्पादन बढ़ाएँ, जिससे कि रोजगारी भी बढ़े और ज्यादा अच्छा वितरण भी हो। बिजली की फौरन जरूरत है, चाहे कृषि के काम के लिए और उद्योग के लिए। हमको गरीब लोगों के लिए और मध्यम वर्ग के लोगों के लिए भी कुछ करना है। उनकी कठिनाइयाँ दूर करनी हैं। आज सुबह मैंने एक मीटिंग ली, केंद्र सरकार के सेक्रेटरी के साथ। शासन को ज्यादा सतर्क रहना है और काम तेजी और अच्छे ढंग से करना है। यह समय एकता और अनुशासन रखने का है। मुझे पूरी आशा है कि हर रोज स्थिति सुधरेगी और हमारी सारी जनता, शहर और गाँव की, हमारा इसमें साथ देगी कि हम अपने देश को और मजबूत बनाएँ और प्रगति के रास्ते पर तेजी से बढ़ें।

इंदिरा गांधी

आर्थिक प्रगति के लिए नए कार्यक्रम

श्रीमती इंदिरा गांधी का प्रसारण

प्रधानमंत्री श्रीमती इंदिरा गांधी द्वारा 1 जुलाई, 1975 को राष्ट्र के नाम किया गया प्रसारण—

मैं आज आपके सामने कुछ आर्थिक कार्यक्रमों की बात कहने जा रही हूँ, जिन्हें लागू करने का सरकार का विचार है। इनमें से कुछ नए हैं, कुछ अन्य पहले शुरू हो चुके हैं, परंतु उन्हें और अधिक जोरदार ढंग से और दृढ़ निश्चय से चलाने की आवश्यकता है। कृपा करके जादुई हल और नाटकीय परिणामों की आशा न करें। केवल एक ही जादू है, जो गरीबी को दूर कर सकता है और वह है स्पष्ट दूरदृष्टि के साथ-साथ कड़ा परिश्रम, दृढ़ इच्छा और कठोरतम अनुशासन। हममें से प्रत्येक को अपने-अपने स्थान पर केवल अपने लिए ही नहीं, बल्कि अपने साथी नागरिकों के लिए ये और अधिक काम करने का दृढ़ निश्चय करना चाहिए। राज्य की संपत्ति का अधिक सम्मान किया जाना चाहिए। इसे नष्ट करने पर दंडात्मक जुर्माने किए जाएँगे। सभी तरफ हमें और अधिक संयम बरतने की आवश्यकता है। जो खपत स्पष्ट रूप से कम की जा सकती है, उसे

कम करने का सरकार का कर्तव्य है, परंतु नागरिकों का भी उत्तरदायित्व है। राष्ट्र के जीवन को बेहतर बनाने के लिए केवल यही रास्ता है।

कानून तोड़ने, राष्ट्रीय गतिविधियों को ठप करने तथा अनुशासनहीनता और अवज्ञा के लिए सुरक्षा सेनाओं को उकसाने से आर्थिक अराजकता और गड़बड़ी हो सकती थी और हमारा देश पृथकतावादी प्रवृत्तियों और विदेशी खतरे का शिकार हो जाता। नफरत के बादल कुछ छँट जाने पर हम अपने लक्ष्यों को और अधिक स्पष्टता और महत्त्व के साथ देख सकते हैं। आपातकालीन स्थिति से हमें अपने आर्थिक कार्यों को आगे बढ़ाने का एक नया अवसर मिला है।

पहली और सबसे बड़ी चुनौती मूल्यों संबंधी है। पिछले पाँच दिनों में अनेक वस्तुओं के मूल्य गिरने की प्रवृत्ति नजर आई है। इस प्रवृत्ति को बनाए रखना होगा। इस उद्देश्य के लिए उत्पादन बढ़ाने, वसूली को तेज करने और आवश्यक वस्तुओं के वितरण की व्यवस्था को सुचारु बनाने के लिए सरकार अनेक कदम उठाएगी। स्थगन आदेशों से उड़ीसा, पश्चिम बंगाल में धान की वसूली पर रोक लग गई है। विदेशी मुद्रा साधनों के प्रति हमारा दृष्टिकोण उचित रूप से संतोषजनक है। इसलिए जहाँ आवश्यक होगा, आयात का प्रबंध किया जाएगा ताकि पर्याप्त सप्लाई बनी रहे। राज्य सरकारों से पहले ही कह दिया गया है कि वे मूल्य सूची टाँगने और भंडार संबंधी सूचना देने के लिए व्यापारियों को सलाह दें। जमाखोरों और नियमों का उल्लंघन करनेवालों को कड़ा दंड दिया जाएगा।

मुद्रा स्फीति रोकने संबंधी इस नीति को जारी रखा जाना है। ऋण का चयनात्मक आधार पर सावधानी से नियमन किया जाना है। सरकारी विभागों और सार्वजनिक प्रतिष्ठानों को अनावश्यक खर्च कम करने के नए आदेश दिए गए हैं।

हमारी जनता में से अधिकांश देहाती क्षेत्रों में रहते हैं। हमें जोत की अधिकतम सीमा संबंधी कानूनों को लागू करना और भूमिहीनों में फालतू भूमि का वितरण दुगने उत्साह से करना चाहिए। भूमि संबंधी खातों को पूरा करने में हमें स्थानीय लोगों की सहायता की जरूरत है। इस बात का विशेष ध्यान रखा जाएगा कि जनजातीय लोगों को उनकी भूमि से वंचित न किया जाए।

देहाती क्षेत्रों में मकानों के लिए स्थान की व्यवस्था करने के कार्यक्रम का बहुत विस्तार किया जाएगा। उन भूमिहीन मजदूरों को स्वामित्व के अधिकार देने के लिए कानून बनाए जाएँगे, जो कुछ निश्चित अवधि से अधिक समय तक अपने मालिकों की जमीन पर घर बनाकर रह रहे हैं। उन्हें निकालने की काररवाई करनेवालों से सख्ती से बरता जाएगा।

बंधन में फँसे हुए मजदूरों से काम लेने की परंपरा घृणित है और इसे समाप्त किया जाएगा। इस प्रकार से काम लेने के लिए जो करार या अन्य प्रबंध किए गए हैं, उन्हें गैरकानूनी घोषित किया जाएगा।

ग्रामीणों के ऋणों को माफ करने के लिए विभिन्न चरणों में कुछ कदम उठाने का हमारा विचार है। एक ओर जहाँ भूमिहीन मजदूरों, देहाती शिल्पकारों तथा छोटे और सीमांत किसानों को, जिनके पास दो हेक्टेयर से कम भूमि है, संस्थागत ऋण दिलाने के लिए वैकल्पिक एजेंसियाँ खोलने के लिए नई योजनाएँ बनाई जाएँगी, वहीं दूसरी ओर ऐसे वर्गों से ऋणों की वसूली संबंधी मुकदमों को स्थगित और आदेशों पर अमल को विलंबित किया जाएगा। सहकारियों, वाणिज्यिक बैंकों और सरकार के ऋणों को इस योजना के बाहर रखा जाएगा।

खेतिहर मजदूर हमारे समाज का वह अंग हैं, जिनका बुरी तरह से शोषण किया जाता है। खेतिहर मजदूरों के लिए न्यूनतम वेतन संबंधी वर्तमान कानून की भी समीक्षा की जाएगी और जहाँ आवश्यक होगा, न्यूनतम वेतन को उचित रूप से बढ़ाने के लिए काररवाई की जाएगी।

उत्पादन बढ़ाने का हमें पूरा प्रयास करना चाहिए। अधिक कृषि और औद्योगिक उत्पादन के लिए जल और विद्युत की महत्त्वपूर्ण भूमिका है। कम-से-कम पचास लाख हेक्टेयर और अधिक भूमि को सिंचाई के अंतर्गत लाने के लिए उपाय किए जा रहे हैं। जहाँ-जहाँ भूमिगत जलस्रोतों का पता लगा है, उनका तुरंत उपयोग किया जाएगा और सिंचाई के लिए तथा पीने के पानी की व्यवस्था के लिए, विशेष रूप से सूखे से प्रभावित क्षेत्रों में और अधिक सर्वेक्षण किए जाएँगे।

बिजली की स्थिति में कुछ सुधार हुआ है। 2600 मेगावाट और अधिक बिजली के उत्पादन के लिए काररवाई की जा रही है। बिजली की परियोजनाओं पर अमल के लिए पर्याप्त धन की व्यवस्था की जा रही है। दीर्घावधि आवश्यकताओं के लिए केंद्र सरकार के अधीन वृहद् तापघरों की योजना बनाई जा रही है। राज्य बिजली मंडलों को सुव्यवस्थित किया जा रहा है।

जहाँ तक लोगों को रोजगार देने का संबंध है, कृषि के बाद हथकरघा उद्योग का दूसरा स्थान है। बुनकरों को उचित दाम पर आवश्यक वस्तुओं की सप्लाई सुनिश्चित की जाएगी। हथकरघों के लिए अलग से एक विकास आयुक्त की नियुक्ति की जा रही है। बुनकरों को और अधिक सुरक्षा प्रदान करने के लिए आरक्षण नीति का युक्तिकरण किया जा रहा है।

कारखानों के क्षेत्र में नियंत्रित कपड़ा योजना में सुधार किया जा रहा है ताकि धोतियों, साड़ियों और कपड़ों की किस्म में सुधार हो और ये अधिकाधिक दुकानों के माध्यम से देहाती और शहरी क्षेत्रों में बेची जा सकें।

शहरी भूमि से बहुत धन कमाया गया है, जिससे राष्ट्रीय हितों की हानि हुई है। भूमि के मूल्यों में सौदेबाजी तथा शहरी संपत्ति के कुछ हाथों में इकट्ठा होने से असमानता असाधारण

रूप से बढ़ी है और शहरी विकास बड़े ही अव्यवस्थित रूप से हुआ है। खाली छोड़ी हुई भूमि, अतिरिक्त भूमि पर कब्जा करने, नए आवासों में चौकी क्षेत्र को कम करने तथा शहर और शहरीकरण योग्य भूमि का समाजीकरण करने के लिए कानूनी कदम उठाए जा रहे हैं।

कर की चोरी अपराध है। इस प्रकार चोरी से बचाया हुआ कालाधन आलीशान आरामदायक मकान बनाने में काम आता है। शहरी संपत्ति का बहुत ही कम मूल्य दिखाया जाता है। संपत्ति के मूल्यांकन के लिए विशेष दस्तों की स्थापना की जाएगी। कड़ा दंड दिया जाएगा। हम शीघ्र निपटाए जानेवाले मुकदमे चलाए जाने के बारे में विचार कर रहे हैं।

तस्करों के विरुद्ध अभियान में तेजी लाई जाएगी। कुछ तकनीकी मुद्दों पर उनकी रिहाई से इस अभियान में बाधा आई थी। कुछ मामलों में उन्हें जमानत पर रिहा भी कर दिया गया। तस्करों की संपत्ति चाहे उनके नाम से हो या बेनामी हो, जब्त कर ली जाएगी।

लाइसेंसिंग प्रणाली से नए पूँजी निवेश में बाधा आई है। इसको सरल बनाया जाएगा। जिन उद्योगों को आयातित सामान या सरकारी सहायता की आवश्यकता नहीं है, उनकी पूँजी निवेश की सीमा बढ़ा दी जाएगी।

साथ-ही-साथ मैं यह भी कहूँगी कि लाइसेंसों का दुरुपयोग किया जा रहा है। इसके लिए आयात-निर्यात नियमों में संशोधन किया जा रहा है। ऐसे मुकदमों का शीघ्र निपटान किया जाएगा तथा दंडस्वरूप दोषी व्यक्तियों की संपत्ति भी जब्त की जा सकती है।

उद्योगों में विशेष रूप से बिक्री के स्तर पर कर्मचारियों के योगदान की तथा उत्पादन कार्यक्रम संबंधी योजनाएँ शुरू की जाएँगी।

पिछले कुछ महीनों में रेलों द्वारा अनाज, कोयले, इस्पात और सीमेंट की ढुलाई में सुधार हुआ है। ट्रकों द्वारा माल ढोने में आनेवाली कठिनाइयों को दूर किया जाएगा। इस उद्देश्य की प्राप्ति के लिए हम राष्ट्रीय परमिट प्रणाली आरंभ कर रहे हैं।

पिछले कुछ वर्षों में निश्चित आयवाली जनता ने बहुत कष्ट सहे हैं। उनको तत्काल सहायता की आवश्यकता है। आयकर से छूट के लिए छूटवाली आय की निम्नतम सीमा छह हजार रुपए से बढ़ाकर आठ हजार रुपए कर दी जाएगी। गरीब परिवारों के विद्यार्थियों को अपने घर से दूर रहकर उच्च शिक्षा प्राप्त करने में विशेष कठिनाइयों का सामना करना पड़ता है। उनकी सहायता के लिए सभी छात्रावासों में आवश्यक वस्तुएँ नियंत्रित मूल्य पर उपलब्ध कराई जाएँगी।

शिक्षा के क्षेत्र में एक महत्त्वपूर्ण कदम यह उठाया गया है कि सभी स्कूलों, कॉलेजों और विश्वविद्यालयों के विद्यार्थियों को पाठ्य पुस्तकें और कॉपियाँ आदि उचित दामों पर उपलब्ध कराने की व्यवस्था की जाएगी। मूल्यों पर कठोरता से नियंत्रण रखा जाएगा तथा पुस्तक कोष की स्थापना की जाएगी।

शिक्षित युवकों के लिए रोजगार के अवसरों में वृद्धि करने के लिए अप्रेंटिसशिप अधिनियम में अनुकूल संशोधन किया जाएगा, ताकि हमारी अर्थव्यवस्था के संगठित क्षेत्र अपनी प्रबंध व्यवस्था में बड़ी संख्या में अप्रेंटिसों को लें। अप्रेंटिसों की भर्ती करते समय अनुसूचित जाति और जनजाति, अल्पसंख्यकों और विकलांगों का विशेष ध्यान रखा जाएगा।

मैंने नए कार्यक्रम के अनेक भागों की रूपरेखा मोटे तौर पर बताई है। यह कार्यक्रम अगले कुछ सप्ताहों में लागू किया जाएगा। दूसरे मामलों पर भी विचार किया जा रहा है और समय-समय पर ऐसे उपायों की घोषणा की जाएगी। मुझे, इसमें कोई संदेह नहीं है कि ये सारे उपाय देश के आर्थिक दृष्टिकोण को बदलने में सहायक होंगे। सबसे बड़ी आवश्यकता इस बात की है कि हमें मिलकर बेबसी की भावना का त्याग करना होगा। पिछले कुछ महीनों में उत्पन्न संकट का सबसे बुरा प्रभाव यह था कि इसने सनक को बढ़ावा दिया और राष्ट्रीय आत्मविश्वास को धक्का पहुँचाया है। अब राष्ट्रीय भावना को प्राप्त करने का अवसर है। आइए, हम कार्य आरंभ करें।

□

प्रधानमंत्री का 20 सूत्री आर्थिक कार्यक्रम

प्रधानमंत्री श्रीमती इंदिरा गांधी ने 1 जुलाई, 1975 को रात आकाशवाणी से राष्ट्र के नाम ब्रॉडकास्ट करते हुए, जिस 20 सूत्री आर्थिक कार्यक्रम की घोषणा की, उसका मूल पाठ इस प्रकार था—

1. आवश्यक वस्तुओं का मूल्य घटाने की दिशा में प्रयत्न जारी रहेगा। आवश्यक वस्तुओं के उत्पादन, उगाही और वितरण की सुनियोजित व्यवस्था की जाएगी। सरकारी खर्च में पूर्ण मितव्ययिता का पालन किया जाएगा।
2. भूमि हदबंदी कार्यक्रम को कार्यान्वित किया जाएगा और जो अतिरिक्त जमीन उपलब्ध होगी, उसका वितरण शीघ्र करने की व्यवस्था की जाएगी। इसके साथ ही यह व्यवस्था भी की जाएगी कि भूमि संबंधी अभिलेख यथाशीघ्र पूरे कर दिए जाएँ।
3. भूमिहीनों और कमजोर वर्ग के लोगों के लिए वासगीत जमीन की व्यवस्था करने के काम में तेजी लाई जाएगी।
4. बंधेज मजदूर प्रथा (एक प्रकार की दास प्रथा) अगर कहीं है तो उसे गैरकानूनी घोषित कर दिया जाएगा।
5. ग्रामीण क्षेत्र के लोगों को ऋण से मुक्ति दिलाने की योजना बनाई जाएगी। ऐसे कानून बनाए जाएँगे, जिससे भूमिहीन मजदूरों तथा छोटे किसानों से कर्ज की रकम न वसूली जा सके। गाँवों के गरीबों से ऋण वसूलने के लिए मुकदमा चलाने पर पाबंदी लगा दी जाएगी।
6. खेतिहर मजदूरों की न्यूनतम मजदूरी संबंधी कानून की समीक्षा की जाएगी और उसमें अपेक्षित सुधार किया जाएगा।
7. और पचास लाख हेक्टेयर जमीन में सिंचाई की व्यवस्था की जाएगी। जमीन के नीचे के पानी के उपयोग के लिए राष्ट्रीय कार्यक्रम बनाया जाएगा।
8. विद्युतीकरण के कार्यक्रम में तेजी लाई जाएगी और केंद्रीय सरकार के अधीन बड़े-बड़े वाष्प बिजलीघर बनाए जाएँगे।

9. करघा उद्योग के विकास के लिए नई विकास योजना बनाई जाएगी।
10. जनसाधारण के कार्य में आनेवाले कपड़े की किस्म और आपूर्ति में सुधार लाया जाएगा।
11. शहरी जमीन का तथा ऐसी जमीन का भी, जिसका शहरीकरण हो सकता है, समाजीकरण किया जाएगा। शहर की खाली जमीन की हदबंदी की जाएगी। इसके अलावा नया मकान बनवानेवालों के लिए प्लिंथ एरिया (सतह क्षेत्र) की भी हदबंदी कर दी जाएगी।
12. ऐसे विशेष दस्ते कायम किए जाएँगे, जो संदिग्ध बनाए गए मकानों की मालियत तय करेंगे और करवंचना रोकेंगे। आर्थिक अपराधों की रोकथाम की दिशा में आर्थिक अपराधों के लिए मुकदमे के तुरंत निपटारे की तथा अपराधी को दंड देने की व्यवस्था की जाएगी।
13. तस्करों की संपत्ति (बेनामी संपत्ति भी) की जब्ती के लिए विशेष कानून बनाए जाएँगे।
14. पूँजी नियोजन की प्रक्रिया को उदार बनाया जाएगा और आयात लाइसेंस का दुरुपयोग करनेवालों के खिलाफ कड़ी काररवाई की जाएगी।
15. उद्योग-धंधों के प्रबंध में मजदूरों की साझेदारी की नई योजनाएँ बनेंगी।
16. पथ परिवहन के लिए राष्ट्रीय परमिट योजना बनेगी।
17. मध्यम वर्ग के लोगों को करों से राहत पाने के लिए आयकर से छूट की सीमा को छह हजार से बढ़ाकर आठ हजार कर दिया जाएगा।
18. छात्रावास के छात्रों को नियंत्रित मूल्य पर आवश्यक वस्तुओं की आपूर्ति की जाएगी।
19. किताब और स्टेशनरी सामान नियंत्रित मूल्य पर उपलब्ध कराए जाएँगे।
20. रोजगार और प्रशिक्षण की सुविधा का विस्तार करने के उद्देश्य से (खासतौर पर कमजोर वर्ग के लोगों के लिए) 'एप्रेंटिसशिप' की नई योजना बनेगी।
21. मुद्रास्फीति को काबू में लाने की दिशा में प्रयास जारी रहेंगे, किंतु इसके बावजूद सरकारी निर्माण कार्य बंद नहीं किए जाएँगे।

□

इंदिरा के नाम जे.पी. का पत्र

प्रिय प्रधानमंत्री,

समाचार-पत्रों में आपकी बातचीतों और वक्तव्यों के विवरण पढ़कर मन को आघात पहुँचता रहता है। (आपको रोज-रोज अपने बचाव में कुछ-न-कुछ कहना पड़ता है, इसी से पता चलता है कि आपका दिल दोषी है)। आपने सब प्रकार के सार्वजनिक मतभेदों और समाचार-पत्रों का गला घोंट दिया है, इसीलिए अब किसी आलोचना या प्रतिवाद के भय के बिना आप तोड़े-मरोड़े गए तथ्यों और असत्यों पर अपनी रट लगाए रहती हैं। अगर आप यह मानती हैं कि ऐसा करके आप अपने को आम जनता के सामने सच्चा साबित कर सकेंगी और विरोधी पक्षों को सदा के लिए समाप्त कर देंगी तो आप एक गंभीर भूल कर रही हैं। अगर मेरी इस बात में आपको कोई शक हो, तो आपातकाल उठा लीजिए, लोगों को उनके बुनियादी हक लौटा दीजिए, समाचार-पत्रों को उनकी स्वतंत्रता वापस दे दीजिए और अपनी देशभक्ति व्यक्त करने के अलावा जिन लोगों का कोई अपराध नहीं था, फिर भी उन्हें जेलों में बंद कर रखा है, उन सब लोगों को रिहा कर दीजिए और फिर मेरी बात को कसौटी पर कसकर देखिए। भगवान् ने जनता को एक छठी इंद्रिय दे रखी है, इसलिए नौ सालों की अवधि में, जो कोई छोटी अवधि नहीं है, जनता ने आपको ठीक-ठीक पहचान लिया है।

खुफिया विभाग की गलत सूचनाएँ

जिन बातों को आप बार-बार दोहराती रहती हैं, मेरे विचार में उनका सार यह है कि—(1) सरकार को पंगु बना देने के लिए एक षड्यंत्र रचा गया था और (2) एक व्यक्ति फौजवालों और पुलिसवालों के बीच असंतोष फैलाने की कोशिश कर रहा था। अपनी इन दो मुख्य बातों के अलावा आप दूसरी भी कुछ छोटी-मोटी बातें दोहराती रही हैं। बात-बात में आप अपने कुछ दूसरे सूत्रों का भी उच्चारण करती रही हैं, जैसे लोकतंत्र की अपेक्षा राष्ट्र अधिक महत्त्वपूर्ण है, समाजवादी लोकतंत्र भारत के लिए उपयुक्त हो सकेगा या नहीं, आदि-आदि।

भारत में सब राज्यों में से अकेले एक बिहार में ही लोगों का आंदोलन चल रहा था, लेकिन वहाँ भी, जैसा मुख्यमंत्री के कई बयानों में कहा गया है, अगर कोई आंदोलन कभी था, तो वह बहुत पहले ही चरमराकर खत्म हो चुका था। अगर आपके सर्वव्यापक खुफिया विभाग ने आपको सही जानकारी दी होगी, तो आपको पता चला ही होगा कि आंदोलन बराबर फैलता जा रहा था और वह दूर-दूर के देहाती इलाकों तक पहुँच रहा था। मेरी गिरफ्तारी के समय तक गाँवों से लेकर प्रखंडों के स्तर तक जनता सरकारें बनाई जा रही थीं। आशा यह थी कि आगे चलकर यह प्रक्रिया जिलों से लेकर राज्यों के स्तर तक जारी रहेगी। यदि आपने इन जनता सरकारों के कार्यक्रमों के जानने-समझने की चिंता की होती तो आपको पता चला होता कि इनके अधिकतर कार्यक्रम रचनात्मक थे। उदाहरण के लिए, सार्वजनिक वितरण-प्रणाली को नियमित और व्यवस्थित बनाना, प्रशासन के नीचेवाले स्तर पर भ्रष्टाचार को रोकना, भूमि-सुधार संबंधी कानूनों पर अमल करवाना, पुरानी परंपरागत प्रथा के अनुसार पंचों की मदद से आपस के झगड़ों को निपटाना और समझौते कराना, हरिजनों के साथ न्यायोचित व्यवहार की व्यवस्था खड़ी करना और तिलक-दहेज जैसी सामाजिक बुराइयों को रोकने की कोशिश करना, आदि-आदि।

जयप्रकाश नारायण

आपके खास सवालों में से एक सवाल यह है कि चुनी हुई सरकार को और विधानसभा को हट जाने के लिए कहने का किसी को क्या अधिकार है। संविधान के जाने-माने विशेषज्ञों को यह अधिकार है कि अगर कोई चुनी हुई सरकार कुशासन चलाती है तो और भ्रष्टाचार करती है, तो वह उसे त्यागपत्र देने के लिए कह सकती है। इसके बावजूद, यदि राज्य की विधानसभा ऐसी सरकार का समर्थन करती रहती है, तो उसे भी जाना ही चाहिए, जिससे जनता फिर अधिक अच्छे प्रतिनिधियों को चुन सके।

ऐसी स्थिति में इस बात का निर्णय कैसे किया जाए कि लोग क्या चाहते हैं? निर्णय तो लोकतंत्र की साधारण रीति से ही हो सकता है।

पद पर संकट, राष्ट्र पर संकट नहीं

सरकारी खबरों के अनुसार आपने यह कहा है कि राष्ट्र की तुलना में लोकतंत्र अधिक महत्त्व की वस्तु नहीं है। श्रीमती प्रधानमंत्री, क्या यह कहकर आप अपने बारे में बहुत ज्यादा चिंतित तो नहीं हो रही हैं? राष्ट्र की चिंता करने वालों में आप एक अकेली नहीं हैं। जिन लोगों को आपने जेलों में बंद किया है, उनमें बहुतेरे ऐसे हैं, जिन्होंने राष्ट्र के लिए आपसे कहीं अधिक काम किया है। इसलिए राष्ट्र के बारे में उपदेश देकर जले पर नमक छिड़कने का काम मत कीजिए।

उपर्युक्त बातें मैंने अत्यंत विशुद्ध भाव और स्पष्ट शब्दों में लिखी हैं। आपके साथ बहस करने के लिए या अपना गुस्सा दिखाने के लिए मैंने इन्हें नहीं लिखा है। वैसा करना तो आपको कायरता दिखाना ही होगा। यहाँ मेरे स्वास्थ्य की जो देखभाल की जा रही है, उसकी सराहना के अभाव का भी यह सूचक नहीं है। आप जिस सच्चाई को दबाने और विकृत रूप में पेश करने की कोशिश में लगी हैं, उसी को उसके नग्न रूप में आपके सामने रख देने के लिए मैंने ये बातें लिखी हैं।

निर्णय-शक्ति, मार्गदर्शन और अभियान के अभाव में इस परिस्थिति का जन्म हुआ था। ऐसा मालूम होता है कि जब आपके व्यक्तिगत पद पर कोई संकट आता है, तभी आप तेजी के साथ अचानक कुछ काररवाइयाँ करने लगती हैं और जब वह संकट टल जाता है, तो स्थिति फिर ज्यों-की-त्यों हो जाती है, वही जड़ता फिर लौट आती है! इसलिए इंदिराजी, आप अपने-आपको ही राष्ट्र मानकर मत बैठिए। आप अमर नहीं हैं, जबकि भारत तो सदा-सर्वदा रहनेवाला है।

आपने विरोधी पक्षों पर और मुझ पर सब प्रकार की दुष्टताओं के आरोप लगाए हैं। जिस पर भी एक बात का विश्वास मैं आपको दिलाना चाहता हूँ। अगर आप सच्ची काररवाई करना चाहती हों, 20 सूत्री, अपने इस कार्यक्रम को ही आप अच्छी तरह से अमली रूप देने का प्रयत्न करनेवाली हों, तो विरोधी पक्षों को अपने विश्वास में लीजिए और उनकी सलाहों पर ध्यान दीजिए। हममें से प्रत्येक व्यक्ति स्वेच्छापूर्वक आपके साथ सहयोग करेगा। अब आपकी बारी है कि आप निर्णय करें कि केवल इतनी-सी बात के लिए आपको लोकतंत्र को समाप्त कर देने की जरूरत नहीं है।

सद्‌भावनाओं के साथ!

आपका

जयप्रकाश

चंडीगढ़, 21 जुलाई, 1975

□

इमरजेंसी के रोचक प्रसंग, विचित्र प्रसंग

'इंदिरा गांधी जिंदाबाद-जिंदाबाद' के कारण जेल!

आपातकाल के साथ सेंसरशिप लागू कर देने के विरोध में जिन समाचार-पत्रों ने (इनकी संख्या न्यूनतम थी) अपने संपादकीय-अग्रलेख का स्थान सामान्य बॉर्डर लगाकर खाली छोड़ दिया था, उनसे भी सरकार ने कैफियत तलब की कि ऐसा उन्होंने क्यों किया, जबकि ब्रिटिश शासनकाल में कई बार राष्ट्रवादी अखबार ऐसे प्रसंग उपस्थित होने पर यही किया करते थे। संपादकीय का स्थान रिक्त छोड़ देने वाले अखबारों में 'इंडियन एक्सप्रेस', 'फाइनेंशियल एक्सप्रेस', 'अमर उजाला', 'नई दुनिया', 'दैनिक जागरण', 'राँची एक्सप्रेस', 'मेन स्ट्रीम' आदि ऐसे ही अखबार थे। 'दैनिक जागरण' का संपादकीय इन शब्दों के साथ खाली छोड़ दिया गया था—'नया लोकतंत्र लागू।' सरकार को यह गवारा नहीं हुआ और उसने पत्र के मालिक-संपादक पूर्णचंद्र गुप्ता और उनके साथ उनके दो पुत्रों नरेंद्र मोहन एवं महेंद्र मोहन को भी गिरफ्तार कर जेल भेज दिया।

इस प्रकरण में दिलचस्प बात यह कि वाराणसी के दैनिक 'गांडीव' ने संपादकीय की पूरी जगह खाली न छोड़कर 'इंदिरा गांधी जिंदाबाद', 'इंदिरा गांधी जिंदाबाद' से भर दी। सरकार को यह भी बरदाश्त नहीं हुआ, क्योंकि इसमें छिपा कटाक्ष एक विशिष्ट अर्थ रखता था। अखबार के वयोवृद्ध संपादक भगवानदास अरोड़ा को जेल की हवा खानी पड़ी।

कौन थे इमरजेंसी के समर्थक?

पूरी कांग्रेस संसदीय पार्टी ने इमरजेंसी का समर्थन किया, केवल पाँच सदस्यों चंद्रशेखर, मोहन धारिया, रामधन, कृष्णकांत और लक्ष्मीकंथम्मा ने इसका विरोध किया। इन पाँचों को पार्टी से निलंबित कर दिया गया। सभी कांग्रेस प्रदेश कमेटियों और मुख्यमंत्रियों ने प्रस्ताव पारित कर इंदिरा गांधी के नेतृत्व में विश्वास व्यक्त किया। भारतीय कम्युनिस्ट पार्टी (सी.पी.आई.) ने इमरजेंसी का दिल से समर्थन किया, जबकि मार्क्सवादी कम्युनिस्ट पार्टी ने इसका विरोध किया।

अदालतों में लगनेवाले थे ताले

कांग्रेस के वरिष्ठ नेता और पश्चिम बंगाल के पूर्व मुख्यमंत्री सिद्धार्थ शंकर राय ने शाह आयोग को दिए गए अपने बयान में इस बात का रहस्योद्घाटन किया कि 25 जून, 1975 की आधी रात को कुछ अनुत्तरदायी व्यक्तियों ने एक बैठक में फैसला किया कि अदालतें बंद कर दी जाएँ और समाचार-पत्रों की बिजली की लाइनें काट दी जाएँ। बताया जाता है कि इन 'अनुत्तरदायी' व्यक्तियों में इंदिरा गांधी का छोटा बेटा संजय गांधी अग्रणी था। राय ने अपनी गवाही में कहा कि जब उन्हें यह बात मालूम हुई, तब उन्हें इस पर गहरी चिंता हुई, लेकिन इमरजेंसी की घोषणा के बाद न्यायपालिका के साथ जो बरताव हुआ, वह अदालतें बंद कर देने के मूल विचार का एक प्रकार से विस्तार ही था। श्री राय ने इंदिरा गांधी से बात की और उन्हें समझाया कि अदालतें बंद करना हर दृष्टिकोण से गलत होगा। इंदिरा गांधी ने अखबारों की बिजली लाइनें काट देने के विचार का तो समर्थन किया, लेकिन अदालतें बंद कर देने के सुझाव को नहीं माना।

'मदरलैंड' संपादक से कैफियत तलब

भारतीय जनसंघ समर्थित अंग्रेजी दैनिक 'द मदरलैंड' के संपादक वरिष्ठ पत्रकार के.आर. मल्कानी को 25-26 जून की मध्यरात्रि में नई दिल्ली में अचानक उनके घर पर छापा मारकर, उन्हें सोते हुए से जगाकर, गिरफ्तार किया गया। हरियाणा में रोहतक जेल में रखने के बाद उन्हें अज्ञात स्थान पर ले जाया गया तथा सख्ती के साथ उनसे पूछताछ की गई। उनसे पूछा गया कि 'मदरलैंड' में प्रकाशित इंदिरा सरकार के बारे में प्रतिकूल भविष्यवाणी किसकी थी। उनसे तरह-तरह के सवाल पूछकर उन्हें परेशान किया गया। उनका अखबार बंद करा दिया गया।

प्रसिद्ध पत्रकारों के साथ बदसलूकी

आपातकाल के दौरान सूचना एवं प्रसारण मंत्री विद्याचरण शुक्ल ने कुछ प्रसिद्ध पत्रकारों को अपने दफ्तर में चाय पर बुलाया। पत्रकार उस समय हक्के-बक्के रह गए, जब शुक्ल ने उनकी ओर मुखातिब होते हुए बिना किसी लिहाज के कहा, 'आप सबके कच्चे-चिट्ठे पुलिस ने मेरे पास भेज रखे हैं।' इसके साथ ही उन्होंने यह भी जोड़ दिया, 'सरकार आपसे जो चाहती है, अगर आपने वह नहीं किया तो हम भी जानते हैं कि आपके साथ क्या सलूक किया जाए।' शुक्ल ने यहीं पर बस नहीं किया। बोले, 'विदेशी संवाददाताओं की मौजूदगी की जानकारी भी तत्काल हमें मिलनी चाहिए।' सुननेवालों की खामोशी को तोड़ते हुए एक पत्रकार ने पूछ ही लिया, 'तो क्या हमें पुलिस के मुखबिरों का काम करना है?' यह घटना इस बात को उजागर करती है कि है कि आपातकाल में सत्ताधारी राजनेता कितनी गुस्ताखी पर उतर आए थे।

विदेशी पत्रकारों के टेलीफोन कटे

आपातकाल के दौरान विदेशों में प्रकाशित होनेवाले अखबारों के विदेशी और भारतीय संवाददाताओं के साथ भी भद्दे और शर्मनाक ढंग से व्यवहार किया गया। एक विदेशी संवाददाता की तो टेलीफोन लाइन ही काट दी गई और वह भी ऐसे समय में, जब वह स्वयं भारत से बाहर था और घर पर बीमार पड़ी उसकी पत्नी को मदद की दरकार थी।

विदेशी पत्रकारो! स्वागत है, जाओ!

केंद्रीय सूचना व प्रसारण मंत्री विद्याचरण शुक्ल ने एक बार विदेशी संवाददाताओं के बारे में कहा कि उन्हें हमारी बात माननी होगी, नहीं तो वे भारत से जा सकते हैं। उन्होंने अंग्रेजी में जो कहा, उसकी शब्दावली इस प्रकार थी—otherwise they are welcome to go. यह जुमला काफी चर्चित हुआ था। इसे अनेकार्थक शब्दोंवाली अंग्रेजी भाषा का कमाल कहा जाए या विद्याचरण शुक्ल का?

गुप्त रेडियो की योजना रद्द

भूमिगत कार्यकर्ताओं के एक वर्ग ने इमरजेंसी के दौरान गुप्त रेडियो के प्रसारण की भी योजना बनाई थी, लेकिन इसके लिए आवश्यक उपकरण व साधनों का जुगाड़ नहीं हो पाने के कारण विचार त्याग दिया गया। ज्ञातव्य है कि 1942 में 'भारत छोड़ो' आंदोलन के दौरान राष्ट्रीय आंदोलन की एक सक्रिय महिला नेता उषा मेहता ने 'खुफिया कांग्रेस रेडियो' का संचालन आरंभ किया था। उन्हें कई कार्यकर्ताओं और नेताओं का सहयोग प्राप्त था, लेकिन करीब तीन महीने बाद पकड़ाई में आ जाने के कारण इस रेडियो केंद्र से प्रसारण बंद हो गया था।

टाइगर पिंजरे में बंद कर दिया गया

कुलदीप नैयर

25 जुलाई, 1975 को एक पुलिस अधिकारी ने विख्यात पत्रकार कुलदीप नैयर के घर का दरवाजा खटखटाया और उन्हें बताया कि वह उन्हें गिरफ्तार करने आया है। कुलदीप नैयर को जीप में बिठाकर थाने ले जाया गया। थानेदार ने वायरलेस सेट पर अपने सुपरिंटेंडेंट को कुलदीप नैयर की गिरफ्तारी की सूचना देते हुए कहा, 'टाइगर को पिंजरे में बंद कर लिया गया है।' थाने से उन्हें तिहाड़ जेल ले जाया गया। करीब तीन माह बाद उन्हें तब छोड़ा गया, जब सरकार को नैयर की ओर से फाइल की गई बंदी प्रत्यक्षीकरण याचिका पर दिल्ली हाईकोर्ट के तेवर से लगा कि फैसला सरकार के खिलाफ आने की संभावना है।

तीन माह में ही पासा पलटा !

प्रधानमंत्री इंदिरा गांधी के 20 सूत्री आर्थिक कार्यक्रम के साथ उनके छोटे पुत्र 'युवा नेता' संजय गांधी ने 18 दिसंबर, 1976 को जमशेदपुर के निकट हाट गम्हरिया में आयोजित एक जनसभा में परिवार नियोजन पर जोर दिया और युवा कांग्रेस के पाँच सूत्री कार्यक्रम पर प्रकाश डालते हुए आदिवासियों, हरिजनों और पिछड़े तबके के लोगों से अपील की कि वे इन कार्यक्रमों को लागू करने में सक्रिय सहयोग दें। इस अवसर पर संजय गांधी का स्वागत करते हुए मुख्यमंत्री डॉ. जगन्नाथ मिश्र ने कहा कि आदिवासी अब झारखंड पार्टी से विमुख होते जा रहे हैं, जिसका लाभ कांग्रेस को होगा, लेकिन तीन माह बाद ही डॉ. मिश्र का दावा गलत साबित हो गया, जब मार्च 1977 के चुनाव में आदिवासी क्षेत्र में सभी कांग्रेस उम्मीदवार पराजित हो गए।

छापामारी : विनोबाजी ने कहा—धन्य हो! धन्य हो!

विनोबा भावे

बहुत कम लोगों को इस बात की जानकारी है कि आपातकाल में विनोबा भावे की अभिव्यक्तियों पर भी सेंसर लगा दिया गया था। विनोबाजी की पत्रिका 'मैत्री' की 4000 प्रतियाँ जब्त कर ली गईं, जिसमें सारे भारत में गोवधबंदी के लिए उनके आमरण अनशन की घोषणा प्रकाशित की गई थी।

पवनार आश्रम पर छापा डाला गया, उसके लिए किसी बड़े अधिकारी को न भेजकर एक जूनियर सब-इंस्पेक्टर को भेजा गया। न कोई बड़ा अधिकारी इस काम के लिए आश्रम आया, न ही सरकार के छापा डालने के निर्णय से विनोबाजी को सूचित किया गया। विनोबाजी ने छापे की सारी काररवाई को बड़ी शांति से देखा और आश्चर्य से केवल इतना ही कहा, 'धन्य हो! धन्य हो!'

'किल', 'किल', 'किल' विनोबा की न्यूज

प्रेस सेंसरशिप के नाम पर खुलकर मनमानी की गई। आचार्य विनोबा भावे ने इंदिरा सरकार से गोहत्या पर प्रतिबंध लगाने की माँग की थी। उन्होंने कहा कि अगर 11 सितंबर, 1975 तक गोहत्या पर प्रतिबंध नहीं लगा तो वे आमरण अनशन पर बैठ जाएँगे। स्पष्ट है कि इस समाचार से देशभर में खलबली मच जाती। उस समय देश की चारों न्यूज एजेंसियों—पी.टी.आई, यू.एन.आई, हिंदुस्थान समाचार और समाचार भारती को मिलाकर 'समाचार' नाम से एक केंद्रीकृत न्यूज एजेंसी में परिवर्तित कर दिया गया था। यह समाचार नागपुर (विनोबाजी का आश्रम नागपुर-वर्धा मार्ग पर पवनार में था)

से 'समाचार' के टेलीप्रिंटर पर तो आ गया, लेकिन जैसे ही सेंसर अधिकारियों की नजर उस पर पड़ी, उन्होंने उसे हटा दिया। न्यूज एजेंसी ने पत्रकारिता की भाषा में तीन बार 'किल', 'किल', 'किल' शब्दावली में कठोर हिदायत जारी की, यानी इस समाचार को प्रकाशित न किया जाए। स्पष्ट है, इस तरह की प्रतिक्रिया कोई ऐसी सरकार ही कर सकती है, जो डरी और घबराई हुई हो।

इंदिरा ने लौटाया विनोबा के दूत को

आपातकाल के दौरान 18 जनवरी, 1976 को पवनार आश्रम में एक आचार्य सम्मेलन हुआ था। उसका उद्देश्य यह था कि देश में एकता व सहयोग के वातावरण का निर्माण किया जाए। सम्मेलन के बाद विनोबाजी ने प्रसिद्ध गांधीवादी श्रीमननारायण को प्रधानमंत्री इंदिरा गाधी के पास भेजा कि वे उनके पास जाकर आचार्य सम्मेलन के सर्वसम्मत संकल्प को व्यक्तिगत तौर पर उन्हें बताएँ, परंतु श्रीमती गांधी ने श्रीमननारायण को मिलने का समय ही नहीं दिया। वे एक सप्ताह तक दिल्ली में प्रतीक्षा करते रहने के बाद वापस चले आए। विनोबाजी को इससे असीम दुःख हुआ।

बाबा राजनीति की सफलता

1977 की पराजय के बाद इंदिरा गांधी पवनार आश्रम में विनोबाजी से मिलने गईं। श्रीमती गांधी के प्रश्नों के उत्तर में विनोबाजी ने कहा, 'बाबा राजनीति नहीं समझता।'

जाहिर है, उस समय विनोबाजी का व्यवहार श्रीमती गांधी के प्रति बहुत ही ठंडा था। एक आश्रमवासी ने बताया कि विनोबाजी नहीं चाह रहे थे कि कोई उनके नाम का राजनीतिक लाभ उठाए।

क्यों नहीं गिरफ्तार किया गया 'एक्सप्रेस' के मालिक को ?

रामनाथ गोयनका

इमरजेंसी का सबसे ज्यादा कहर 'इंडियन एक्सप्रेस' पर टूटा। 25-26 जून की रात को उसकी बिजली की लाइन तो काट ही दी गई, उसके सरकारी और अर्धसरकारी विज्ञापन भी बंद कर दिए गए। बैंकों और वित्तीय संस्थानों से दिए जानेवाले कर्जों पर भी रोक लगा दी गई।

पत्र के मालिक रामनाथ गोयनका और संपादकों को धमकाया गया। अखबारी कागजों के आवंटन में कटौती कर दी गई, यहाँ तक कि समाचार एजेंसी की सेवा भी बंद करा दी गई, लेकिन ताज्जुब यह कि गोयनका के जबरदस्त सरकार-विरोधी और विद्रोही

तेवर के बावजूद उन्हें गिरफ्तार नहीं किया गया, जबकि इससे बहुत कम कसूर पर कई अखबारों के संपादकों और मालिकों को जेल की हवा खिला दी गई।

राजनीतिक टिप्पणीकार जाविद लायक, जो उस समय 'इंडियन एक्सप्रेस' में थे, के अनुसार इमरजेंसी के बाद उन्होंने एक दिन रामनाथ गोयनका से, जब वे कुछ फुरसत में लग रहे थे, यही सवाल पूछा। उन्होंने इसका बहुत दिलचस्प खुलासा किया। उन्होंने बताया कि इमरजेंसी से बहुत पहले उन्होंने इंदिरा गांधी से विलग होकर रह रहे उनके पति फिरोज गांधी को 'एक्सप्रेस ग्रुप' में नौकरी पर रखा था। उन दिनों फिरोज और इंदिरा गांधी दोनों उनके काफी नजदीकी थे। वे अपनी तूफानी शादी के कठिन दौर से गुजर रहे थे और दोनों ने उन्हें ढेर सारे पत्र लिखे थे, जिनमें एक-दूसरे पर निजी तौर पर अभद्र व्यवहार के कई आरोप लगाए गए थे। रामनाथ गोयनका ने इन अति व्यक्तिगत पत्रों को एक फाइल में लगा दिया था। इंदिरा गांधी को यकीन था कि यदि उन्होंने मुझे गिरफ्तार कर लिया तो ये पत्र तत्काल दुनिया भर में प्रकाशित हो जाएँगे। श्री गोयनका ने श्री लायक को कहा कि इंदिरा गांधी का ऐसा सोचना गलत था। वे कभी भी इन पत्रों को प्रकाशित नहीं करते, क्योंकि ऐसा करना व्यक्तिगत तौर पर विश्वासघात होता।

लोकतांत्रिक संस्थाओं को ढहाने की जानकारीवाली डायरी

आपातकाल के दौरान प्रधानमंत्री सचिवालय में संयुक्त सचिव रहे बिशन टंडन ने अपनी डायरी में इस बात का दिलचस्प उल्लेख किया है कि उस समय प्रधानमंत्री कार्यालय में फैसले कैसे होते थे। पुस्तक में कई रहस्योद्घाटन किए गए हैं। वरिष्ठ पत्रकार रामबहादुर राय ने डायरी के रूप में वर्ष 2002 में प्रकाशित बिशन टंडन की पुस्तक के बारे में उनसे बातचीत की और कई सवाल पूछे।

उनसे पूछा गया कि क्या आपकी पुस्तक की प्रामाणिकता पर किसी ने कोई प्रश्नचिह्न खड़ा किया है? उन्होंने जवाब दिया कि यह मेरी जानकारी में नहीं है। मैं इसके लिए तैयार हूँ कि अगर कोई चाहे तो डायरी की मूल प्रति देख सकता है।

यह पूछे जाने पर कि क्या आप उस वक्त की कड़वी सच्चाई को सामने लाना चाहते थे। उन्होंने कहा, 'जब कभी सरकारी रिकॉर्ड लोगों को उपलब्ध होंगे, उससे उस समय की घटनाओं व फैसलों की जानकारी होगी। मेरा प्रयास इससे अलग है। मैं उस वातावरण को चित्रित करना चाहता था, जिसमें लोकतंत्र और उसकी संस्थाओं को एक-एक करके ढहाया जा रहा था। सरकारी फाइलों से यह जानकारी नहीं मिल सकती।'

जेल में दो महारानियों को महायातनाएँ

महारानी विजयाराजे सिंधिया

महारानी गायत्री देवी

ग्वालियर की पूर्व महारानी विजयाराजे सिंधिया और जयपुर की पूर्व महारानी गायत्री देवी ने 1 नवंबर, 1978 को लंदन में भारत के पूर्व महाराजाओं और महारानियों की वर्तमान जीवन शैली के बारे में एक टेलीविजन कार्यक्रम में इमरजेंसी और अपनी नजरबंदी की कटु स्मृतियों का जिक्र किया।

विजयाराजे सिंधिया ने कहा कि श्रीमती गांधी ने जेलों में अपने राजनीतिक विरोधियों के साथ जो सलूक किया, वह 'कमीनेपन का प्रतिशोधात्मक कार्य' था। उन्होंने कहा कि आखिरकार लोकतंत्र में विपक्ष का होना बहुत सामान्य या स्वाभाविक बात होती है।

जब उनसे उनके जेल जीवन के बारे में पूछा गया तो उन्होंने कहा कि यह 'अत्यंत गंदा, मैला और बदबूदार था। तेज सिरदर्द के कारण मुझे बार-बार दवा की गोली लेनी पड़ती थी।' उन्होंने कहा कि वे अपने जीवन के प्रति आशंकित नहीं थी। 'मुझे ईश्वर पर पूरी आस्था है। जो होना होता है, वह होता ही है। मैं भाग्यवादी हूँ।'

महारानी गायत्री देवी ने कहा कि उन्हें नहीं मालूम कि उन्हें क्यों जेल में डाल दिया गया। जब इमरजेंसी लगाई गई तो मुझे लगा कि मुझे भी गिरफ्तार कर लिया जाएगा। उन्होंने बताया कि उन्हें अलग से कोई 'सेल' नहीं दिया गया था। जेल में सब तरह की महिला कैदी उनकी साथिन थीं। इनमें वेश्याएँ, पॉकेटमार, कातिल औरतें, आवारा और पागल औरतें भी थीं। उन्होंने कहा कि सबसे खराब बात यह थी कि उन्हें यह मालूम नहीं था कि उन्हें कब तक जेल में रहना होगा और उन्हें जेल में क्यों लाया गया? यह जानते हुए कि देश में कानून का राज खत्म हो चुका है, अदालतों के जरिए जेल से बाहर निकलने की कोई संभावना नहीं लगती थी। चुनाव में इंदिरा गांधी की हार के बाद ही लोगों ने राहत और आजादी की साँस ली।

सरकारी नृशंसता के विरुद्ध आत्मदाह

एक समर्पित सर्वोदय कार्यकर्ता और सत्याग्रही प्रभाकर शर्मा ने इंदिरा गांधी को पत्र लिखकर बताया कि 'गांधीजी के नेतृत्व में अहिंसा में शिक्षित-दीक्षित तथाकथित कांग्रेस सरकार' द्वारा लोगों पर किए जा रहे जुल्म से मैं कितना मर्माहत हुआ हूँ।

शर्मा ने अंततः इंदिरा गांधी के तानाशाही शासन की नृशंसताओं के विरोधस्वरूप आत्मदाह कर लिया और लिखा कि 'मैं आपके आंतरिक सुरक्षा कानून (मीसा) की वेदी पर अपने जीवन का बलिदान कर रहा हूँ।' उन्होंने इंदिरा गांधी के शासन को गुंडों के ऐसे गिरोह का शासन बताया, जिसने मानवीयता, चरित्र, न्यायशीलता, मर्यादा, ईमानदारी और भारतीय संस्कृति से पूरी तरह मुँह मोड़ लिया था। प्रभाकर शर्मा के समान सैकड़ों गांधीवादियों और स्वाधीनता सेनानियों ने आजादी की दूसरी लड़ाई में भाग लिया और सरकारी दमनचक्र का शिकार हुए।

कांग्रेस-कम्युनिस्ट जुगलबंदी, 'मिले सुर मेरा तुम्हारा'

इमरजेंसी में भारतीय कम्युनिस्ट पार्टी ने खुलकर इंदिरा गांधी का साथ दिया, जबकि मार्क्सवादी कम्युनिस्ट पार्टी ने इमरजेंसी का विरोध किया। पार्टी के नेता डायमंड हारबर लोकसभा निर्वाचन क्षेत्र से निर्वाचित ज्योतिर्मय बसु (पश्चिम बंगाल के स्व. मुख्यमंत्री ज्योति बसु से मिलता-जुलता नाम) को हरियाणा की हिसार जेल में कैद कर तनहाई में डाल दिया गया था, जहाँ फाँसी के सजायाफ्ता कैदियों को भी रखा जाता था।

भारतीय कम्युनिस्ट पार्टी के नेता इंद्रजीत गुप्त ने इमरजेंसी लगाने के प्रस्ताव पर लोकसभा में बोलते हुए कहा कि इमरजेंसी की उद्घोषणा बिल्कुल सही थी। उन्होंने यह भी कहा कि हर किसी ने इसका समर्थन किया है। पार्टी ने इंदिरा गांधी की नीतियों को प्रगतिशील-लोकतांत्रिक बताते हुए इंदिरा-विरोधी विपक्षी दलों को प्रतिक्रियावादी और लोकतंत्र विरोधी शक्तियाँ बताया। पार्टी ने अखबारों के समाचारों पर सेंसर लगाने का भी खुला समर्थन किया। पार्टी की दिक्कत यह थी कि उसे सोवियत संघ की कम्युनिस्ट पार्टी के इशारों पर चलना पड़ रहा था।

कांग्रेस और कम्युनिस्ट पार्टी के बीच बढ़ते अंतरंग संबंधों के कारण लोगों ने भारतीय-कम्युनिस्ट पार्टी (सी.पी.आई.) को कम्युनिस्ट पार्टी ऑफ इंडिया की जगह 'कम्युनिस्ट पार्टी ऑफ इंदिरा' कहना शुरू कर दिया था।

1977 के आम चुनाव में पार्टी ने इंदिरा कांग्रेस के साथ तालमेल बिठाया, लेकिन इंदिरा कांग्रेस के साथ कम्युनिस्ट पार्टी का भी सफाया हो गया। इसके बाद अप्रैल 1977 में कम्युनिस्ट पार्टी ने नई दिल्ली में अपनी चार दिन की बैठक में एक प्रस्ताव पारित कर स्वीकार किया कि आपात स्थिति को जारी रखने से अनेकानेक लोगों में जो घुटन पैदा हो रही थी, उसका पार्टी ने ठीक से अनुमान नहीं लगाया। आपात स्थिति को समाप्त करने की माँग समय रहते नहीं करना पार्टी की गलत समझ और गंभीर भूल थी। वस्तुतः जनता की गहरी भावनाओं की प्रतीति नहीं होने पर राजनीतिक दलों का जो हाल होता है, वही भारतीय कम्युनिस्ट पार्टी का हुआ।

बी.के. नेहरू की फटकार, इंदिरा रुआँसी

करीब बीस वर्ष तक 1984 में इंदिरा गांधी की हत्या तक उनके चिकित्सक रहे डॉ. के.पी. माथुर ने अपनी पुस्तक 'अज्ञात इंदिरा गांधी' (The Unseen Indira Gandhi) में उनके जीवन व कृतित्व के विविध पहलुओं पर रोशनी डालते हुए आपातकाल का भी उल्लेख किया। उन्होंने लिखा कि इस काल में उनके छोटे पुत्र संजय गांधी की जनमानस को अखरनेवाली कार्यशैली से कई सवाल उठ खड़े हुए थे। ऐसी स्थिति में परिवार के एक बुजुर्ग बी.के. नेहरू ने, जिनका इंदिरा गांधी बहुत आदर करती थीं, इस अप्रिय स्थिति के लिए फटकार लगाई, जिसके नतीजे में इंदिरा गांधी रुआँसी हो गईं, यहाँ तक कि वे कुछ बोल ही नहीं पाईं।

बी.के. नेहरू, जिन्होंने ब्रिटिश शासनकाल में आई.सी.एस. ज्वाइन किया था, भारत सरकार के कई ऊँचे पदों पर रहे थे। वे अमेरिका में भारत के राजदूत, ब्रिटेन में भारत के हाई कमिश्नर और असम व नागालैंड के गवर्नर भी रहे।

1977 के आम चुनाव में भारी शिकस्त के बाद इंदिरा गांधी को अलोकप्रिय बने हुए अपने छोटे पुत्र से दूरी बनाकर रखने की सलाह दी गई, लेकिन उन्होंने इसे यह कहते हुए नहीं माना कि मुसीबत के वर्तमान दौर में हमें एक-दूसरे से जुदा नजर नहीं आना चाहिए।

चापलूसों ने कराया आम चुनाव

यदि इंदिरा गांधी के दरबार में चाटुकार और चापलूस नहीं होते तो वर्ष 1977 में देश तानाशाही के चंगुल से आजाद नहीं होता। इन चाटुकारों और चापलूसों के कारण एक अच्छा काम तो हुआ, वह यह कि इन्होंने इंदिरा गांधी को यकीन दिलाया कि संविधान संशोधन के बाद अपना कार्यकाल एक साल बढ़ा देने के प्रावधान के बावजूद उन्हें चुनाव कराने के लिए एक साल का इंतजार करने की जरूरत नहीं है। इंटेलिजेंस ब्यूरो के चाटुकार अधिकारियों ने भी उन्हें भरोसा दिलाया कि देश में जनमत आपके पक्ष में है, आप बेफिक्र होकर चुनाव करा सकती हैं। इंदिरा गांधी ने सोचा कि अब चुनाव करा ही लिये जाएँ, जिससे विदेशों में हो रही उनकी आलोचना थम जाएगी।

सिद्धार्थ शंकर राय के सब्जबाग

इंदिरा गांधी के सबसे निकटवर्ती सहयोगी आर.के. धवन ने इमरजेंसी की 40वीं वर्षगाँठ पर 'इंडियन एक्सप्रेस' की संपादकीय टीम को इस संबंध में बताया कि 16 मार्च, 1977 को, यानी चुनाव परिणामों की घोषणा के चार दिन पूर्व सिद्धार्थ शंकर राय ने, जो चुनाव के लिए प्रेरित करनेवालों में अग्रणी थे, इंदिरा गांधी को एक पत्र लिखा, जिसमें उन्होंने कहा—I cannot think of India without you as Prime Minister

(मैं ऐसी कल्पना भी नहीं कर सकता कि भारत के प्रधानमंत्री पद पर आप नहीं हों)।

इससे आगे बढ़कर उन्होंने कहा कि मुझे यह भी पूरा यकीन है कि हम करीब 315 सीटें जीत लेंगे। उन्होंने अपने पत्र में इस बात पर भी जोर दिया कि संजय गांधी भी चुनाव जीत रहे हैं। उन्होंने श्रीमती गांधी को बताया कि संजय गांधी की सभाओं में भारी भीड़ जुट रही है। मजेदार बात यह कि कांग्रेस की हार के बाद सिद्धार्थ शंकर राय पलट गए और उन्होंने इमरजेंसी के विरुद्ध अपना बयान दिया और शाह आयोग के समक्ष भी इंदिरा गांधी के विरुद्ध बयान दर्ज कराया।

सिद्धार्थ शंकर राय

गाय-बछड़ा, नहीं-नहीं, पंजा छाप में वोट दो!

स्वाधीनता के बाद से कांग्रेस ने दो बैलों की जोड़ी चुनाव चिह्न पर चार आम चुनाव लड़े। वर्ष 1969 में इंदिरा गांधी के कारण कांग्रेस दो-फाड़ हो गई। उनकी पार्टी कांग्रेस-आर या रूलिंग कहलाई, जबकि दूसरे धड़े की कांग्रेस को कांग्रेस (ओ) या कांग्रेस ऑर्गेनाइजेशन कहा गया। दोनों धड़ों ने कांग्रेस के मूल चुनाव चिह्न पर अपना दावा किया, लेकिन विवादग्रस्त हो जाने के कारण चुनाव आयोग ने इस चुनाव चिह्न को फ्रीज (जाम) कर दिया। इंदिरा गांधी ने पहलेवाले चुनाव चिह्न से मिलता-जुलता चुनाव चिह्न चुना। वह था गाय-बछड़ा। इस चुनाव चिह्न पर 1971 में पार्टी को भारी सफलता मिली। 1977 के लोकसभा चुनाव में पार्टी के हार जाने के कारण इंदिरा गांधी की स्थिति कमजोर हो गई और कांग्रेस फिर दो टुकड़ों में बँट गई। इंदिरा गांधी ने अपने ग्रुप का नाम रखा कांग्रेस (इ)। उन्होंने हाथ के पंजे को अपना चुनाव चिह्न चुना।

श्रीमती गांधी 1977 के चुनाव में अपने प्रत्येक भाषण में जनता को यह सचेत करना नहीं भूलती थीं कि इस बार उनका चुनाव चिह्न गाय और बछड़ा है, जिसे लोग न भूलें, लेकिन बोलते-बोलते पुरानी आदत के कारण वे गाय और बछड़े की जगह बैलों की जोड़ी भी कह देतीं। तब कमलापति त्रिपाठी को फिर से जनता को यह याद दिलाना पड़ता कि पार्टी का चुनाव चिह्न दो बैल नहीं, गाय और बछड़ा है। ऐसे ही एक भाषण को सुनकर एक वृद्ध मतदाता ने टोका कि अंतर क्या है, चुनाव का दिन आते-आते बछड़ा बड़ा होकर बैल ही हो जाएगा। नए चुनाव चिह्न के साथ श्रीमती गांधी की यह समस्या नहीं थी। बैल कहने के स्थान पर उन्हें चुनाव चिह्न बतलाने के लिए केवल अपना हाथ उठाना होता था।

सरकारी विमान और पार्टी कार्य

जनता पार्टी की सरकार के प्रधानमंत्री मोरारजी देसाई ने मई 1977 में विधानसभाओं के चुनाव प्रचार में एक आदर्श उपस्थित करते हुए न तो इंडियन एयरफोर्स के विमानों का उपयोग किया और न ही सरकारी गाड़ियों का। कांग्रेस पार्टी ने पं. जवाहरलाल नेहरू के कार्यकाल से ही दलीय चुनाव प्रचार के लिए सरकारी खजाने से खर्च करने की जो परंपरा कायम की थी, यह उसका प्रतिवाद था। इंदिरा गांधी चुनाव प्रचार में भारतीय वायुसेना के विमानों और हेलीकॉप्टरों का उपयोग करते हुए आनन-फानन में अनेक स्थानों में जनसभाओं को संबोधित करने में समर्थ होती थीं। विपक्ष के लिए चुनाव युद्ध एकदम गैर-बराबरी का हो जाता था।

लगाओ घूँसों पर जोर!

सुप्रीम कोर्ट के न्यायाधीश न्यायमूर्ति नंदलाल ऊँटवालिया ने अक्तूबर 1978 में जनता पार्टी के शासनकाल में विशेष न्यायालयों की स्थापना की संवैधानिकता के संबंध में राष्ट्रपति द्वारा प्रेषित प्रश्न पर सुप्रीम कोर्ट पर बहस के दौरान कांग्रेस के वकील फ्रैंक एंथोनी की असंगत व नीरस बहस से उकताकर एक चुटकुला सुनाया। श्री एंथोनी को बार-बार डेस्क पर घूँसा मारते देखकर श्री ऊँटवालिया ने कहा, 'एक सीनियर वकील ने अपने जूनियर वकील को सलाह दी कि अगर तुम कानून में दक्ष हो तो पहले कानून पर सारा जोर डालो। अगर तुम तथ्यों में ठोस हो तो प्रथम उन पर जोर डालो और अगर तुम किसी में भी जोरदार नहीं हो तो अपने मुवक्किल को प्रभावित करने के लिए डेस्क पर घूँसे मारो!

जनरल सिन्हा क्यों नहीं बन सके सेना प्रमुख?

ले. जनरल एस.के. सिन्हा

इंदिरा गांधी ने दोबारा सत्ता में आने पर लेफ्टिनेंट जनरल एस.के. सिन्हा को, जिन्हें वरीयता क्रम में थलसेना का प्रमुख बनाया जाना चाहिए था, इसलिए प्रमुख नहीं बनाया, क्योंकि कुछ वर्ष पूर्व इंटेलिजेंस ब्यूरो ने अपनी रिपोर्ट में उनका संबंध यानी 'राजनीतिक संबंध' जयप्रकाश नारायण के साथ होना बताया था।

इंटेलिजेंस के महारथी अपने को कुछ ज्यादा ही 'स्मार्ट' दिखा रहे थे। हुआ यह कि जनरल सिन्हा को एक बार दिल्ली एयरपोर्ट पर जयप्रकाश नारायण के साथ विमान से उतरने के बाद उनका एक बैग पकड़े हुए देखा गया था। बात यह थी कि जयप्रकाश नारायण जनरल सिन्हा के पिता के मित्र थे। शायद दूर पार से उनका कुछ रिश्ता भी बनता था। विमान में वयोवृद्ध जयप्रकाश नारायण को देखने पर जनरल सिन्हा ने शिष्टाचारवश उनके हाथ का सामान उनसे ले

लिया। अगले दिन उन्हें पता लगा कि प्रधानमंत्री को इसकी सूचना भेज दी गई है! शक्कीमिजाज इंदिरा गांधी के लिए यह सूचना काफी थी 'अलर्ट' होने के लिए।

बड़े व्यापारियों व उद्योगपतियों ने बदला रंग

आपातकाल समाप्त होते ही बड़े व्यापारियों व उद्योगपतियों ने अपना रंग बदला। वैसे तो परंपरागत तौर पर व्यापारी वर्ग सत्ताधारी दल के अनुकूल ही चलता है, लेकिन आपातकाल में उन्होंने कुछ ज्यादा ही अनुकूलता दिखाई और आपातकाल समाप्त होते ही पूर्व सत्ताधारी दल को उससे भी ज्यादा प्रतिकूलता दिखाई।

आपात स्थिति लागू होते ही बड़े व्यापारियों और उद्योगपतियों का जो एक बड़ा वर्ग श्रीमती गांधी के दरबार में उन्हें बधाई देने गया था और आपात स्थिति में आँख मूँदकर हर तरह से श्रीमती गांधी का समर्थन करता रहा था, आपात स्थिति समाप्त होने पर उसके सामने विचित्र स्थिति उत्पन्न हो गई, क्योंकि यह वर्ग तन-मन-धन से सत्तारूढ़ कांग्रेस को अपना सहयोग-समर्थन देता रहा था। देश के एक वरिष्ठतम उद्योगपति ने यहाँ तक कह दिया था कि कांग्रेस की आलोचना करने वाले व्यापारी अदूरदर्शी हैं।

अप्रैल 1977 में भारतीय वाणिज्य उद्योग मंडल महासंघ के स्वर्ण जयंती समारोह में उद्योगपतियों को प्रधानमंत्री मोरारजी देसाई के संबोधन के बाद प्रसिद्ध उद्योगपति रामकृष्ण बजाज ने कहा कि 'राजा-महाराजाओं के दिन बीत गए। जमींदार भी चले गए। जनता ने एक शक्तिशाली सरकार को मतदान द्वारा उखाड़ फेंका है। हमें यह यकीन करके नहीं बैठ जाना चाहिए कि इसके बाद हमारी बारी नहीं आएगी।'

पी.एम. की कुरसी, बस दो मिनट!

आधुनिक भारतीय इतिहास में चौधरी चरण सिंह एकमात्र ऐसे प्रधानमंत्री हुए, जिन्हें सदन का विश्वास प्राप्त नहीं था। उन्होंने सदन का सामना नहीं किया। शपथ ग्रहण के बाद वे केवल 23 दिन तक प्रधानमंत्री रहे और वे लोकसभा में प्रधानमंत्री की सीट पर मात्र ठीक दो मिनट के लिए बैठे, वह भी तब, जब वे राष्ट्रपति नीलम संजीव रेड्डी को अपना इस्तीफा पेश कर चुके थे!

चौधरी चरण सिंह

कैसे बचे दक्षिण में कांग्रेस के गढ़

1977 के लोकसभा चुनाव में दक्षिण के दो महत्त्वपूर्ण राज्यों—आंध्र प्रदेश और कर्नाटक में कांग्रेस पार्टी की स्थिति मजबूत बनी रही। इसका बड़ा कारण यह था कि

इन राज्यों में उत्तर भारत के राज्यों की तरह सरकारी जोर-जुल्म नहीं हुआ था और न ही आम आदमी विपरीत रूप से प्रभावित हुए थे, बल्कि दोनों राज्यों के मुख्यमंत्रियों वेंगल राव और देवराज अर्स ने इंदिरा गांधी सरकार के 20 सूत्री आर्थिक कार्यक्रम को लागू करने में काफी सफलता प्राप्त की। इन दोनों सरकारों को समाज के कमजोर वर्गों, हरिजनों तथा अन्य पिछड़े वर्गों में लोकप्रियता प्राप्त हुई। इस कारण दक्षिण में कांग्रेस के गढ़ ध्वस्त होने से बच गए। बहुत कम लोग तानाशाही स्थापित होने और लोकतंत्र का अवसान होने से चिंतित थे।

35 साल बाद इमरजेंसी जज का जागा विवेक!

आपातकाल के दौरान जीवन के अधिकार को निरस्त करने के अपने ही फैसले को वर्ष 2011 में सुप्रीम कोर्ट के पूर्व चीफ जस्टिस भगवती ने अपनी गलती मानते हुए पछतावा जाहिर किया। यह फैसला सुप्रीम कोर्ट के पाँच जजों की बेंच ने 1976 में दिया था और इसमें जस्टिस भगवती भी शामिल थे। बेंच के तीन अन्य जजों ए.एन. राय, वाई. वी. चंद्रचूड़ और एम.एच. बेग के साथ जस्टिस भगवती ने यह फैसला दिया था, जबकि जस्टिस एच.आर. खन्ना एकमात्र ऐसे जज थे, जिन्होंने दलील दी थी कि संविधान की किसी भी व्यवस्था को लागू करने के लिए जीवन और स्वतंत्रता के अधिकार का हनन नहीं किया जा सकता।

जस्टिस भगवती ने यह भी कहा कि उस समय मैं नया था, एक नौजवान जज के रूप में इस तरह का केस पहली बार सँभाल रहा था।

□

झकझोर देनेवाले लुभावने नारे

इंदिरा गांधी के शासनकाल में 1971 से लेकर 1979 के आम चुनावों तक और इमरजेंसी के दौरान कई नारे, सामूहिक उद्घोष और संकल्प जनता की जुबान पर रहे। किसी-किसी नारे ने लोगों को झकझोर दिया और चुनावों की फिजाँ बदलने में भी योग दिया। वस्तुतः मतदाता पर लंबे-चौड़े भाषण से भी ज्यादा प्रभाव किसी सटीक नारे का पड़ता है।

'इंदिरा हटाओ' बनाम 'गरीबी हटाओ'

1971 के लोकसभा चुनाव बहुत महत्त्वपूर्ण थे। वर्ष 1969 में राष्ट्रपति पद के चुनाव के समय कांग्रेस दो-फाड़ हो गई, जिससे सत्ताधारी इंदिरा कांग्रेस के गुट को सत्ता पर बने रहने के लिए अथक परिश्रम करना पड़ा। जीत के लिए कोई ऐसा नारा चाहिए था, जो कार्यकर्ताओं और समर्थकों में जोश भर दे और मतदाताओं को जोरदार ढंग से लुभा सके। इससे पहले समाजवादी नेता डॉ. राममनोहर लोहिया विपक्षी दलों के लिए 'कांग्रेस हटाओ' नारा दे चुके थे। यह नारा बाद में 'इंदिरा हटाओ, देश बचाओ' नारे में परिवर्तित हो गया था। इस नारे ने तहलका मचा दिया था, लेकिन इंदिरा कांग्रेस ने जो नारा दिया, वह नहले-पे-दहला साबित हुआ। वह नारा था—'गरीबी हटाओ।' इंदिरा गांधी चुनावी सभाओं में पुरजोर ढंग से कहती थीं—'वे कहते हैं इंदिरा हटाओ, मैं कहती हूँ गरीबी हटाओ।' यह नारा क्लिक कर गया और इंदिरा कांग्रेस को ऐतिहासिक जीत प्राप्त हुई। इस अवधि में भारतीय जनसंघ का प्रभाव भी बढ़ रहा था। उसका चुनाव चिह्न था 'दीपक'। कांग्रेस ने नारा दिया—'इस दीये में तेल नहीं, सरकार चलाना खेल नहीं।' जनसंघ का नारा था—'अटल बिहारी बोल रहा है, इंदिरा शासन डोल रहा है।'

'तो समझो हम भी बागी हैं'

बिहार में जयप्रकाश नारायण के नेतृत्व में 1974 में शुरू किए गए जनआंदोलन को आरंभ में कांग्रेस ने काफी हलकेपन से लिया। पार्टी ने आरोप लगाया कि इसमें अमेरिकी

खुफिया एजेंसी सी.आई.ए. का हाथ है। कांग्रेसियों ने नारा लगाया—'निक्सन को दे दो तार, जयप्रकाश की हो गई हार।' लेकिन गांधीवादी शैली पर जे.पी. का आंदोलन 'न मारेंगे, न मानेंगे' के आधार पर धीरे-धीरे जोर पकड़ता गया। इस आंदोलन ने कई नारे दिए और संकल्प व्यक्त किए, जो वर्षों चर्चा में रहे। कुछ नारे इस प्रकार थे—'हमला चाहे जैसा हो, हाथ हमारा नहीं उठेगा', 'संपूर्ण क्रांति अब नारा है, भावी इतिहास हमारा है', 'लोक व्यवस्था जाग रही है, भ्रष्ट व्यवस्था काँप रही है', 'सच कहना अगर बगावत है, तो समझो हम भी बागी हैं।'

1977 के चुनाव में इमरजेंसी के विरुद्ध ऐसे नारे लगे, जो सत्ता को पलटनेवाले साबित हुए। ये नारे थे—'नसबंदी के तीन दलाल संजय-शुक्ला-बंसीलाल।' संजय गांधी पर अपना गुबार उतारने के लिए एक नारा गढ़ा गया—'संजय की मम्मी बड़ी निकम्मी।' संजय गांधी के विवादास्पद मारुति कार प्रोजेक्ट पर नारा बनाया गया—'बेटा कार बनाता है, माँ बेकार बनाती है।' विपक्षी दलों ने एक से एक बढ़कर लुभावने नारे दिए, जो बड़े प्रभावी सिद्ध हुए, जैसे—'सन् 77 की ललकार, गाँव-गाँव जनता सरकार।'

'वोट भी देंगे, नोट भी देंगे'

इंदिरा कांग्रेस को हराने के लिए चार-पाँच दलों के गठजोड़ से जल्दबाजी में बनी जनता पार्टी के पास फंड की कमी थी। लोगों ने नारा दिया, 'वोट भी देंगे, नोट भी देंगे' और सचमुच लोगों ने वोट और नोट दोनों दिए, जिससे जनता पार्टी के रूप में केंद्र में पहली बार गैर-कांग्रेसी सरकार सत्तासीन हुई। बिहार के मुजफ्फरपुर जेल में बंद जनता पार्टी के उम्मीदवार जॉर्ज फर्नांडीस के पक्ष में नारे लगाए गए—'जेल का फाटक तोड़ दो, जॉर्ज फर्नांडीस को छोड़ दो।' और जब जॉर्ज जीत गए और जेल से रिहा हो गए, तब नारा लगा—'जेल का फाटक टूट गया, जॉर्ज फर्नांडीस छूट गया।' चुनाव परिणाम पर एक नारा लगा—'पहले हारी कोर्ट में, फिर हारी वोट में।' उसके बाद 'सिंहासन खाली करो कि जनता आती है।'

1977 में रायबरेली से हारने के बाद इंदिरा गांधी ने 1978 में कर्नाटक के चिकमंगलूर लोकसभा निर्वाचन क्षेत्र से उपचुनाव लड़ा। यह चुनाव कांग्रेस के एक विराजमान सांसद

से इस्तीफा दिलवाकर लड़ा गया। कांग्रेस आश्वस्त थी कि इस उपचुनाव में वे अवश्य जीत जाएँगी। उसने विपक्षी दलों के विरुद्ध इंदिरा गांधी के व्यक्तित्व को उभारनेवाला दिलचस्प तुकबंदीवाला नारा दिया—'एक शेरनी सौ लंगूर, चिकमंगलूर, चिकमंगलूर।'

1979 में जनता पार्टी की सरकार को तोड़ने में सफलता मिलने पर कांग्रेस आनंदविभोर थी। जनता पार्टी में अंत:कलह के कारण प्रशासनिक कामकाज विपरीत रूप से प्रभावित हुआ और आम लोगों में पार्टी की क्षमता के प्रति गलत संदेश गया। कांग्रेस ने नारा दिया, 'काम करनेवाली सरकार को वोट दो।' 'इंदिरा लाओ, देश बचाओ।' इस दौरान एक नारा और चला। वह था—'जात पर न पात पर, मोहर लगेगी हाथ पर।' कांग्रेस का चुनाव चिह्न 'गाय-बछड़ा' की जगह 'हाथ' हो गया था। कांग्रेस का विभाजन हो जाने के कारण चुनाव आयोग ने गाय-बछड़ा चुनाव चिह्न वर्जित कर दिया था और इंदिरा कांग्रेस को उसके स्थान पर हाथ चुनाव चिह्न आवंटित किया था। कांग्रेस का एक नारा था, 'आधी रोटी खाएँगे, इंदिरा को वापस लाएँगे।' कांग्रेस पार्टी को इंदिरा को वापस लाने में सफलता प्राप्त हुई। 'आधी रोटी' खाकर पूरी सफलता प्राप्त करना इंदिरा कांग्रेस के लिए एक बड़ी उपलब्धि और आलीशान पुनरागमन था, चाहे उसके कारण जो भी रहे हों।

□

...ताकि सनद रहे

• जो इंदिरा के साथ बीतता है, वही भारत के साथ बीतता है और जो कुछ भारत पर गुजरता है, वही कुछ इंदिरा पर गुजरता है।

—**यशवंत राव चह्वाण** *(18 जून, 1975, कांग्रेस संसदीय दल की बैठक में)*

***

• कांग्रेस पार्टी में हर कोई यह साबित करना चाहता है कि वह निष्कलंक है और निर्दोष है, केवल मैं ही भ्रष्ट हूँ। इस तरह पार्टी कैसे चलेगी?

—**इंदिरा गांधी** *(इमरजेंसी पूर्व, जून 1975)*

***

• कुछ लोगों ने मेरे ऊपर विश्वास करना छोड़ दिया है। यदि मेरी हत्या हो गई तो ये लोग कहेंगे कि मैंने खुद अपनी हत्या करवाई है।

—**इंदिरा गांधी** *(जून 1975)*

***

• हमें दूसरे मुल्कों के सर्टिफिकेट की जरूरत नहीं।

—**इंदिरा गांधी** *(12 जुलाई, 1975)*

***

• मेरा हमेशा यह यकीन रहा कि श्रीमती गांधी का लोकतंत्र में कोई विश्वास नहीं है। वे स्वभाव और आस्था से एक तानाशाह हैं।

—**जयप्रकाश नारायण** *(जेल डायरी, 22 जुलाई, 1975)*

***

• संजय गांधी हमारे नए शंकराचार्य और विवेकानंद हैं।

—**कांग्रेस अध्यक्ष देवकांत बरुआ** *(जुलाई 1975)*

***

• संजय गांधी पर किया गया प्रहार मेरे पर किया गया प्रहार है।

—**इंदिरा गांधी** *(जुलाई 1975)*

***

• संजय गांधी भारत के युवा हृदय सम्राट हैं और उनके हाथों में अगले 50 वर्षों के लिए देश का भविष्य सुरक्षित है।

—**सीताराम केसरी** *(अगस्त 1975)*

***

• इमरजेंसी लगाने के कारण ही देश बच सका।

—**इंदिरा गांधी** *(अगस्त 1975)*

***

• यह बहुत दुःखद बात है कि भारत की जनता ने 1940 के बाद के दशक में जो कुछ पाया था, उसे वर्तमान समय में खो दिया है।

—**अमेरिकी राष्ट्रपति जेरॉल्ड फोर्ड** *(19 सितंबर, 1975, वाशिंगटन)*

***

• आपात स्थिति अनिश्चितकाल तक नहीं रहेगी।

—**इंदिरा गांधी** *(15 अगस्त, 1976)*

***

• आज हम जिन जंजीरों में हैं, उनसे समूचा देश बँधा हुआ है।

—**जॉर्ज फर्नांडीस** *(डायनामाइट मामले की सुनवाई के दौरान, सितंबर 1976)*

***

• भारत में इमरजेंसी के विरुद्ध चल रहा आंदोलन इस समय संसार का एकमात्र गैर वामपंथी आंदोलन है।

—**'द इकोनॉमिस्ट'** *(4 दिसंबर, 1976)*

***

• जनता पार्टी के भीतर जो दल शामिल हुए हैं, उन्होंने अपने पीछे पुल तोड़ दिए हैं, अब पीछे हटने का प्रश्न ही नहीं है।

—**अटल बिहारी वाजपेयी** *(उज्जैन में चुनाव सभा में भाषण, 2 मार्च, 1977)*

***

• श्रीमती गांधी ने अछूतों के एक नए वर्ग का सृजन किया है, जिसे ऑल इंडिया रेडियो और दूरदर्शन छूते नहीं।

—**मुहम्मद अली करीम छागला** *(16 मार्च, 1977)*

***

• विपक्ष के नेता कीड़ों की तरह हैं, जिन्हें कुचल दिया जाना चाहिए।

—**संजय गांधी** *(चुनावी भाषण, मार्च 1977)*

***

• खिचड़ी पार्टी देश का शासन चलाने में सफल नहीं हो सकेगी।

—**इंदिरा गांधी** *(चुनावी भाषण, मार्च 1977)*

***

• देश में जनता पार्टी के सत्तारूढ़ होने की अवस्था में अराजकता फैल जाएगी। सैनिक शासन की नौबत आ जाएगी।

—**सिद्धार्थ शंकर राय** *(चुनावी भाषण, मार्च 1977)*

***

• इमरजेंसी में पत्रकारों को झुकने के लिए कहा गया था, लेकिन वे घुटनों के बल रेंगने लगे।

—**लालकृष्ण आडवाणी** *(अप्रैल 1977)*

***

• अगले तीस वर्षों तक इंदिरा गांधी के राजनीति में सक्रिय रूप से आने का कोई सवाल ही पैदा नहीं होता।

—**राजनारायण** *(सितंबर 1977)*

***

• जनता को जनता पार्टी से जो आशाएँ थीं, वे पूरी नहीं होंगी, क्योंकि जनता पार्टी के सदस्य भी उसी समाज के अंग हैं, जो सड़ा-गला है।

—**जगजीवन राम** *(नवंबर 1977)*

***

• मैं इस गलतफहमी में था कि भारत में आपातकाल में भी कोई दास प्रथा नहीं थी।

—**जस्टिस जे.सी. शाह** *(नवंबर 1977)*

***

• आपातकाल में जिस प्रकार की ज्यादतियाँ की गईं वैसी ज्यादतियाँ अंग्रेजों ने भी नहीं कीं।

—**मोरारजी देसाई** *('कादंबिनी' को साक्षात्कार, नवंबर 1977)*

***

• इंदिराजी शाह आयोग के सामने आने से कतरा क्यों रही हैं, क्या वे इस बात से डरती हैं कि उनका मामला रक्षणीय नहीं है।

—**अटल बिहारी वाजपेयी** *(दिसंबर 1977)*

***

• दोनों कांग्रेस पार्टियों का विवाद एक पारिवारिक मामला है, इसे हल किया जा सकता है।

—**इंदिरा गांधी** *(मार्च 1978)*

***

• जनता पार्टी की वर्तमान स्थिति एक धर्मशाला के समान है, जिसमें कोई भी प्रवेश कर सकता है।

—**सुंदर सिंह भंडारी** *(मार्च 1978)*

***

• 1977 के चुनाव में श्रीमती गांधी हारी थीं, हम जीते नहीं थे।

—**हेमवती नंदन बहुगुणा** *(मार्च 1978)*

***

• मेरे विरुद्ध मामला चल रहा है, कहते हैं और भी चलाएँगे। ठीक है, चलाएँ, क्या करेंगे? मुझे जेल भेजेंगे, फाँसी पर चढ़ाएँगे, क्या करेंगे?

—**इंदिरा गांधी** *(मार्च 1978)*

***

• मैं अनेक बार कह चुकी हूँ कि अब 1000 साल तक इमरजेंसी लगाने की जरूरत नहीं पड़ेगी।

—**इंदिरा गांधी** *(मार्च 1978)*

***

• मैं जनता पार्टी के मामलों में दखल देने की गलती फिर नहीं करूँगा।

—**आचार्य कृपलानी** *(जुलाई 1978)*

***

• हम श्रीमती गांधी के खिलाफ कोई कदम नहीं उठा पाए, इसलिए आम धारणा यह बन चली है कि सरकार में शामिल हम लोग नपुंसक हैं।

—**चौधरी चरण सिंह** *(28 जून, 1978)*

***

• हमारे देश में सत्ताधारी नेता, चाहे वे कांग्रेस के हों, चाहे जनता पार्टी के—दिल, दिमाग और आत्मा से बहुत गरीब हैं।

—**पीलू मोदी** *(सितंबर 1978)*

***

• चरण सिंह इंदिरा गांधी के चरण चिह्नों पर चल रहे हैं।

—**कृष्णकांत** *(सितंबर 1978)*

***

• मैं जयप्रकाश से कहना चाहता हूँ कि मरने से पहले देश से माफी माँगिए। देश को बता दीजिए कि आपके नाम पर सत्ता के भूखे राजनीतिज्ञों के एक गिरोह ने आपको

भी धोखा दिया है और आप धोखे में आ गए और देश भी। देश को बता दीजिए कि आपकी क्रांति असफल हो गई है।

—**आचार्य रजनीश** *(सितंबर 1978)*

***

• यदि मुझे रस्सी से बाँधकर और पूरा रास्ता घसीटकर भी राष्ट्रपति भवन ले जाया जाएगा, तब भी मैं दोबारा मंत्री नहीं बनूँगा।

—**राजनारायण** *(सितंबर 1978)*

***

• यह वह जनता पार्टी नहीं है, जिसने मार्च 1977 में संपूर्ण क्रांति की कल्पना की थी।

—**आचार्य कृपलानी** *(सितंबर 1978)*

***

• जनता पार्टी उन लोगों ने बनाई है, जिन्होंने देश में लोकतंत्र को समाप्त करने के लिए षड्यंत्र रचा।

—**इंदिरा गांधी** *(2 अक्तूबर, 1978, राँची की जनसभा में)*

***

• आखिर हमीं लोकतंत्र लाए, हमीं ने इमरजेंसी हटाई।

—**इंदिरा गांधी** *(2 अक्तूबर, 1978)*

***

• भगवान् न करे, यदि मुझे कुछ हो गया तो जनता पार्टी के नेता भी जीवित नहीं बचेंगे। मुझे विश्वास है कि यदि मुझे कुछ हो गया तो भारत की जनता, जो मुझे अपार प्यार करती है, इसका बदला लेगी।

—**इंदिरा गांधी** *(नवंबर 1978)*

***

• मैं राष्ट्रपति भवन में अपने दिन गिन रहा हूँ। राष्ट्रपति के रूप में राष्ट्रपति भवन में रहना साधारण कैद के अतिरिक्त और कुछ नहीं है।

—**नीलम संजीव रेड्डी** *(10 दिसंबर, 1978)*

***

• सरकार तो बदली, पर आशा के अनुरूप ढाँचे में परिवर्तन नहीं हुआ।

—**जयप्रकाश नारायण** *(दिसंबर 1978)*

***

• जनता पार्टी दुनिया का दसवाँ आश्चर्य है।

—**मधु लिमये** *(दिसंबर 1978)*

***

• बेईमान मैं हूँ नहीं, भ्रष्टाचार का आरोप मुझ पर लगा नहीं सकते, कुछ नहीं मिला तो यह प्रचार कर रहे हैं कि मैं जाट हूँ और जात-पात को बढ़ावा दे रहा हूँ। भला मैंने किस जाट के लिए क्या किया है?

—चौधरी चरण सिंह *(दिसंबर 1978)*

***

• मेरे लिए 10 रुपए का नोट भी एक विलासिता है।

—इंदिरा गांधी *(जनवरी 1979)*

***

• अगर आपको अपने जज सिरिका पर अभिमान है, जिन्होंने राष्ट्रपति निक्सन को वाटरगेट संबंधी टेप देने की आज्ञा दी, तो हमें भारत के जस्टिस सिन्हा पर उतना ही अभिमान है, जिनमें देश के सर्वाधिक शक्तिशाली व्यक्ति प्रधानमंत्री श्रीमती इंदिरा गांधी के चुनाव को रद्द करने का साहस था।

—विधिशास्त्री सोली सोराबजी *(जून 1979)*

***

• दिल्ली की दर्शनीय वस्तुओं में एक मैं भी हूँ।

—इंदिरा गांधी *(जुलाई 1979)*

***

• मुझे ऐसा लग रहा है कि राष्ट्रपति ने अपने अधिकारों में अमेरिकी राष्ट्रपति के अधिकार भी शामिल कर लिये हैं।

—जगजीवन राम *(बहुमत का दावा सिद्ध करने का मौका देने की बजाय राष्ट्रपति द्वारा लोकसभा भंग कर देने पर प्रतिक्रिया। अगस्त 1979)*

***

• मैं दल-बदलू नहीं, दल-तोड़क हूँ।

—जॉर्ज फर्नांडीस *(सितंबर 1979)*

***

• बड़े अखबार मेरे दुश्मन नंबर एक हैं।

—चौधरी चरण सिंह *(दिसंबर 1979)*

***

• मैं जब आंध्र प्रदेश का मुख्यमंत्री था, मैंने अपने बेटे को अपने साथ ठहरने नहीं दिया। इससे किसी युवक का दिमाग आसमान पर चढ़ सकता है।

—संजीव रेड्डी *(सितंबर 1979)*

***

• जनता पार्टी में कुछ लोग कहते हैं गांधीजी के रास्ते पर चलो। कुछ कहते हैं, नेहरू के रास्ते चलो। मैं कहता हूँ, अरे, कहीं चलो तो।

—**अटल बिहारी वाजपेयी** *(सितंबर 1979)*

***

• जनता पार्टी ने 1977 के चुनाव में बड़े-बड़े वादे इसलिए किए थे कि उसे अपनी जीत का भरोसा नहीं था।

—**अटल बिहारी वाजपेयी** *(सितंबर 1979)*

***

• मैं मध्यावधि चुनाव में रायबरेली के अलावा मेडक चुनाव क्षेत्र में इसलिए खड़ी हो रही हूँ, क्योंकि मुझे आंध्र प्रदेश के लोगों से प्यार है।

—**इंदिरा गांधी** *(दिसंबर 1979)*

***

• मैं फिर से प्रधानमंत्री नहीं बनना चाहती।

—**इंदिरा गांधी** *(दिसंबर 1979)*

***

• मेरा क्या है, जरूरत पड़ी तो कहीं भी तंबू लगाकर रह लूँगा।

—**राजनारायण** *(अप्रैल 1980)*

***

• मैं हनुमान हो सकता हूँ, लेकिन चौधरी साहब राम नहीं हो सकते।

—**राजनारायण** *(अप्रैल 1980)*

***

• अखबारवाले तीन साल तक झूठ लिखते रहे।

—**संजय गांधी** *(अप्रैल 1980)*

***

• 1977 में जनता पार्टी और उसकी सरकार के गठन में पश्चिमी शक्तियों की सक्रिय साँठ-गाँठ थी।

—**इंदिरा गांधी** *(मई 1980)*

***

• यदि राजनारायण इंदिरा गांधी की कांग्रेस में शामिल हो जाएँ, तो बहुत अच्छा रहेगा, क्योंकि वे जिस पार्टी में रहे, उसका कबाड़ा हो गया।

—**सुब्रह्मण्यम स्वामी**

***

• विधानसभा के चुनावों के बाद श्रीमती गांधी से संघर्ष करने के लिए मेरी पार्टी शैतान से भी गठजोड़ करने को तैयार रहेगी।

—**चौधरी चरण सिंह** *(मई 1980)*

***

• चापलूसों तथा झूठे और कायर लोगों को संसद् में बैठने का कोई अधिकार नहीं।

—**भूपेश गुप्ता** *(जुलाई 1980)*

***

• प्रणाली बदलने से क्या होगा, भ्रष्ट नेताओं के रहते किसी प्रकार की शासन प्रणाली सफल नहीं हो सकती।

—**अटल बिहारी वाजपेयी** *(अक्तूबर 1980)*

***

□

खंड-6

रायबरेली में मेरे अनुभव और उसके बाद

राजनारायण

मैं आरंभ से ही रायबरेली से लोकसभा का उम्मीदवार था और श्रीमती गांधी तथा उनके समर्थक किसी-न-किसी तरह चुनाव जीतने के लिए जो भ्रष्ट तरीके अपना रहे थे, उन पर मेरी नजर थी, लेकिन मैंने चुनाव परिणाम घोषित हो जाने तक याचिका दायर करने का निश्चय नहीं किया था, क्योंकि मुझे रायबरेली निर्वाचन क्षेत्र में जनता का व्यापक समर्थन प्राप्त था और यह विश्वास था कि मैं अवश्य चुनाव जीत जाऊँगा। श्रीमती गांधी चुनाव जीत गईं, लेकिन उनकी विजय का श्रेय वास्तव में गलत उपायों और सरकारी अधिकारियों को जाता है। उन्होंने सरकारी अधिकारियों को अपने समर्थन के लिए संगठित कर लिया था।

जो हो, चुनाव परिणाम निकले तो इंदिरा गांधी के मत ज्यादा थे। मुझे लगा और मैंने अदालत में इस मुद्दे पर जोर दिया कि मतपत्रों में असली की जगह नकली मतपत्र डाल दिए गए हैं, लेकिन अदालत ने इसे अस्वीकार कर दिया। 12 नवंबर, 1971 को कुल मतपत्रों की जाँच कराई गई और जाँच की प्रारंभिक रिपोर्ट के आधार पर 15 नवंबर, 1971 को विस्तृत जाँच की माँग रद्द कर दी गई।

यशपाल कपूर त्यागपत्र कांड

यशपाल कपूर का नाटक 7 जनवरी, 1971 को शुरू हुआ। उस दिन वे गुलजारी लाल नंदा के साथ रायबरेली आए। वे मुंशीगज के शहीद मेले में भी गए। तब भी यशपाल कपूर प्रधानमंत्री के सचिवालय में विशेष अधिकारी थे।

यशपाल कपूर का दावा है कि उन्होंने 13 जनवरी, 1971 को अपना त्यागपत्र दे दिया था, जो 14 जनवरी को दोपहर से पूर्व लागू हो गया, लेकिन वेतन के मूल रजिस्टर में पहले उनके पूरे जनवरी 1971 का वेतन दर्ज किया गया था, लेकिन बाद में उसे काट दिया गया। उसके बाद उस कॉलम में उनके वेतन को दर्ज किया गया, जो फरवरी 1971

के लिए था। फरवरी के कॉलम में यह दर्ज किया गया था कि श्री कपूर ने 13 जनवरी, 1971 तक का ही वेतन लिया।

यशपाल कपूर ने स्वीकार किया कि वे 14 जनवरी को अपराह्न में रायबरेली पहुँचे व 13 जनवरी, 1971 की रात को दिल्ली से रवाना हुए थे। श्री कपूर ने यह भी स्वीकार किया है कि वे रायबरेली में कताई मिल के शिलान्यास के बाद 17 जनवरी को सुबह वहाँ से चले गए।

17 जनवरी की शाम को रायबरेली में घंटाघर के पास आयोजित सभा में श्री कपूर चंद्रशेखर के साथ मौजूद थे। जब श्रोताओं ने चंद्रशेखर को भाषण नहीं देने दिया तो श्री कपूर ने भाषण देने की कोशिश की।

इस प्रसंग में यह उल्लेखनीय है कि श्री कपूर का इस्तीफा 25 जनवरी, 1971 को राष्ट्रपति की ओर से स्वीकार कर लिया गया और 6 फरवरी, 1971 को गजट में प्रकाशित किया गया।

गड़बड़ का प्रलोभन

चुनाव के दौरान सबसे अधिक परेशानी श्री कपूर से ही हुई। उन्होंने हमारे समर्थकों के लाउडस्पीकर छिनवा दिए। अकसर हमारे समर्थक पीटे गए। मेरे कार्यकर्ताओं ने शिकायत की कि मतदाताओं को भ्रष्ट करने के लिए उन्होंने शराब और अन्य चीजें बाँटीं, पर जिला अधिकारियों ने कोई कदम नहीं उठाया।

एक बार उपचुनाव आयुक्त भी रायबरेली आए। हमने उनसे कांग्रेस के गोदाम पर छापा मारने को कहा कि वहाँ धोतियों की गाँठें और शराब की बोतलें भरी हुई हैं। श्री राय इसके लिए तैयार थे, लेकिन कलक्टर ने मना कर दिया। हमारी शिकायत को नजरअंदाज कर दिया गया।

चुनाव के दौरान मुझे और मेरे आदमियों को लगातार धमकी दी जाती रही, यहाँ तक कि जान ले लेने की धमकी भी दी गई। यह तो मेरे समर्थकों का साहस था कि वे मेरे साथ बराबर डटे रहे। धमकियों का उन पर कोई प्रभाव नहीं पड़ा। उन्होंने इस मुकदमे के दौरान भी मेरी वित्तीय सहायता की कोशिश की, क्योंकि मुझे मुकदमा लड़ने के लिए पैसे की सख्त जरूरत थी।

गवाहों को धमकियाँ

जब अदालत में मामला चल रहा था, तो हमारे अनेक गवाह अकसर अदालत में उपस्थित न हो सके। बाद में इन गवाहों ने शिकायत की कि उनका अपहरण किया गया। उन्हें धमकी भी दी गई और लालच भी। इसी तरह के एक गवाह मदन पांडेय को मैंने

किसी से रुपया लेते तो नहीं देखा, लेकिन मुझे संदेह है कि घूस दी गई। वह गवाही देनेवाले थे और मेरी ओर से उन पर किसी प्रकार का दबाव नहीं डाला गया। वे अपनी इच्छा से गवाही दे रहे थे, लेकिन अंत में उन्होंने गवाही नहीं दी और चले गए। आखिर क्यों? मैं उनके बारे में केवल अनुमान ही लगा सकता हूँ।

मैंने 24 अप्रैल, 1971 को याचिका दायर की और वह भारतीय इतिहास में सबसे अधिक सनसनीखेज मुकदमा सिद्ध हुआ।

न्यायाधीश ब्रूम के आदेश के विरुद्ध

इलाहाबाद हाइकोर्ट में मामले पर सुनवाई न्यायाधीश श्री ब्रूम ने की। पाँच महीने के अंदर श्रीमती गांधी को न्यायाधीश श्री ब्रूम के आदेश के विरुद्ध सर्वोच्च न्यायालय में जाना पड़ा, क्योंकि न्यायाधीश श्री ब्रूम ने मुझे श्रीमती गांधी से कुछ सवाल पूछने की अनुमति दे दी थी। जब अदालत सुनवाई कर रही थी, श्रीमती गांधी ने अपील वापस ले ली।

फिर मुझे न्यायाधीश श्री ब्रूम के आदेश के विरुद्ध सर्वोच्च न्यायालय में अपील करनी पड़ी, क्योंकि उन्होंने श्रीमती गांधी को यशपाल कपूर की सहायता से संबंधित मुद्दा रद्द कर दिया था। उनका तर्क था कि आवेदन की बात अधूरी है। इस सवाल पर सर्वोच्च न्यायालय ने न्यायाधीश श्री ब्रूम के आदेश को रद्द कर दिया और उस मुद्दे को शामिल कर लिया गया। यह मार्च 1972 की बात है।

इसी के आसपास न्यायाधीश श्री ब्रूम रिटायर हो गए और आवेदन न्यायाधीश श्री के.एम. श्रीवास्तव की अदालत में भेज दिया गया।

अप्रैल 1974 में मामला फिर सर्वोच्च न्यायालय में पहुँचा। उत्तर प्रदेश सरकार ने न्यायाधीश श्रीवास्तव के आदेश के विरुद्ध अपील की। न्यायाधीश श्रीवास्तव ने इस दावे को अस्वीकार कर दिया कि प्रधानमंत्री को सुरक्षा व्यवस्था से संबंधित दस्तावेज और 'ब्लू बुक' विशेष श्रेणी में आते हैं।

जब सर्वोच्च न्यायालय में अपील विचाराधीन थी, न्यायाधीश श्रीवास्तव जुलाई 1974 में रिटायर हो गए और यह मामला सुनवाई के लिए न्यायाधीश जगमोहन लाल सिन्हा की अदालत में भेज दिया गया। उन्होंने नए सिरे से गवाहियाँ लेनी शुरू कर दीं।

जज का निजी सचिव

श्रीमती गांधी अदालत में पेश नहीं होना चाहती थीं। उन्होंने एक आवेदन भेजकर अनुरोध किया कि उनसे पूछताछ के लिए आयोग नियुक्त किया जाए और अप्रासंगिक सवालों को रद्द करने का अधिकार दिया जाए। विद्वान् न्यायाधीश ने आवेदन अस्वीकार कर दिया।

श्रीमती गांधी को एक सामान्य नागरिक की हैसियत से अदालत में पेश होना पड़ा और 19 मार्च, 1975 को उनके बयान हुए और जिरह हुई। यह सबकुछ समाचार-पत्रों में प्रकाशित हो चुका है। यह आम शिकायत है कि फैसला घोषित होने से पूर्व पुलिस ने व सी.बी.आई. ने न्यायाधीश श्री सिन्हा के निजी सचिव को परेशान किया कि वह फैसले के बारे में पहले ही बतला दें। इस वजह से वे तीन दिन काम व घर से अनुपस्थित रहे। न्यायाधीश श्री सिन्हा ने अपना फैसला हाथ से लिखा और इसके लिए वे कई रात जागते रहे।

चुनाव आयुक्त पर आक्षेप

जहाँ तक चुनाव आयुक्त का संबंध है, मुझे मालूम हुआ है कि हाल ही में उनका बेटा इंडिया ऑर्गेनिक लिमिटेड में नियुक्त किया गया है। मुझे प्रसन्नता होगी यदि इस बात का कोई खंडन कर सके, क्योंकि यदि यह मामला आयुक्त के पास आया तो क्या यह बात आयुक्त को प्रभावित नहीं करेगी? श्रीमती गांधी को अपने पद से त्यागपत्र दे देना चाहिए था, लेकिन वे सभी परंपराओं का उल्लंघन कर (जैसे चेन्ना रेड्डी और द्वारिका प्रसाद मिश्र का) मामला। अपने पद पर कायम रहने की योजना बना रही हैं। यदि देश में कानून है तो कानून सबके लिए समान होना चाहिए।

(22 जून, 1979 को प्रकाशित)

□

इनसे मिलिए, ये हैं जस्टिस सिन्हा

जस्टिस जगमोहन सिन्हा

यह विडंबना ही है कि प्रधानमंत्री श्रीमती गांधी के जन्म स्थान प्रयाग के ही उच्च न्यायालय के न्यायाधीश ने राजनारायण की याचिका पर श्रीमती गांधी के विरुद्ध निर्णय दिया है। यह भी दिलचस्प है कि जिस व्यक्ति ने निर्णय दिया, उसका इलाहाबाद का आवास नंबर भी वही है, जो श्रीमती गांधी का राजधानी दिल्ली के सफदरजंग रोड का।

12 तारीख संयोग-ही-संयोग

यह संयोग की ही बात कही जा सकती है कि जिस 12 तारीख को उन्होंने यह फैसला सुनाया, उसी 12 तारीख को उनका जन्मदिन पड़ता है, इसी तरह 12 तारीख को उनकी शादी हुई,12 तारीख को उन्होंने अपना पदभार ग्रहण किया और इसी तरह 12 तारीख को वे रिटायर भी होंगे। इसके अलावा 12 तारीख को ही उनके तीनों बेटों का जन्म भी हुआ, हालाँकि वे ज्योतिष में अपना विश्वास जाहिर नहीं करते।

एक और भी संयोग की बात है कि जिस 25 नंबर के कमरे में श्रीमती गांधी के मुकदमे की सुनवाई हुई, उसी कमरे में उनके दादा पं. मोतीलाल नेहरू प्रतिवादी के रूप में खड़े हुए थे। दोनों में सिर्फ यही अंतर है कि मोतीलालजी को बैठने को कुरसी नहीं दी गई थी, जबकि प्रधानमंत्री को कुरसी दी गई। इसके अलावा श्रीमती गांधी के पिता पं. जवाहरलाल नेहरू भी उसी 25 नंबर के कमरे में वकालत कर चुके थे। इसे और क्या कहा जा सकता है, मात्र संयोग?

55 वर्षीय श्री सिन्हा का जन्म स्थान अलीगढ़ है। उनका जन्म 1911 की 12 जून को हुआ था। उन्होंने राजकीय उच्च माध्यमिक विद्यालय अलीगढ़ से माध्यमिक परीक्षा पास की। धर्म समाज इंटर कॉलेज से प्रवेशिका तथा बरेली कॉलेज, बरेली से बी.ए. की डिग्री हासिल करने के बाद उन्होंने मेरठ से एल.एल.बी. की उपाधि ग्रहण की। फिर बरेली में ही 1943 से 1953, यानी 10 वर्षों तक अपनी प्रैक्टिस करते रहे। इसके

बाद 1957 तक सरकारी वकील के रूप में कार्य किया। फिर उनकी पदोन्नति हुई। वे अतिरिक्त एवं सत्र न्यायाधीश रहे। कुछ समय वे उत्तर प्रदेश सरकार के न्याय विभाग के ज्वाइंट सेक्रेटरी के रूप में भी कार्य करते रहे।

शाकाहारी, शराब से परहेज

न्यायाधीश सिन्हा ही अपने पूरे परिवार में अकेले ऐसे व्यक्ति हैं, जिन्होंने कानून की शिक्षा ली। उनके पिता कृषि वैज्ञानिक थे। उनके बड़े भाई डॉ. बी.एम. सिंह विक्रम विश्वविद्यालय में जीव विज्ञान के प्रोफेसर हैं तथा उनके छोटे भाई आर.आई.टी. टाटानगर में मैथमैटिक्स के प्रवक्ता हैं। श्री सिन्हा मद्यपान नहीं करते, यहाँ तक कि सिगरेट तक भी नहीं पीते। वे पूर्ण शाकाहारी हैं। उनकी पत्नी पूर्णत: वैष्णव हैं।

न्यायाधीश सिन्हा को बचपन से ही खेलों से लगाव रहा है। उनके ड्राइंग रूम में आज भी अनेकानेक ट्रॉफियाँ सजी हुई देखने को मिल सकती हैं। कॉलेज की अवधि में अपने कॉलेज की हॉकी टीम के वे कप्तान रह चुके हैं। जब वे अपनी शिक्षा पूरी कर लिये, तब उन्होंने टेनिस खेलना प्रारंभ कर दिया।

लेकिन धीरे-धीरे कार्य व्यस्तता के कारण समयाभाव-सा होने लगा और तब ब्रिज खेलने लगे। जब इलाहाबाद उच्च न्यायालय में अपना पदभार ग्रहण किया, तब गोल्फ खेलना शुरू कर दिया। खेल ही नहीं, उन्हें कला से भी काफी लगाव रहा है। उनके आवास के कक्ष में लटकी कलाकृतियाँ उनकी कलाप्रियता की साक्षी हैं।

क्रांतिकारियों की टोली में

वे विद्यार्थी जीवन में काफी उग्र एवं क्रांतिकारी विचार के व्यक्ति थे, यहाँ तक कि क्रांतिकारियों की टोली में आकर बम बनाना भी शुरू कर दिया था। एक बार बम बनाते वक्त अचानक विस्फोट हो गया और वे बुरी तरह घायल हो गए। इस प्रकार वे उस बार मौत के मुँह से बच गए।

वे अपने उत्थान में अपनी पत्नी का सक्रिय योगदान मानते हैं। वे दांपत्य जीवन में रस लेते हैं। महीने में कम-से-कम दो बार पति-पत्नी फिल्म देखने नियमित रूप से जाया करते हैं। उनकी पत्नी का नाम सरोज सिन्हा है, जो तीन बच्चों की माँ हैं। श्री सिन्हा अपने बड़े बेटे को एल.एल.बी. की डिग्री हासिल करने के बाद भी इस क्षेत्र में आने नहीं देना चाहते। बाकी दो बेटों को वे डॉक्टर एवं वैज्ञानिक बनाना चाहते हैं।

कठोर अनुशासन

पति-पत्नी के बीच सुखद संबंध हैं, पर पेशे के मामले में उनकी पत्नी को यह भी अधिकार नहीं है कि वे न्यायालय के मुकदमे से संबंधित कागजात को छू भी सकें। जब

प्रधानमंत्री श्रीमती गांधी अदालत में गवाही के वक्त पहुँचीं, तब उनकी पत्नी ने अदालत में प्रवेश के लिए एक 'पास' लाने को कहा, लेकिन श्री सिन्हा ने साफ नकारात्मक उत्तर दिया।

न्यायाधीश महोदय साहित्यिक किताबों में काफी दिलचस्पी लिया करते हैं। उनका काफी समय पुस्तकालयों में ही बीता करता है। अलेक्जेंडर ड्यूमा की किताबों में वे काफी दिलचस्पी रखते हैं। हिंदी में डॉ. वृंदावन लाल वर्मा भी उनके प्रिय लेखकों में से एक हैं। वे हिंदी को समूचे भारत की भाषा देखना चाहते हैं।

धर्माडंबर से दूर

वे काफी मृदुभाषी हैं। कोई भी व्यक्ति उनसे मिलकर बिना प्रभावित हुए रह नहीं सकता। वे दुनिया के आडंबरों से अपने आपको एकदम परे रखना चाहते हैं। वे सबसे बड़ा धर्म दरिद्रनारायण की सेवा ही मानते हैं। समाज के उन तिरस्कृत वर्गों की सहायता अपना धर्म मानते हैं, जिन्हें हेय समझकर समाज ठुकराता रहा है। वे कहते हैं कि अगर ईश्वर को खुश करना चाहते हो तो सत्यनिष्ठा के साथ कर्तव्य पालन किया करो। वे इलाहाबाद में संगम में, जहाँ स्नान कर लोग अपने को पापमुक्त मानने लग जाते हैं, दो-तीन बार ही गए हैं। वह भी स्नान करने नहीं वरन् वहाँ की प्राकृतिक छटा देखने। उनका कहना है कि संगम में स्नान कर लेने मात्र से किसी के पाप नहीं धुल जाते, किसी के दिल की कलुषित भावनाएँ मिट नहीं जातीं। अगर दिल को साफ करना है, तो अपने अंदर के कुविचारों को धो डालो।

फैसले की गोपनीयता

न्यायालय में प्रधानमंत्री श्रीमती गांधी के मुकदमे की सुनवाई के दरम्यान वे अकसर अन्य लोगों से अपने आप को परे रखा करते थे। इस बीच इस बारे में अगर कोई कुछ जानता था, तो बस उनका अपना पी.ए. मुन्नालाल। फैसला देने के पूर्व उन्होंने अपने पी.ए. को भी अपने घर पर ही बुला लिया था, ताकि वह अपने आपको किसी भी व्यक्ति के आगे इसे प्रकट न कर सके।

उन्होंने कभी भी किसी व्यक्ति को राष्ट्र की महत्ता के आगे महत्त्व नहीं दिया। उनकी नजरों में अदालत के कठघरे में न तो भारत की प्रधानमंत्री ही दिखाई दीं, न भारतीय लोक दल के वरिष्ठ नेता राजनारायण ही। उनकी नजरों में तो बस वे एक वादी के रूप में थीं, तो दूसरा प्रतिवादी के रूप में। उन्हें फैसला देना था, सो उन्होंने दिया। वह या तो वादी के पक्ष में देते या प्रतिवादी के पक्ष में। अब अगर कोई इसे ऐतिहासिक निर्णय का खिताब देता है, तो उसकी यह महज नासमझी है, ऐसा ही उनका विचार है।

(बी.एल. अग्रवाल 'उद्भ्रांत', 'राँची एक्सप्रेस', 29 जून, 1975)

□

चंद्रशेखर : देखना, किसी भी दिन मैडम मुझे जेल में बंद कर देंगी

चंद्रशेखरजी का साफ कहना था—इंदिराजी डिक्टेटरशिप की ओर जा रही हैं। सत्ता छोड़कर उनका कोई भी उद्‌देश्य नहीं है। अपनी कुरसी बचाने के लिए वे किसी भी हद तक जा सकती हैं। मैं बराबर उनकी बातों का विरोध करता रहा और बातचीत में कभी सौहार्द न छोड़कर हँसता-बोलता रहा। विरोध जरूर करता रहा, लेकिन मेरे मन में बहुत सारी बातें उठती रहीं। अंत में चंद्रशेखर ने मुझसे कहा, 'शंकरदयाल, मेरी जगह अब बाहर नहीं है, जेल में है और तुम देखोगे कि किसी भी दिन मैडम मुझे जेल में बंद करवा देंगी' '।'

कांग्रेस के तत्कालीन सांसद शंकर दयाल सिंह की डायरी के पन्ने

चंद्रशेखर

दिल्ली, 26 जून, 1975—मैं तो हतप्रभ रह गया! अवाक्! ऐसी कल्पना किसी ने नहीं की थी—'जयप्रकाशजी, मोरारजी भाई, वाजपेयीजी, चंद्रशेखरजी, रामधन, पीलू मोदी, अशोक मेहता, आडवाणी, समर गुहा आदि बहुत सारे लोग जेलों में चले गए। एशिया के अंदर या दुनिया में सबसे बड़ा जनतंत्र भारत था। न्यूज एजेंसियाँ बंद हो गईं, अखबारों पर सेंसरशिप लागू कर दी गई। देशभर में हजारों गिरफ्तारियाँ हुईं।

बारह बजे स्टीफंस ने कांग्रेस संसदीय कार्यकारिणी के सदस्यों को खाने पर बुलाया, वहाँ से गुजराल साहब के यहाँ, वहाँ से सेंट्रल हॉल, शाम को चंद्रजीतजी के यहाँ, वहाँ से प्रधानमंत्री से मिलने गया, फिर डॉ. कर्ण सिंह और बाद में बी.सी. भगवती।

डॉ. कर्ण सिंह ने ठीक ही कहा—पिछली सारी बातों को भूल जाओ, जो हो रहा है, वो देखो। बिल्कुल नया 'सिस्टम' जन्म ले रहा है।

प्लेन पर : दिल्ली, 28 जून, 1975—इसी 23 जून को मैं डीलक्स से पटना से दिल्ली आ रहा था। जे.पी. भी उसी ट्रेन से आ रहे थे। दरअसल उस दिन उन्हें और मुझे भी इंडियन एयरलाइंस के सर्विस प्लेन से दिल्ली जाना था, लेकिन सर्विस प्लेन को कोलकाता से बिना पटना हुए ही दिल्ली भेज दिया गया, ताकि जे.पी. दिल्ली के रामलीला मैदान में उस दिन जनसभा को संबोधित न कर सकें। यह बात एयरपोर्ट पर कई लोगों ने मुझे बताई।

इस कारण जे.पी. ट्रेन से यात्रा कर रहे थे। वे 'टू टीयर' एयरकंडीशंड शयनागार में थे। यह डिब्बा खुला रहता है। वहाँ जिस श्रद्धा से औरतें, नवयुवक, आम जनता उनकी बर्थ के पास आकर प्रणाम कर रहे थे, वह देखने योग्य था। घंटे-दो घंटे में गाड़ी के लगभग सौ-दो सौ लोगों से अधिक यात्री उन्हें प्रणाम करने आए। कारण स्पष्ट था। जिस रफ्तार से लोग वहाँ आ रहे थे, उसमें न जे.पी. सो सकते थे, न हमलोग आराम से बैठ सकते थे। इसलिए मैंने जे.पी. से प्रार्थना की कि वे ए.सी. फर्स्ट क्लास में चले जाएँ। राजनीति अपनी जगह पर है, शिष्टाचार अपनी जगह पर, राजनीति मलबा है, शिष्टाचार खिला हुआ सुवासित फूल। राजनीति छल-प्रपंच और स्वार्थ से भरा एक घड़ा है, शिष्टाचार संस्कार की आग में तपा-तपाया सोना अथवा किसी निर्झर से मुक्त हास्य। मैंने राजनीति के गंदे नाले से अपने को निकाला।

वे बोले, ''फर्स्ट ए.सी.' में बहुत पैसा लगता है, इसी में ठीक हूँ।' मैंने कहा, 'पैसों की आप चिंता न करें। फर्स्ट ए.सी. में आप आराम भी करेंगे तथा कुछ लिखना-पढ़ना भी होगा।'

'पता नहीं, वहाँ जगह मिले या नहीं और फिर मैं पैसा भी साथ लेकर नहीं चला हूँ।' संकोच के साथ जे.पी. बोले।

'मैं सारी व्यवस्था करता हूँ, आप वहीं चले जाएँ।' कहता हुआ मैं उठा और फर्स्ट ए.सी. में गया तथा वहाँ उनके लिए जगह बनवाई। बिहार विश्वविद्यालय के वाइस चांसलर डॉ. के.के. मंडल जा रहे थे। उन्हें जे.पी. की जगह अपने डिब्बे में ले आया। एक बंगाली सज्जन को लोअर बर्थ से अपर बर्थ पर भेजा तथा जे.पी. का प्रथम श्रेणी का टिकट लेकर (अतिरिक्त दो सौ बीस रुपए देकर, जिनमें से एक सौ रुपए नंदकिशोर बाबू ने दिए), उन्हें फर्स्ट ए.सी. में पहुँचा दिया।

जेपी ने संकोच और आभार के साथ इस कृत्य को स्वीकार किया। सवेरा होने पर जहाँ कहीं भी गाड़ी रुकती और लोगों को पता चलता, जे.पी. की खिड़की के पास लोगों की भीड़ जमा हो जाती थी। दिल्ली जंक्शन पर तो हजार-दो हजार लोगों ने जय-जयकार और जिंदाबाद के नारों से आसमान हिला दिया।

आज के युग में सत्ता से अलग किसी नेता का ऐसा निर्मल अभिषेक हो, तो उसे 'लोकनायक' नहीं तो और क्या कहा जाएगा?

डीलक्स में और रातों के समान ही रात बीती और सुबह जब चाय पर एक मित्र से बात कर रहा था, तभी किसी ने बड़े जोर से पुकारा—'शंकर!' नाम से पहले न बाबू, न बाद में जी, न कोई और शब्द, यह देखने के लिए कि कौन इतने अधिकार के साथ मुझे पुकार रहा है, मैं बगल में गया तो देखा चंद्रशेखरजी हैं। वे रात मुगलसराय में चढ़े थे। मैं उस समय सो गया था, बहुत सारी बातें हुईं उनसे। मेरे और उनके विचारों में भिन्नता थी। मेरा कहना था कि इंदिराजी का इलाहाबाद हाईकोर्ट का फैसला राजनीतिक ही नहीं, व्यक्तिगत भी है, अतः चंद्रशेखरजी, कृष्णकांतजी आदि को मदद करनी चाहिए, मिलना चाहिए।

चंद्रशेखरजी का साफ कहना था—इंदिरा गांधी डिक्टेटरशिप की ओर जा रही हैं। सत्ता छोड़कर और कोई भी उनका उद्देश्य नहीं है। अपनी कुरसी बचाने के लिए वे किसी भी हद तक जा सकती हैं।

मैं बराबर उनकी बातों का विरोध करता रहा और बातचीत में कभी सौहार्द न छोड़कर हँसता-बोलता रहा। विरोध जरूर करता रहा, लेकिन मेरे मन में बहुत सारी बातें उठती रहीं।

अंत में चंद्रशेखर ने मुझसे कहा—शंकरदयाल, मेरी जगह अब बाहर नहीं, जेल में है और तुम देखोगे कि किसी भी दिन मैडम मुझे जेल में बंद करवा देंगी... ।

मैं हँसा था, किसी भी प्रकार मैं इसे मानने को तैयार नहीं था, लेकिन 24 जून के दो दिन बाद ही वह दिन—26 जून आ गया। रह-रहकर मुझे चंद्रशेखरजी की वही बातें याद हो आती हैं। खिचड़ी दाढ़ी के बीच कभी मुसकराता, कभी खिन्न होता, कभी भनभनाता चेहरा, चंद्रशेखरजी के चेहरे पर सबके बावजूद क्रांति की एक आबनूसी आग है, जो या तो किसी को भी अपनी ओर खींच लेती है या फिर भय से दूर भगा देती है।

पिछले सात-आठ वर्षों से उनसे मेरा संबंध रहा है और मैं आज तक उसका निर्वाह करता हूँ। सेंट्रल हॉल के किसी कोने में जब कभी वह चेहरा होता है, तो अपनी उपस्थिति से जितने लोगों को आह्लादित करता है, उससे अधिक लोगों को आतंकित।

'शंकरदयालजी, अब कुछ करें, समय आ गया हैं।' जे.पी. ने मुझसे कहा।

मैं उत्तर में कहना चाहता हूँ, 'जे.पी., आपके प्रति आदर और श्रद्धा है, लेकिन मेरे साथ मजबूरी है। न मैं कांग्रेस छोड़ सकता हूँ, न मैं इंदिराजी को छोड़ सकता हूँ।'

लेकिन मैं उनसे कोई राजनीतिक चर्चा नहीं छेड़ना चाहता। कटुता से जितना हो, बचना चाहिए। मैं उनके स्वास्थ्य के संबंध में चर्चा छेड़ देता हूँ।

26 जून, 1975 देश के इतिहास में कालपात्र में गाड़नेवाला अभिषेक रहेगा। 8 बजे प्रधानमंत्री का राष्ट्र के नाम संदेश प्रसारित हुआ—हिंदी में। काँपती, लड़खड़ाती और ठहरती आवाज। देश में आपातकाल की घोषणा कर दी गई। अखबारों पर सेंसर लागू हो

गया। कई पत्र आज निकले भी नहीं। भाषण, मीटिंग, लेख, समाचार, जलसा, जुलूस, आलोचना—सब पर प्रतिबंध। कुछ समय पूर्व बांग्लादेश में मुजीब ने यही किया था। अपने यहाँ रेडियो सवेरे से शाम तक एक ही बात कहता रहा और लोग यहाँ की खबर जानने के लिए बी.बी.सी. और रेडियो पाकिस्तान सुनते रहे।

विचित्र स्थिति है। कई प्रकार के भ्रामक समाचार फैले—'जगजीवन बाबू हाउस अरेस्ट हैं', 'जगजीवन बाबू ने त्यागपत्र दे दिया', देश के कई हिस्सों में भयानक स्थिति आ गई है—राम जाने क्या सच है, क्या झूठ!

सोवियत संघ, चीन आदि देशों में प्रारंभ से ही एक पद्धति स्वीकृत की गई। जनता को सोचने-समझने, सीखने का मौका ही नहीं मिला, लेकिन अपने देश में वर्षों से आजादी ने इस प्रकार जड़ जमा ली कि सुबह अखबार न मिलने पर लगता है, सवेरा हुआ ही नहीं। एक विचित्र फीकापन, उदासी, संत्रास, आशंका से मन बोझिल हो जाता है।

पाकिस्तान, बर्मा, चीन, इंडोनेशिया तथा अफ्रीकी देशों के बारे में जो पढ़ता-सुनता था, वह अपने देश में देखने को मिलेगा, यह मैंने कभी कल्पना नहीं की थी। कभी-कभी जब यह विचार दिल में आता था, तो सोचता था कि अगर ऐसी स्थिति आई तो क्रांति हो जाएगी, देश उबल पड़ेगा, लोग सहन नहीं करेंगे, कुछ-का-कुछ हो जाएगा, लेकिन किसी में कोई तेज नहीं, कोई सुगबुगाहट नहीं, उफान नहीं! या संभव है कि राख के नीचे अंदर-ही-अंदर आग सुलग रही हो और वह ज्वालामुखी बनकर फूट पड़े या संभव है कि इस आपातकाल की घोषणा की आवश्यकता थी। इसमें देश कस जाए और जैसे आग में तपकर सोना खरा होता है, वैसे ही खरा हो जाए।

जो हो, इंदिराजी ने जो साहस दिखाया है—एक साथ इतना बड़ा कदम उठाकर, यह भी दृढ़ता का परिचायक है और संघर्षों में ही उनका व्यक्तित्व निखरता है। भगवान् जाने इस संघर्ष में देश का क्या होगा।

पटना, 28 जून, 1975—सवेरे के प्लेन से पटना आया—लगता है, जनता से आँखें मिलाने में लज्जा होती है या झिझक होती है या संकोच होता है या अपने मित्रों के बीच भी बैठने में या बातें करने में संभ्रम होता है।

यहाँ यह भी 'रियूमर' हो गया था कि मैं भी 'हाउस अरेस्ट' हूँ। ऐसे मिथ्या समाचारों के न तो सिर होते हैं, न पाँव।

दिन भर लोगों से मुलाकात-बात होती रही। बात-ही-बात। कितनी बातें की जाएँ और कितनी बातें सुनी जाएँ। रात बेखबर, बेहोश सो गया।

दिल्ली, 29 जून, 1975—पटना से दिल्ली वापस आ गया—प्लेन से। पता नहीं क्यों मन बेमन-सा बना रहता है। जैसे देखकर भी कुछ नहीं देख पा रहा हूँ और सुनकर भी कुछ सुनाई नहीं दे रहा है। सारी स्थिति-परिस्थिति असामान्य हो गई है।

आपातकाल की घोषणा के बाद अपना-से-अपना भी कुछ बोलना नहीं चाहता। अगर कहता भी है तो यही कि बहुत अच्छा हुआ, देश को इसकी जरूरत थी। पता नहीं यह कंठ की आवाज है या दिल की। दिल्ली वैसी ही है।

दिल्ली, 1 जुलाई, 1975—बहुत होती हैं इच्छाएँ लिखने की और बहुत होती हैं इच्छाएँ नहीं लिखने की। क्या लिखूँ और क्या न लिखूँ। लिखने लगूँ तो कितना न लिखना पड़े। इस प्रकार के मन में अनगिनत सवाल हैं।

लोकसभा का सत्र चालू है। विरोधी पक्ष के सभी नेता जेलों में हैं, भारतीय कम्युनिस्ट पार्टी को छोड़कर अन्य सभी विरोधी दलों ने सेशन का बायकाट किया है। जो हम चाहें कर सकते हैं, कर रहे हैं, लेकिन मजा नहीं आता।

न नोक-झोंक, न बहस-मुबाहिसा और न गरमी और मेरे लिए तो यह और भी कहर है। उधर से मधु लिमये या ज्योतिर्मय बसु खड़े होते थे, इधर से मैं और जो नोक-झोंक होती थी, मजा आ जाता था।

दिल्ली, 11 जुलाई, 1975—आपातकाल की घोषणा के बाद सामूहिक रूप में तो मिला था, लेकिन व्यक्तिगत रूप से इंदिराजी से पहली बार साउथ ब्लॉक में मिला और लगभग 20 मिनट तक बातें होती रहीं। मुझसे पहले भूपेश गुप्ता मिलकर निकले थे, अरुणा आसफ अली मिलने को आ बैठी थीं।

प्रधानमंत्री की बातों से ऐसा लगा, मानो वे संसदीय कार्यप्रणाली बदलना चाहती हैं। पार्लियामेंट का सेशन कम होगा, कमेटी की बैठकें ज्यादा होंगी। यह भी आभास मिला कि बरुआजी के संगठनात्मक कार्यों से पूर्णतया संतुष्ट नहीं हैं और वे भी जा सकते हैं। बातें खुलकर हुईं और संजीदगी के साथ।

□

षड्यंत्र विपक्ष ने नहीं इंदिरा गांधी ने रचा : छागला

एम.सी. छागला

12 अक्तूबर, 1975 को सिटीजंस फॉर डेमोक्रेसी के तत्त्वावधान में अहमदाबाद में अखिल भारतीय नागरिक स्वाधीनता सम्मेलन का आयोजन किया गया, जिसे बंबई हाईकोर्ट के पूर्व चीफ जस्टिस (1947-1958) मुहम्मद करीमभाई छागला ने संबोधित किया। श्री छागला ने पं. जवाहरलाल नेहरू के अनुरोध पर न्यायपीठ से इस्तीफा देकर वाशिंगटन में भारत के राजदूत का पद सँभाला था, जिस पद पर रहते हुए उन्होंने अपनी पहली योग्यता का परिचय दिया। इसके बाद उन्हें लंदन में भारत का हाई कमिश्नर नियुक्त किया गया। श्री छागला इसके उपरांत भारत के शिक्षा मंत्री और विदेश मंत्री भी रहे।

श्री छागला द्वारा संबोधित इस सम्मेलन की अध्यक्षता सुप्रीम कोर्ट के पूर्व चीफ जस्टिस जे.सी. शाह ने की, लेकिन सेंसरशिप के कारण श्री छागला की स्पीच की एक भी पंक्ति किसी अखबार में नहीं छपी। बाद में इसकी प्रतियाँ जनता में वितरित की गईं।

श्री छागला ने इमरजेंसी के विरोध में दी गई अपनी स्पीच के आरंभ में गांधीजी द्वारा 'यंग इंडिया' में 1921 में व्यक्त विचारों को उद्धृत किया, जिसमें गांधीजी ने कहा था, 'लोकतंत्र में लोग भेड़-बकरी की तरह नहीं होते, लोकतंत्र में हमें अभिव्यक्ति की स्वतंत्रता और विचारों एवं कार्यकलाप की स्वतंत्रता की सतर्कतापूर्वक रक्षा करनी होती है।' श्री छागला ने कहा कि हमारे संविधान की प्रस्तावना में विचार अभिव्यक्ति और अन्य स्वतंत्रताओं का उल्लेख किया गया है, लेकिन आज क्या हो रहा है, क्या नागरिक स्वतंत्रता नाम की कोई चीज रह गई है? किसी भी व्यक्ति को उसे बिना कोई कारण बताए, बिना अपने बचाव और सलाहकार समिति जैसी स्वतंत्र संस्था में अपील करने का मौका दिए, नजरबंद कर दिया जा सकता है। किसी भी व्यक्ति को, आपको और

मुझे, सलाखों के पीछे बंद कर दिया जा सकता है। मैं नहीं जानता कि मैं वापस बंबई जा सकूँगा या नहीं। उन्हें यह बताने की जरूरत नहीं पड़ेगी कि मुझे क्यों बंदी बनाया गया है और मुझे बंदी बनाने का कारण मेरी यह स्पीच बताई जा सकती है। जेलों में बंद ज्यादातर कैदी यह नहीं जानते कि उन्हें क्यों जेल में डाल दिया गया है और वे अपना बचाव भी नहीं कर सकते।

12 जून, 1975 को इलाहाबाद हाईकोर्ट के जस्टिस जगमोहन लाल सिन्हा द्वारा इंदिरा गांधी को चुनाव में भ्रष्ट आचरण का दोषी बताए जाने के बाद उन्हें इस्तीफा दे देना चाहिए था। राजनीतिक शालीनता और मर्यादा का यही तकाजा था, लेकिन इंदिरा गांधी ने इस्तीफा नहीं दिया। विपक्ष द्वारा उनके इस्तीफे की माँग करने और इसके लिए सत्याग्रह का आश्रय लेने में कुछ भी गलत नहीं है। क्या लोकतंत्र में प्रधानमंत्री के इस्तीफे की माँग करना कोई गुनाह है? क्या कोई प्रधानमंत्री अपरिहार्य हो सकता है, जिसके बिना काम न चले? इंदिरा गांधी कोई देवी नहीं है, जिसे मंदिर से हटाया न जा सके।

श्री छागला ने कहा कि जे.पी. द्वारा पुलिस और सुरक्षाकर्मियों को सरकार के अवैध आदेश नहीं मानने का आह्वान करने में कुछ भी गैरकानूनी नहीं है। जे.पी. ने यह कभी नहीं कहा कि सेना या पुलिस बगावत कर दे और हुकूमत के खिलाफ हथियार उठा ले। बिहार में पुलिस ने निर्दोष लोगों और छात्रों पर गोलियाँ चलाईं, जिसका कोई औचित्य नहीं था। इंदिरा गांधी ने विपक्ष पर उनके खिलाफ षड्यंत्र रचने का आरोप लगाया है, जिसका उन्होंने कोई सबूत नहीं दिया। वास्तव में षड्यंत्र तो इंदिरा गांधी ने रचा था—विपक्ष के नेताओं को जेल में डालने, सेंसरशिप लगाने और लोगों को नागरिक स्वतंत्रताओं से वंचित करने का।

श्री छागला द्वारा अकाट्य तर्कों पर आधारित अंग्रेजी में दिए गए भाषण का अविकल मूल पाठ इस प्रकार है—

Friends,

The Conference has met to consider civil liberties in the context of the present situation. When I look at the present situation, I wonder whether, I am dreaming, or, to use perhaps a better expression, I am going through a nightmare. I rub my eyes to make sure whether I am awake or asleep and I find it is not a dream or a nightmare, but, it is a stark, grim, ghastly reality. Friends, we live in a country which is called Gandhi's land. Gandhiji worked for our freedom and obtained freedom for us. Not merely freedom from the British Government, but also freedom from tyranny, oppression, injustice of every kind. In a message which he wrote in 'YOUNG INDIA' as far back as 1921, he said 'in a democracy, people are not like sheep. In democracy we must jeolously guard freedom of expression and thought and action.' Note the words 'freedom of expression and thought and action.' This is what he said in 1921.

Anybody may be shut behind the bars

Then we had our Constitution. Now, friends wherever a revolution starts, there is always a proud proclamation as to the objects for which the revolution is being fought, in U.S. Jeffer-son gave the battle cry 'all men are born equal and they are endowed with the inalienable rights of life and liberty and pursuit of happiness.' When the French revolution broke out, the French soldiers marched not only to the strains of the 'Marseilles' but also to the battle cry, 'liberty, equality and fraternity.' And then we ushered in our own Constitution and started working our own State. We also had the proud proclamation and that was in the preamble of our Constitution. Some jurists have said that there is hardly a Constitution which has a preamble of this character and the two aspects of that preamble which I want to emphasize are that the State we were setting up is a sovereign, democratic republic. I emphasize the word democratic. And, the preamble emphasizes that, that State will have liberty of thought, expression and liberty in other respects, so that we started a State which was going to be democratic and which would have liberty as a prevailing aspect of its activities. This was the land in which we were living and this was the land which had to be governed by the precepts of Gandhiji.

What is the position today? Is anything left of Civil liberties in the country? A man today can be detained without any reason being given to him, without his being told why he is detained, without his being able to give an explanation for his conduct or appeal to an independent body like an advisory Council. Any body like you and I, may be shut behind the bars (I do not know whether I will go back to Bombay, because they may shut me up and they need not tell me why they shut me up and might give the reason that I have delivered this speech today). Most people today, in the jails do not know why they are there and they cannot defend themselves, because where there is no charge, there cannot be any defence. They cannot go to any other tribunal because that all has stopped.

Now friends, why have all these come about? To my mind, the

original sin, the fountain source and the origin of what has happened is the emergency, that has been declared in the country. In order to understand the emergency, we must look into the background. You see, emergency has been made non-justiciable legally. But it has not been made non-justiciable politically. And the speech, I am going to deliver, is a political speech not a legal speech. I do not think I can be hauled up for contempt (of Court) or be proceeded against for trying to make justiciable that which is non-justiciable.

Is Indira Gandhi a deity?

Now let us look at the history, the drama, the first scene when the curtain goes up on the 12th June, 1975. If you understand what happened on the 12th June, a historic event took place on 12th June. To my mind, this event when the historian of the future writes the history of our country will say marked the turning point in our history. This event was the decision of Mr. Justice Sinha, holding that the Prime Minister was guilty of corrupt practice. This event had serious reaction on the Prime Minister. She felt her own position shaky. She did not feel assured of continuing to occupy the seat, that she is now occupying as a result of this event. Therefore, it is from the 12th of June that the idea started maturing in her mind that she should do something to make sure of her position as the Prime Minister. Now friends, the next event to which I want to draw your attention, is what happened on the 25th of June, when a public meeting was held of all the Opposition leaders, saying, that the Prime Minister should not continue as Prime Minister, that Political decorum required that she should quit the chair and that satyagraha will start from the 29th of that month.

Let me say one thing to you: Satyagraha is not violation of the law. The very word 'Satyagraha' connotes truth and non-violence. It is Gandhiji, who has introduced this word in the political vocabulary of the world. But, why go to Gandhiji, only the other day the Supreme Court gave the judgment that the Satyagraha is perfectly legal. The leaders wanted the Prime Minister to quit office. That was the main demand. Just analyse that: is it a sin in democracy to ask the Prime Minister to quit office? Is Mrs. Thatcher's today asking every day Mr. Wilson to vacate office of the Prime Minister a sin? Did not Wilson go on asking Mr. Heath, to quit office as the Prime Minister? After all, with great respect to the Prime Minister of the Country, she is not a deity to be worshiped, she is not a deity, who cannot be removed from the temple! Democratically every person has a right to say, we want a change of the Government, we want a new Prime Minister, we want a different Prime Minister, the present Prime Minister should not continue! What was her answer and what was the answer of these wonderful people who surround her, What was the answer? That in the present situation she was indispensable!

Now, for anyone to say that a person is indispensable in a democracy is to sin against the light of democracy, is to be disloyal to the faith of democracy. Indispensable and democracy cannot go hand in hand. No one is indispensable to us. That is the foundation of democracy. There is equality—anyone has a right to aspire to the High office. In America, as they say, you can go to the White House from a log cabin. Therefore, I personally do not see that a very great crime was committed by the Opposition leaders in asking her to quit office. She then said that there was a conspiracy to bring about a complete deadlock in the country, to ask the army to revolt and to bring about a situation whereby there would be chaos in India. Now let me say one thing, and I say it with confidence, not an iota of evidence has been produced by her that there was any such conspiracy, Not an iota of evidence. Of course, when a Prime Minister speaks, one must respect, what she says; but still I am entitled to say, as an ordinary citizen, that she has not produced an iota of evidence for saying that there was a conspiracy.

The conspiracy was by the P.M.

You study the resolution passed in the public meeting on 25th June, you study the earlier resolution passed by the leaders. They have emphasized non-violence, all that they said was gheraos, satyagraha and marches, which is perfectly legitimate. There was not a single statement in any of the resolutions suggesting that either they wanted to resort to violence or that they wanted to resort to illegal action. And the only piece of evidence on which the Prime Minister has been harping day in and day out is that J.P. said that soldiers and policemen should not obey illegal orders. This statement is legally sound. International organizations have approved of that it is not incumbent upon a police officer or an army officer to carry out an order which is illegal.

You know what happened in Vietnam, when an American Officer

shot down 50-60 innocent villagers and was tried in America. What J.P. said therefore, is legally sound. But he never called upon the army or police to revolt or to take up arms against the State. He was merely enunciating a legal proposition and he was moved to do so, because he found in Bihar policemen, and soldiers shooting down innocent people and students. Therefore, what he said was a result of his own observation. Therefore, the only conclusion that I would come to and 1 want you to endorse that conclusion is that there was no conspiracy on the part of the Opposition leaders. The conspiracy was by the Prime Minister. I repeat, the conspiracy was by the Prime Minister to put the leaders in jail, to have a press censorship and to deprive the people of India of their civil liberties. Now, the Prime Minister goes on to say and says almost every day that India is a democracy, all this is democratic. I am reminded of a story 'Alice in wonderland'. Humpty Dumpty told Alice, "If I say that a word has a certain meaning, that word has that meaning, you cannot change it".

So, when the Prime Minister says that dictatorship is democracy, you must accept her word. She is Humpty Dumpty and she thinks all the nations are Alice in the wonderland. But, at least some of us are not fooled. Those of us who are here know what is democracy and what is dictatorship and the mere fact that the Prime Minister calls a situation today which, to my mind, is nothing short of dictatorship, a democracy, does not make this county a democracy.

Censorship in parliamentary and judicial proceedings

And why does she get so angry with the Western Press? They are right in saying that they are sorry that we, the greatest democracy in the world (I use the word greatest in the sense of largest and though we may not be the most powerful or affluent, but we were certainly the largest democracy in the world. We were proud that we were living in a country, which was recognised as the largest democracy) have lost our democratic values and we have resorted to things which are certainly undemocratic. To my mind, one of the most serious losses to our civil liberties is the freedom of press. Now democracy cannot function without a free press. I was reading only two days back a speech made by the Chief Justice of U.S. Burger. Now note this Burger is a noted conservative and was appointed as a Chief Justice so that the Supreme Court should be safe. He says, 'that the ordered liberty which prevails in America is due to the combination of a free press and an independent judiciary.' He says, 'these two concomitants are essential if the American system of ordered liberty is to subsist and to continue.' We have also a system of ordered liberty. Our liberty is not a licenee. Look at Article 19, look at the exceptions where liberty can be curtailed, Therefore, in America liberty is much wider than ours. There are no exceptions there. Freedom of the Press has no exception. But here we have exceptions and wisely the founding fathers provided the exceptions. So ours is a system of ordered liberty and not a licence, not liberty without any restraint or without any control.

What is the position today? Freedom of Press has two aspects. First, to get information and the second to purvey that information. Today, both these channels are completely blocked. No paper or no news from outside can come into this country which contains any reference to India hostile to the Prime Minister or to the Government. No article, letter or statement can be published in any news paper, which in any way, criticizes the Prime Minister or the Government. See to what straits we have been reduced. My friend Mr. Mohan Dharia made a speech in the Parliament which (I do not want to flatter him), I feel, was one of the finest parliamentary performances I have read. And my friend Mohan Dharia will bear me out that as a member of the Cabinet I have listened to a few speeches, both, in the Rajya Sabha and Lok Sabha. It was a first class speech, not a word of that speech was reported by any news paper, not a word. But take another case. My friend Kuldip Nayar, a leading journalist, was arrested and detained. His trial took place in the Delhi High Court. He was released and let me say to credit of the judges, he was released even before the judgment came and the Government realized that it would lose the case. But the Judges said, 'No, we are going to deliver the judgment notwithstanding your releasing the detenu.'

I do not know about Gujarat, but as far as Bombay is concerned, no body knows that Kuldip Nayar was ever arrested, nobody knows the trial took place, no body knows that he was released and no body knows what judgment was delivered. If you want to read the judgment you will have to read 'London Times' which published extracts from Kuldip Nayar's case. Therefore, even with regard to the parliamentary proceedings which are privileged under the Constitution, even with regard to Court proceedings, after all it is a public trial and the public has a right to know what happens in Court of law, the censorship will not Permit a trial to be reported, arguments to be reported or the speeches in parliament. This is the censorship.

There is nobody to point out

But, you see, censorship I can understand if it is related to a particular subject for a particular time, under particular circumstances. Suppose there is a war on, Government may well say that no paper shall report the movements of troops or what is happening on our frontiers or how has enemy fared or how have wc fared. But then that applies to all. But this is a unilateral censorship. You can sing hymns of glory to the Prime Minister and they are being sung every day. You can shout 'Hosannas' in her favour, as they are being shouted every day. And they will be reported to full. I am sickened to read today's news papers, What do I see? Speeches by Prime Minister, speeches by Ministers and opening ceremonies by some Deputy Ministers, Secretaries and Deputy Secretaries.

As far as the newspapers are concerned, that is all that is happening. Do you think that today's proceedings will be reported? Do you think that my speech will be reported? I won't attach any importance to myself but I say, is it going to be reported? It is running a serious risk of censorship. The Times of India has of course shown us the courtesy by reporting that today, I will inaugurate the conference. The Government has a great deal to lose by this censorship, for what does freedom of thought or freedom of speech mean? That you have a right to criticize, a right to comment, a right to point out mistakes. Government does not know whether it is making mistakes, because there is nobody to point out. The voice of dissent is muted, more than muted. It is completely repressed, the voice of criticism is also repressed; with the result that the Government thinks, today, that it is omniscient. Of course it is omnipotent. But, I thought that human beings are not omniscient and the Government thinks itself to be omniscient. It does not want any criticism, does not want any comment and whatever it does is right and you and I must say it is right else you any I run the risk of being put behind the bars.

Therefore, friends, this is one aspect of civil liberties—the freedom of the Press—to which I attach greatest importance. But, the curious thing is this: we are accused, of being fascists, of being right revisionists (a phrase borrowed from the Soviet Vocabulary). They are the democrats, I do not think that there can be greater limit to this linguistic perversity than to call us fascists and call themselves democrats. What do we stand for? We are not standing for overthrow of Government. We know that Government should be thrown by constitutional or democratic methods. We are not standing for rebellion or revolt, because, we are not violent, temperamentally and constitutionally. All that we are saying is: restore to this country the liberties which were guaranteed under the Constitution. Liberty is inalienable, that is what Jefferson said. I will not go into the question of fundamental rights. I say it rises above the fundamental rights for liberty is the basis of democracy and no democracy can exist without liberty. It is a contradiction in term. Therefore, we say that grant us our inalienable right to liberty, give us freedom of the Press and revoke this emergency for which there is no justification.

What is the justification for emergency ?

Going back to emergency for a minute, as I said politically it is still justiciable what is the justification for emergency? All of you know the article or at least you have read about it or know the gist of it. Therefore, must be a grave emergency which threatens the security of State, by reason of war, foreign aggression, internal disturbance. Now, do you find any war in the country or threat of aggression? There was an emergency which is still continuing. The only country we had to fear from was Pakistani, But today, we have entered into a pact with her, have entered into trade relations with her, there are better communications and nobody says that Pakistan is threatening aggresion against India. So that goes out. And yet, they have kept the emergency in force ever since 1971. Now take the case of present emergency. What was the occasion for it? They say, 'internal disturbance'. Who threatened internal disturbance? Was there any internal disturbance? As a matter of fact, the Prime Minister goes on saying day in and day out that the situation is perfectly normal. The other day the Home Minister said (I know it because the statement was in affidavit in Bangalore, where I was arguing a writ petition), two days after emergency, that there was not a single act of violence in any part of the country. Then what is the justification of this emergency? There is neither threat nor internal disturbance.

The only reason which Prime Minister gives for continuance of emergency is, it has taught people discipline; see how disciplined we have become, I did not knows well my knowledge of constitutional law is not as good as my friend, Mr. Shah, but I did not know that in order to enforce discipline you can declare emergency! If, that was so, we must have emergency in perpetuity, because I believe in discipline. I think no nation can be a great nation without being a disciplined nation. But, as I said if emergency can be justified on grounds of discipline, then keep, this emergency for all time, though it would be against the Constitution (well, after all, who cares for the Constitution now).

Friends, therefore, our first demand in this conference should be that emergency should be immediately revoked. For all evils flow from emergency. If emergency goes, many other things will go with it. Then you must remember again to quote Gandhiji that end does not justify the means. But even Gandhiji's quotations are censored, Jawaharlal Nehru's quotations are censored and even Indira Gandhi's quotations are censored. In her earlier years, when she saw the light or perhaps she saw the darkness, as she says now, she said things for which she is feeling sorry now. But, people quote her and the Press say : No, you cannot quote the Prime Minister; Prime Minister speaking against herself cannot be quoted, Not only you and I cannot be quoted but her own quotations are censored. Therefore, as I said; this emergency must go. There is no justification for it and it is source of all the evils that have taken place. And, remember what Gandhiji said, of course we have forgotten him, 'the ends do not justify the means.' Throughout his life he followed the precept that, 'I will not resort to evil means or illegal means, violent or bad means to achieve my object.' He said, 'I will not even get freedom for my country with evil means.' His philosophy was that if your means are evil your ends get contaminated. In order to keep your ends pure your means must be equally pure.

But, what are we being told today? Means do not matter, put people in jail, have censorship, deny people their civil liberties and the ordinary democratic rights, which every citizen should have provided that we get more production, more discipline, no strikes, more profitability in industry. But surely it is our ends, which may be justified but they do not justify the means by which they are being brought about. For, these means are destroying the democracy and democratic values, which means, really, the end of the constitution which was conceived and framed by our founding fathers.

Is it a Police State ?

Friends, we have to ask ourselves this question and seriously consider, what is going to happen to our country? The question I ask myself is : Do I want to live in a police State? Or, do I want to live in a democratic State? Because, this is police State, when a man cannot write what he wants and have it published, when newspaper cannot publish any comments, when people can be sent behind bars without any reason being assigned, there is not much difference between a police State as existing elsewhere and what is existing here, am I going to live in a democratic State or a police State? The, second question I want to ask myself is, 'do I want to live in a free society or a captive society? Do I as an Indian who look up to Mahatma Gandhi as his leader, as his preceptor, want to walk with my head up.' A free man saying what I like, writing what I like, expressing my comments, my dissent, my criticism or am I going to be controlled, restricted and put down by an omnipotent Government? These are the questions that this Conference will have to answer. For, civil liberties mean those, essential features of the society which make it a free society. Absence of civil liberties makes a society a captive society, a society which is governed not by laws but by men, a society which can be trampled upon by Government. And remember this, there is no worse form of dictatorship. If behind the facade of the Constitution, technically observing the rules that the Constitution lays down and violating the spirit you build up a dictatorship, then you have a constitutional dictatorship. I would rather have the Constitution abrogated, than to pretend that she is constitutional, she is democratic and all that she has done is permitted by the Constitution. This is constitutional dictatorship.

When you come to deliberate on the resolutions placed on the table today as I said, ask yourselves the questions, which I have asked myself. I know the answers as far as I am concerned, but each one of you must give the answer.

And lastly, friends do not ignore the force of public opinion. Today our hands are shackled, our mouths are sealed, our pens cannot write anything because it cannot be published. But, public opinion can still assert itself. Here you are over a thousand people. You have heard what I have said. By word of mouth yon can carry this message outside. If public meetings are not allowed, hold the meetings of 200 or 300 called by invitation to discuss the problems. Then gradually public opinion will assert itself.

Dawn is bound to come

I refuse to believe that my country which has had civilization going back to centuries, my country where the Constitution was drafted for a democratic State will always remain in the shadow of dictatorship. There is a saying in English that, 'when the night is darkest, the dawn is not far.' I see the night, very dark.

I am an old man and have not got long to live. But, you younger people will see the dawn. The dawn is bound to come. This country cannot go down. For thousands of years we have survived invasions. We have survived all sorts of troubles and I think that we will survive both Indira Gandhi and her dictatorship.

□

लेखक की कहानी, लेखक की जुबानी

पिता का पत्र, पुत्र के नाम

प्रिय पुत्र

गौर किशोर घोष

बहुत दिनों से सोच रहा था कि तुमसे अपने बारे में कुछ कहूँ। लगभग दो महीने से मैं एक बीमारी का शिकार हो गया हूँ। किसी तरह आराम नहीं मिल पा रहा है। तुमसे कहने पर शायद मन का बोझ कुछ हलका हो, यही एक भरोसा है।

अब मैं अपनी बीमारी की बात करता हूँ। कई हफ्तों पहले मैं जब तुमसे मिलने गया था, तब मेरा मुँड़ा हुआ सिर देखकर तुमको बहुत आश्चर्य हुआ था, याद है न? तुमने पूछा था—पिताजी, आपने सिर क्यों मुँड़ाया है? मैंने तुमसे कहा था कि सरकार ने आपात स्थिति की घोषणा कर स्वतंत्र रूप से लिखने का अधिकार मुझसे छीन लिया है। मैं जैसा चाहूँ, वैसा लिखकर अब नहीं छपवा सकता। सरकार जो बातें सुनना चाहेगी, सिर्फ वे ही बातें लिखनी पड़ेंगी। मैंने तुमसे कहा था कि सरकार के इस काम को मैं लेखक के अधिकार पर अनुचित हस्तक्षेप समझता हूँ। उस अन्याय के विरुद्ध प्रतिवाद करने के लिए ही मैंने सिर मुँड़वा लिया है। जितने दिनों तक लेखक के नाते अपने विचारों को व्यक्त करने के अधिकार मुझे वापस नहीं मिलेंगे, उतने दिनों तक मैं सिर पर बाल नहीं उगने दूँगा।

इन बातों का मतलब उस दिन तुम ठीक-ठीक समझ पाए थे या नहीं, मालूम नहीं। फिर भी, तुम्हारा उस समय का चेहरा, अब भी मेरी आँखों के सामने झलक रहा है, वह एकदम काला हो गया था। उसके बाद अपनी माँ से बड़ी परेशानी के स्वर में तुमने पूछा था, 'क्या वे लोग पिताजी को कभी भी नहीं लिखने देंगे?'

तुम समझ ही रहे हो कि अपने अधिकार छीन लिये जाने पर मैं अत्यंत दुःखी हूँ, क्योंकि इस हालत को मैं स्वीकार नहीं कर सकता। सिर्फ इसे मान लेने के लिए ही मैं राजी नहीं हूँ, इतना ही नहीं, बल्कि मैं इस अन्याय के विरुद्ध खुलेआम प्रतिवाद करना

चाहता हूँ, लेकिन जब खुलेआम विरोध करने की बात याद आती है, तभी तुम्हारा, तुम्हारी जीजियों के, तुम्हारी माँ, दादी के चेहरे मेरी आँखों के सामने उभर आते हैं। तुम लोगों में से कोई अभी नाबालिग है, कोई असहाय, कोई वृद्ध। सभी लोग मेरे ऊपर निर्भर हैं। अब तक मैंने तुम सब लोगों को मोटे तौर पर एक स्थितिशील परिवार के आश्रय में रखा है। क्या मैं अपने किसी 'शौकिया खयाल' को पूरा करने के लिए ऐसा कोई काम कर सकता हूँ, जिससे तुम लोगों का यह सहारा, यह स्थिति छिन्न-भिन्न हो जाए? यदि तुम लोगों के आश्रय को कायम रखना ही मैं अपने जीवन का ध्रुव-लक्ष्य मान लूँ, तो फिर तुम लोगों की सुरक्षा का खयाल कर यह विरोध करने का सवाल ही नहीं उठता। फिर इस अन्याय को ही स्वीकार कर लेना पड़ेगा। असत्य के साथ समझौता कर लेना पड़ेगा।

तो फिर लेखक के रूप में अपनी मर्यादा को बेचकर किराए के कलमबाज का पेशा अपनाना पड़ेगा, तो मनुष्य के नाते अपना परिचय देने की इच्छा का परित्याग करना पड़ेगा।

एक तरफ तुम लोग, तुम्हारी सुरक्षा और दूसरी तरफ मैं और मनुष्य के नाते मेरी आत्म-मर्यादा। प्रश्न यह सामने खड़ा है कि किसको खतरे में डालकर किसकी रक्षा करूँ? दिन-रात यही सवाल मुझे बेचैन कर रहा है, कचोट रहा है। यही मेरी बीमारी है, जिस बीमारी के बारे में मैंने शुरू में ही तुमसे कहा है।

परंतु, भाग्य का परिहास देखो कि मुझे इस क्षण इस प्रकार के चुनने के सवाल का सामना करना पड़ रहा है, वह भी कम्युनिस्ट शासन में नहीं, हमारे जनतंत्रीय शासन में, जबकि श्रीमती इंदिरा गांधी ने सरकारी हुकूमत की बागडोर अपने हाथों में पकड़ रखी है।

परंतु जब इस प्रकार के सवाल के सामने खड़ा होना ही पड़ रहा है, तब फिर उपाय ही क्या है? निर्णय लेना ही पड़ेगा। सवाल को टालने का कोई मतलब ही नहीं होता।

इसी कारण अपना निर्णय तुम्हें बता रहा हूँ। लिखने की अपनी आजादी को छीन लेने का मैं प्रचंड विरोध करता हूँ।

मैं समझता हूँ कि मेरे लिखने के अधिकार को, मेरे विचार व्यक्त करने की क्षमता को छीन लेने का मतलब है मेरे अस्तित्व की ही हत्या कर डालना। इसी कारण मैं सेंसर की वर्तमान व्यवस्था को मानवीय न्याय एवं नीति-विरोधी और स्वतंत्रता के विरुद्ध समझता हूँ।

तुमको यह बताते हुए मुझे दुःख होता है कि जिस जनतंत्रीय वातावरण में हमने पिछले 26 साल गुजारे हैं, तुम्हारा जन्म 13 साल पहले जिसमें हुआ है, तुम तेरह साल जिस वातावरण में बड़े हुए हो, वह वातावरण गंदा हो गया है। आज उस जनतंत्र को नष्ट करने के लिए अदूरदर्शी शासक गुट उतारू हो गया है और जनता की भलाई करने का बहाना बनाकर हमारे मूलभूत अधिकारों को छीन लिया गया है।

स्वतंत्र रूप से अपने विचार प्रकट करने का मेरा अधिकार छीन लिया गया है।

प्रधानमंत्री की खुशामद करने की आजादी को छोड़कर अन्य किसी स्वर में बातें करने का अधिकार आज किसी को नहीं है, यहाँ तक कि ये जो बातें तुम्हें कह रहा हूँ, ये सीधी-स्पष्ट बातें छपे अक्षरों में प्रकाशित होंगी, शायद तब सुनोगे कि तुम्हारे पिताजी को इस जुर्म के लिए ही पुलिस पकड़कर ले गई है, क्योंकि ये बातें अभी कहना मना है।

मैं षड्यंत्रकारी नहीं हूँ, राजनीतिक दलबाजी नहीं करता, मैं सिर्फ एक लेखक हूँ, और जिम्मेदार भी और समाज के बारे में पूर्ण सजग और युक्तिवादी। अपने आपको ईमानदार रखने की कोशिश करता हूँ। इसलिए जब मैंने समझ लिया कि प्रधानमंत्री ने दलदल में पैर रखा है, तब खुलेआम उनको बता देना ही मैंने अपना कर्तव्य समझा। मुझे मालूम है, प्रधानमंत्री मेरी बातों पर कान नहीं देंगी, लेकिन उससे क्या? मैंने तो खतरे को देखा है, इसलिए उसको मुझे बताना ही पड़ेगा। सेंसर के द्वारा मेरे लिखने के अधिकार छीन लेने का मतलब है, मेरी मर्यादा को ही अपमानित करना। इसी का प्रतिवाद मैंने सिर मुँड़ाकर किया है।

लेकिन मैं यहीं पर रुकना नहीं चाहता था। अपने अधिकारों की रक्षा के लिए मुझे अब कुछ और आगे बढ़ना पड़ रहा है। मुझे यह कहना ही पड़ेगा—प्रधानमंत्रीजी! यह किस सत्यानाश के रास्ते पर आप चल पड़ी हैं? इस रास्ते में कोई कल्याण नहीं है। लौटिए, आप वापस लौटिए।

प्रिय पुत्र, तुम्हें यह बातें लिखकर मुझे थोड़ी सी शांति मिली। मैं चाहता हूँ, और भी कुछ लोग इस लेख को पढ़ें। फिर शायद और कुछ लोगों को अपनी बातें कहने की हिम्मत मिलेगी। इसलिए इस पत्र को छपने के लिए दे रहा हूँ। जनतंत्र के वातावरण में तुम लोग बड़े बनो, यही कामना है।

आशीर्वादक, तुम्हारे पिता
—गौर किशोर घोष

(श्री गौर किशोर घोष बाँग्ला भाषा के प्रसिद्ध साहसी लेखक और पत्रकार थे। 'आनंद बाजार' पत्रिका (बाँग्ला दैनिक) और 'देश' (साप्ताहिक) में उनके व्यंग्यात्मक एवं राष्ट्रीय भावना से ओत-प्रोत लेख अत्यंत रोचक व पठनीय होते थे, परंतु 26 जून, 1975 के बाद से यह कलम रुक गई।)

('कलकत्ता' साप्ताहिक के राजनीतिक विशेषांक में प्रकाशित लेख में उन्होंने आपातकाल की दर्दनाक स्थिति के बारे में अपने मन की बात खुलकर कही। फलस्वरूप गणतांत्रिक इंदिरा सरकार की पुलिस ने उनको 6 अक्तूबर, 1975 को गिरफ्तार किया। श्री घोष के उक्त लेख को यहाँ संक्षेप में उद्धृत किया गया है।)

□

राष्ट्रपतिजी, 'आप जहर खा सकते थे'

उन दिनों बातें घूम-फिरकर मैडम (श्रीमती गांधी) पर आ जाती थीं। वे कहती थीं कि उनके पिता तो संत थे। क्या वे कहना चाहती थीं कि वे स्वयं पापी हैं? दिलचस्प बात तो यह है कि स्वयं महिला शासिकाओं ने अपने आपको ऊँचे पद के लिए अनुपयुक्त माना है। उदाहरण के लिए, चीन की सम्राज्ञी जू मी ने अपनी मृत्यु से पहले कहा था कि चीन की खूँखार गद्दी पर औरतों को कभी नहीं बैठना चाहिए। कौन जानता है, इंदिराजी भी सबकुछ होने के बाद इसी निष्कर्ष पर पहुँचें। आश्चर्य की बात है कि वे हमेशा अपने आपको जोन ऑफ आर्क का भारतीय रूप समझती थीं। मेरे एक दोस्त ने कहा कि वे भूल जाती हैं कि जोन एक डायन के रूप में जला दी गई थी। जैसा कि बाद में हुआ, भारतीय जोन भी बैलेट बॉक्स में जिंदा जल गई।

फखरुद्दीन अली अहमद

उनका दूसरा भ्रम नेपोलियन था। वे नेपोलियन जैसा महान् बनना चाहती थीं। यह सच है कि वे नेपोलियन की ऊँचाई को किसी रूप में नहीं छू पाईं, पर भारतीय प्रेस को दबाने में शायद वे नेपोलियन बन गई थीं। संयोगवश नेपोलियन के जीवन की सबसे बड़ी गलती रूस पर आक्रमण नहीं, बल्कि प्रेस सेंसर थी। नेपोलियन जानता था कि पेरिस के अखबारों को स्वतंत्र रखकर वह तानाशाह के रूप में एक हफ्ते के लिए भी फ्रांस पर शासन नहीं कर सकता। इसलिए उसने प्रेस सेंसरशिप लागू कर दी थी। किसी भी युद्ध अभियान पर जाने से पहले वह संपादकों, अभिनेताओं, कलाकारों को बुला लेता था और उनसे कहता था, 'मेरे वक्तव्य उद्धृत करो, मेरी प्रशंसा करो, मेरे गीत गाओ, मेरा चित्र बनाओ, मैं तुम्हारे मनचाहे मूल्य पर तुम्हें खरीदूँगा, पर खरीदूँगा जरूर।' और वे सब वही करते थे, लेकिन अंत में अखबार पढ़ने लायक भी नहीं रहे। किसी भी हालत में वहाँ कोई खबर नहीं रहती थी। वह स्वयं दुनिया की खबरें जानने के लिए अंग्रेजी और जर्मन अखबारों का सहारा लेता था। फ्रांसीसी अखबारों के बारे में वह कहता था,

'उन्हें छोड़ा जा सकता है। वे वही कहते हैं, जो वे सोचते हैं कि मुझे अच्छा लगेगा।' अनेक फ्रांसीसियों ने यह कभी नहीं जाना कि वे ट्राफल्गार की लड़ाई हार चुके हैं। ठीक वैसे ही, जैसे करोड़ों भारतीयों को तुर्कमान गेट के हत्याकांड का पता नहीं चला। दोनों मामलों में खबरों की रोक ने लोगों से अधिक तानाशाह को ही क्षति पहुँचाई। तुर्कमान गेट से मुझे याद आया। उस कांड के कुछ दिन बाद स्थानीय मुसलिम नेताओं का एक दल राष्ट्रपति से मिला। उन्होंने उनसे शिकायत की कि किस प्रकार लोगों पर ज्यादतियाँ की गईं। राष्ट्रपति को यह मालूम नहीं था कि वे उस समय क्या कर सकते थे। एक आदमी खड़ा हुआ और बोला, 'आप एक चीज तो कर सकते थे?'

'क्या?' राष्ट्रपति ने पूछा।

'आप जहर खा सकते थे', उत्तर था।

—के.आर. मलकानी

लिखित 'द मिडनाइट नॉक' से

(पूर्व संपादक 'ऑर्गनाइजर'/'मदरलैंड')

□

सेंसर अधिकारी ने प्रधानमंत्री के भाषण को भी छापने से मना किया!

आपातकाल में कई सरकारी अधिकारी इंदिरा गांधी सरकार के प्रति कुछ ज्यादा ही स्वामिभक्ति का प्रदर्शन करने लगे थे। ऐसे कई उदाहरण हैं। चंडीगढ़ में अखिल भारतीय कांग्रेस के अधिवेशन के समय श्रीमती इंदिरा गांधी, जो उस समय कांग्रेस अध्यक्ष भी थीं, के भाषण की रिपोर्ट के कुछ अंशों को भी आपत्तिजनक बताते हुए मुख्य सेंसर अधिकारी ने उसे अंग्रेजी दैनिक 'हितवाद' को भेजने से रोकने का प्रयास किया!

वर्ष 1975 के जून माह में घोषित आपातकाल का सर्वाधिक निंदनीय पहलू प्रेस सेंसरशिप था। आपातकाल के दौरान मैं अंग्रेजी समाचार-पत्र दैनिक 'हितवाद'

एल.एस. हरदेनिया

में राजनीतिक रिपोर्टिंग करता था। उस समय 'हितवाद' का संचालन प्रोग्रेसिव राइटर्स एंड पब्लिशर्स के हाथ में था, जिसके सर्वेसर्वा आपातकाल के दौरान केंद्रीय सूचना एवं प्रसारण मंत्री विद्याचरण शुक्ल थे। इस तरह सेंसरशिप का काम भी उनके मंत्रालय के जिम्मे था। अतएव 'हितवाद' से अपेक्षा थी कि वह सेंसरशिप के नियमों का मुस्तैदी से पालन करेगा, परंतु एक ऐसा मौका भी आया, जब मेरी सेंसर अधिकारियों से सीधी टक्कर हो गई।

सेंसर अधिकारी का जलवा

चंडीगढ़ में अखिल भारतीय कांग्रेस कमेटी के अधिवेशन का आयोजन था। अधिवेशन की रिपोर्ट करने के लिए मैं 'हितवाद' की ओर से चंडीगढ़ गया था। अधिवेशन प्रारंभ होने के पूर्व देश के मुख्य सेंसर अधिकारी ने पत्रकारों को संबोधित किया और

अधिवेशन की रिपोर्टिंग के संबंध में कुछ टिप्स दिए। हमें बताया गया कि अधिवेशन की काररवाई की रिपोर्ट भेजने के पूर्व सेंसर को दिखाना होगा। इसके साथ ही यह भी स्पष्ट किया गया कि प्रधानमंत्री के भाषणों की रिपोर्ट दिखाना जरूरी नहीं है। श्रीमती गांधी उस समय प्रधानमंत्री होने के साथ-साथ कांग्रेस की अध्यक्ष भी थीं।

इस बात के मद्देनजर मैंने श्रीमती गांधी के भाषण की रिपोर्ट सेंसर को दिखाए बिना तार ऑफिस में दे दी, परंतु सेंसर अधिकारियों द्वारा तार ऑफिस पर नजर रखी जा रही थी। थोड़ी देर बाद अधिवेशन स्थल के लाउंज में लाउडस्पीकर पर घोषणा की गई कि 'हितवाद' के प्रतिनिधि जहाँ भी हों, मुख्य सेंसर अधिकारी से मिल लें। तदनुसार मैं मुख्य सेंसर अधिकारी से मिला। उन्होंने मुझसे कहा कि आपको इस रिपोर्ट के कुछ अंश हटाने होंगे। मैंने पूछा—क्यों? उनका कहना था कि इसलिए कि वे आपत्तिजनक हैं। मैंने कहा—मैंने तो वही लिखा है, जो प्रधानमंत्री ने कहा था। सेंसर अधिकारी अपनी बात पर अड़े रहे, परंतु मैंने अपने समाचार में कोई परिवर्तन करने से इनकार कर दिया। कुछ समय बाद मेरे रवैये की ओर विद्याचरण शुक्ल का ध्यान आकर्षित किया गया और उनसे हस्तक्षेप की अपेक्षा की गई, परंतु शुक्ल ने कहा कि वे इस मामले में नहीं बोलेंगे। आप लोग ही निपटें। अंततः सेंसर को मेरे तार को बिना किसी संशोधन के भेजना पड़ा।

संजय गांधी का दबदबा

आपातकाल में संजय गांधी का चारों ओर दबदबा था। कोई भी पत्र-पत्रिका उनके खिलाफ नहीं लिख सकती थी, परंतु कुछ संपादक ऐसे थे, जो हिम्मत करके अपनी बात लिखते थे। दिल्ली से प्रकाशित होनेवाली साप्ताहिक पत्रिका 'मेनस्ट्रीम' के तत्कालीन संपादक निखिल चक्रवर्ती उन पत्रकारों में से थे, जो संजय गांधी की खुलकर आलोचना करते थे। 'मेनस्ट्रीम' के एक अंक में एक कार्टून छापा गया, जिसमें बेटा बाप से पूछता है कि पापा, संजय गांधी ने पाँच सूत्रीय कार्यक्रम क्यों लागू किया है। बाप जवाब देता है, इसलिए क्योंकि संजय गांधी को पाँच से ज्यादा गिनती नहीं आती है। इस कार्टून को देखकर संजय गांधी बौखलाए और विद्याचरण शुक्ल से कहा कि वे चक्रवर्ती के विरुद्ध दंडात्मक काररवाई करें। चक्रवर्ती देश के अत्यधिक प्रतिष्ठित पत्रकार थे। उनके विरुद्ध काररवाई के गंभीर परिणाम हो सकते थे। इस बात को शुक्ल समझते थे। इसलिए किसी भी प्रकार की काररवाई से पहले उन्होंने चक्रवर्ती से बात करना उचित समझा। मैं उस समय 'मेनस्ट्रीम' में लिखा करता था। शुक्ल यह बात जानते थे। उन्होंने मुझे दिल्ली आने को कहा।

शुक्ल ने कहा कि वे चक्रवर्ती से, जिन्हें लोग स्नेह से निखिल दादा कहा करते थे, मिलना चाहते हैं। मैंने शुक्ल का संदेश चक्रवर्ती को दिया और उनसे पूछा कि वे कब

शुक्ल के पास चल सकते हैं? उनका कहना था कि शुक्ल मुझसे मिलना चाहते हैं, तो मुझसे मिलने आ सकते हैं। मैं उनसे मिलने क्यों जाऊँ? मेरी तो उनसे मिलने की कोई

निखिल चक्रवर्ती

इच्छा नहीं है। मैंने चक्रवर्ती के इस उत्तर से शुक्ल को अवगत कराया। यह सुनकर वे स्वयं दादा के पास जाने को तैयार हो गए। चक्रवर्ती के कार्यालय पहुँचकर उन्होंने उनसे कहा कि वे संजय गांधी के खिलाफ कुछ न लिखें। आखिर वह नौजवान है, एक उभरता हुआ नेता है। इस पर दादा ने कहा कि मैं इस तरह की कोई गारंटी नहीं दे सकता। दादा का उत्तर सुनकर शुक्ल ने कहा कि मुझ पर दबाव है कि मैं आपके विरुद्ध काररवाई करूँ। इस पर दादा ने कहा कि मुझे जो उचित लगेगा, मैं करूँगा, आपको जो उचित लगे, वह आप करें।

जब एक मंत्री को डाँट पड़ी

आपातकाल के दौरान एक और घटना मुझे याद आ रही है। संजय गांधी भोपाल आनेवाले थे। उनके स्वागत की जोरदार तैयारियाँ चल रही थीं। इसी सिलसिले में शुक्ल मंत्री परिषद के शिक्षा राज्यमंत्री ने एक आदेश निकाल दिया कि कॉलेजों के प्राचार्य अपने छात्र-छात्राओं को संजय गांधी के स्वागत के लिए सड़क पर खड़ा करें। इस आदेश को पाकर भोपाल की महारानी लक्ष्मीबाई कन्या महाविद्यालय की प्राचार्या श्रीमती इंदु मेहता आगबबूला हो गईं। उन्होंने कहा कि मैं किसी हालत में अपनी बच्चियों को स्वागत के लिए नहीं ले जाऊँगी और यदि ऐसा करने के लिए मुझे मजबूर किया गया तो मैं सरकारी नौकरी से इस्तीफा दे दूँगी। श्रीमती मेहता ने अपने आक्रोश से कम्युनिस्ट नेता और विधायक होमी दाजी को अवगत कराया। दाजी उस समय इंदौर में थे। उन्होंने मुझे फोन किया कि मैं श्रीमती मेहता की मदद करूँ। तदनुसार मैंने मुख्यमंत्री श्यामाचरण शुक्ल से संपर्क किया। शुक्ल ने माना कि यह आदेश अनुचित है। उन्होंने यह भी कहा कि युवक कांग्रेस में सभी प्रकार के तत्त्व हैं। उनके साथ कॉलेज की बच्चियों को खड़ा करना मूर्खता है। उन्होंने उस आदेश को तुरंत वापस ले लिया और श्रीमती मेहता को आश्वस्त किया कि उन्हें अपने महाविद्यालय से बच्चियों को लाने की आवश्यकता नहीं है। शुक्ल ने संबंधित मंत्री को डाँट भी लगाई।

संजय गांधी जिस दिन भोपाल आए, उस दिन मुख्यमंत्री श्यामाचरण शुक्ल समेत पूरे मंत्रिमंडल ने हवाई अड्डे पर उनका ऐसा स्वागत किया, जैसा साधारणतः राष्ट्रपति या प्रधानमंत्री का किया जाता है। वैसे शुक्ल, जो कुछ हो रहा था, उसके प्रति निजी चर्चा में अपना आक्रोश प्रकट करते थे, परंतु सार्वजनिक रूप से उन्होंने भी हमेशा संजय

गांधी की जमकर खुशामद की। संजय गांधी के लिए आयोजित आम सभा को संबोधित करते हुए उन्होंने कहा कि आज आपके स्वागत को देखकर देवता भी प्रसन्न हो रहे होंगे। संजय गांधी ने अपने भोपाल प्रवास के दौरान पत्रकारों से भी भेंट की थी। हम सब पत्रकार एक हॉल में बैठे संजय गांधी का इंतजार कर रहे थे। संजय गांधी के हॉल में प्रवेश के थोड़ी देर बाद श्यामाचरण शुक्ल ने प्रवेश किया। मुख्यमंत्री को आते हुए देख हम सभी पत्रकार खड़े हो गए। जब हम लोग खड़े हुए तो संजय गांधी ने जानना चाहा कि हम लोग क्यों खड़े हो रहे हैं? इस पर मैंने कहा कि प्रोटोकॉल का तकाजा है कि मुख्यमंत्री का स्वागत खड़े होकर किया जाए। मेरी सलाह है कि आप भी खड़े होकर उनका स्वागत करें। मेरी बात सुनकर उन्होंने मुँह बना लिया। इस छोटी-सी घटना से स्पष्ट होता है कि संजय गांधी कितने घमंडी और अशिष्ट व्यक्ति थे।

जैल सिंह के 'बाप'

संजय गांधी के दबदबे के इसी दौर में एक बार ज्ञानी जैल सिंह भोपाल आए थे। उस समय वे पंजाब के मुख्यमंत्री थे, जब पत्रकारों ने उनसे जानना चाहा कि संजय गांधी से क्या संबंध हैं, तो उन्होंने जवाब दिया कि वे हमारे बाप हैं। ज्ञानी जैल सिंह बाद में देश के राष्ट्रपति बने। उनके इस उत्तर से ही अंदाजा लगाया जा सकता है कि उस समय देश की सबसे बड़ी पार्टी की आंतरिक स्थिति किस हद तक खस्ता और दयनीय थी।

ज्ञानी जैल सिंह

□

विद्याचरण शुक्ल के गृहनगर में आपातकाल के काले दिन

25–26 जून, 1975 की मध्यरात्रि को जब देश में आपातकाल की घोषणा हुई, तब मैं रायपुर के अंग्रेजी दैनिक 'एम.पी. क्रॉनिकल' में था। अगले दिन नया संपादकीय लिखा गया। गनीमत यह रही कि 'क्रॉनिकल' के प्रधान संपादक और स्वामी ने संपादकीय में इमरजेंसी की जरूरत का समर्थन तो किया, परंतु उसका स्तुतिगान नहीं।

रमेश नैयर

रायपुर संस्करण के स्थानीय संपादक ने भी इमरजेंसी के प्रति जुबानी प्रतिरोध जताया। इससे हमें एक संबल मिला, परंतु समाचार तो इमरजेंसी के पक्ष में ही देने थे। इसके विपरीत वामपंथी रुझानवाले नगर के एक अखबार का उस दिन का अंक सरकार और आपातकाल के कसीदों से भरा पड़ा था। राष्ट्रीय स्वयंसेवक संघ के समर्थक दैनिक 'युगधर्म' का उस दिन का अंक बाजार में नहीं दिखा। मैंने आठ वर्षों तक 'युगधर्म' में सहायक संपादक के तौर पर काम किया था। अंग्रेजी में एम.ए. और अंग्रेजी के व्याख्याता का अनुभव होने के कारण मुझे आकर्षक वेतन पर अंग्रेजी दैनिक 'क्रॉनिकल' के प्रबंधन ने अपने यहाँ नियुक्त कर लिया था ।

गिरफ्तारियाँ और दहशत का वातावरण

26 जून को शहर में सन्नाटा छा गया था। कलमबंदी के साथ ही अघोषित जुबानबंदी का दौर भी शुरू हो चुका था। रायपुर में इमरजेंसी का विशेष असर इसलिए देखने–भोगने को मिला, क्योंकि इमरजेंसी के एक बड़े नेता और सूचना एवं प्रसारण मंत्री विद्याचरण शुक्ल यहीं से लोकसभा सदस्य थे। पत्र–पत्रिकाओं और आकाशवाणी पर श्री शुक्ल का यशोगान बड़े उत्साह के साथ हो रहा था। 26 जून को रायपुर के प्रेस क्लब में समाजवादी नेता मधु लिमये की पत्रकार वार्त्ता में मैं भी उपस्थित था। श्री

लिमये को गिरफ्तार करने के लिए पुलिस वहाँ पहुँच चुकी थी, परंतु एक संपादक और अन्य पत्रकारों के प्रतिरोध के कारण पुलिस को उन्हें प्रेस क्लब में गिरफ्तार नहीं करने दिया गया। चुपचाप उन्हें महासमुंद नगर की ओर एक कार में रवाना कर दिया गया। वहाँ के कांग्रेसी सांसद श्रीकृष्ण अग्रवाल काफी उदार प्रकृति के थे। वे अपने लोकसभा क्षेत्र में विपक्षियों की बड़ी संख्या में गिरफ्तारी के पक्ष में नहीं थे। रायपुर से लगभग 70 किलोमीटर दूर महासमुंद में एक जनसभा को संबोधित करते समय पुलिस ने मधु लिमये को हिरासत में ले लिया।

आपातकाल में सामाजिक एवं सांस्कृतिक जनजागरण एवं जनसेवा में सक्रिय राष्ट्रीय स्वयंसेवक संघ के प्रति निष्ठा रखनेवालों की गिरफ्तारियाँ बड़ी संख्या में हुईं। छत्तीसगढ़ उन दिनों मध्य प्रदेश का हिस्सा था। भारत सरकार के सार्वजनिक क्षेत्र के उद्यमों में उच्च पदों का सक्षमतापूर्वक महत्त्वपूर्ण दायित्व सँभाल रहे अधिकारियों को संघ से उनके संबंधों के आधार पर बंदी बना लिया गया। उनमें भिलाई इस्पात संयंत्र के वरिष्ठ अधिकारी श्रीगोपाल व्यास की गिरफ्तारी ने प्रबुद्ध जनों तथा समाजसेवियों को हतप्रभ कर दिया। ऐसे ही पचासों और नाम भी थे।

'युगधर्म' के युवा पत्रकार जगदीश उपासने को मीसाबंदी बना लिया गया। उनकी गिरफ्तारी और इमरजेंसी के विरोध में उनके दो अनुज सच्चिदानंद उपासने और गिरीश उपासने ने भी सत्याग्रह करते हुए गिरफ्तारी दी। 'युगधर्म' के सात-आठ वर्षों के कार्यकाल में मेरे संघ और जनसंघ के अनेक पदाधिकारियों और कार्यकर्ताओं से आत्मीय संबंध विकसित हुए थे। उनकी गिरफ्तारियों की सूचनाएँ मिलने से मन दुःखी होता था। 'क्रॉनिकल' में अनेक समाजवादियों से मेरे अच्छे संबंध बन गए थे। उनकी गिरफ्तारियों की खबरें भी आने लगीं। लोगों में दहशत इस कदर घर कर चुकी थी कि वे मीसाबंदियों के परिजनों से मिलने और उनके सुख-दुःख में शामिल होने से भी कतराने लगे थे। सार्वजनिक स्थानों पर कोई आपातकाल पर बात करने का भी साहस नहीं जुटा पाता था ।

गिरफ्तार होते-होते बचे

रायपुर कलक्टर और पुलिस अधीक्षक से मेरे अच्छे संबंध थे। कलक्टर ने एक दिन मुझे बुलाकर चुपचाप बताया कि सतर्क रहूँ। दरअसल विद्याचरण शुक्ल के दो मुँहलगे वामपंथी दारूखोर पत्रकार मेरे घोर विरोधी थे। वे श्री शुक्ल के कान भरते रहते थे। मेरी आदत विद्याचरण शुक्ल के दरबार में हाजिरी देते रहने की नहीं थी। एक दिन कलक्टर ने भी मुझे गिरफ्तारी के खतरे से आगाह किया। उससे बचने का मेरे सामने एक उपाय था। विद्याचरण शुक्ल के अग्रज पंडित श्यामाचरण शुक्ल मध्य प्रदेश के मुख्यमंत्री थे। उनसे थोड़ा संपर्क-संवाद था। 1972 से मैं रायपुर के एक रात्रिकालीन

महाविद्यालय में पत्रकारिता का मानसेवी प्राध्यापक भी था। श्यामाचरणजी की पुत्री सुश्री गीता भी बैचलर ऑफ जर्नलिज्म की विद्यार्थी थीं। श्यामाचरणजी की पुत्री होने के कारण कई अन्य विद्यार्थियों की तरह वे नियमित तौर पर कॉलेज की कक्षाओं में आना नहीं चाहती थीं। मुझसे कहा गया कि मैं सप्ताह में एक-दो बार उन्हें श्यामाचरणजी के निवास पर पहुँचकर पढ़ा दिया करूँ। श्रीमती शुक्ल और सुश्री गीता शुक्ल के स्वभाव में शालीनता थी। कालांतर में तो स्वयं श्यामाचरणजी के संबंध मुझसे आत्मीय हो गए थे। उन संबंधों का एक सेतु पूर्व केंद्रीय मंत्री और महात्मा गांधी की विश्वासपात्र रहीं डॉ. सुशीला नैयर के कारण बना। मैं पश्चिमी पंजाब के गुजरात जिले के उसी कुंजाह कस्बे से था, जो डॉ. सुशीला नैयर और उनके ज्येष्ठ भ्राता भाई प्यारेलाल का भी गृहनगर था। मेरी दादी का उनके परिवार से बहुत अच्छा संबंध रहा था, जिसे राजनीति में ऊँचे ओहदों पर पहुँच जाने के बाद भी सुशीलाजी ने विस्मृत नहीं किया था। दो बार उनका रायपुर आना हुआ। एक बार वे दादीजी से मिलने के लिए हमारे छोटे से घर पर पहुँचीं। दादी से उनका आत्मीय संवाद भी हुआ। पत्रकार के नाते उनकी एक सभा में जाकर अखबार के लिए मैंने समाचार बनाया। किसी प्रकार साहस जुटाकर उनके दिल्ली स्थित निवास पर टेलीफोन किया। फोन उन्होंने स्वयं उठाया। मैंने बताया कि परिवार मेरे और मेरी पत्नी के वेतन से चलता है। पत्नी शासकीय स्कूल में व्याख्याता हैं।

नतीजा यह हुआ कि मुझे गिरफ्तार नहीं किया गया। आज सोचता हूँ तो उस समय की अपनी भीरुता पर मुझे लज्जा आती है। फिर यह विचारते हुए कुछ राहत भी होती है कि किसी प्रकार घर को टूटने और बिखर जाने से बचा लिया। अभी तक अगस्त 1947 में भारत विभाजन की त्रासदी और उसके बाद के दस-ग्यारह वर्षों के विषम संघर्षों और अभावों की स्मृतियाँ मन में जीवित थीं। फिर इमरजेंसी में अपने आत्मीय परिचय के अनेक परिवारों की व्यथा को भी मैं देख रहा था। उन परिवारों में जो मुखिया सेवा में थे, बंदी तो बनाए ही गए थे, उनकी नौकरियाँ भी चली गई थीं। कई परिवारों के बच्चों की पढ़ाई छूट गई। कुछ को तो दो जून के भोजन के भी लाले पड़ गए। ऐसे परिवारों की संख्या देश में काफी बड़ी थी। कुछ मीसाबंदियों ने कांग्रेसी नेताओं से अपने और परिजनों के संपर्क खँगालकर माफीनामे भेजे। इनमें से कुछ पैरोल पर बाहर आ गए और वे अपने पैरोल की अवधि बढ़ाने में सफल हो गए। कुछेक के माफीनामे को स्वीकार करके उन्हें रिहा कर दिया गया।

लेकिन डरपोक लोगों की भीड़ में कुछ ऐसे भी शेरदिल थे, जिन्होंने जेल में भी सत्याग्रह जारी रखा। वहाँ उन पर बलप्रयोग किया गया। इन संघर्षशील व्यक्तियों में से कुछ भेस बदलकर जेल से बाहर भी रहे। बाहर भूमिगत रहते हुए भी वे हाथ से लिखे अथवा छोटी मुद्रण मशीनों पर प्रिंट किए गए परचे अपने विश्वस्त परिचितों के बीच

बाँटते थे। कुछ परिवारों में पाँच-सात लोगों की बैठकें भी लेते। कुछ साहसी व्यक्ति मीसाबंदियों के आश्रितों के यहाँ पहुँचकर उनकी आर्थिक मदद भी करते। मेरा व्यक्तिगत अनुभव था कि अनेक प्रशासनिक अधिकारियों की सहानुभूति मीसाबंदी परिवारों के साथ थी। वे संख्या में कम अवश्य थे, परंतु वे अपने अनेक विश्वासपात्र व्यक्तियों के माध्यम से भी उन तक सहायता पहुँचाते थे।

इमरजेंसी के जुबानबंदी, कलमबंदी और नसबंदी के दौर में पत्र-पत्रिकाओं में केवल सत्ताधारी राजनेताओं की स्तुति प्रकाशित होने से, उन पर से पाठकों का भरोसा उठ गया था। उन दिनों साप्ताहिक 'दिनमान' की बहुत साख थी। सच्चिदानंद हीरानंद वात्स्यायन 'अज्ञेय' उसके संपादक थे। आपातकाल की घोषणा के बाद पहले अंक का संपादकीय पृष्ठ उन्होंने प्रतिरोधस्वरूप कोरा छोड़ा था। एक व्यावसायिक घराने द्वारा प्रकाशित 'दिनमान' के स्वामियों पर सरकार का दबाव पड़ा कि उसके अगले अंक के संपादकीय में प्रधानमंत्री इंदिरा गांधी द्वारा की गई घोषणाओं का उल्लेख अवश्य किया जाए। जब अज्ञेयजी से 'दिनमान' के स्वामियों ने अपने व्यावसायिक हितों की खातिर महज उन घोषणाओं का उल्लेख कर देने का अनुरोध किया तो वे हिचकिचाए। आगे क्या हुआ, इसकी मुझे विश्वस्त जानकारी नहीं है। संभवत: जवाहर कौल, त्रिलोक 'दीप' तथा उनके कुछ अन्य साथियों को जानकारी होगी। मुझे इतना स्मरण है कि अगला जो अंक आया, उसके संपादकीय में श्रीमती इंदिरा गांधी की घोषणाओं का सरसरी उल्लेख करने के बाद अज्ञेयजी द्वारा मिर्जा गालिब का निम्नलिखित शे'र उद्धृत किया गया था—

तेरे वादे पर जिए हम तो
ये जान झूठ जाना,
कि खुशी से मर न जाते
गर एतबार होता।

उन दिनों मोबाइल या इंटरनेट सुविधाएँ थीं नहीं, लैंडलाइन फोन बहुत देर से लगते थे। फिर सबको संदेह था कि उन्हें 'टेप' किया जाता है, इसलिए सूचनाएँ व्यक्तियों के माध्यम से ही मिलती थीं। एक से दूसरे और उससे अन्य विश्वस्त व्यक्तियों के माध्यम से सूचनाओं की यात्राएँ दूर-दूर तक होती थीं। लोगों का अखबारों और रेडियो की खबरों से भरोसा उठ गया था, परंतु कही-सुनी बातों अथवा अफवाहों की विश्वसनीयता बढ़ती चली गई थी।

जैसे-जैसे दिन बीतते गए, लोग स्थितियों के अभ्यस्त होते चले गए। आम आदमियों के स्वभाव में चतुराई घर करने लगी थी। सत्ताधारियों अथवा उनके नजदीकी लोगों से वे इमरजेंसी के विरोध में एक शब्द भी नहीं कहते, परंतु उनके हटते ही रुख बदल जाता। चेहरे पर घृणा के भाव और जुबान से कटुतापूर्ण भाषा निकलने लगती।

साफ लगने लगा था कि प्रत्येक व्यक्ति के भीतर आक्रोश का ज्वालामुखी दहक रहा है, जो विस्फोट के मुहाने तलाश रहा है ।

जनता का बदलता मूड

जैसे ही 19 महीनों के बाद 1977 में चुनावों की घोषणा हुई, घनीभूत चुप्पी की दहाड़ सुनाई देने लगी। लोग मुखर होने लगे। युवक और युवतियाँ भी चुनाव प्रचार में जुट गए। विपक्षी दल जेलों से बाहर 'जनता पार्टी' के रूप में एकजुट होकर निकले थे। फिर भी कांग्रेस नेताओं के खिलाफ सार्वजनिक तौर पर उनमें से बहुत कम में खुलकर बोलने का साहस पाया गया। अनेक नेता तो चुनाव लड़ने को भी तैयार नहीं हो रहे थे। फिर भी यह स्पष्ट होने लगा था कि जनता में कांग्रेस के प्रति गहरा आक्रोश है। पुराने कांग्रेसी स्वतंत्रता सेनानी भी इमरजेंसी से खिन्न थे, परंतु इक्का-दुक्का में ही सरकार के विरुद्ध जुबान खोलने का साहस पाया गया। सार्वजनिक रूप से एक तथ्य पर अवश्य चर्चा होने लगी थी कि सरकार ने चुनाव कराने का निर्णय इस मुगालते में लिया था कि जनता उसके विरुद्ध जाने का दुस्साहस कतई नहीं करेगी। आम चुनावों की घोषणा के बाद भी जेलों से बाहर आए नेताओं के बयानों को समाचार-पत्रों में बहुत कम स्थान दिया जाता, यहाँ तक कि प्रतिपक्ष का अखबार कहे जानेवाले 'युगधर्म' में भी कांग्रेस नेताओं के बयानों को महत्त्व दिया जाता था। यदि कोई समाचार-पत्र विरोधी दलों के नेताओं के बयान को कुछ महत्त्व देता, तो सरकार के प्रवक्ता और नेता उनके संपादकों से सख्त लहजे में शिकवा जाहिर करते और भविष्य में ऐसा न करने की चेतावनी देते। इससे पत्रकारों में सरकार और कांग्रेस नेताओं के प्रति क्रोध बढ़ने लगा था।

धरातल का यथार्थ यह था कि पत्रकार जहाँ कहीं भी जाते, वहाँ आपसी बातचीत में लोगों को सरकार के प्रति अपना क्रोध व्यक्त करते हुए पाते। मुख्यमंत्री पं. श्यामाचरण शुक्ल के चुनाव का संचालन करनेवाले पत्रकार वसंत कुमार तिवारी मुझ पर भरोसा करते थे। आयु और पत्रकारीय अनुभव में मुझसे बड़े थे। उन्होंने एक दिन बताया कि जब वे श्यामाचरणजी के साथ उनके विधानसभा क्षेत्र राजिम गए तो वहाँ खासी भीड़ एकत्र थी। स्वागत द्वार और मंडप भी बनाया गया था। लोग जय-जयकार के नारे भी लगा रहे थे, लेकिन जैसे ही उनके वाहन लौटकर कुछ दूर पहुँचे, तरुणों की टोली उनकी तरफ कंकड़ फेंकने लगी। उससे जनता के मूड की एक झलक मिल गई। इसके विपरीत जनता पार्टी के उम्मीदवार जहाँ जाते, वहाँ भीड़ भले ही ज्यादा नहीं जुटती थी और उनके समर्थन में नारे भी नहीं लगते थे, परंतु लोगों के चेहरों पर आत्मीयता के भाव रहते।

जैसे-जैसे मतदान के दिन निकट आते जा रहे थे, जनता मुखर होने लगी थी। स्पष्ट होता जा रहा था कि भीतर-ही-भीतर सत्ता विरोधी लहर चल रही है। जो ऊपरी

सतह पर दिख रहा है, उसके नीचे का यथार्थ बहुत अलग है। इसकी पुष्टि करनेवाले अनेक दृष्टांत स्मरण हैं। मैं रायपुर लोकसभा क्षेत्र के मतदान की पूर्व संध्या और मतदान के दिन के वर्णन के साथ इस आलेख का समापन दो दृश्यों के साथ करना चाहता हूँ।

शुक्ल बंधुओं द्वारा खबर रुकवाने का प्रयास

पहला दृश्य है चुनाव प्रचार समाप्त होने के बाद नेताओं द्वारा व्यक्तिगत संपर्क अभियान का। विद्याचरण शुक्ल के विरुद्ध समाजवादी पार्टी के कद्दावार नेता पुरुषोत्तम कौशिक जनसंपर्क अभियान पर निकले हुए थे। रात घिरने लगी थी। श्री कौशिक के साथ मजदूर नेता सुधीर मुखर्जी भी थे। उनसे कुछ दूरी बनाकर कुछ युवक भी उनके पक्ष में संपर्क अभियान में चल रहे थे। रेलवे स्टेशन चौक से एक-डेढ़ फर्लांग पहले अचानक उनके ऊपर कुछ युवकों ने धावा बोल दिया। संयोग कुछ ऐसा हुआ कि जहाँ उन पर हमला किया गया, वहाँ मेरे मामा भीमसेन का पुरुषोत्तम दास एंड कंपनी नाम का व्यावसायिक संस्थान था। उसके ऊपर की दो मंजिलों पर उनका आवास था। सारा मंजर देखते हुए उन्होंने मुझे प्रेस में फोन किया। 'क्रॉनिकल' और 'नवभारत' दोनों का कार्यालय घटनास्थल से बमुश्किल आधा किलोमीटर दूर था। मैं तत्काल घटनास्थल की ओर रवाना हुआ। आसपास के कुछ लोग भी वहाँ जमा हो गए थे। उनमें से एक जमीनी स्तर के समाजवादी कार्यकर्ता भी थे। कौशिक और सुधीर मुखर्जी के कपड़े फट गए थे। लोग उन्हें रेलवे स्टेशन चौक स्थित छोटे से होटल मानसरोवर ले गए। उन्हें तत्काल पानी और चाय पेश की गई। उन्होंने केवल पानी का एक गिलास लिया। कुछ हमलावरों को मैंने भागते हुए देख लिया था। कुछ अन्य ने भी उन्हें पहचान लिया था। वे विद्याचरण शुक्ल के छँटे हुए 'चरणसेवकों' के रूप में जाने जाते थे। हमें देखकर वे तत्काल घटनास्थल से भाग खड़े हुए।

थोड़ी ही देर में सारे शहर में इस घटना की खबर जंगल की आग से भी तेजी से फैल गई। प्रेस पहुँचकर मैं 'क्रॉनिकल' के लिए और 'नवभारत' के साथी उसके लिए समाचार तैयार करने लगे। दोनों के संपादक गोविंदलाल वोरा थे। तब तक रात के लगभग ग्यारह बज गए थे। उनका फोन आया कि समाचार को किसी के भी दबाव में आकर रोका न जाए। अलबत्ता यदि सरकार की ओर से श्री शुक्ल का पक्ष भेजा जाए तो उसे भी स्थान दे दिया जाए। मैंने अभी समाचार टाइप करना शुरू ही किया था कि फोन की घंटियाँ बजनी शुरू हो गईं। कलक्टर, एस.पी., मध्य प्रदेश सरकार के जनसंपर्क अधिकारी के बाद विद्याचरण शुक्ल और फिर श्यामाचरण शुक्ल का भी फोन आया। श्यामाचरणजी का स्वर सहज था। उन्होंने कहा कि कल सुबह ही पोलिंग शुरू हो जाएगी। यदि इस घटना का समाचार छप गया तो विद्याचरण को बहुत नुकसान होगा।

यदि 'ड्रॉप' कर दो तो अच्छा रहे। वैसा न कर सको तो विद्याचरण की तरफ से लिख दो कि यह काम कुछ असामाजिक और विघ्न-संतोषी तत्त्वों ने उन्हें चुनावी क्षति पहुँचाने के लिए किया है। उसके तत्काल बाद विद्याचरणजी का फोन आया। लगभग अनुनय के स्वर में उन्होंने समाचार प्रकाशित न करने का अनुरोध किया। मैंने कह दिया—ठीक है। यह भी बताया कि श्यामाचरणजी ने भी बात की है और उन्होंने जो भी कहा है, उसे प्रकाशित कर रहे हैं, परंतु लिखा वही गया, जो घटित हुआ था। किसी प्रकार से इसकी भनक शुक्ल बंधुओं को लग चुकी थी।

इस बात की तस्दीक तब हो गई, जब जनसंपर्क विभाग के संयुक्त संचालक प्रसन्न शंकर धगट कार्यालय पहुँच गए। धगटजी बहुत अच्छे व्यक्ति थे। समाजवादी पृष्ठभूमि के थे। उन्होंने बड़ी बेबाकी से कहा कि उन्हें निर्देश मिला है कि 'नवभारत' और 'क्रॉनिकल' में कौशिक और मुखर्जी से हुई मारपीट की खबर छपने न पाए, परंतु लगे हाथ उन्होंने यह भी बता दिया कि वे वोराजी के कमरे में जाकर सोफे पर लेट रहे हैं, यानी हमें जो कुछ करना है, वह हम करते रहें। कुछ देर बाद कलक्टर रवींद्र शर्मा का फोन आया। वे बहुत सभ्य और सुसंस्कृत प्रशासक थे। हिंदी के सुप्रसिद्ध कवि स्व. अयोध्या सिंह उपाध्याय 'हरिऔध' के नाती थे। उन्होंने कहा, 'हमें शासन का मौखिक आदेश मिला है कि इन दोनों समाचार-पत्रों की सारी प्रतियाँ जब्त कर ली जाएँ। हमारा आदेश भी मौखिक ही समझिए।' फिर पता चला कि रेलवे स्टेशन और बस स्टैंड पर पुलिस अखबारों के बंडल जब्त करने के लिए पहुँच चुकी है, लेकिन इस बीच डेढ़-दो सौ युवक मोटर साइकिलों और स्कूटरों पर सवार होकर प्रेस पहुँच गए। प्रबंधन की सहमति से उनके लिए प्रिंटिंग हॉल के पिछवाड़े का द्वार खोल दिया गया, जिससे जितने अखबार समेटते बना, उन्हें कपड़े में लपेटकर ट्रेनों और बसों से अलग-अलग दिशाओं में रवाना हो गए। संपादकीय विभाग के साथियों ने इसमें उनका सक्रिय सहयोग किया। यह बताने की आवश्यकता नहीं है कि उस चुनाव में विद्याचरण शुक्ल और बाद में विधानसभा चुनाव में श्यामाचरण शुक्ल, दोनों बुरी तरह पराजित हो गए थे।

□

आपातकाल का फरारी जीवन जेलयात्रा से अधिक कठिन

सुरेंद्र किशोर

आपातकाल की घनघोर काली छाया के दौर में एक दिन अचानक पटना के मेरे आवास पर लक्ष्मी साहू पहुँचे। वे लंब्रेटा स्कूटर पर थे। काफी हड़बड़ी में लगे। मुझे एक सनसनीखेज सूचना देकर तुरंत वहाँ से तेज गति से वापस चले गए। उन्होंने मुझसे यही कहा कि आप जल्द यहाँ से भाग जाइए। दिल्ली से आई सी.बी.आई. की टीम आपको खोज रही है। आपातकाल का इतना आतंक ही था कि किसी ऐसे व्यक्ति के पास फटकना भी कोई नहीं चाहता था, जिसे सी.बी.आई. की कौन कहे, पुलिस भी खोज रही हो। इसीलिए वे तुरंत मेरे आवास से निकल गए थे।

सी.बी.आई. द्वारा पूछताछ

मैं उन दिनों पटना के कंकड़बाग में किराए के मकान में रहता था। लक्ष्मी साहू को मेरे आवास का पता नहीं था, पर वे जानते थे कि मैं कंकड़बाग में रहता हूँ। उन्हें मेरा आवास खोजने में बहुत परेशानी हुई थी, पर मुझे बचाने के लिए यह काम भी उन्होंने किया। मैं पत्नी को कुछ निर्देश देकर वहाँ से तत्काल निकल गया। मेरी पत्नी रीता सिंह में बहुत साहस है। वे भी जे.पी. आंदोलन में तीन बार जेल जा चुकी थीं। इसलिए वे घबराई नहीं। हालाँकि तब हमारे पास साधनों का नितांत अभाव था। दरअसल बड़ौदा डायनामाइट केस के सिलसिले में सी.बी.आई. की टीम मुझे गिरफ्तार करने के लिए दिल्ली से पटना आई हुई थी। उस समय तो लक्ष्मी साहू ने मुझे नहीं बताया था कि उन्हें इसकी जानकारी किसने दी। मैंने पूछा भी नहीं, क्योंकि उसकी कोई जरूरत ही नहीं समझी।

हम लोगों के पास समय भी कम था, पर मैं लक्ष्मी साहू के व्यापक संपर्कों को

जानता था। सोचा कि उनकी सूचना सही ही होगी। वे पूर्व मुख्यमंत्री कर्पूरी ठाकुर के निजी सचिव रह चुके थे, पर आपातकाल की समाप्ति के बाद मैंने एक दिन उनसे जरूर पूछा था कि उनकी सूचना का सूत्र क्या था? उन्होंने बताया कि उन्हें शिवनंदन पासवान ने सूचना देकर कहा था कि सुरेंद्रजी को आगाह कर दीजिए। शिवनंदन पासवान बिहार प्रशासनिक सेवा के अधिकारी थे और आपातकाल में मुख्यमंत्री सचिवालय में कार्यरत थे। बाद में वे बिहार विधान सभा के उपाध्यक्ष भी बने थे।

दरअसल सी.बी.आई. के लोग मुख्यमंत्री सचिवालय में जाकर मेरे बारे में पूछ रहे थे। वे मेरे आवास का पता जानना चाहते थे। संयोग से शिवनंदनजी मुझे पहले से जानते थे, क्योंकि वे भी समाजवादी पृष्ठभूमि के थे और मैं भी एक समाजवादी कार्यकर्ता के रूप में 1972-73 में कर्पूरी ठाकुर का निजी सचिव था। कर्पूरीजी तब बिहार विधानसभा में प्रतिपक्ष के नेता थे, साथ ही मैं साप्ताहिक 'प्रतिपक्ष' का बिहार संवाददाता भी था। जॉर्ज फर्नांडीस उस पत्रिका के प्रधान संपादक थे। खैर, सी.बी.आई. की गिरफ्त में आने से बचकर मैं फरार हो गया। फरारी के महीनों में मुझे इतनी अधिक परेशानी, अभाव और कष्ट से गुजरना पड़ा, जिसका वर्णन मुश्किल है।

'प्रतिपक्ष' के संवाददाता के रूप में मुझे हर माह दो सौ रुपए फिर भी मिलते थे। जॉर्ज ने आपातकाल लागू हो जाने के बाद भी वह राशि मुझे भिजवानी जारी रखी थी। हालाँकि 'प्रतिपक्ष' का प्रकाशन 25 जून, 1975 के बाद बंद हो गया था।

फिर भी पैसे भिजवाने का बड़ा कारण यह था कि आपातकालीन भूमिगत गतिविधियों में मैं जॉर्ज का सहयोग कर रहा था। मेरा असल कष्ट शुरू हुआ 1976 के मार्च में। तब बड़ौदा में डायनामाइट पकड़ा गया था। उससे जोड़कर जॉर्ज फर्नांडीस के साथियों की गिरफ्तारियाँ शुरू हुईं। फरारी समय में कोई मुझे शरण देने को तैयार ही नहीं था। रिश्तेदार भी भला नाहक क्यों संकट मोल लेते! मेरे मित्र और पटना सचिवालय में सहायक राम बिहारी सिंह ने एक अन्य सरकारी कर्मचारी श्रीवास्तव के पटना स्थित आवास में मुझे रखवा दिया। पटना के बाँसघाट के पास की उस घनी आबादीवाले मोहल्ले में कुछ दिन तो बीत गए, पर एक जगह अधिक दिनों तक रहा नहीं जा सकता था। पैसों की भारी दिक्कत थी। मेरे जैसे मामूली अभियानी पत्रकार को आपातकाल में कोई पैसे क्यों देता?

राजनीतिक लोग या तो जेलों में थे या काफी डरे हुए थे। इस बीच जॉर्ज से मिलना भी बंद हो गया। उनके पत्र जरूर आ रहे थे। आपातकाल लागू होने के बाद मैं जॉर्ज से पटना, बैंगलोर, कलकत्ता और दिल्ली में बारी-बारी से मिला था।

जॉर्ज की गिरफ्तारी के बाद मैंने बिहार छोड़ देना ही बेहतर समझा। मेरा काफी समय मेघालय के एक छोटे बाजार फुलबाड़ी में बीता। तब मेघालय में ऑल पार्टी हिल लीडर्स

कॉन्फ्रेंस की सरकार थी। इसलिए आपातकाल का अत्याचार वहाँ नहीं था। फुलबाड़ी में मेरे बहनोई कपड़े का व्यापार करते थे। मैं पहले ट्रेन से फकीरा ग्राम स्टेशन पहुँचा। वहाँ से बस से धुबरी गया। धुबरी में मैं किसी को नहीं जानता था। धुबरी ब्रह्मपुत्र नदी के किनारे बसा जिला मुख्यालय है। वहाँ से मेघालय के लिए स्टीमर खुलता था। स्टीमर के मालिक सोनपुर के ही थे। मैंने उन लोगों को जान-बूझकर अपना परिचय नहीं दिया। मेरी ससुराल सोनपुर में है। सोनपुर के ही स्टीमर मालिक पटना-पहलेजा के बीच भी स्टीमर चलवाते थे। सोनपुरवालों से वे भाड़ा नहीं लेते थे। मैं जब भी पत्नी के साथ पटना के पास स्टीमर से गंगा पार करता था, तो वे लोग हमसे भाड़ा नहीं लेते थे। मैंने यदि धुबरी में अपना परिचय दिया होता तो वे कम-से-कम भाड़ा तो नहीं ही लेते, पर वह खतरे से खाली नहीं था।

पुलिस पिटाई से मुखबिर बना देने का डर

नदी पार करके मैंने बस पकड़ी और पहुँच गया फुलबाड़ी। मेरी बड़ी बहन भी वहीं थीं। उन लोगों को अचानक मुझे वहाँ देखकर आश्चर्य हुआ। मैंने बहनोई से कहा कि मैं आपकी दुकान पर बैठना चाहता हूँ। वे तो तैयार थे, पर मेरी बहन ने साफ मना कर दिया। कहा कि बाबूजी सुनेंगे तो बुरा मानेंगे। कहेंगे कि राजपूत का लड़का दुकान चलाएगा? यह शिकायत की बात होगी। इसलिए मैं वहाँ चुपचाप बैठा रहता था। भूमिगत जीवन के कष्टों को देखकर कई बार मैं यह सोचता था कि बेहतर होता कि मैं गिरफ्तार ही हो जाता, पर दूसरे ही क्षण यह डर समा जाता कि मुझे मार-मारकर सी.बी.आई. वाले डायनामाइट केस में मुखबिर बना देंगे। फिर क्या प्रतिष्ठा रहेगी! जिस रेवतीकांत सिन्हा को सी.बी.आई. ने मुखबिर बनाया था, उन्हें मेरी अपेक्षा फर्नांडीस की गतिविधियों के बारे में कम ही जानकारियाँ थीं। मेरे जैसे दुबले-पतले और कमजोर-से दिखनेवाले व्यक्ति को धमकाकर मुखबिर बनाने की कोशिश जाँच एजेंसियाँ करती रही हैं।

बड़ौदा डायनामाइट केस दिल्ली की एक अदालत में चल रहा था। 16 फरवरी, 1977 को मुखबिर रेवतीकांत सिन्हा ने कोर्ट में बयान दिया। पूर्व राज्यसभा सदस्य सिन्हा का इकबालिया बयान अगले दिन देश के अधिकतर अखबारों में पहले पेज पर छपा था। वह बयान उन्होंने दिल्ली के चीफ मेट्रोपोलिटन मजिस्ट्रेट मोहम्मद शमीम की अदालत में दिया था। उस बयान में अन्य बातों के अलावा सिन्हा ने यह भी कहा था कि मेरे पटना स्थित आवास पर चार लोगों की बैठक हुई। जुलाई, 1975 के पहले हफ्ते में हुई उस बैठक में उनके अलावा जॉर्ज फर्नांडीस, महेंद्र नारायण वाजपेयी और सुरेंद्र अकेला थे। बैठक में जॉर्ज ने घोषणा की कि वे इंदिरा सरकार को उखाड़ फेंकने की योजना बना रहे हैं। इसके लिए उन्हें कुछ विश्वस्त कार्यकर्ताओं की आवश्यकता है।'

ज्ञातव्य है कि उन दिनों मैं सुरेंद्र अकेला के नाम से जाना जाता था और लिखता था। जॉर्ज फर्नांडीस 'प्रतिपक्ष' के प्रधान संपादक थे। मैं उसका बिहार संवाददाता था। इस लिहाज से जॉर्ज से मेरी निकटता थी। याद रहे कि लाइसेंस घोटाले से संबंधित 'प्रतिपक्ष' की एक रिपोर्ट पर लोकसभा में लगातार पाँच दिनों तक गरमागरम चर्चा हुई थी। यह बात सितंबर 1974 की है। सदन में पाँच दिनों तक कोई दूसरा कामकाज नहीं हुआ था। बड़ौदा डायनामाइट केस के सिलसिले में 24 सितंबर, 1976 को अदालत में आरोप पत्र दाखिल कर दिया गया था। सी.बी.आई. के आरोपपत्र में कितनी सच्चाई थी, यह इस लेख का विषय नहीं है। इस विषय पर पूरी हिम्मत के साथ एक व्यक्ति विस्तार से किताब लिख रहे हैं।

सी.बी.आई. को झूठी जानकारियाँ

केस की सुनवाई चल रही थी। सी.बी.आई. ने इस केस के सिलसिले में जिन्हें गिरफ्तार किया, उन्हें बड़ा कष्ट दिया। दिल्ली विश्वविश्वविद्यालय के व्याख्याता विनोदानंद सिंह को तो कुरसी से बाँधकर रखा गया था। विनोदाजी को बाद में सी.बी.आई. ने सबूत के अभाव में छोड़ दिया था। वे 1977 में बिहार के गाय घाट से जनता पार्टी के विधायक बने थे। सी.बी.आई. को इस केस के सिलसिले में कई झूठी जानकारियाँ भी मिली थीं। उनमें एक गलत जानकारी यह भी थी कि मैं जॉर्ज के लिए नेपाल से पैसे लाता था। सी.बी.आई. के अनुसार काठमांडू स्थित चीनी दूतावास से मैं संपर्क में था। सी.बी.आई. के एक जाँच अधिकारी ने मेरे एक मित्र को बताया था कि यदि सुरेंद्र अकेला गिरफ्तार हो जाता तो हमें जॉर्ज से चीन के रिश्ते का पता चल जाता, पर सच्चाई यह है कि मैं आज तक नेपाल गया ही नहीं हूँ। चीनी दूतावास से किसी तरह के संपर्क का सवाल ही नहीं उठता, पर यह तब की जाँच एजेंसी की 'कार्यकुशलता' का एक नमूना था या फिर किसी नेता को बदनाम करने की सी.बी.आई.की साजिश।

फुलबाड़ी में मैं बहन के घर खाता और सोता था। शाम को बाजार जाता था। एक बंगाली की चाय की दुकान में बैठकर चाय पीता था और 'असम ट्रिब्यून' पढ़ता था। कुछ दिनों तक तो यह ठीक-ठाक चलता रहा। फुलबाड़ी तब एक छोटी जगह थी। वह बांग्लादेश की सीमा के पास है। वहाँ सब एक-दूसरे को जानते थे। समय बीतने के साथ इस बात की चर्चा शुरू होने लग गई कि अंग्रेजी पढ़नेवाला यह व्यक्ति आखिर यहाँ निठल्ला क्यों बैठा हुआ है? क्या इंदिरा गांधी का सी.आई.डी. है? क्या स्थानीय सरकार पर नजर रखने के लिए इसकी तैनाती हुई है? जब यह चर्चा मुझ तक भी पहुँची तो मैं चिंतित हो गया। आशंका हुई कि यदि स्थानीय पुलिस मुझसे पूछताछ करने लगेगी तो मैं क्या जवाब दूँगा? जल्दी-जल्दी मैं वहाँ से भागकर पटना पहुँचा, क्योंकि इस बीच

नवंबर 1976 में मेघालय के मुख्यमंत्री विलियम्सन ए. संगमा कांग्रेस में शामिल हो चुके थे। मेघालय की राजनीतिक स्थिति बदल चुकी थी ।

तब तक पूरे देश में आपातकाल की कठोरता कम होने लगी थी। 19 जनवरी, 1977 को लोकसभा चुनाव की घोषणा के बाद बड़े नेता जेलों से रिहा होने लगे थे। हालाँकि बड़ौदा डायनामाइट केस की सुनवाई चल ही रही थी। जब 1977 में मोरारजी देसाई की सरकार बनी, तभी वह केस वापस हुआ। लोकसभा चुनाव की घोषणा के साथ ही यह लगने लगा था कि कांग्रेस हार जाएगी। मुझे लगा कि पुलिस व सी.बी.आई. ने मेरा पीछा करना छोड़ दिया है। फिर तो मैंने फरवरी 1977 में 'आज' अखबार के पटना दफ्तर में नौकरी शुरू कर दी। जनता पार्टी की सरकार में मंत्री बनने के बाद जॉर्ज ने मुझसे कहा कि 'दिल्ली चलकर 'प्रतिपक्ष' निकालो।' मेरे कुछ 'शुभचिंतकों' ने भी कहा कि 'चले जाओ, उद्योगमंत्री से कुछ व्यापारियों की मुलाकात भी करवा दोगे तो तुम्हारा जीवन सँवर जाएगा। कई उद्योगपतियों के जायज काम भी मंत्री से मुलाकात नहीं होने के कारण रुके पड़े रहते हैं।' इस काम के लिए मंत्री के अखबार के संपादक से बेहतर कम ही लोग होंगे।

इस पर मैंने कहा कि मुझे ऐसा जीवन मंजूर नहीं है। मैंने साफ मना कर दिया, क्योंकि संघर्षशील जॉर्ज मुझे जरूर प्रभावित करते थे, पर मंत्री जॉर्ज कतई नहीं। वैसे भी मैं राजनीतिक गतिविधियों से अलग हो जाने का पहले ही मन बना चुका था। आपातकाल के विशेष कालखंड में आपात धर्म ही निभा रहा था। उससे पहले किसी पेशेवर अखबार में नौकरी पाने की प्रतीक्षा में 'प्रतिपक्ष' और 'जनता' जैसी अभियानी और सोद्देश्य पत्रिकाओं में काम कर रहा था।

□

इमरजेंसी : कभी न भूलनेवाले दिन

वरिष्ठ पत्रकार बलबीर दत्तजी ने मुझे जब इमरजेंसी पर कुछ लिखने को कहा तो इमरजेंसी पर कलम उठाने के लिए मुझे काफी मशक्कत करनी पड़ी। विज्ञान का विद्यार्थी होने के कारण मुझे संविधान में इमरजेंसी वाली धारा का चूँकि कोई इल्म नहीं था, इसलिए 25 जून, 1975 को जब इमरजेंसी का अकस्मात् दीदार हुआ तो मैं अवाक् रह गया। इमरजेंसी के दौरान 'मीसा' एक ऐसा काला कानून लागू हुआ, जिसमें किसी वकील, दलील या अपील की कोई गुंजाइश ही नहीं थी। 'मीसा' के इसी कानून के अंतर्गत मुझे भी गिरफ्तार किया गया था। जेल में तो मैं पहले भी कई बार जा चुका था, लेकिन इमरजेंसी का आलम कुछ और ही था।

इंदर सिंह नामधारी

डाल्टनगंज की जेल में सबकुछ बदला-बदला-सा लगा। शुरू-शुरू में परिजनों से मिलने पर भी रोक थी, लेकिन बाद में सरकार ने सप्ताह में एक बार पत्नी से मिलने की अनुमति तो दे दी, लेकिन एक सी.आई.डी. अफसर की उपस्थिति में। प्रत्येक मीसा बंदी के लिए एक-एक सी.आई.डी. कर्मी का आवंटन किया गया था। मेरे खाते में किसी 'झा' नामक एक सी.आई.डी. कर्मी को आवंटित किया गया था। वे एक सज्जन व्यक्ति थे, लेकिन कभी-कभी दो-दो घंटा विलंब से जेल में पहुँचते तो पत्नी को भी जेल के गेट के सामने इंतजार करना पड़ता। छोटे-छोटे बच्चों के साथ पत्नी की अस्वस्थता कभी-कभी बेचैन कर देती थी, लेकिन मेरी पत्नी ने मेरा मनोबल कभी गिरने नहीं दिया।

कुछ दिनों के बाद जेल की कड़ाई में उस समय ढील दी गई, जब पता चला कि जेलाधीक्षक बी.एल. दास स्वयं भी जे.पी. आंदोलन के समर्थक हैं। बाद में तो वे खुलकर मीसा बंदियों से नरमी बरतने लगे। डाल्टनगंज जेल में निरुद्ध प्रो. के.के. मिश्रा की पत्नी के एक बड़े ऑपरेशन के समय दासजी ने बिना सरकार की अनुमति लिये उन्हें एक जेल अधिकारी के साथ अस्पताल भेज दिया था ताकि वे अपनी पत्नी का मनोबल बढ़ा सकें। जब सरकार ने उनकी मनमानी पर कारण बताओ नोटिस जारी किया, तो उन्होंने यही तर्क

दिया था कि जेल का अधिकारी जहाँ भी कैदी के साथ रहेगा, उस स्थान को जेल ही समझा जाएगा। दासजी की इस दलील ने अन्य मीसा बंदियों को भी काफी राहत पहुँचाई थी, लेकिन दुर्भाग्य से इमरजेंसी हटने से पहले ही दास को निलंबित कर दिया गया।

डाल्टनगंज की जेल में तत्कालीन एकीकृत बिहार के कई अन्य बंदियों को भी स्थानांतरित किया गया था, जिनमें प्रमुख थे जे.पी. के निकटवर्ती त्रिपुरारी शरण, जगदंबी प्रसाद यादव, दुर्गादास राठौर तथा कई अन्य। डाल्टनगंज की जेल में अकसर यह अफवाह उड़ जाया करती थी कि आज फलाने व्यक्ति को हरियाणा या गुजरात की जेल में ट्रांसफर किया जाने वाला है। स्थानीय होने के कारण मेरे जैसे लोग नहीं चाहते थे कि हम लोगों को अन्यत्र स्थानांतरित किया जाए, क्योंकि डाल्टनगंज में परिजनों से मिलने की पूरी सहूलियत थी। कई लोगों को अन्य सुदूर जेलों में भेजा भी गया, लेकिन हम लोगों का 19 महीने का समय डाल्टनगंज की जेल में ही पूरा हो गया।

इमरजेंसी की दुःखद अवधि में डाल्टनगंज के मीसा बंदियों का समय मानसिक एवं शारीरिक रूप से काफी आसानी से बीता, क्योंकि आर.एस.एस. के एक सधे हुए स्वयंसेवक तार बाबू ने मीसा बंदियों के लिए गृहिणी का काम किया। उनकी कृपा से हम सबको समय पर भोजन मिला करता था तथा प्रातःकाल हम लोगों को नियमित रूप से व्यायाम भी कराया जाता था। दोपहर और शाम के बीच का समय काटने के लिए मुझे अपने संस्कृत शिक्षक स्व. श्रीनाथ पाठक का एक निम्नांकित सूत्र याद आ गया—

काव्य शास्त्र विनोदेन् कालो गच्छति धीमताम्।
व्यसनेन् च मूर्खानाम् निद्रया कलहेन वा॥

अर्थात् बुद्धिमान लोगों का समय जहाँ काव्य एवं शास्त्रों के अनुशीलन में गुजरता है, वहीं मूर्खों का समय व्यसन, नींद और कलह करने में बीत जाता है। इस सूत्र ने हम लोगों को अपने समय का सदुपयोग करने की प्रेरणा दी तथा हम लोगों ने प्रत्येक दिन दोपहर 2.30 बजे से 5.30 बजे तक अध्यात्म की चर्चा में बिताना शुरू कर दिया। उच्च शिक्षा प्राप्त सहयोगी मीसा बंदियों ने मुझे ही इस कार्यक्रम का व्यास नियुक्त कर दिया तथा इमरजेंसी की पूरी अवधि के दौरान हम लोगों ने 'रामचरितमानस', 'गीता', 'गुरुग्रंथ साहिब', 'कुरान शरीफ' और यहाँ तक कि कुछ हदीसों की भी कामचलाऊ जानकारी हासिल कर ली। इस आलोक में इमरजेंसी के दिन जहाँ मानसिक तनाव के लिए याद रहेंगे, वहीं सद्ग्रंथों का अध्ययन करके जीवन-सुधार की प्रेरणा मिलने के लिए भी लंबे समय तक याद रहेंगे।

□

अगर इंदिरा गांधी इस्तीफा दे देतीं तो…

भारतीय संविधान बनानेवाले महारथियों ने ही वे प्रावधान रचे थे, जिनके तहत राष्ट्रपति बस एक हस्ताक्षर से सारी राजसत्ता को समेटकर महत्त्वाकांक्षी और अधिनायकवादी प्रधानमंत्री को उपहार में दे सकता था। यही हुआ भी। कमजोर फखरुद्दीन अली अहमद ने आधी रात को तंद्रिल मुद्रा में इंदिरा गांधी के प्रस्ताव को पलक झपकते अनुमोदित कर दिया। बाद में काबीना के गुलदस्तों ने उसे नपुंसक स्वीकृति दे दी।

देश पर आपातकाल थोपे तब सालभर से अधिक गुजर चुका था। हम लोग तिहाड़ जेल में बहस करते थे कि यदि इंदिरा गांधी प्रधानमंत्री पद छोड़ देतीं तो…। इलाहाबाद उच्च न्यायालय का निर्णय मानकर रायबरेली से अपने रद्द किए गए लोकसभा के चुनाव पर सर्वोच्च न्यायालय में अपील दायर कर प्रतीक्षा करतीं। किसी माकूल कांग्रेसी को प्रधानमंत्री बना देतीं, जो वक्त पर उनकी खातिर हट जाता। अपनी जनपक्षधर की छवि को तब गहरा बना देतीं। इससे उनके दोस्त दंग और दुश्मन तंग हो जाते। फलस्वरूप नेहरू-गांधी परिवार का सत्तावाला सिलसिला अटूट बना रहता और फिर चौदह वर्षों तक परिवार सत्ता से कटा-कटा नहीं रहता। इस कीर्तिमान को दुनिया का कोई राजवंश तोड़ न पाता। हालाँकि अब यह प्रश्न अकादमिक रह गया है। फिर भी इतिहासवेत्ताओं को पड़ताल करनी चाहिए। इस अगर-मगर के सवाल का उत्तर खोजना चाहिए, ताकि भविष्य में सावधानी बरती जा सके, लेकिन इन प्रश्नों पर मेरी सुनिश्चित राय वैसी ही है, जैसी 26 जून, 1975 के दिन थी। इंदिरा गांधी प्रधानमंत्री पद कभी नहीं छोड़तीं। उनके पैतृक संस्कार, उनकी निजी सोच, राजनीतिक प्रशिक्षण और कौटुंबिक कार्यशैली इंदिरा गांधी को इस लोकतांत्रिक चिंतन

के. विक्रम राव

और व्यवहार को अंगीकार करने के लिए कतई कायल न बनाते। भारतीय संविधान बनानेवाले महारथियों ने ही वे प्रावधान रचे थे, जिनके तहत राष्ट्रपति बस एक हस्ताक्षर से सारी राजसत्ता को समेटकर महत्त्वाकांक्षी और अधिनायकवादी प्रधानमंत्री को उपहार में दे सकता था। यही हुआ भी। इसलिए तारीफ करनी चाहिए मोरारजी देसाईवाली जनता पार्टी की सरकार की। उसने प्राथमिकता के तौर पर इंदिरा गांधी शासनवाला 42वाँ संविधान संशोधन (मूलाधिकार खत्म करनेवाला) रद्द कर दिया। 44वें संशोधन (9 मई, 1978) द्वारा आपातकाल थोपने की शर्तों को इतना कठिन बना दिया कि इंदिरा गांधी–फखरुद्दीन अली अहमदवाली हरकत दोबारा कोई तानाशाह न कर सके।

नेहरू तानाशाह बन जाते

एक और मुद्दा हम लोगों की चर्चा में उभरता था। यदि 1975 वाली स्थिति जवाहरलाल नेहरू के समक्ष आ जाती तो वे कैसे निबटते? कुछ बंदीजन, जो अटल बिहारी वाजपेयी के प्रभाव में रहते थे, की राय थी कि नेहरू उदार थे, अतः पद छोड़ देते। मेरा पूर्ण विश्वास था कि नेहरू 1975 वाली स्थिति में इंदिरा गांधी से बेहतर करते। वे अपना एकाधिकार ही नहीं, सम्राटनुमा शासन देश पर लाद देते। आजादी से पूर्व नेहरू ने 'मॉडर्न रिव्यू' में छद्म नाम से एक लेख लिखा था कि सत्ता पाकर क्या नेहरू तानाशाह बन जाएँगे? यह एक शगूफा तब नेहरू ने छोड़ा था कि कांग्रेसी उनके बारे में कैसी आशंकाएँ रखते हैं। संविधान बनने के बाद लखनऊ के कॉफी हाउस में एक व्यक्ति ने राम मनोहर लोहिया से पूछा था कि 'कौन अधिक शक्तिशाली है, राष्ट्रपति या प्रधानमंत्री?' लोहिया का उत्तर था, 'निर्भर करता है कि जवाहरलाल नेहरू किस पद पर आसीन रहते हैं।' इतिहास गवाह है कि अधिकार और सत्ता पाने के लिए नेहरू ने क्या नहीं किया। कांग्रेस अध्यक्ष मोतीलाल नेहरू के बाद गांधीजी की स्वीकृति प्राप्त कर लाहौर अधिवेशन (1930) में जवाहरलाल खुद अध्यक्ष बन गए। त्रिपुरा अधिवेशन में निर्वाचित अध्यक्ष सुभाषचंद्र बोस को दरकिनार कर अपना वर्चस्व लौटा लिया। अपार पार्टी समर्थन के बावजूद सरदार वल्लभभाई पटेल को महात्मा गांधी के समर्थन से काटकर नेहरू खुद कांग्रेस अध्यक्ष और फिर प्रधानमंत्री बन बैठे। जब बेटी को चुनौती की आशंका बढ़ी तो कामराज योजना रचकर (1963) सारे प्रतिद्वंद्वियों को पदच्युत करा दिया। ठीक वही काम, जो इंदिरा गांधी ने 1984 में अपनी हत्या के चंद महीनों पूर्व किया था, जब नारायण दत्त तिवारी तथा विश्वनाथ प्रताप सिंह को उत्तर प्रदेश का मुख्यमंत्री तथा पार्टी प्रमुख नामित किया। राजीव गांधी के प्रधानमंत्री पद पर दावेदारी को कोई अन्य चुनौती देनेवाला न रहे। प्रणब मुखर्जी राज्यसभा में ही आते रहे। कभी भी प्रत्यक्ष मतदान में नहीं जाते थे। वे कैसे प्रतिस्पर्धी बनते?

बड़ौदा डायनामाइट षड्यंत्र

आपातकाल के दौरान तथा गिरफ्तारी से पूर्व हमारे साथी इस विचार मंथन से भी गुजर चुके थे कि तानाशाह का वध कर दिया जाए। धार्मिक पुस्तकों में इसकी अनुमति है। प्रधानमंत्री पुष्यमित्र शुंग ने जालिम सम्राट को मारकर जनवादी काम किया था, मगर इस मुद्दे पर मेरा तर्क साथियों ने विवेकपूर्ण ढंग से स्वीकार किया। तानाशाह के तिरोभूत होते ही लोकशाही नहीं लौट आती। इंदिरा गांधी जाती तो संजय गांधी बाट जोहता रहता। व्यवस्था तो वही रहती, लेकिन अमेरिकी राष्ट्रों में क्या होता आया है? सत्ता पर काबिज होते ही क्रांतिकारी शासक प्रतिक्रांतिकारी बन जाता है और तानाशाह भी। अतः हमने तय यही किया कि सांकेतिक और सूचक वारदातों को अंजाम दिया जाए, ताकि गुप्तचर संस्थाएँ इंदिरा गांधी को दहशत में डालती रहेंगी कि देश में जनविरोध मुखातिब हो रहा है। इसलिए मतदान द्वारा ही इसे कम किया जा सकता है, तो निर्वाचन कराएँ। बड़ौदा डायनामाइट षड्यंत्र केस में हम 27 अभियुक्त—प्रथम जॉर्ज फर्नांडीस, द्वितीय मैं (के. विक्रम राव), फिर सांसद वीरेन शाह, जो बाद में पश्चिम बंगाल के राज्यपाल बने, गांधीवादी प्रभुदास पटवारी, जो तमिलनाडु के राज्यपाल बने आदि पर सी.बी.आई. यह आरोप लगा ही नहीं पाई कि हमारी क्रियाओं से कोई प्राणहानि हुई हो। हम अहिंसक थे।

बहुधा हम भूमिगत कार्यकर्ताओं को मलाल रहता था कि एक लाख के करीब लोग जेल चले गए। यदि वे भूमिगत रहते तो हमारा संघर्ष तीव्र होता। रिहा होने के बाद जनता पार्टी के नवनियुक्त अध्यक्ष चंद्रशेखर से मैंने पूछा भी था कि जेल के बाहर रहकर संघर्ष चलाते, मगर उनका बेबसी भरा उत्तर था कि 'जब सभी नेता कैद हो गए तो आंदोलन कैसे चलाया जाता और फिर देश में विरोध मुखर था ही नहीं।' हमारे डायनामाइट केस के साथियों द्वारा संघर्ष जब तेज हुआ तो कुछ कमजोर कड़ियाँ टूट गईं। बड़ौदा में तब मैं 'टाइम्स ऑफ इंडिया' का संवाददाता था और भूमिगत संघर्ष का केंद्र मेरा आवास था, मगर भाँड़ा फूट गया, पुलिस ने छापा मारा और मैं गिरफ्तार कर लिया गया। हमारा खेल खत्म हो गया। कई पत्रकार साथियों ने मुझसे पूछा कि डायनामाइट केस के अलावा कोई रास्ता नहीं था। बहस को छोटा करने की मंशा से मैं यही जवाब देता कि सेंट्रल एसेंबली में बम फेंककर भगत सिंह ने बहरे राष्ट्र को सुनाना चाहा था। डायनामाइट की गूँज से हम लोग गूँगे राष्ट्र को वाणी देना चाहते थे। हम राजनेता तो थे नहीं कि सत्याग्रह करते और जेल में बैठ जाते। श्रमजीवी पत्रकार थे, अतः कुछ तो कारगर कदम लेकर विरोध करना था।

असली सिख-नकली सिख

गिरफ्तार होने से पूर्व एक खास जिम्मेदारी मैंने निभाई थी। महाराष्ट्र-गुजरात सीमा पर भूमिगत नेताओं को पिकअप करना, अपनी कार में बैठाकर अहमदाबाद लाना। एक

दिन एक व्यक्ति को लाने का जिम्मा था। तब हम सबका नियम था कि नाम नहीं पूछा जाएगा, क्योंकि पुलिस के दबाव में सूचनाएँ गुप्त नहीं रह पातीं। वह व्यक्ति मुझे परिचित लगा। बुशर्ट, पैंट और काले बालों में पहचानने में देर लगी। फिर याद आया कि अपने विश्वविद्यालय के दिनों में पानदरीबा चौरस्ते पर बने भवन की पहली मंजिल पर भारतीय जनसंघ के प्रदेश कार्यालय में मिला करता था। याद आया, वे नानाजी देशमुख थे, मगर कर्पूरी ठाकुर को पहचानने में देर नहीं लगी। वही गूँजती आवाज, वही आकर्षक आँखें। सिख वेश में जॉर्ज फर्नांडीस का तो मैं ड्राइवर बन ही गया था। एक बार सूरत शहर के पास पेट्रोल भरवाने गया तो चाय की तलब लगी। जॉर्ज भी गाड़ी से बाहर उतरे। वहीं एक और सिख मिल गया और जॉर्ज से पंजाबी में बतियाने लगा। कन्नड़भाषी ईसाई को बड़ी मुश्किल से साड्डा, तुस्सी और गल शब्द रटाए थे। सतश्री अकाल सिखाया था। इससे पहले कि असली सिख नकली सिख को पकड़ लेता, मैं जॉर्ज को गाड़ी पर लादकर फुर्र हो गया।

इंदिरा की पराजय पर जेल में दीवाली

उन दिनों की कुछ घटनाएँ दिमाग में घूमकर आ जाती हैं, खासकर बड़ौदा जेलवाली। एक रिपोर्टर ने अदालती पेशी पर पूछा कि कौन सी चीज याद आती है और किसकी कमी अखरती है। मैंने जवाब दिया कि जेल में टेलीफोन की घंटी नहीं सुनाई पड़ती, जो बड़ी कचोटती है। अखबार भी नहीं मिलते, मगर यह कमी भी धीरे-धीरे दूर हो गई, जब एक युवक बड़ौदा जेल में रोज अखबारों के बंडल दे जाता था और जेलर साहब मेहरबान हो जाते। बाद में पता चला कि वह फुर्तीला युवक एक स्वयंसेवक था, जिसका नाम है—नरेंद्र दामोदरदास मोदी, संप्रति भारत का भाजपाई प्रधानमंत्री।

एक अन्य याद है मेरे तनहा सेल की, जहाँ केवल फाँसी की सजा पानेवाले ही रखे जाते थे। यहाँ मेरे पहले रहे कैदी ने दीवार पर लिखा था कि 'यह दिन भी बीत जाएगा।' बड़ा ढाढ़स बँधता था कि आपातकाल की अँधेरी सुरंग के उस छोर पर रोशनी दिखेगी, शीघ्र।

लेकिन मधुरतम घटना थी जब तिहाड़ जेल के सत्रह नंबर वार्ड में उस रात के अंतिम पहर में पॉकेट ट्रांजिस्टर पर वॉयस ऑफ अमेरिका के समाचार वाचक ने उद्घोषणा की कि बरेली चुनाव क्षेत्र में कांग्रेसी उम्मीदवार के पोलिंग एजेंट ने निर्वाचन अधिकारी से माँग की कि मतगणना फिर से की जाए। मैं तब उछल पड़ा। जॉर्ज फर्नांडीस को जगाया और बताया कि 'इंदिरा गांधी पराजित हो गई।' पूरी जेल में बात फैल गई। तारीख 20 मार्च, 1977 थी, लगा दीपावली आठ माह पूर्व आ गई। सारी जेल में लाइटें जल उठीं। विजय रागिनी बज उठी। आखिर तानाशाह मतदाताओं द्वारा धराशायी हो गया।

□

इंदिरा गांधी का उत्थान-पतन विधि का विधान था?

जून 1975 में इलाहाबाद उच्च न्यायालय ने यह निर्णय किया कि संसद् में श्रीमती इंदिरा गांधी का निर्वाचन रद्द समझा जाए। उसका अर्थ यह था कि वे लोकसभा की सदस्या नहीं रहेंगी तथा इस प्रकार उनका प्रधानमंत्री पद पर बने रहना भी कठिन होगा। श्रीमती गांधी ने सर्वोच्च न्यायालय में इसके विरुद्ध अपील दायर की।

नानी ए. पालखीवाला

23 जून, 1975 को मैंने उनके प्रार्थना-पत्र पर अंतरिम राहत के लिए बहस की। अंतरिम निर्देश के अनुसार मुकदमे का फैसला होने तक श्रीमती गांधी लोकसभा में बैठ सकती थीं, संसद् की काररवाई में किसी अन्य सदस्य की भाँति भाग ले सकती थीं तथा साथ ही भारत के प्रधानमंत्री पद पर भी बनी रह सकती थीं। उनके ऊपर केवल एक ही प्रतिबंध था कि उन्हें वोट देने का अधिकार नहीं होगा। न्यायमूर्ति ने लिखा कि चूँकि संसद् का अधिवेशन स्थगित है, अत: किसी प्रकार की कठिनाई नहीं होनी चाहिए और मैं चाहूँ तो संसद् का अधिवेशन चालू होने पर वोट के अधिकार के लिए नई याचिका भी दायर कर सकता हूँ। उस दिन संध्या (24 जून,1975)को मैंने श्रीमती गांधी से उनके निवास-स्थान पर भेंट की तथा उन्हें अवगत कराया कि अंतरिम निर्देश अत्यंत संतोषजनक है। उन्हें इस मामले में चिंता नहीं करनी चाहिए, क्योंकि जाँच न्यायालय का फैसला अभिलिखित साक्ष्य पर सही नहीं है।

मुकदमा हार जाएगी

जिस वायुयान पर मैं बंबई वापस जाने के लिए सवार हुआ, उस पर मेरे पास की सीट पर एक सीधे-सादे से बुजुर्ग खद्दर के कपड़ों में और खद्दर का ही थैला लिये बैठे थे। उन्होंने मुझसे प्रधानमंत्री के मुकदमे के विषय में पूछा। मैंने उनको संक्षेप में

न्यायाधीश के फैसले के विषय में बता दिया। उन्होंने मुझे बताया कि वे बैंगलोर में, गांधी आश्रम से संबंधित हैं तथा मई 1975 से भारत के भिन्न-भिन्न स्थानों के दौरे पर निकले हुए हैं। ऐसा वे हर वर्ष करते हैं।

उन्होंने बैंगलोर के एक भविष्यवक्ता का नाम बताते हुए उसकी कुछ भविष्यवाणियों के विषय में बताया और कहा कि वे स्वयं इससे चकित हैं। हम दोनों के मध्य कुछ इस प्रकार का वार्त्तालाप हुआ।

उन्होंने कहा, 'उस ज्योतिषी ने मई 1975 में मेरे आश्रम से चलने के समय मुझे बताया था कि प्रधानमंत्री इलाहाबाद उच्च न्यायालय में जो मुकदमा लड़ रही हैं, उसे हार जाएँगी, परंतु मुकदमा हारने के बावजूद वे संसार की एक शक्तिशाली महिला बनेंगी।'

मैंने आश्चर्यचकित होकर पूछा, 'श्रीमती गांधी और शक्तिशाली कैसे हो जाएँगी, जबकि वे भूमंडल के सबसे बड़े लोकतंत्र का नेतृत्व करते हुए वैसे भी सर्वशक्तिमान हैं।'

'मुझे नहीं मालूम। मैं तो उसकी कही हुई बात दोहरा रहा हूँ।'

मैं इस बात से प्रभावित नहीं हुआ। मैंने ज्योतिषी का नाम तक स्मरण रखने का यत्न नहीं किया, परंतु वार्त्तालाप जारी रखने के लिए मैंने फिर पूछा, 'क्या उस भविष्यवक्ता ने और भी कुछ बताया था?'

'हाँ, उसने कहा था वह विलक्षण सत्ता, जो वे अर्जित करनेवाली हैं, वह मार्च 1977 में समाप्त हो जाएगी।'

'क्या कोई और भविष्यवाणी भी उसने की थी?'

'हाँ, उसने कहा था कि जयप्रकाश नारायण, जो आज भारत के जनजीवन में अत्यंत लोकप्रिय हैं, एक भयंकर रोग से ग्रसित हो जाएँगे तथा लगभग दो वर्षों में उनका देहांत हो जाएगा। उसने यह भी बताया था कि श्री वाई.बी. चह्वाण, जो भारत का प्रधानमंत्री पद सँभालने के इच्छुक हैं, वे कभी भी यह पद प्राप्त नहीं कर सकेंगे।'

मैं चकित-सा यह सोचता हुआ घर वापस लौट आया कि देखें, भविष्य में क्या-क्या होता है। इसके बाद 36 घंटों से कम समय में ही आपातकाल की घोषणा कर दी गई। जनता के मौलिक अधिकार निलंबित कर दिए गए तथा प्रधानमंत्री ने एकाधिपति शासक की भाँति असीमित अधिकार प्राप्त कर लिये। इस प्रकार 26 जून, 1975 की सुबह एक काले दिन का आरंभ सिद्ध हुई।

आपातकाल के पश्चात् आनेवाले दिनों में मेरा ध्यान उन्हीं चार भविष्यवाणियों की ओर लगा रहता था। मैंने 'टाइम्स ऑफ इंडिया' के संपादक तथा अन्य वरिष्ठ पत्रकारों को अपने निवास-स्थान पर एक सादे रात्रि-भोज पर आमंत्रित किया और उनको वायुयान में गांधी आश्रम के कार्यकर्ता के साथ हुए वार्त्तालाप से अवगत कराया। अगले मास मैंने यह कहानी 'इंडियन एक्सप्रेस' के रमेश गोयनका के समक्ष भी दोहराई। उन्हें तो

आपातकाल के दौरान कांग्रेस सरकार द्वारा अत्यधिक परेशान किया ही जा रहा था। वे निराशा के दिन थे तथा आशा की एक हलकी-सी किरण केवल वही एक भविष्यवाणी थी कि निरंकुशता मार्च 1977 में समाप्त हो जाएगी। मेरे लिए यह कहना बेकार ही होगा कि सारी भविष्यवाणियाँ बिल्कुल सत्य साबित हुईं, जैसे श्रीमती गांधी का प्रभुत्व प्राप्त करना, जिसके कारण वे संसार की सर्वशक्तिमान महिला के रूप में उभरीं, मार्च 1977 में उस प्रभुत्व की समाप्ति, अक्तूबर 1979 में जयप्रकाश नारायण की मृत्यु तथा यशवंतराव चह्वाण की, प्रधानमंत्री बनने की इच्छापूर्ति हुए बिना, नवंबर 1984 में मृत्यु।

मैंने श्रीमती गांधी से दोबारा 22 मार्च, 1977 की संध्या भेंट की, जब चुनाव के परिणामों से यह पता चला कि जनता पार्टी भारी जनमत से विजयी हो गई है तथा श्रीमती गांधी को प्रधानमंत्री के पद से त्यागपत्र देना पड़ा है। उस दिन मैं दिल्ली में ही था। मैं श्रीमती गांधी से उनके निवास-स्थान पर मिला। मैंने उनको जून 1975 में वायुयान में अपनी उस अजनबी से हुई बातचीत के विषय में बताया और कहा, 'इंदिराजी, अगर मेरी बात से आपको सांत्वना मिल सकती है, तो मैं कहना चाहूँगा कि आपके विरुद्ध इलाहाबाद उच्च न्यायालय में दायर मुकदमे के बाद, जो भी घटनाएँ हुईं, वे सभी पूर्व निर्धारित थीं।'

इंदिराजी की आँखों में आँसू तैर रहे थे। पहली बार मैंने उनको इतना उदास देखा था।

उपरोक्त घटनाओं के लिए किसी प्रकार का विवरण देना निरर्थक होगा। केवल उन अनुमानों के विषय में ही चर्चा की जा सकती है, जो पूर्व निर्धारित तथा पूर्वनिर्दिष्ट घटनाओं का आधार होते हैं।

अलौकिक शक्ति की परीक्षा

प्रबुद्ध भौतिक विज्ञान शास्त्री प्रो. हॉकिंग ने अपनी नवीनतम पुस्तक 'ब्लैक होल्स एंड बेबी यूनिवर्सेज' में लिखा है, 'मैं इस दृष्टिकोण से सहमत नहीं हूँ कि ब्रह्मांड एक रहस्य है।' मेरे अनुसार ब्रह्मांड केवल एक रहस्य ही नहीं, बल्कि करोड़ों विलक्षण तथा असाध्य रहस्यों का अनंत समूह है, जिसे मानव मस्तिष्क (मानव आत्मा से भिन्न) सुलझा पाने में कभी समर्थ नहीं हो सकेगा। शताब्दी के महान् वैज्ञानिक अलबर्ट आइंसटाइन के अनुसार, 'रहस्य ही हमारे जीवन का सबसे सुंदर अनुभव है। वे मौलिक संवेदनाएँ, जो सच्ची कला तथा सच्चे विज्ञान का उद्गम हैं।'

प्रोफेसर हॉकिंग आगे कहते हैं, 'ब्रह्मांड तथा इसमें निहित हर वस्तु समय से कैसे विकसित होती है, इसके कुछ पूर्व परिभाषित नियम हैं। यद्यपि हमें इन नियमों का वास्तविक रूप पूर्णता से अभी प्राप्त नहीं हुआ है, फिर भी मेरे विचार से आनेवाले बीस वर्षों में उन्हें जान लेने की 50 प्रतिशत संभावनाएँ हैं।' प्रो. हॉकिंग कहते हैं कि मैं नहीं समझता कि मानव मस्तिष्क, जिसमें कई खरब अणु विद्यमान हैं, कभी भी, उन

सभी नियमों की खोज कर पाएगा, जिनसे इस ब्रह्मांड की उत्पति हुई है। यह तभी हो सकता है, जब मानव आत्मा उत्पत्ति के चरमोत्कर्ष पर पहुँच जाए। इसे श्री अरविंद ने 'सुपरमैन' का नाम दिया है।

कुछ वर्षों पहले बंबई में एक रात्रि–भोज में अन्य अतिथियों के अलावा भारत के अग्रणी वैज्ञानिक डॉ. होमी जहाँगीर भाभा भी उपस्थित थे, साथ ही लखनऊ में रहनेवाले एक सीधे–सादे सज्जन पुरुष भी उस भोज में शामिल थे। उनके विषय में कहा जाता था कि उनके पास कुछ अलौकिक शक्तियाँ हैं। कुछ अतिथियों के जोर देने पर डॉ. भाभा उस व्यक्ति की अलौकिक शक्ति की परीक्षा लेने को राजी हो गए। डॉ. भाभा ने अपने बटुए से एक रुपए का एक नोट निकालकर अपनी दूसरी जेब में रख लिया तथा उन सज्जन से पूछा कि क्या वे उस नोट का नंबर बता सकते हैं। उन सज्जन ने उस नोट पर छपा हुआ नंबर बिल्कुल सही–सही बता दिया। यह मानस–पठन का मामला भी नहीं हो सकता, क्योंकि डॉ. भाभा ने उस नोट पर छपा नंबर स्वयं भी नहीं पढ़ा था। तत्पश्चात् जब मैं डॉ. भाभा से मिला तो मैंने उनसे पूछा कि क्या लखनऊ के उस व्यक्ति की इस अलौकिक क्षमता की कोई वैज्ञानिक व्याख्या हो सकती है, तो उन्होंने कहा कि अभी तक तो कोई वैज्ञानिक स्पष्टीकरण उपलब्ध नहीं है।

('हम हिंदुस्तानी' से साभार)

□

रोटी और आजादी, दोनों चाहिए

आपातकालीन स्थिति के समय प्रायः सत्ता प्रतिष्ठान एवं उनके समर्थकों द्वारा यह कहा जाने लगा था कि भारत के गरीब लोग अपनी व्यक्तिगत स्वतंत्रताओं के खोए जाने से दुःखी नहीं हैं। न तो वे जन्मसिद्ध अधिकार व नागरिक स्वतंत्रताओं के हनन से ही दुःखी हैं और न कानून के नियमों के खोने से। किसी भी तरह प्रेस पर सेंसर लगाने से वे प्रभावित नहीं थे। यह बिना सोचे-समझे और बिना बुद्धि का इस्तेमाल किए बेशर्मी से कहा गया कि भारत की जनता अखबार नहीं पढ़ती है। उनके जीवन की प्राथमिक चीजें ही उनका उद्देश्य हैं, लेकिन क्या यह सच है? क्या गरीब लोग अपनी स्वतंत्रता की चिंता नहीं करते? यह भी एक तथ्य है कि भारत के गरीब लोगों को शायद ही जीवन की आवश्यक चीजें उपलब्ध हों।

आचार्य जे.बी. कृपलानी

कई बुराइयों को जन्म

कुछ वर्ष पहले सरकारी आँकड़ों में यह बताया गया था कि हमारी आबादी का 40 प्रतिशत औसत रेखा से भी निम्न जीवन बिता रहा है। यह 40 प्रतिशत अब 50 प्रतिशत से अधिक हो गया है। मेरी समझ में यह नहीं आता कि रोटी और आजादी के बीच यह दरार क्यों है? जबकि यह शंकास्पद है कि गरीब अपनी स्वतंत्रताओं की चिंता नहीं करते। स्वतंत्रता की हानि कई बुराइयों को जन्म देती है। हमने यह आपातकालीन स्थिति में देखा है, जब लोगों को उनकी स्वतंत्रता से वंचित किया गया था। वे केवल अपनी रोटी की ही चिंता नहीं करते। उन्होंने इससे भी घृणा जाहिर की कि अनेक परिवारों को बिना वैकल्पिक मकानों का बंदोबस्त किए विस्थापित और बरबाद कर दिया गया। देश पर थोपे गए पुलिस राज को उन्होंने पसंद नहीं किया। उन्होंने कई अन्यायों का विरोध किया, जो उनकी व्यक्तिगत स्वतंत्रताओं का हनन करते थे।

वास्तविकता के संदर्भ में आपातकाल के समय गरीबों को अमीरों से अधिक दुःख सहना पड़ा, परंतु इससे अलग उन्होंने जो माँगा, वह थी स्वतंत्रता, जो कि एक व्यक्ति विशेष को एक आदमी बनाती है। 'गीता' में जब अर्जुन कृष्ण से कहता है, 'मुझे तुम्हें किस वस्तु में देखना चाहिए?' कृष्ण उत्तर देते हैं, 'मैं ही आत्मा हूँ, जो सबके दिल में वास करती है।' आत्मा का मुख्य गुण स्वतंत्रता है। आत्मा ही मनुष्य है, तब वह मृतक है, जब उससे स्वतंत्रता छीन ली जाती है। यही आदमी की मुख्य विशेषता है। यदि यह खो जाए तो वह आदमी नहीं हो सकता। उसके आवश्यक गुण, जिन्होंने उसे आदमी बनाया है, तिरोहित हो जाते हैं। बाइबल कहती है, 'मनुष्य को कैसे लाभ प्राप्त हो सकता है, जब वह दुनिया को तो प्राप्त कर ले, लेकिन अपनी आत्मा खो दे।'

यह केवल आदमी के लिए ही सत्य नहीं है, पशु के लिए भी है। शेर एक पिंजरे में अपनी विशेषताओं को खो देता है, जंगल का राजा अपने गुण खो देता है। यहाँ तक कि एक शरारती लड़का भी उस पर पत्थर फेंक सकता है। वह दहाड़ने के सिवा कुछ नहीं कर सकता। तोते को पिंजरे में कई बढ़िया चीजें खाने को दी जाती हैं, परंतु पिंजरा खोलने पर वह जंगल की ओर उड़ जाता है। वहाँ उसे पिंजरे में मिलनेवाली स्वादिष्ट चीजें नहीं मिलेंगी, परंतु वह स्वतंत्रता चाहता है।

ईश्वर द्वारा प्रदत्त मूल्य

दुर्भाग्यवश भारत में अनेक लोग रोटी के एक टुकड़े के लिए भीख माँगते हैं। वे चोरी करके साल-छह महीने के लिए जेल जा सकते हैं। वे जानते हैं कि वहाँ वे दिन में तीन बार भोजन, कपड़ा, रहने की जगह और जरूरत पड़ने पर चिकित्सा की सुविधाएँ पा लेंगे। जो चीजें एक भिखारी को बाहर नहीं मिलतीं, वे उसे जेल में मिल जाएँगी। वह जेल में एक धंधा भी सीख लेगा, जिससे बाहर निकलने पर वह अपनी जीविका चला सकेगा। तब वह एक छोटा-मोटा अपराध क्यों नहीं कर लेता और जेल क्यों नहीं चला जाता? कुछ नियम कहते हैं कि यदि वह अपनी स्वतंत्रता खो देता है, तो वह ईश्वर द्वारा प्रदत्त समस्त मूल्यों को खो देगा, जो उसे मानव प्राणी बनाती हैं। जब अमेरिका में दास प्रथा का अंत हुआ, कई नीग्रो लोगों को काम नहीं मिलने पर भूखो मरना पड़ा। उन्होंने भूखो मरना पसंद किया, परंतु दासता स्वीकार नहीं की। स्वतंत्रता इस प्रकार मनुष्य की आवश्यकता है और कुछ जानवरों की भी।

किस लक्ष्य के लिए हमारे ऋषि-मुनियों और संत-संन्यासियों ने काम किया? उन्होंने उत्सर्ग किया और स्वतंत्र हो गए, उन्होंने मुक्ति चाही थी। वह स्वतंत्रता थी भय से छुटकारा और अन्य बुराइयों से छुटकारा।

□

इमरजेंसी के चार गुनहगार, जिनके पास थे सर्वोच्च अधिकार

इमरजेंसी समाप्त होने के कुछ दिन बाद नई दिल्ली में सुप्रीम कोर्ट बार एसोसिएशन के अध्यक्ष वी.एम. तारकुंडे की अध्यक्षता में देश के विधि-विशेषज्ञों की एक विचार-गोष्ठी में यह विचार व्यक्त किया गया कि इमरजेंसी के चार प्रमुख गुनहगार थे, जिन्होंने अपने अधिकारों का सही प्रयोग नहीं किया। ये थे—राष्ट्रपति, लोकसभा के स्पीकर, राज्यसभा के अध्यक्ष और सुप्रीम कोर्ट के चीफ जस्टिस।

इमरजेंसी समाप्त होने के डेढ़ माह बाद नई दिल्ली में इमरजेंसी के कटु अनुभवों के परिप्रेक्ष्य में देश के विधि-विशेषज्ञों की एक विचार गोष्ठी हुई। इसमें न्यायपालिका को कार्यपालिका और विधायिका के दबाव-प्रभाव से बचाने के लिए दृढ़प्रतिज्ञ न्यायाधीशों की नियुक्ति का जोरदार आग्रह किया गया। सुप्रीम कोर्ट बार एसोसिएशन के अध्यक्ष वी.एम. तारकुंडे के सभापतित्व में आयोजित गोष्ठी में बड़ी संख्या में विधिवेत्ताओं ने भाग लिया। इमरजेंसी के दौरान निरकुंश शासन को चुनौती देने में लोकतांत्रिक संस्थाओं की विफलता का सर्वाधिक सुस्पष्ट और धारदार विश्लेषण पूर्व एडीशनल सॉलिसीटर जनरल एफ.एम. नरीमन ने किया, जिन्होंने इमरजेंसी की घोषणा के अगले दिन ही अपने पद से त्यागपत्र दे दिया था।

शीर्ष अधिकारी जिम्मेदार

श्री नरीमन ने आरोप लगाया कि यह विफलता वास्तव में लोकतांत्रिक संस्थानों की नहीं थी, बल्कि इनके शीर्ष पदों पर विराजमान पदाधिकारियों की थी, जिन्होंने इंदिरा गांधी को लोकतंत्र के तीनों अंगों—कार्यपालिका, विधायिका और न्यायपालिका को निर्बाध रूप से नियंत्रित करने की छूट दी। उनके अनुसार ये गुनहगार थे—राष्ट्रपति, लोकसभा के स्पीकर, राज्यसभा के अध्यक्ष और सुप्रीम कोर्ट के चीफ जस्टिस। राष्ट्रपति हमेशा

मंत्रिपरिषद् की सलाह पर अमल करने के लिए आबद्ध रहे हैं, लेकिन इमरजेंसी और उसके सभी सहवर्ती कानूनों को लागू करने जैसी गंभीर स्थिति की उद्घोषणा पर हस्ताक्षर से पहले वह अपने एक अन्य अधिकार का उपयोग कर सकते थे—वह अधिकार था सरकार को सावधान करने का और सरकार द्वारा उनसे मंत्रणा करने का, सलाह लेने का। श्री नरीमन की यह मान्यता थी कि पूर्व राष्ट्रपति फखरुद्दीन अली अहमद को उद्घोषणा पर हस्ताक्षर से हिचकना चाहिए था, वह उसे स्थगित रख सकते थे। यदि उन्होंने ऐसा किया होता[1] तो पूरा मामला ठंडा पड़ जाता और इमरजेंसी शायद लगती ही नहीं।

चीफ जस्टिस से निराशा

श्री नरीमन का आरोप था कि संसद् के दोनों सदनों के पीठासीन अधिकारी अपने अधिकारों को अक्षुण्ण बनाए रखने और बड़ी संख्या में सांसदों की गिरफ्तारी का प्रतिवाद करने में चूक गए। इनमें से एक ने तो अपने को काफी हलका महसूस किया, क्योंकि उन्हें लगा कि सदन में कम उपस्थिति के कारण कम सवाल होंगे, जिसके परिणामस्वरूप कम तनाव होगा।

श्री नरीमन ने कहा कि पूर्व मुख्य न्यायाधीश न्यायमूर्ति अजीत नाथ राय के बारे में मैंने सोचा था कि वे इमरजेंसी की उद्घोषणा की प्रतिक्रिया में इस्तीफा दे देंगे, क्योंकि उन्होंने पहले के अपने एक न्यायिक निर्णय में स्वतंत्र प्रेस की बहुत अर्थपूर्ण शब्दों में प्रशंसा की थी। श्री नरीमन ने चेतावनी दी कि न्याय की तुला को थामनेवाले हाथ यदि काँपेंगे, तब कोई कायदा-कानून न्यायपालिका को नहीं बचा सकता।

हृदय रोगी न्यायाधीश को दंड

सुप्रीम कोर्ट के एक अन्य पूर्व न्यायाधीश न्यायमूर्ति ए.एन. ग्रोवर ने विचार व्यक्त किया कि मुख्य न्यायाधीशों की नियुक्ति की जो रीति-नीति अपनाई जा रही है, संभवतः इस कारण न्यायपालिका की शक्ति में ह्रास हो रहा है। इसे पूरी तरह राजनीतिक नियुक्ति बना दिया गया है। इसी तरह न्यायाधीशों को उनके स्वतंत्र न्यायिक निर्णयों के लिए दंडित किया जा रहा है और उनके तबादले किए जा रहे हैं। उन्होंने रहस्योद्घाटन किया कि बंबई के एक न्यायाधीश को, जो हृदय रोगी थे, जान-बूझकर कलकत्ता स्थानांतरित कर एक ऐसी जगह घर दिलाया गया, जो रहने लायक नहीं था और जहाँ दिल का दौरा

---

* इस गोष्ठी के समय तक यह रहस्योद्घाटन नहीं हुआ था कि राष्ट्रपति ने आपात स्थिति लगाने की, जिस उद्घोषणा पर हस्ताक्षर किए थे, उसे मंत्रिपरिषद् की स्वीकृति प्राप्त नहीं थी, मंत्रिपरिषद् का अनुमोदन बाद में अगले दिन सुबह प्राप्त किया गया। ऐसी स्थिति में राष्ट्रपति इसे बड़ी आसानी से मंत्रिपरिषद् के विचारार्थ वापस भेज सकते थे।

पड़ने से उक्त न्यायाधीश की मृत्यु हो गई। न्यायमूर्ति ग्रोवर ने कहा कि समय आ गया है कि न्यायाधीशों की नियुक्ति के लिए न्यायिक आयोग की तरह एक स्वतंत्र निकाय का गठन किया जाए, जिसमें प्रख्यात कानूनविद् और लब्धप्रतिष्ठ व्यक्ति हों, जैसा कि कई अन्य देशों में है। यह कार्यपालिका की दखलअंदाजी से मुक्त हो। उन्होंने कहा कि न्यायपालिका तभी स्वतंत्रतापूर्वक अपना काम कर सकती है, जब कार्यपालिका उसे उचित सम्मान दे। इसी प्रकार न्यायपालिका तभी सम्मान अर्जित कर सकती है, जब अदालतें न्याय के मंदिर की तरह काम करें और बिना किसी प्रकार के भय और पक्षपात के काम करें।

□

संजय ने अफसरों को कठपुतलियाँ बनाकर रख दिया था

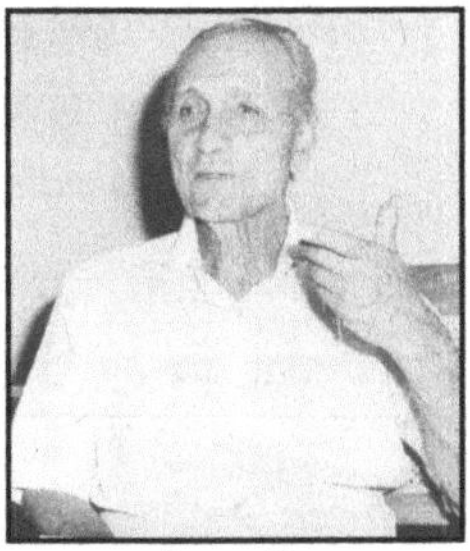

प्रेम भाटिया

वी.सी. शुक्ल मुझसे मित्रतापूर्ण स्वरों में बातचीत किया करते थे, लेकिन उनका व्यवहार 'राजनीतिक अमरता' तथा अहंकार से परिपूर्ण लगता था। इमरजेंसी का स्वाद चखने के एक-दो दिन बाद ही मेरी उनसे देवकांत बरुआ के तुगलक रोड स्थित आवास में मुलाकात हुई। मैं जैसे ही कांग्रेस अध्यक्ष से मुलाकात कर बाहर आ रहा था, तो बरामदे में ही शुक्ल से मेरा सामना हो गया। अभिवादन के बाद उन्होंने मुझसे कहा कि वे एक वरिष्ठ पत्रकार के रूप में मेरा आदर करते हैं, लेकिन साथ ही वे चाहते थे कि मैं अपने को 'अलग रखूँ।' उनके सुझाव का स्पष्ट अर्थ था कि मैं इमरजेंसी का विरोध न करूँ तथा कई ऐसा काम न करूँ, जिससे सरकार के दमनात्मक कार्य में बाधा पड़े।

जब मैंने कहा कि कड़ी सेंसरशिप व उनके इस प्रस्ताव से अत्यंत आश्चर्य हुआ है, तो शुक्ल ने उत्तर दिया, 'भाटिया साहब, याद रखिए, भारत में पत्रकारिता पहले की तरह अब फिर कभी नहीं हो पाएगी।' लेकिन 18 माह बाद उनकी यह बात गलत सिद्ध हुई। देश में पत्रकारिता ने पुन: स्वतंत्रता प्राप्त कर ली, पर वी.सी. शुक्ल राजनीति के मैदान में बुरी तरह पराजित और उपेक्षित हो गए।

इमरजेंसी की कटु स्मृतियाँ अभी भी लोगों के मन में हैं। जिन लोगों ने इमरजेंसी के 13 वर्ष बाद राजीव गांधी के 'मानहानि बिल' का विरोध किया था, उनका इस संभावित बिल के खतरे का विरोध करना स्वाभाविक ही था। उन्हें इस बात की आशंका थी कि 1975-76 के अनुभवों के आधार पर इस बिल का उद्‌देश्य अप्रत्यक्ष रूप से प्रेस पर सेंसर लगाना है। इमरजेंसी के दिनों की ही एक कटु स्मृति तत्कालीन केंद्रीय

शिक्षा मंत्री डॉ. कर्ण सिंह से हुई मेरी बातचीत से संबंधित है। उन्होंने तत्कालीन क्रूर स्थिति के प्रति अपना समर्थन प्रकट किया था।

कर्ण सिंह एक प्रख्यात विद्वान् तथा सुसंस्कृत व्यक्ति हैं, जिनके लिए मेरे मन में आदर व प्रशंसा है, लेकिन उन्होंने इमरजेंसी व दमन का जिस प्रकार समर्थन किया था, उससे ऐसा प्रतीत होता है कि वे प्रधानमंत्री की नीतियों के प्रति अत्यधिक समर्पित थे।

उन्होंने ही नहीं, बल्कि मंत्रिमंडल के अन्य सदस्यों ने भी उनका विरोध करते हुए त्यागपत्र देने का साहस नहीं किया था। एक बार कर्ण सिंह ने मुझसे कहा था कि प्रशासन द्वारा जो कुछ दमन किया जा रहा था, उसके लिए व्यापक रूप से संजय गांधी जिम्मेदार था। जगजीवन राम बातचीत में अपनी नाराजगी प्रकट करते थे, पर उन्होंने भी इंदिरा गांधी का साथ 1977 के चुनावों से कुछ समय पूर्व ही छोड़ा था। अन्य जिन लोगों ने उस समय इंदिरा गांधी का साथ छोड़ा, उन्होंने किसी सिद्धांत या नीतियों के आधार पर नहीं, बल्कि उन्हें एक डूबता हुआ जहाज समझकर छोड़ा था।

संजय गांधी के भय ने सभी अधिकारियों को एक 'रीढ़विहीन कठपुतली' बना दिया था। दिल्ली के उपराज्यपाल कृष्णचंद, जो उत्तर प्रदेश कैडर के एक वरिष्ठ आई.ए.एस. अधिकारी थे तथा जिन्होंने शाह आयोग के समक्ष अपनी पेशी के उपरांत आत्महत्या कर ली थी, मेरे लखनऊ के पुराने मित्र थे।

उनका मेरे व मेरी पत्नी के प्रति अत्यंत स्नेहपूर्ण व्यवहार था। हम कुछ अवसरों पर सिविल लाइंस स्थित राजनिवास में उनके साथ रात्रिभोज के लिए भी गए थे। एक दिन मेरी पत्नी ने उन्हें हमारे घर भोजन के लिए आमंत्रित किया तो उन्होंने कहा कि वे जरूर आएँगे, लेकिन जब वे बार-बार हमारे यहाँ आने की तारीखें टालते रहे तो मैंने उनसे प्रतिरोध करते हुए कहा था, कृष्णचंदजी, क्या आप अब हमें पसंद नहीं करते, क्या आप अब अपने पुराने दोस्तों को भूल गए हैं? उपराज्यपाल ने उत्तर दिया, 'नहीं, मैं जरा भी नहीं बदला हूँ। तुम दोनों अभी भी मेरे प्रिय हो, लेकिन तुम प्रधानमंत्री तथा संजय के आलोचक हो। इसलिए मेरा तुम्हारे घर पर आना मेरे लिए किसी मुसीबत का कारण बन सकता है।'

मैंने कहा कि मैं उनकी परेशानी को भली-भाँति समझ सकता हूँ तथा उनकी इस स्पष्टवादिता का प्रशंसक हूँ। यह बात उन अधिकांश भयभीत अधिकारियों और मंत्रियों पर भी लागू होती थी, जो संभवत: इस निष्कर्ष पर पहुँच चुके थे कि देश में इमरजेंसी अनिश्चितकाल तक लागू रहेगी तथा ईमानदारी से स्पष्ट बात कहना तो दूर, धीमे स्वरों में कही गई किसी बात से भी दंडित किए जाने का खतरा है। मंत्रियों में केवल एकमात्र मंत्री रामनिवास मिर्धा थे, जिन्होंने मुझसे खुलकर अपने मन की बातें कही थीं। एक स्वागत समारोह में उन्होंने कहा था कि इमरजेंसी के बारे में जनता से

आम चुनाव में जनादेश प्राप्त करने के अलावा और कोई चारा नहीं है। उन्होंने यह बात 1977 में चुनावों के आदेश दिए जाने से कई माह पहले कही थी। मुझे संदेह है कि मिर्धा को अपनी कही वह बात अब याद होगी, जो उन्होंने कही थी तथा जो प्रकाशन के लिए नहीं थी, पर उनकी वह बात स्थिति का बिल्कुल सही आकलन था और उन्होंने अपनी यह बात अत्यंत साहसपूर्वक कही थी।

(प्रेम भाटिया की पुस्तक 'ऑफ मेनी पाश्चर्स' से साभार)

□

यदि हिटलर एक हिंदुस्तानी होता

हम सभी जानते हैं कि भारत एक विशाल और रहस्यमय देश है, जो अपने निवासियों के चरित्र पर सूक्ष्म ढंग से, परंतु गहरा प्रभाव डालता है। एक बार मैं बैठा अटकलबाजी लगा रहा था कि अगर हिटलर भारत में पैदा हुआ होता, तो इतिहास की क्या नियति होती?

इतिहास कुछ और ही होता

राजेंद्र पुरी

हम सभी जानते हैं कि हिटलर ने अपने देश में इमरजेंसी लगाने के लिए संसद् भवन को जलाकर किस प्रकार एक संकट की स्थिति उत्पन्न की। बाद में तो उसने एक नया कानून बनाकर जर्मनी में तानाशाही लागू कर दी, जिसमें उसके वैयक्तिक शासन को चुनौती नहीं दी जा सकती थी, परंतु अगर हिटलर भारतीय होता और उसने ये सबकुछ भारत में किया होता, तो बाद का इतिहास कुछ और होता।

भारतीय होने के नाते हिटलर के मन में अमेरिकी और ब्रिटिश समाचार-पत्रों के प्रति एक बड़ी भाव ग्रंथि जरूर होती और अपने कार्यकलापों की आलोचना के लिए वह भीतर-ही-भीतर खीजता रहता। उसने कुछ पश्चिमी राजधानियों से निमंत्रण प्राप्ति की ख्वाहिश की होती ताकि वह कुछ नई खरीदारी कर सकता, जिसमें इमरजेंसी के कारण एक बाधा उपस्थित हो गई थी।

एक तानाशाह बन जाने के बाद अधिक से अधिक दो वर्षों में वह यूरोप और अमेरिका की नजर में अपने शासन को वैध ठहराने के लिए चुनाव कराने को राजी हो जाता ताकि एक बार फिर से वह प्रधानमंत्री के रूप में इन देशों का दौरा कर सकता और कदाचित् 'टाइम' तथा 'न्यूजवीक' के मुखपृष्ठ पर प्रकाशित हो सकता और भारत की परिस्थिति में स्वाभाविक रूप से वह अपने उन विरोधियों के मुकाबले चुनाव हार गया

होता, जिन्हें उसने पहले तो जेल में डाल दिया था, परंतु किसी मूर्खताभरी सनक की घड़ी में उसने ऐन चुनाव से कुछ पहले उन्हें जेल से मुक्त कर दिया था।

बदले में दूसरा सरकारी बँगला

अपनी हार के बाद हिटलर ने अपने सरकारी बँगले को छोड़ने का प्रतिरोध किया होता और बँगला तभी छोड़ता, जब नई सरकार उसे बदले में एक दूसरा बँगला देने को राजी हो जाती। गोयरिंग, गोयबल्स, हिमलर एवं अन्यों का चौगुटा नए मकान में नियमित रूप से जाता रहता।

नई सरकार कहती कि तानाशाह बन जाने के लिए किसी भी व्यक्ति पर मुकदमा चलाने के लिए कोई कानून नहीं है, इसलिए इस हालत में हिटलर पर मुकदमा नहीं चलाया जाता। सरकार कहती कि हिटलर और उसके साथियों पर एक ही आधार पर अदालत में मुकदमा चलाया जा सकता है और वह यह कि इन लोगों ने भ्रष्ट तरीकों से धन अर्जित किया। इसलिए सरकार इस निमित्त सबूत इकट्ठे करने की कोशिश करती, जिसमें कुछ समय लगता।

इस बीच हिटलर फिर से राजनीति में सक्रिय होने की योजना बनाता। वह इस जन–आलोचना का कि गोयरिंग को सामान्य अपराधी की तरह हाथ में हथकड़ी लगाकर अदालत में ले जाया जाता, राजनीतिक लाभ उठाने की कोशिश करता। हिटलर राष्ट्र की, लोकनायक की अंतरात्मा की दुहाई देता। हिटलर रोता और लोकनायक भी, जिन्हें इमरजेंसी के दौरान जेल में हिटलर के डॉक्टरों ने धीमा जहर दिया था और उनके गुर्दे को हमेशा के लिए खराब कर दिया था, हिटलर की सहानुभूति में कुछ आँसू बहाते। लोकनायक कहते कि उनके मन में हिटलर के स्व. पिता के लिए बड़ी श्रद्धा है और हिटलर उनके अपने भतीजे जैसा है। वे हिटलर को दरवाजे तक विदा करने जाते और समाचार–पत्रों के फोटोग्राफरों के एक दल के सम्मुख हिटलर को कहते, 'हिटलर! मैं तुम्हारे उज्ज्वल अतीत से भी ज्यादा उज्ज्वल भविष्य की कामना करता हूँ।'

इमरजेंसी के लिए आभार

प्रधानमंत्री ने कहा होता, हिटलर ने चाहे जितने भी, जो भी अपराध किए हों, केवल कानून ही उससे निपटेगा। व्यक्तिगत तौर पर प्रधानमंत्री ने देश में इमरजेंसी लागू करने तथा स्वयं को जेल में डाल देने के लिए हिटलर के प्रति आभार प्रकट किया होता। उन्होंने कहा होता, 'मेरी आत्मा की इस परीक्षा द्वारा हिटलर ने मुझे अपनी आत्मा को सब प्रकार के घृणा, द्वेष से मुक्त करने एवं पूर्ण निर्लिप्तता तथा मोक्ष के बहुत निकट पहुँचने में मदद की।'

गृहमंत्री ने हिटलर को गिरफ्तार करने के एक असफल प्रयास के बाद एक विशेष प्रेस कॉन्फ्रेंस बुलाई होती और कहा होता, 'हालाँकि हमने हिटलर को गिरफ्तार करने की कोशिश की और भितरघात तथा अक्षमता के कारण हम अपनी पहली कोशिश में असफल रहे, फिर भी हमारा प्रयास जारी है और हम फिर कोशिश करेंगे। इस प्रसंग में मैं हिटलर और जनता को बता देना चाहता हूँ कि मैं हिटलर को अपना सगा भाई मानता हूँ और उसे अगर किसी तरह की असुविधा हुई हो, तो उसके लिए मुझे खेद है।' स्वयं हिटलर राग अलाप रहा होता—'मुझ पर अत्याचार हो रहा है।'

भारत के यहूदियों ने कहा होता, 'यह सही है कि हिटलर ने कुछ यहूदियों को गैस चैंबर में बंद कर मार डाला और उनके मुख्य मंदिर के समीप उनके आवासों को धूल में मिला दिया, परंतु हिटलर को यहूदी भाषा से प्यार था, भले ही वह इस भाषा के लिए कुछ नहीं कर सका और अल्पसंख्यकों के लिए उसके मन में सहानुभूति थी।'

इस तरह यह सिलसिला निरंतर चलता रहता। यदि हिटलर भारतीय होता तो वह अभी तक हमारे बीच होता और राजनीतिक पुनर्प्रतिष्ठा के निकट होता।

('इलस्ट्रेटेड वीकली ऑफ इंडिया' से साभार), नवंबर 1977

□

इमरजेंसी प्रावधान : जनतंत्र के लिए खतरा

हरि विष्णु कामथ

24 जून, 1977 को मैंने लोकसभा में पूर्व प्रधानमंत्री श्रीमती इंदिरा गांधी तथा उनकी जुंडली द्वारा 26 जून, 1975 को इमरजेंसी लागू करने के बाद जुल्म और दहशत के दिनों में जनतांत्रिक प्रतिमानों का सनकी ढंग से विनाश, नैतिक मानदंडों और आध्यात्मिक मूल्यों को खत्म करने की निंदा करनेवाला एक प्रस्ताव पेश किया। प्रस्ताव पर सदन में पहले 8 जुलाई और फिर 22 जुलाई को दोबारा बहस करने के बाद गृहमंत्री चरण सिंह ने प्रस्ताव को उसके मूल रूप में स्वीकार किया और लोकसभा ने धूम-धड़ाके से पारित भी किया। इसके सप्ताह बाद ही 29 जुलाई को मैंने संविधान में इमरजेंसी के प्रावधान वाले अनुच्छेद 352 में संशोधन के लिए पहला गैर-सरकारी प्रस्ताव लोकसभा में पेश किया।

सिर पर लटकती तलवार

जून 1975 से मार्च 1977 तक हमारे देश और लोगों पर थोपे गए अधिनायकवादी जुल्म के दुःस्वप्न ने लोगों को संविधान के इमरजेंसी प्रावधान से हमारी संसदीय जनतांत्रिक प्रणाली को सक्षम और स्थायी खतरे के प्रति सजग कर और इसके खिलाफ आवाज उठाने का काम किया। सभी सही सोचनेवाले को अब यह स्पष्ट हो गया है कि अगर इन प्रावधानों को पूरी तरह संशोधित नहीं किया जाता तो ये हमारे सिर पर तलवार की तरह लटकते रहेंगे। खतरा दरअसल इन अनुच्छेदों से उतना नहीं है, जितना उनका किसी समय की सरकार द्वारा बड़े पैमाने पर दुरुपयोग किए जाने से है। यह श्रीमती इंदिरा गांधी और उनके पिछलग्गुओं द्वारा जनतंत्र के झटके की कोशिश, संविधान की इज्जत लूटने, खासतौर पर विपक्ष को राष्ट्र विरोधी गद्दार करार कर संसद् का अपमान करने, प्रेस का गला घोंटनेवाले और न्यायपालिका को खस्सी करने से साफ जाहिर हो गया था। सक्रिय विपक्षी सदस्यों को जेलों में डालकर मरियल बना दी गई संसद् में जिस ढंग

से संविधान में संशोधनों की शृंखला को धकियाया गया, वह सब इलाहाबाद हाईकोर्ट द्वारा पदच्युत् घोषित किए गए एक व्यक्ति को बचाने और उसकी शान बढ़ाने तथा हमारे संविधान के वास्तव में जनतांत्रिक तत्त्वों में संशोधन या थोड़ा सुधारने की नहीं, बल्कि उन्हें खत्म करने की सोची-समझी चाल ही थी। ईश्वर तथा जनता को यह मंजूर न था। फिर मार्च 1977 में संसदीय जनतंत्र पुनर्जीवित हुआ।

हिटलर का रास्ता

उन दिनों के दिल दहला देनेवाले अनुभव के बाद यह स्वाभाविक ही नहीं, बल्कि अपरिहार्य ही है कि देश के राजनीतिक तौर पर सजग तत्त्वों के दिमागों में इमरजेंसी प्रावधान उद्वेलित कर रहे हैं। संगठित राजनीतिक दलों में सभी और यहाँ तक कि कांग्रेस के भी उन 20 महीनों में श्रीमती इंदिरा गांधी के अधिनायकवादी शासन को सक्रियता से बढ़ावा देने और अपने नेता की चापलूसी में जुटे रहे तत्त्व अब किए गए जघन्य अपराध के बारे में सजग हैं और पश्चात्ताप के मूड में दिखते हैं। लोगों ने जो अग्निपरीक्षा दी, वह कुछ ऐसी थी कि सभी लोग इमरजेंसी प्रावधानों के दुरुपयोग को रोकने की जरूरत के बारे में पूरी तरह सहमत हैं। 'फिर कभी नहीं' यही उनका कहना है। मैं इस बात पर जोर इसलिए दे रहा हूँ कि संघर्ष के समय 1962 में लागू की इमरजेंसी 1968 तक चली, लेकिन पंडित नेहरू और लाल बहादुर शास्त्री की सरकारों ने इसका इस गलत ढंग से कभी दुरुपयोग नहीं किया, जितना 1975 और 1977 के दौरान हुआ। इमरजेंसी प्रावधानों पर संविधान निर्मात्री सभा में अगस्त 1949 में एक सप्ताह तक कई बार उग्र रूप धारण करनेवाली बहस हुई थी। उस बहस में भाग लेते हुए मैंने कहा था कि जर्मनी के तीसरे गणतंत्र के वायमार संविधान में भी कार्यकारिणी को दिए गए इतने अधिकारों के कारण ही हिटलर ऊपर उठा और अधिनायकवाद के लिए रास्ता बना। मैंने उस समय भी चेतावनी दी थी कि अगर इस अनुच्छेद को ज्यों-का-त्यों पारित कर दिया गया, तो राष्ट्रपति (यानी मंत्रिपरिषद या सरकार) संविधान को नष्ट करने या रद्द करने के लिए उसे मात्र इमरजेंसी लागू करने के अधिकार का किसी भी तरह से फायदा ही नहीं उठा सकता, बल्कि इसका दुरुपयोग भी कर सकता है।

ईश्वर भारतीय जनता की रक्षा करे

उस महान् बहस के अंतिम दिन कुछ सदस्यों द्वारा मुझे नेताओं पर विश्वास करने के लिए कहा गया था। उनके तर्कों के जवाब में मैंने कहा था—संविधान पंडित नेहरू या सरदार पटेल के लिए नहीं है। संविधान सिर्फ इस पीढ़ी के लिए नहीं है, बल्कि यह हम आनेवाली पीढ़ियों के लिए बना रहे हैं, न कि डॉ. आंबेडकर या वर्तमान सरकार

के लिए···मुझे डर है कि सिर्फ इमरजेंसी प्रावधान के इस क्रूर अध्याय को रखकर हम सर्वसत्तात्मक राज्य, पुलिस राज, पिछले कुछ दशकों में अमल में लाए अपने आदर्शों के एकदम प्रतिकूल राज्य की नींव रख रहे हैं···20 अगस्त, 1949 को जब अंततः इन प्रावधानों को स्वीकार कर लिया गया, तो मैंने दुःख के साथ अपने स्थान पर खड़े होकर कहा था, 'यह अफसोस और शर्म का दिन है। ईश्वर भारतीय जनता की रक्षा करे।'

खतरनाक जनतंत्र विरोधी इमरजेंसी प्रावधान संविधान के 352, 356 और 359 अनुच्छेदों में है। संविधान निर्मात्री सभा में मैंने सत्ता में आनेवाले असैद्धांतिक लोगों द्वारा इमरजेंसी प्रावधानों के दुरुपयोग कर पाने से बचाव की दृष्टि से कुछ संशोधन करने के लिए कहा था। इस वर्ष 29 जुलाई को मेरे द्वारा प्रस्तुत संशोधनों में उन संशोधनों के अलावा एक नया संशोधन भी है। मेरे द्वारा सुझाए गए संशोधन में सबसे पहले इमरजेंसी घोषित करने का अधिकार राष्ट्रपति को न देकर संसद् के हाथ में होना चाहिए। इसमें यह भी कहा गया है कि राष्ट्रपति द्वारा की गई घोषणा को संसद् के प्रत्येक सदन द्वारा दो तिहाई बहुमत से स्वीकृति प्राप्त होने के साथ-साथ प्रत्येक सदन में मतदान में हिस्सा ले रहे तीन-चौथाई सदस्यों का समर्थन भी मिलना चाहिए, मेरा विचार है कि घोषणा को प्रत्येक छह महीनों के बाद संसद् के दोनों सदनों से नए तौर पर स्वीकृति होनी चाहिए। एक और बचाव राष्ट्रपति के 'संतुष्ट' होने की न्यायिक जाँच भी है, इसके अनुच्छेद 352 के अंतर्गत 'घोर संकट' के कारण की गई घोषणा की हालत की उच्चतम न्यायिक जाँच हो सकेगी। मैंने संशोधन के जरिए यह भी सुझाया है कि बहुत 'आंतरिक गड़बड़ी' की स्थिति में ही इमरजेंसी की घोषणा की जानी चाहिए। यह आंतरिक इमरजेंसी कहा जानेवाला संशोधन इमरजेंसी से संबंधित है।

राष्ट्रव्यापी बहस जरूरी

अनुच्छेद 352 में संशोधन करने के लिए पेश किए गए विधेयक का मेरा मुख्य उद्देश्य सरकार द्वारा सभी इमरजेंसी प्रावधानों के बारे में व्यापक विधेयक प्रस्तुत किया जाना रहा है। अगर मेरे द्वारा प्रस्तुत किए गए विधेयक से इमरजेंसी के प्रावधानों पर राष्ट्रव्यापी बहस चलती है, तो वह मेरे लिए अत्यंत हर्ष का विषय होगा। यह बहस खुली होनी चाहिए, न कि श्रीमती गांधी द्वारा 1976 में शुरू की गई बहस की तरह की।

अनुच्छेद 352 के अलावा राज्यों में राष्ट्रपति शासन के प्रावधानवाले अनुच्छेद 356 और मौलिक अधिकारों को मुअत्तल करनेवाले अनुच्छेद 359 और वित्तीय संकट की स्थिति में इमरजेंसी की घोषणा का अधिकार देनेवाले 360 की भी अच्छी तरह जाँच-परख करने की जरूरत है।

फिर भी जून 1975 से मार्च 1977 तक के 20 महीनों में उभरी तानाशाही का

उद्देश्य राज्य को सुरक्षित बनाना न होकर श्रीमती इंदिरा गांधी द्वारा अपने गैरकानूनी शासन को जारी रखते हुए अपने बेटे को उत्तराधिकारी बनाना ही था। फिर भी ये दोनों अपने इतिहास के कूड़ेदानों में फेंक दिए गए हैं।

मुझे विश्वास है कि आगामी दो-तीन महीनों में इस विषय पर व्यापक बहस होगी और सरकार भारत में जनतंत्र के उन प्रावधानों से निरंतर बने हुए खतरे को हमेशा के लिए खत्म करने के लिए व्यापक विधेयक तैयार करेगी।

(अगस्त 1977)

□

* 1978 में जनता पार्टी की सरकार ने संविधान में संशोधन द्वारा आंतरिक अशांति की जगह सशस्त्र विद्रोह को जगह दी।

'विश्वासघाती' संजीव रेड्डी इंदिरा के सबसे बड़े 'तुरुप'

चो. रामास्वामी

पदनिवृत्त राष्ट्रपति नीलम संजीव रेड्डी ने राष्ट्रपति भवन से जाते-जाते अपने को पाक-साफ और ईमानदार सिद्ध करने के प्रयास में नया विवाद छेड़ दिया है। प्रसिद्ध व्यंग्यकार एवं निपुण राजनीतिक समीक्षक चो. रामास्वामी ने श्री रेड्डी के बारे में तथ्यों का उद्धरण देते हुए जो राय व्यक्त की है, वह उस रुपए का दूसरा पहलू है, जिसे श्री रेड्डी ने पत्रकारों और संवाददाताओं के समक्ष पेश किया था। चो ने जो कुछ कहा, वह संक्षेप में इस प्रकार है—संजीव रेड्डी, जो अब सौभाग्य से भारत के राष्ट्रपति नहीं रह गए हैं, जाते-जाते श्रीमती इंदिरा गांधी को प्रशंसापत्र दे गए हैं। उनका यह निर्णय है कि '1979 के जनता संकट के समय केवल श्रीमती गांधी ही अपने पत्ते सुंदर ढंग से खेल सकी थी।' चूँकि राष्ट्रपति ने उनके महत्त्वपूर्ण पत्तों या चालों का उल्लेख नहीं किया है, इसलिए मेरे समान नागरिकों के लिए यह स्मरण करना आवश्यक हो जाता है कि उस समय संजीव रेड्डी ही इंदिराजी के तुरुप (ट्रंप कार्ड) थे। राजनारायण श्रीमती गांधी के ताश के पत्तों में गुलाम (जोकर) और चरण सिंह एक 'इक्का' थे। 'निष्णात जुआड़ी' इंदिरा गांधी चाल चलने का साहस नहीं करती अगर उनके पास 'तुरुप' नहीं होता। यह उनका भाग्य था कि उस समय ईर्ष्या और गुस्से से भरे संजीव रेड्डी उनके हाथ में 'तुरुप का पत्ता' मिल गए थे।

पहले से देसाई विरोध

श्री चो ने अपना अनुभव एवं तथ्यों को बताते हुए लिखा है कि जनता संकट के बहुत पहले मुझे संजीव रेड्डी की मद्रास यात्रा के समय राज भवन में उनसे मिलने का मौका मिला था। उस समय उन्होंने अपना यह निजी मत व्यक्त किया था कि मोरारजी

देसाई प्रधानमंत्री रहने लायक नहीं हैं और चरण सिंह को यह दायित्व मिलना चाहिए। उन्होंने मुझे यह हिदायत दे दी थी कि यह मेरा निजी मत है और इसे कहीं बोलिएगा मत। स्वाभाविकतया ही राष्ट्रपति के उस दृष्टिकोण से मैं चकित रह गया और जब बाद में मोरारजी देसाई से मिला, तब बहुत सोच-विचार के बाद मैंने उनको इतना संकेत दिया कि हाल में श्री रेड्डी से मेरी भेंट हुई थी और लगता है कि आपके प्रति वे कुछ खतरनाक खयाल रखते हैं।

संजीव रेड्डी

इस पर मोरारजी भाई तुरंत बोल उठे, 'क्या उन्होंने यह कहा है कि मेरी जगह चरण सिंह को मिलनी चाहिए?' जब मैंने कहा और साथ ही कहा कि श्री रेड्डी ने इसे गुप्त रखने के लिए मुझसे कहा था, इसी से मैं कहने में हिचकिचा रहा था, तो श्री देसाई ने कहा कि चिंता मत कीजिए। यह बात वे पता नहीं कितने लोगों से कह चुके हैं और सबसे इसे गुप्त रखने की हिदायत दे रखी है। आगे बातचीत में श्री मोरारजी ने कहा कि संजीव रेड्डी को राष्ट्रपति बना देने के बाद हम जनता पार्टीवालों को उसका फल भी भोगना पड़ेगा।

दुस्साहस

और वे संजीव रेड्डी अब यह कहने का दुस्साहस कर रहे हैं कि श्रीमती इंदिरा गांधी ने मोरारजी देसाई को बेवकूफ बना दिया और बेशर्मी के साथ यह भूल जाते हैं कि स्वयं वही तो उनके 'हाथ के हथियार' बने हुए थे। वह आदमी कहता है कि उसने जीवन में बहुत से त्याग किए हैं। हाँ, उसने एक महत्त्वपूर्ण त्याग किया है। उसने ईमानदारी को त्याग दिया है। जनता संकट के समय श्री रेड्डी संसद् सदस्यों को सुनियोजित ढंग से यह कहते रहे कि वे मोरारजी देसाई को फिर सरकार बनाने के लिए आमंत्रित नहीं करेंगे ताकि जो दुविधा में हों, वे अवश्य ही जनता पार्टी से हट जाएँ और जब जगजीवन राम ने पार्टी का नेतृत्व सँभाला, तब तो संजीव रेड्डी ने सबसे बड़ा गंदा हथकंडा अपनाया।

जनता पुनः बहुमत में

मद्रास से मैं जगजीवन राम से संपर्क बनाए हुए था। दल-बदल के बाद भी जनता पार्टी के 210 संसद् सदस्य थे। कर्नाटक और आंध्र के कुछ कांग्रेसियों ने श्री जगजीवन राम का समर्थन करने का वचन दिया था। श्री एरा सेजियन, मैंने और कुछ अन्यों ने अन्ना द्रमुक और द्रमुक से बात करके जाना कि पहले उसके 18 संसद् सदस्यों ने मोरारजी का समर्थन करने का वचन दिया था, पर अब वे चरण सिंह सरकार का समर्थन कर रहे हैं।

सोचा गया कि एक बार फिर उन्हें क्यों न जनता पार्टी के समर्थन के लिए मनाया जाए और एम.जी. (रामचंद्रन) के साथ बातचीत से लगा कि यह संभव हो सकता है। जगजीवन राम ने अटल बिहारी वाजपेयी, सुब्रह्मण्यम स्वामी और रवींद्र वर्मा को अपना दूत बनाकर रामचंद्रन के पास भेजा। 22 अगस्त, 1979 को प्रात: हम चार व्यक्ति रामचंद्रन से मिले और अंतत: अन्नाद्रमुक ने जगजीवन राम का समर्थन स्वीकार कर लिया। इस प्रकार फिर जनता पार्टी बहुमत में आ गई थी, जिसकी सूचना जगजीवन राम को दे दी गई।

हम चाहते थे कि इस समर्थन की घोषणा अविलंब अखबारों में कर दी जाए, क्योंकि भय था कि संजीव रेड्डी नई गतिविधि की भनक पाते ही कहीं लोकसभा को भंग न कर दें। पार्टी के बहुमत की घोषणा हो जाने के बाद उसे भंग करना जरा कठिन होगा। फिर भी कुछ कारणों से सार्वजनिक घोषणा में कुछ विलंब हो ही गया।

विश्वासघात

यह देखकर कुछ अन्य पत्रकारों के मन में भी वही भय हुआ। वाजपेयी ने मद्रास से जगजीवन राम से फोन पर बात की और बताया कि कुछ पत्रकार ऐसा कह रहे हैं कि राष्ट्रपति किसी भी क्षण लोकसभा भंग कर सकते हैं। क्या आपको भी कुछ सूचना है?

जगजीवन राम ने कहा कि नहीं, नहीं, चिंता करने की जरूरत नहीं है। मैं राष्ट्रपति भवन से अभी लौटा हूँ और संजीव रेड्डी ने यह आश्वासन दिया है कि वे कोई कदम उठाने से पहले आज शाम तक इंतजार करेंगे। मैंने भी उनको बता दिया है कि शाम से पहले मैं अपना बहुमत सिद्ध कर दूँगा और राष्ट्रपति तब तक इंतजार करने को सहमत हो गए हैं।

अभी फोन पर बात हो ही रही थी और हम सब राहत की साँस ले ही रहे थे कि दिल्ली से यह खबर मिली कि राष्ट्रपति ने संसद् को भंग कर दिया है। संक्षेप में जनता संकट के समय संजीव रेड्डी के विश्वासघात का यही रूप रहा। उस समय वे धोखेबाज और विश्वासघाती थे और अब झूठे हैं।

चो ने अंत में कहा है कि 'इस आदमी ने अपने गाँव में खेती करने की अपनी मंशा की घोषणा की है। मैं इस समय भी सबको यह चेतावनी देना चाहता हूँ कि इस आदमी के खेत में जो कुछ उपजेगा, वह मानव के उपयोग के लिए खतरनाक होगा, क्योंकि वह केवल जहर ही बो सकता है, अन्य कुछ नहीं।'

—'राँची एक्सप्रेस' के 1 अगस्त, 1982 के अंक में प्रकाशित

□

सुप्रीम कोर्ट की स्वतंत्रता पर शर्मनाक प्रहार

भारत में आंतरिक आपातकाल की घोषणा के चार दशक पश्चात् भी भारत की आत्मा से वह दाग धुल नहीं पाया है। वर्तमान पीढ़ी की इस संघर्ष को लेकर बनी अनभिज्ञता वास्तव में चौंकानेवाली है।

ऐसे राष्ट्र, जो अपना सद्यः अतीत याद नहीं रखते, वहाँ उसी त्रासदी की पुनरावृत्ति का खतरा पैदा हो जाता है। यह खयाल मुझे तब आया, जब मैंने लोगों से अचानक 26 जून, 1975 (आपातकाल दिवस) के महत्त्व के बारे में प्रश्न किया। 35 वर्ष और उससे कम के लोग, जो कि भारत की जनसंख्या का 2/3 हिस्सा हैं, में से अधिकांश को इसके बारे में कुछ पता नहीं था। इतना ही नहीं, 55 वर्ष तक के लोगों के जवाब उत्साहवर्धक नहीं थे। समाचार-पत्र भी कभी इसे मुखपृष्ठ पर स्थान नहीं देते, कुछ तो इस संबंध में कोई जानकारी तक नहीं देते और कुछ ऐसे ही कामचलाऊ तरह से अंदरूनी पन्नों पर कहीं कोने-कचरे में इसकी जानकारी देते हैं। अनेक विपक्षी दल, जो कि आपातकाल का शिकार हुए थे, भी इसे ज्यादा तवज्जो नहीं देना चाहते। हालाँकि पी.यू.सी.एल. एवं अन्य कई नागरिक स्वतंत्रता संगठन हमेशा ही इस दिन विरोध प्रदर्शन व बैठकें करते हैं, परंतु टी.वी. व समाचार-पत्र सोची-समझी नीति के तहत इसका उल्लेख करने से बचते हैं। वैसे भी उनमें से अधिकांश सरकार की नवउदारवादी नीतियों के साथ हैं या उनमें डर की कोई भावना है, क्योंकि आपातकाल थोपनेवाला सत्ताधारी दल अभी कुछ ही समय पूर्व तक सत्तासीन था। यह त्रासदायी है कि इसी दिन भारत ने अपना लोकतंत्र खो दिया था। उसी दौरान अमेरिकी राष्ट्रपति ने व्यंग्यपूर्ण तरीके से दंभ भरा था कि अब अमेरिका दुनिया का सबसे बड़ा लोकतंत्र है। यह दूसरी बात है, जयप्रकाश नारायण (जे.पी.) के नेतृत्व में भारतीयों द्वारा किए गए त्याग व बलिदान से अमेरिका के राष्ट्रपति का दंभ केवल 18 महीनों में टूट गया।

न्यायमूर्ति (से.नि.)
राजिंदर सच्चर

सर्वोच्च न्यायालय की भीरुता

ऐसा नहीं है कि आपातकाल का कोई प्रतिरोध नहीं हुआ। हजारों लोग जेल गए, जिनमें पूर्व केंद्रीय मंत्री, पूर्व मुख्यमंत्री, राज्यपाल, अधिवक्ता, विधायक और साहसी पत्रकार भी शामिल थे। अनेक मानवाधिकार कार्यकर्ता भी भूमिगत हो गए थे, लेकिन अहिंसक लोग एक हद तक ही असंयमी और कमोबेश एक फासिस्ट राज्य, जैसा कि भारत उन दिनों बन चुका था, का सामना कर सकते थे।

न्यायपालिका से उम्मीद की जाती है कि आपातकाल जैसे संकट के समय वह प्रशासन द्वारा किए जा रहे अत्याचारों या अतियों के खिलाफ नागरिकों का बचाव करेगी। जबलपुर के अतिरिक्त दंडाधिकारी (ए.डी.एम.) द्वारा दिया गया निर्णय कि आपातकाल के दौरान जीवन का अधिकार अर्थहीन हो जाता है, से सहमति जताकर भारतीय सर्वोच्च न्यायालय ने स्वतंत्रता पर शर्मनाक प्रहार किया था। सर्वोच्च न्यायालय की यह भीरुता अथवा कातरता इसके बाद भी मानवाधिकारों की सुरक्षा को लेकर बनी रही थी।

सर्वोच्च न्यायालय ने ए.डी.एम. जबलपुर 1976 के मामले में विभिन्न राज्यों के नौ उच्च न्यायालयों के निर्णयों की वैधता, जिनमें यह आदेश दिए गए थे कि सरकारों द्वारा गिरफ्तारी हेतु दिए गए आदेश गैरकानूनी हैं तथा कुछ मामलों में तो निरुद्ध किए गए व्यक्तियों को छोड़ने तक के आदेश दिए गए थे, को रद्द (ओवररूल) कर दिया। यदि सर्वोच्च न्यायालय द्वारा उच्च न्यायालयों के विचार को मान लिया गया होता, तो आपातकाल उसी समय धराशायी हो जाता, लेकिन हमें शर्मसार करते हुए सर्वोच्च न्यायालय ने 4 न्यायाधीशों बनाम 1 न्यायाधीश (अपवादस्वरूप न्यायमूर्ति खन्ना) ने यह स्थापित किया, '27 जून, 1975 के राष्ट्रपति के आदेश के परिप्रेक्ष्य में कोई भी व्यक्ति अनुच्छेद 226 के अंतर्गत उच्च न्यायालय के समक्ष बंदी प्रत्यक्षीकरण (हेबिअस कार्पस) और कोई अन्य याचिका (रिट पिटीशन) आदेश या निर्देश नहीं दे सकता, जिनके अंतर्गत निरुद्ध करने के आदेश की वैधानिकता को चुनौती दी गई हो।' (सारांश)

अपने को शर्मिंदा करते हुए

अपने को शर्मिंदा करते हुए सर्वोच्च न्यायालय ने महाधिवक्ता की यह दलील स्वीकार कर ली कि यदि एक पुलिसकर्मी अपने वरिष्ठ अधिकारी के आदेश के तहत किसी व्यक्ति को गोली मार देता है या सर्वोच्च न्यायालय के न्यायाधीश तक को गिरफ्तार कर लेता है, तो इससे बचने के लिए कोई भी वैधानिक राहत उपलब्ध नहीं है। स्वाभाविक है, ऐसी परिस्थिति में आपातकाल के विरुद्ध कोई भी शांतिपूर्ण आंदोलन चल ही नहीं सकता था। मुझे देखकर धक्का लगा कि बहुमतवाला निर्णय किस तरह युद्ध के दौरान सन् 1942 में ब्रिटेन के हाउस ऑफ लॉर्ड्स द्वारा लिवरसीज विरुद्ध एंडरसनवाले मामले,

जिसमें लॉर्ड एटकिन ने स्मरणीय असहमति जताई थी, पर आधारित हो सकता है। गौरतलब है कि बाद में ब्रिटिश न्यायालय अपने इस निर्णय से इस कदर शर्मिंदा हुए थे कि उन्होंने सजगता से इस निर्णय को कूड़े के ढेर में फेंक दिया था।

सुप्रीम कोर्ट

कुछ टिप्पणीकारों ने लिवरसीज के बहुमत से निर्णय के मामले में न्यायालय में योगदान को विश्व युद्ध के लंबे होने का कारण बताया था। ठीक उसी तरह हमारे देश में जबलपुर मामले में सर्वोच्च न्यायालय के फैसलों को सन् 1975 में आपातकाल की निरंतरता का कारण माना जाता है। यदि सर्वोच्च न्यायालय 9 उच्च न्यायालयों जैसा ही रुख दिखाता तो आपातकाल तुरंत भरभराकर ढह जाता, क्योंकि संभवत: कोई भी न्यायालय जयप्रकाश नारायण, मोरारजी देसाई, राजनारायण, जॉर्ज फर्नांडीस, मधु लिमये जैसी महान् हस्तियों और देशभक्तों तथा कुलदीप नैयर जैसे साहसी पत्रकार एवं हजारों भारतवासियों, जिन्हें देश की सुरक्षा के लिए खतरा बताया जा रहा था, को जेल में बंद नहीं रख सकता था। इसका अपरिहार्य परिणाम यही होता कि इन नेताओं की तुरंत रिहाई से विपक्षी आंदोलन को जबरदस्त मदद मिलती और सन् 1976 के मध्य तक इंदिरा गांधी की सरकार का सूपड़ा साफ हो जाता, लेकिन कई बार राष्ट्रों की नियति कुछ व्यक्तियों की भीरुता से प्रभावित हो जाती है। इस मामले में यह देश की सर्वोच्च न्यायपालिका से प्रकट हुई, जिसे किसी भी परिस्थिति में झुकना नहीं था।

सन् 1978 में सरकार परिवर्तन के तुरंत बाद न्यायमूर्ति चंद्रचूड़ और न्यायमूर्ति भगवती ने सार्वजनिक रूप से दु:ख प्रकट किया और स्वीकार किया कि उनके निर्णय गलत थे और अगर वे न्यायमूर्ति खन्ना के साथ होते तो वह निर्णय बहुमत का निर्णय हो जाता, लेकिन सबकुछ समाप्त हो जाने के बाद ऐसा रोना रोना भी अर्थहीन हो जाता है। इस निर्णय की वजह से न्यायपालिका के प्रति ऐसा संदेह या अविश्वास पैदा हुआ, जिससे कि संसद् को एहतियातन सन् 1978 में संविधान में 44वाँ संशोधन करना पड़ा, जिसके अंतर्गत राष्ट्रपति से अनुच्छेद 21 को निलंबित करने के अधिकार ले लिये गए। इसके बावजूद हमें लगातार यह ध्यान में रखना होगा कि व्यक्तियों की स्वतंत्रता की सुरक्षा को बनाए रखने के लिए देश को सतत निगरानी रखनी ही होगी, साथ-ही-साथ प्रेस को भी आम जनता को इस बात की बार-बार याद दिलाते रहना चाहिए।

□

इंदिरा गांधी थीं चालबाज, चरण सिंह मूर्ख : मोरारजी

मोरारजी देसाई का प्रेसवालों से जब भी कोई वास्ता पड़ता था, उसमें कुछ रूखापन रहता था। फिर भी कभी-कभी वह मूड में भी रहते थे। वे 1986 में एक युवा पत्रकार धीरेन भगत को बंबई के बारे में एक स्टोरी करने के लिए साक्षात्कार देने को राजी हो गए। श्री देसाई चार वर्ष (1952-56) बंबई प्रांत के मुख्यमंत्री रह चुके थे।

साक्षात्कार के बाद श्री देसाई ने संकेत किया कि वे कुछ अन्य विषयों—नेहरू परिवार, जनता सरकार का पतन और सार्वजनिक जीवन से भ्रष्टाचार के बारे में बात करना चाहते हैं। भेंटवार्त्ता के बाद उन्होंने धीरेन भगत को कहा कि वे प्रकाशन से पहले टेप किए गए इंटरव्यू की कॉपी दिखलाएँ ताकि वे उसमें आवश्यक काट-छाँट कर सकें। वे नहीं चाहते कि जिन लोगों के बारे में उन्होंने अपने विचार व्यक्त किए हैं, उन्हें वे सार्वजनिक तौर पर बुरा-भला कहते नजर आएँ। भगत इसके लिए राजी नहीं हुए। तब यह तय हुआ कि मोरारजी देसाई के देहांत के बाद इसे प्रकाशित किया जाए।

देसाई की उम्र उस वक्त 90 वर्ष थी और भगत की मात्र 29 वर्ष। दुर्भाग्य से 1988 में धीरेन भगत की एक सड़क दुर्घटना में मृत्यु हो गई। मोरारजी का निधन 1995 में अपने जीवन का 100वाँ वर्ष देखने के बाद हुआ।

इस भेंटवार्त्ता को कलकत्ता के अंग्रेजी साप्ताहिक 'संडे' ने अपने 23-29 अप्रैल, 1995 के अंक में प्रकाशित किया। यहाँ प्रस्तुत हैं इमरजेंसी से संबंधित कुछ सवाल-जवाब।

सवाल : जब आप प्रधानमंत्री बने, तब आपके पास देश में बदलाव लाने का मौका था?

जवाब : चरण सिंह, यह चरणसिंह का दोष था। उसने पार्टी को तोड़ा। मैंने कहा,

मैं उसे मंत्रिमंडल में वापस नहीं लूँगा, लेकिन आप जानते हैं, मैं डेमोक्रेट हूँ। जब मैंने देखा कि हर कोई चाहता है कि मैं उसे वापस ले लूँ, तब मुझे उनकी बात सुननी थी।

सवाल : लोग क्या कहते हैं, इसके बजाय जो करना सही था, वह आपने क्यों नहीं किया?

जवाब : मैं जानता था, वह एक बेकार आदमी है। इसी कारण मैंने उसे कैबिनेट से हटाया, लेकिन मैं क्या कर सकता हूँ, जब मेरे सभी लोग मुझे कहें कि उसे वापस ले लिया जाए। मैंने उन्हें कहा कि यह सरकार अब ज्यादा दिन नहीं चलेगी, लेकिन अगर ज्यादा लोग मुझे कहें तो मुझे उसे स्वीकार करना ही होगा या फिर मैं खुद ही इस्तीफा देकर बाहर हो जाता। उस अवस्था में सरकार तत्काल गिर जाती।

सवाल : मैं उन दिनों एक छात्र था और मुझे समझ में नहीं आता था कि चरण सिंह क्यों ऐसा कर रहे थे?

जवाब : उसे केवल अपने भविष्य से मतलब था, उसे देश के भविष्य से कोई वास्ता नहीं था और इंदिरा गांधी उसे उकसा रही थी।

सवाल : लेकिन जनता पार्टी सरकार देश में बेहतरी के लिए कोई परिवर्तन नहीं ला सकी?

जवाब : दो हजार वर्ष का भ्रष्टाचार और आप यह समझते हैं कि यह इतनी आसानी से खत्म हो जाएगा, यहाँ तक कि जनता पार्टी में सभी भ्रष्ट थे। वे अहंकारी भी हैं। यही कारण है कि सरकार गिर गई।

मोरारजी देसाई

सवाल : लोगों का कहना है कि आपको एक मौका मिला था, लेकिन आपने उसे बरबाद कर दिया?

जवाब : लेकिन मैं क्या कर सकता था। मैं एक डेमोक्रेट हूँ। अब अगर मुझे कोई फिर आने को कहे, तो मैं अपनी शर्तों पर जाऊँगा। जनता पार्टी का गठन इंदिरा गांधी का विरोध करने के लिए हुआ था। इसलिए हमें उन सभी प्रकार के लोगों को, जो इंदिरा गांधी का विरोध करते थे, लेना पड़ा। यह गलत था।

सवाल : तब आपने इसमें भाग क्यों लिया?

जवाब : अगर ऐसा नहीं करता तो इंदिरा गांधी कभी नहीं जाती। इससे स्थिति बदतरीन हो जाती। हमने कम-से-कम कुछ तो अच्छा किया। कीमतें घट गईं, लेकिन इस चरण सिंह ने प्रधानमंत्री बनने की फिराक में सबकुछ बिगाड़ दिया। इंदिरा गांधी बहुत चतुर थी। वह चालबाजी में उस्ताद थी और यह शख्स मूर्ख है। उसने इसे उकसाया।

सवाल : संजय गांधी भी था?

जवाब : वह शैतान था।

सवाल : लेकिन चालाक शैतान?

जवाब : उसने मदद की। मैंने राजनारायण को उसके बारे में चेताया था, लेकिन राजनारायण चरण सिंह का एजेंट था। संजय उसे उकसाता था। संजय एक गुंडा था और सभी गुंडों की तरह वह अन्य गुंडों को ले आया था।

□

खंड-7

कह 'कैदी कविराय'

भारतीय जनसंघ के नेता अटल बिहारी वाजपेयी 26 जून, 1975 को बैंगलोर में थे, जहाँ वे लालकृष्ण आडवाणी के साथ संसदीय समिति की एक बैठक में भाग लेने गए थे। उनके साथ सांसद मधु दंडवते (समाजवादी) और श्यामनंदन मिश्र (संगठन कांग्रेस) भी थे।

अटल बिहारी वाजपेयी को जेल में डाल दिया गया था, लेकिन कवि अटल मुक्त रहा। अटल बिहारी वाजपेयी का कवित्व जाग उठा। वे कागज-कलम उठाकर 'कैदी कविराय' नाम से कविताएँ लिखने लगे। जिस दिन उन्हें गिरफ्तार किया गया, उस दिन के विषय में उन्होंने लिखा—

धरे गए बंगलौर में, आडवाणी के संग;
दिनभर थाने में रहे, हो गई हुलिया तंग;
हो गई हुलिया तंग श्याम बाबू भन्नाए;
'प्रातः पकड़े गए, न अब तक जेल पठाए';
कह कैदी कविराय, पुराने मंत्री ठहरे;
हम तट पर ही रहे, मिश्रजी उतरे गहरे।

चंद्रिका प्रसाद शर्मा द्वारा लिखित पुस्तक 'कवि राजनेता अटल बिहारी वाजपेयी' (प्रकाशक किताबघर) में लेखक ने 'राजनेता बंदी, कवि स्वतंत्र' शीर्षक अध्याय में कैदी के रूप में अटलजी की कुछ कविताओं को उद्धृत किया है, जिनमें उन्होंने विभिन्न स्थितियों और परेशानियों का उल्लेख किया है, जिनमें से उन्हें गुजरना पड़ा। यहाँ उनकी एक बानगी प्रस्तुत है।

कैदी कविराय तर्क करते हैं कि भाई, हमें तो फासिस्ट बताया जाता है, पर रामधन और चंद्रशेखर तो शुद्ध समाजवादी हैं और इंदिराजी से बड़े समाजवादी हैं, तो फिर उन्हें क्यों पकड़ा गया? कैदी कविराय ने लिखा—

धरे गए क्यों रामधन, शेखर हैं क्यों बंद?
मुझको समझाकर कहो, मैं ठहरा मतिमंद;

मैं ठहरा मतिमंद, क्लांत क्यों कृष्णकांत हैं?
डबल सिंह होकर, प्रोफेसर क्यों प्रशांत हैं?
कह कैदी कविराय, धारिया क्यों न धार पर?
लक्ष्मीकांतम्मा क्यों बैठीं, मन को मारकर?

आपातकाल को आचार्य विनोबा भावे ने 'अनुशासन पर्व' की संज्ञा दी थी। आम लोगों में इसका तीव्र विरोध हुआ। वाह! यह कैसा अनुशासन पर्व? धर्मराज नहीं, डंडे का राज! ऐसे अनुशासन पर्व के विषय में कविवर ने लिखा—

अनुशासन का पर्व है, बाबा का उपदेश;
हवालात में हवा भी, देती यह संदेश;
देती यह संदेश, राज डंडे से चलता;
कह कैदी कविराय, शोर है अनुशासन का;
लेकिन जोर दिखाई, देता दुःशासन का।

अटल बिहारी वाजपेयी

जयप्रकाश नारायण को जेल में डाल दिया गया, उनकी बीमारी और वृद्धावस्था पर भी कुछ तरस न खाया गया। 1975 में वर्षा ऋतु में बिहार में प्रलयंकर बाढ़ आई। सारा पटना जलमग्न हो गया।

कैदी कविराय के अनुसार प्रकृति ने भी इंदिरा गांधी के अत्याचार पर रोकर अपना रोष व्यक्त किया। सरकार के लिए स्थिति को सँभालना मुश्किल हो गया। कैदी कविराय ने लिखा—

जे.पी. डारे जेल में, ताको यह परिणाम;
पटना में परलै भई, डूबे धरती-धाम;
डूबे धरती-धाम, मच्यो कोहराम चतुर्दिक;
शासन के पापन को, परजा ढोवे,
कह कैदी कविराय, प्रकृति का कोप प्रबल है;
जयप्रकाश के लिए, धधकता गंगाजल है।

सब सरकारों से बड़े हैं छोटे सरकार

आपातकाल में प्रधानमंत्री के दुलारे बेटे संजय गांधी संविधान-इतर सत्ता केंद्र बन गए। वे स्वेच्छाचारिता पर उतर आए और शासन पर हावी हो गए। उनके शब्द ही कानून बन गए। इस विचित्र स्थिति पर कैदी कविराय ने लिखा—

सब सरकारों से बड़े हैं छोटे सरकार;
गुड्डी जिनकी चढ़ रही, दिल्ली के दरबार;
दिल्ली के दरबार, बुढ़ापा खिसियाता है;
पूत सवाया सिंहासन, चढ़ता आता है;
कह कैदी कविराय, लोकशाही की छुट्टी;
बेटा राज करेगा पीकर मुगली घुट्टी।

कांग्रेस अध्यक्ष देवकांत बरुआ ने, जिन्हें जयप्रकाश नारायण ने 'दरबारी मसखरा' कहा था, इंदिरा गांधी की तारीफ के पुल बाँधना शुरू कर दिया। उन्होंने 'इंदिरा इंडिया एक है' का स्तुतिगान किया। इस पर कैदी कविराय की कुंडलियाँ प्रस्तुत हैं—

'इंदिरा इंडिया एक है', इति बरुआ महाराज;
अकल घास चरने गई, चमचों के सरताज;
चमचों के सरताज, किया अपमानित भारत;
एक मृत्यु के लिए कलंकित, भूत भविष्यत;
कह कैदी कविराय, स्वर्ग से जो महान् है;
कौन भला उस भारत माता के समान है?

आपातकाल में लोकतंत्र के चीरहरण और अभिव्यक्ति की स्वतंत्रता के अपहरण का उल्लेख करते हुए कैदी कविराय ने जनता के संभावित प्रस्फोट की चेतावनी इन शब्दों में दी—

दिल्ली के दरबार में, कौरव का है जोर,
लोकतंत्र की द्रौपदी, रोती नयन निचोर;
रोती नयन निचोर, नहीं कोई रखवाला;
नए भीष्म, द्रोणों ने मुख पर ताला डाला;
कह कैदी कविराय बजेगी रण की भेरी;
कोटि-कोटि जनता, न बनकर रहेगी चेरी।

□

एक थी रानी

यह कविता दिल्ली के एक पत्रकार श्री मुनीष ने 1977 में लोकसभा के चुनाव की घोषणा के बाद लिखी थी। उन्होंने इसे लगभग तत्काल या बिना किसी पूर्व तैयारी के लिखा था। यह वह समय था, जब अनेक लोगों को लग रहा था कि अब नवगठित जनता पार्टी अपना जलवा दिखाएगी। दिल्ली में प्रेस क्लब में कतिपय पत्रकारों की संगत में बैठे हुए श्री मुनीष ने यह कविता लिखी थी। उत्तर भारत में चुनाव सभाओं में सर्वत्र इस कविता की बड़ी माँग थी। एक पत्रकार हरीश भारद्वाज ने इस कविता को रिकॉर्डिंग के लिए स्वरबद्ध किया था।

किसी देश में थी एक रानी
आओ लोगो, सुनो कहानी
बात नहीं है बहुत पुरानी;
किसी देश में थी एक रानी
बहुत चतुर और बहुत सयानी;
उसके थे दो राजदुलारे
बिगड़ गए थे लाड़ के मारे;
छोटे से कुछ प्यार बहुत था
नरमी का व्यवहार बहुत था;
पढ़ा-लिखा कुछ खास नहीं था
दसवीं भी तो पास नहीं था;
पढ़ने जब स्कूल गया वह
गुण की बातें भूल गया वह;
याद रहा बस मौज उड़ाना
लड़ना-भिड़ना धौंस जमाना;
तबीयत का रंगीन बहुत था

मोटर का शौकीन बहुत था;
नाना राजा, माँ भी रानी
उसने भी यह जी में ठानी;
एक शहजादा, एक महारानी
दोनों करते थे मनमानी;
चित भी मेरी, पट भी मेरी
सर पर सूरज रात अँधेरी;
लुट गई थी बस्ती-बस्ती
सोना महँगा, चाँदी सस्ती;
चारों तरफ था खौफ का डेरा
न कोई तेरा, न कोई मेरा;
दुःख में डूबी जनता सारी
दुखिया नर थे, दुखिया नारी;
सब के मुँह पे जकड़ा ताला
जो भी बोला, जेल में डाला;
लाठी, गोली, 'सेंसर', 'मीसा'
इस चक्की में सबको पीसा;
ऐसी बदली सर पे छाई
माँग रहा था देश दुहाई;
चले थे बनने देश के नेता
अब तो कोई नाम न लेता;
आई जो जनवाद की आँधी
पल में उड़ गए नकली गांधी।

□

खंड-8

प्रेस के दमन की तालिका

परिशिष्ट-1

इमरजेंसी के दौरान नजरबंद/गिरफ्तार किए गए पत्रकारों की सूची—

राज्य	आंसुका	भारका	अन्य कारण	कुल
आंध्र प्रदेश	5	—	—	5
असम	—	1	1	2
बिहार	—	9	3	12
गुजरात	7	4	—	11
हरियाणा	5	2	3	10
हिमाचल प्रदेश	1	—	2	3
जम्मू और कश्मीर	1	—	2	3
कर्नाटक	4	2	6	12
केरल	2	—	—	2
मध्य प्रदेश	22	1	36	59
महाराष्ट्र	5	4	17	26
मणिपुर	—	1	1	2
मेघालय	—	—	—	—
नागालैंड	—	—	—	—
उड़ीसा	10	—	—	10
पंजाब	—	1	6	7
राजस्थान	16	7	—	23

सिक्किम	—	—	—	—
तमिलनाडु	12	—	2	14
त्रिपुरा	2	—	—	2
उत्तर प्रदेश	1	25	2	28
पश्चिम बंगाल	9	3	—	12
संघशासित क्षेत्र	8	—	2	10
कुल योग	110	60	83	253

नोट : आंसुका—आंतरिक सुरक्षा कानून (MISA),
भारका—भारत रक्षा कानून (DIR)

परिशिष्ट-2

मान्यता रद्द किए गए पत्रकारों की सूची—

क्रम सं.	नाम	संगठन	निर्णय की तिथि
(क)			
1.	श्री आर. रामानुजम	न्यूज वीक, न्यूयॉर्क	अगस्त 1975
2.	श्री एस.पी. सिन्हा	(1) डर स्पीगल (हेमबर्ग) (2) एम्सटरडम (हॉलैंड)	
3.	श्री प्रकाश मीरचंदानी	बी.बी.सी. लंदन	पास कार्ड लौटा दिया (जुलाई 1975)
4.	श्री बी.पी. अग्रवाल	हिंदुस्थान समाचार	14-02-1976
5.	श्री एन.बी. लेले	"	14-02-1976
6.	श्री ओ.पी. पंडित	"	14-02-1976
7.	श्री आर.एस. अग्निहोत्री	"	14-02-1976
8.	श्री ए.पी. केसरी	"	14-02-1976
9.	श्री डी.वी. गांधी	समाचार भारती	14-02-1976

10.	श्री इंद्रजीत	इंडियन न्यूज एंड फीचर एलाइंस	14-02-1976
11.	श्री जी.जी. मीरचंदानी	यूनाइटेड न्यूज ऑफ इंडिया	14-02-1976
12.	श्री एम.आर. बिरमानी	एंटरप्राइज न्यूज एंड फीचर्स	14-02-1976
13.	श्री कृष्ण कुमार	विक्रांत न्यूज सर्विस	14-02-1976
14.	श्री आर.सी. पंडित	आज, वाराणसी	14-02-1976
15.	श्री चंद्रकांत एफ. शाह	गुजरात समाचार, अहमदाबाद	14-02-1976
16.	श्री नजमल हसन	नेशनल हेराल्ड	14-02-1976
17.	श्री सुरेश कुमार परमार	मार्च ऑफ दि नेशन, बंबई	14-02-1976
18.	श्री एस. सान्याल	मार्च ऑफ दि नेशन, नई दिल्ली	14-02-1976
19.	श्री जी.एस. इंद्रुर्कर	महाराष्ट्र टाइम्स, बंबई	14-02-1976
20.	श्री एन. भट्टाचार्य	विश्वमित्र, कलकत्ता तथा नागपुर	14-02-1976
21.	श्री ब्रह्मानंद	यंग इंडिया (साप्ता.)	14-02-1976
22.	श्री आर.सी. प्रधान	जनता साप्ता. तथा तरुण भारत	14-02-1976
23.	श्री दीपक बी.आर. चौधरी	मराठा, बंबई	14-02-1976
24.	श्री जी.एस. भार्गव	बाल्टीमोर, सन, अमेरिका	14-02-1976
25.	श्री पी.के. खन्ना	एन.बी.सी. न्यूज, न्यूयॉर्क	14-02-1976
26.	श्री सईद नकवी	स्टेट्समैन तथा संडे टाइम्स लंदन	14-02-1976
27.	श्री ई.पी.डब्ल्यू. डाकोस्टा	दीर्घ एवं उत्कृष्ट सेवा	14-02-1976

28.	श्री सी.के. अरोड़ा	समाचार (पहले यू.एन.आई.)	14-02-1976
29.	श्री गोपेश एन. मेहरा	समाचार (पहले यू.एन.आई.)	14-02-1976
30.	श्री टी.वी. सत्यनारायण	समाचार (पहले यू.एन.आई.)	14-02-1976
31.	श्री एन.आर. चंद्रण	समाचार (पहले पी.टी.आई.)	14-02-1976
32.	श्री सी. राघवन	समाचार (पहले पी.टी.आई.)	14-02-1976
33.	श्री के.वी. रामकृष्ण	समाचार (पहले पी.टी.आई.)	14-02-1976
34.	श्री डी.आर. आहूजा	हिंदुस्तान टाइम्स	14-02-1976
35.	श्री डब्ल्यू.एस. टाइटस	हिंदुस्तान टाइम्स	14-02-1976
36.	श्री एन.के. त्रिखा	नवभारत टाइम्स	14-02-1976
37.	श्री के.एन. मलिक	टाइम्स ऑफ इंडिया	14-02-1976
38.	श्री एस.के. संगल	टाइम्स ऑफ इंडिया	14-02-1976
39.	श्री पी.एस. अनंतारामन	टाइम्स ऑफ इंडिया	14-02-1976
40.	श्री रतन प्रकाश	हिंदुस्तान (हिंदी)	14-02-1976
41.	श्री आर.के. गुप्ता	इंडियन एक्सप्रेस	14-02-1976
42.	श्री वी.पी. रामवंदण	यू.एन.आई.	14-02-1976
(ख) कार्टूनिस्ट			
43.	श्री राजेंद्र पुरी	फ्रीलांस कार्टूनिस्ट	14-02-1976
44.	श्री रंगनाथ	फ्रीलांस कार्टूनिस्ट	14-02-1976
(ग) कैमरामैन			
45.	श्री एस.एम.जी. पटेल	जर्मन रेडियो एंड टी.वी.	14-02-1976
46.	श्री रघुवीर सिंह	वुडफिन कैंप, न्यूयॉर्क	14-02-1976
47.	श्री एन. श्रीनिवासन	कलिंगा, कटक, उदयवाणी, मणिपाल	14-02-1976
48.	श्री कस्तूरीलाल	फोटो फीचर सिंडीकेट	14-02-1976

49.	श्री आशा सिंह	गोपाल चित्र कुटीर	14-02-1976
50.	श्री जावेरी लाल मेहता	गुजरात समाचार, अहमदाबाद	14-02-1976

परिशिष्ट-3

इमरजेंसी के दौरान प्रतिबंधित पत्र-पत्रिकाओं की सूची—

क्र.सं.	पत्र का नाम	भाषा/आवृत्ति
1.	ऑर्गनाइजर, दिल्ली	अंग्रेजी साप्ताहिक
2.	पांचजन्य, लखनऊ	हिंदी साप्ताहिक
3.	मदर इंडिया, बंबई	अंग्रेजी मासिक
4.	कथल, मद्रास	तमिल मासिक
5.	नथीगम, मद्रास	तमिल दैनिक
6.	मराठवाड़ा टाइम्स, औरंगाबाद	अंग्रेजी/हिंदी साप्ताहिक
7.	जवानी-दीवानी, दिल्ली	उर्दू मासिक
8.	लोकालोक, दिल्ली	हिंदी मासिक
9.	मजाहिद, सूरत	गुजराती पाक्षिक
10.	सोबत, पूना	मराठी साप्ताहिक
11.	मार्मिक, बंबई	मराठी साप्ताहिक
12.	चोर-सिपाही, बंबई	मराठी साप्ताहिक
13.	मसूरारम पत्रिका, बंबई	अंग्रेजी मासिक
14.	हयात-ए-मिल्लत, बंबई	उर्दू दैनिक
15.	वीर राष्ट्र, औरंगाबाद	मराठी साप्ताहिक
16.	कॉन्फिडेंशियल एडवाइजर, दिल्ली	अंग्रेजी मासिक
17.	थनीनिरम, त्रिवेंद्रम	मलयालम दैनिक
18.	स्ट्रीट, त्रिवेंद्रम	मलयालम मासिक

□

आभार ज्ञापन

इस पुस्तक को तैयार करने में जिन पत्र-पत्रिकाओं में प्रकाशित समाचारों का उपयोग किया गया है, उनका उल्लेख यथास्थान कर दिया गया है। जिन पुस्तकों से कतिपय तथ्य, आँकड़े व सूचनाएँ एकत्र की गई हैं, उनका भी संदर्भ दे दिया गया है। जिन पुस्तकों का अलग से उल्लेख करना उपयुक्त है, वे हैं—

1. शाह आयोग की अंतरिम रिपोर्ट, 2. शंकर दयाल सिंह—इमरजेंसी : क्या सच क्या झूठ, 3. लालकृष्ण आडवाणी—नजरबंद लोकतंत्र, 4. कुलदीप नैयर—इमरजेंसी री-टोल्ड, 5. कूमी कपूर—दि इमरजेंसी : ए पर्सनल हिस्टरी, 6. पुपिल जयकर—इंदिरा गांधी : ए बायोग्राफी, 7. लाल बहादुर ओझा—हिंदी पत्रकारिता का इतिहास-दिल्ली।

जिन व्यक्तियों या संस्थाओं के चित्रों का उपयोग किया गया है, उनमें उल्लेखनीय हैं—रघुराय, सत्यनारायण दूसरे, कूमी कपूर, इंडियन एक्सप्रेस, टाइम्स ऑफ इंडिया, हिंदुस्तान टाइम्स, प्रेस इंफॉर्मेशन ब्यूरो।

पुस्तक में प्रकाशित कई संस्मरण व टिप्पणियाँ विभिन्न संबद्ध व्यक्तियों के साथ बातचीत और भेंटवार्त्ताओं तथा निजी यथार्थ अवलोकन पर आधारित हैं। बहुत सी सामग्री मेरी डायरी और स्क्रैप बुक (कतरनों की पंजी) और फाइलों पर आधारित है। संपूर्ण सामग्री की प्रामाणिकता का पूरा ध्यान रखा गया है।

□□□

* 9 7 8 9 3 5 2 6 6 6 2 3 2 *
FCW - #0277 - 061026 - C0 - 216/140/26 - PB - 9789352666232 - Matt Lamination